УДК 821.111
ББК 84 (4Вел)
Р67

В серию входят:
«Гарри Поттер и философский камень»
«Гарри Поттер и Тайная комната»
«Гарри Поттер и узник Азкабана»
«Гарри Поттер и Кубок огня»
«Гарри Поттер и Орден Феникса»

■ ■ ■ ■ ■ ■ ■ ■ ■

HARRY POTTER AND THE HALF-BLOOD PRINCE

J. K. Rowling

First published in Great Britain in 2005
Bloomsbury Publishing Plc, 38 Soho Square, London W1D 3HB

Наш адрес в Интернете: **www. rosman.ru**

ISBN 5-353-02187-8

Дж. К. Ролинг

Гарри Поттер™
и
Принц-полукровка

Перевод с английского
М. Лахути и С. Ильина

МОСКВА • РОСМЭН • 2005

Маккензи, моей красавице-дочери,
посвящаю ее сестричку-двойняшку
из бумаги и чернил

Глава 1
ДРУГОЙ МИНИСТР

Приближалась полночь. Премьер-министр сидел у себя в кабинете в полном одиночестве и читал длинный меморандум. Строчки мелькали перед глазами, не задевая сознания. Премьер-министр ожидал звонка от президента одной далекой страны. Он раздумывал, когда же наконец позвонит этот злосчастный тип, и одновременно пытался отделаться от неприятных воспоминаний о необычайно долгой и утомительной неделе; ни на что другое в голове у него просто не оставалось места. Чем больше он старался сосредоточиться на печатной странице, которая лежала перед ним на столе, тем отчетливее видел перед собой злорадное лицо одного из своих политических противников. Не далее как сегодня противник этот, выступая в программе новостей, не только перечислил все ужасные происшествия минувшей недели (как будто кому-то требовалось об этом напоминать), но еще и подробно объяснил, почему в каждом из них виновато правительство.

У премьер-министра зачастил пульс от одной мысли об этих подлых и несправедливых обвинениях.

Интересно, каким это образом правительство могло помешать мосту обрушиться? Возмутительная нелепость — намекать, будто на строительство мостов тратится недостаточно средств. Мосту не было еще и десяти лет, лучшие эксперты теряются в догадках, отчего он вдруг разломился ровно посередине, отправив дюжину автомобилей на дно реки. И как только наглости хватило заявить, что причина двух зверских убийств, широко освещавшихся в средствах массовой информации, — нехватка полицейских? И что правительство обязано было каким-то образом предвидеть внезапный ураган, пронесшийся по нескольким графствам к юго-западу от Лондона, причинивший огромный ущерб и сопровождавшийся человеческими жертвами? И разве он, премьер-министр, виноват в том, что один из его заместителей, Герберт Чорли, именно на этой неделе начал вести себя так своеобразно, что ему теперь придется значительно больше времени проводить дома, с семьей?

«Страну охватило уныние», — закончил свою речь представитель оппозиции, почти не скрывая широкой довольной улыбки.

Увы, тут он сказал чистую правду. Премьер-министр и сам это почувствовал: люди выглядели непривычно подавленными. Даже погода стояла безрадостная. Промозглый туман в середине июля... Неправильно это. Ненормально.

Он перевернул страницу меморандума, увидел, как много еще осталось, и бросил безнадежные попытки вникнуть в содержание документа. Потянулся, закинув руки за голову, обвел тоскливым взором кабинет. Это была красивая комната с мраморным камином и высокими подъемными окнами напротив камина — сейчас они были плотно закрыты из-за не вовремя наступившего похолодания. Слегка вздрогнув, премьер-министр поднялся и подошел к окну, уставился на редкий туман, липнущий к стеклам. И тут он услышал, как кто-то негромко кашлянул у него за спиной.

Премьер-министр застыл, нос к носу со своим испуганным отражением в темном стекле. Звук был ему знаком. Он уже слышал раньше этот кашель. Очень медленно он повернулся лицом к пустой комнате.

— В чем дело? — спросил он, стараясь говорить с твердостью, которой на самом деле не ощущал.

На какое-то краткое мгновение премьер-министр позволил себе немыслимую надежду, что никто ему не ответит. Однако тут же послышался голос — бодрый, деловитый голос, который звучал так, словно зачитывал готовый текст по бумажке. Этот голос — как и ожидал премьер-министр с той минуты, когда раздался кашель, — принадлежал похожему на лягушку человечку в длинном серебристом парике, что был изображен на маленькой грязной картине маслом, висевшей в дальнем углу комнаты.

— Премьер-министру маглов. Срочно необходимо встретиться. Будьте добры ответить немедленно. С уважением, Фадж. — Человечек на картине вопросительно посмотрел на премьер-министра.

— Э-э... — произнес премьер-министр. — Послушайте, сейчас не самое удачное время... Видите ли, я жду телефонного звонка... От президента...

— Звонок можно перенести, — сразу же отозвался портрет.

У премьер-министра упало сердце. Этого он и боялся.

— Но я так рассчитывал на этот разговор...

— Мы организуем, чтобы президент забыл позвонить. Он позвонит вам завтра вечером, — сказал человечек. — Большая просьба немедленно ответить мистеру Фаджу.

— Я... ох... ну хорошо, — сказал премьер-министр слабым голосом. — Да, я согласен встретиться с Фаджем.

Он поспешно вернулся к столу, на ходу поправляя галстук. Едва он успел снова сесть в кресло и придать своему лицу по возможности непринужденное выражение, будто ему все нипочем, как в пустом мраморном камине вспыхнуло зеленое пламя. Стараясь ничем не выдавать удивления и тревоги, премьер-министр наблюдал, как в пламени возник представительный господин, стремительно вращавшийся вокруг собственной оси, словно волчок. Секунда, другая — и вот уже он ступил на прекрасный антикварный ковер, стряхивая пепел с рукавов длинного плаща в полоску, держа в руке шляпу-котелок светло-зеленого цвета.

— А, премьер-министр, — сказал Корнелиус Фадж, подходя с протянутой рукой. — Рад снова видеть вас.

Премьер-министр, по совести, не мог сказать о себе того же и потому промолчал. Он вовсе не был рад видеть Фаджа, чьи редкие посещения, и сами по себе жутковатые, как правило, означали, что ему предстоит выслушать чрезвычайно неприятные новости. К тому же на этот раз Фадж выглядел явно измотанным. Он осунулся, полысел и поседел, и лицо у него было какое-то помятое. Премьер-министру и раньше случалось видеть подобные перемены в облике иных политиков, и обычно это не предвещало ничего хорошего.

— Чем могу помочь? — спросил он, коротко пожав руку Фаджа и жестом предлагая ему самый жесткий из стульев, стоявших возле письменного стола.

— Даже не знаю, с чего начать, — пробормотал Фадж, пододвинул к себе стул и сел, положив зеленый котелок на колени. — Что за неделя, что за неделя...

— Так у вас тоже была трудная неделя? — натянуто поинтересовался премьер-министр, надеясь этим дать понять, что у него и так хватает забот и нет совершенно никакой необходимости получать добавку от Фаджа.

— Да, конечно. — Фадж устало протер глаза и мрачно посмотрел на собеседника. — У меня была точно такая же неделя, как и у вас, премьер-министр. Брокдейлский мост... Убийства Боунс и Вэнс... Не говоря уже о заварушке на юго-западе...

— Вы... э-э... я хотел сказать: так ваши люди... ваших людей тоже коснулись эти... эти события?

Фадж довольно сурово посмотрел на премьер-министра.

— Разумеется, — сказал он. — Вы же понимаете, что происходит?

— Я... — замялся премьер-министр.

Вот за такие штуки он и не любил посещения Фаджа. Все-таки он — премьер-министр; не очень-то приятно чувствовать себя двоечником, не выучившим урока. Но так уж повелось у них с Фаджем с самой первой встречи, а состоялась она в первый его вечер в должности премьер-министра. Он помнил это, как будто все случилось вчера, и знал, что воспоминание будет преследовать его до смертного часа.

Он стоял тогда один в том же самом кабинете и наслаждался триумфом, к которому шел столько лет, как вдруг за спиной раздалось тихое покашливание, точно так же, как сегодня. Он обернулся, и безобразный человечек на портрете заговорил с ним, объявив, что к нему сейчас явится для знакомства министр магии.

Естественно, он решил, что сошел с ума, не выдержав долгой и напряженной предвыборной кампании. Говорящий портрет привел его в ужас, но это было ничто по сравнению с ощущениями, которые он испытал, когда из камина выскочил некто, назвавшийся волшебником, и пожал ему руку. Премьер-министр не вымолвил ни слова, пока Фадж любезно объяснял ему, что на свете до сих пор тайно живут волшебники и волшебницы, и заверял, что о них совершенно не нужно беспокоиться, поскольку Министерство магии полностью берет на себя ответственность за волшебное сообщество и строго следит, чтобы немагическое население ни в коем случае не прознало о его существовании. Фадж сказал, что это весьма трудная работа, охватывающая самые разнообразные вопросы — от ограничений при полетах на метле до контроля численности популяции драконов (премьер-министр хорошо помнил, как при этих словах ухватился за край стола, чтобы не упасть). Затем Фадж отечески потрепал онемевшего премьер-министра по плечу.

— Ни о чем не тревожьтесь, — сказал он. — Скорее всего, вы меня больше никогда не увидите. Я побеспокою вас только в том случае, если на нашей стороне произойдет нечто действительно серьезное, нечто такое, что может повлиять на жизнь маглов... я хочу сказать — немагического населения. В остальное же время наш принцип: живи и дай жить другим. Должен сказать, вы восприняли встречу со мной значительно лучше, чем ваш предшественник. Он пытался выбросить меня из окна, приняв за розыгрыш, подстроенный оппозицией.

Тут к премьер-министру наконец вернулся дар речи.

— Так, значит... вы не розыгрыш?

Это была его последняя, отчаянная надежда.

— Нет, — мягко сказал Фадж. — К сожалению, нет. Вот, смотрите.

И он превратил чайную чашку премьер-министра в тушканчика.

— Но, — задохнулся премьер-министр, глядя, как тушканчик обгрызает уголок его будущей речи, — почему... почему никто мне не сказал...

— Министр магии показывается только действующему магловскому премьер-министру, — сказал Фадж, убирая за пазуху волшебную палочку. — Мы считаем, что так надежнее с точки зрения секретности.

— Но тогда, — жалобно проблеял премьер-министр, — почему прежний премьер не предупредил меня...

На это Фадж откровенно расхохотался:

— Дорогой мой премьер-министр, а разве вы сами когда-нибудь кому-нибудь об этом расскажете?

Все еще продолжая посмеиваться, Фадж бросил в очаг щепотку какого-то порошка, шагнул в изумрудно-зеленое пламя и исчез, только фукнуло в камине. Премьер-министр стоял столбом, сознавая, что никогда, ни одной живой душе не отважится проронить хоть слово об этой встрече, потому что — кто ж ему поверит.

Он долго не мог оправиться от потрясения. Поначалу пытался убедить себя, что Фадж на самом деле всего лишь галлюцинация, вызванная недосыпом, накопившимся за время трудной предвыборной кампании. В тщетной попытке избавиться от любых напоминаний об этой неприятной встрече он подарил тушканчика племяннице, которая пришла от зверюшки в полный восторг, а затем приказал своему личному секретарю убрать из помещения портрет безобразного человечка, возвестившего о прибытии Фаджа. Но, к большому огорчению премьер-министра, удалить портрет оказалось невозможно. Его поочередно пытались снять со стены целый отряд плотников, несколько строительных рабочих, искусствовед и канцлер казначейства, но успеха не добились. В конце концов премьер-министр махнул рукой и просто стал надеяться, что в течение оставшегося срока его пребывания в должности мерзкая штуковина будет хранить молчание и неподвижность. Порой он готов был поклясться, что видел краешком глаза, как обитатель картины зевает или почесывает нос, а один или два раза тот просто уходил из рамы, оставляя грязновато-коричневый холст совершенно пустым. Но премьер-министр приноровился пореже смотреть на картину, а в случае чего, твердо говорил себе, что это просто обман зрения.

Но вот три года назад, в очень похожий вечер, когда премьер-министр сидел один у себя в кабинете, портрет вновь объявил о посещении Фаджа, который тут же и выпрыгнул из камина, промокший насквозь и в состоянии полнейшей паники. Не успел премьер-министр поинтересоваться, чего ради он поливает водой ценный аксминстерский ковер, как Фадж понес дичайшую околесицу про тюрьму, о которой премьер-министр в жизни своей не слыхал, про человека по имени Серый Ус Блэк, про какой-то неведомый Хогвартс и про мальчика по имени Гарри Поттер. Все это ровно ничего не говорило премьер-министру.

— Я только сейчас из Азкабана, — пыхтел Фадж, стряхивая воду с полей своей шляпы-котелка прямо к себе в карман. — Это, знаете ли, посреди Северного моря, полет весьма неприятный... Дементоры волнуются, — тут Фаджа передернуло, — у них никогда еще не случалось побегов. Словом, я вынужден обратиться к вам, премьер-министр. Известно, что Блэку уже случалось убивать маглов и, возможно, он планирует снова присоединиться к Сами-Знаете-Кому... Но вы ведь даже и Сами-Знаете-Кого не знаете! — Фадж безнадежно уставился на премьер-министра, затем сказал: — Ну ладно, ладно, садитесь, я уж вас проинформирую... Выпейте виски...

Премьер-министра слегка задело, что его в собственном кабинете приглашают присесть, да еще и угощают его же собственным виски, но тем не менее он сел. Фадж вытащил волшебную палочку, создал прямо из воздуха два больших бокала с янтарной жидкостью, сунул один в руку премьер-министру и пододвинул себе стул.

Фадж говорил больше часа. В какой-то момент он не пожелал произнести вслух некое имя и вместо этого написал его на бумажке, которую вложил в не занятую бокалом руку премьер-министра. Когда Фадж наконец собрался уходить, премьер-министр встал следом за ним.

— Так вы считаете, что... — Он прищурился, вглядываясь в запись на клочке пергамента, который держал в левой руке, — что лорд Вол...

— Тот-Кого-Нельзя-Называть! — прорычал Фадж.

— Прошу прощения... Вы считаете, Тот-Кого-Нельзя-Называть все еще жив?

— Как сказать... Дамблдор утверждает, что жив, — ответил Фадж, застегивая у горла свой полосатый плащ, — но мы его так и не нашли. Если вас интересует мое мнение, то, по-моему, он не опасен, пока у него нет сторонников, поэтому волноваться следует главным образом по поводу Блэка. Так вы опубликуете наше предупреждение? Отлично. Что ж, надеюсь, мы с вами больше не увидимся, премьер-министр. Спокойной ночи!

Но они увиделись снова. Меньше года спустя встревоженный и сильно утомленный Фадж возник прямо посреди зала заседаний кабинета министров и уведомил премьер-министра о небольших беспорядках, имевших место на Чемпионате мира по квиддичу (или что-то в этом роде), причем в происходящее «оказались вовлечены» несколько маглов, но, по его словам, премьер-министру не о чем беспокоиться, появление Черной Метки — знака Сами-

Знаете-Кого — ровным счетом ничего не означает. Фадж абсолютно уверен, что это всего лишь единичный случай, и Управление по связям с маглами уже принимает необходимые меры по модификации памяти у пострадавших.

— Да, чуть не забыл, — прибавил Фадж под конец. — Мы собираемся ввезти из-за границы трех драконов и сфинкса для Турнира Трех Волшебников. Это вполне обычная практика, но Отдел регулирования магических популяций и контроля над ними, ссылаясь на существующие правила, требует поставить вас в известность о ввозе в нашу страну существ повышенной опасности.

— Я... Что? Драконы?! — завопил, брызгая слюной, премьер-министр.

— Да, три штуки, — подтвердил Фадж. — И сфинкс. Ну, всего хорошего!

Премьер-министр безнадежно надеялся, что драконами и сфинксами дело и ограничится, но нет. Не прошло и двух лет, как Фадж снова появился из камина, на сей раз с известием о массовом побеге из Азкабана.

— *Массовый* побег? — севшим голосом переспросил премьер-министр.

— Не нужно волноваться, не нужно волноваться! — прокричал Фадж, уже снова одной ногой в пламени. — Мы их мигом переловим! Это я уж так, чтоб вы были в курсе!

И не успел премьер-министр прокричать: «Эй, подождите минуточку!» — как Фадж уже скрылся, рассыпавшись дождем зеленых искр.

Что бы там ни говорили пресса и оппозиция, премьер-министр был вовсе не глуп. От него не ускользнуло, что, несмотря на все заверения Фаджа при той первой встрече, им приходится видеться довольно часто, причем Фадж с каждым разом появляется во все более растрепанных чувствах. Хотя премьер-министру отнюдь не доставляло удовольствия вспоминать о Фадже, он невольно опасался, что, когда министр магии (или, как он его про себя называл, Другой министр) появится снова, причина окажется еще более серьезной. А потому вид Фаджа, в очередной раз выходящего из камина, взлохмаченного, раздраженного и строго отчитывающего премьер-министра за то, что тот не может сам догадаться о цели его визита, стал достойным завершением исключительно тяжелой недели.

— Откуда же мне знать, что там у вас происходит в этом вашем, как его... волшебном сообществе? — огрызнулся премьер-министр. — На мне, между прочим, руководство целой страной, и в настоящее время мне вполне хватает своих забот...

— У нас с вами одни и те же заботы, — перебил его Фадж. — Брокдейлский мост обрушился не сам по себе. И ураган на самом деле — не ураган. И убийства совершены не маглами. И Герберта Чорли безопаснее будет изолировать от семьи. Сейчас мы готовимся перевезти его в клинику магических недугов и травм — больницу святого Мунго. Перевозить будем этой ночью.

— О чем вы?.. Боюсь, я не совсем... Что?! — взвыл премьер-министр.

Фадж сделал глубокий вдох:

— Премьер-министр, я должен с огромным сожалением сообщить вам, что он вернулся. Тот-Кого-Нельзя-Называть вернулся.

— Вернулся? Вы хотите сказать, он жив? То есть...

Премьер-министр спешно искал в памяти подробности кошмарного разговора трехлетней давности, когда Фадж рассказывал ему про волшебника, которого боялись больше всех других волшебников, который совершил тысячу ужасных преступлений, после чего загадочно исчез пятнадцать лет назад.

— Да-да, жив, — ответил Фадж. — Впрочем, не знаю... Можно ли назвать по-настоящему живым человека, которого нельзя убить? Я этого толком не понимаю, а Дамблдор не хочет ничего объяснять, но, во всяком случае, у него теперь есть тело, он ходит, говорит и убивает, так что, видимо, в рамках данного обсуждения можно считать: да, он жив.

Премьер-министр не знал, что на это сказать, но прочно въевшаяся привычка казаться прекрасно информированным по любому вопросу заставила его уцепиться за первую вспомнившуюся деталь того давнего разговора.

— А Серый Ус Блэк, он сейчас, э-э... с Тем-Кого-Нельзя-Называть?

— Блэк? Блэк? — рассеянно переспросил Фадж, очень быстро вертя в руках котелок. — Вы имеете в виду Сириуса Блэка? Нет, клянусь бородой Мерлина! Блэк погиб. Как выяснилось, мы... э-э... были не правы на его счет. Все-таки он был невиновен. И никогда не был в сговоре с Тем-Кого-Нельзя-Называть. Я хочу сказать, — прибавил он, словно оправдываясь, и еще быстрее завертел свой котелок, — все данные указывали... более пятидесяти очевидцев... во всяком случае, как я уже сказал, он умер. Собственно говоря, его убили. В здании Министерства. Будет расследование...

К собственному удивлению, премьер-министр ощутил мимолетную жалость к Фаджу. Но ее тут же вытеснило теплое чувство самодовольства: пусть сам он не умеет материализоваться в каминах, зато на территории вверенных ему государственных учреждений убийств не было... по крайней мере пока.

Премьер-министр незаметно постучал по деревянной столешнице, а Фадж тем временем продолжал:

— Сейчас Блэк — дело десятое. Главное, что мы находимся в состоянии войны и необходимо принимать соответствующие меры.

— Война? — тревожно переспросил премьер-министр. — Не слишком ли сильно сказано?

— Тот-Кого-Нельзя-Называть снова встретился со своими сторонниками, которые вырвались из Азкабана в январе. — Фадж говорил все быстрее и быстрее и так яростно крутил свой котелок, что тот казался размытым светло-зеленым пятном. — Они больше не скрываются и творят невесть что. Брокдейлский мост — это его рук дело, премьер-министр, он угрожал массовым убийством маглов, если я не отойду в сторону, открыв ему дорогу...

— Боже ты мой, так это по вашей вине погибли люди, а мне приходится отвечать на вопросы о проржавевшей арматуре и коррозии опорных конструкций и не знаю уж о чем еще! — гневно воскликнул премьер-министр.

— По моей вине?! — вспыхнул Фадж. — Хотите сказать, вы бы согласились уступить подобному шантажу?

— Может быть, и нет, — ответил премьер-министр, вставая и принимаясь расхаживать по комнате. — Однако я бы приложил все усилия, чтобы поймать шантажиста, прежде чем он совершит такое злодеяние!

— Вы думаете, я не прикладываю усилий? — с жаром воскликнул Фадж. — Все министерские мракоборцы до единого брошены на эту задачу, они до сих пор пытаются найти его и отловить его сообщников, но ведь речь идет об одном из самых могущественных чародеев всех времен, о чародее, которого почти три десятилетия никому не удавалось одолеть!

— Полагаю, сейчас вы мне скажете, что и ураган на юго-западе тоже он вызвал? — спросил премьер-министр, с каждым шагом все больше свирепея. Он был вне себя от мысли, что теперь ему известна причина этих ужасных бедствий, но он не может открыть ее общественности; лучше уж пусть бы на самом деле правительство было во всем виновато, что ли!

— Это был не ураган, — проговорил Фадж несчастным голосом.

— Прошу прощения! — взревел премьер-министр, чуть ли не топая ногами. — Вывороченные с корнем деревья, сорванные с домов крыши, погнутые фонарные столбы, человеческие жертвы...

— Это сделали Пожиратели смерти, — сказал Фадж. — Сторонники Того-Кого-Нельзя-Называть. И еще... мы подозреваем, что в деле участвовали великаны.

Премьер-министр остановился на всем ходу, как будто налетел на невидимую стену.

— Кто участвовал?!

Фадж сделал гримасу:

— В прошлый раз он привлекал великанов, когда хотел совершить нечто особо эффектное. Сектор дезинформации работает круглосуточно, целые команды Стирателей памяти заняты модификацией памяти маглов, ставших свидетелями того, что произошло на самом деле. Отдел регулирования магических популяций и контроля над ними чуть ли не в полном составе носится по Сомерсету, но великанов так до сих пор и не могут найти... Просто несчастье какое-то!

— Да что вы говорите! — в бешенстве рявкнул премьер-министр.

— Не стану скрывать, настроение в Министерстве подавленное, — сказал Фадж. — А тут еще ко всему прочему мы лишились Амелии Боунс.

— Кого лишились?

— Амелии Боунс. Она руководила Отделом обеспечения магического правопорядка. Мы полагаем, что Тот-Кого-Нельзя-Называть, возможно, лично убил ее, поскольку она была необыкновенно одаренной волшебницей и, судя по всему, отчаянно сражалась.

Фадж кашлянул и с явным усилием прекратил наконец вертеть свою шляпу.

— Да ведь об этом убийстве писали в газетах, — сказал премьер-министр, ненадолго позабыв о своем гневе. — В наших газетах. Амелия Боунс... Там говорилось, что это была самая обыкновенная одинокая пожилая женщина. Если не ошибаюсь, убита с особой жестокостью. Эта история широко освещалась в средствах массовой информации. Расследование, знаете ли, зашло в тупик.

Фадж вздохнул:

— Еще бы оно не зашло в тупик! Убийство совершено в комнате, запертой изнутри, так? А вот мы совершенно точно знаем, кто его совершил, только это не помогает нам изловить виновного. И еще Эммелина Вэнс — возможно, вы о ней не слышали...

— Как же, слышал! — сказал премьер-министр. — Между прочим, это случилось недалеко отсюда, буквально за углом. Газеты порезвились вовсю: «Нарушение закона и порядка практически на заднем дворе у премьер-министра»...

— И как будто мало было всего этого, — сказал Фадж, не слушая, — повсюду кишмя кишат дементоры, нападают на людей направо и налево...

Когда-то, в более счастливые времена, премьер-министру эти слова показались бы бессмыслицей, но сейчас он стал мудрее.

— А я думал, дементоры стерегут заключенных в Азкабане? — спросил он осторожно.

— Стерегли, — устало ответил Фадж. — Но теперь уже не стерегут. Они покинули свой пост и присоединились к Тому-Кого-Нельзя-Называть. Не стану скрывать, это был тяжелый удар.

— Но, — вымолвил премьер-министр, мало-помалу приходя в ужас, — не вы ли мне говорили, что эти существа отнимают у людей надежду и радость?

— Совершенно верно. И к тому же они размножаются. От этого и туман.

У премьер-министра подкосились ноги, и он рухнул в ближайшее кресло. Ему стало дурно от мысли, что какие-то невидимые существа рыщут по городам и весям, сея отчаяние и безнадежность среди его электората.

— Послушайте, Фадж, нужно что-то делать! Это ведь ваша обязанность как министра магии!

— Дорогой мой премьер-министр, неужели вы всерьез думаете, что после этих событий я все еще министр магии? Меня уже три дня как сняли с должности! В течение двух недель все волшебное сообщество с криками и воплями требовало моей отставки. За все время моей работы я ни разу не видел среди них такого единодушия! — сказал Фадж, отважно пытаясь улыбнуться.

Премьер-министр временно лишился дара речи. Хоть он и негодовал по поводу того, в какое положение его поставили, но все же невольно сочувствовал загнанному человеку, съежившемуся в кресле напротив.

— Очень жаль, — сказал он наконец. — Могу ли я чем-нибудь помочь?

— Вы очень добры, премьер-министр, но помочь ничем не можете. Сегодня меня прислали сюда, чтобы ознакомить вас с последними событиями и представить вам моего преемника. Я полагал, что он уже должен быть здесь, но он, конечно, очень занят, столько всего...

Фадж оглянулся на портрет безобразного человечка в длинном завитом серебряном парике. Человечек ковырял в ухе гусиным пером.

Заметив, что Фадж на него смотрит, портрет проговорил:

— Он будет здесь с минуты на минуту. Заканчивает письмо Дамблдору.

— Желаю ему удачи, — сказал Фадж, в голосе которого впервые послышалась горечь. — Последние две недели я посылал письма Дамблдору по два раза в день, но он не пожелал и пальцем пошевелить. Если бы только он согласился повлиять на мальчишку, я, быть может, все еще был бы... Ну что ж, возможно, Скримджеру повезет больше.

Фадж погрузился в скорбное молчание, но тишину почти сразу же нарушил портрет, неожиданно заговоривший бодрым официальным тоном:

— Премьер-министру маглов. Просьба о встрече. Срочно. Будьте добры дать ответ немедленно. Руфус Скримджер, министр магии.

— Да-да, я согласен, — отозвался вконец замороченный премьер-министр и даже почти не вздрогнул, когда огонь в камине снова приобрел изумрудно-зеленый оттенок, ярко вспыхнул и среди языков пламени показался еще один вращающийся волшебник, которого через несколько секунд выбросило на антикварный ковер. Фадж поднялся на ноги, премьер-министр после минутной заминки сделал то же самое, наблюдая, как вновь прибывший выпрямляется, отряхивает длинную черную мантию и осматривается по сторонам.

В первый момент премьер-министру пришла в голову дурацкая мысль, что Руфус Скримджер очень похож на старого льва. В густой гриве рыжевато-каштановых волос и в кустистых бровях виднелись седые пряди, из-за очков в проволочной оправе смотрели пронзительные желтые глаза, а в движениях, хоть он и прихрамывал, сквозила своеобразная гибкая, размашистая грация. В этом человеке сразу чувствовались острый ум и твердый характер. «Можно понять, — подумал премьер-министр, — почему волшебное сообщество предпочло в эти опасные времена видеть своим предводителем Скримджера, а не Фаджа».

— Здравствуйте, как поживаете? — вежливо поздоровался премьер-министр, протягивая руку.

Скримджер коротко пожал ему руку, не переставая оглядывать комнату, затем извлек из-за пазухи волшебную палочку.

— Фадж все вам рассказал? — спросил он, подошел к двери и коснулся замочной скважины волшебной палочкой.

Премьер-министр услышал, как щелкнул замок.

— Э-э... да, — сказал премьер-министр. — И если вы не возражаете, я предпочел бы, чтобы дверь была открыта.

— А я предпочел бы, чтобы нам никто не мешал, — отрывисто ответил Скримджер. — И не подглядывал, — прибавил он, взмахом волшебной палочки задергивая занавеси на окнах. — Вот так. Ну что же, я занятой человек, так что перейдем сразу к делу. Прежде всего необходимо обсудить вопрос вашей безопасности.

Премьер-министр выпрямился во весь рост:

— Благодарю вас, я вполне доволен своей охраной...

— А мы — нет, — перебил его Скримджер. — Будет весьма неудачно для маглов, если их премьер-министр окажется под действием заклятия Империус. Новый секретарь у вас в приемной...

— Я не уволю Кингсли Бруствера, если вы к этому клоните! — с жаром воскликнул премьер-министр. — Он прекрасный работник, успевает сделать вдвое больше остальных...

— Это потому, что он волшебник, — сказал Скримджер без тени улыбки. — Мракоборец высочайшей квалификации, приставлен к вам для охраны.

— Стоп, стоп, погодите-ка минуточку! — воскликнул премьер-министр. — Вы не можете ни с того ни с сего взять и внедрить своего человека в мое ведомство. Я сам решаю, кого брать на работу...

— Мне казалось, вы были довольны Бруствером? — холодно заметил Скримджер.

— Я-то доволен... То есть я был доволен.

— Значит, все в порядке? — сказал Скримджер.

— Я... Что ж, если он и дальше будет так же работать... э-э... тогда все хорошо, — неуклюже закончил премьер-министр, но Скримджер его уже не слушал.

— Теперь касательно вашего заместителя, Герберта Чорли, — продолжал он. — Того, который развлекал общественность, изображая утку.

— А что такое? — спросил премьер-министр.

— Очевидно, его поведение является следствием скверно выполненного заклятия Империус, — ответил Скримджер. — Он повредился в уме, но все же может быть опасен.

— Да он же только крякает! — слабым голосом возразил премьер-министр. — Достаточно как следует отдохнуть... Может быть, поменьше налегать на спиртное...

— Пока мы с вами здесь разговариваем, его осматривает бригада целителей из больницы святого Мунго. Он уже пытался задушить троих, — сообщил Скримджер. — Я считаю, что будет лучше, если мы временно изолируем его от общества маглов.

— Я... что ж... Надеюсь, он поправится? — с тревогой спросил премьер-министр.

Скримджер только пожал плечами — он уже направился к камину.

— Вот, пожалуй, и все, что я хотел сказать. Буду держать вас в курсе событий, премьер-министр, вернее, сам я, вероятно, буду слишком занят, чтобы посещать вас лично, в случае чего пришлю Фаджа. Он согласился остаться при мне в качестве консультанта.

Фадж попытался изобразить улыбку, но это у него не получилось — было похоже, как будто у бывшего министра магии вдруг заболели зубы. Скримджер уже рылся в карманах в поисках таинственного порошка, от которого огонь в камине становился зеленым. Премьер-министр беспомощно смотрел на них, и тут у него наконец вырвались те слова, что он с таким трудом сдерживал весь этот вечер.

— Ради всего святого, вы же волшебники! Вы умеете колдовать! Вы же, наверное, можете справиться с чем угодно!

Скримджер медленно обернулся и взглянул на Фаджа с таким выражением, словно не верил своим ушам. Фадж на сей раз в самом деле выдавил улыбку и снисходительно пояснил:

— Видите ли, премьер-министр, все дело в том, что и наши противники тоже умеют колдовать.

После чего оба волшебника один за другим исчезли в изумрудно-зеленом пламени.

Глава 2

ПАУЧИЙ ТУПИК

За много миль от правительственного здания промозглый туман, липнувший к окнам премьер-министра, клубился над грязной речкой, вьющейся между заросшими, замусоренными берегами. Поблизости возвышалась громадная дымовая труба заброшенной фабрики, темная и зловещая. Здесь не было никаких звуков, лишь чуть слышно журчала темная вода, и никаких признаков жизни, только облезлая лисица рыскала по берегу в надежде отыскать среди высокой травы старые обертки от жареной рыбы с чипсами.

Но вот раздался тихий хлопок, и у самой воды возникла стройная фигура в плаще с капюшоном. Лисица замерла на месте, не сводя настороженного взгляда с этого странного явления. Фигура осмотрелась, как будто пытаясь сориентироваться, а затем быстрыми легкими шагами двинулась прочь, шелестя плащом по траве.

Послышался еще один хлопок, погромче, и материализовалась вторая фигура в плаще с капюшоном.

— Стой!

Хриплый крик испугал лису, припавшую к земле среди сорняков. Она одним прыжком выскочила из укрытия и кинулась вверх по берегу. Блеснула зеленая вспышка, короткий взвизг — и мертвая лиса упала на землю.

Вторая фигура носком башмака перевернула убитое животное.

— Просто лисица, — пренебрежительно произнес женский голос из-под капюшона. — А я подумала — вдруг мракоборец... Цисси, подожди!

Но та, кого она преследовала, оглянувшись было при вспышке света, уже снова карабкалась по склону, откуда только что скатилась лисица.

— Цисси! Нарцисса! Послушай меня!

Вторая женщина догнала первую и схватила за руку. Первая вырвалась:

— Уходи, Белла!

— Ты должна меня выслушать!

— Слушала уже! Я приняла решение. Оставь меня в покое!

Женщина, которую звали Нарцисса, выбралась наконец наверх, туда, где ветхие перила отделяли реку от узенькой улочки, мощенной булыжником. Вторая женщина, Белла, не отставала от нее ни на шаг. Они стояли рядом в темноте и смотрели через дорогу на унылые ряды полуразвалившихся кирпичных домов с тусклыми слепыми окнами.

— Он живет здесь? — спросила Белла с презрением. — *Здесь*? В этой магловской навозной куче? Должно быть, еще никто из наших сюда не...

Но Нарцисса не слушала; она проскользнула через дыру в ржавой ограде и бросилась бегом через дорогу.

— Цисси, подожди!

Белла рванулась за ней, взметнув полами плаща. Она успела увидеть, как Нарцисса, пробежав по переулку между домами, выскочила на параллельную улицу, практически ничем не отличавшуюся от первой. Многие фонари здесь были разбиты, две бегущие женщины попадали то в пятно света, то в густую тьму. Преследовательница настигла жертву, когда та снова попыталась свернуть за угол. На этот раз она крепко схватила свою добычу за локоть и развернула лицом к себе.

— Не делай этого, Цисси, ему нельзя доверять...

— Темный Лорд ему доверяет, правда?

— Темный Лорд... по-моему... ошибается, — выговорила, задыхаясь, Белла и оглянулась — проверить, не слышал ли кто; глаза ее блеснули под капюшоном. — В любом случае нам было велено никому не рассказывать про его замысел. Это измена...

— Пусти, Белла! — прорычала Нарцисса и, выхватив из-под плаща волшебную палочку, угрожающе нацелила ее в лицо своей противнице.

Белла только засмеялась в ответ:

— Свою родную сестру, Цисси? Ты на это не способна!

— Я теперь на все способна! — выдохнула Нарцисса с истерическими нотками в голосе. Она рубанула волшебной палочкой, словно ножом, снова блеснула вспышка. Белла выпустила руку сестры, как будто обжегшись.

— Нарцисса!

Но Нарцисса уже бежала дальше. Потирая руку, преследовательница вновь кинулась в погоню, только теперь она старалась держаться на безопасном расстоянии. Они забирались все глубже в лабиринт нежилых кирпичных домов. Наконец Нарцисса выбежала в переулок под названием Паучий тупик; фабричная труба высилась над ним, словно кто-то огромный укоризненно грозил пальцем. Легкие шаги эхом отдавались на булыжной мостовой. Женщина бежала мимо разбитых и заколоченных досками окон и наконец остановилась у последнего дома, где в первом этаже между занавесками пробивался слабый свет.

Она постучала в дверь. Тут подоспела Белла, ругаясь сквозь зубы. Сестры стояли и ждали, слегка запыхавшись, вдыхая запах грязной реки, который доносил до них ночной ветерок. Через несколько секунд в доме послышалось какое-то движение, и дверь чуть-чуть приоткрылась. Через щель на них смотрел человек; длинные черные волосы обрамляли желтовато-бледное лицо с черными глазами.

Нарцисса откинула с головы капюшон. Она была так бледна, что казалось, лицо ее светится в темноте. Струящиеся по спине длинные белокурые волосы придавали ей сходство с утопленницей.

— Нарцисса! — Человек открыл дверь пошире. Теперь свет падал и на ее сестру. — Какая приятная неожиданность!

— Северус, — проговорила она придушенным шепотом, — можно мне с тобой поговорить? Это очень срочно.

— Ну разумеется!

Он отступил в сторону, пропуская ее в дом. Ее сестра вошла без приглашения, не снимая капюшона.

— Приветствую, Снегг, — коротко поздоровалась она.

— Приветствую, Беллатриса, — ответил он, чуть насмешливо искривив губы, и захлопнул за гостьями дверь.

Все трое оказались в крошечной темноватой гостиной, производившей впечатление не то тюремной камеры, не то палаты в клинике для умалишенных. Полки по стенам были сплошь уставлены книгами, большей частью в старинных коричневых или черных кожаных переплетах. Потертый диван, старое кресло и колченогий столик стояли тесной группой в лужице тусклого света от люстры со свечами, свисавшей с потолка. Помещение выглядело неухоженным, как будто здесь давно никто не жил.

Снегг жестом пригласил Нарциссу присесть на диван. Нарцисса сняла плащ, отбросила его в сторону, села и принялась внимательно разглядывать свои стиснутые на коленях руки, бледные и дрожащие. Беллатриса неторопливо опустила капюшон. Темноволосая, в отличие от белокурой сестры, с тяжелыми веками и выступающим подбородком, она не отрывала взгляда от Снегга, стоя за спиной Нарциссы.

— Итак, что же я могу для вас сделать? — осведомился Снегг, усаживаясь в кресло напротив сестер.

— Мы... мы одни? — тихо спросила Нарцисса.

— Да, конечно. Впрочем, здесь еще Хвост, но ведь червяки не в счет?

Он указал волшебной палочкой на стену, уставленную книгами. С треском распахнулась потайная дверь, открывая на обозрение узкую лестницу и застывшего на ней низенького человечка.

— Как ты, вероятно, заметил, Хвост, у нас сегодня гости, — лениво проговорил Снегг.

Человечек втянул голову в плечи, спустился на оставшиеся несколько ступенек и вошел в комнату. У него были маленькие водянистые глазки, остренький носик и неприятная подобострастная улыбочка. Левой рукой он поглаживал правую, которая выглядела так, словно была затянута в блестящую серебряную перчатку.

— Нарцисса! — пискнул он. — И Беллатриса! Радость-то какая...

— Если угодно, Хвост принесет нам выпить, — сказал Снегг. — А потом вернется к себе в комнату.

Хвост вздрогнул, как будто Снегг швырнул в него чем-нибудь тяжелым.

— Я тебе не слуга! — пропищал он, стараясь не смотреть Снеггу в глаза.

— Разве? А мне казалось, Темный Лорд поместил тебя сюда, чтобы помогать мне.

— Да, помогать, а не подавать напитки и... и убирать за тобой!

— А я и не подозревал, что ты жаждешь более опасных заданий, Хвост, — ласково проговорил Снегг. — Это легко устроить. Я поговорю с Темным Лордом...

— Я сам могу с ним поговорить, если захочу!

— Разумеется, — осклабился Снегг. — А пока принеси-ка нам выпить. Скажем, того вина эльфовского производства.

Хвост потоптался на месте, словно намеревался еще спорить, но в конце концов повернулся и исчез за другой потайной дверью. Было слышно, как он хлопает дверцами буфета и звякает чем-то стеклянным. Через несколько секунд он вернулся и принес на подносе пыльную бутылку вина и три бокала. Все это он поставил на колченогий столик и шмыгнул на лестницу, захлопнув за собой дверь с книжными полками.

Снегг разлил по бокалам кроваво-красное вино, два бокала вручил сестрам. Нарцисса пробормотала какие-то слова благодарности, Беллатриса ничего не сказала, продолжая враждебно рассматривать Снегга. Его это как будто нисколько не смущало; казалось, происходящее его скорее забавляет.

— За Темного Лорда! — Он поднял свой бокал и осушил одним глотком.

Сестры сделали то же самое. Снегг заново наполнил бокалы.

Пригубив вторую порцию, Нарцисса неожиданно выпалила:

— Северус, прости, что я так ворвалась к тебе, но мне было необходимо тебя видеть. Я думаю, никто, кроме тебя, не сможет мне помочь...

Снегг прервал ее, подняв руку, затем снова направил волшебную палочку на потайную дверь. Послышался громкий треск, писк и быстрый топот ног Хвоста, удирающего вверх по лестнице.

— Прошу меня извинить, — сказал Снегг. — Он в последнее время завел привычку подслушивать под дверью. Не представляю, зачем это ему... Так что ты говорила, Нарцисса?

Она судорожно вздохнула и начала снова.

— Северус, я знаю, я не должна была сюда приходить, мне было приказано никому не рассказывать, но...

— Вот и придержала бы язык! — со злостью проворчала Беллатриса. — Особенно в таком обществе!

— В таком обществе? — сардонически переспросил Снегг. — Как я должен это понимать, Беллатриса?

— Так, что я не доверяю тебе, Снегг, и ты это прекрасно знаешь!

Нарцисса издала звук, похожий на сухой всхлип, и закрыла лицо руками. Снегг поставил свой бокал, откинулся в кресле, положив руки на подлокотники и улыбаясь прямо в насупленное лицо Беллатрисы.

— Я думаю, Нарцисса, нужно выслушать то, что Беллатриса рвется нам сказать, а то она, того и гляди, лопнет. Продолжай, Беллатриса, — пригласил Снегг. — Почему же это ты мне не доверяешь?

— Есть сотня причин! — громко ответила она и, выйдя из-за дивана, со стуком поставила бокал на стол. — Даже не знаю, с какой начать! Где ты был, когда Темный Лорд потерпел поражение? Почему не пытался разыскать его, когда он исчез? Чем ты занимался все эти годы, пока кормился подачками Дамблдора? Зачем ты помешал Темному Лорду добыть философский камень? Почему не вернулся сразу же, как только Темный Лорд обрел новое воплощение? Где ты был несколько недель назад, когда мы сражались за пророчество для Темного Лорда? И почему,

Снегг, скажи, Гарри Поттер все еще жив, после того как пять лет находился в полной твоей власти?

Беллатриса умолкла, грудь ее вздымалась, щеки пылали. Нарцисса сидела не шевелясь, по-прежнему закрыв лицо руками.

Снегг улыбнулся:

— Прежде чем ответить... О да, Беллатриса, я тебе отвечу! Можешь передать мои слова всем, кто шепчется у меня за спиной и бегает к Темному Лорду с выдумками насчет моей якобы измены! Так вот, прежде чем ответить, позволь мне в свою очередь задать тебе один вопрос. Неужели ты в самом деле думаешь, что Темный Лорд не спрашивал меня обо всем этом? И неужели ты в самом деле не понимаешь, что, не будь я в состоянии дать удовлетворительные ответы, я сейчас не сидел бы здесь и не разговаривал с тобой?

Беллатриса замялась:

— Я знаю, он тебе верит, но...

— По-твоему, он ошибается? Или ты думаешь, я каким-то образом сумел его провести? Одурачить Темного Лорда, величайшего из волшебников, самого искусного мастера легилименции во всем мире?

Беллатриса промолчала, но в ее поведении появилась легкая неуверенность. Снегг не настаивал на ответе. Он снова отхлебнул из бокала и продолжил:

— Ты спрашиваешь, где я был, когда Темный Лорд потерпел поражение. Я был там, где он приказал мне находиться — в Хогвартсе, школе чародейства и волшебства, поскольку мне было поручено шпионить за Альбусом Дамблдором. Полагаю, тебе известно, что я поступил на эту работу по приказанию Темного Лорда?

Беллатриса едва заметно кивнула и открыла было рот, но Снегг опередил ее:

— Ты спрашиваешь, почему я не пытался разыскать его, когда он исчез. По той же причине, по которой не пытались его искать Эйвери, Яксли, Кэрроу, Сивый, Люциус, — он сделал полупоклон в сторону Нарциссы, — и многие другие. Я был убежден, что он погиб. Хвастаться тут нечем, я был не прав, но что же делать... Если бы он не простил нас, на время утративших веру, у него осталось бы очень мало сторонников.

— У него осталась бы я! — страстно воскликнула Беллатриса. — Ради него я провела столько лет в Азкабане!

— В самом деле. Похвально, похвально, — скучающим тоном протянул Снегг. — Правда, от того, что ты сидела в тюрьме, пользы для него было мало, зато какой красивый жест...

— Жест! — выкрикнула она в бешенстве, становясь похожей на безумную. — Пока меня мучили дементоры, ты благополучно жил себе в Хогвартсе, изображая комнатную собачку Дамблдора!

— Не совсем так, — спокойно ответил Снегг. — Он, знаешь ли, так и не согласился доверить мне преподавание защиты от Темных искусств. Видимо, опасался, что это может... м-м... спровоцировать рецидив. Вдруг я соблазнюсь и вернусь на старую дорожку.

— Так вот какова была твоя жертва Темному Лорду: ты лишился возможности преподавать любимый предмет! — воскликнула Беллатриса с издевкой. — А почему ты оставался там все это время, Снегг? Продолжал шпионить за Дамблдором, хотя считал своего повелителя мертвым?

— Едва ли, — ответил Снегг, — хотя Темный Лорд был доволен, что я не покинул свой пост. За шестнадцать лет у меня накопилось изрядное количество сведений о Дамблдоре. Пожалуй, это более ценный подарок к возвращению, чем нескончаемые воспоминания о том, как плохо было в Азкабане...

— Но ты остался, ты не ушел оттуда...

— Да, Беллатриса, я остался, — сказал Снегг, в первый раз за все время разговора начиная проявлять нетерпение. — У меня была приличная работа, и я предпочел ее отбыванию срока в Азкабане. Ты помнишь, тогда повсюду отлавливали Пожирателей смерти. Дамблдор защитил меня от тюрьмы, это было мне чрезвычайно удобно, и я этим воспользовался. Повторяю: у Темного Лорда нет возражений по поводу того, что я остался, так чем же ты недовольна? Далее, видимо, ты захочешь узнать, — продолжал Снегг, чуть повысив голос, поскольку Беллатриса явно порывалась возразить, — зачем я встал на пути Темного Лорда к философскому камню. На этот вопрос легко ответить. В то время он еще не знал, можно ли мне доверять. Он, как и ты, считал, что я из преданного Пожирателя смерти превратился в марионетку Дамблдора. Он тогда был в ужасном состоянии, очень ослаб, обитал в теле посредственного волшебника. Он не решился открыться бывшему союзнику, опасаясь, что этот союзник может выдать его Дамблдору или Министерству. Я глубоко сожалею о том, что он не доверился мне. В этом случае он вернулся бы к власти тремя годами раньше. А так я видел только жадного недостойного Квиррелла, пытавшегося украсть философский камень, и, признаюсь, я сделал все, что было в моих силах, чтобы ему помешать.

Беллатриса скривила губы, словно только что проглотила горькое лекарство.

— Но ты не явился к нему, когда он вернулся, ты не примчался в ту же минуту, когда почувствовал, что Черная Метка жжет тебя...

— Верно. Я явился два часа спустя, по приказанию Дамблдора.

— По приказанию Дамблдора?! — возмущенно начала было Беллатриса.

— Ну, подумай хоть немного! — Снегг снова потерял терпение. — Подумай! Выждав два часа, всего лишь какие-то два часа, я добился того, что смог остаться в Хогвартсе в качестве шпиона! Я создал у Дамблдора впечатление, будто бы возвращаюсь к Темному Лорду исключительно по приказу, и благодаря этому получил возможность передавать нашему господину сведения о Дамблдоре и об Ордене Феникса! Пошевели мозгами, Беллатриса, — Черная Метка уже несколько месяцев как начала проступать все ярче. Я знал, что он должен вот-вот вернуться, все Пожиратели смерти это знали! У меня было время обдумать свои действия, я вполне мог попросту сбежать, как Каркаров. Скажешь, нет?

В первый момент Темный Лорд был недоволен моим опозданием, но, уверяю тебя, его недовольство исчезло без следа, когда я объяснил, что по-прежнему верен ему, хотя Дамблдор и считает меня своим человеком. Да, Темный Лорд поначалу думал, что я покинул его навсегда, но это не так.

— А какая от тебя была польза? — фыркнула Беллатриса. — Какие такие ценные сведения мы от тебя получили?

— Я передаю свои сведения непосредственно Темному Лорду, — сказал Снегг. — Если он не считает нужным делиться с вами...

— Он делится со мною всем! — тут же ощетинилась Беллатриса. — Он говорит, что я самая верная, самая преданная...

— В самом деле? — В голосе Снегга прозвучал легчайший намек на сомнение. — Он в самом деле до сих пор так говорит, после того фиаско в Министерстве?

— Там не было моей вины! — вспыхнула Беллатриса. — В прошлом Темный Лорд не раз доверял мне важнейшие... Если бы не Люциус...

— Не смей! Не сваливай вину на моего мужа! — сказала Нарцисса тихим голосом, полным смертельной злобы, вскинув голову и глядя на сестру.

— К чему теперь считаться, кто больше виноват, кто меньше, — вкрадчиво заметил Снегг. — Что сделано, того не воротишь.

— А ты, конечно, ни при чем! — гневно выкрикнула Беллатриса. — Ты опять отсутствовал, пока другие рисковали головой, верно, Снегг?

— Мне было приказано оставаться на месте, — сказал Снегг. — Может быть, ты не согласна с Темным Лордом? Может быть, ты считаешь, что Дамблдор не заметил бы меня в рядах Пожирателей смерти, вступивших в бой с Орденом Феникса? И еще... ты уж меня прости, но ты говоришь об опасности... Если не ошибаюсь, вашими противниками были шестеро подростков?

— Ты прекрасно знаешь, что вскоре к ним на помощь подоспела чуть ли не половина Ордена Феникса! — огрызнулась Беллатриса. — Кстати об Ордене... Ты по-прежнему утверждаешь, будто не можешь открыть нам, где находится их штаб-квартира?

— Я не вхожу в число Хранителей Тайны и не могу никому назвать это место. Полагаю, тебе известно, как действует заклинание? Темному Лорду хватает той информации об Ордене, которую я в состоянии предоставить. Ты могла бы догадаться, что именно благодаря этим сведениям недавно удалось схватить и уничтожить Эммелину Вэнс. Они же помогли устранить Сириуса Блэка, хотя тут я должен отдать тебе должное — прикончила его ты.

Снегг наклонил голову, показывая, что пьет за ее здоровье. Но лицо Беллатрисы не смягчилось.

— Ты увиливаешь от моего последнего вопроса, Снегг. Гарри Поттер. Ты мог убить его в любую минуту за последние пять лет. Ты этого не сделал. Почему?

— Ты говорила на эту тему с Темным Лордом? — спросил ее Снегг.

— Он... Мы с ним в последнее время... Я спрашиваю *тебя*, Снегг!

— Если бы я убил Гарри Поттера, Темный Лорд не смог бы использовать его кровь для того, чтобы возродиться и обрести неуязвимость...

— Хочешь сказать, ты предвидел, что мальчишка ему понадобится! — воскликнула она с насмешкой.

— Я этого не утверждаю, я понятия не имел о его планах. Я уже признался, что считал Темного Лорда мертвым. Я просто объясняю, почему его не огорчает, что, по крайней мере, в прошлом году Поттер был еще жив.

— А после этого почему ты оставил его в живых?

— Ты что, не поняла, о чем я сейчас говорил? Только покровительство Дамблдора спасало меня от Азкабана! Согласись, что убийство любимого ученика могло восстановить Дамблдора против меня. Но дело не только в этом. Позволь тебе напомнить, что, когда Поттер только поступил в Хогвартс, о нем ходило множество слухов; говорили, будто он и сам могущественный темный волшебник и оттого Темному Лорду не удалось его уничтожить. На самом деле многие из бывших сторонников Темного Лорда думали, что Поттер может стать нашим новым знаменем и все мы объединимся вокруг него. Не скрою, мне было любопытно и вовсе не хотелось убивать его, едва он переступит порог школы.

Разумеется, очень скоро мне стало ясно, что у него нет ровно никаких необыкновенных талантов. Несколько раз ему удавалось выкрутиться из крайне сложных ситуаций благодаря удачному сочетанию необъяснимого везения и помощи талантливых друзей. Сам он — полнейшая посредственность, хотя заносчив и самодоволен, как и его покойный отец. Я сделал все, что мог, чтобы его вышвырнули из Хогвартса, где ему, на мой взгляд, совсем не место. Но убить или допустить, чтобы его убили на моих глазах?.. Было бы просто глупо идти на такой риск под самым носом у Дамблдора.

— И после всего этого мы должны поверить, что Дамблдор ни разу тебя не заподозрил? — спросила Беллатриса. — Он не догадывается, кому ты на самом деле служишь, он до сих пор полностью тебе доверяет?

— Я хорошо играл свою роль, — ответил Снегг. — К тому же ты забываешь основную слабость Дамблдора: он упорно верит в лучшее в людях. Я, вчерашний Пожиратель смерти, наплел ему красивую сказочку о своем глубочайшем раскаянии, когда поступал к нему на работу, и он принял меня с распростертыми объятиями. Впрочем, повторюсь, к преподаванию защиты от Темных искусств так и не подпустил. Дамблдор в свое время был великим волшебником. Да-да, был, — повторил Снегг, поскольку Беллатриса презрительно хмыкнула, — сам Темный Лорд это признаёт. Но я с удовольствием замечаю, что Дамблдор стареет. Недавний поединок с Темным Лордом сильно его подкосил. По-видимому, он перенес тяжелую травму, реакция у него уже не та, что прежде. Но ни разу за все эти годы он не терял доверия к Северусу Снеггу, и потому я так ценен для Темного Лорда.

Беллатриса по-прежнему была недовольна, но, видимо, не знала, как еще подступиться к Снеггу. Снегг воспользовался ее молчанием и обратился ко второй сестре:

— Итак, ты пришла ко мне за помощью, Нарцисса?

Нарцисса подняла к нему глаза, полные отчаяния.

— Да, Северус. Я... Я думаю, кроме тебя, никто не может мне помочь. Мне больше не к кому обратиться. Люциус в тюрьме, и...

Она закрыла глаза, две крупные слезы скатились из-под век.

— Темный Лорд запретил мне говорить об этом, — продолжала Нарцисса, не открывая глаз. — Он хочет, чтобы никто не знал о его замысле. Это... огромная тайна. Но...

— Если он запретил, ты не должна ничего говорить, — быстро сказал Снегг. — Слово Темного Лорда — закон.

Нарцисса задохнулась, как будто он плеснул ей в лицо холодной водой. Беллатриса выглядела довольной — в первый раз с тех пор, как вошла в дом.

— Вот видишь! — с торжеством сказала она сестре. — Даже Снегг так считает. Велели тебе молчать — молчи!

Но тут Снегг встал с кресла и, подойдя к окошку, выглянул в щель между занавесками, окинул взглядом пустынную улицу и снова плотно задернул занавески. Затем, нахмурившись, повернулся к Нарциссе.

— Так сложилось, что я знаю об этом замысле, — сказал он тихо. — Я один из немногих, кому Темный Лорд открыл свой план. Но не будь эта тайна мне известна, Нарцисса, ты была бы виновна в измене.

— Я так и думала, что ты должен знать! — Нарцисса вздохнула свободнее. — Он так верит тебе, Северус...

— Тебе известен его план? — переспросила Беллатриса; мимолетное выражение довольства улетучилось, сменившись возмущением. — Известен *тебе*?

— Безусловно, — подтвердил Снегг. — Но какая помощь тебе нужна, Нарцисса? Если ты вообразила, будто я смогу отговорить Темного Лорда, боюсь, тебя ждет разочарование.

— Северус, — прошептала она. По ее бледным щекам покатились слезы. — Мой сын... Мой единственный сын...

— Драко должен гордиться, — равнодушно сказала Беллатриса, — ему оказана великая честь. И, между прочим, одного у Драко не отнимешь — он не пытается уклониться от своего долга. По-моему, он рад возможности проявить себя, его захватывают перспективы...

Нарцисса заплакала навзрыд, не отрывая молящего взгляда от Снегга.

— Ему всего шестнадцать, он просто не понимает, что его ждет! Почему, Северус? Почему мой сын? Это слишком опасно! Это все месть за ошибку Люциуса, я знаю!

Снегг ничего не сказал. Он отвел глаза, как будто слезы Нарциссы были чем-то неприличным, но не мог притвориться, что не слышит ее.

— Поэтому он выбрал Драко, ведь правда? — настойчиво повторила она. — Чтобы наказать Люциуса?

— Если Драко добьется успеха, — сказал Снегг, по-прежнему глядя в сторону, — его ждет почет, какой и не снился другим.

— Но он не добьется успеха! — рыдала Нарцисса. — Куда ему, если сам Темный Лорд...

Беллатриса ахнула. Нарцисса заметно струсила.

— Я только хотела сказать... Никому еще не удавалось... Северус... пожалуйста... Драко так уважает тебя, ты всегда был его любимым учителем. Ты старый друг Люциуса... Я умоляю тебя! Ты особо приближенный советник Темного Лорда, тебе он доверяет как никому. Поговори с ним, убеди его.

— Темного Лорда невозможно убедить, и я не настолько глуп, чтобы пытаться, — ответил Снегг напрямик. — Не стану скрывать, что Темный Лорд гневается на Люциуса. Люциусу было поручено руководство операцией, а он и сам попал в плен, и других подвел, да к тому же так и не сумел завладеть пророчеством. Да, Нарцисса, Темный Лорд разгневан, он в ярости!

— Значит, я права, он выбрал Драко из мести! — захлебывалась слезами Нарцисса. — Ему не нужно, чтобы Драко добился успеха, он хочет его гибели!

Снегг снова промолчал, и Нарцисса, как видно, потеряла последние остатки самообладания. Она вскочила, пошатываясь, подступила к Снеггу, ухватилась за отвороты воротника его мантии. Приблизив лицо почти вплотную к его лицу, роняя слезы ему на грудь, она выдохнула:

— Ты сам мог бы сделать это. *Ты* мог бы сделать это вместо Драко, Северус. Тебе удалось бы, конечно, тебе бы удалось, и он наградил бы тебя превыше нас всех...

Снегг стиснул ее запястья и оторвал ее руки от своей мантии. Медленно проговорил, глядя сверху вниз в залитое слезами лицо:

— Я думаю, он намерен рано или поздно поручить это мне. Но ему угодно, чтобы сперва сделал попытку Драко. Видишь ли, в том маловероятном случае, если Драко добьется успеха, я смогу немного дольше оставаться в Хогвартсе, занимаясь своей полезной разведывательной деятельностью.

— Другими словами, ему все равно, пускай Драко убьют!

— Темный Лорд очень разгневан, — тихо повторил Снегг. — Он так и не услышал пророчества. Ты знаешь не хуже меня, Нарцисса, что он не склонен легко прощать.

Нарцисса рухнула к его ногам, она стонала и всхлипывала, скорчившись на полу.

— Мой единственный сын... мой единственный сын...

— Ты должна гордиться! — безжалостно произнесла Беллатриса. — Будь у меня сыновья, я бы с радостью отдала их на службу Темному Лорду!

Нарцисса тихонько вскрикнула и в отчаянии принялась рвать свои длинные белокурые волосы. Снегг наклонился, подхватил ее под мышки, поднял на ноги и снова усадил на диван. Налил еще вина и вложил бокал ей в руку.

— Перестань, Нарцисса. Выпей. Послушай меня.

Она притихла, сделала глоток, расплескивая вино на себя.

— Возможно... я мог бы помочь Драко.

Она резко выпрямилась с белым как бумага лицом и огромными глазами.

— Северус, ах, Северус, ты поможешь ему? Ты позаботишься о нем, присмотришь, чтобы с ним ничего не случилось?

— Я постараюсь.

Она отшвырнула бокал, который покатился по столу, соскользнула с дивана, бросилась на колени перед Снеггом, схватила его руку и прижала к губам.

— Если ты будешь рядом, если ты защитишь его... Северус, ты поклянешься мне в этом? Ты дашь Непреложный Обет?

— Непреложный Обет? — Лицо Снегга было совершенно непроницаемым, зато Беллатриса злорадно расхохоталась.

— Ты слышишь его, Нарцисса? О да, он *постарается*, можешь не сомневаться! Как всегда, пустые слова, обычные увертки! И все, конечно, по приказу Темного Лорда, о да!

Снегг не смотрел на Беллатрису. Взгляд его черных глаз был прикован к полным слез голубым глазам Нарциссы, все еще цеплявшейся за его руку.

— Конечно, Нарцисса, я принесу Непреложный Обет, — сказал он тихо. — Может быть, твоя сестра согласится скрепить его для нас.

Беллатриса раскрыла от удивления рот. Снегг опустился на колени лицом к лицу с Нарциссой.

Под изумленным взором Беллатрисы они взялись за руки — правой за правую.

— Тебе понадобится волшебная палочка, Беллатриса, — холодно проговорил Снегг.

Все еще не придя в себя от изумления, она достала волшебную палочку.

— И подойди чуть поближе, — сказал Снегг.

Она шагнула вперед, встала к ним вплотную и коснулась волшебной палочкой их сплетенных рук.

Нарцисса заговорила:

— Обещаешь ли ты, Северус, присматривать за моим сыном Драко, когда он попытается выполнить волю Темного Лорда?

— Обещаю, — сказал Снегг.

Тонкий сверкающий язык пламени вырвался из волшебной палочки, изогнулся, словно окружив их сцепленные руки докрасна раскаленной проволокой.

— Обещаешь ли ты всеми силами защищать его?

— Обещаю, — сказал Снегг.

Второй язык пламени вылетел из волшебной палочки и обвился вокруг первого, так что получилась тонкая сияющая цепь.

— А если понадобится... если станет ясно, что Драко не сумеет... — прошептала Нарцисса (рука Снегга дрогнула в ее руке, но он не отодвинулся), — обещаешь ли ты выполнить за него приказ Темного Лорда?

На мгновение наступила тишина. Беллатриса широко раскрытыми глазами смотрела на них, касаясь волшебной палочкой их сплетенных рук.

— Обещаю, — сказал Снегг.

Потрясенное лицо Беллатрисы осветила красная вспышка — третий язык пламени, вырвавшись из волшебной палочки, сплелся с первыми двумя, опутал крепко стиснутые руки Снегга и Нарциссы, словно веревка, словно огненная змея.

Глава 3

БУДЕТ – НЕ БУДЕТ

Гарри Поттер громко храпел. Он почти четыре часа просидел на стуле у окна своей комнаты, глядя на темнеющую улицу, и в конце концов уснул, прижавшись щекой к холодному оконному стеклу. Очки у него съехали набок, рот был широко раскрыт. Затуманившееся от его дыхания стекло искрилось в оранжевом свете уличного фонаря за окном. При искусственном освещении лицо его казалось призрачно-бледным под взлохмаченными черными волосами.

По всей комнате были раскиданы вещи вперемешку с мусором. Пол усыпан совиными перьями, яблочными огрызками и обертками от конфет, учебники кучей свалены на кровати вместе с мятыми мантиями, а в круге света от настольной лампы вольготно расположился целый ворох газет. Заголовок одной из них кричал:

ГАРРИ ПОТТЕР — ИЗБРАННЫЙ?

Не стихают слухи по поводу недавних беспорядков в Министерстве магии, во время которых снова был замечен Тот-Кого-Нельзя-Называть.

— Ни о чем не спрашивайте, нам запрещено говорить об этом, — сказал вчера вечером у выхода из Министерства сильно взволнованный Стиратель памяти, пожелавший остаться неизвестным.

Однако высокопоставленные источники в Министерстве подтверждают, что в центре беспорядков оказался легендарный Зал пророчеств.

Хотя официальные представители Министерства до сих пор отказываются даже подтвердить, что такое место существует, значительная часть волшебного сообщества убеждена, что Пожиратели смерти, отбывающие ныне срок в Азкабане за незаконное вторжение и попытку ограбления, хотели похитить некое пророчество. Никто не знает, в чем суть пророчества, но многие полагают, что оно касается Гарри Поттера — единственного человека, насколько мы знаем, сумевшего выжить после Смертоносного заклятия и, как нам стало известно, присутствовавшего в Министерстве в ночь, когда произошли беспорядки. Кое-кто даже именует Поттера «Избранным», полагая, что, согласно пророчеству, только он один способен избавить нас от Того-Кого-Нельзя-Называть.

Где сейчас находится пророчество, если оно на самом деле существует, неизвестно, однако *(продолжение на стр. 2, ст. 5)*

Рядом лежала другая газета со статьей под заголовком:

СКРИМДЖЕР — ПРЕЕМНИК ФАДЖА

Большую часть первой полосы занимала крупная черно-белая фотография человека с львиной гривой густых волос и лицом, говорившим о жизни, полной тяжелых испытаний. Человек на фотографии махал рукой, указывая на потолок.

Руфус Скримджер, ранее возглавлявший Управление мракоборцев в Отделе обеспечения магического правопорядка, сменил Корнелиуса Фаджа на посту министра магии. Большинство волшебников горячо приветствовали это назначение, несмотря на то что в первые же часы после вступления Скримджера в должность поползли слухи о разногласиях между новым министром и Альбусом Дамблдором, недавно восстановленным на посту Верховного чародея Визенгамота.

Представители Скримджера признают, что он встречался с Дамблдором немедленно по принятии высокой должности, но отказываются комментировать обсуждавшиеся при этом темы. Как известно, Альбус Дамблдор *(продолжение на стр. 3, ст. 2)*

Слева валялась еще одна газета, сложенная так, что видна была статья, озаглавленная:

МИНИСТЕРСТВО ГАРАНТИРУЕТ БЕЗОПАСНОСТЬ УЧЕНИКОВ

Недавно назначенный министр магии Руфус Скримджер в своем сегодняшнем выступлении говорил об усиленных мерах безопасности, принятых Министерством для охраны учеников, возвращающихся этой осенью в Хогвартс, школу чародейства и волшебства.

— По вполне понятным причинам Министерство не может познакомить общественность с подробностями новых планов усиленной охраны, — сказал министр, однако источник в Министерстве сообщает, что эти планы включают защитные чары и заклинания, сложную систему контрзаклятий и небольшой отряд мракоборцев, специально выделенный для охраны школы Хогвартс.

Судя по всему, большинство волшебников удовлетворены энергичными мерами Министерства по обеспечению безопасности учеников. Вот что сказала нам миссис Августа Долгопупс:

— Мой внук Невилл — один из близких друзей Гарри Поттера, между прочим, вместе с ним сражался с Пожирателями смерти в Министерстве в июне этого года и...

Остаток статьи заслоняла стоявшая на газете большая птичья клетка. В клетке сидела великолепная полярная сова. Ее янтарные глаза царственно обозревали комнату. Время от времени сова поворачивала голову, чтобы взглянуть на своего храпящего хозяина. Раз или два она нетерпеливо прищелкнула клювом, но Гарри спал крепко и ничего не слышал.

Посреди комнаты стоял большущий чемодан с откинутой крышкой. Он словно только и ждал, когда его загрузят, но внутри было почти совсем пусто, если не считать небольшого количества грязного белья, конфет, старых пузырьков из-под чернил и сломанных перьев для письма; все это едва покрывало дно чемодана. Рядом на полу лежала роскошно оформленная фиолетовая брошюра:

Издано по приказу
Министерства магии

КАК ЗАЩИТИТЬ СВОЙ ДОМ И СЕМЬЮ
ОТ ТЕМНЫХ ИСКУССТВ

В настоящее время волшебному сообществу угрожает организация, называющая себя Пожирателями смерти. Соблюдение несложных правил безопасности поможет вам защитить себя, свой дом и свою семью.

1. Старайтесь не выходить из дома в одиночку.

2. Будьте особенно осторожны в темное время суток. По возможности распределяйте свое время таким образом, чтобы завершить любые путешествия до наступления темноты.

3. Тщательно проверьте меры безопасности в своем доме, убедитесь, что все члены вашей семьи знакомы с экстренными приемами самообороны, такими, как Щитовые чары и Дезиллюминационное заклинание, а несовершеннолетние члены семьи владеют навыками парной трансгрессии.

4. Договоритесь об условных знаках с друзьями и родственниками, чтобы исключить возможность использования их облика Пожирателями смерти при помощи Оборотного зелья (см. стр. 2).

5. Если у вас возникло впечатление, что кто-то из членов семьи, коллег, друзей или соседей ведет себя необычно, немедленно обратитесь в Группу обеспечения магического правопорядка. Возможно, вы столкнулись с человеком, находящимся под действием заклятия Империус (см. стр. 4).

6. При появлении Черной Метки над жилым домом или любым другим строением НИ В КОЕМ СЛУЧАЕ НЕ ВХОДИТЕ ВНУТРЬ и немедленно обратитесь в Управление мракоборцев.

7. По неподтвержденным сведениям, существует возможность, что Пожиратели смерти используют инферналов (см. стр. 10). При встрече с инферналом НЕМЕДЛЕННО сообщите об этом в Министерство.

Гарри что-то пробормотал во сне и чуть ниже съехал щекой по стеклу, так что очки сильнее сбились набок, но он так и не проснулся. Будильник, который он починил несколько лет назад, громко тикал на подоконнике, показывая без одной минуты одиннадцать. Рядом под расслабленной рукой Гарри лежал листок пергамента, исписанный тонким косым почерком. Гарри столько раз читал и перечитывал это письмо, пришедшее три дня назад, что оно сделалось совершенно плоским, хотя было доставлено в виде туго свернутого свитка.

Дорогой Гарри!

Если тебе удобно, я зайду за тобой в дом номер четыре по Тисовой улице в ближайшую пятницу в одиннадцать часов вечера, чтобы сопроводить в «Нору», куда тебя приглашают провести остаток школьных каникул.

Если ты не против, я также был бы рад твоей помощи в одном деле, которым рассчитываю заняться по пути в «Нору». Подробнее объясню при встрече.

Большая просьба прислать ответ с той же совой. Надеюсь увидеться с тобой в пятницу.

Искренне твой,
Альбус Дамблдор

Гарри выучил письмо наизусть, но все равно украдкой поглядывал на него каждые пять минут, начиная с семи часов вечера, когда он занял свой пост у окна, из которого открывался довольно приличный вид в обе стороны Тисовой улицы. Свое согласие Гарри сразу же отправил с совой, доставившей письмо, и теперь ему оставалось только ждать: придет, не придет.

Гарри так и не собрал вещи в дорогу. Такое везение казалось невероятным — чтобы его забрали от Дурслей всего лишь через две недели общения с милыми родственниками! Он не мог отделаться от чувства, что обязательно что-нибудь пойдет не так. То ли его ответ Дамблдору затеряется по дороге, то ли Дамблдору не одно, так другое помешает за ним явиться, то ли окажется, что письмо вообще не от Дамблдора, что это или чья-то шутка, или вражеская ловушка. Если Гарри упакует вещи, а потом все придется опять распаковывать, он этого просто не выдержит. Он сделал только одно для подготовки к возможному путешествию: запер в клетку белоснежную сову Буклю.

Минутная стрелка будильника добралась до цифры двенадцать, и точно в этот момент за окном погас фонарь.

Гарри проснулся, как будто наступившая темнота была звонком будильника. Он торопливо поправил очки, отлепил щеку от окна и вместо этого прижался к стеклу носом, вглядываясь в ночь. По садовой дорожке к дому приближалась высокая фигура в длинном развевающемся плаще.

Гарри вскочил, словно его ударило током, и, опрокинув стул, принялся хватать вещи с пола и как попало швырять их в чемодан. В ту секунду, когда он метнул через всю комнату школьную мантию, две книги заклинаний и пачку чипсов, прозвенел дверной звонок.

На первом этаже в гостиной дядя Вернон заорал:

— Кой черт тут трезвонит на ночь глядя?

Гарри застыл на месте с медным телескопом в одной руке и парой кроссовок в другой. Он совсем забыл предупредить Дурслей, что Дамблдор может прийти! Чуть не расхохотавшись, несмотря на состояние, близкое к панике, он перелез через чемодан, распахнул дверь своей комнаты и как раз успел услышать глубокий звучный голос:

— Добрый вечер. Вы, вероятно, мистер Дурсль. Полагаю, Гарри предупредил вас, что я приду за ним?

Гарри скатился по лестнице, прыгая через две ступеньки, и резко затормозил, немного не дойдя донизу, поскольку долгий опыт приучил его по возможности не приближаться к дядюшке на расстояние вытянутой руки. В дверях стоял высокий, худой человек с длинными, до пояса, серебряными волосами и бородой. Он был одет в длинный черный дорожный плащ и остроконечную шляпу, на крючковатом носу сидели очки-половинки. Вернон Дурсль с такими же густыми усами, как и у Дамблдора, только черными, одетый в красновато-коричневый домашний халат, уставился на гостя, словно не веря своим крошечным глазкам.

— Судя по вашему потрясенному виду, Гарри не предупредил вас о моем приходе, — учтиво заметил Дамблдор. — Тем не менее давайте будем считать, что вы гостеприимно пригласили меня войти в дом. В эти трудные времена неразумно слишком долго задерживаться на пороге.

Он стремительно шагнул вперед и закрыл за собой входную дверь.

— Давненько я здесь не был, — сказал Дамблдор, глядя сверху вниз на дядю Вернона. — Смотрите-ка, ваши африканские лилии отлично цветут.

Вернон Дурсль упорно молчал. Гарри не сомневался, что дар речи вернется к нему, и очень скоро — пульсирующая жилка на виске дядюшки предупреждала об опасности, — но что-то в облике Дамблдора, как видно, временно угасило его боевой дух. Может быть, виной тому была явная, вопиющая волшебность всего его обличья, а может, дядя Вернон просто почувствовал, что перед ним человек, которого очень трудно запугать.

— А, добрый вечер, Гарри, — сказал Дамблдор, взглянув на него сквозь полукружья очков с самым довольным выражением. — Отлично, отлично.

От этих слов дядя Вернон как будто проснулся. Очевидно, с его точки зрения, если человек способен при виде Гарри произнести «отлично», то с этим человеком ни в коем случае невозможно договориться.

— Не хочу показаться невежливым... — начал он тоном, который прямо-таки дышал грубостью в каждом слоге.

— Однако, увы, отступления от вежливости случаются настолько часто, что это уже внушает тревогу, — серьезно закончил его фразу Дамблдор. —

Лучше уж ничего не говорите, мой милый. Ага, это, должно быть, Петунья.

Дверь кухни отворилась, и за ней показалась тетушка Гарри в резиновых перчатках и халате, накинутом поверх ночной рубашки — очевидно, она, как всегда, протирала на сон грядущий все горизонтальные поверхности в кухне. Ее лошадиное лицо не выражало ничего, кроме сильнейшего потрясения.

— Альбус Дамблдор, — представился Дамблдор, поскольку дядя Вернон явно не собирался знакомить с ним жену. — Мы с вами, конечно, переписывались. — Гарри подумал, что это слишком сильно сказано, ведь Дамблдор всего лишь прислал однажды тете Петунье взрывающееся письмо, но тетя Петунья не стала спорить. — А это, должно быть, ваш сын Дадли?

Дадли только что выглянул из-за двери гостиной. Его большая белобрысая голова, торчащая из полосатого воротника пижамы, как будто висела в воздухе отдельно от тела, раскрыв рот от удивления и страха. Дамблдор выждал минуту или две — видимо, на случай, если кто-то из Дурслей пожелает что-нибудь сказать, но, поскольку все молчали, Дамблдор улыбнулся:

— Будем считать, что вы пригласили меня в гостиную?

Дадли шустро отскочил в сторону, когда Дамблдор проходил в дверь. Гарри одолел последние ступеньки, все еще сжимая в руках телескоп и кроссовки, и тоже вошел в гостиную. Дамблдор расположился в кресле у огня и осматривал комнату с выражением благожелательного интереса. Он выглядел здесь удивительно неуместно.

— А мы... мы разве не уходим отсюда, сэр? — с тревогой спросил Гарри.

— Да, безусловно, уходим, но прежде нам необходимо обсудить кое-какие вопросы, — сказал Дамблдор. — А я предпочел бы не делать этого посреди улицы. Придется нам самую малость злоупотребить гостеприимством твоих дяди и тети.

— Задержаться здесь собрались, вот как?

Вернон Дурсль вошел в гостиную, Петунья выглядывала у него из-за плеча, а позади нее топтался Дадли.

— Да, — просто ответил Дамблдор, — немного задержусь.

Он так быстро взмахнул волшебной палочкой, что Гарри едва мог уловить ее движение. От этого взмаха диван рванулся вперед и подсек всех троих Дурслей под коленки, так что они кучей повалились на сиденье. Еще один взмах — и диван скакнул на свое обычное место.

— Давайте уж устроимся с удобством, — любезно промолвил Дамблдор.

Когда он убирал волшебную палочку в карман, Гарри заметил, что рука у него почернела и сморщилась, как будто обгорела.

— Сэр... Что у вас с рукой?

— Потом, Гарри, — сказал Дамблдор. — Сядь, пожалуйста.

Гарри сел в единственное свободное кресло, стараясь не смотреть на Дурслей, от изумления снова лишившихся дара речи.

— Я мог бы ожидать, что вы предложите мне что-нибудь выпить, — сказал Дамблдор дяде Вернону, — но, судя по всему, такое предположение грешит излишним оптимизмом.

Еще одно легкое движение волшебной палочки — в воздухе появилась запыленная бутыль и пять бокалов. Бутыль наклонилась и щедро плеснула в каждый из бокалов жидкости медового цвета, после чего бокалы поплыли по воздуху к сидящим в комнате людям.

— Лучшая медовуха мадам Розмерты, выдержанная в дубовой бочке, — сказал Дамблдор и поднял бокал, салютуя Гарри.

Тот поймал в воздухе свой бокал и чуть-чуть отпил. Он никогда ничего подобного не пробовал, но ему страшно понравилось. Дурсли, испуганно переглянувшись, попытались проигнорировать свои бокалы, хотя это оказалось нелегко, так как бокалы мягко постукивали их по голове. У Гарри появилось сильное подозрение, что Дамблдор от души наслаждается происходящим.

— Итак, Гарри, — сказал ему Дамблдор, — возникла одна трудность, которую, я надеюсь, ты сможешь для нас разрешить. Говоря «для нас», я имею в виду Орден Феникса. Но прежде всего я должен сообщить, что неделю назад было обнаружено завещание Сириуса и что он все оставил тебе.

Дядя Вернон встрепенулся на диване, но Гарри на него не смотрел и ничего не придумал сказать, кроме:

— А, понятно.

— В целом, тут все очень просто, — продолжал Дамблдор. — К твоему банковскому счету в «Гринготтсе» прибавится еще некоторое, довольно значительное, количество золота, а кроме того, к тебе переходит вся личная собственность Сириуса. Но одна часть наследства вызывает небольшие проблемы...

— Его крестный помер? — громко спросил дядя Вернон со своего дивана.

Дамблдор и Гарри дружно обернулись к нему. Бокал медовухи настойчиво толкался в висок дяди Вернона, тот попытался его отпихнуть.

— Помер, значит? Крестный его?

— Да, — сказал Дамблдор, не спрашивая Гарри, почему он не рассказал об этом Дурслям. — Наша проблема, — продолжал он, обращаясь к Гарри, как будто их и не перебивали, — состоит в том, что Сириус оставил тебе, среди прочего, дом номер двенадцать на площади Гриммо.

— Он получил в наследство целый дом? — жадно спросил дядя Вернон, сощурив крохотные глазки, но никто ему не ответил.

— Можете и дальше держать там свою штаб-квартиру, — сказал Гарри. — Мне все равно. Забирайте его, он мне не нужен.

Гарри хотелось никогда в жизни больше не входить в дом номер двенадцать на площади Гриммо. Наверное, его теперь всегда будет преследовать образ Сириуса, мечущегося по темным пустым душным комнатам, запертого в стенах дома, откуда он всю жизнь так страстно мечтал вырваться.

— Ты очень щедр, — сказал Дамблдор. — Но нам пришлось временно освободить здание.

— Почему?

— Видишь ли, — сказал Дамблдор, как будто не замечая бормотания дяди Вернона, которого упорный бокал медовухи теперь уже довольно сильно постукивал по макушке, — согласно семейной традиции Блэков дом всегда переходил по прямой линии к очередному наследнику мужского пола, носящему фамилию Блэк. Сириус был последним в роду, поскольку его младший брат Регулус умер раньше него и ни у того, ни у другого не было детей. В завещании четко указано, что он хочет передать дом тебе, но тем не менее дом может быть каким-то образом заколдован, чтобы им мог владеть только чистокровный волшебник.

Гарри живо вспомнился вопящий, брызжущий слюной портрет злобной матушки Сириуса в прихожей дома номер двенадцать на площади Гриммо. Он сказал:

— Ну еще бы!

— Вот именно, — согласился Дамблдор. — И если дом действительно заколдован, право владения им, скорее всего, должно перейти к старшему из ныне живущих родственников Сириуса, то есть к его двоюродной сестре Беллатрисе Лестрейндж.

Гарри сам не заметил, как вскочил на ноги; телескоп и кроссовки, лежавшие у него на коленях, покатились по полу. Беллатриса Лестрейндж, убийца Сириуса, получит его дом?!

— Ни за что!

— Само собой, мы бы тоже предпочли, чтобы дом ей не достался, — спокойно сказал Дамблдор. — Ситуация складывается сложная. Мы не знаем, продолжают ли еще действовать наши заклинания, например, то, благодаря которому дом не может быть отмечен ни на каких картах и планах. В любой момент на порог может ступить Беллатриса и предъявить свои права. Естественно, мы не можем там собираться, пока положение не прояснилось.

— А как вы узнаете, перешел дом ко мне или нет?

— К счастью, — ответил Дамблдор, — существует простая проверка.

Он поставил пустой бокал на маленький столик рядом с креслом, но больше ничего не успел сделать, потому что дядя Вернон заорал:

— Да уберете вы от нас эти поганые штуковины?!

Гарри оглянулся: трое Дурслей, пригнувшись, закрывали головы руками, а бокалы подпрыгивали у них на макушках, расплескивая свое содержимое во все стороны.

— Ах, прошу прощения, — вежливо сказал Дамблдор и снова поднял волшебную палочку. Все три бокала исчезли. — Но, знаете, воспитанные люди их бы все-таки выпили.

Похоже было, что у дяди Вернона просились на язык сразу несколько весьма нелюбезных ответов, но он сдержался и молча откинулся на спинку дивана рядом с Дадли и тетей Петуньей, не сводя своих поросячьих глазок с волшебной палочки в руке Дамблдора.

— Понимаешь, — Дамблдор снова обратился к Гарри, как будто дядя Вернон не вмешивался в их разговор, — если завещание вступило в силу, тебе в наследство, кроме дома, достался еще и...

Он в пятый раз взмахнул волшебной палочкой. Раздался громкий треск, и на пушистом ковре Дурслей появился скрюченный эльф-домовик с вытянутым носом-рыльцем, громадными ушами летучей мыши и большущими глазами в красных прожилках, одетый в какие-то засаленные тряпки. Тетя Петунья испустила леденящий душу вопль: на ее памяти в этом доме никогда не появлялось такой грязи. Дадли оторвал от пола большие розовые босые ноги, задрав их чуть ли не выше головы, как будто боялся, что непонятное существо может взбежать по пижамной штанине, а дядя Вернон заревел:

— Это еще что за чертовщина?

— Кикимер, — закончил фразу Дамблдор.

— Кикимер не хочет, Кикимер не будет, Кикимер не будет! — прохрипел домовик так же громко, как и дядя Вернон, заткнув уши и топая длинными корявыми ступнями. — Кикимер принадлежит мисс Беллатрисе, о да, Кикимер принадлежит Блэкам, Кикимер хочет к новой хозяйке, Кикимер не будет служить этому щенку Поттеру, не будет, не будет, не будет!

— Как видишь, Гарри, — громко сказал Дамблдор, заглушая хриплые крики Кикимера «не будет, не будет, не будет!», — как видишь, Кикимер не выражает особого желания перейти в твое владение.

— Да мне все равно, — снова сказал Гарри, с омерзением глядя на корчащегося, топающего ногами эльфа-домовика. — Нужен он мне!

— Не будет, не будет, не будет, не будет...

— Ты предпочитаешь передать его Беллатрисе Лестрейндж? Зная, что он целый год провел в штаб-квартире Ордена Феникса?

— Не будет, не будет, не будет, не будет...

Гарри уставился на Дамблдора. Он понимал, что Кикимеру нельзя позволить уйти к Беллатрисе Лестрейндж, но противно было даже думать о том, что этот урод может стать его имуществом.

— Прикажи ему что-нибудь, — подсказал Дамблдор. — Если он перешел в твою собственность, он будет тебя слушаться. Если не будет — нам придется придумать какой-нибудь другой способ не пустить его к законной владелице.

— Не будет, не будет, не будет, НЕ БУДЕТ!

Голос Кикимера поднялся до визга. Гарри не мог придумать, что бы такое ему приказать, и ляпнул:

— Кикимер, замолчи!

На мгновение ему показалось, что Кикимер сейчас задохнется. Домовик схватился за горло, глаза у него выпучились, губы неистово шевелились. Несколько секунд он судорожно хватал ртом воздух, потом повалился ничком на ковер (тетя Петунья тихонько заскулила) и принялся колотить по полу руками и ногами в исступленной, но абсолютно беззвучной истерике.

— Что ж, это все упрощает, — жизнерадостно проговорил Дамблдор. — Похоже, Сириус знал, что делал. Ты — полноправный владелец дома номер двенадцать на площади Гриммо, а также Кикимера.

— А что, я должен все время держать его при себе? — спросил Гарри в ужасе, глядя, как Кикимер бьется в конвульсиях у его ног.

— Да нет, — ответил Дамблдор. — Если позволишь дать тебе совет, можно было бы отправить его в Хогвартс, пусть работает на кухне. Тогда другие домовые эльфы смогут за ним присматривать.

— Ага, — обрадовался Гарри, — ага, я так и сделаю. Э-э... Кикимер... отправляйся в Хогвартс, будешь работать там на кухне вместе с другими домовиками.

Кикимер, лежа на спине с задранными кверху руками и ногами, бросил на Гарри взгляд, полный глубочайшего отвращения, и исчез с громким треском, как и появился.

— Хорошо, — сказал Дамблдор. — Теперь еще вопрос с гиппогрифом Клювокрылом. После смерти Сириуса за ним ухаживал Хагрид, но теперь Клювокрыл твой, так что если ты хочешь распорядиться им как-нибудь иначе...

— Нет, — ответил Гарри, не раздумывая, — пусть остается у Хагрида. Я думаю, Клювокрыл и сам бы этого хотел.

— Хагрид будет в восторге, — сказал Дамблдор с улыбкой. — Он так обрадовался, когда снова увидел Клювокрыла. Кстати, мы решили на всякий случай дать Клювокрылу новое имя. Он временно зовется Махаон, хотя, на мой взгляд, едва ли кто-нибудь в Министерстве способен догадаться, что это тот самый гиппогриф, которого они когда-то приговорили к смерти. Так, Гарри, твой чемодан уже собран?

— М-м...

— Не верил, что я на самом деле приду? — проницательно заметил Дамблдор.

— Я сейчас пойду, э-э... закончу собираться, — заторопился Гарри, подхватив с пола телескоп и кроссовки.

У него ушло чуть больше десяти минут на то, чтобы разыскать все необходимое. В конце концов он вытащил из-под кровати мантию-невидимку, завинтил крышечку чернильницы с меняющими цвет чернилами, запихал в чемодан котел и кое-как захлопнул крышку. Волоча одной рукой чемодан, в другой держа клетку с Буклей, он снова спустился на первый этаж.

К его разочарованию, Дамблдора в прихожей не оказалось, а это значило, что придется еще раз вернуться в гостиную.

В гостиной никто не разговаривал. Дамблдор тихонько напевал себе под нос, чувствуя себя, по-видимому, вполне непринужденно, но в воздухе ощущалось напряжение, вязкое, словно остывший соус. Гарри сказал, не решаясь взглянуть на Дурслей:

— Профессор... я готов.

— Хорошо, — сказал Дамблдор. — Только еще одно, напоследок. — Он снова повернулся к Дурслям. — Как вы, без сомнения, знаете, через год Гарри станет совершеннолетним...

— Нет, — возразила тетя Петунья, раскрыв рот в первый раз со времени появления Дамблдора.

— Прошу прощения? — вежливо удивился Дамблдор.

— Нет, не станет. Он на месяц младше Дадли, а Дадли только через два года исполнится восемнадцать.

— Ах вот как, — любезно сказал Дамблдор, — но у волшебников совершеннолетие наступает в семнадцать лет.

— Нелепость, — пробормотал дядя Вернон, но Дамблдор не обратил на него внимания.

— Как вы уже знаете, чародей по имени Волан-де-Морт вернулся в нашу страну. Волшебное сообщество находится в состоянии войны. Лорд Волан-де-Морт уже несколько раз пытался убить Гарри, и сейчас вашему племяннику грозит еще большая опасность, чем в тот день, пятнадцать лет назад, когда я оставил его на пороге вашего дома с письмом, в котором рассказывал об убийстве его родителей и выражал надежду, что вы позаботитесь о нем, как о своем родном ребенке.

Дамблдор помолчал, и хотя он не проявлял никаких внешних признаков гнева, а голос его оставался спокойным и ровным, Гарри почувствовал идущий от него холодок и заметил, что Дурсли на диване теснее прижались друг к другу.

— Вы не выполнили мою просьбу. Вы никогда не относились к Гарри как к сыну. От вас он не видел ничего, кроме пренебрежения, а часто и жестокости. Единственное, что радует — он, по крайней мере, был избавлен от того ужасного вреда, который вы нанесли несчастному мальчику, что сидит сейчас между вами.

Тетя Петунья и дядя Вернон инстинктивно оглянулись по сторонам, как будто рассчитывали увидеть еще какого-то мальчика, кроме Дадли, стиснутого между ними.

— Мы... причинили вред Дадлику? Да что вы тут... — свирепо начал дядя Вернон, но Дамблдор поднял палец, призывая к молчанию, и тут же наступила тишина, как будто дядя Вернон разом онемел.

— Магия, которую я призвал пятнадцать лет назад, дает Гарри могущественную защиту, пока он может назвать ваш дом своим домом. Хотя он был здесь глубоко несчастен, хотя ему здесь не были рады, хотя с ним плохо обращались — по крайней мере, пусть и с неохотой, но вы приютили его под своей крышей. Действие магии прекратится, как только Гарри исполнится семнадцать лет, другими словами, когда он станет взрослым. Я прошу вас только об одном: позвольте Гарри еще один раз вернуться сюда в будущем году. Тогда защита продлится до его семнадцатилетия.

Дурсли молчали. Дадли слегка хмурился, как будто пытался сообразить, какой такой вред был ему причинен. Дядя Вернон словно чем-то подавился, зато тетя Петунья раскраснелась и выглядела странно взволнованной.

— Ну что же, Гарри... Нам пора, — сказал наконец Дамблдор, вставая и расправляя длинный черный плащ. — До новой встречи, — сказал он Дурслям, которые, судя по всему, отнюдь не стремились увидеться с ним вновь.

Дамблдор надел шляпу и стремительно вышел из комнаты.

— Пока, — торопливо сказал Гарри своим родственникам и побежал за Дамблдором; тот ждал его, стоя рядом с чемоданом, на котором была пристроена клетка с Буклей.

— Нам сейчас будет недосуг возиться с поклажей, — сказал Дамблдор и снова достал из-под плаща волшебную палочку. — Я отправлю твои вещи вперед, в «Нору». Но я хотел бы, чтобы ты взял с собой мантию-невидимку. Так, на всякий случай.

Гарри с некоторым трудом вытащил из чемодана мантию, стараясь, чтобы Дамблдор не заметил, какой чудовищный там беспорядок. Он затолкал мантию-невидимку во внутренний карман куртки, Дамблдор взмахнул волшебной палочкой — чемодан и клетка с Буклей исчезли. Дамблдор еще раз взмахнул палочкой — и входная дверь распахнулась в холодную мглистую тьму.

— А теперь, Гарри, выйдем в ночь и пустимся в погоню за коварной обольстительницей, имя которой — приключение!

Глава 4

ГОРАЦИЙ СЛИЗНОРТ

Последние несколько дней Гарри ни на минуту не переставал отчаянно надеяться, что Дамблдор на самом деле придет и заберет его, но теперь, когда он шел рядом с Дамблдором по Тисовой улице, ему вдруг стало неловко. Он никогда еще не разговаривал с Дамблдором вот так запросто, за пределами школы. Всегда между ними был директорский стол. К тому же в голову лезли воспоминания об их последней встрече, еще больше смущая Гарри, — в тот раз он страшно раскричался, не говоря уже о том, что пытался расколошматить самые ценные приборы в кабинете Дамблдора.

Но Дамблдор вел себя как ни в чем не бывало.

— Держи волшебную палочку наготове, Гарри, — бодро посоветовал он.

— А я думал, мне нельзя колдовать, когда я не в школе, сэр.

— Если на нас нападут, — сказал Дамблдор, — разрешаю тебе применить любое контрзаклятие, какое придет в голову. Впрочем, не стоит волноваться, не думаю, чтобы кто-нибудь стал нападать на тебя сегодня.

— Почему, сэр?

— Ты со мной, — просто ответил Дамблдор.

Он неожиданно остановился на углу Тисовой улицы.

— Ты, конечно, еще не сдавал на права по трансгрессии? — спросил Дамблдор.

— Нет, — ответил Гарри. — Вроде для этого надо быть совершеннолетним?

— Верно, — сказал Дамблдор. — Значит, тебе нужно будет очень крепко держаться за мою руку. За левую, пожалуйста — как ты заметил, правая рука у меня сейчас не совсем здорова.

Гарри ухватился за протянутую руку Дамблдора.

— Очень хорошо, — сказал Дамблдор. — Ну, вперед.

Гарри почувствовал, что рука Дамблдора выскальзывает у него из пальцев, и вцепился в нее изо всех сил. В следующий миг в глазах у него потемнело, его сдавило со всех сторон сразу, он не мог вздохнуть — грудь как будто стиснули железные обручи, глаза словно вдавило внутрь черепа, барабанные перепонки прогибались, и вдруг...

Он жадно глотнул холодный ночной воздух и открыл слезящиеся глаза. У него было такое чувство, будто его пропихнули через очень тугой резиновый шланг. Только через несколько секунд Гарри заметил, что Тисовая улица исчезла. Они с Дамблдором оказались на безлюдной деревенской площади, в центре которой стоял старый военный памятник и несколько скамеек. Гарри запоздало сообразил, что только что трансгрессировал в первый раз в жизни.

— Как ты? — заботливо спросил Дамблдор. — К этому ощущению нужно привыкнуть.

— Нормально, — ответил Гарри, потирая уши, которые, судя по всему, с большой неохотой покинули Тисовую улицу. — Но на метле все-таки лучше.

Дамблдор улыбнулся, плотнее стянул дорожный плащ у горла и сказал:

— Сюда.

Он быстрым шагом двинулся вперед, мимо пустого трактира и нескольких домов. Часы на деревенской церкви показывали около полуночи.

— Так скажи мне, Гарри, — проговорил Дамблдор. — Твой шрам... Он у тебя болел хоть раз?

Гарри машинально поднял руку ко лбу и потер отметину в виде молнии.

— Нет, — сказал он. — Я даже удивлялся, почему это. Думал, он теперь все время будет огнем гореть, раз Волан-де-Морт снова набрал такую силу.

Гарри посмотрел на Дамблдора снизу вверх и увидел, что лицо у него довольное.

— А я, напротив, думал иначе, — сказал Дамблдор. — Лорд Волан-де-Морт наконец понял, что у тебя появилась опасная возможность проникать в его мысли и чувства. По-видимому, он закрылся от тебя при помощи окклюменции.

— Я-то не жалуюсь, — сказал Гарри. Ему стало намного легче жить без тревожных снов и внезапных соприкосновений с эмоциями Волан-де-Морта.

Они завернули за угол, миновали телефонную будку и автобусную остановку. Гарри снова искоса взглянул на Дамблдора.

— Профессор!

— Да, Гарри?

— Где мы сейчас?

— Мы с тобой, Гарри, находимся в очаровательной деревушке Бадли-Бэббертон.

— А что мы здесь делаем?

— Ах да, конечно, я же тебе не сказал, — проговорил Дамблдор. — Так вот, я уже потерял счет, сколько раз я произносил эту фразу за последние годы, но у нас опять не хватает одного преподавателя. Мы здесь для того, чтобы уговорить одного моего бывшего коллегу нарушить свое уединение и вернуться в Хогвартс.

— А я чем тут могу помочь, сэр?

— О, я думаю, ты как-нибудь пригодишься, — туманно ответил Дамблдор. — Сейчас налево, Гарри.

Они свернули в узкую крутую улочку. Окна во всех домах были темными. Здесь тоже чувствовался странный, пробирающий до костей холод, который уже две недели как поселился на Тисовой улице. Гарри подумал о дементорах, оглянулся через плечо и покрепче сжал в кармане волшебную палочку.

— Профессор, а почему мы не могли просто трансгрессировать прямо в дом к вашему коллеге?

— Потому что это было бы так же невежливо, как выломать парадную дверь, — сказал Дамблдор. — Правила этикета требуют, чтобы мы давали возможность другим волшебникам не впустить нас в дом. Кроме того, жилища волшебников, как правило, магически защищены от нежелательной трансгрессии. К примеру, в Хогвартсе...

— Невозможно трансгрессировать в пределах замка и прилегающей территории, — быстро продекламировал Гарри. — Мне говорила Гермиона Грейнджер.

— И она совершенно права. Еще раз налево.

Церковные часы у них за спиной пробили полночь. Гарри было непонятно, почему Дамблдор не считает невежливым являться к своему бывшему коллеге в столь поздний час, но, раз уж разговор наладился, ему хотелось задать более важные вопросы.

— Сэр, я читал в «Ежедневном пророке», что Фаджа уволили...

— Верно, — ответил Дамблдор, сворачивая в переулок, круто поднимающийся в гору. — Как ты, несомненно, прочел там же, ему на смену назначен Руфус Скримджер, который прежде руководил Управлением мракоборцев.

— А он... Как вы думаете, он хороший министр? — спросил Гарри.

— Интересный вопрос, — промолвил Дамблдор. — Он, конечно, человек способный. Более решительная и сильная личность, чем Корнелиус.

— Да, но я имел в виду...

— Я понимаю, что ты имел в виду. Руфус — человек действия, большую часть своей жизни он провел, сражаясь с темными волшебниками, и потому не станет недооценивать лорда Волан-де-Морта.

Гарри ждал продолжения, но Дамблдор ничего не сказал о своих разногласиях со Скримджером, упоминавшихся в «Ежедневном пророке», а у Гарри не хватило духу расспрашивать дальше, поэтому он заговорил о другом.

— И еще, сэр... я читал про мадам Боунс...

— Да, — тихо ответил Дамблдор. — Ужасная потеря. Она была замечательная волшебница. По-моему, нам сюда... Ох!

Забывшись, он указал направление раненой рукой.

— Профессор, а что случилось с вашей...

— Некогда сейчас объяснять, — сказал Дамблдор. — Это такая захватывающая история, не хочется рассказывать ее наспех.

Он улыбнулся Гарри, и тот понял, что это был не выговор и что ему позволено спрашивать еще.

— Сэр, мне прислали с совой брошюру Министерства магии, насчет того, какие меры принимать на случай нападения Пожирателей смерти...

— Я тоже получил такую брошюру, — сказал Дамблдор, продолжая улыбаться. — Ты нашел в ней что-нибудь полезное?

— Да не особенно.

— Я так и подумал. Ты, например, не спросил меня, какое мое любимое варенье, чтобы убедиться, что я в самом деле профессор Дамблдор, а не обманщик под его личиной.

— Я не... — Гарри запнулся, не зная, следует ли принимать всерьез упрек Дамблдора.

— На будущее имей в виду, Гарри, — малиновое... Хотя, конечно, будь я Пожирателем смерти, я бы заранее выяснил, какое варенье мне больше нравится.

— Понятно, — сказал Гарри. — Так вот, про эту брошюру. Там что-то говорилось о каких-то инферналах. Кто это такие? В брошюрке было не очень понятно.

— Это трупы, — спокойно ответил Дамблдор. — Мертвецы, которых заколдовал темный волшебник и заставил служить себе. Впрочем, инферналов давно уже никто не видел — с тех самых пор, как Волан-де-Морт в прошлый раз пришел к власти. Он-то, само собой, перебил достаточно народу, чтобы набрать целую армию инферналов. Вот, Гарри, мы пришли.

Они приближались к аккуратному каменному домику, окруженному садом. Кошмарные инферналы не шли у Гарри из головы, он ничего не замечал вокруг, но возле калитки Дамблдор резко остановился, и Гарри чуть не налетел на него.

— Вот те на! Боже мой, боже мой, боже мой...

Гарри посмотрел вдоль ухоженной садовой дорожки, и у него сжалось сердце. Входная дверь висела на одной петле.

Дамблдор оглянулся по сторонам: улица была совершенно пустынна.

— Волшебную палочку на изготовку и следуй за мной, Гарри, — сказал он тихо.

Толкнув калитку, Дамблдор быстро и бесшумно двинулся по дорожке к дому. Гарри не отставал от него ни на шаг. Дамблдор медленно приоткрыл дверь, держа перед собой волшебную палочку.

— *Люмос!*

На острие волшебной палочки зажегся огонек, осветив тесную прихожую. Слева виднелась еще одна полуоткрытая дверь. Подняв над головой светящуюся волшебную палочку, Дамблдор вошел в гостиную, Гарри — за ним.

Перед ними открылась картина полного разгрома: прямо у их ног лежали разбитые напольные часы с треснувшим циферблатом; маятник валялся чуть в стороне, словно меч, выпавший из руки воина; пианино рухнуло набок, рассыпав клавиши по всему полу; рядом поблескивали осколки оборвавшейся люстры; из распоротых диванных подушек высыпались перья. Все было, словно пылью, усыпано мелкими осколками стекла и фарфора. Дамблдор поднял волшебную палочку повыше, ее свет упал на стены, забрызганные чем-то липким, темно-красным. Гарри тихо охнул, и Дамблдор оглянулся.

— Малоприятное зрелище, — печально заметил он. — Да, здесь произошло нечто ужасное.

Дамблдор осторожно прошел на середину комнаты, осматривая обломки у себя под ногами. Гарри шел за ним, озираясь по сторонам, немного страшась того, что могло обнаружиться за разломанным пианино или перевернутым диваном, но мертвого тела нигде не было видно.

— Может быть, они сражались, и... и его утащили силой, профессор? — предположил Гарри, стараясь не задумываться о том, какими должны были быть раны, чтобы брызги долетали до половины стены.

— Едва ли, — тихо ответил Дамблдор, заглядывая за опрокинутое мягкое кресло.

— Вы думаете, он...

— Все еще где-то здесь? Да.

И вдруг без всякого предупреждения Дамблдор нагнулся и ткнул волшебной палочкой в пухлое сиденье кресла.

— Ой-ой! — взвизгнуло кресло.

— Добрый вечер, Гораций, — сказал Дамблдор, выпрямляясь.

У Гарри отвисла челюсть. Там, где всего секунду назад лежало кресло, скорчился невероятно толстый лысый старик. Он потирал себе живот и обиженно косился на Дамблдора слезящимися глазками.

— Совсем не обязательно было тыкать с такой силой, — проворчал он, тяжело поднимаясь на ноги. — Больно ведь!

Свет от волшебной палочки искрился на его блестящей лысине, выпученных глазах, пышных серебристых усах, как у моржа, и полированных пуговицах темно-бордовой бархатной домашней куртки, надетой поверх сиреневой шелковой пижамы. Его макушка едва доставала Дамблдору до подбородка.

— Как ты догадался? — буркнул толстяк, распрямившись и все еще потирая живот. Он держался удивительно хладнокровно для человека, которого только что разоблачили, когда он прикидывался креслом.

— Мой дорогой Гораций, — усмехнулся Дамблдор, — если бы тебя на самом деле навестили Пожиратели смерти, над домом была бы Черная Метка.

Толстый волшебник хлопнул себя пухлой рукой по обширному лбу.

— Черная Метка, — пробормотал он. — Чувствовал ведь: что-то я упустил... Ну что ж! Все равно времени бы не хватило. Я и так едва успел навести последний лоск на свою обивку, когда ты вошел в комнату.

Он так тяжело вздохнул, что кончики моржовых усов затрепетали.

— Помочь тебе с уборкой? — вежливо предложил Дамблдор.

— Да, пожалуйста.

Они встали спиной к спине — высокий, худой и низенький, круглый волшебники — и одновременно плавно взмахнули волшебными палочками.

Мебель разлетелась по местам, осколки безделушек мгновенно собрались вместе, перья вернулись в подушки, порванные книги починились и расставились по полкам, масляные светильники взмыли в воздух, приземлились на столики по углам и снова зажглись, фотографии в блестящих серебряных рамках стайкой пронеслись через всю комнату и утвердились на письменном столе, целенькие и чистенькие, все дырки, трещины и прорехи закрылись, и обои на стенах очистились.

— Кстати, что это была за кровь? — громко поинтересовался Дамблдор, перекрывая звон восстановленных напольных часов.

— По стенам? Драконья! — прокричал волшебник по имени Гораций.

В ту же минуту люстра с оглушительным скрежетом и звяканьем снова привинтилась к потолку.

Пианино со стуком встало на место, и наступила тишина.

— Да, драконья, — повторил волшебник тоном легкой светской беседы. — Последний флакончик, а цены в последнее время взлетели до небес. Впрочем, ее еще можно будет использовать.

Он вперевалочку подошел к серванту, взял стоявший на нем стеклянный пузырек с густой жидкостью и посмотрел на просвет.

— Хм-м... Запылилась немножко.

Он снова поставил флакон на сервант и вздохнул. Тут его взгляд упал на Гарри.

— Ого! — Большие круглые глаза мгновенно нацелились на лоб Гарри со шрамом в виде молнии. — Ого!

— Это, — представил Дамблдор, шагнув вперед, — Гарри Поттер. Гарри, это мой старинный друг и коллега, Гораций Слизнорт.

Слизнорт пронзительно взглянул на Дамблдора.

— Так вот как ты намеревался меня убедить, а? Ну так вот, Альбус, мой ответ: нет.

Он прошел мимо Гарри, отпихнув его с дороги с решительным лицом человека, пытающегося одолеть искушение.

— По крайней мере, выпить нам предложат? — спросил Дамблдор. — Ради старого знакомства?

Слизнорт заколебался.

— Ну хорошо, по глоточку, — сказал он неприветливо.

Дамблдор улыбнулся Гарри и подтолкнул его к креслу, очень похожему на то, которое только что так ловко изображал Слизнорт. Кресло стояло возле очага, где теперь снова пылал огонь, а рядом ярко горела масляная лампа. Гарри сел с отчетливым впечатлением, что Дамблдору для чего-то нужно, чтобы он был на виду. И конечно, когда Слизнорт, возившийся с графинами и бокалами, снова обернулся лицом к комнате, взгляд его немедленно упал на Гарри.

— Хмф, — произнес он и быстро отвел глаза, словно боялся, что они заболят. — Вот, прошу...

Он подал бокал Дамблдору, усевшемуся без приглашения, сунул поднос в руки Гарри, а сам погрузился в подушки починенного дивана и в неприязненное молчание. Ножки у него были такие коротенькие, что не доставали до полу.

— И как же ты поживаешь, Гораций? — спросил Дамблдор.

— Не очень хорошо, — сразу же ответил Слизнорт. — Легкие никуда не годятся. Хрипы. И к тому же ревматизм. Хожу с трудом. Что делать, возраст. Постарел я. Устал.

— Однако ты, должно быть, двигался довольно резво, чтобы подготовить нам такой любезный прием за столь короткое время, — заметил Дамблдор. — Вряд ли ты узнал о нашем приходе больше чем за три минуты.

В голосе Слизнорта прозвучали одновременно досада и гордость:

— Две. Я принимал ванну, не услышал, когда сработало заклинание от непрошеных гостей. Тем не менее, — прибавил он строго, будто спохватившись, — факт остается фактом: я старый человек, Альбус. Усталый старик, который заработал себе право на спокойную жизнь и некоторые элементарные удобства.

«Вот уж что у него точно есть», — подумал Гарри, оглядывая комнату. Она была душная и слишком тесно заставленная, но никто не мог бы назвать ее недостаточно удобной. Здесь были мягкие кресла, скамеечки для ног, напитки и книги, коробки шоколадных конфет и пухлые диванные подушки. Если бы Гарри не знал, кто здесь живет, представил бы, что это богатая и капризная старая леди.

— Ты моложе меня, Гораций, — заметил Дамблдор.

— Так, может, тебе и самому стоит подумать о заслуженном отдыхе, — напрямик высказался Слизнорт. Его светлые, выпуклые, как крыжовник, глаза обратились к поврежденной руке Дамблдора. — Я смотрю, реакция уже не та.

— Ты совершенно прав, — спокойно ответил Дамблдор и поддернул рукав, открывая кончики обгорелых, почерневших пальцев. От этого зрелища у Гарри по спине побежали мурашки. — Я, безусловно, уже не так быстр, как раньше. Но, с другой стороны...

Он пожал плечами и развел руки в стороны, как бы говоря, что старость имеет свои преимущества, и Гарри вдруг заметил на его здоровой руке кольцо, какого никогда прежде не видел у Дамблдора: большой, довольно грубо сделанный перстень из металла, по виду похожего на золото, с большим черным камнем, треснувшим посередине. Взгляд Слизнорта тоже на мгновение задержался на кольце, и Гарри увидел, как на его широком лбу появилась и тут же исчезла крохотная морщинка.

— Так как же, Гораций, все эти предосторожности на случай незваных гостей... От кого ты все-таки прячешься — от Пожирателей смерти или от меня? — спросил Дамблдор.

— Да зачем нужен Пожирателям смерти такой жалкий, измученный жизнью старикашка, как я? — воскликнул Слизнорт.

— Полагаю, для того, чтобы обратить твои весьма немалые таланты на запугивание, пытки и убийства, — ответил Дамблдор. — Или ты хочешь сказать, что они еще не приходили вербовать тебя?

Слизнорт со злостью посмотрел на Дамблдора, потом пробормотал:

— Я не дал им такой возможности. Я уже целый год в бегах. Не задерживаюсь на одном месте дольше недели. Перебираюсь из одного магловского дома в другой... Владельцы этого жилья проводят отпуск на Канарах. Здесь очень приятно, жаль будет уезжать. Все до смешного просто, если знаешь как. Одно простенькое Замораживающее заклинаньице на эту нелепую сигнализацию от воров, которой маглы пользуются вместо вредноскопов, да позаботиться, чтобы соседи не заметили, когда будешь перевозить пианино.

— Ловко придумано, — сказал Дамблдор. — Только, пожалуй, немного утомительно для измученного старикашки, который ищет тишины и покоя. А вот если бы ты вернулся в Хогвартс...

— Только не говори мне, что в этой треклятой школе у меня будет спокойная жизнь! Не сотрясай понапрасну воздух, Альбус! Может быть, я и скрываюсь, однако до меня доходили разные слухи после того, как от вас ушла Долорес Амбридж! Если так у вас теперь обращаются с учителями....

— Профессор Амбридж не поладила с табуном кентавров, — сказал Дамблдор. — Вряд ли у тебя, Гораций, хватило бы ума явиться в Запретный лес и обозвать толпу разъяренных кентавров «мерзкими полукровками».

— Так вот, значит, как было дело! — воскликнул Слизнорт. — Что за идиотка! Она мне никогда не нравилась.

Гарри не сдержал смешок. Дамблдор и Слизнорт разом поглядели на него.

— Извините, — быстро сказал Гарри. — Просто мне она тоже не понравилась.

Дамблдор внезапно встал.

— Уже уходите? — обрадовался Слизнорт.

— Нет, я хотел воспользоваться здешним туалетом, если можно, — сказал Дамблдор.

— А, — сказал Слизнорт, явно разочарованный. — Вторая дверь налево по коридору.

Дамблдор вышел из комнаты. Дверь за ним закрылась, и наступила тишина. Через пару минут Слизнорт поднялся на ноги, явно не зная, чем себя занять. Он исподтишка взглянул на Гарри, затем подошел к камину и повернулся спиной к огню, грея свою обширную заднюю часть.

— Не воображай, будто я не знаю, зачем он тебя сюда притащил, — сказал Слизнорт ни с того ни с сего.

Гарри молча смотрел на него. Водянистые глазки Слизнорта вновь скользнули по шраму Гарри, на этот раз не оставив без внимания и все лицо.

— Ты очень похож на отца.

— Да, мне говорили, — сказал Гарри.

— Только не глаза. Глаза у тебя...

— Мамины, ага. — Гарри так часто это слышал, что ему уже начало слегка надоедать.

— Хмф. Да, ну-ну. Безусловно, учителям не полагается заводить любимчиков, но она была одной из моих любимых учениц. Твоя мама, — пояснил Слизнорт в ответ на вопросительный взгляд Гарри, — Лили Эванс. Очень способная. И такая живая, веселая, знаешь ли. Прелестная девочка. Помню, я ей все говорил, что ей бы лучше было учиться на моем факультете. Она еще каждый раз так дерзко мне отвечала...

— А какой был ваш факультет?

— Я был деканом Слизерина, — сказал Слизнорт. — Ну, ну, ну, — поспешно прибавил он, заметив выражение лица Гарри, и погрозил ему пухлым пальцем, — только не надо ставить это мне в вину. Ты-то, надо думать, гриффиндорец, как и твоя мама? Да, такие особенности, как правило, передаются по наследству. Хоть и не всегда. Не слыхал про Сириуса Блэка? Должен был слышать, о нем уж года два постоянно пишут в газетах. Он недавно погиб...

Как будто невидимая рука скрутила внутренности Гарри.

— Так вот, они с твоим отцом были большие приятели, когда учились в школе. Все Блэки были на моем факультете, а Сириус оказался в Гриффиндоре! А жаль, он был талантливый мальчик. Позже у меня учился его брат, Регулус, но мне хотелось бы их всех собрать у себя.

Он говорил, словно азартный коллекционер, у которого на аукционе из-под носа увели редкий экспонат. Видимо, с головой уйдя в воспоминания, он отрешенно созерцал противоположную стену, рассеянно поворачиваясь то в одну, то в другую сторону, чтобы спина равномерно прогревалась.

— Твоя-то мама была магловского происхождения. Я ушам своим не поверил, когда узнал об этом. Она так блестяще училась, я был уверен, что она из чистокровных волшебников.

— Моя лучшая подруга — из семьи маглов, — сказал Гарри, — и учится лучше всех на нашем курсе.

— Иногда это случается. Забавно, правда? — сказал Слизнорт.

— Не очень, — холодно ответил Гарри.

Слизнорт удивленно посмотрел на него.

— Не думай, что я человек с предрассудками! — воскликнул он. — Нет, нет, нет! Я ведь только что сказал, что твоя мама была одной из моих самых любимых учениц за все эти годы! Был еще Дирк Крессвелл, на год младше нее, он теперь начальник Управления по связям с гоблинами, тоже из магловской семьи, необычайно одаренный юноша и до сих пор снабжает меня из первых рук весьма ценными сведениями о том, что делается в банке «Гринготтс»!

Он пару раз приподнялся на цыпочки с самодовольной улыбкой и указал на блестящие рамки с фотографиями на комоде; на каждой фотографии виднелись несколько крошечных движущихся фигурок.

— Все это мои бывшие ученики, и все фотографии с подписями. Обрати внимание, вот это Варнава Кафф, главный редактор «Ежедневного пророка», он всегда интересуется моим мнением о последних новостях. А это — Амброзиус Флюм, владелец «Сладкого королевства», непременно присылает целую корзину сладостей на день рождения, и все потому, что я ему устроил знакомство с Цицероном Харкиссом, который первым взял его на работу! А в заднем ряду, если вытянешь шею, ты сможешь увидеть Гвеног Джонс — она, как всем известно, капитан команды «Холихедские гарпии». Многие удивляются, что я в дружеских отношениях с «Гарпиями» и в любой момент могу получить бесплатные билеты на их матч!

Эта мысль, по-видимому, привела его в отличное настроение.

— Все эти люди присылают вам разные вещи — значит, они знают, как вас можно найти? — спросил

Гарри, невольно удивившись, как это Пожиратели смерти до сих пор не выследили Слизнорта, если корзины конфет, билеты на квиддич и гости, жаждущие совета, так легко находят к нему дорогу.

Улыбка исчезла с лица Слизнорта так же быстро, как брызги крови со стен его комнаты.

— Разумеется, нет, — сказал он, глядя на Гарри сверху вниз. — Я уже год ни с кем не общаюсь.

Похоже, он и сам поразился собственным словам. На мгновение вид у Слизнорта стал довольно-таки расстроенный. Потом он пожал плечами:

— Что делать... В такие времена благоразумные волшебники стараются не высовываться. Дамблдору хорошо говорить, но для меня сейчас поступить преподавателем в Хогвартс — все равно что публично объявить о своем союзе с Орденом Феникса! В Ордене, безусловно, прекрасные люди, отважные, благородные и так далее, но меня лично не устраивает их уровень смертности...

— Совсем необязательно вступать в Орден, чтобы преподавать в Хогвартсе, — сказал Гарри. Ему не до конца удалось сдержать насмешливую нотку в голосе; трудно было посочувствовать изнеженному Слизнорту, когда ему вспомнилось, как Сириус жил в пещере и питался крысами. — Большинство учителей не состоят в Ордене, и никого из них пока не убили — ну, если только не считать Квиррелла, но ему так и надо, ведь он сотрудничал с Волан-де-Мортом.

Гарри был совершенно уверен, что Слизнорт — один из тех волшебников, кто не в состоянии спокойно слышать имя Волан-де-Морта, и действительно, Слизнорт весь передернулся и протестующе пискнул, но Гарри не стал обращать на это внимания.

— По-моему, в Хогвартсе гораздо безопаснее, чем в других местах, пока директор там Дамблдор. Говорят, он единственный волшебник, которого боялся Волан-де-Морт, правда? — продолжал свое Гарри.

Слизнорт отрешенно устремил взгляд в пространство. По-видимому, он обдумывал слова Гарри.

— Что ж, это верно, Тот-Кого-Нельзя-Называть никогда не стремился сразиться с Дамблдором, — неохотно пробормотал он. — И, пожалуй, вполне можно предположить, что, поскольку я не присоединился к Пожирателям смерти, Тот-Кого-Нельзя-Называть вряд ли числит меня среди своих друзей... А в этом случае, пожалуй, я и в самом деле был бы в большей безопасности поблизости от Альбуса... Не стану скрывать, смерть Амелии Боунс потрясла меня... Если уж она, при ее-то связях в Министерстве, при ее возможностях защиты...

Тут в комнату вернулся Дамблдор. Слизнорт вздрогнул, как будто совсем позабыл о его присутствии в доме.

— Ах, это ты, Альбус, — проговорил он. — Долго же ты, однако. Расстройство желудка?

— Нет, просто я читал магловские журналы, — сказал Дамблдор. — Обожаю схемы для вязания. Ну что ж, Гарри, мы с тобой уже достаточно долго злоупотребляем гостеприимством Горация, пора и честь знать.

Гарри с готовностью вскочил на ноги. Слизнорт слегка растерялся:

— Уже уходите?

— Да, уходим. Я всегда умел вовремя признать свое поражение.

— Поражение?

Слизнорт страшно разволновался. Он сцепил руки, завертел толстыми большими пальцами, заерзал, глядя, как Дамблдор закутывается в свой дорожный плащ, а Гарри застегивает молнию на куртке.

— Итак, очень жаль, что ты не хочешь работать у нас, Гораций, — сказал Дамблдор и помахал на прощание здоровой рукой. — В Хогвартсе были бы рады твоему возвращению. Если захочешь как-нибудь нас навестить, всегда будешь дорогим гостем, несмотря на повышенные меры безопасности...

— Да, да... спасибо за приглашение... вот и я говорю...

— Стало быть, до свидания!

— Пока, — сказал Гарри.

Они были уже у выхода на улицу, когда сзади послышался крик:

— Ну хорошо, хорошо, я согласен!

Дамблдор обернулся. Запыхавшийся Слизнорт стоял в дверях гостиной.

— Ты согласен вернуться на работу?

— Да, да, — раздраженно ответил Слизнорт. — Я, должно быть, с ума сошел, но — да, я согласен.

— Чудесно! — просиял Дамблдор. — В таком случае, Гораций, до встречи первого сентября!

— Да уж, до встречи, — буркнул Слизнорт.

Когда они шли по садовой дорожке, им вслед несся голос Горация:

— Но смотри, Дамблдор, я потребую прибавки!

Дамблдор тихонько хмыкнул. Садовая калитка захлопнулась за ними, и они пустились в обратный путь вниз по темным переулкам среди клубящегося тумана.

— Молодец, Гарри, — сказал Дамблдор.

— Да я ничего не сделал, — удивился Гарри.

— Да нет, сделал. Ты показал Горацию, насколько для него выгодно вернуться в Хогвартс. Он тебе понравился?

— Ну-у...

Гарри и сам не знал, понравился ему Слизнорт или не понравился. Пожалуй, он довольно симпатичный, но какой-то уж очень самовлюбленный и еще, что бы он там ни говорил, слишком сильно удивляется, что девочка из семьи маглов может стать хорошей волшебницей.

Дамблдор избавил Гарри от необходимости высказать все это вслух.

— Гораций, — сказал он, — очень любит комфорт. А еще он любит собирать вокруг себя знаменитостей, преуспевающих и влиятельных людей. Ему нравится думать, что они прислушиваются к нему. Он сам никогда не стремился восседать на троне, предпочитает занять место за его спинкой — там, знаешь ли, легче развернуться. В свое время в Хогвартсе он отбирал для себя любимчиков среди учеников — кого за ум, кого за честолюбие, кого за обаяние или талант, причем удивительно ловко определял именно тех, кто потом добился известности в той или иной области. Гораций даже основал своеобразный клуб своих любимчиков с самим собой во главе. Он знакомил их с нужными людьми, налаживал полезные контакты между членами клуба и всегда что-то с этого имел, будь то коробочка его любимых засахаренных ананасов или возможность порекомендовать своего человека на освободившуюся должность в Управлении по связям с гоблинами.

Гарри вдруг представилась необыкновенно яркая картинка: громадный раздувшийся паук плетет свою паутину и время от времени дергает за ниточки, подтягивая к себе поближе сочных и жирных мух.

— Я не для того все это тебе рассказываю, — продолжил Дамблдор, — чтобы восстановить тебя против Горация, или, как его теперь следует называть, профессора Слизнорта, а для того, чтобы ты был настороже. Несомненно, он постарается и тебя включить в свою коллекцию. Ты, Гарри, стал бы у него самым ценным экспонатом: Мальчик, Который Выжил... Избранный — так тебя теперь называют.

От этих слов Гарри пробрал холод, никак не связанный с окружающим туманом. Они напомнили ему то, что он услышал несколько недель назад — слова, которые для него имели особый, ужасный смысл:

«Ни один из них не может жить спокойно, пока жив другой...»

Дамблдор остановился, поравнявшись с церковью, мимо которой они проходили по дороге к Слизнорту.

— Дальше можно не идти. Держись за мою руку, Гарри.

На этот раз Гарри заранее приготовился к трансгрессии, но все же ощущение было не из приятных. Когда давление прекратилось и он снова смог вдохнуть, оказалось, что они с Дамблдором стоят на проселочной дороге, а впереди виднеется второе из его самых любимых строений на свете — «Нора». Мгновение леденящего ужаса прошло, у Гарри сразу стало легче на душе при виде этого дома. Там Рон... И миссис Уизли — Гарри не знал человека, который готовил бы лучше, чем она...

— Если ты не возражаешь, Гарри, — сказал Дамблдор, входя в ворота, — я хотел бы еще кое о чем с тобой поговорить, прежде чем мы расстанемся. Зайдем сюда?

Дамблдор показал на полуразвалившийся каменный сарайчик, где Уизли хранили метлы. Слегка озадаченный, Гарри вошел за ним через скрипучую дверь в тесное помещение размером немного меньше обычного чулана. Дамблдор зажег огонек на конце волшебной палочки, так что получилось нечто вроде карманного фонарика, и улыбнулся Гарри, глядя на него сверху вниз.

— Надеюсь, ты простишь мне, что я упоминаю об этом, но я доволен и немного горжусь тем, как хорошо ты держишься после всего, что свалилось на тебя в Министерстве. С твоего позволения, я думаю, что Сириус гордился бы тобой.

Гарри сглотнул комок в горле, голос его куда-то подевался. Ну не мог он говорить о Сириусе. Невыносимо было слышать, как дядя Вернон спрашивает: «Его крестный помер?» — и еще хуже, когда Слизнорт мимоходом упомянул его имя.

— Очень горько, — тихо сказал Дамблдор, — что вы с Сириусом так недолго были вместе. Жестокая случайность оборвала ваши отношения, а они могли стать долгими и счастливыми.

Гарри кивнул, пристально рассматривая паука, карабкавшегося по шляпе Дамблдора. Он чувствовал, что Дамблдор понимает. Может быть, даже догадывается, что, пока не пришло его письмо, Гарри почти все время лежал у себя на кровати, отказывался от еды и только смотрел в туманное окно, полное той холодной пустоты, которая у него теперь всегда ассоциировалась с дементорами.

— Просто тяжело, — сказал наконец Гарри чуть слышно, — знать, что он никогда больше мне не напишет.

У него вдруг защипало глаза, и он моргнул. Казалось глупостью признаться, но это было чуть ли не самое чудесное в его встрече с крестным — за пределами Хогвартса появился кто-то, кому небезразлично, что с ним происходит, кто ему почти как отец... А теперь уже никогда почтовая сова не принесет ему такого утешения...

— Сириус олицетворял для тебя многое из того, чего ты был прежде лишен, — мягко проговорил Дамблдор. — Естественно, что ты горюешь о нем...

— Но пока я торчал у Дурслей, — перебил Гарри более твердым голосом, — я понял, что нельзя отгородиться от всех... нельзя сломаться. Сириус бы этого не хотел, правда? И вообще жизнь слишком коротка... Вот, например, мадам Боунс или Эммелина

Вэнс... Кто знает, может, следующим буду я, верно? Но если и так, — сказал он яростно и взглянул прямо в голубые глаза Дамблдора, блестевшие при свете волшебной палочки, — я уж постараюсь захватить с собой столько Пожирателей смерти, сколько смогу, и самого Волан-де-Морта тоже, если получится.

— Сказано истинным сыном твоих мамы и папы и истинным крестником Сириуса! — сказал Дамблдор, одобрительно хлопнув Гарри по спине. — Снимаю шляпу! Вернее, снял бы, если бы не боялся осыпать тебя пауками. А теперь, Гарри, на другую, но весьма близкую тему... Если я правильно понял, ты в последние две недели регулярно просматривал «Ежедневный пророк»?

— Да, — ответил Гарри. Сердце у него забилось чуть быстрее.

— В таком случае ты, вероятно, заметил, мягко говоря, утечку информации касательно твоих приключений в Зале пророчеств?

— Да, — повторил Гарри. — И теперь все знают, что именно я...

— Нет, не знают, — прервал его Дамблдор. — Только два человека во всем мире знают целиком содержание пророчества, касающегося тебя и лорда Волан-де-Морта, и оба они стоят сейчас в этом вонючем, полном пауков сарае. Но действительно многие догадываются, и совершенно правильно догадываются, что Волан-де-Морт посылал своих Пожирателей смерти похитить некое пророчество и что в этом пророчестве шла речь о тебе.

Далее, полагаю, я не ошибусь, если предположу, что ты никому не рассказывал о том, что тебе известно содержание пророчества?

— Нет, — ответил Гарри.

— В целом, это мудрое решение, — сказал Дамблдор. — Впрочем, я думаю, ты мог бы сделать исключение для своих друзей, мистера Рональда Уизли и мисс Гермионы Грейнджер. Да, — подтвердил он, видя изумление Гарри, — я считаю, что им следует об этом знать. Ты оказываешь им плохую услугу, скрывая от них такую важную вещь.

— Я не хотел...

— Встревожить их и напугать? — спросил Дамблдор, глядя на Гарри поверх очков. — Или, может быть, не хотел признаться, что ты сам встревожен и напуган? Твои друзья нужны тебе, Гарри. Как ты сам очень верно заметил, Сириус не хотел бы, чтобы ты отгородился от всех.

Гарри молчал, но Дамблдору как будто и не требовалось ответа. Он продолжал:

— И еще об одном, также близком предмете. Мне хотелось бы в этом году позаниматься с тобой индивидуально.

— Заниматься индивидуально — с вами? — повторил Гарри, от удивления позабыв свои мрачные мысли.

— Да. Думаю, настало время мне принять более активное участие в твоем обучении.

— А чему вы будете меня учить, сэр?

— О, всему понемножку, — беззаботно ответил Дамблдор.

Гарри ждал, затаив дыхание, но Дамблдор не стал вдаваться в подробности. Тогда Гарри задал другой вопрос, который его немного беспокоил:

— Если я буду заниматься с вами, значит, мне больше не нужно будет ходить на уроки окклюменции к Снеггу, да?

— К *профессору* Снеггу, Гарри... Нет, не нужно.

— Хорошо, — обрадовался Гарри, — а то у нас с ним получилось...

Он запнулся, не решаясь высказать то, что думал на самом деле.

— Думаю, слово «фиаско» подойдет здесь лучше всего, — сказал Дамблдор, кивая.

Гарри засмеялся.

— Значит, я теперь почти не буду встречаться с профессором Снеггом, — сказал он, — потому что он не даст мне продолжить курс зельеварения, если я не получу за экзамен отметку «превосходно», а я знаю, что не получу.

— Не спеши, совят по осени считают, — очень серьезно проговорил Дамблдор. — В данном случае, я думаю, подсчет совят состоится завтра, точнее, уже сегодня. А теперь еще два слова, Гарри, и мы с тобой расстанемся. Во-первых, с этой минуты всегда держи при себе мантию-невидимку. Даже когда будешь в Хогвартсе. Просто на всякий случай, ты меня понял?

Гарри кивнул.

— И последнее. Пока ты находишься здесь, Министерство магии будет охранять «Нору» по первому разряду. Эти меры связаны со значительными неудобствами для Артура и Молли — например, их почту перед доставкой будут проверять в Министерстве. Они не возражают, потому что беспокоятся о твоей безопасности. Ты плохо их отблагодаришь, если станешь рисковать своей головой, пока гостишь в их доме.

— Я понимаю, — быстро сказал Гарри.

— Что ж, очень хорошо. — Дамблдор толкнул дверь сарая и вышел во двор. — Я вижу в кухне свет. Давай наконец дадим Молли возможность всласть поохать над тем, как ты исхудал.

Глава 5

СЛИШКОМ МНОГО ФЛЕГМЫ

Гарри и Дамблдор подошли к черному ходу «Норы», возле которого, как всегда, валялись в диком беспорядке старые резиновые сапоги и ржавые котлы. Было слышно, как в курятнике сонно квохчут куры. Дамблдор трижды постучал в дверь, и Гарри увидел какое-то движение за кухонным окном.

— Кто там? — тревожно спросили из-за двери. Гарри узнал голос миссис Уизли. — Назовитесь!

— Это я, Дамблдор, привел Гарри.

Дверь сразу же распахнулась. На пороге стояла миссис Уизли, невысокая, полненькая, в старом зеленом халатике.

— Гарри, милый! Господи, Альбус, как же ты меня напугал, ведь сказал не ждать вас раньше утра!

— Нам повезло, — улыбнулся Дамблдор, пропуская Гарри впереди себя в дом. — Слизнорта оказалось не так тяжело уговорить, как я ожидал. Это, конечно, заслуга Гарри. О, здравствуй, Нимфадора!

Гарри оглянулся и увидел, что миссис Уизли в кухне не одна, несмотря на поздний час. Молодая волшебница с бледным лицом в форме сердечка и мышиного цвета волосами сидела за столом, держа обеими руками кружку.

— Здравствуйте, профессор, — сказала она. — Здоро́во, Гарри.

— Привет, Тонкс!

Она показалась Гарри утомленной, прямо-таки больной, и улыбка у нее была какая-то вымученная. И весь ее облик был не такой эффектный, как всегда, без привычных ярко-розовых, наподобие жевательной резинки, волос.

— Мне, наверное, пора, — быстро сказала она, встала и принялась натягивать плащ. — Спасибо за чай и за сочувствие, Молли.

— Прошу вас, не беспокойтесь из-за меня, — учтиво произнес Дамблдор. — Я все равно не могу остаться. Мне необходимо обсудить кое-какие срочные вопросы с Руфусом Скримджером.

— Нет-нет, мне правда нужно идти, — сказала Тонкс, не глядя Дамблдору в глаза. — Спокойной ночи...

— Деточка, а ты приходи обедать в субботу или в воскресенье, Римус и Грозный Глаз тоже придут...

— Нет, Молли, никак не получится... Но все равно спасибо... Всем спокойной ночи...

Тонкс выскочила за дверь, протиснувшись мимо Гарри и Дамблдора. Отойдя на несколько шагов от порога, она повернулась на каблуке и растаяла в воздухе. Гарри заметил, что у миссис Уизли расстроенный вид.

— Итак, встретимся в Хогвартсе, Гарри, — сказал Дамблдор. — Береги себя. Молли, твой слуга.

Он отвесил поклон миссис Уизли, вышел во двор и исчез точно на том же месте, что и Тонкс. Миссис Уизли закрыла дверь, взяла Гарри за плечи, подвела поближе к лампе, стоявшей на столе, и внимательно осмотрела с головы до ног.

— Ты совсем как Рон, — вздохнула она. — Вас обоих точно сглазил кто на растяжение. Честное слово,

Рон вырос на четыре дюйма с тех пор, как я в прошлый раз покупала ему школьную мантию. Ты голодный, Гарри?

— Да, — ответил Гарри, неожиданно поняв, что ему жутко хочется есть.

— Садись, милый, я тебе сейчас что-нибудь соображу.

Гарри сел. Тут же на колени к нему запрыгнул пушистый рыжий кот с приплюснутой мордой, свернулся клубком и замурлыкал.

— Значит, Гермиона тоже здесь? — обрадовался Гарри, почесывая Живоглота за ухом.

— О да, она появилась позавчера.

Миссис Уизли отрывисто постучала волшебной палочкой по большому чугунному горшку. Горшок с громким звоном вскочил на плиту и сразу начал кипеть и булькать.

— Сейчас-то все спят, мы тебя еще долго не ждали. Ну вот, угощайся.

Она снова коснулась палочкой чугунка, тот поднялся в воздух, подлетел к Гарри и накренился; миссис Уизли едва успела подставить миску под струю густого лукового супа, от которого валил пар.

— Хлебушка, милый?

— Спасибо, миссис Уизли.

Она махнула через плечо волшебной палочкой — батон хлеба и ножик плавно перелетели на стол. После того как батон нарезался, а чугунок с супом снова плюхнулся на плиту, миссис Уизли села за стол напротив Гарри.

— Значит, ты таки уговорил Горация Слизнорта вернуться на работу?

Гарри кивнул. Говорить он не мог — набрал полный рот горячего супа.

— Слизнорт был учителем еще у нас с Артуром, — сказала миссис Уизли. — Он сто лет преподавал в Хогвартсе. Начал примерно в одно время с Дамблдором, по-моему. Как он тебе понравился?

Теперь у Гарри рот был набит хлебом. Он пожал плечами и неопределенно мотнул головой.

— Я понимаю, что ты хочешь сказать. — Миссис Уизли глубокомысленно закивала. — Конечно, он умеет быть обаятельным, когда хочет, но Артур всегда его недолюбливал. В Министерстве на каждом шагу его бывшие любимчики. Слизнорт — мастер проталкивать своих людей, но на Артура он не стал тратить времени — должно быть, считал, что это птица невысокого полета. Вот и видно, что Слизнорт тоже может ошибаться. Не знаю, успел ли Рон тебе написать, это случилось совсем недавно — Артур получил повышение!

Было совершенно ясно, что миссис Уизли с самого начала не терпелось рассказать об этом. Гарри проглотил обжигающий суп и прямо-таки почувствовал, как горло изнутри покрывается волдырями.

— Здорово! — задыхаясь, выговорил он.

— Спасибо тебе, дорогой, — лучезарно улыбнулась миссис Уизли. Видимо, она вообразила, будто у Гарри слезы на глазах оттого, что новость так его растрогала. — Да, Руфус Скримджер в связи с последними событиями создал несколько новых отделов, и Артура назначили начальником Сектора выявления и конфискации поддельных защитных заклинаний и оберегов. Это очень ответственная работа, у него теперь под началом десять человек!

— А чем они там...

— Понимаешь, сейчас все так напуганы Сам-Знаешь-Кем, и вот то тут, то там предлагают на продажу всякую всячину, которая якобы может защитить от Сам-Знаешь-Кого и от Пожирателей смерти. Ну, ты и сам можешь представить: так называемые охранные зелья, которые на самом деле состоят из старой подливки с добавлением гноя бубонтюбера, инструкции к защитным заклятиям, от которых у творящего заклятие отваливаются уши... Чаще всего этим занимаются люди вроде Наземникуса Флетчера, которые не привыкли жить честным трудом и просто пользуются всеобщей паникой. Но иногда попадаются и очень нехорошие вещи. На днях Артур конфисковал коробку прóклятых вредноскопов, их почти наверняка подсунул кто-то из Пожирателей смерти. Видишь, какая это важная работа, я ему все время повторяю: глупо жалеть о дурацкой возне с какими-то свечами зажигания, тостерами и прочей магловской ерундой, — закончила свою речь миссис Уизли с таким строгим видом, как будто Гарри утверждал, что это вполне естественно — тосковать по свечам зажигания.

— Мистер Уизли еще не вернулся с работы? — спросил Гарри.

— Нет пока. Сказать по правде, он немного задерживается... Обещал быть дома около полуночи...

Она обернулась посмотреть на большие часы, пристроенные в неустойчивом равновесии на стопке выстиранных простынь в корзине для белья, стоявшей на другом конце стола. Гарри сразу узнал эти часы с девятью стрелками, на каждой из стрелок было написано имя кого-нибудь из семьи Уизли. Обычно часы висели на стене в гостиной, но, как видно, миссис Уизли завела привычку таскать их с собой по всему дому. Сейчас все стрелки указывали на *смертельную опасность*.

— Это с ними уже довольно давно, — сказала миссис Уизли деланно бодрым голосом, — с тех пор, как Сам-Знаешь-Кто снова объявился в открытую. Наверное, все теперь в смертельной опасности, не только мы... Правда, я не могу проверить — ни у кого из наших знакомых нет таких часов. О!

Вскрикнув, она указала на циферблат. Стрелка мистера Уизли перескочила на деление *в пути*.

— Сейчас будет!

И точно, в следующее мгновение кто-то постучал в дверь. Миссис Уизли вскочила и бросилась открывать; взявшись за дверную ручку, она прижалась щекой к деревянной двери и тихонько окликнула:

— Артур, это ты?

— Да, — послышался усталый голос мистера Уизли. — Но будь на моем месте Пожиратель смерти, он сказал бы то же самое, дорогая. Задай условный вопрос.

— Ах, да что уж там...

— Молли!

— Ладно, ладно... Какая твоя главная мечта?

— Узнать, как у самолетов получается висеть в воздухе и не падать.

Миссис Уизли кивнула и повернула дверную ручку, но мистер Уизли, видимо, придерживал ее с другой стороны — дверь не открылась.

— Молли! Сначала я должен задать тебе вопрос.

— Артур, честное слово, что за глупость...

— Как ты любишь, чтобы я тебя называл наедине?

Даже при слабом свете настольной лампы было видно, что миссис Уизли густо покраснела. Гарри вдруг почувствовал, что у него горят уши, и принялся торопливо хлебать суп, стараясь погромче греметь ложкой.

— Моллипусенька, — чуть не плача от унижения, прошептала миссис Уизли в щелочку.

— Правильно, — сказал мистер Уизли. — Вот теперь можешь меня впустить.

Миссис Уизли открыла дверь. На пороге показался ее муж, худой, лысеющий рыжеволосый волшебник в очках в роговой оправе и длинном запыленном дорожном плаще.

— Все-таки я не понимаю, почему мы обязательно должны повторять всю эту чепуху каждый раз, когда ты возвращаешься домой? — сказала все еще розовая миссис Уизли, помогая мужу снять плащ. — Ведь если бы это какой-нибудь Пожиратель смерти притворился тобой, он вполне мог заранее силой вырвать у тебя пароль!

— Я знаю, дорогая, но процедура одобрена Министерством, и я должен подавать пример. Как вкусно пахнет! Луковый суп? — Мистер Уизли с надеждой обернулся к столу. — Гарри! Мы ждали тебя только утром!

Они пожали друг другу руки, и мистер Уизли повалился в кресло рядом с Гарри. Миссис Уизли поставила перед ним полную миску супа.

— Спасибо, Молли. Тяжелая ночка выдалась. Какой-то идиот пустил в продажу метаморф-медали. Стоит повесить такую медаль на шею, и сможешь менять свою внешность по желанию. Сто тысяч обличий всего за десять галеонов!

— А на самом деле что происходит, если ее наденешь?

— Чаще всего человек просто приобретает неприятный оранжевый оттенок, но некоторые вдобавок еще и обрастают щупальцами. Как будто в больнице святого Мунго без того мало забот!

— Как раз такую штуку Фред и Джордж могли бы посчитать веселым розыгрышем, — нерешительно сказала миссис Уизли. — Ты уверен...

— Конечно, я уверен! — сказал мистер Уизли. — Мальчики не стали бы ничего подобного устраивать в такое время, когда отчаявшиеся люди ищут защиты!

— Так вот почему ты задержался, из-за этих метаморф-медалей?

— Нет, мы получили сведения об одном скверном случае сглаза с побочным действием в Элефант-энд-Касле, но, к счастью, пока мы туда добрались, волшебники из Отдела обеспечения магического правопорядка уже справились с ситуацией.

Гарри зевнул, прикрывшись рукой, но миссис Уизли тотчас это заметила.

— В постель! — скомандовала она. — Я приготовила тебе комнату Фреда и Джорджа, располагайся.

— А они где?

— Они теперь в Косом переулке, у них маленькая квартирка над магазином волшебных фокусов и трюков, там и ночуют — так бойко идет торговля, — сказала миссис Уизли. — Хоть я сперва не очень одобряла эту затею с магазином, но, надо признаться, у них есть деловое чутье! Иди, милый, твой чемодан уже наверху.

— Спокойной ночи, мистер Уизли, — попрощался Гарри, вставая. Живоглот мягко спрыгнул у него с колен и, вихляя задом, вышел из комнаты.

— Спокойной ночи, Гарри, — сказал мистер Уизли.

Гарри заметил, что, выходя из кухни, миссис Уизли бросила взгляд на часы в корзине с бельем. Все стрелки снова дружно показывали на *смертельную опасность*.

Комната Фреда и Джорджа была на третьем этаже. Миссис Уизли махнула волшебной палочкой в сторону ночника на тумбочке у кровати, и он тут же зажегся, заливая комнату приятным мягким золотистым светом. На письменном столе у окошка стояла большая ваза с цветами, но их аромат не мог заглушить застоявшегося запаха, похожего на запах пороха. Значительная часть комнаты была заставлена запечатанными картонными коробками без всяких надписей или этикеток. Рядом с ними приткнулся чемодан Гарри. Видимо, комната временно использовалась как склад.

Букля при виде Гарри радостно заухала с верхушки большого платяного шкафа, затем снялась с места и вылетела в окно. Гарри понял, что она дожидалась его, прежде чем отправиться на охоту. Он пожелал миссис Уизли спокойной ночи, переоделся в пижаму и забрался в одну из двух кроватей. В наволочке прощупывалось что-то жесткое. Гарри пошарил рукой и вытащил липучую красно-оранжевую конфету, в которой тут же узнал Блевальный батончик. Улыбаясь про себя, он повернулся на бок и мгновенно заснул.

Ему показалось, что прошло всего несколько секунд, как его разбудил звук пушечного выстрела — это распахнулась дверь комнаты. Гарри рывком сел на постели и услышал, как отдернулись занавески на окнах. Ослепительный солнечный свет ударил ему в глаза. Прикрывшись ладонью, он другой рукой принялся вслепую нашаривать очки.

— Вчмдело?

— А мы и не знали, что ты уже здесь! — послышался громкий веселый голос, и кто-то сильно стукнул его по затылку.

— Рон, не бей его! — воскликнул с укором девчачий голос.

Гарри нащупал наконец очки и нацепил их на нос, хотя из-за яркого света все равно толком не мог ничего разобрать. Прямо перед глазами расплывалась, мерцая, чья-то длинная тень; он моргнул, и перед ним сфокусировался Рон Уизли с широкой улыбкой на лице.

— Как жизнь?

— Лучше некуда! — сказал Гарри, потирая затылок, и снова плюхнулся на подушку. — А ты как?

— Ничего себе. — Рон придвинул картонную коробку и уселся на нее. — Ты когда приехал? Мама только сейчас нам сказала!

— В час ночи примерно.

— Как твои маглы? Нормально с тобой обращались?

— Как всегда, — ответил Гарри. Тем временем Гермиона присела на краешек кровати. — Они со мной почти не разговаривают, но мне так даже больше нравится. Ты как, Гермиона?

— Я-то хорошо, — ответила Гермиона, придирчиво разглядывая Гарри, словно больного.

Гарри догадывался, что это означает, и поскольку ему сейчас совершенно не хотелось говорить о смерти Сириуса или еще о каких-нибудь несчастьях, он сказал:

— Который час? Я пропустил завтрак?

— Не волнуйся, мама принесет тебе еду на подносе. Она считает, что у тебя недокормленный вид, — фыркнул Рон, закатив глаза. — Ну, рассказывай, что происходит?

— Да ничего особенного. Вы же знаете, я все это время просидел у дяди с тетей.

— Ты это брось! — сказал Рон. — Вы где-то были с Дамблдором!

— Ничего такого интересного. Просто Дамблдор хотел, чтобы я помог ему уговорить одного бывшего преподавателя снова выйти на работу. Его зовут Гораций Слизнорт.

— А-а, — разочарованно протянул Рон. — А мы-то думали...

Гермиона предостерегающе взглянула на Рона, и он быстро поправился:

— Мы так и думали.

— Да ну? — усмехнулся Гарри.

— Ага. Ну, в смысле, Амбридж теперь ушла, значит, школе нужен новый преподаватель по защите от Темных искусств, правильно? Ну, и какой он из себя?

— Немножко похож на моржа, и еще он раньше был деканом Слизерина, — сказал Гарри. — В чем дело, Гермиона?

Она смотрела на него так, словно ожидала в любой момент появления каких-то непонятных симптомов, но тут же поспешила изобразить не очень правдоподобную улыбку.

— Что ты, ни в чем! М-м, так что, этот Слизнорт, по-твоему, хороший учитель?

— Не знаю, — ответил Гарри. — Вряд ли он может быть хуже Амбридж, как вы думаете?

— Я знаю, кто может быть хуже Амбридж, — послышался голос от двери. Младшая сестра Рона вошла в комнату, ссутулившись, с недовольным видом. — Привет, Гарри.

— Что с тобой? — спросил Рон.

— Всё она, — буркнула Джинни, шлепнувшись на кровать Гарри. — Я от нее скоро совсем спячу.

— Что она еще сделала? — сочувственно спросила Гермиона.

— Да просто не могу слышать, как она со мной разговаривает — как с трехлетней!

— Я тебя понимаю, — сказала Гермиона, понизив голос. — Она только о себе и думает.

Гарри страшно удивился, что Гермиона так говорит о миссис Уизли, и был вполне готов поддержать Рона, когда тот сказал со злостью:

— Слушайте, да оставьте вы ее в покое хоть на пять секунд!

— Да-да, правильно, заступайся за нее, — огрызнулась Джинни. — Всем известно, что ты на нее запал.

Такой комментарий по поводу отношения Рона к собственной матери звучал как-то уж слишком странно. Гарри начал догадываться, что он чего-то недопонимает.

— Вы о ком сейчас...

Но его вопрос получил ответ раньше, чем он успел произнести его до конца. Дверь снова распахнулась, и Гарри машинально рывком натянул одеяло до подбородка, так что Гермиона и Джинни свалились с кровати на пол.

В дверях стояла девушка такой невероятной красоты, что дух захватывало. Высокая, стройная, гибкая, с длинными белокурыми волосами, она словно светилась чуть заметным серебристым сиянием. И вдобавок это чудное видение держало в руках тяжело нагруженный поднос с завтраком.

— ‘Арри, — произнесла она с придыханием, — как давно мы не виделись!

Она поплыла к нему с подносом, и только тогда стало видно, что за нею семенит миссис Уизли и лицо у нее довольно сердитое.

— Совсем не нужно было хвататься за поднос, я как раз собиралась сама его отнести!

— Мне это ничуть не трудно. — Флер Делакур поставила поднос на колени Гарри, наклонилась и расцеловала его в обе щеки. Он почувствовал, как горит лицо в тех местах, где прикасались ее губы. — Я так мечтала снова увидеть его! Ты помнишь мою сест’гичку, Габ’гиэль? Она без конца вспоминает ‘Арри Поттера. Она будет рада увидеть тебя снова.

— А... она тоже здесь? — просипел Гарри.

— Нет, нет, глупый мальчик! — воскликнула Флер с серебристым смехом. — Я говорю п’го будущее лето, когда мы... но ‘азве ты не знал?

Ее огромные голубые глаза еще больше расширились. Она с упреком посмотрела на миссис Уизли. Та ответила только:

— Мы пока не успели ему рассказать.

— Мы с Биллом решили пожениться!

— О, — тупо сказал Гарри. Он не мог не заметить, что миссис Уизли, Гермиона и Джинни подчеркнуто стараются не смотреть друг на друга. — Надо же. Э-э... Поздравляю!

Она склонилась над ним и снова его расцеловала.

— Билл сейчас очень занят, у него много работы, а я работаю в банке «Гринготтс» неполный рабочий день, чтобы совершенствовать мой англесский, поэтому он п'гивьез менья сюда на несколько дней — познакомиться с его родными. Мне было так п'гиятно узнать, что ты п'гиедешь — здесь совсем нечего делать, только кухня и куры! Ну, п'гиятного аппетита, 'Арри!

С этими словами она сделала изящный пируэт и словно по воздуху выплыла из комнаты, тихонько прикрыв за собой дверь.

Миссис Уизли издала какой-то неразборчивый звук, что-то вроде «Фу!».

— Мама ее ненавидит, — тихо сказала Джинни.

— При чем тут «ненавидит»? — сердитым шепотом возразила миссис Уизли. — Просто я считаю, что они поторопились с помолвкой, вот и все!

— Они уже целый год знакомы, — сказал Рон. Он таращился на закрытую дверь с несколько обалделым видом.

— Год — это не так уж много! Я понимаю, отчего так получилось. Все потому, что Сами-Знаете-Кто вернулся, теперь люди не знают, доживут ли до завтра, вот и принимают поспешные решения, которые при нормальной жизни следовало бы еще десять раз обдумать. Точно так же было, когда он в прошлый раз пришел к власти, молодые люди сплошь и рядом убегали из дому, женились без согласия родителей...

— Например, вы с папой, — ехидно ввернула Джинни.

— Ну, мы с папой были созданы друг для друга, так чего же нам было ждать? — отмахнулась миссис Уизли. — А Билл и Флер... Да что у них на самом деле общего? Билл простой, работящий парень, а она...

— Корова, — кивнула Джинни. — Но вообще-то Билл не такой уж простой. Он же Ликвидатор заклятий, он любит приключения, красивую жизнь... Наверное, поэтому и клюнул на эту Флегму.

Гарри и Гермиона засмеялись, а миссис Уизли строго одернула дочь:

— Перестань так ее называть, Джинни. Ладно, я, пожалуй, пойду. Кушай яишенку, Гарри, пока не остыла.

Она с озабоченным видом вышла из комнаты. Рон все еще был словно оглушенный; он осторожно потряс головой, как собака, вылезающая из воды.

Гарри спросил:

— Разве не привыкаешь, когда постоянно живешь с ней в одном доме?

— Вообще-то привыкаешь, — ответил Рон, — но когда она вдруг выскочит на тебя вот так, неожиданно...

— Жалкое зрелище, — со злостью сказала Гермиона, отодвинувшись от Рона подальше и скрестив руки на груди.

— Ты же не хочешь, чтобы она все время тут торчала? — изумленно спросила его Джинни. Рон только пожал плечами. — Все равно, спорим на что угодно, мама уж постарается все это прекратить.

— А что она может сделать? — спросил Гарри.

— Мама без конца приглашает Тонкс на обед. Помоему, она надеется, что Билл влюбится в Тонкс вместо этой... Я надеюсь, что так и будет. Тонкс гораздо симпатичнее.

— Ага, щас, — сказал Рон с сарказмом. — Слушайте, ни один нормальный парень даже не посмотрит на Тонкс, когда рядом Флер. Ну, то есть Тонкс, конечно, тоже ничего, когда не уродует себе нос и волосы, но...

— Да она в сто раз лучше Флегмы! — выпалила Джинни.

— И умнее, она ведь мракоборец! — поддержала ее Гермиона из угла.

— Флер совсем не глупая, не зря все-таки ее тогда взяли на Турнир Трех Волшебников, — сказал Гарри.

— И ты туда же! — с горечью воскликнула Гермиона.

— Наверное, ему нравится, как Флегма говорит «'Арри», да? — презрительно спросила Джинни.

— Нет, — ответил Гарри, жалея, что вообще раскрыл рот. — Я просто говорю, что Флегма... тьфу ты, Флер...

— По-моему, Тонкс гораздо симпатичнее, — упрямо твердила Джинни. — По крайней мере, с ней весело.

— В последнее время она не очень-то веселая, — сказал Рон. — Как ни посмотришь на нее, она больше похожа на Плаксу Миртл.

— Так нечестно! — возмутилась Гермиона. — Она еще не пришла в себя после того, что произошло... Ну, вы понимаете... Она ведь приходилась ему двоюродной племянницей!

Сердце у Гарри сжалось. Опять они про Сириуса! Он взял вилку и принялся запихивать в рот яичницу, надеясь, что это избавит его от участия в разговоре.

— Они с Сириусом почти и не знали друг друга, — сказал Рон. — Половину ее жизни Сириус просидел в Азкабане, а до этого их семьи совсем не общались...

— Не в этом дело, — сказала Гермиона. — Тонкс уверена, что он погиб по ее вине!

— Это еще почему? — не удержался Гарри.

— Ну, она же сражалась с Беллатрисой Лестрейндж, помните? По-моему, Тонкс думает, что, если бы она прикончила Беллатрису, та не смогла бы убить Сириуса.

— Глупость какая, — пробормотал Рон.

— Обычное явление: тот, кто остался в живых, всегда чувствует себя виноватым, — сказала Гермиона. — Я знаю, Люпин пытался ее разговорить, но она все равно горюет. У нее даже начались проблемы с метаморфством!

— Чего, чего?

— Она больше не может изменять свою внешность, — объяснила Гермиона. — Видимо, ее волшебные способности пострадали от переживаний, что-то в таком духе.

— Я не знал, что так бывает, — сказал Гарри.

— Я тоже не знала, — отозвалась Гермиона. — Наверное, при сильной депрессии...

Дверь снова отворилась, и миссис Уизли просунула голову в комнату.

— Джинни, — шепотом позвала она, — спустись вниз, помоги мне приготовить обед.

— Я разговариваю с ребятами! — вскинулась Джинни.

— Сейчас же! — сказала миссис Уизли и исчезла.

— Она просто не хочет сидеть там наедине с Флегмой, — бросила Джинни сердито.

Она очень похоже передразнила Флер, перебросив за спину свои длинные рыжие волосы, и сделала пируэт, подняв руки над головой, словно балерина.

— Вы давайте тоже поскорее спускайтесь, — сказала она, уходя.

Гарри воспользовался паузой, чтобы доесть завтрак. Гермиона ходила по комнате, заглядывая в коробки Фреда и Джорджа и время от времени искоса посматривая в сторону Гарри. Рон взял с тарелки Гарри гренок и принялся жевать, мечтательно глядя на дверь.

— Что это такое? — спросила вдруг Гермиона, подняв повыше какой-то предмет, похожий на маленький телескоп.

— Не знаю, — буркнул Рон, — но если это Фреда и Джорджа, то, скорее всего, они его еще не доработали, так что ты поосторожнее.

— Твоя мама сказала, что торговля у них идет хорошо, — заметил Гарри. — Говорит, у Фреда и Джорджа есть деловое чутье.

— Не то слово! — воскликнул Рон. — Они галеоны гребут лопатой! Так хочется увидеть их магазинчик! Мы еще не были в Косом переулке. Мама говорит, без папы нельзя, из-за безопасности, а он все время занят на работе, но, по рассказам, у них там классно.

— А насчет Перси что слышно? — спросил Гарри (третий по старшинству из братьев Уизли рассорился с семьей). — Он так и не общается с твоими родителями?

— Не-а, — ответил Рон.

— Но ведь он же теперь знает, что твой папа с самого начала был прав, раз Волан-де-Морт вернулся...

— Дамблдор говорит, люди легче прощают чужую неправоту, чем правоту, — сказала Гермиона. — Я слышала, Рон, как он говорил это твоей маме.

— На него похоже, Дамблдор всегда говорит какие-нибудь сумасшедшие штуки, — проворчал Рон.

— Он будет в этом году заниматься со мной индивидуально, — обронил Гарри как бы между прочим.

Рон поперхнулся гренком. Гермиона ахнула.

— И ты молчал! — возмутился Рон.

— Я только сейчас вспомнил, — честно признался Гарри. — Он мне сказал вчера ночью, у вас в сарае, где метлы.

— Ни фига себе! Индивидуальные уроки с Дамблдором! — сказал потрясенный Рон. — Интересно, почему это он...

Рон вдруг умолк. Гарри заметил, как они переглянулись с Гермионой. Гарри положил нож и вилку, сердце у него вдруг заколотилось очень быстро, учитывая, что он сидел в кровати и не совершал никаких усилий. Дамблдор велел рассказать им... Почему бы не теперь? Гарри сказал, сосредоточенно рассматривая вилку, блестевшую в солнечных лучах:

— Я точно не знаю, почему он хочет давать мне уроки, но, может быть, это из-за пророчества.

Рон и Гермиона молчали. Они словно оцепенели. Гарри продолжал, по-прежнему обращаясь к своей вилке:

— Ну, того самого, которое тогда хотели украсть из Министерства.

— Никто не знает, о чем там шла речь, — быстро проговорила Гермиона. — Оно же разбилось.

— Хотя в «Пророке» пишут... — начал Рон, но Гермиона шикнула на него.

— В «Пророке» правду пишут, — сказал Гарри, с огромным трудом заставив себя поднять глаза и посмотреть на своих друзей. У Гермионы вид был испуганный, а у Рона — изумленный. — В том стеклянном шаре, который разбился, была не единственная запись о пророчестве. Я его услышал все целиком в кабинете у Дамблдора, он сам слышал, как произносилось это пророчество, и поэтому мог рассказать мне. Там говорится... — Гарри сделал глубокий вдох, — вроде как я — тот человек, который должен прикончить Волан-де-Морта... Во всяком случае, там сказано, что ни один из нас не сможет жить спокойно, пока жив другой.

Все трое довольно долго смотрели друг на друга и молчали. Внезапно раздался громкий треск, и Гермиона исчезла в облаке черного дыма.

— Гермиона! — заорали Гарри и Рон. Поднос из-под завтрака с грохотом свалился на пол.

Гермиона вынырнула из клубов дыма, сжимая в руке телескоп и со здоровенным лиловым синяком под глазом.

— Я его сдавила, а он... дал мне в глаз! — задохнулась она.

И правда, на конце телескопа болтался крошечный кулачок на пружине.

— Не переживай, — сказал Рон, с трудом сдерживая смех, — мама тебя мигом приведет в порядок, она здорово умеет исцелять мелкие травмы.

— Да ладно, это все сейчас неважно! — быстро сказала Гермиона. — Гарри, ох, Гарри... — Она снова присела к нему на край кровати. — Мы всё думали, как вернулись из Министерства... Мы не хотели тебе говорить, но из того, что тогда сказал Люциус Малфой, ну, что пророчество касается тебя и Волан-де-Морта, было ясно, что это что-то в таком духе... Ох, Гарри... — Она пристально посмотрела на него и прошептала: — Тебе страшно?

— Сейчас уже не очень, — ответил Гарри. — Когда я в первый раз это услышал, здорово перетрусил... А сейчас у меня такое чувство, как будто я всегда знал, что рано или поздно должен буду встретиться с ним лицом к лицу.

— Когда мы узнали, что Дамблдор забрал тебя с собой, мы подумали — может быть, он что-то такое тебе расскажет или покажет, связанное с этим пророчеством, — взволнованно сказал Рон. — Выходит, мы угадали? Но если бы он думал, что у тебя нет шансов, вряд ли он захотел бы давать тебе уроки, правда? Не стал бы тратить зря время. Похоже, он считает, что ты можешь победить!

— А ведь верно! — сказала Гермиона. — Интересно, чему он будет тебя учить, Гарри? Наверное, какой-нибудь жутко сложной защитной магии... Мощные контрзаклятия... Противосглаз...

Гарри почти не слушал. По всему телу у него разливалось тепло, и солнечные лучи тут были ни при чем. Тугой комок в груди понемногу растаял. Он знал, что Рон и Гермиона стараются не показывать, насколько они на самом деле потрясены, но главное — они были здесь, рядом, они утешали его, а не шарахались, как от заразного, и этот простой факт так много для него значил, что не высказать словами.

— ...и всевозможные маскирующие чары, — закончила Гермиона. — Ну, по крайней мере ты знаешь хоть один предмет, которым будешь заниматься в будущем учебном году. Нам с Роном даже и это неизвестно. Интересно, когда нам пришлют результаты СОВ?

— Наверное, скоро, уже целый месяц прошел, — сказал Рон.

— Погодите! — Гарри вспомнил кое-что еще из вчерашнего разговора. — По-моему, Дамблдор говорил, что результаты СОВ должны прийти сегодня!

— Сегодня! — взвизгнула Гермиона. — Сегодня?! Да что же ты... Боже мой! Хоть бы сказал! — Она вскочила на ноги. — Пойду посмотрю, может, уже...

Но через десять минут, когда Гарри спустился на кухню, полностью одетый и с пустым подносом в руках, он увидел, что Гермиона в страшном волнении сидит за столом, а миссис Уизли хлопочет вокруг нее, стараясь ликвидировать синяк, делавший ее похожей на половину панды.

— Ну никак не сходит! — пожаловалась миссис Уизли, стоя над Гермионой с волшебной палочкой в одной руке и «Домашним справочником целителя» в другой. Справочник был открыт на странице «Синяки, порезы и ссадины». — Раньше всегда помогало. Ничего не понимаю!

— Шуточка в стиле Фреда и Джорджа, они небось нарочно эту гадость заговорили, чтобы синяк не сходил, — сказала Джинни.

— Но он должен сойти! — завопила Гермиона. — Я же не могу вечно ходить в таком виде!

— И не будешь, дорогая, успокойся, мы обязательно найдем какое-нибудь средство, — утешила ее миссис Уизли.

— Билл мне говориль, Фред и Жорж ошьень смешные! — сказала Флер с безоблачной улыбкой.

— О да, я просто задыхаюсь от смеха, — огрызнулась Гермиона. Она вскочила и забегала по кухне, ломая руки. — Миссис Уизли, вы точно уверены, что совы еще не прилетали?

— Да, дорогая, я бы заметила, — терпеливо ответила миссис Уизли. — Еще нет девяти часов, впереди масса времени...

— Знаю, я провалила древние руны, — лихорадочно бормотала Гермиона. — Я определенно сделала серьезную ошибку в переводе. А устный экзамен по защите от Темных искусств вообще сдавала через пень-колоду. Мне тогда казалось, что трансфигурация прошла более-менее нормально, но сейчас...

— Гермиона, заткнись, пожалуйста, не ты одна нервничаешь! — не выдержал Рон. — А когда получишь свои одиннадцать «превосходно»...

— Перестань, перестань, перестань! — замахала руками Гермиона в истерике. — Я знаю: я провалилась по всем предметам!

— А что будет с теми, кто провалится? — спросил Гарри, ни к кому в особенности не обращаясь, но ответила ему опять-таки Гермиона:

— Будем разговаривать с деканом своего факультета. Я спрашивала профессора Макгонагалл в конце прошлого года.

У Гарри засосало под ложечкой. Он пожалел, что так много съел за завтраком.

— У нас в Шармбатон, — свысока заметила Флер, — совсем д'гугая система. Я думаю, она лучше. Мы сдаем экзамьены на шестом году обушения, не на пятом, и к'гоме того...

Слова Флер заглушил пронзительный вопль. Гермиона показывала пальцем в окно. На фоне синего неба виднелись три черные точки. Они быстро росли.

— Точно, это совы, — хрипло сказал Рон и вскочил с места, чтобы вместе с Гермионой припасть к окну.

— Три штуки, — сказал Гарри, встав рядом с Гермионой с другой стороны.

— По одной на каждого, — прошептала она дрожащим голосом. — Ой, не могу... Ой, не могу... Ой, не могу...

Она изо всех сил ухватила Гарри и Рона за локти.

Совы летели прямо к «Норе» — три красивые неясыти, и, когда они пошли на снижение, стало видно, что каждая несет большой квадратный конверт.

— Ой, не могу! — пропищала Гермиона.

Миссис Уизли протиснулась мимо них к окну и отворила раму. Совы одна за другой спланировали в комнату и рядком приземлились на кухонном столе. Все три разом подняли правую лапку.

Гарри шагнул вперед. Послание, адресованное ему, было привязано к лапке средней совы. Он принялся отвязывать письмо неловкими пальцами. Слева от него Рон пытался отцепить конверт со своими результатами. Справа возилась Гермиона; у нее так дрожали руки, что вся сова тряслась.

В кухне стояла мертвая тишина. Наконец Гарри кое-как отвязал конверт, поскорее разорвал его и развернул пергамент, лежавший внутри.

СТАНДАРТЫ ОБУЧЕНИЯ ВОЛШЕБСТВУ
РЕЗУЛЬТАТЫ ЭКЗАМЕНОВ

Проходные баллы:	*превосходно (П)*
	выше ожидаемого (В)
	удовлетворительно (У)
Непроходные баллы:	*слабо (С)*
	отвратительно (О)
	тролль (Т)

ГАРРИ ДЖЕЙМС ПОТТЕР ПОЛУЧИЛ СЛЕДУЮЩИЕ ОЦЕНКИ:

Астрономия	*У*
Уход за магическими существами	*В*
Заклинания	*В*
Защита от Темных искусств	*П*
Прорицания	*С*
Травология	*В*
История магии	*О*
Зельеварение	*В*
Трансфигурация	*В*

Гарри несколько раз перечитал пергамент, и с каждым разом дыхание его постепенно выравнивалось. Все нормально; он всегда знал, что завалит прорицания, а сдать историю магии у него просто не было возможности, поскольку он потерял сознание в середине экзамена, зато по всем остальным предметам он получил проходные баллы! Гарри провел пальцем по столбику оценок. Трансфигурацию и травологию он сдал неплохо, и даже по зельеварению получил «выше ожидаемого»! А главное, ему поставили «превосходно» по защите от Темных искусств!

Он осмотрелся по сторонам. Гермиона сидела к нему спиной, низко опустив голову, зато Рон сиял от восторга.

— Провалился только по прорицаниям и по истории магии, да кому они нужны? — весело сказал он. — Давай показывай свои, махнемся.

Гарри проглядел оценки Рона: ни одной «превосходно» здесь не было.

— Так и знал, что ты будешь отличником по защите от Темных искусств, — сказал Рон, изо всех сил хлопнув Гарри по плечу. — Ну что, мы молодцы?

— Молодцы! — с гордостью воскликнула миссис Уизли и взъерошила Рону волосы. — По семь СОВ сдали, это больше, чем у Фреда и Джорджа вместе взятых!

— Гермиона! — осторожно позвала Джинни, так как Гермиона по-прежнему не оборачивалась. — У тебя как?

— Н-неплохо, — ответила Гермиона слабым голосом.

— Да ну тебя! — Рон большими шагами подошел к ней и выхватил листок с результатами. — Ого! Десять «превосходно» и одна «выше ожидаемого» — по защите от Темных искусств. — Он посмотрел на нее не то насмешливо, не то с досадой. — Ты что, никак расстроилась?

Гермиона покачала головой, а Гарри засмеялся.

— Ну что, теперь идем на ЖАБА! — Рон улыбался до ушей. — Мам, там сосисок не осталось?

Гарри снова посмотрел на свои оценки. На лучшее он не мог и рассчитывать. Только чуть-чуть кольнуло сожаление... С мечтой поступить в мракоборцы было покончено. Он не получил необходимого высокого балла по зельеварению. Заранее знал, что не получит, и все-таки у него засосало под ложечкой, когда он еще раз взглянул на маленькую черную буковку «В».

Даже странно, если вспомнить: человек, который первым сказал Гарри, что из него вышел бы хороший мракоборец, на самом деле был переодетым Пожирателем смерти. Но эта мысль почему-то захватила Гарри, и теперь он просто не мог придумать, чем еще ему хотелось бы заниматься в жизни. А уж после того, как он услышал пророчество, вообще стало казаться, что это его судьба. *«Ни один из них не сможет жить спокойно, пока жив другой...»* Наверное, было бы вполне в духе пророчества и к тому же оптимально в смысле шансов на выживание поступить на работу к этим высококвалифицированным волшебникам, чья профессиональная задача состояла в том, чтобы отыскать и убить Волан-де-Морта.

Глава 6

ЗИГЗАГ МАЛФОЯ

Следующие несколько недель Гарри прожил в «Норе», не выходя за пределы сада. Целыми днями играли в квиддич двое на двое (Гарри и Гермиона против Рона и Джинни; Гермиона играла ужасно, а Джинни — хорошо, так что в целом силы уравнивались), а по вечерам Гарри объедался тройными порциями всяческих вкусностей, которые готовила для него миссис Уизли.

Это были бы мирные, счастливые каникулы, если бы в «Ежедневном пророке» не появлялись чуть ли не каждый день сообщения о загадочных несчастных случаях, о пропавших без вести, а то и погибших волшебниках. Иногда Билл и мистер Уизли приносили новости еще раньше, чем они появлялись в газете. К большому огорчению миссис Уизли, шестнадцатый день рождения Гарри был омрачен зловещими рассказами Римуса Люпина, пришедшего на праздник изможденным и посуровевшим, с сединой в каштановых волосах; одежда у него была еще более рваная и заплатанная, чем обычно.

— Было еще два-три случая нападения дементоров, — сообщил он, пока миссис Уизли отрезала для него большой кусок именинного торта. — Игоря Каркарова нашли мертвым в какой-то хибарке далеко на севере. Над ней была оставлена Черная Метка. Честно говоря, меня удивляет, что он еще год прожил после того, как сбежал от Пожирателей смерти; Регулус, брат Сириуса, продержался всего несколько дней, если я правильно помню.

— Да-да, — сказала миссис Уизли, нахмурившись, — может быть, лучше поговорим о чем-нибудь дру...

— Слыхал про Флориана Фортескью, Римус? — спросил Билл, которому Флер усердно подливала вина. — Того, что содержал...

— Кафе-мороженое в Косом переулке? — перебил Гарри, чувствуя неприятную пустоту внутри. — Он меня бесплатно угощал мороженым. Что с ним случилось?

— Его уволокли, судя по тому, в каком виде было заведение.

— Почему? — спросил Рон.

Миссис Уизли предостерегающе взглянула на Билла.

— Кто знает? Должно быть, чем-то их разозлил. Хороший он был человек, Флориан.

— Кстати о Косом переулке, — заметил мистер Уизли. — Похоже, лавка Олливандера тоже того.

— Который делал волшебные палочки? — испуганно спросила Джинни.

— Он самый. Магазин стоит пустой. Никаких следов борьбы. Никто не знает, сам он ушел или его похитили.

— А волшебные палочки? Как же теперь без них?

— Придется обращаться к другим изготовителям, — ответил Люпин. — Но Олливандер был лучшим, и, если он перешел на другую сторону, для нас это не очень хорошо.

Назавтра после этого мрачноватого дня рождения прибыли письма из Хогвартса со списками учебной литературы. Гарри в письме ждал сюрприз: его назначили капитаном команды по квиддичу.

— Теперь у тебя равный статус со старостами! — радостно воскликнула Гермиона. — Ты сможешь пользоваться нашей ванной комнатой и так далее!

— Ого, я помню, у Чарли был такой, — сказал Рон, восхищенно рассматривая капитанский значок. — Гарри, это классно, ты теперь мой капитан... Если, конечно, примешь меня снова в команду, ха-ха!

— Что ж, видимо, больше уже нельзя тянуть с походом в Косой переулок, — вздохнула миссис Уизли, просматривая список учебников Рона. — Отправимся в субботу, если только папу опять не вызовут на службу. Без него я с места не сдвинусь.

— Мам, ну ты что, серьезно думаешь, что Сама-Знаешь-Кто прячется за книжными полками у «Флориш и Блоттс»? — захихикал Рон.

— А Фортескью и Олливандер, по-твоему, просто решили взять отпуск? — немедленно вспыхнула миссис Уизли. — Если правила безопасности кажутся тебе смешными, можешь остаться дома, я сама тебе все куплю!

— Нет, я пойду с вами, хочется посмотреть магазин Фреда и Джорджа! — поспешно отозвался Рон.

— В таком случае, придержите язык, молодой человек, пока я не решила, что вы еще не доросли, чтоб идти с нами! — отрезала миссис Уизли, схватила свои любимые часы, на которых все девять стрелок по-прежнему показывали *смертельную опасность*, и кое-как установила их на стопке только что выстиранных полотенец. — И между прочим, к возвращению в Хогвартс это тоже относится!

Рон недоверчиво оглянулся на Гарри. Его мама тем временем подхватила в охапку бельевую корзину вместе с угрожающе покачивающимися часами и в гневе вылетела из комнаты.

— Фу-ты, уже и пошутить нельзя...

Но следующие несколько дней Рон был очень осторожен и не позволял себе шуточек по поводу Волан-де-Морта. Настало утро субботы, миссис Уизли больше не накидывалась на своих детей, хотя за завтраком держалась очень напряженно. Билл, который должен был остаться дома с Флер (к большой радости Гермионы и Джинни), протянул Гарри через стол туго набитый мешочек с деньгами.

— А мне? — сразу же потребовал Рон, широко раскрыв глаза.

— Балда, это же его собственные, — усмехнулся Билл. — Я их взял для тебя из сейфа, Гарри, а то сейчас у посетителей часов пять уходит на то, чтобы получить свое золото. Гоблины из соображений безопасности завинтили все гайки. Два дня назад у Арки Филпотта во время проверки на честность зонд застрял в... В общем, поверь мне, так будет намного проще.

— Спасибо, Билл, — сказал Гарри, пряча золото в карман.

— Он всегда такой заботливый, — восхищенно промурлыкала Флер, поглаживая Билла по носу.

Джинни за спиной у Флер сделала вид, будто ее стошнило прямо в тарелку с кашей. Гарри поперхнулся кукурузными хлопьями, и Рону пришлось похлопать его по спине.

День выдался пасмурный. Когда они вышли из дома, натягивая плащи, во дворе их дожидалась спецмашина из Министерства — Гарри однажды уже ездил на такой.

— Здорово, что папе снова их дают, — одобрил Рон, удобно развалившись на сиденье.

Машина мягко тронулась с места и покатила прочь от «Норы». Билл и Флер махали вслед из кухонного окна. Рон, Гарри, Гермиона и Джинни с комфортом разместились на широком заднем сиденье.

— Ты там не особо привыкай, это только из-за Гарри, — предупредил мистер Уизли через плечо.

Они с миссис Уизли сидели впереди, рядом с министерским шофером; переднее сиденье услужливо растянулось, превратившись в некое подобие двухместного диванчика. — Его теперь охраняют по высшему разряду. И в «Дырявом котле» нас тоже встретит усиленная охрана.

Гарри промолчал; его совсем не привлекала перспектива ходить по магазинам в сопровождении батальона мракоборцев. Мантия-невидимка припрятана у него в сумке, и если этого достаточно для Дамблдора, должно быть достаточно и для Министерства, хотя, если подумать, вряд ли в Министерстве знают о его мантии.

— Приехали, — на удивление скоро объявил шофер, раскрыв рот в первый раз за время поездки, и остановил машину на Чаринг-Кросс-роуд, у входа в «Дырявый котел». — Я вас тут подожду. Когда примерно вернетесь?

— Часа через два, я думаю, — сказал мистер Уизли. — А, прекрасно, он уже здесь!

Гарри вслед за мистером Уизли выглянул в окно, и сердце у него радостно забилось. Возле кабачка его не поджидал отряд мракоборцев, зато там виднелась громадная бородатая фигура Рубеуса Хагрида, хогвартского лесничего, в длинной бобровой шубе, расплывшегося в улыбке при виде Гарри и совершенно не замечающего изумленных взглядов проходящих мимо маглов.

— Гарри! — прогудел он и сгреб Гарри в сокрушительные объятия, едва тот вылез из машины. — Клювокрыл... то есть я хотел сказать Махаон... Видел бы ты его, Гарри, он так радуется, что снова может полетать на свободе...

— Я рад, что ему хорошо, — ответил Гарри, улыбаясь до ушей и потирая ребра. — Мы и не знали, что «охрана» — это ты!

— Точно, совсем как в старые добрые времена, а? Понимаешь, министерские хотели прислать толпу мракоборцев, но Дамблдор сказал, что меня одного хватит, — гордо сообщил Хагрид, выпятив грудь и зацепив большими пальцами за карманы. — Ну, пошли, что ли. Молли, Артур — после вас!

Впервые на памяти Гарри в «Дырявом котле» было пусто. Только Том, морщинистый и беззубый хозяин кабачка, оставался на своем посту. Он с надеждой поднял взгляд, когда они вошли, но не успел сказать и слова, как Хагрид с важным видом произнес:

— Нам только пройти, Том, ты же понимаешь — хогвартское дело.

Том уныло кивнул и снова стал протирать стаканы. Гарри, Гермиона и четверо Уизли прошли через черный ход в холодный тесный дворик, где стояли мусорные баки. Хагрид поднял свой розовый зонтик и постучал по строго определенному кирпичу в стене. Тут же перед ними открылся проем в виде арки, за которой виднелась извилистая, мощенная булыжником улочка. Пройдя сквозь арку, все остановились и осмотрелись.

Косой переулок изменился. Пестрые сверкающие витрины с выставленными в них книгами заклинаний, котлами и ингредиентами для волшебных зелий были наглухо заклеены плакатами Министерства магии. На большей части этих мрачных темно-фиолетовых плакатов были размещены движущиеся черно-белые фотографии известных Пожирателей смерти, скрывающихся от поимки. С витрины ближайшей аптеки кривила губы в презрительной усмешке Беллатриса Лестрейндж. Несколько окон были заколочены досками, в том числе витрина кафе-мороженого Флориана Фортескью. Зато по всей улице, как грибы после дождя, высыпали обшарпанного вида лотки и палатки. У ближайшего лотка возле входа в книжный магазин «Флориш и Блоттс» к полосатому тенту был приколот кусок картона с надписью:

Высокоэффективные амулеты
против оборотней, дементоров и инферналов

Тощенький волшебник бренчал связками серебряных подвесок на цепочках, зазывая прохожих.

— Не желаете амулетик для девочки, сударыня? — окликнул он проходившую мимо миссис Уизли и масляно улыбнулся Джинни. — Защитить ее прелестную шейку!

— Был бы я сейчас на дежурстве... — проворчал мистер Уизли, сердито глядя на продавца амулетов.

— Да, милый, только не надо сейчас никого арестовывать, мы очень спешим, — сказала миссис Уизли, озабоченно просматривая список. — Наверное, для начала следует зайти к мадам Малкин, Гермионе нужна новая парадная мантия, а Рону школьная форма едва достает до щиколоток, и тебе, Гарри, тоже, верно, понадобится новая школьная мантия, ты так вырос... Идемте, все!

— Молли, какой смысл всем тащиться к мадам Малкин? — возразил мистер Уизли. — Пусть они трое идут с Хагридом, а мы пока пойдем во «Флориш и Блоттс», купим на всех учебники.

— Ну, не знаю, — нерешительно ответила миссис Уизли. Ей явно хотелось побыстрее закончить покупки, но не хватало духу выпустить из-под надзора часть своего стада. — Хагрид, как ты думаешь?

— Не переживай, Молли, со мной не пропадут! — успокоил ее Хагрид, беззаботно махнув ручищей размером с крышку от мусорного бака. Миссис Уизли смотрела с сомнением, но все-таки согласилась разделить силы; сама она вместе с мужем и Джинни поспешила в книжный магазин «Флориш и Блоттс», а Гарри, Рон, Гермиона и Хагрид отправились к мадам Малкин.

Гарри заметил, что у многих прохожих был такой же затравленный, встревоженный вид, как и у миссис Уизли. Люди больше не останавливались поболтать друг с другом, держались тесными группами, торопливо делали покупки, не отвлекаясь от своей задачи, и явно старались не ходить по одному.

— Наверное, все вместе мы туда не влезем, — сказал Хагрид, остановившись у входа в заведение мадам Малкин и нагибаясь, чтобы заглянуть в окно. — Я лучше посторожу снаружи, идет?

Так что Гарри, Рон и Гермиона вошли в лавку втроем. На первый взгляд помещение казалось пустым, но не успела дверь за ними закрыться, как из-за стойки с парадными мантиями в синих и зеленых блестках донесся знакомый голос:

— Уже не ребенок, если ты случайно не заметила, мама. Я прекрасно могу сам купить все, что мне нужно.

Кто-то прищелкнул языком, и Гарри узнал голос мадам Малкин:

— Ну что ты, милый, твоя мама совершенно права, сейчас никому не стоит ходить в одиночку, и дело тут вовсе не в возрасте...

— Куда булавками тычете! Поосторожней, пожалуйста!

Из-за стойки показался мальчик-подросток с бледным лицом, заостренным подбородком и светлыми, почти белыми волосами, одетый в красивую темно-зеленую мантию, у которой подол и рукава были подколоты булавками. Он подошел к зеркалу и стал себя рассматривать; прошло с полминуты, пока он заметил отражение Гарри, Рона и Гермионы у себя за плечом. Его светло-серые глаза сощурились.

— Если тебя удивляет, мама, что это за вонь, так сюда только что вошла грязнокровка, — произнес Драко Малфой.

— Ну-ка, что за выражения у меня в магазине? — воскликнула мадам Малкин, выбегая из-за вешалки с сантиметром и волшебной палочкой в руках. — И попрошу не размахивать здесь волшебными палочками! — прибавила она, взглянув в сторону двери, так как Гарри и Рон уже выхватили свои палочки и нацелили их на Малфоя.

Гермиона, стоявшая чуть позади, зашептала:

— Не надо, не связывайтесь, честное слово, не стоит он того...

— Ага, как будто вы посмеете колдовать, когда не в школе, — издевался Малфой. — Кто это тебе глаз подбил, Грейнджер? Я хочу послать ему цветы!

— Довольно! — резко одернула его мадам Малкин, оглядываясь в поисках поддержки. — Мадам... прошу вас...

Из-за вешалки неспешной походкой вышла Нарцисса Малфой.

— Уберите это немедленно! — холодно приказала она Гарри и Рону. — Если вы еще раз нападете на моего сына, я добьюсь, чтобы этот поступок стал последним в вашей жизни.

— Да ну? — сказал Гарри, отступая на шаг и глядя прямо в ухоженное надменное лицо, несмотря на бледность так похожее на лицо ее сестры. Гарри был теперь с ней одного роста. — А что вы сделаете — натравите на нас своих дружков, Пожирателей смерти?

Мадам Малкин взвизгнула и схватилась за сердце:

— Как можно говорить такие вещи... рискованные обвинения... Да уберите, пожалуйста, волшебные палочки!

Но Гарри не опустил палочку. Нарцисса Малфой гадко улыбнулась:

— Я вижу, будучи любимчиком Дамблдора, ты воображаешь, что тебе все нипочем, Гарри Поттер. Но Дамблдор не всегда будет рядом, чтобы защитить тебя.

Гарри с насмешкой огляделся по сторонам.

— Ой, смотрите, его здесь нет! Чего же вы ждете, пользуйтесь случаем! Может, для вас подберут двухместную камеру в Азкабане, будете сидеть вместе со своим бездарным мужем!

Малфой сделал движение, как будто хотел кинуться на Гарри, но споткнулся, наступив на подол слишком длинной мантии. Рон громко захохотал.

— Не смей так разговаривать с моей мамой, Поттер! — прорычал Малфой.

— Ничего страшного, Драко. — Нарцисса удержала сына, положив ему на плечо руку с тонкими белыми пальцами. — Я думаю, Поттер встретится со своим обожаемым Сириусом раньше, чем я с Люциусом.

Гарри отвел назад волшебную палочку.

— Гарри, не надо! — взмолилась Гермиона, повиснув у него на руке. — Опомнись... тебе нельзя... у тебя будут такие неприятности...

Мадам Малкин, потоптавшись на месте, решила сделать вид, будто ничего не происходит — видимо, надеясь, что тогда ничего и не произойдет. Она наклонилась к Малфою, все еще злобно сверкавшему глазами в сторону Гарри.

— По-моему, левый рукав нужно еще немножечко укоротить, милый, дай-ка я сейчас...

— Ай! — заорал Малфой и вырвал руку. — Смотри, куда булавки втыкаешь, женщина! Мама, я, пожалуй, не возьму эти тряпки...

Он стащил мантию через голову и швырнул на пол к ногам мадам Малкин.

— Ты прав, Драко, — сказала Нарцисса, презрительно взглянув на Гермиону. — Когда я вижу, какое отребье здесь обслуживают... Пойдем лучше к «Твилфитту и Таттингу».

С этими словами парочка гордо покинула магазин. Малфой по дороге к выходу постарался как можно сильнее задеть Рона плечом.

— Ну и ну! — воскликнула мадам Малкин, подняв с пола мантию и проводя над нею волшебной палочкой на манер пылесоса, чтобы счистить пыль.

Она что-то расстроенно бормотала все время, пока примеряла новые мантии Рону и Гарри, чуть было не продала Гермионе мужскую парадную мантию вместо женской и в конце концов выпроводила их из магазина с поклонами, явно радуясь, что наконец избавилась от сомнительных посетителей.

— Все купили? — бодро спросил Хагрид, когда они снова оказались рядом с ним.

— Вроде все, — ответил Гарри. — Ты видел Малфоев?

— Видел, — равнодушно ответил Хагрид. — Да ты не беспокойся, Гарри, не станут же они затевать безобразия на виду у всего Косого переулка.

Гарри, Рон и Гермиона переглянулись, но не успели они развеять иллюзии Хагрида, как появились мистер и миссис Уизли, а с ними Джинни, все с тяжелыми пачками книг в руках.

— Все в порядке? — спросила миссис Уизли. — Купили мантии? Очень хорошо, по дороге к Фреду и Джорджу можно будет еще заглянуть в аптеку и к Илопсу... Не отходите в сторону, держитесь поближе друг к другу.

Гарри и Рон не стали покупать никаких ингредиентов в аптеке, поскольку им больше не полагалось изучать зельеварение, зато оба купили по большой коробке совиного корма для Букли и Сычика в Совариуме Илопса. Затем двинулись дальше в поисках магазина «Всевозможные волшебные вредилки», принадлежавшего Фреду и Джорджу, причем миссис Уизли каждые две минуты поглядывала на часы.

— Времени у нас не так уж много, — говорила миссис Уизли. — Только заглянем, и сразу к машине. Должно быть, уже почти пришли. Дом девяносто два... девяносто четыре...

— Вот это да! — воскликнул Рон, остановившись как вкопанный.

Среди тусклых, залепленных министерскими плакатами витрин соседних магазинов лавочка Фреда и Джорджа била по глазам, словно фейерверк. Случайные прохожие долго еще оглядывались на их витрину, а кое-кто даже останавливался, словно зачарованный, не в силах отвести от нее глаз. Витрина слева от входа сверкала невероятным разнообразием товаров, которые подскакивали, вертелись, светились, прыгали и пищали. Даже больно было смотреть на эту пестроту. Витрину справа целиком закрывал гигантский плакат, темно-фиолетовый, как и плакаты от Министерства, но на нем пылали гигантские ярко-желтые буквы:

Почему так всех волнует
Тот-Кого-Нельзя-Называть?
Лучше пусть народ волнует
Тот-Кто-Умеет-В-Кишках-Застревать!
Он хитер, он шустер!
От него с давних пор
У всей страны запор!

Гарри засмеялся. Рядом с ним послышался приглушенный стон. Он оглянулся и увидел, что миссис Уизли, онемев, не сводит глаз с плаката. Губы у нее шевелились, беззвучно повторяя: «Он хитер, он шустер».

— Их же убьют в собственных постелях! — прошептала она.

— Не убьют! — заверил Рон, хохоча, как и Гарри. — Вот это блеск!

Они с Гарри первыми вошли в магазин, который был битком набит покупателями. Гарри не сразу смог пробиться к полкам. Он стал озираться по сторонам, рассматривать ящики и коробки, наваленные до потолка. Среди них были и Забастовочные завтраки, разработанные близнецами в их последний, так и не законченный учебный год в Хогвартсе. Гарри заметил, что самым большим спросом пользовались Кровопролитные конфеты — на полке осталась только одна помятая коробка. Стояли целые контейнеры шуточных волшебных палочек — самые дешевые при взмахе просто превращались в резиновых цыплят или в пару боксерских трусов, а самые дорогие модели колотили незадачливого пользователя по голове и по загривку. Лежали в коробках усовершенствованные перья для письма: самозаправляющиеся перья, перья с автоответчиком и перья со встроенной проверкой орфографии. В толпе наметился просвет, и Гарри протолкался к прилавку, где несколько восхищенных десятилеток разглядывали крошечного деревянного человечка, который медленно поднимался по ступенькам к маленькой, но совсем как настоящей виселице. Все это было установлено на коробке с надписью: «Висельник многоразового использования. Если ты пишешь с ошибками, он закачается в петле!»

— «Патентованные чары — грезы наяву»...

Гермиона протиснулась к застекленному шкафчику у самого прилавка и принялась зачитывать вслух инструкцию на обратной стороне коробки, крышка которой была украшена цветным изображением молодого красавца и девушки, приготовившейся лишиться чувств; оба персонажа находились на палубе пиратского корабля.

— «Одно простое заклинание, и вы погружаетесь в высококачественную, сверхреалистическую грезу наяву продолжительностью тридцать минут, что позволяет удобно уместить ее в стандартный школьный урок практически незаметно для сторонних наблюдателей (возможные побочные эффеты — отсутствующее выражение лица и незначительное слюнотечение). Не продается лицам до шестнадцати». Знаешь что, — сказала Гермиона, оглянувшись на Гарри, — на самом деле это потрясающий уровень магии!

— Ну, Гермиона, за это можешь получить один набор бесплатно, — раздался голос у них за спиной.

Перед ними, сияя улыбкой, появился Фред, одетый в пурпурную мантию, чудовищно сочетавшуюся с ярко-рыжими волосами.

— Как жизнь, Гарри? — Они пожали друг другу руки. — А что это у тебя с глазом, Гермиона?

— Ваш драчливый телескоп, — ответила она печально.

— Тьфу ты, я и забыл про них, — сказал Фред. — Вот, держи.

Он вытащил из кармана тюбик и протянул ей. Гермиона осторожно отвинтила крышечку и выдавила чуть-чуть жирной желтой пасты.

— Намажь, и все, через час синяк сойдет, — сказал Фред. — Нам пришлось отыскать приличное средство от синяков, мы ведь почти всю продукцию испытываем на себе.

Гермиона явно нервничала.

— Она точно безопасная?

— Конечно, — успокоил ее Фред. — Пошли, Гарри, устроим тебе экскурсию.

Гарри оставил Гермиону смазывать синяк и пошел за Фредом в глубь магазина. Там он увидел стеллаж, где были выставлены карточные фокусы и фокусы с веревочкой.

— Это у маглов вместо волшебства! — весело пояснил Фред, указывая на фокусы. — Для чудиков вроде нашего папы, которые с ума сходят по разным магловским штучкам. Доходу от них немного, но спрос довольно устойчивый, удачная новинка... А вот и Джордж.

Второй близнец с жаром пожал руку Гарри.

— Осматриваешь достопримечательности? Пошли в другой зал, Гарри, там мы делаем действительно большие деньги. Эй, ты, еще что-нибудь сунешь в карман, заплатишь не только галеонами! — грозно прибавил он, обращаясь к маленькому мальчику, который поспешно выдернул руку из контейнера с надписью: «Съедобные Черные Метки — всякого стошнит!»

Джордж отвел в сторону занавеску рядом с магловскими фокусами, и перед Гарри открылась другая комната, потемнее и попросторнее. Упаковки товаров на полках здесь были более сдержанных тонов.

— Мы только недавно начали выпускать более серьезные товары, — сообщил Фред. — Забавно это получилось...

— Ты не поверишь, как много народу, даже среди министерских работников, не умеют выполнить приличные Щитовые чары, — сказал Джордж. — Они, правда, у тебя не учились, Гарри!

— Это точно... Ну вот, мы решили, что будет весело пустить в продажу Шляпы-щиты. Ну, типа, подначишь своего приятеля навести на тебя порчу, когда на тебе такая шляпа, и любуйся, какая у него будет физиономия после того, как его заклятие от тебя отскочит. И вдруг — хоп! Министерство заказывает пятьсот штук наших шляп для своих сотрудников! И до сих пор мы получаем массовые заказы.

— Так мы теперь расширяем ассортимент. Выпускаем Плащи-щиты, Перчатки-щиты...

— Ясное дело, от непростительных заклятий они не шибко помогут, но от мелких и средних заклинаний, разной там порчи и сглаза...

— А потом мы решили вообще углубиться в область защиты от Темных искусств, это же просто денежная жила! — азартно подхватил Джордж. — Классная штука! Вот, посмотри, Порошок мгновенной тьмы, импортируем из Перу. Очень удобно, если нужно срочно от кого-нибудь удрать.

— А наши Отвлекающие обманки прямо-таки улетают с полок, гляди. — Фред показал на ряды причудливых черных предметов, напоминающих по форме автомобильный клаксон. Они и в самом деле толкались, пытаясь спрыгнуть с полки и спрятаться. — Незаметно бросаешь на землю такую штуковину, она отбегает в сторонку и там издает громкие звуки — отличное отвлекающее средство в случае чего.

— Удобно, — восхитился Гарри.

— Держи, — сказал Джордж, поймав парочку обманок, и бросил их Гарри.

За занавеску заглянула молодая волшебница с коротко остриженными белокурыми волосами, она тоже была одета в форменную пурпурную мантию.

— Там покупатель ищет шуточный котел, мистер Уизли и мистер Уизли, — сообщила волшебница.

Гарри было очень непривычно слышать, как Фреда и Джорджа называют «мистерами Уизли», но они реагировали, будто так и надо.

— Спасибо, Верити, иду, — быстро отозвался Джордж. — Гарри, ты себе выбирай что захочешь, ладно? За счет заведения.

— Я так не могу! — начал было возражать Гарри. Он уже вытащил мешочек с деньгами, чтобы расплатиться за Отвлекающие обманки.

— В этом магазине с тебя денег не возьмут, — твердо заявил Фред, отводя руку Гарри с золотом.

— Но...

— Ты дал нам начальный капитал, и мы это помним, — строго сказал Джордж. — Бери что хочешь, только не забывай рекламировать нашу лавочку, если кто спросит, откуда это у тебя.

Джордж ушел за занавеску обслуживать покупателей, а Фред повел Гарри в основной зал, где Гермиона и Джинни все еще разглядывали коробки с Патентованными грезами.

— Девчонки, вы еще не видали нашу спецпродукцию «Чудо-ведьма»? — осведомился Фред. — Прошу за мной, дамы...

У окна они увидели целую выставку ядовито-розовых флакончиков, вокруг которых, возбужденно хихикая, собралась стайка девочек. Гермиона и Джинни опасливо попятились.

— Прошу, прошу! — гордо произнес Фред. — Только у нас — лучший выбор любовных напитков!

Джинни скептически изогнула бровь:

— А они действуют?

— Само собой! Продолжительность до двадцати четырех часов, срок действия зависит от веса мальчика...

— И степени привлекательности девочки, — закончил Джордж, неожиданно появляясь рядом с ними. — Но своей сестре мы их продавать не будем, — прибавил он, внезапно посуровев. — У нее, говорят, и без того штук пять поклонников.

— Не слушай Рона, он все врет, — хладнокровно ответила Джинни и, наклонившись над прилавком, сняла с полки маленькую розовую баночку. — А это что?

— Гарантированный десятисекундный прыщевыводитель, — сказал Фред. — Отлично действует также на волдыри и угри, но ты не отвлекайся от темы. Правда или нет, что ты сейчас встречаешься с парнем по имени Дин Томас?

— Да, встречаюсь. И когда мы с ним виделись в прошлый раз, он определенно был один, а не пятеро. Ой, а это кто такие?

Джинни показала на клетку, по дну которой с тоненьким писком перекатывались розовые и лиловые пушистые шарики.

— Карликовые пушистики, — ответил Джордж. — Это просто миниатюрные клубочки пуха, у нас их с руками отрывают, прямо не успеваем разводить. А что у тебя с Майклом Корнером?

— Я его бросила, он был жуткий зануда. — Джинни просунула палец между прутьями клетки, и карликовые пушистики мигом столпились вокруг него. — До чего же миленькие!

— Да, они лапочки, — снисходительно согласился Фред. — Но не слишком ли ты торопишься, меняешь парней, как перчатки?

Джинни повернулась к брату, уперев руки в бока. Ее грозное выражение вдруг так напомнило миссис Уизли, что Гарри даже удивился, как это Фред не струсил.

— Тебя это не касается! А ты, будь добр, — сердито прибавила она, обращаясь к Рону, который только что возник за плечом Джорджа, нагруженный покупками, — не рассказывай братцам сказки обо мне!

Фред пересчитал коробки у Рона в руках.

— Три галеона, девять сиклей и один кнат. Давай раскошеливайся!

— Я же твой брат!

— А это наши товары. Три галеона, девять сиклей. Кнат, так и быть, скостим.

— Но у меня нет трех галеонов девяти сиклей!

— Тогда клади все обратно и смотри разложи по местам, где что было!

Рон уронил несколько коробок, выругался и сделал неприличный жест в адрес Фреда, но, к несчастью, его заметила подошедшая как раз в этот момент миссис Уизли.

— Еще раз увижу такое, заколдую тебе руку, чтобы вообще не мог разжать кулак, — резко прикрикнула она.

— Мам, можно мне взять карликового пушистика? — подскочила к ней Джинни.

— Кого-кого? — настороженно переспросила миссис Уизли.

— Посмотри, какие хорошенькие...

Миссис Уизли пошла смотреть карликовых пушистиков, и перед Гарри, Роном и Гермионой на мгновение открылся ничем не заслоненный вид из окна. По улице шагал Драко Малфой — один, без матери. Проходя мимо «Всевозможных волшебных вредилок», он оглянулся через плечо. В следующую секунду он дошел до края окна и скрылся из виду.

— Интересно, куда подевалась его мамочка? — протянул Гарри, нахмурившись.

— Похоже, он от нее удрал, — сказал Рон.

— С чего бы это? — удивилась Гермиона.

Гарри промолчал, он напряженно думал. Нарцисса Малфой так просто не выпустила бы драгоценного сыночка из поля зрения. Малфою нужно было очень постараться, чтобы ускользнуть из ее когтей. У Гарри, который хорошо знал Малфоя и терпеть его не мог, не было ни малейшего сомнения, что все это неспроста.

Он огляделся по сторонам. Миссис Уизли и Джинни склонились над карликовыми пушистиками. Мистер Уизли с восторгом рассматривал колоду крапленых магловских игральных карт. Фред и Джордж были заняты с покупателями. По ту сторону стекла Хагрид стоял к ним спиной, озирая улицу.

— Давайте сюда, быстро! — скомандовал Гарри, вытаскивая из сумки мантию-невидимку.

— Ох, ну я не знаю, Гарри... — Гермиона неуверенно оглянулась на миссис Уизли.

— Давай! — сказал Рон.

Поколебавшись еще секунду, Гермиона нырнула под мантию к Гарри и Рону. Никто не заметил, как они исчезли, все были слишком увлечены изделиями Фреда и Джорджа. Гарри, Рон и Гермиона поскорее протиснулись к выходу, но, когда они выскочили на улицу, Малфоя уже не было видно, словно у него тоже была мантия-невидимка.

— Он шел в ту сторону, — как можно тише прошептал Гарри, чтобы не услышал Хагрид, что-то напевавший себе под нос. — За ним!

Они припустили по улице, глядя то направо, то налево, заглядывая в окна и двери магазинов, пока Гермиона не показала вперед:

— Вон он, кажется! Поворачивает за угол!

— Как же, как же, — прошептал Рон.

Малфой, оглядевшись по сторонам, юркнул в Лютный переулок.

— Скорее, а то уйдет, — прошипел Гарри, ускоряя шаг.

— У нас ноги видно! — встревожилась Гермиона.

Мантия хлопала у них вокруг щиколоток, прятаться под ней втроем в последнее время стало намного труднее.

— Плевать, — нетерпеливо отмахнулся Гарри. — Скорей!

Но Лютный переулок, отведенный под магазины Темных искусств, казался совершенно пустым. Друзья заглядывали во все окна, но в лавках не было видно покупателей. Гарри подумал, что в эти опасные и подозрительные времена никому не хочется выдавать себя, покупая предметы, связанные с Темными искусствами, — во всяком случае прилюдно.

Гермиона больно ущипнула его за руку.

— Ай!

— Ш-ш! Смотри! Вот куда он зашел! — шепнула она на ухо Гарри.

Они поравнялись с единственным из здешних магазинчиков, где Гарри однажды побывал. Это была лавка «Горбин и Бэрк», предлагавшая широкий ассортимент весьма зловещих предметов. Там, среди витрин с черепами и старинными бутылями, спиной к окну стоял Драко Малфой. Его наполовину заслонял тот самый здоровенный черный шкаф, в котором когда-то Гарри прятался от Малфоя с его папочкой. Малфой оживленно размахивал руками — видимо, что-то с увлечением говорил. Напротив Малфоя стоял владелец лавки, мистер Горбин, сутулый человечек с маслянистыми волосами. У него было странное выражение лица — недовольное и в то же время испуганное.

— Вот бы услышать, о чем они говорят! — сказала Гермиона.

— Это можно! — взволнованно зашептал Рон. — Погодите-ка... Фу, черт!

Он выронил еще несколько коробок, которые так и остались у него в руках, и кое-как открыл самую большую.

— Смотрите — Удлинители ушей!

— Фантастика! — сказала Гермиона, глядя, как Рон разматывает длинные шнуры телесного цвета и подсовывает их под дверь. — Ой, хоть бы на дверь не было наложено Заклятие недосягаемости...

— Нет, там чисто! — радостно сообщил Рон. — Слушайте!

Все трое склонились над концами шнуров, из которых отчетливо раздался голос Малфоя, как будто включили радио.

— Вы знаете, как починить эту вещь?

— Возможно, — сказал Горбин. По его голосу ясно чувствовалось, что он не хочет брать на себя никаких обязательств. — Но для этого мне нужно ее осмотреть. Почему бы вам не доставить ее сюда, в магазин?

— Не могу, — ответил Малфой. — Вещь должна оставаться на месте. Вы мне только скажите, что надо делать.

Гарри увидел, как Горбин нервно облизал губы.

— Заочно я могу сказать одно: работа эта трудная, может быть даже невыполнимая. Я ничего не могу гарантировать.

— Не можете? — переспросил Малфой, и Гарри, не глядя, по одному его тону понял, что он презрительно кривит губы. — Может быть, вот это придаст вам уверенности.

Он шагнул к Горбину и совсем скрылся за шкафом. Гарри, Рон и Гермиона переступили вбок, чтобы не терять его из виду, но смогли разглядеть только Горбина. Вид у него был насмерть перепуганный.

— Скажешь хоть кому-нибудь, — произнес Малфой, — будешь жестоко наказан. Знаешь Фенрира Сивого? Он старый друг нашей семьи, будет заходить к тебе время от времени, проверять, занимаешься ли ты этой проблемой.

— Нет никакой необходимости...

— Это мне решать! — отрезал Малфой. — Ну, я пошел. И не забудь, береги вот это, мне потом понадобится.

— Может быть, вы хотели бы забрать прямо сейчас?

— Нет, конечно, дурак, как я эту штуку потащу? Держи у себя, только не продавай никому.

— Ни в коем случае... сэр.

Горбин поклонился так же низко, как когда-то на глазах Гарри кланялся Люциусу Малфою.

— Никому ни слова, Горбин, в том числе и моей матери, ясно?

— Разумеется, разумеется, — забормотал Горбин, снова кланяясь.

Громко звякнул дверной колокольчик, и Малфой вышел из лавки, очень довольный собой. Он прошел так близко от Гарри, Рона и Гермионы, что мантия затрепетала, хлопая их по коленям. В магазинчике Горбин словно застыл на месте, его льстивая улыбка испарилась, вид у него был встревоженный.

— И что все это значило? — шепотом спросил Рон, сматывая Удлинители ушей.

— Не знаю, — ответил Гарри, напряженно размышляя. — Он хочет что-то починить... И что-то еще просил для него придержать... Вы не видели, на что он показывал, когда сказал «вот это»?

— Нет, он был за шкафом...

— Стойте здесь, мальчики, — прошептала Гермиона.

— А ты куда?

Но Гермиона уже выскользнула из-под мантии. Она погляделась в стеклянную витрину, поправила волосы и вошла в лавку. Снова звякнул колокольчик. Рон торопливо подсунул под дверь Удлинители ушей, один шнур протянул Гарри.

— Здравствуйте, ужасная погода сегодня, правда? — весело сказала Гермиона хозяину.

Горбин не ответил, только подозрительно покосился на нее. Жизнерадостно напевая, Гермиона прошлась перед выставленными в витринах предметами.

— Это ожерелье продается? — спросила она, остановившись у застекленного прилавка.

— Если у вас найдется полторы тысячи галеонов, — холодно ответил Горбин.

— Ой, нет... Это для меня дороговато. — Гермиона пошла дальше. — А этот... м-м... очаровательный череп?

— Шестнадцать галеонов.

— Значит, он продается? Вы его не... держите для кого-нибудь?

Горбин прищурился, внимательно глядя на нее. У Гарри появилось крайне неприятное ощущение, что владелец лавки отлично понимает, чего добивается Гермиона. По-видимому, Гермиона тоже поняла, что прокололась. Она вдруг решила пойти напролом.

— Видите ли, м-м... тот мальчик, который только что здесь был, Драко Малфой, он мой друг, я хотела купить ему подарок ко дню рождения, но если он уже что-то здесь заказал, я, конечно, не хочу подарить ему такую же вещь... ну, и вот...

По мнению Гарри, история была не ахти, и Горбин, видимо, думал так же.

— Прочь! — свирепо произнес он. — Вон отсюда!

Гермиона не стала дожидаться повторного приглашения и выскочила за дверь. Горбин шел за ней по пятам. Когда колокольчик прозвенел в очередной раз, Горбин захлопнул за Гермионой дверь и повесил на нее табличку «Закрыто».

— Что делать... — Рон набросил на Гермиону мантию-невидимку. — Попробовать стоило, но ты уж очень неприкрыто...

— Прекрасно, в следующий раз ты мне покажешь, как это делается, мастер маскировки! — огрызнулась она.

Рон и Гермиона препирались всю обратную дорогу к «Всевозможным волшебным вредилкам». Там им пришлось умолкнуть, чтобы незаметно пробраться мимо встревоженных миссис Уизли и Хагрида — их отсутствие явно заметили. Оказавшись в магазине, Гарри сорвал с себя и друзей мантию-невидимку, затолкал ее в сумку, и все трое принялись уверять миссис Уизли, набросившуюся на них с упреками, будто они все это время пробыли в задней комнате — она, наверное, просто плохо искала.

Глава 7

КЛУБ СЛИЗНЕЙ

Большую часть оставшейся от каникул недели Гарри провел в раздумьях о том, что могло означать поведение Малфоя в Лютном переулке. Особенно его настораживало самодовольное выражение лица Малфоя, когда тот выходил из лавки. Так обрадовать Малфоя могла только какая-нибудь гадость. Но к некоторой досаде Гарри выяснилось, что Рон и Гермиона, в отличие от него, не слишком интересуются деятельностью Малфоя; во всяком случае, через несколько дней им надоело это обсуждать.

— Да, Гарри, я уже говорила: я согласна, что это довольно подозрительно, — с легким нетерпением сказала Гермиона. Она сидела на подоконнике в комнате Фреда и Джорджа, поставив ноги на одну из картонных коробок, и очень неохотно оторвалась от новенького учебника «Расширенный курс перевода древних рун». — Но мы же решили, что тут может быть много самых разных объяснений.

— Может, у него сломалась Рука Славы, — рассеянно сказал Рон, пытаясь распрямить погнутые прутики в хвосте своей метлы. — Помнишь, у него была такая высохшая рука?

— А почему он сказал: «Не забудь, береги вот это»? — в сотый раз спросил Гарри. — Такое впечатление, что второй из пары испортившихся предметов был у Горбина, а Малфою были нужны оба.

— Ты так считаешь? — пробормотал Рон, соскребая грязь с рукоятки метлы.

— Ага, считаю, — подтвердил Гарри. Поскольку Рон и Гермиона не откликнулись, он добавил: — Отец Малфоя сидит в Азкабане. Думаете, Малфою не хочется отомстить?

Рон поднял голову и заморгал.

— Малфою, отомстить? Да что он может?

— Я же о том и говорю. Не знаю я, что он может! — вышел из себя Гарри. — Но он что-то задумал, и я считаю, что к этому нужно отнестись серьезно. У него отец — Пожиратель смерти, и...

Гарри замолчал, неподвижным взглядом уставившись в окно за спиной у Гермионы и раскрыв рот. Его поразила совершенно неожиданная мысль.

— Гарри? — встревожилась Гермиона. — Что случилось?

— У тебя что, шрам опять заболел? — испуганно спросил Рон.

— Он сам — Пожиратель смерти, — медленно проговорил Гарри. — Он стал Пожирателем смерти вместо своего отца!

Наступила пауза, а потом Рон покатился со смеху:

— Малфой? Ему всего шестнадцать лет, Гарри! Ты думаешь, Сам-Знаешь-Кто принял бы Малфоя в свои ряды?

— Это очень маловероятно, Гарри, — сказала Гермиона с осуждением в голосе. — С чего ты это взял?

— Помните, у мадам Малкин... Она к нему не притронулась, только хотела закатать повыше рукав, а он завопил и отдернул руку. Левую. У него там клеймо — Черная Метка.

Рон и Гермиона переглянулись.

— Ну... — протянул Рон, явно не убежденный.

— Я думаю, он просто хотел поскорее уйти оттуда, Гарри, — сказала Гермиона.

— Он что-то такое показал Горбину, а мы не видели, что это было, — упрямо стоял на своем Гарри. — И Горбин страшно испугался. Это была Метка, я знаю. Он показал Горбину, с кем тот имеет дело. После этого Горбин стал принимать его всерьез, вы сами видели!

Рон и Гермиона снова переглянулись.

— Как-то я не уверена, Гарри...

— Нет, по-моему, вряд ли Сам-Знаешь-Кто принял бы к себе Малфоя...

Раздраженный, но по-прежнему уверенный в своей правоте, Гарри сгреб в охапку кучу грязных мантий для квиддича и вышел из комнаты; миссис Уизли постоянно уговаривала всех не тянуть со стиркой и упаковкой до последней минуты. На площадке Гарри столкнулся с Джинни, которая возвращалась к себе в комнату со стопкой свежевыстиранной одежды.

— Я бы на твоем месте не ходила сейчас на кухню, — предупредила она. — Там разливается Флегма.

— Постараюсь не поскользнуться, — улыбнулся Гарри.

И точно, когда он вошел на кухню, оказалось, что Флер сидит за кухонным столом и увлеченно расписывает планы своей свадьбы с Биллом, а миссис Уизли мрачно надзирает за тем, как чистится сама собой целая гора брюссельской капусты.

— Мы с Биллом уже почти решили, чтобы были только две подружки невесты. Джинни и Габ'гиэль очень мило будут смот'геться вместе. Я думаю одеть их в бледно-золотое... Розовый будет ужасен п'ги цвете волос Джинни...

— Ах, Гарри! — громко сказала миссис Уизли, вклинившись в монолог Флер. — Вот хорошо, я как раз хотела тебе рассказать, как будет завтра организована ваша поездка в Хогвартс. Нам опять дадут машины из Министерства, а на вокзале нас встретят мракоборцы...

— Тонкс тоже будет? — спросил Гарри, отдавая миссис Уизли свои спортивные мантии.

— Нет, не думаю. Кажется, Артур говорил, что она дежурит где-то в другом месте.

— Она совсем запустила себя, эта Тонкс, — задумчиво пробормотала Флер, разглядывая свое ослепительное отражение на обратной стороне чайной ложечки. — Я считаю, это большая ошибка...

— Да-да, спасибо, — ядовито отозвалась миссис Уизли, снова перебив Флер на полуслове. — Ты уж поторопись, Гарри. Постарайтесь, если можно, упаковать чемоданы сегодня к вечеру, чтобы не было этой вечной суматохи в последнюю минуту.

И действительно, отъезд на следующее утро прошел непривычно гладко. Когда министерские машины подкатили к крыльцу, все уже было готово: чемоданы сложены, Гермионин кот Живоглот надежно заперт в дорожную корзинку, Букля, Сычик Рона и Арнольд, новенький лиловый пушистик Джинни, рассажены по клеткам.

— О'ревуар, 'Арри, — сказала Флер грудным голосом и расцеловала его на прощание.

Рон тоже сунулся вперед, глядя на нее с надеждой, но Джинни подставила ногу, и Рон шмякнулся носом в пыль у ног Флер. Весь красный, разъяренный и перепачканный, он, не попрощавшись, поскорее забрался в машину.

На вокзале Кингс-Кросс их не ждал сияющий от радости Хагрид. Вместо этого двое угрюмых бородатых мракоборцев в темных магловских костюмах шагнули навстречу, как только машины остановились, и, молча пристроившись с боков, отконвоировали всю компанию в здание вокзала.

— Скорее, скорее через барьер, — торопила миссис Уизли, которую суровая деловитость мракоборцев заметно выбила из колеи. — Пусть Гарри идет вперед, а с ним...

Она вопросительно посмотрела на одного из мракоборцев. Тот коротко кивнул, крепко взял Гарри за руку выше локтя и подтолкнул к барьеру между платформами девять и десять.

— Спасибо, я и сам дойду, — разозлился Гарри и вырвал руку.

Он толкнул багажную тележку прямо на сплошной барьер, не оглядываясь на своего безмолвного провожатого. Секунду спустя он стоял на платформе девять и три четверти, где уже разводил пары ярко-алый «Хогвартс-экспресс».

Еще через несколько секунд рядом с ним очутились Гермиона и четверо Уизли. Не дожидаясь разрешения своего сурового мракоборца, Гарри двинулся вперед по платформе, высматривая свободное купе и махнув рукой Рону и Гермионе, чтобы шли за ним.

— Мы не можем, Гарри, — смущенно сказала Гермиона. — Нам с Роном надо в вагон старост, а потом мы должны какое-то время следить за порядком в коридорах.

— Ах да, я забыл, — буркнул Гарри.

— Давайте-ка быстрее по вагонам, до отхода поезда осталось всего несколько минут, — сказала миссис Уизли, взглянув на часы. — Счастливого тебе учебного года, Рон...

— Мистер Уизли, можно вас на минуточку? — спросил Гарри под действием внезапного порыва.

— Конечно.

Мистер Уизли слегка удивился, но вслед за Гарри отошел на несколько шагов, туда, где их не было слышно остальным.

Гарри еще раньше все обдумал и пришел к заключению, что, если уж кому-то рассказывать о своих догадках, самый подходящий человек — мистер Уизли; во-первых, он работает в Министерстве и, значит, лучше кого-нибудь другого сможет организовать дальнейшее расследование, а во-вторых, от него меньше риска услышать гневную отповедь.

Гарри видел, что миссис Уизли и суровый мракоборец бросают на них издали подозрительные взгляды.

— Когда мы были в Косом переулке, — начал Гарри, но мистер Уизли, сделав гримасу, его перебил.

— Неужели я сейчас услышу правду о том, куда вы девались с Гермионой и Роном, когда якобы находились в задней комнате магазинчика Фреда и Джорджа?

— Откуда вы...

— Гарри, помилуй, ты разговариваешь с человеком, который вырастил Фреда и Джорджа!

— Э-э... Ну, да, мы не были в задней комнате.

— Очень хорошо. Поведай же мне самое худшее.

— Понимаете, мы следили за Драко Малфоем. Мы спрятались под моей мантией-невидимкой.

— У вас была для этого какая-то конкретная причина или просто вам так захотелось?

— Мне показалось, что Малфой что-то задумал, — объяснил Гарри, не обращая внимания на полунасмешливый, полунетерпеливый вид мистера Уизли. — Он удрал от своей матушки, и я хотел знать, зачем ему это понадобилось.

— Да, конечно, — вздохнул мистер Уизли. — И как, узнал?

— Он пошел в «Горбин и Бэрк», — сказал Гарри, — и стал там запугивать этого типа, Горбина. Требовал, чтобы тот помог ему что-то починить. И еще он хотел, чтобы Горбин сберег для него какую-то вещь. Было похоже, что эта вещь вроде той, которую нужно починить. Как будто это пара. И еще... — Гарри набрал побольше воздуху. — Еще одно. Мы видели,

Малфой так и взвился, когда мадам Малкин хотела дотронуться до его левой руки. Я думаю, у него там Черная Метка. Я думаю, он стал Пожирателем смерти вместо своего отца.

Мистер Уизли заметно растерялся. Помолчав немного, он сказал:

— Гарри, я сомневаюсь, чтобы Сам-Знаешь-Кто позволил шестнадцатилетнему мальчику...

— А разве кто-нибудь на самом деле знает, что может и чего не может сделать Сами-Знаете-Кто? — рассердился Гарри. — Мистер Уизли, простите меня, но разве это не стоит расследовать? Если Малфой хочет что-то починить и для этого ему приходится угрожать и запугивать Горбина, так, наверное, это какая-нибудь Темная или опасная вещь, правда?

— Сказать по правде, Гарри, я в этом сомневаюсь, — медленно проговорил мистер Уизли. — Видишь ли, после ареста Люциуса Малфоя мы тщательно обыскали его дом и забрали все, что могло быть опасным.

— Наверное, вы что-нибудь пропустили, — упрямо сказал Гарри.

— Что ж, возможно, — произнес мистер Уизли, но Гарри видел, что мистер Уизли просто не хочет с ним спорить.

Позади них раздался свисток; почти все уже сели в поезд, двери в вагонах закрывались.

— Поторопись, — сказал мистер Уизли, а миссис Уизли закричала:

— Быстрее, Гарри!

Он бросился к вагону, мистер и миссис Уизли помогли ему втащить чемодан.

— Скоро увидимся, ты приедешь к нам на Рождество, милый, мы уже договорились с Дамблдором! — крикнула миссис Уизли в окно, когда Гарри захлопнул за собой дверцу и поезд тронулся с места. — Ты уж, пожалуйста, береги себя, и...

Поезд начал набирать скорость.

— ...и веди себя хорошо, и...

Она уже бежала трусцой по перрону.

— ...не нарывайся на неприятности!

Гарри махал рукой, пока мистер и миссис Уизли не скрылись за поворотом. Тогда он обернулся посмотреть, куда делись остальные. Рон и Гермиона, видимо, сидели в спецвагоне вместе с другими старостами, зато Джинни болтала с подружками чуть дальше по коридору. Гарри направился в ту сторону, волоча за собой чемодан.

На него беззастенчиво таращились. Ученики, сидевшие в купе, мимо которых он проходил, прижимались носами к стеклам, чтобы рассмотреть его получше. Он ожидал, что в этом учебном году придется терпеть повышенный интерес к себе, после всех этих слухов об «Избранном», печатавшихся в «Ежедневном пророке», но ощущение было неприятное — как будто стоишь в ослепительно ярком свете прожекторов. Он тронул Джинни за плечо:

— Пойдем поищем свободное купе?

— Не могу, Гарри, я обещала встретиться с Дином, — весело ответила Джинни. — Позже увидимся!

— Ладно, — сказал Гарри.

Ему почему-то было досадно смотреть, как она уходит, взметнув длинными рыжими волосами. За лето он так привык постоянно видеть ее рядом — совсем забыл, что в школе она очень мало общается с ним, Роном и Гермионой. Гарри моргнул и оглянулся: его окружила толпа восхищенных девочек.

— Привет, Гарри! — послышался за спиной знакомый голос.

— Невилл! — обрадовался Гарри и бросился, как к избавлению, к круглолицему мальчику, который проталкивался к нему навстречу.

— Здравствуй, Гарри, — сказала идущая за Невиллом девочка с длинными волосами и большими затуманенными глазами.

— Полумна, привет, как дела?

— Очень хорошо, спасибо, — сказала Полумна.

Она прижимала к груди журнал. Огромные буквы на обложке оповещали о том, что внутри журнала можно найти пару бесплатных спектрально-астральных очков.

— Я смотрю, «Придира» процветает? — спросил Гарри с некоторой нежностью к журналу, который в прошлом году напечатал его эксклюзивное интервью.

— О да, тиражи растут, — ответила довольная Полумна.

— Найдем себе места, — предложил Гарри, и все трое отправились дальше по вагонам, битком набитым учениками, молча смотревшими на них во все глаза.

Наконец они отыскали свободное купе, и Гарри поскорее бросился туда.

— Заодно и на нас смотрят, — сказал Невилл, указывая на себя и Полумну, — потому что мы с тобой!

— На вас смотрят, потому что вы тоже были в Министерстве, — возразил Гарри, забрасывая свой чемодан в багажную сетку. — Ты, наверное, читал, наше приключение так расписали в «Ежедневном пророке»...

— Да, я думал, бабушка рассердится, — ответил Невилл, — а она, наоборот, обрадовалась. Сказала, что я наконец становлюсь похожим на папу. Она мне купила новую волшебную палочку, вот, посмотри!

Он вытащил палочку и показал ее Гарри.

— Вишневое дерево и волос единорога, — сообщил он гордо. — Мы думаем, что это одна из последних палочек, которые продал Олливандер, —

он исчез на следующий день... Ай, вернись сейчас же, Тревор!

Невилл полез под сиденье в погоне за своей жабой, в очередной раз попытавшейся вырваться на свободу.

— У нас в этом году будут занятия ОД, Гарри? — спросила Полумна, вынимая из журнала пару очков психоделической расцветки.

— Вроде незачем, ведь мы теперь избавились от Амбридж, — сказал Гарри, усаживаясь.

Невилл вылез из-под сиденья, по дороге стукнувшись головой. Вид у него был разочарованный.

— А мне нравилось в ОД! Я столькому у тебя научился!

— Мне тоже нравилось, — невозмутимо произнесла Полумна. — Как будто все мы были друзья.

Полумна часто говорила такое, после чего всем становилось неловко. Гарри внутренне поежился от смущения и жалости. Но он не успел ничего ответить — за дверью купе послышалась какая-то возня, несколько девочек с четвертого курса хихикали и перешептывались, заглядывая в стекло.

— Спроси его!

— Нет, ты спроси!

— Я пойду!

Самая смелая из девочек, с темными глазами, выступающим подбородком и длинными черными волосами, открыла дверь и вошла.

— Привет, Гарри, я Ромильда. Ромильда Вейн, — сказала она громко и уверенно. — Хочешь, переходи в наше купе. Совсем необязательно тебе сидеть с этими, — прибавила она театральным шепотом, указывая на заднюю часть Невилла, которая снова торчала из-под сиденья, где он все еще пытался нашарить Тревора, и на Полумну, успевшую надеть очки, которые делали ее похожей на очумевшую разноцветную сову.

— Это мои друзья, — холодно сказал Гарри.

— О! — воскликнула девочка, страшно удивившись. — Ну, ладно.

Она удалилась, плотно закрыв за собой дверь.

— Люди считают, что у тебя должны быть крутые друзья, не такие, как мы, — сказала Полумна, снова продемонстрировав свою убийственную честность.

— Вы и сами крутые, — коротко ответил Гарри. — Их-то небось не было тогда в Министерстве. Они не сражались рядом со мной.

— Это ты очень мило сказал, — просияла Полумна, поправила сползающие с носа спектрально-астральные очки и углубилась в чтение «Придиры».

— Ну, мы тоже не сражались с *ним* лицом к лицу, — сказал Невилл, выбираясь из-под сиденья с волосами, полными пыли и какого-то пуха. В руках у него сидел Тревор с выражением покорности судьбе. — Ты один сразился с *ним*. Послушал бы ты, как о тебе говорит моя бабушка. «У этого Гарри Поттера больше характера, чем во всем их Министерстве магии!» Она бы все отдала, только бы ты был ее внуком...

Гарри смущенно засмеялся и поскорее заговорил о результатах СОВ. Пока Невилл перечислял свои оценки и гадал, позволят ли ему заниматься трансфигурацией на уровне ЖАБА, если он получил всего только «удовлетворительно», Гарри, почти не слушая, смотрел на него.

Детство Невилла, так же как и детство Гарри, сломал Волан-де-Морт, но Невилл не подозревал, как близок он был к тому, чтобы поменяться судьбой с Гарри. Пророчество могло относиться к любому из них, но Волан-де-Морт по каким-то неведомым причинам решил, что речь идет о Гарри.

Если бы Волан-де-Морт выбрал Невилла, сейчас Невилл сидел бы напротив Гарри со шрамом в форме молнии и с грузом пророчества на плечах... Или не сидел бы? Отдала бы мама Невилла жизнь за своего сына, как отдала ее Лили за жизнь Гарри? Конечно, отдала бы... Но что, если бы она оказалась не в силах заслонить своего сына от Волан-де-Морта? Что, тогда вообще не было бы никакого Избранного? Пустое сиденье там, где сейчас Невилл, и Гарри без всяких шрамов провожала бы на вокзал родная мама, а не мама Рона?

— Что с тобой, Гарри? Тебе нехорошо? — спросил Невилл.

Гарри вздрогнул:

— Извини... Я просто...

— Мозгошмыга словил? — сочувственно осведомилась Полумна, глядя на Гарри сквозь свои громадные радужные очки.

— Я... чего?

— Мозгошмыг. Они невидимые, летают в воздухе, забираются через ухо в голову и вызывают размягчение мозга, — объяснила Полумна. — Я сразу почувствовала, что один такой здесь носится.

Она принялась хлопать в ладоши, как будто ловила невидимую глазу моль. Гарри с Невиллом переглянулись и поскорее заговорили о квидидче.

Погода за окнами поезда была такая же неровная, как и все лето. То они ехали через промозглый туман, то выскакивали на бледный, но ясный солнечный свет. Во время одного из таких просветов, когда солнце стояло почти прямо над головой, в купе наконец появились Рон и Гермиона.

— Скорее бы тележка с едой приехала, помираю с голоду! — воскликнул Рон, плюхнувшись на сиденье рядом с Гарри и потирая живот. — Привет, Невилл, привет, Полумна. Знаешь что? — прибавил он, обернувшись к Гарри. — Малфой не дежурит с другими старостами. Засел у себя в купе со слизеринцами, мы видели по дороге.

Гарри, заинтересовавшись, выпрямился на сиденье. Непохоже на Малфоя — упускать такую возможность продемонстрировать свою власть старосты, которой он вовсю злоупотреблял в прошлом учебном году.

— Что он сделал, когда увидел тебя?

— То же, что всегда, — ответил Рон равнодушно, изобразив неприличный жест. — Как-то на него непохоже, правда? Ну, то есть не это, — он повторил жест, — а почему он не ходит по вагонам и не пугает первокурсников?

— Не знаю, — сказал Гарри, но голова у него заработала с бешеной скоростью. Похоже, у Малфоя на уме нечто поважнее, чем запугивание младших учеников.

— Может, ему больше нравилось состоять в Инспекционной дружине, — предположила Гермиона. — Может, после этого быть старостой кажется ему пресным.

— Не думаю, — сказал Гарри. — Я думаю, он...

Но не успел Гарри развить свою мысль, как дверь купе снова отворилась и показалась запыхавшаяся третьекурсница.

— Мне велели передать это Невиллу Долгопупсу и Гарри Поттеру, — пролепетала она, запинаясь, и густо покраснела, встретившись взглядом с Гарри. В руках у нее были два пергаментных свитка, перевязанных фиолетовыми ленточками.

Гарри и Невилл в недоумении взяли по свитку, и девочка, спотыкаясь, выбралась из купе.

— Что это? — спросил Рон, глядя, как Гарри разворачивает свиток.

— Приглашение, — сказал Гарри.

Гарри!

Я буду очень рад, если Вы разделите со мной обед в купе «Ц».

Искренне Ваш,
профессор Г. Э. Ф. Слизнорт.

— Кто это — профессор Слизнорт? — спросил Невилл, озадаченно глядя на свое приглашение.

— Новый преподаватель, — ответил Гарри. — Ну что, наверное, придется пойти?

— А я-то зачем ему понадобился? — с тревогой спросил Невилл, как будто ожидал наказания.

— Понятия не имею, — ответил Гарри, хотя это была не совсем правда; впрочем, у Гарри не было доказательств, что его догадка верна. — Послушай, — прибавил он в порыве вдохновения, — давай накинем мантию-невидимку, тогда можно будет по дороге посмотреть, чем там занимается Малфой.

Впрочем, из этой затеи ничего не вышло. Коридоры были забиты народом, поджидавшим тележку с едой, в мантии-невидимке там никак нельзя было пробраться. Гарри с сожалением снова затолкал мантию в сумку, думая о том, как приятно быть невидимым — по крайней мере никто не таращится на тебя, раскрыв рот; кажется, на него теперь глазели даже больше, чем когда он в прошлый раз шел по коридору. То и дело кто-нибудь высовывался из купе, чтобы насмотреться вволю. Единственным исключением оказалась Чжоу Чанг — она, наоборот, метнулась к себе в купе, едва завидев Гарри. Проходя мимо, он увидел через окошко, что она увлеченно о чем-то разговаривает со своей подружкой Мариэттой, у которой толстый слой косметики не вполне скрывал своеобразно расположенные прыщи, до сих пор красовавшиеся на лице. Злорадно улыбаясь про себя, Гарри двинулся дальше.

Добравшись до купе «Ц», Гарри с Невиллом сразу увидели, что не только они одни приглашены к Слизнорту, хотя, судя по тому, с каким энтузиазмом он их приветствовал, Гарри был самым желанным гостем.

— Гарри, мой мальчик! — воскликнул Слизнорт при виде него и вскочил на ноги, заполнив чуть ли не все купе громадным, затянутым в бархат животом. Его блестящая лысина и пышные серебристые усы сияли в солнечных лучах, как и золотые пуговицы на жилете. — Рад видеть, рад видеть! А вы, должно быть, мистер Долгопупс!

Невилл кивнул. По приглашающему знаку Слизнорта они уселись друг против друга на единственные оставшиеся места — у самой двери. Гарри оглядел остальных гостей. Он узнал слизеринца с одного с ними курса, длинного черноволосого мальчишку с высокими скулами и раскосыми глазами. Были тут и двое незнакомых мальчиков с седьмого курса, а в уголке, затиснутая рядом со Слизнортом с таким видом, будто не вполне понимает, как она здесь оказалась, сидела Джинни.

— Ну-ка, вы здесь всех знаете? — спросил Слизнорт Гарри и Невилла. — Вот Блез Забини с вашего курса...

Забини ничем не показал, что узнает их, Гарри и Невилл ответили ему тем же — ученики Гриффиндора и Слизерина принципиально терпеть не могли друг друга.

— Это Кормак Маклагген — вы, быть может, встречались? Нет?

Маклагген, рослый парень с жесткими волосами, поднял руку в знак приветствия, Гарри и Невилл кивнули в ответ.

— А это Маркус Белби, не знаю, знакомы ли вы?

Белби, худой и нервный, натянуто улыбнулся.

— А эта очаровательная юная леди говорит, что знает вас обоих! — закончил Слизнорт.

Джинни скорчила им рожицу из-за его спины.

— Ну вот и прекрасно! — с удовольствием проговорил Слизнорт. — Я смогу получше со всеми вами познакомиться. Берите салфетки. Обед из моих собственных припасов. Насколько я помню, в тележке по вагонам развозят главным образом лакричные волшебные палочки, это не для стариковского пищеварения... Кусочек фазана, Белби?

Белби вздрогнул и покорно взял здоровенный кусок — примерно с половину холодного фазана.

— Я сейчас как раз рассказывал Маркусу, что имел удовольствие учить его дядюшку Дамокла, — сообщил Слизнорт Невиллу и Гарри, одновременно пустив по кругу корзинку с булочками. — Это был выдающийся чародей, совершенно выдающийся, и орден Мерлина получил по заслугам. Вы часто видитесь с дядей, Маркус?

К несчастью, Маркус только что набил рот фазаном; торопясь ответить, он слишком резко глотнул, посинел и начал задыхаться.

— *Анапнео*, — спокойно произнес Слизнорт, направив волшебную палочку на Белби, дыхательные пути у которого сразу же прочистились.

— Н-не... не очень часто, — пропыхтел Белби со слезами на глазах.

— Ну конечно, он, вероятно, человек занятой, — сказал Слизнорт, вопросительно глядя на Белби. — Едва ли он изобрел Волчье противоядие без долгой и тяжелой подготовительной работы!

— Да, наверное... — Белби, видимо, не решался откусить еще фазана, пока Слизнорт не закончил его допрашивать. — Он... Понимаете, они с моим папой не очень ладят, так что я о нем не так уж много знаю...

Он замялся и умолк. Слизнорт одарил его холодной улыбкой и тут же повернулся к Маклаггену.

— А теперь о вас, Кормак, — сказал Слизнорт. — Я случайно знаю, что вы часто видитесь со своим дядей Тиверием. У него есть великолепная фотография, как вы с ним охотитесь на штырехвостов — в Норфолке, если не ошибаюсь?

— О да, это было классно! — выпалил Маклагген. — С нами еще были Берти Хиггс и Руфус Скримджер... Ну, он тогда еще не был министром...

— Ах вот как, вы и Берти знаете, и Руфуса тоже? — заулыбался Слизнорт и принялся угощать всех пирожками на маленьком подносике, каким-то образом пропустив при этом Белби. — А скажите-ка мне...

Все было так, как и подозревал Гарри. Очевидно, сюда пригласили только тех, у кого имелись очень известные или влиятельные родственники — естественно, кроме Джинни. После Маклаггена настала очередь Забини, и оказалось, что его мама — знаменитая красавица-колдунья (насколько понял Гарри, она выходила замуж семь раз, причем каждый из ее мужей погибал при загадочных обстоятельствах, и каждый оставил ей кучу золота). Следующим допросу подвергся Невилл; это были тяжелые десять минут, поскольку родители Невилла, прославленные мракоборцы, сошли с ума под пытками, когда их мучили Беллатриса Лестрейндж и еще парочка Пожирателей смерти. У Гарри осталось впечатление, что Слизнорт решил пока не делать окончательных выводов по поводу Невилла, а сперва выждать и посмотреть, проявятся ли у него родительские таланты.

— А теперь, — провозгласил Слизнорт, поворачиваясь всем корпусом на сиденье с видом конферансье, объявляющего гвоздь программы, — Гарри Поттер! С чего же начать? У меня ощущение, что при нашей встрече летом я лишь чуть-чуть копнул у самой поверхности!

С минуту он любовался Гарри, как будто это был особенно большой и вкусный кусок фазана, затем сказал:

— Вас теперь называют Избранным!

Гарри молчал. Белби, Маклагген и Забини дружно уставились на него.

— Разумеется, — сказал Слизнорт, не сводя глаз с Гарри, — слухи ходят уже несколько лет... Я помню, как... хм... после той страшной ночи... Лили... Джеймс... а вы остались в живых... Говорили, что у вас, должно быть, какие-то невероятные способности...

Забини тихонько кашлянул, как бы выражая сомнение и насмешку. Из-за спины Слизнорта послышался сердитый голос:

— Ага, Забини, у тебя зато огромные способности... выпендриваться!

— Ах, батюшки мои! — благодушно усмехнулся Слизнорт, оглянувшись на Джинни, сверкавшую глазами в сторону Забини из-за выпирающего слизнортовского живота. — Берегитесь, Блез! Когда я проходил мимо купе этой юной леди, я видел, как она выполнила великолепнейший Летучемышиный сглаз! Я на вашем месте поостерегся бы вставать у нее на пути!

Забини ответил презрительным взглядом.

— Во всяком случае, — сказал Слизнорт, снова повернувшись к Гарри, — этим летом ходят такие слухи! Не знаешь, чему и верить, ведь у «Пророка», как известно, случаются ошибки, но при таком количестве очевидцев не приходится сомневаться, что кое-какие беспорядки в Министерстве имели место, а вы были в самой гуще событий!

Гарри, не видя никакой возможности увильнуть от ответа, если только совсем уж нагло не соврать, кивнул, но по-прежнему ничего не сказал. Слизнорт лучезарно улыбнулся.

— Такая скромность, такая скромность, неудивительно, что Дамблдор так к вам привязан... Стало быть, вы действительно были там? Что касается подробностей... они так сенсационны... Просто не знаешь, чему и верить! К примеру, это легендарное пророчество...

— Мы не слышали никакого пророчества, — сказал Невилл, становясь пунцовым, как куст герани.

— Верно, — бросилась ему на помощь Джинни. — Мы с Невиллом тоже там были, все это чепуха насчет Избранного, обычные выдумки «Пророка».

— Вы оба тоже там были? — живо заинтересовался Слизнорт, переводя взгляд с Невилла на Джинни и обратно, но оба словно воды в рот набрали, не поддавались на его ободряющие улыбки. — Да... что ж... Конечно, «Пророк» частенько преувеличивает... — продолжил Слизнорт несколько разочарованным тоном. — Помню, дорогая Гвеног мне говорила... Я, разумеется, имею в виду Гвеног Джонс, капитана «Холихедских гарпий»...

Он пустился в долгие и запутанные воспоминания, но у Гарри осталось четкое ощущение, что Слизнорт с ним еще не закончил и что Невилл и Джинни его не убедили.

Время все тянулось, Слизнорт сыпал историями о разных знаменитых волшебниках, которых он обучал в Хогвартсе и которые были прямо-таки счастливы вступить, как он выразился, в Клуб Слизней. Гарри томился, ему хотелось уйти, но он не мог придумать, как сделать это вежливо. Наконец поезд выскочил из очередного долгого участка тумана на свет красного закатного солнца, и Слизнорт огляделся, мигая в полумраке.

— Боже праведный, уже темнеет! А я и не заметил, как зажглись лампы. Идите-ка все переодевайтесь в школьные мантии! Маклагген, непременно заходите ко мне, возьмите почитать ту книгу о штырехвостах. Гарри, Блез — просто так заходите, в любое время. Это и к вам относится, мисс, — обернулся он к Джинни с веселым огоньком в глазах. — Ну же, расходитесь, кыш!

Забини отпихнул Гарри и первым вышел в полутемный коридор, бросив на Гарри злобный взгляд, который Гарри вернул ему с процентами. Сам он, а с ним Джинни и Невилл, как и Забини, направились в конец поезда.

— Я рад, что все это кончилось, — сказал Невилл, сверля глазами спину Забини. — Ты-то как там оказалась, Джинни?

— Он увидел, как я напустила сглаз на Захарию Смита, — ответила Джинни. — Помните того дурака из пуффендуйцев, он еще был у нас в ОД? Привязался с расспросами, что да что случилось в Министерстве, и так меня довел, я его и шарахнула... А тут входит Слизнорт. Я думала, назначит наказание, а он только восхитился — какой отличный сглаз, и пригласил на обед. Вот псих, да?

— Это лучше, чем приглашать человека только потому, что у него мама знаменитость, — сказал Гарри, хмуро глядя в затылок Забини. — Или дядюшка...

Он не договорил и умолк. Ему вдруг пришла в голову мысль, отчаянная, но способная принести отличные результаты... Через минуту Забини вернется в купе слизеринцев с шестого курса, туда, где сидит Малфой, в уверенности, что его никто не слышит, кроме друзей-слизеринцев... Если незаметно туда пробраться, кто знает, что можно увидеть и услышать? Правда, времени осталось всего ничего, до станции Хогсмид не больше получаса пути, судя по безлюдным пейзажам за окном, но, раз никто не хочет принимать подозрения Гарри всерьез, надо самому потрудиться, чтобы раздобыть доказательства.

— Встретимся позже, — шепнул Гарри, вытащил мантию-невидимку и набросил ее на себя.

— А ты что будешь... — начал Невилл.

— Потом! — прошипел Гарри и помчался догонять Забини, стараясь ступать бесшумно, хотя его шагов все равно почти не было слышно за грохотом поезда.

В коридоре практически никого не осталось. Почти все разошлись по своим купе переодеться в школьные мантии и собрать вещи. Гарри старался держаться поближе к Забини, насколько это возможно было сделать, не касаясь его, и все-таки не успел проскользнуть за ним в купе. Забини уже начал закрывать дверь; Гарри быстро подставил ногу, не давая ей задвинуться до конца.

— Да что с ней такое? — разозлился Забини, дергая раздвижную дверь и каждый раз натыкаясь на невидимую ногу Гарри.

Гарри схватился за дверь и толкнул изо всех сил. Забини, все еще державшийся за ручку, повалился на колени к Грегори Гойлу, началась свалка. Гарри под шумок шмыгнул в купе и, подтянувшись на руках, забрался на багажную полку. Очень удачно, что как раз в этот момент Гойл и Забини сцепились друг с другом, а остальные смотрели на них, — Гарри был совершенно уверен, что его ноги высунулись из-под мантии. На какое-то ужасное мгновение ему даже показалось, что Малфой провожает взглядом его кроссовку, взлетающую вверх, но тут Гойл захлопнул наконец дверь и спихнул с себя Забини. Растрепанный и недовольный Забини рухнул на сиденье, Винсент Крэбб вернулся к своим комиксам, а Малфой, посмеиваясь, улегся на два сиденья сразу, положив голову на колени Пэнси Паркинсон. Гарри на полке скрючился под мантией, подоткнув ее под себя со всех сторон, и стал смотреть, как Пэнси Паркинсон перебирает прилизанные белобрысые волосы Малфоя с такой самодовольной улыбкой, словно другие девчонки только и мечтали бы оказаться на ее месте. Качающаяся под потолком лампа ярко освещала эту сцену, Гарри свободно мог прочесть каждое слово в комиксах, которые читал Гойл прямо под ним.

— Ну что, Забини, — сказал Малфой, — что нужно этому Слизнорту?

— Просто подыскивает людей со связями, — ответил Забини, все еще злобно косившийся в сторону Гойла. — Не сказать чтобы он так уж много их нашел.

Этот ответ, похоже, не понравился Малфою.

— Кого он еще позвал? — требовательно спросил он.

— Маклаггена из Гриффиндора, — сказал Забини.

— Ну да, у него дядя большая шишка в Министерстве, — сказал Малфой.

— Еще какого-то типа по фамилии Белби из Когтеврана...

— Вот еще, он такой придурок! — ввернула Пэнси.

— А еще Долгопупса, Поттера и малявку Уизли, — закончил Забини.

Малфой резко сел, сбросив руку Пэнси.

— Он пригласил Долгопупса?!

— Ну, наверное, пригласил, раз Долгопупс там оказался, — равнодушно ответил Забини.

— Да чем Долгопупс мог заинтересовать Слизнорта?

Забини пожал плечами.

— Поттер — понятно, драгоценный Поттер, очевидно, Слизнорт хотел поглядеть на *Избранного*, — злобно усмехнулся Малфой, — но эта малявка Уизли! В ней-то что такого особенного?

— Многим мальчишкам она нравится, — сказала Пэнси, искоса наблюдая за реакцией Малфоя. — Даже ты считаешь ее хорошенькой, правда, Блез? А ведь мы все знаем, какой ты разборчивый!

— Да я бы побрезговал прикоснуться к такой предательнице, которая ни во что не ставит чистоту крови, будь она хоть раскрасавица, — холодно отозвался Забини.

Пэнси была очень довольна. Малфой снова улегся к ней на колени и позволил ей дальше гладить его волосы.

— В общем, вкусы Слизнорта оставляют желать лучшего. Может быть, он впал в старческий маразм.

А жаль, отец всегда говорил, что в свое время это был неплохой волшебник. Папа был у него любимчиком. Наверное, Слизнорт не знает, что я тоже еду этим поездом, не то бы он...

— Я бы на твоем месте не особо рассчитывал на приглашение, — сказал Забини. — Когда я только пришел, он спросил меня про папу Нотта. Вроде они старые друзья, но как услышал, что его арестовали в Министерстве, не обрадовался и Нотта так и не пригласил, верно? По-моему, Слизнорта не привлекают Пожиратели смерти.

Малфой явно разозлился, но выдавил из себя исключительно невеселый смешок.

— Да кому вообще интересно, что его привлекает? Кто он, в сущности, такой? Просто дурацкий учителишка. — Малфой демонстративно зевнул. — Я о чем — может, в будущем году меня и в Хогвартсе-то не будет, так какая мне разница, как ко мне относится какой-то толстый старикан, обломок дряхлого прошлого?

— Как это — в будущем году тебя не будет в Хогвартсе? — возмутилась Пэнси и даже прекратила ухаживать за волосами Малфоя.

— Да так уж, кто знает, — ответил Малфой со слабым намеком на самодовольную улыбочку, — может быть, я... ну... пойду дальше, буду заниматься более важными вещами.

Скорчившись под мантией-невидимкой на багажной полке, Гарри почувствовал, как у него заколотилось сердце. Что скажут на это Рон и Гермиона? Крэбб и Гойл вытаращились на Малфоя, разинув рты; как видно, они не подозревали о его планах заняться более важными вещами. Даже Забини позволил любопытству отразиться на своем красивом лице. Пэнси снова принялась медленно поглаживать Малфоя по волосам, вид у нее был ошеломленный.

— Ты говоришь... о *нем*?

Малфой пожал плечами:

— Мама хочет, чтобы я закончил школу, но я лично считаю, что это теперь не так уж важно. Ну, подумайте сами... когда Темный Лорд придет к власти, разве для него будет иметь значение, кто сколько сдал СОВ и какие у кого оценки по ЖАБА? Да нет, конечно... Он будет смотреть, кто как ему служил, кто больше был ему предан...

— И ты думаешь, что можешь как-то послужить *ему*? — с убийственной иронией поинтересовался Забини. — В шестнадцать лет, даже еще не закончив школу?

— Я же только что об этом говорил, нет? Может быть, для него не имеет значения, закончил я школу или не закончил. Может быть, для того, что он мне поручил, совсем не требуется свидетельства об образовании, — тихо сказал Малфой.

Крэбб и Гойл сидели с разинутыми ртами, словно горгульи. Пэнси смотрела на Малфоя чуть ли не со священным трепетом.

— Уже видно Хогвартс. — Малфой, явно наслаждаясь произведенным эффектом, показал в темноту за окном. — Пора надевать мантии.

Гарри неотрывно смотрел на Малфоя и потому не заметил, как Гойл потянулся за своим чемоданом; чемодан, сползая с полки, больно стукнул Гарри в висок. Он невольно охнул, и Малфой сразу посмотрел на багажную полку, задумчиво сдвинув брови.

Гарри не боялся Малфоя, но все-таки ему не хотелось быть застигнутым с мантией-невидимкой посреди компании недружелюбно настроенных слизеринцев. Со слезящимися глазами и гудящей от боли головой он вытащил волшебную палочку, стараясь, чтобы мантия при этом не сбилась, и стал ждать, затаив дыхание. К счастью, Малфой, видимо, решил, что ему послышалось. Он вместе с остальными натянул на себя мантию, запер чемодан, а когда поезд начал рывками замедлять ход, застегнул у горла новенький плотный дорожный плащ.

Гарри видел, как коридор понемногу наполняется народом, и тихо надеялся, что Рон и Гермиона вынесут на платформу его вещи. Сам он не мог сдвинуться с места, пока все не уйдут из купе. Наконец поезд дернулся в последний раз и остановился. Гойл открыл дверь и вышел, расталкивая толпу второкурсников. Крэбб и Забини поспешили за ним.

— Ты иди, — сказал Малфой Пэнси Паркинсон, которая поджидала его, протянув руку, как будто надеялась, что они возьмутся за руки. — Мне тут нужно кое-что проверить.

Пэнси ушла. Теперь в купе остались только Гарри и Малфой. Ученики проходили мимо, один за другим спускались на темную платформу. Малфой подошел к двери и опустил шторки. Теперь из коридора не было видно, что происходит в купе. Потом он наклонился и снова отпер свой чемодан.

Гарри перегнулся через край багажной полки, сердце у него стучало все быстрее. Что такое Малфой хочет скрыть от Пэнси? Неужели Гарри сейчас увидит тот таинственный предмет, который так необходимо было починить?

— *Петрификус Тоталус!*

Без всякого предупреждения Малфой нацелил волшебную палочку на Гарри, и того мгновенно парализовало. Словно в замедленном кино он свалился с багажной полки и грохнулся на пол, так что все купе задрожало. Он лежал у ног Малфоя, мантия-невидимка распахнулась и почти вся оказалась под ним, так что он остался на виду, как был, с нелепо поджатыми ногами. Он не мог пошевелиться, мог только смотреть, не мигая, на Малфоя, который широко улыбался.

— Так я и думал, — сказал Малфой, ликуя. — Я слышал, как Гойл задел тебя чемоданом. И мне показалось, я видел, как мелькнуло что-то белое, когда Забини вернулся... — Его взгляд задержался на кроссовках Гарри. — Это, наверное, ты держал дверь, когда Забини хотел ее закрыть? — Он задумчиво взглянул на Гарри. — Ничего особенно важного ты не услышал, Поттер. Но, раз уж ты мне попался...

И он с силой ударил Гарри ногой в лицо. Гарри почувствовал, как у него хрустнул нос, кровь брызнула фонтаном.

— Это тебе за моего отца... А теперь...

Малфой вытащил из-под неподвижного тела Гарри мантию-невидимку и набросил на него.

— Вряд ли тебя найдут раньше, чем поезд вернется в Лондон, — тихо проговорил он. — Увидимся, Поттер... А может, и не увидимся.

И, не забыв по дороге наступить на пальцы Гарри, Малфой вышел из купе.

Глава 8
СНЕГГ ТОРЖЕСТВУЕТ

Гарри не мог пошевелить ни одним мускулом. Он лежал под мантией-невидимкой, чувствуя, как кровь хлещет из сломанного носа, горячая и мокрая, и заливает лицо. Из коридора доносились голоса и шаги. Первой мыслью Гарри было, что купе наверняка осмотрят, прежде чем поезд отправится в обратный путь. Но тут же пришло мучительное осознание: даже если кто-нибудь заглянет в купе, его не увидят и не услышат. Оставалась одна надежда, что кто-то случайно зайдет сюда и наступит на него.

Гарри никогда еще не чувствовал такой ненависти к Малфою, как сейчас, когда лежал на спине наподобие карикатурной черепахи, и кровь заливалась ему в открытый рот, вызывая тошноту. Надо же было вляпаться в такую дурацкую историю... Вот затихли последние шаги, ученики столпились на темной платформе, было слышно, как они там болтают и шумно передвигают чемоданы.

Рон и Гермиона решат, что он сошел с поезда, не дожидаясь их. К тому времени, когда они доберутся до Хогвартса, займут места в Большом зале, несколько раз осмотрят гриффиндорский стол и наконец поймут, что Гарри здесь нет, он, несомненно, будет уже на полдороге к Лондону.

Он попытался издать какой-нибудь звук, хотя бы захрипеть, но не смог. Тогда он вспомнил, что некоторые волшебники, такие, как Дамблдор, умеют колдовать, не произнося заклинания вслух, попытался призвать к себе выпавшую из руки волшебную палочку, мысленно повторяя: *«Акцио, волшебная палочка!»* — но ничего не получилось.

Ему казалось, что он слышит шелест листьев на деревьях вокруг озера и далекое уханье совы, но никаких признаков того, что его ищут, не было. И уж тем более (он чуточку презирал себя за эту мысль) нигде не раздавалось панических голосов, спрашивающих, куда пропал Гарри Поттер. С растущей безнадежностью он представлял себе, как вереница карет, запряженных фестралами, приближается к школе, и взрывы приглушенного хохота доносятся из той кареты, где Малфой пересказывает своим дружкам-слизеринцам, как он избил Гарри.

Поезд дернулся, и Гарри перекатился на бок. Теперь он смотрел не в потолок, а на пыльную нижнюю сторону сиденья. Пол начал вибрировать — это ожил, взревев, паровоз. «Хогвартс-экспресс» отправлялся в обратный путь, и никто не знал, что Гарри остался в вагоне...

Вдруг он почувствовал, что мантия-невидимка слетела с него, и чей-то голос у него над головой сказал:

— Здоро́во, Гарри.

Сверкнула вспышка красного света, и к Гарри вернулась способность двигаться. Он приподнялся, упираясь в пол, сел, приняв более достойную позу, наспех вытер кровь с лица тыльной стороной ладони, поднял голову и увидел Тонкс. Она складывала мантию-невидимку, которую только что сорвала с него.

— Давай-ка двигать отсюда поскорее, — сказала она. Окна уже заволокло клубами дыма от паровоза, поезд тронулся. — Пошли, будем прыгать.

Гарри выскочил за ней в коридор. Тонкс распахнула вагонную дверь и спрыгнула на платформу, все быстрее скользившую мимо, — поезд набирал ход. Гарри тоже прыгнул, слегка покачнулся, приземляясь, но сразу выпрямился и успел увидеть, как сверкающий алый паровоз, разгоняясь все быстрее, исчезает за поворотом.

Прохладный ночной воздух приятно холодил разбитый нос. Тонкс смотрела на него; Гарри было неловко и страшно досадно, что она нашла его в таком идиотском виде. Метаморфиня молча протянула ему мантию-невидимку.

— Кто это сделал?

— Драко Малфой, — с горечью ответил Гарри. — Спасибо, что... В общем, спасибо.

— Не за что, — без улыбки сказала Тонкс. Насколько Гарри мог разглядеть в темноте, у нее были все те же мышиного цвета волосы и несчастное выражение лица, что и в ту ночь, когда он видел ее в «Норе». — Постой минутку спокойно, я поправлю тебе нос.

Эта идея Гарри не очень вдохновила. Он рассчитывал заглянуть в больничное крыло к мадам Помфри, которой больше доверял по части исцеляющих заклинаний, но говорить об этом ему показалось неудобно, так что он встал неподвижно и зажмурил глаза.

— *Эпискеи!* — произнесла Тонкс.

Носу Гарри вдруг стало очень жарко и тут же — очень холодно. Гарри поднял руку и осторожно пощупал нос. Вроде все было в порядке.

— Спасибо большое!

— Ты лучше накинь свою мантию, и пойдем к школе, — сказала Тонкс, по-прежнему без улыбки.

Когда Гарри снова закутался в мантию, Тонкс взмахнула волшебной палочкой; из палочки вылетело огромное серебристое четвероногое существо и умчалось в ночь.

— Это был Патронус? — спросил Гарри. Он уже видел раньше, как Дамблдор передавал сообщения таким способом.

— Да, я хочу дать знать в замок, что ты со мной, чтобы они не беспокоились. Идем, не стоит тянуть.

Они зашагали по аллее, ведущей к школе.

— Как вы меня нашли?

— Я заметила, что ты не сходил с поезда, и я знала, что у тебя есть эта мантия. Подумала, что ты зачем-то спрятался. Увидела купе с задернутыми шторками, заглянула проверить.

— А что вы вообще здесь делаете? — спросил Гарри.

— Я теперь постоянно здесь дежурю, в Хогсмиде. Дополнительная охрана школы, — объяснила Тонкс.

— Только вы одна дежурите, или...

— Нет, еще Праудфут, Сэвидж и Долиш.

— Долиш — это тот мракоборец, которого Дамблдор оглушил в прошлом году?

— Он самый.

Они брели по темной, пустынной дороге, следуя за свежими следами от колес. Гарри покосился на Тонкс из-под мантии. В прошлом году она была такая любопытная (даже иногда чуточку надоедливая), постоянно смеялась, шутила. А теперь Тонкс казалась намного старше, сделалась более серьезной и целеустремленной. Неужели это все из-за того, что случилось в Министерстве? Гарри со смущением подумал, что Гермиона наверняка посоветовала бы ему как-то утешить Тонкс, поговорить о Сириусе, сказать, что она ни в чем не виновата, но он не мог себя заставить. Он вовсе не винил ее в смерти Сириуса, тут она была виновата не больше других (уж, во всяком случае, не больше самого Гарри), просто ему было тяжело разговаривать о Сириусе, и он всячески старался этого избегать. Так они и шли молча через холодную тьму. Длинный плащ Тонкс с шорохом волочился за ними по земле.

Раньше Гарри всегда проезжал здесь в карете, и сейчас в первый раз заметил, как далеко до школы от станции в Хогсмиде. Наконец он с облегчением увидел высокие каменные столбы по обе стороны ворот с фигурами крылатых вепрей наверху. Он замерз, проголодался, и ему не терпелось поскорее расстаться с этой новой угрюмой Тонкс. Но когда он протянул руку и толкнул ворота, оказалось, что они заперты.

— *Алохомора!* — уверенно произнес он, направив волшебную палочку на висячий замок, но ничего не случилось.

— Здесь это не подействует, — сказала Тонкс. — Дамблдор лично заколдовал ворота.

Гарри огляделся.

— Я могу перелезть через ограду, — предложил он.

— Нет, не можешь, — скучным голосом ответила Тонкс. — На ограде тоже заклинания против несанкционированного вторжения. Этим летом меры безопасности усилили в сто раз.

— Ну, тогда, — сказал Гарри, которого начинало раздражать ее равнодушие, — мне, видимо, придется здесь заночевать.

— Вон кто-то за тобой идет, — сказала Тонкс. — Смотри.

Вдали, у подножия замка, показался раскачивающийся фонарь. На радостях Гарри даже подумал, что сможет без труда перетерпеть сиплые разглагольствования Филча на тему о том, как нехорошо опаздывать и как в доброе старое время поддерживали дисциплину посредством регулярного использования тисков для больших пальцев. Только когда мерцающий желтый огонек был уже футах в десяти от них и Гарри стащил мантию-невидимку, чтобы его могли увидеть, он вдруг с отвращением узнал озаренные светом фонаря крючковатый нос и длинные сальные черные волосы Северуса Снегга.

— Ну-ну, — хмыкнул Снегг, извлекая волшебную палочку и прикасаясь ею к висячему замку, отчего цепи тут же разошлись в стороны и створки ворот со скрипом распахнулись. — Очень мило, что вы наконец-то соизволили явиться, Поттер, хотя вам, по-видимому, представляется, что школьная мантия сильно повредит вашей красоте.

— Я не мог переодеться, у меня не было... — начал Гарри, но Снегг перебил его на полуслове.

— Нет необходимости ждать, Нимфадора. Со мной Поттер в полной... хм-м... безопасности.

— Я думала, что мое сообщение примет Хагрид, — сказала Тонкс, нахмурившись.

— Хагрид, как и Поттер, опоздал на пир по случаю начала учебного года, так что я получил сообщение вместо него. Кстати, — прибавил Снегг, отступая в сторону, чтобы Гарри мог пройти в ворота, — любопытно было увидеть твоего нового Патронуса.

Он с грохотом захлопнул створки прямо перед ее носом и снова коснулся замка волшебной палочкой. Цепи, звякая, поползли на место.

— По-моему, прежний был лучше, — сказал Снегг с нескрываемым злорадством в голосе. — Новый слабоват.

Снегг повернулся, качнув фонарем, и Гарри на мгновение увидел потрясение и гнев на освещенном лице Тонкс. Потом ее снова скрыла тьма.

Гарри двинулся за Снеггом к школе.

— Спокойной ночи, — крикнул он через плечо. — Спасибо... Спасибо за все!

— Пока, Гарри.

Наверное, целую минуту Снегг ничего не говорил. Гарри чувствовал, как его захлестывают волны ненависти, такой сильной, что казалось невероятным, как это Снегг не замечает ее жара. Гарри терпеть не мог Снегга с самой первой их встречи, но окончательно и бесповоротно Снегг восстановил его против себя своим обращением с Сириусом. Что бы там ни говорил Дамблдор, у Гарри летом было время подумать, и он пришел к выводу, что Сириус в ночь своей гибели помчался в Министерство не в последнюю очередь из-за ехидных намеков Снегга, якобы он, Сириус, сидит в безопасности и прячется, пока другие члены Ордена Феникса рискуют головой, сражаясь с Волан-де-Мортом. Гарри не желал расстаться с этой мыслью, потому что это позволяло обвинить Снегга, что было само по себе приятно, а кроме того, Гарри очень хорошо знал: если есть на свете человек, который не огорчился из-за смерти Сириуса, то именно этот человек идет сейчас рядом с ним в темноте.

— Думаю, следует оштрафовать Гриффиндор на пятьдесят очков за ваше опоздание, — сказал Снегг. — Плюс еще, скажем, двадцать очков за появление в магловской одежде. Я, пожалуй, не припомню другого такого случая, чтобы один из факультетов оказался с отрицательным количеством очков в первый же день учебного года — даже еще не успели приступить к десерту. По-моему, вы установили рекорд, Поттер.

Гарри показалось, что кипевшие в нем ярость и ненависть раскалились добела, но он скорее согласился бы вернуться в Лондон в обездвиженном виде, чем рассказать Снеггу, отчего он опоздал.

— Надо думать, вы рассчитывали на эффектный выход? — продолжал издеваться Снегг. — И поскольку летающего автомобиля на сей раз под рукой не оказалось, вы решили, что ворваться в Большой зал в самом разгаре праздника тоже будет достаточно драматично.

Гарри молчал, хотя у него было такое чувство, словно его сейчас разорвет на куски. Он знал, что Снегг для того и вызвался пойти за ним — ради этих нескольких минут, пока он может без свидетелей измываться и куражиться над Гарри.

Наконец они подошли к ступеням у входа в замок. Огромные дубовые двери распахнулись, пропуская их в просторный, вымощенный каменными плитами вестибюль, и стали слышны смех, разговоры, звон тарелок и бокалов из раскрытых дверей Большого зала. Гарри подумал, не надеть ли ему снова мантию-невидимку, чтобы незаметно добраться до своего места за длинным гриффиндорским столом (который, как нарочно, находился дальше других от входа).

Но Снегг как будто прочитал мысли Гарри. Он сказал:

— Без мантии. Пойдете у всех на виду — я уверен, именно этого вы и добивались.

Гарри повернулся и шагнул прямо в широко раскрытые двери — лишь бы подальше от Снегга. Большой зал с четырьмя длинными факультетскими столами и преподавательским столом на возвышении был, как обычно, украшен парящими в воздухе свечами, в свете которых тарелки на столах сверкали и переливались. Но у Гарри все расплывалось в глазах, и он видел только какое-то неясное мерцание. Он шел так быстро, что успел миновать стол Пуффендуя, прежде чем на него начали оглядываться, а когда несколько человек вскочили на ноги, чтобы лучше видеть, он уже высмотрел Рона и Гермиону, рванулся вперед и втиснулся на скамью между ними.

— Где ты был? Ух ты, что это у тебя с лицом? — спросил Рон, выпучив на него глаза, как и ближайшие соседи по столу.

— А что с ним такое? — Гарри схватил ложку и прищурился, разглядывая свое искаженное отражение.

— Ты весь в крови! — ахнула Гермиона. — Повернись-ка сюда...

Она взмахнула волшебной палочкой, сказала: «*Тергео!*» — и засохшая кровь мигом втянулась в волшебную палочку.

— Спасибо, — сказал Гарри, ощупывая ставшее совершенно чистым лицо. — Как выглядит мой нос?

— Нормально, — ответила Гермиона с тревогой. — А как он должен выглядеть? Гарри, что случилось, мы тут чуть не умерли со страху!

— Потом расскажу, — коротко ответил Гарри.

Он заметил, что Джинни, Невилл, Дин и Симус насторожили уши, и даже Почти Безголовый Ник, призрак факультета Гриффиндор, подплыл поближе, чтобы послушать.

— Но... — сказала Гермиона.

— Не сейчас, Гермиона, — мрачным и многозначительным тоном произнес Гарри.

Он очень надеялся, что все вообразят, будто его задержали некие героические свершения, желательно с участием парочки Пожирателей смерти и дементора. Конечно, Малфой постарается растрепать правду кому только можно, но есть некоторая вероятность, что большинство гриффиндорцев его не услышат.

Он перегнулся через Рона, чтобы взять себе пару куриных ножек и горсть чипсов, но не успел — они исчезли, и вместо них появился десерт.

— Ты и распределение пропустил, — сообщила Гермиона.

Рон тем временем потянулся к огромному шоколадному торту.

— Шляпа говорила что-нибудь интересное? — спросил Гарри, положив себе пирога с патокой.

— Да, в общем, то же, что и всегда... Советовала объединиться перед лицом врага и так далее.

— Дамблдор что-нибудь говорил про Волан-де-Морта?

— Нет пока, но он всегда произносит речь после окончания пира, правильно? Наверное, уже скоро.

— Снегг сказал, что Хагрид опоздал на пир...

— Ты видел Снегга? Где это? — спросил Рон, судорожно запихивая в рот куски шоколадного торта.

— Столкнулись по дороге, — уклончиво ответил Гарри.

— Хагрид опоздал всего на несколько минут, — сказала Гермиона. — Смотри, Гарри, он тебе машет.

Гарри поглядел в сторону преподавательского стола и широко улыбнулся Хагриду, который в самом деле махал ему рукой. Хагрид так и не научился вести себя с подобающей преподавателю солидностью, как, скажем, профессор Макгонагалл, декан факультета Гриффиндор, которая сидела сейчас рядом с ним, доставая ему макушкой чуть выше локтя, но пониже плеча, и неодобрительно косилась на столь бурное приветствие. Гарри удивился, заметив, что по другую сторону от Хагрида сидит профессор Трелони, преподавательница прорицаний — она редко покидала свой кабинет на верхушке башни, и он еще ни разу не видел ее на пиру по случаю начала учебного года. Она была одета так же причудливо, как и всегда, вся в развевающихся шалях и сверкающих бусах, глаза казались невероятно огромными за стеклами очков. Гарри всегда считал ее обыкновенной мошенницей и страшно удивился, узнав в конце прошлого учебного года, что именно она произнесла пророчество, из-за которого лорд Волан-де-

Морт убил родителей Гарри и пытался уничтожить его самого. После этого он и вовсе не стремился бывать в ее обществе. К счастью, в этом году ему уже не нужно было изучать прорицания. Ее взгляд, словно луч маяка, двинулся в сторону Гарри; он быстро отвернулся, и на глаза ему попался стол слизеринцев. Под оглушительный хохот и аплодисменты Драко Малфой демонстрировал с помощью пантомимы, как он разбивает кому-то нос. Гарри уткнулся взглядом в свою тарелку, где лежал кусок пирога с патокой. Внутри у него снова все кипело. Чего бы он только не отдал, чтобы сразиться с Малфоем один на один!..

— Так зачем тебя приглашал профессор Слизнорт? — спросила Гермиона.

— Хотел узнать, что на самом деле произошло в Министерстве, — ответил Гарри.

— Все хотят! — фыркнула Гермиона. — В поезде нас без конца об этом спрашивали, да, Рон?

— Ага, — сказал Рон. — Все хотят узнать, правда ли, что ты Избранный...

— Об этом много говорят и среди призраков, — вмешался в разговор Почти Безголовый Ник, наклонив к Гарри не до конца отрубленную голову, так что она угрожающе закачалась над гофрированным воротником. — Меня считают в некотором роде авторитетом по Поттеру; наши дружеские отношения хорошо известны. Я, однако, заверил призрачное сообщество, что не намерен донимать тебя расспросами. «Гарри Поттер знает, что может доверять мне безоговорочно, — сказал я им. — Я скорее умру, чем предам его доверие».

— Большое дело, ты ведь и так уже мертвый, — заметил Рон.

— Ты всегда тактичен, как затупившийся топор, — оскорбился Почти Безголовый Ник. Он взмыл в воздух и полетел к дальнему концу гриффиндорского стола.

Тем временем за преподавательским столом Дамблдор поднялся на ноги. Разговоры и смех в зале почти мгновенно стихли.

— Самого доброго вам вечера! — Дамблдор с широкой улыбкой раскинул руки, как будто хотел обнять всю школу.

— Что у него с рукой? — охнула Гермиона.

Не она одна обратила на это внимание. Правая рука у Дамблдора была такая же почерневшая, безжизненная, как в ту ночь, когда он пришел забрать Гарри из дома Дурслей. По залу зашелестел шепоток. Дамблдор все правильно понял, но только улыбнулся и одернул фиолетовый с золотом рукав, прикрыв свое увечье.

— Не о чем беспокоиться, — сказал он беспечно. — А теперь... нашим новым ученикам — добро пожаловать, наших старых учеников — с возвращением! Вас ожидает еще один год обучения волшебству...

— Она у него такая была, когда я видел его летом, — зашептал Гарри на ухо Гермионе. — Только я думал, он ее уже вылечил... Или мадам Помфри могла ему помочь.

— Она как будто омертвела, — сказала Гермиона, болезненно поморщившись. — Некоторые травмы невозможно исцелить... Древние проклятия... А бывают еще яды, для которых не существует противоядий...

— ...а школьный смотритель, мистер Филч, просил меня объявить о категорическом запрете на любые шуточные товары, приобретенные в магазине под названием «Всевозможные волшебные вредилки».

Желающие играть в команде своего факультета по квиддичу, записывайтесь у деканов факультетов, как обычно. Кроме того, нам требуются новые комментаторы, желающие пусть также записываются у деканов.

В этом году мы рады представить вам нового преподавателя. Профессор Слизнорт (Слизнорт встал, сверкая лысиной в свете свечей, его обтянутый жилетом живот отбрасывал тень на весь стол) — мой бывший коллега, согласился снова преподавать у нас зельеварение.

— Зельеварение?

— *Зельеварение?!*

Слово эхом разнеслось по Большому залу. Ученики переспрашивали друг друга, сомневаясь, правильно ли они расслышали.

— Зельеварение? — хором повторили Рон и Гермиона, уставившись на Гарри. — А ты говорил...

— Тем временем профессор Снегг, — Дамблдор повысил голос, перекрывая ропот в зале, — возьмет на себя обязанности преподавателя по защите от Темных искусств.

— Нет! — сказал Гарри так громко, что сразу несколько голов повернулись к нему.

Ему было наплевать; вне себя от ярости, он смотрел на преподавательский стол. Как можно после всего, что было, позволить Снеггу преподавать защиту от Темных искусств? Ведь всем известно, что Дамблдор много лет не доверял ему эту работу!

— Гарри, ты же говорил, что Слизнорт будет вести защиту от Темных искусств! — сказала Гермиона.

— Я так думал! — отозвался Гарри, напряженно вспоминая, когда именно Дамблдор ему об этом сказал. Если подумать, Дамблдор и впрямь не говорил, какой предмет будет преподавать профессор Слизнорт.

Снегг, сидевший справа от Дамблдора, не встал, когда было произнесено его имя, только лениво приподнял руку в ответ на аплодисменты со стороны слизеринского стола, но Гарри был уверен, что разглядел торжествующее выражение на ненавистном лице.

— Одно хорошо, — сказал он с бешенством, — к концу года мы избавимся от Снегга.

— В смысле? — не понял Рон.

— Эта должность прóклята. Никто еще не продержался на ней больше года... Квиррелл так и вообще погиб. Я лично буду держать скрещенные пальцы — может, еще кто помрет...

— Гарри! — укоризненно воскликнула шокированная Гермиона.

— Может, он просто в конце года вернется к своим волшебным зельям, — рассудительно заметил Рон. — Вдруг этот Слизнорт не захочет остаться надолго. Грюм вот не захотел.

Дамблдор прокашлялся. Не только Гарри, Рон и Гермиона отвлеклись на разговоры; по всему залу обсуждали поразительное известие о том, что Снегг наконец-то дождался исполнения своей заветной мечты. Словно не замечая, какую сенсационную новость он только что сообщил, Дамблдор ничего больше не сказал о перемещениях в штате преподавателей. Выждав, пока установится абсолютная тишина, он заговорил снова.

— Далее... Как известно всем присутствующим в этом зале, лорд Волан-де-Морт и его сторонники снова действуют в открытую и собирают силы.

При этих словах Дамблдора молчание сделалось натянутым, как струна. Гарри оглянулся на Малфоя. Малфой, не глядя на Дамблдора, удерживал в воздухе вилку при помощи волшебной палочки, как будто речь директора школы не заслуживала его внимания.

— Мне хотелось бы всячески подчеркнуть, насколько опасна сложившаяся ситуация и насколько важно, чтобы каждый из нас заботился о безопасности Хогвартса. Магическая охрана замка за лето была усилена, у нас появились новые, более мощные средства защиты, но тем не менее все мы, и ученики, и преподаватели, должны быть крайне осторожны и не допускать ни малейшей беспечности. Поэтому я прошу вас, в целях безопасности соблюдайте все ограничения, о которых будут говорить вам учителя, пусть даже это покажется вам обременительным, и в особенности строго выполняйте правило о запрете ученикам выходить после отбоя из своих спален. Заклинаю вас — если заметите что-нибудь необычное или подозрительное в замке или за его пределами, немедленно сообщайте об этом кому-либо из преподавателей. Я верю и надеюсь, что вы будете постоянно помнить о своей безопасности и о безопасности других учеников.

Голубые глаза Дамблдора обвели взглядом зал, и он снова улыбнулся.

— Но сейчас вас ждут уютные, теплые постели, какие только можно пожелать, и главная ваша задача на данный момент — хорошенько выспаться перед завтрашними уроками. А потому давайте скажем друг другу: «Спокойной ночи! Пока!»

Как всегда, с грохотом начали отодвигаться скамьи, сотни учеников потянулись из Большого зала по своим спальням. Гарри не спешил — ему совсем не хотелось идти в общей толпе, где на него будут таращиться все, кому не лень, да еще, чего доброго, оказаться рядом с Малфоем, дав ему возможность лишний раз разыграть в лицах историю со сломанным носом. Он притворился, будто завязывает шнурки на кроссовках, дожидаясь, пока основная масса гриффиндорцев уйдет из зала. Гермиона унеслась выполнять обязанности старосты — показывать дорогу новичкам, а Рон остался с Гарри.

— Что у тебя на самом деле было с носом? — спросил он, когда они наконец вышли из зала в самом хвосте толпы, где их никто не мог подслушать.

Гарри коротко рассказал. И вот доказательство, насколько сильна была их дружба, — Рон не стал смеяться.

— Я видел, как Малфой что-то такое изображал, связанное с носом, — произнес он мрачно.

— Да ну его, — со злостью ответил Гарри. — Лучше послушай, о чем он болтал, пока не знал, что я там...

Гарри ожидал, что Рон будет потрясен его рассказом. Но Рон остался вполне равнодушен — исключительно из тупого упрямства, по мнению Гарри.

— Ладно тебе, Гарри, он просто хотел покрасоваться перед Паркинсон... Ну какое такое важное задание Сам-Знаешь-Кто мог ему поручить?

— Откуда ты знаешь, может, Волан-де-Морту нужен свой человек в Хогвартсе? Это был бы уже не первый раз...

— Не называл бы ты это имя вслух, Гарри, — послышался за спиной укоризненный голос. Гарри оглянулся и увидел Хагрида, качающего головой.

— Дамблдор произносит это имя, — упрямо сказал Гарри.

— Ну, так то Дамблдор, верно? — загадочно ответил Хагрид. — Отчего ж ты так опоздал, Гарри? Я за тебя беспокоился.

— Меня задержали в поезде, — сказал Гарри. — А ты почему опоздал?

— Навещал Грохха, — радостно ответил Хагрид. — Совсем забыл о времени. У него теперь новое жилье в горах. Дамблдор ему устроил — отличная большая пещера. Ему там лучше, чем в Лесу. Мы с ним так хорошо поболтали.

— Правда?

Гарри старался не смотреть на Рона. Во время их последней встречи со сводным братцем Хагрида, свирепым великаном, вырывающим деревья с корнями, словарный запас Грохха состоял ровно из пяти слов, причем два из них он был не в состоянии произнести как следует.

— Да-а, он столькому научился, — сказал Хагрид с гордостью. — Вы просто не представляете. Вот еще малость подучу его и возьму к себе в помощники.

Рон громко фыркнул, но ухитрился сделать вид, что сильно чихнул. Они уже стояли у дубовых дверей замка.

— Ладно, до завтра, первый урок сразу после обеда. Приходите пораньше, поздороваетесь с Клювокры... то есть я хотел сказать — с Махаоном!

Весело помахав им рукой, он вышел во тьму.

Гарри и Рон уставились друг на друга. Гарри видел, что у Рона, как и у него самого, на душе кошки скребут.

— Ты как, будешь продолжать занятия по уходу за магическими существами?

Рон покачал головой:

— А ты?

Гарри тоже покачал головой.

— А Гермиона? — спросил Рон. — Она вроде тоже нет?

Гарри снова покачал головой. Ему не хотелось думать о том, что скажет Хагрид, когда узнает, что трое его любимых учеников отказались продолжать изучение его предмета.

Глава 9

ПРИНЦ-ПОЛУКРОВКА

На следующее утро Гарри и Рон встретились с Гермионой до завтрака в общей гостиной. Надеясь, что Гермиона поддержит его теорию, Гарри поторопился рассказать ей о том, что подслушал в «Хогвартс-экспрессе».

— Но он же явно просто выпендривался перед Паркинсон, правда? — встрял Рон, прежде чем Гермиона успела что-нибудь сказать.

— Ну-у, — неуверенно протянула она, — не знаю... Вообще-то похоже на Малфоя — пытаться придать себе больше важности, чем есть на самом деле... Но выдумать такое...

— Вот именно, — сказал Гарри, но углубляться в детали не стал, потому что кое-кто в гостиной начал прислушиваться к разговору, не говоря уже о том, что многие таращили на него глаза и шептались украдкой.

— Воспитанные люди не показывают пальцем! — рявкнул Рон на крошечного первокурсника, вставая в очередь к выходу из гостиной.

Мальчишка, который шептался о Гарри со своим приятелем, прикрывшись ладошкой, густо покраснел и со страху кубарем выкатился через портретный проем. Рон засмеялся с довольным видом.

— Хорошо быть шестикурсником! Да еще у нас в этом году будет свободное время. Целые уроки, когда можно просто сидеть и расслабляться.

— Это время нам дано для самостоятельных занятий, Рон! — сказала Гермиона, выбираясь вслед за ними в коридор.

— Только не сегодня, — возразил Рон. — Сегодня, я так думаю, у нас будет полная лафа.

— Стой! — Гермиона протянула руку и перехватила пробегавшего мимо четверокурсника, крепко сжимавшего в руке ядовито-зеленый диск. — Кусачие тарелки запрещены, дай сюда, — строго сказала она ему.

Мальчишка, насупившись, отдал ей рычащую тарелочку, проскочил под рукой Гермионы и умчался за своими друзьями. Рон подождал, пока он скроется из виду, и потянул к себе кусачую тарелку.

— Отлично, я всегда о такой мечтал!

Возражения Гермионы заглушил громкий смех — Лаванда Браун, по-видимому, нашла выходку Рона чрезвычайно забавной. Она еще долго продолжала хихикать, а пройдя мимо Рона, оглянулась через плечо. Рон весь надулся от самодовольства.

Потолок в Большом зале был безмятежно голубого цвета с легкими штрихами облачков, как и квадратики неба, видневшиеся в высоких окнах с частым переплетом. Заправляясь овсянкой и яичницей с беконом, Гарри и Рон рассказали Гермионе о вчерашнем разговоре с Хагридом, лишившем их душевного покоя.

— Но он же не может всерьез думать, что мы станем продолжать курс ухода за магическими существами! — расстроилась Гермиона. — Я хочу сказать, разве мы хоть когда-нибудь... ну, вы понимаете... проявляли энтузиазм?

— То-то и оно, правильно? — сказал Рон, целиком заглатывая яичницу-глазунью. — Мы больше всех старались на уроках, потому что мы любим Хагрида. А он решил, что мы любим его дурацкий предмет. Как вы думаете, хоть кто-нибудь будет у него готовиться к ЖАБА?

Гарри и Гермиона не ответили — в этом не было нужды. Они прекрасно понимали, что никто из их однокурсников не захочет продолжать изучение ухода за магическими существами. Они не решались посмотреть на Хагрида, а когда десять минут спустя он поднялся из-за преподавательского стола и жизнерадостно помахал им рукой, трусливо заерзали в ответ.

После завтрака все остались на местах, дожидаясь, пока к ним подойдет профессор Макгонагалл. В этом году раздача персональных расписаний несколько усложнилась, так как профессор Макгонагалл должна была вначале удостовериться, что все получили нужное количество баллов за СОВ и могут продолжать занятия по выбранным предметам для подготовки к ЖАБА.

Гермиона мгновенно получила разрешение продолжать курс по заклинаниям, защите от Темных искусств, трансфигурации, травологии, нумерологии, древним рунам и зельеварению и тут же унеслась на первый урок древних рун. С Невиллом дело затянулось дольше. Его круглое лицо выражало тревогу, когда профессор Макгонагалл просматривала его заявку, сверяясь с результатами СОВ.

— Травология — прекрасно, — сказала она. — При оценке «превосходно» за экзамен профессор Стебль будет очень рада продолжить ваше обучение. По защите от Темных искусств у вас «выше ожидаемого» — можете продолжать курс. А вот с трансфигурацией у вас не все ладно. Мне очень жаль, Долгопупс, но оценка «удовлетворительно» — маловато для занятий на уровне ЖАБА. Боюсь, вы просто не справитесь с объемом работы.

Невилл повесил голову. Профессор Макгонагалл внимательно взглянула на него сквозь прямоугольные стекла очков.

— Зачем вам, собственно, продолжать изучение трансфигурации? У меня не было впечатления, что этот предмет вам особенно нравится.

Невилл с несчастным видом пробормотал что-то вроде «бабушка хочет».

— Хмф, — фыркнула профессор Макгонагалл. — Пора бы уже вашей бабушке начать гордиться своим внуком, какой он есть, а не тем, каким он, по ее мнению, должен быть — особенно после того, что произошло в Министерстве.

Невилл весь порозовел и смущенно заморгал. Он никогда еще не слышал похвалы от профессора Макгонагалл.

— Сожалею, Долгопупс, но я не могу взять вас в класс подготовки к ЖАБА. Как я вижу, у вас «выше ожидаемого» по заклинаниям — почему не подготовиться к ЖАБА по этому предмету?

— Бабушка считает, что заклинания — для слабаков, — промямлил Невилл.

— Берите курс заклинаний, — сказала Макгонагалл, — а я черкну словечко Августе, напомню ей, что если она в свое время провалила СОВ по заклинаниям... это еще не значит, что сам предмет никуда не годится.

Чуть заметно улыбнувшись при виде робкого восторга на лице Невилла, профессор Макгонагалл коснулась волшебной палочкой чистого бланка и вручила Невиллу уже заполненное расписание.

Затем профессор Макгонагалл повернулась к Парвати Патил. Та первым делом спросила, будет ли Флоренц, красавец-кентавр, и дальше преподавать прорицания.

— В этом году они с профессором Трелони поделят между собой курсы, — сказала профессор Макгонагалл с легким оттенком неодобрения в голосе; все знали, что она презирает прорицания как учебный предмет. — У шестого курса занятия будет вести профессор Трелони.

Отправляясь через несколько минут на урок прорицаний, Парвати выглядела несколько удрученной.

— Так, Поттер, Поттер... — проговорила профессор Макгонагалл, поворачиваясь к Гарри и заглядывая в свои записи. — Заклинания, защита от Темных искусств, травология, трансфигурация... Все очень хорошо. Должна сказать, Поттер, я довольна вашей экзаменационной оценкой по трансфигурации, очень довольна. А почему вы не включили в заявку зельеварение? Вы, кажется, мечтали стать мракоборцем?

— Да, профессор, но вы сказали, что для этого нужно получить «превосходно» на экзамене.

— Так оно и было, когда зельеварение преподавал профессор Снегг. А профессор Слизнорт с удовольствием принимает для подготовки к ЖАБА учеников с оценкой «выше ожидаемого». Ну как, хотите продолжать курс зельеварения?

— Да, — сказал Гарри, — но я не купил учебники, ингредиенты и все остальное...

— Я уверена, что профессор Слизнорт сможет одолжить вам все необходимое, — сказала профессор Макгонагалл. — Прекрасно, Поттер, вот ваше расписание. Да, кстати, в команду Гриффиндора по квиддичу уже записались двенадцать человек. Я передам вам список чуть позже, вы сможете назначить отборочные испытания на удобное для вас время.

Через несколько минут Рон получил разрешение продолжать занятия по тем же предметам, что и Гарри, и оба они вышли из-за стола.

— Смотри, — ликовал Рон, изучая листок с расписанием, — у нас сейчас свободный урок... и после перемены тоже... и еще один после обеда... вот это класс!

Они вернулись в гостиную, где не было никого, кроме полудюжины семикурсников и в том числе Кэти Белл, — она одна осталась из первоначального состава гриффиндорской команды, в которую Гарри вступил, когда учился на первом курсе.

— Я так и думала, что ты его получишь, молодец! — крикнула она через всю комнату, показывая на значок капитана на груди Гарри. — Скажешь, когда отборочные!

— Не говори ерунду, — сказал Гарри. — Зачем тебе пробоваться, я уже пять лет вижу, как ты играешь...

— Нет, так нельзя, — строго возразила она. — Откуда ты знаешь, может, на факультете есть игроки лучше меня. Самую хорошую команду можно развалить, если капитан держит игроков по старой памяти или набирает своих приятелей по знакомству.

Рон слегка смутился и принялся увлеченно играть с кусачей тарелкой, которую Гермиона отобрала у четверокурсника. Тарелка носилась по комнате, рыча и порываясь выдрать зубами клок гобелена. Желтые глаза Живоглота не отрывались от нее, он громко шипел всякий раз, как тарелка подлетала слишком близко.

Через час Рон и Гарри неохотно покинули залитую солнцем гостиную и отправились на урок защиты от Темных искусств четырьмя этажами ниже. Гермиона уже стояла под дверью вместе с другими учениками, с охапкой толстенных книг в руках и с довольно-таки очумелым видом.

— Нам столько назадавали по рунам, — сказала она с тревогой, когда Гарри и Рон подошли к ней. — Письменную работу на пятнадцать дюймов, два перевода, и еще все вот это нужно прочитать к среде!

— Кошмар, — зевнул Рон.

— Подожди, — обиженно огрызнулась она, — спорим, Снегг нам тоже кучу домашних заданий накидает!

Не успела она договорить, как дверь отворилась и из классной комнаты вышел Снегг — изжелта-бледное лицо, как всегда, обрамлено сальными черными волосами. Толпа перед дверью моментально затихла.

— В класс! — приказал Снегг.

Перешагнув порог, Гарри осмотрелся. На всем уже был виден отпечаток личности Снегга. В комнате было темнее, чем обычно, потому что занавески на окнах были задернуты и класс освещался свечами. На стенах красовались новые картины, в основном изображавшие людей в мучениях, со страшными ранами или невероятно искаженными частями тела. Ученики рассаживались молча, нервно оглядываясь на зловещие картины.

— Я не велел вам достать учебники, — сказал Снегг, закрыв дверь и остановившись возле учительского стола.

Гермиона поспешно бросила свой экземпляр учебника «Лицом к лицу с безликим» обратно в сумку, а сумку затолкала под стул.

— Пока что просто послушайте меня. И попрошу не отвлекаться.

Его черные глаза прошлись по лицам учеников, задержавшись на лице Гарри на какую-то долю секунды дольше других.

— Насколько мне известно, за время учебы у вас сменилось пять преподавателей по этому предмету.

«“Насколько мне известно...” Как будто ты не следил за ними, как коршун, в надежде, что станешь следующим, Снегг!» — со злостью подумал Гарри.

— Естественно, у каждого из этих преподавателей были свои задачи и свои методы. При таком бессистемном обучении меня удивляет, что многие из вас все-таки наскребли проходной балл на экзамене СОВ по данному предмету. Еще больше меня удивит, если все вы справитесь с объемом работы на уровне ЖАБА, значительно более углубленном и обширном.

Снегг двинулся вдоль стены в обход класса; теперь он говорил, понизив голос, и ученикам приходилось выворачивать шеи, чтобы видеть его.

— Темные искусства, — говорил Снегг, — многочисленны, разнообразны, изменчивы и вечны. Бороться с ними — все равно что сражаться с многоголовым чудовищем. Отрубишь одну голову — на ее месте тут же вырастает новая, еще более свирепая и коварная, чем прежде. Это битва с противником, непостоянным, неуловимым, вечно меняющим обличья, и уничтожить его невозможно.

Гарри уставился на Снегга. Одно дело — уважать Темные искусства как опасного врага, и совсем другое — говорить о них, как сейчас Снегг, чуть ли не с нежностью.

— Следовательно, ваша защита, — чуть громче продолжал Снегг, — должна быть такой же изобретательной и гибкой, как те Искусства, которые вы тщитесь одолеть. Эти картины, — он на ходу махнул рукой в их сторону, — дают довольно точное представление о том, что происходит с человеком, подвергшимся, к примеру, воздействию заклятия Круциатус (он указал на изображение волшебницы, скорчившейся и кричащей от боли), испытавшим поцелуй дементора (на картине волшебник бессильно привалился к стене, безучастно глядя прямо перед собой пустыми глазами) или спровоцировавшим нападение инфернала (кровавая каша на земле).

— Значит, инферналы действительно появились? — тоненьким голоском спросила Парвати Патил. — Это уже точно известно, он их использует?

— В прошлом Темный Лорд использовал инферналов, — ответил Снегг, — а значит, имеет смысл исходить из предположения, что он может использовать их снова. Итак...

Он двинулся вдоль противоположной стены, возвращаясь к учительскому столу, и снова ученики, как завороженные, провожали его глазами. Темная мантия развевалась у него за спиной.

— ...полагаю, вы абсолютно незнакомы с невербальными заклинаниями. В чем состоит преимущество невербальных заклинаний?

Рука Гермионы взметнулась вверх. Снегг не торопясь оглядел класс, убедился, что выбора нет, и сказал отрывисто:

— Очень хорошо. Мисс Грейнджер!

— Противник не знает заранее, какое именно заклинание вы собираетесь осуществить, — сказала Гермиона. — Это дает вам крошечное преимущество во времени.

— Вы практически дословно повторили текст учебника «Стандартная книга заклинаний» для шестого курса, — пренебрежительно заметил Снегг (Малфой злорадно захихикал в дальнем углу), — но, по сути, ответ верен. Действительно, тот, кто овладеет умением колдовать, не выкрикивая во все горло заклинания, получает выигрыш во времени и возможность застать противника врасплох. Разумеется, это подвластно не всем волшебникам. Здесь важную роль играет способность сосредоточиться и сила духа, которой... — его злобный взгляд снова задержался на Гарри, — наделены далеко не все.

Гарри знал, что Снегг думает сейчас о прошлогодних уроках окклюменции, закончившихся полным провалом. Он не опустил глаз и продолжал свирепо смотреть на Снегга, пока тот не отвернулся.

— Сейчас, — снова заговорил Снегг, — вы разделитесь на пары. Один партнер попытается *без слов* навести порчу на другого. Другой будет пытаться, *также молча*, отвести от себя порчу. Приступайте.

Снегг не знал, что Гарри в прошлом году обучил по крайней мере половину курса (всех участников ОД) выполнять Щитовые чары. Но никто из них раньше не пробовал делать это без слов. Естественно, многие стали жульничать — произносили заклинание не вслух, а шепотом. Само собой, через десять минут после начала урока Гермиона сумела без единого звука отразить направленное на нее Невиллом заклятие-подножку. «Любой нормальный учитель за такое достижение наградил бы Гриффиндор не меньше как двадцатью очками», — подумал Гарри с горечью, но Снегг как будто ничего не заметил. Пока ученики упражнялись, он расхаживал по классу, как всегда похожий на гигантского нетопыря. Около Гарри и Рона он остановился посмотреть, как они справляются с заданием.

Была очередь Рона насылать порчу на Гарри; Рон весь побагровел, крепко сжав губы, чтобы случайно не поддаться соблазну прошептать заклинание. Гарри высоко поднял волшебную палочку, готовый в любой момент отразить заклятие, которого, похоже, ему не суждено было дождаться.

— Какое убожество, Уизли, — сказал Снегг, понаблюдав за ними некоторое время. — Дайте-ка я покажу, как это делается...

Он так быстро взмахнул волшебной палочкой, целясь в Гарри, что Гарри среагировал чисто машинально: напрочь позабыв о невербальных заклинаниях, он завопил:

— *Протего!*

Щитовые чары получились у него такими мощными, что Снегг отлетел назад и врезался в соседнюю парту. Весь класс оглянулся и теперь смотрел, как Снегг, злобно нахмурившись, поднимается на ноги.

— Вы помните, что мы сегодня занимаемся *невербальными* заклинаниями, Поттер?

— Да, — сдавленно ответил Гарри.

— Да, *сэр*.

— Совсем необязательно называть меня «сэр», профессор.

Слова вырвались прежде, чем Гарри понял, что́ он говорит. Несколько человек ахнули, в том числе и Гермиона. Зато Рон, Дин и Симус одобрительно заулыбались за спиной у Снегга.

— Явитесь в субботу вечером ко мне в кабинет, — приказал Снегг. — Наглости, Поттер, я не потерплю ни от кого... даже и от *Избранного*.

— Это было классно, Гарри! — давился от смеха Рон, когда вскоре после этого они были отпущены на перемену и отошли на безопасное расстояние от кабинета.

— Не надо было тебе этого говорить, — проворчала Гермиона, хмуро взглянув на Рона. — Что тебя дернуло?

— Если ты заметила, он хотел наслать на меня порчу! — вскипел Гарри. — Мне этого хватило на уроках окклюменции! Почему он не найдет себе для разнообразия другого подопытного кролика? И вообще, как это Дамблдору пришло в голову отдать ему уроки по защите? Слышала, как он разливался о Темных искусствах? Он их просто обожает! Прямо такие они все изменчивые да многогранные...

— Знаешь, — сказала Гермиона, — а я как раз подумала, что он говорил совсем как ты.

— Как я?!

— Да, когда ты нам рассказывал, что это такое — сразиться с Волан-де-Мортом. Ты говорил, что тут мало просто заучить кучу заклинаний, сказал: можно рассчитывать только на самого себя, на свои мозги, на свою храбрость... Так ведь примерно то же самое говорил и Снегг, верно? Что, по сути, главное — быть храбрым и быстро соображать.

Гарри был совершенно обезоружен тем, что она настолько ценит его слова, даже выучила их наизусть, словно «Общую теорию заклинаний», а потому не стал больше спорить.

— Гарри! Эй, Гарри!

Гарри оглянулся. Его догонял Джек Слоупер, один из прошлогодних загонщиков Гриффиндора, со свитком пергамента в руке.

— Это тебе, — пропыхтел Слоупер. — Слушай, говорят, ты теперь капитан команды. Когда отборочные испытания?

— Я еще не решил, — ответил Гарри, а про себя подумал, что Слоуперу сильно повезет, если он сумеет снова попасть в команду. — Я тебе скажу.

— Ну, ладно. Я надеялся, они будут в эти выходные...

Но Гарри уже не слушал: он узнал тонкий косой почерк Дамблдора на пергаменте. Бросив Слоупера на полуслове, он быстро пошел прочь вместе с Роном и Гермионой, на ходу разворачивая пергамент.

Дорогой Гарри!

Я хотел бы приступить к нашим индивидуальным занятиям в эту субботу. Приходи, пожалуйста, ко мне в кабинет в восемь часов вечера. Надеюсь, первый учебный день прошел хорошо.

Искренне твой,
Альбус Дамблдор.

P. S. Я очень люблю кислотные леденцы.

— Он любит кислотные леденцы? — с недоумением переспросил Рон, прочитав записку через плечо Гарри.

— Это пароль для горгульи, которая охраняет его кабинет, — тихо объяснил Гарри. — Ха! Снегг не обрадуется... Я теперь не смогу явиться к нему после уроков!

Весь остаток перемены друзья гадали, чему Дамблдор будет обучать Гарри. Рон считал, что это, скорее всего, будут какие-нибудь потрясающе эффектные заклятия, неизвестные Пожирателям смерти. Гермиона сказала, что это запрещено законом и более вероятно, что Дамблдор хочет обучить его каким-то сверхсовершенным разновидностям защитной магии. После перемены она пошла на свою нумерологию, а Гарри и Рон вернулись в гостиную и с большой неохотой взялись за домашнее задание Снегга. Оно оказалось таким трудным, что они не закончили его даже после обеда, когда к ним на следующий свободный урок присоединилась Гермиона (правда, с ее приходом дело пошло значительно бодрее). Только они одолели наконец эту работу, прозвенел звонок на сдвоенный урок зельеварения, и они бросились знакомой дорогой вниз, в подземелье, в классную комнату, где так долго царил Снегг.

Когда они подбежали к дверям класса, оказалось, что продолжать обучение на уровне ЖАБА решились не больше дюжины человек. Крэбб и Гойл, очевидно, не получили достаточно высокой оценки на СОВ, но четверо слизеринцев все-таки набрали нужное количество баллов, в том числе и Малфой. Еще в коридоре было четверо ребят из Когтеврана и один пуффендуец, Эрни Макмиллан. Гарри он нравился, несмотря на свою напыщенность.

— Гарри, — сказал Эрни с важным видом, протягивая ему руку, — я не имел возможности поговорить с тобой сегодня утром на защите от Темных искусств. На мой взгляд, урок был хороший, но, конечно, Щитовые чары — это старый трюк для нас, ветеранов ОД... Рон, Гермиона, как поживаете?

Они успели только ответить «нормально», когда дверь классной комнаты открылась и показался сперва живот Слизнорта, а потом уж и он сам. Радостно улыбаясь из-под пышных, как у моржа, усов, он одного за другим пропускал учеников в класс, причем с особенным энтузиазмом приветствовал Гарри и Забини.

В подземелье непривычно клубился разноцветный пар и витали удивительные запахи. Гарри, Рон и Гермиона с интересом принюхивались, проходя мимо огромных котлов, в которых что-то кипело и булькало. Четверо слизеринцев уселись вместе за один стол, другой заняли четверо когтевранцев, а Гарри, Рону и Гермионе осталось сесть с Эрни. Они выбрали себе стол поближе к котлу с золотистой жидкостью, от которого шел самый заманчивый аромат. Гарри он напомнил одновременно пирог с патокой, запах дерева от рукоятки метлы и что-то цветочное — кажется, так пахло в «Норе». Он поймал себя на том, что дышит глубоко и медленно, и пар от зелья понемногу наполняет его до краев, словно чудесный напиток. Его охватило ощущение невероятного довольства; он улыбнулся Рону через стол, и Рон лениво улыбнулся в ответ.

— Ну-те-с, ну-те-с, — проговорил Слизнорт; очертания его массивной фигуры мерцали и расплывались в мареве многоцветного пара. — Все достали весы, наборы для приготовления зелья, и не забудьте учебники «Расширенный курс зельеварения»...

— Сэр! — Гарри поднял руку.

— Гарри, мой мальчик?

— У меня нет учебника, и весов, ничего нет... И у Рона тоже... Понимаете, мы не знали, что нам можно будет продолжить курс...

— Ах да, профессор Макгонагалл что-то упоминала... Не волнуйтесь, не волнуйтесь ни о чем, мой милый мальчик. Сегодня вы можете взять ингредиенты из моего шкафа, и какие-нибудь весы для вас найдутся, и еще имеется небольшой запас старых учебников, можете пользоваться первое время, а там напишете во «Флориш и Блоттс»...

Слизнорт порылся в шкафчике в углу, извлек два сильно потрепанных экземпляра «Расширенного курса зельеварения» Либациуса Бораго и вручил их Рону и Гарри вместе с двумя парами потускневших от времени весов.

— Ну-с, — Слизнорт снова встал у доски, выпятив и без того объемистую грудь, так что пуговицы на жилете грозили оторваться, — я приготовил для вас несколько зелий — так, для интереса, знаете ли. Такого рода зелья вы должны будете уметь готовить к экзамену ЖАБА. Вы наверняка о них слышали, даже если пока еще ни разу не варили. Кто-нибудь может мне сказать, что это за зелье?

Он указал на котел рядом со столом слизеринцев. Гарри приподнялся со стула и увидел, что в котле кипит жидкость, с виду похожая на обыкновенную воду.

Гермиона отработанным движением подняла руку раньше всех, Слизнорт указал на нее.

— Это сыворотка правды, жидкость без цвета и запаха, которая вынуждает того, кто ее выпьет, говорить правду, — сказала Гермиона.

— Очень хорошо, очень хорошо! — одобрил Слизнорт. — А теперь... — Он указал на котел возле стола когтевранцев. — Это зелье также широко известно... В последнее время не раз упоминалось в министерских брошюрках... Кто знает?..

Гермиона снова быстрее всех подняла руку.

— Это Оборотное зелье, — сказала она.

Гарри тоже узнал густую, тягучую, медленно булькающую субстанцию цвета глины во втором котле, но он не обиделся на Гермиону за то, что та ответила первой; в конце концов, именно она сумела изготовить это зелье, когда все они еще учились на втором курсе.

— Отлично, отлично! Ну, а это... Да, моя дорогая, — сказал Слизнорт, слегка ошарашенный активностью Гермионы, которая снова подняла руку.

— Это Амортенция!

— В самом деле. Как-то даже глупо спрашивать, — сказал потрясенный Слизнорт, — но вы, вероятно, знаете, как оно действует?

— Это самое мощное приворотное зелье в мире! — сказала Гермиона.

— Совершенно верно! Вы, видимо, узнали его по особому перламутровому блеску?

— И по тому, что пар завивается характерными спиралями, — с большим воодушевлением ответила Гермиона, — и еще оно пахнет для каждого по-своему, в зависимости от того, какие запахи нам нравятся, — например, я чувствую запах свежескошенной травы, и нового пергамента, и...

Тут она слегка порозовела и не закончила фразу.

— Позвольте узнать ваше имя, моя дорогая? — спросил Слизнорт, будто не замечая смущения Гермионы.

— Гермиона Грейнджер, сэр.

— Грейнджер... Грейнджер... Вы, случайно, не в родстве с Гектором Дагворт-Грейнджером, который основал Сугубо Экстраординарное Общество Зельеварителей?

— Нет, не думаю, сэр. Видите ли, я из семьи маглов.

Гарри заметил, как Малфой наклонился к Нотту и что-то зашептал ему на ухо; оба гадко засмеялись, но Слизнорт нимало не огорчился — напротив, он так и лучился улыбкой, переводя взгляд с Гермионы на Гарри, который сидел рядом с ней.

— Ага! «Моя лучшая подруга — из семьи маглов и учится лучше всех на нашем курсе»! Полагаю, это и есть та подруга, о которой ты говорил, Гарри?

— Да, сэр, — сказал Гарри.

— Очень хорошо, мисс Грейнджер, примите заслуженные двадцать очков в пользу Гриффиндора, — добродушно проговорил Слизнорт.

У Малфоя было такое же выражение, как в тот раз, когда Гермиона врезала ему по физиономии. Гермиона, сияя, повернулась к Гарри и зашептала:

— Ты правда сказал ему, что я лучшая на курсе? Ой, Гарри!

— А что тут такого особенного? — непонятно почему насупился Рон. — Ты и есть лучшая, я бы тоже так ему сказал, если бы он меня спросил!

Гермиона улыбнулась, но приложила палец к губам, потому что Слизнорт опять начал что-то говорить. Рон выглядел несколько раздраженным.

— Разумеется, на самом деле Амортенция не создает любовь. Любовь невозможно ни сфабриковать, ни сымитировать. Нет, этот напиток просто вызывает сильное увлечение, вплоть до одержимости. Вероятно, это самое могущественное и опасное зелье из всех, что находятся сейчас в этой комнате. О да, — прибавил он, серьезно кивая недоверчиво ухмылявшимся Малфою и Нотту. — Вот поживете с мое, наберетесь жизненного опыта, тогда уже не станете недооценивать силу любовного наваждения... А теперь, — продолжил Слизнорт, — пора приступать к работе.

— Сэр, вы не сказали, что в этом котле. — Эрни Макмиллан указал на маленький черный котел, стоявший на учительском столе. В нем весело плескалась жидкость цвета расплавленного золота, большие капли подскакивали над поверхностью, точно золотые рыбки, но ничего не проливалось наружу.

— Ага, — снова сказал Слизнорт, и Гарри стало ясно, что он вовсе не забыл про это зелье, а просто дожидался вопроса для пущего эффекта. — Да. Это. Что ж, леди и джентльмены, это весьма любопытное зельице под названием «Феликс Фелицис». Насколько я понимаю, — с улыбкой повернулся он к Гермионе, которая громко ахнула, — вы знаете, как действует «Феликс Фелицис», мисс Грейнджер?

— Это везение в чистом виде! — взволнованно произнесла Гермиона. — Оно приносит удачу!

Все выпрямились на стульях. Гарри теперь было видно только прилизанный белобрысый затылок Малфоя, который наконец-то удостоил Слизнорта своим полным и безраздельным вниманием.

— Совершенно верно, еще десять очков Гриффиндору. Да, забавное это зелье, «Феликс Фелицис», — сказал Слизнорт. — Невероятно трудное в изготовлении, и, если процесс хоть немного нарушен, последствия могут быть катастрофическими. Но если зелье сварено правильно, вот как это, например, то все, за что вы ни возьметесь, будет вам удаваться... по крайней мере пока длится действие зелья.

— Почему же его не пьют постоянно, сэр? — азартно спросил Терри Бут.

— Потому что при неумеренном употреблении оно вызывает головокружение, безрассудство и опасный избыток уверенности в себе, — пояснил Слизнорт. — Хорошенького понемножку, знаете ли... В больших дозах это зелье чрезвычайно токсично. Но изредка, по чуть-чуть...

— А вы когда-нибудь принимали его, сэр? — спросил Майкл Корнер с живым интересом.

— Дважды в своей жизни, — ответил Слизнорт. — Один раз, когда мне было двадцать четыре года, и еще раз — когда мне было пятьдесят семь. Две столовые ложки за завтраком. Два идеальных дня.

Он мечтательно устремил взор в пространство. «Актерствует он или нет, — подумал Гарри, — но выглядит это впечатляюще».

— И это зелье, — сказал Слизнорт, словно очнувшись, — будет наградой на нашем сегодняшнем уроке.

Наступила такая тишина, что бульканье зелий в котлах как будто стало в десять раз громче.

— Один малюсенький флакончик «Феликс Фелицис». — Слизнорт вынул из кармана миниатюрную стеклянную бутылочку и показал ее всему классу. — Доза рассчитана на двенадцать часов удачи. От рассвета до заката вам будет везти во всех ваших начинаниях. Но я должен вас предупредить, что «Феликс Фелицис» запрещен к использованию на любых официальных состязаниях, таких, как спортивные соревнования, экзамены и выборы. Поэтому наш победитель должен будет использовать его только в обыкновенный день... и пусть этот день станет для него необыкновенным!

Так, — продолжил Слизнорт, внезапно переходя на деловитый тон, — что же нужно сделать, чтобы выиграть этот сказочный приз? Обратимся к странице десять «Расширенного курса зельеварения». У нас осталось немногим больше часа, и этого времени вам должно хватить на пристойную попытку сварить Напиток живой смерти. Я знаю, что до сих пор вы не приступали к таким сложным зельям, и потому не жду идеального результата. Во всяком случае, тот, кто добьется наилучших результатов, получит в награду этого маленького «Феликса». Начали!

Ученики дружно загремели котлами, кто-то уже со звоном ставил гирьки на весы, но никто не произносил ни слова. Сосредоточенную целеустремленность, царившую в классе, можно было, кажется, пощупать рукой. Гарри видел, как Малфой лихорадочно листает «Расширенный курс зельеварения». Очевидно, Малфою совершенно необходим хоть один удачный день. Гарри поскорее склонился над потрепанным учебником, который одолжил ему Слизнорт.

К его большой досаде, оказалось, что предыдущий владелец учебника исписал все страницы вдоль и поперек, даже поля были сплошь заполнены какой-то писаниной. Гарри нагнулся пониже, кое-как расшифровал список ингредиентов (предыдущий владелец и здесь понаписал невесть чего, а кое-что, наоборот, вычеркнул). Затем он вскочил и бросился к шкафчику за необходимыми ингредиентами. На обратном пути он увидел, что Малфой со страшной скоростью шинкует корень валерианы.

Все то и дело оглядывались посмотреть, как идут дела у соседей. В этом было и преимущество, и неудобство уроков зельеварения — никто не мог скрыть свою работу от других. Через десять минут комнату заволокло голубоватым паром. Гермиона, как всегда, продвигалась быстрее всех. Ее зелье уже приобрело вид «однородной жидкости цвета черной смородины», идеальный для промежуточной стадии.

Гарри накрошил корешки и снова склонился над книгой. Его ужасно раздражало, что приходится вычитывать инструкции, с трудом разбирая их под дурацкими каракулями предыдущего владельца, которому чем-то не угодила рекомендация мелко нарезать дремоносные бобы, и он вписал собственную инструкцию:

«Размять серебряным кинжалом, держа его плашмя, тогда лучше идет сок, чем при нарезании».

— Сэр, я думаю, вы знали моего дедушку, Абраксаса Малфоя?

Гарри оторвался от учебника: Слизнорт как раз проходил мимо стола слизеринцев.

— Да, — сказал Слизнорт, не глядя на Малфоя. — Меня очень огорчило известие о его смерти, но, разумеется, это нельзя назвать неожиданным — драконья оспа в его возрасте...

И пошел дальше. Гарри снова нагнулся над котлом, злорадно улыбаясь про себя. Ясное дело, Малфой рассчитывал, что с ним будут обращаться не хуже, чем с Гарри и Забини, а может, даже и лучше — он привык к этому у Снегга. Похоже, в борьбе за флакончик «Феликс Фелицис» Малфою придется рассчитывать исключительно на собственные таланты.

Дремоносный боб никак не хотел поддаваться. Гарри повернулся к Гермионе:

— Можно одолжить у тебя серебряный ножик?

Она нетерпеливо кивнула, не отрывая взгляда от своего зелья — оно все еще было густо-лиловым, хотя, если верить книжке, должно было уже стать светло-сиреневым.

Гарри повернул плашмя лезвие ножа и надавил на боб. К его огромному удивлению, оттуда сразу же потек сок, да в таком количестве, что просто не верилось, как все это умещалось в сморщенной шкурке боба. Гарри торопливо вылил сок в котел и сам изумился, увидев, что зелье немедленно приобрело точно такой сиреневый оттенок, как было написано в книге.

Злость на прежнего владельца учебника испарилась без следа. Гарри внимательно всмотрелся в следующую строчку инструкции. Согласно учебнику, дальше нужно было помешивать зелье против часовой стрелки до тех пор, пока оно не станет прозрачным, как вода. А согласно уточненной версии предыдущего владельца, следовало после каждых семи помешиваний против часовой стрелки делать одно помешивание по часовой стрелке. Что, если прежний владелец и тут окажется прав?

Гарри принялся мешать против часовой стрелки, а потом, затаив дыхание, один раз мешанул по часовой стрелке. Результат последовал незамедлительно. Зелье стало нежно-нежно-розовым.

— Как это у тебя получается? — спросила Гермиона, вся красная и растрепанная в клубах пара от своего котла. Ее зелье упорно сохраняло лиловую окраску.

— Надо один раз помешать по часовой стрелке...

— Да нет, в учебнике сказано — против! — огрызнулась она.

Гарри пожал плечами и продолжал делать по-своему. Семь раз против часовой стрелки... Один раз по часовой стрелке... Семь раз против часовой... Один раз по часовой...

На другом конце стола Рон сквозь зубы сыпал проклятиями — его зелье было похоже на жидкую лакрицу. Гарри посмотрел по сторонам. Насколько он мог разглядеть, больше ни у кого зелье не было таким светлым. Он ощутил невероятный подъем, чего с ним никогда еще не случалось в этом подземелье.

— Время вышло! — объявил Слизнорт. — Прошу всех прекратить помешивать!

Слизнорт медленно двинулся между столами, заглядывая в котлы. Он не делал никаких комментариев, только иногда принюхивался или помешивал в котле. Наконец он добрался до стола, за которым сидели Гарри, Рон, Гермиона и Эрни. Печально улыбнулся при виде вещества, напоминающего деготь, в котле Рона. Прошел мимо темно-синей стряпни Эрни. Зелье Гермионы удостоилось одобрительного кивка. Тут Слизнорт увидел зелье Гарри, и на лице его выразилось недоверие, смешанное с восторгом.

— Безусловная победа! — воскликнул он на все подземелье. — Отлично, отлично, Гарри! Боже праведный, вижу, вы унаследовали талант своей матери. Лили была великой мастерицей по зельям! Ну, вот вам приз — один флакончик «Феликс Фелицис», как обещано, и смотрите используйте его с толком!

Гарри сунул крошечный пузырек с золотистой жидкостью во внутренний карман, испытывая странную смесь чувств: упоение при виде разъяренных слизеринцев и вину из-за разочарованного выражения на лице Гермионы. Рон был просто ошарашен.

— Как это ты ухитрился? — шепотом спросил он у Гарри, когда они вышли из подземелья.

— Повезло, наверное, — ответил Гарри, потому что рядом шел Малфой.

Но во время обеда, когда они устроились за гриффиндорским столом, Гарри все им рассказал. С каждым словом лицо Гермионы становилось все строже.

— Ты, наверное, считаешь, что я сжульничал? — закончил Гарри, расстроенный ее реакцией.

— Ну, ведь, строго говоря, нельзя сказать, что ты справился с заданием самостоятельно? — сказала она сдержанно.

— Он просто выполнял другие инструкции, только и всего, — сказал Рон. — Могло выйти ужас что, правильно? Но он рискнул, и риск оправдался. — Рон тяжело вздохнул. — Слизнорт мог бы дать этот учебник мне, так нет же. Мне достался тот, в котором никто ничего не записывал. Судя по виду пятьдесят второй страницы, на него кого-то стошнило, но не более того...

— Постойте-ка, — произнес чей-то голос над левым ухом Гарри, и вдруг на него повеяло тем самым ароматом, который померещился ему в подземелье у Слизнорта. Он оглянулся и увидел Джинни. — Я правильно расслышала? Ты выполняешь какие-то инструкции, написанные в книге неизвестно кем, Гарри?

Она была встревожена и сердита. Гарри сразу понял, о чем она думает.

— Это ничего, — успокоил он ее, понизив голос. — Совсем не то, что тогда, с дневником Реддла. Это просто старый учебник с чьими-то пометками.

— Но ты выполняешь то, что там написано?

— Всего-навсего попробовал несколько советов, записанных на полях. Честное слово, Джинни, тут ничего такого нет...

— Джинни права, — немедленно встрепенулась Гермиона. — Нужно проверить, нет ли тут какого подвоха. Я хочу сказать — какие-то подозрительные инструкции, кто их знает?

— Эй! — возмутился Гарри, когда она выдернула из его сумки «Расширенный курс зельеварения» и занесла над книгой волшебную палочку.

— *Специалис ревелио!* — произнесла она и резко ударила палочкой по обложке.

Ничего не случилось. Книга так и лежала, как была, грязная и потрепанная, с загнутыми уголками страниц.

— Закончила? — сварливо спросил Гарри. — Или еще подождешь? Глядишь, книжечка сделает сальто-мортале или пройдется для тебя колесом.

— Вроде все в порядке, — пробормотала Гермиона, все так же подозрительно глядя на книгу. — Похоже, это действительно учебник, и ничего больше.

— Замечательно. Так я могу его взять? — Гарри схватил книгу со стола, но она выскользнула у него из рук, шлепнулась на пол и раскрылась.

Пока никто не смотрел, Гарри нырнул за книжкой и, поднимая ее, увидел, что на внутренней стороне обложки что-то нацарапано тем же мелким убористым почерком, что и ценные указания, позволившие ему выиграть флакончик «Феликс Фелицис», который был теперь надежно спрятан в спальне в чемодане, завернутый в запасную пару носков:

Эта книга является собственностью
Принца-полукровки.

Глава 10

СЕМЕЙСТВО МРАКСОВ

Всю неделю Гарри на уроках зельеварения продолжал выполнять рекомендации Принца-полукровки, даже если они расходились с указаниями Либациуса Бораго. В результате после четвертого занятия Слизнорт был в неописуемом восторге от способностей Гарри и без конца повторял, что ему редко приходилось обучать такого талантливого ученика. Рон и Гермиона воспринимали все это более чем прохладно. Хотя Гарри готов был делиться с ними своим учебником, но Рон с трудом разбирал почерк прежнего владельца, а просить Гарри прочитать ему вслух не мог, это выглядело бы слишком подозрительно. Гермиона же продолжала неукоснительно следовать, как она выражалась, «официальным» инструкциям, вот только настроение у нее все больше портилось, поскольку результаты неизменно оказывались значительно хуже, чем у Принца.

Гарри иногда рассеянно задумывался о том, кто такой был этот Принц-полукровка. Из-за дикого количества домашних заданий не хватало времени прочитать «Расширенный курс» до конца, но он пролистал книгу и убедился, что Принц практически ни одной страницы не оставил без своих замечаний, причем не все они относились к приготовлению волшебного зелья. Местами попадалось что-то похожее на описание заклинаний, которые Принц явно придумал сам.

— Или сама, — раздраженно буркнула Гермиона, случайно услышав, как Гарри показывал эти заклинания Рону в гостиной под вечер субботы. — Может, это была девочка. По-моему, почерк скорее женский.

— Его зовут Принц-полукровка, — напомнил Гарри. — Ты знаешь много принцев-девочек?

Гермиона не нашлась что на это ответить. Она насупилась и рывком отодвинула от Рона свою домашнюю работу на тему «Принципы повторной материализации», которую Рон пытался прочесть вверх ногами.

Гарри посмотрел на часы и торопливо засунул в сумку потрепанный экземпляр «Расширенного курса зельеварения».

— Без пяти восемь, мне, наверное, пора, а то опоздаю к Дамблдору.

— О-о! — всполошилась Гермиона. — Удачи тебе! Мы не будем ложиться, дождемся тебя — хочется узнать, чему он будет тебя учить!

— Надеюсь, все будет нормально, — сказал Рон.

Они провожали Гарри взглядами, пока он не выбрался через портретную дверь.

Гарри шел по пустынным коридорам. Один раз ему пришлось срочно спрятаться за какую-то статую — из-за угла показалась профессор Трелони. Она что-то бормотала себе под нос, тасуя на ходу старую засаленную колоду карт, и тут же толковала их.

— Двойка пик — конфликт, — приговаривала она, проходя мимо того места, где прятался Гарри. — Семерка пик — дурной знак. Десятка пик — вооруженное столкновение. Валет пик — молодой брюнет, возможно, с недобрыми намерениями, враждебно настроенный по отношению к гадателю...

Вдруг она остановилась как вкопанная по другую сторону от статуи, за которой притаился Гарри.

— Ну, этого просто не может быть, — раздраженно проговорила она, и Гарри услышал, как она яростно тасует карты, направляясь прочь. После нее остался легкий запах кулинарного хереса.

Гарри выждал, пока она скроется из виду, и побежал дальше. В конце концов он очутился в коридоре восьмого этажа, где у стены стояла одинокая горгулья.

— Кислотные леденцы, — сказал Гарри.

Горгулья отпрыгнула в сторону, стена за ней разошлась, и показалась движущаяся винтовая лестница. Гарри ступил на нее и начал плавно подниматься кругами к двери с медным молотком, которая вела в кабинет Дамблдора.

Гарри постучал в дверь.

— Войдите, — раздался голос Дамблдора.

— Добрый вечер, сэр, — сказал Гарри, входя в кабинет директора школы.

— А, добрый вечер, Гарри. Садись, — сказал с улыбкой Дамблдор. — Надеюсь, ты приятно провел первую неделю учебного года?

— Да, спасибо, сэр.

— Я смотрю, ты времени даром не терял — уже успел добиться, чтобы тебя оставили после уроков!

— Э-э... — смутился Гарри, но Дамблдор смотрел не слишком сурово.

— Я договорился с профессором Снеггом, что ты будешь отбывать наказание в следующую субботу.

— Понятно, — сказал Гарри.

Его сейчас занимали более важные вещи, чем наказание, назначенное Снеггом. Он исподтишка осматривался по сторонам, надеясь увидеть хоть какие-нибудь указания на то, что приготовил ему на сегодня Дамблдор. Круглый кабинет выглядел точно так же, как и всегда: хрупкие серебряные приборы тихонько жужжали и попыхивали на столиках с точеными ножками, портреты прежних директоров и директрис дремали в своих рамах, и Фоукс, великолепный феникс Дамблдора, сидел на жердочке у двери, с интересом поглядывая на Гарри блестящим глазом. Судя по всему, Дамблдор даже не расчистил место для тренировочных поединков.

— Итак, Гарри, — деловито заговорил Дамблдор, — тебе, конечно, любопытно узнать, чем я намерен заниматься с тобой во время этих... скажем, уроков, за отсутствием более подходящего слова?

— Да, сэр.

— Видишь ли, я решил: раз уж ты теперь знаешь, почему лорд Волан-де-Морт пытался убить тебя пятнадцать лет назад, пришло время поделиться с тобой кое-какой информацией.

Наступила пауза.

— В прошлом году вы говорили, что расскажете мне все, — сказал Гарри, не сумев скрыть нотку упрека в голосе. — Сэр, — прибавил он.

— И я все рассказал, — благодушно ответствовал Дамблдор. — Я рассказал тебе все, что знаю. С этой минуты мы покидаем твердую почву фактов и отправляемся в путешествие по мглистым болотам памяти в чащобу дичайших догадок. Отныне, Гарри, я могу так же сокрушительно ошибаться, как ошибался Хамфри Белчер, полагавший, что пришла пора для сырного котла.

— Но вы думаете, что вы правы? — спросил Гарри.

— Естественно, я думаю, что прав, но, как тебе уже пришлось убедиться, у меня, как и у всех людей, случаются ошибки. Собственно говоря, поскольку я — ты уж меня прости — умнее большинства людей, то и ошибки мои соответственно оказываются намного более серьезными.

— Сэр, — осторожно спросил Гарри, — а то, что вы мне хотите рассказать, как-то связано с тем пророчеством? Это поможет мне... остаться в живых?

— Это очень тесно связано с пророчеством, — сказал Дамблдор будничным тоном, словно речь шла о погоде на завтра, — и я, безусловно, надеюсь, что это поможет тебе остаться в живых.

Дамблдор поднялся на ноги, обошел вокруг письменного стола, прошел мимо Гарри, который быстро повернулся в кресле, провожая Дамблдора взглядом. Дамблдор наклонился над шкафчиком у самой двери. Когда он выпрямился, в руках у него была знакомая широкая каменная чаша с вырезанными по краю таинственными знаками. Он поставил Омут памяти на стол перед Гарри.

— Тебя что-то беспокоит?

Гарри и впрямь смотрел на Омут памяти с изрядной тревогой. Опыт общения с этим загадочным устройством, позволяющим хранить и заново переживать мысли и воспоминания, был неизменно полезен, но не способствовал душевному покою. В прошлый раз, заглянув в его содержимое, Гарри увидел значительно больше, чем ему хотелось бы. Но Дамблдор улыбался.

— На этот раз ты погрузишься в Омут памяти вместе со мной... И, что еще более необычно, с моего разрешения.

— Куда мы отправимся, сэр?

— На прогулку по аллее воспоминаний Боба Огдена, — ответил Дамблдор, вынимая из кармана хрустальный флакон, в котором кружилось, завиваясь, серебристо-белое вещество.

— Кто это — Боб Огден?

— Он был сотрудником Группы обеспечения магического правопорядка, — сказал Дамблдор. — Он умер некоторое время назад, но не раньше, чем я разыскал его и убедил доверить мне эти воспоминания.

Сейчас мы с тобой будем сопровождать его при исполнении им служебных обязанностей. Встань, пожалуйста, сюда, Гарри...

Но Дамблдору никак не удавалось выдернуть пробку из хрустального флакона: раненая рука не слушалась его и, видимо, причиняла боль.

— Давайте... давайте я, сэр.

— Все в порядке, Гарри.

Дамблдор направил на флакон волшебную палочку, и пробка вылетела.

— Сэр... как вы повредили руку? — снова спросил Гарри, глядя на почерневшие пальцы со смесью отвращения и жалости.

— Сейчас не время для этой истории, Гарри. Пока еще нет. Нас ждет Боб Огден.

Дамблдор вытряхнул из флакона серебристо-белое вещество, и оно закружилось, мерцая, в Омуте памяти — не то жидкость, не то газ.

— После тебя, — сказал Дамблдор с приглашающим жестом.

Гарри склонился над чашей, сделал глубокий вдох и окунул лицо в серебристую субстанцию. Он почувствовал, что пол уходит у него из-под ног; он падал, падал сквозь крутящуюся тьму, и вдруг оказалось, что он стоит, моргая от ослепительно яркого солнечного света. Не успели его глаза приноровиться к освещению, как рядом с ним приземлился Дамблдор.

Они оказались на проселочной дороге, вдоль дороги тянулись высокие густые живые изгороди, а вверху было летнее небо, ясное и синее, как незабудка. Футах в десяти от них стоял невысокий полный человек в очках с невероятно толстыми линзами, из-за которых его глазки казались крошечными, как у крота. Он читал надписи на деревянном указателе, торчавшем из колючих кустов ежевики слева от дороги. Гарри понял, что это, должно быть, и есть Огден. Кроме него, вокруг никого не было видно, и к тому же он был одет в странные и плохо сочетающиеся друг с другом вещи, как это часто бывает, когда неопытные волшебники пытаются выдавать себя за маглов; в данном случае наряд составляли гетры и сюртук, надетый поверх полосатого трико. Не успел Гарри подивиться этому затейливому костюму, как Огден бодрым шагом двинулся вперед.

Дамблдор и Гарри последовали за ним. Проходя мимо указателя, Гарри бросил взгляд на две его стрелки. Одна указывала назад, туда, откуда они пришли, на ней была надпись: «Грейт-Хэнглтон, 5 миль». Другая указывала в ту сторону, куда направлялся Огден, на ней значилось: «Литтл-Хэнглтон, 1 миля».

Какое-то время они шли, не видя ничего, кроме живых изгородей, огромного синего неба над головой да быстро шагающей фигуры в сюртуке далеко впереди. Затем дорога повернула влево и круто пошла под уклон, так что перед ними внезапно открылся вид на раскинувшуюся внизу долину. Гарри увидел деревушку, примостившуюся между двумя холмами, — несомненно, это и был Литтл-Хэнглтон. Можно было рассмотреть церковь и кладбище. По другую сторону долины на склоне холма возвышался красивый дом землевладельца, окруженный обширным бархатисто-зеленым газоном.

Огден затрусил рысцой вниз по склону. Дамблдор прибавил шаг, и Гарри оставалось бегом поспевать за ним. Он решил, что они направляются в Литтл-Хэнглтон, и как в ту ночь, когда они навещали Слизнорта, удивлялся, зачем было так долго тащиться к нему пешком. Но скоро он понял свою ошибку — они шли вовсе не в деревню. Дорога свернула вправо, и, когда они вышли из-за поворота, сюртук Огдена мелькнул впереди, исчезая за кустами.

Дамблдор и Гарри вслед за ним свернули на узкий проселок, окаймленный еще более высокими и запущенными живыми изгородями. Тропинка была извилистая, каменистая, вся в рытвинах, она тоже шла под уклон и вела, по-видимому, к темной группе деревьев немного ниже по склону. Так и есть — вскоре дорога вышла к рощице, Дамблдор и Гарри остановились за спиной у Огдена, который тоже остановился и вытащил волшебную палочку.

На небе не было ни единого облачка, но старые деревья отбрасывали сплошную темную холодную тень, и Гарри не сразу различил среди тесно растущих стволов какое-то строение. Ему показался очень странным такой выбор места для жилья и то, что его обитатель не вырубил деревья, заслоняющие свет и вид на долину. Было непонятно, живет ли здесь кто-нибудь вообще. Стены хибарки заросли мхом, черепица осыпалась, и местами через дыры проглядывали стропила. Вокруг росла крапива, такая высокая, что доставала до крошечных окошек с грязными стеклами. Гарри уже пришел к выводу, что здесь не могут жить люди, но тут одно из окон со стуком распахнулось, и из него показалась тонкая струйка дыма или пара, как будто внутри кто-то готовил еду.

Огден двинулся вперед бесшумно и, как показалось Гарри, настороженно. Вступив в густую тень деревьев, он снова остановился, не сводя глаз с двери домика, к которой была прибита мертвая змея.

Послышался шорох, треск, с ближайшего дерева спрыгнул человек, одетый в лохмотья, и приземлился прямо перед Огденом. Тот отскочил назад так быстро, что наступил на фалду сюртука и чуть было не потерял равновесие.

— *Вас сюда никто не звал.*

У стоявшего перед ними человека были густые волосы, такие грязные, что не было никакой возможности определить их цвет. Во рту не хватало нескольких зубов. Маленькие темные глазки косили в разные стороны. Это должно было казаться смешным, но смешным он не выглядел, выглядел страшным. Гарри не осуждал Огдена за то, что тот попятился еще на несколько шагов, прежде чем заговорить:

— Э-э... доброе утро. Я из Министерства магии...

— *Вас сюда никто не звал.*

— Э-э... прошу прощения... я вас не понимаю, — нервно проговорил Огден.

Гарри подумал, что Огден, должно быть, совсем тупой; по его, Гарри, мнению, незнакомец высказался вполне ясно, тем более что при этом он угрожающе размахивал волшебной палочкой в одной руке и окровавленным ножом в другой.

— Ты, Гарри, вероятно, понимаешь, что он говорит? — тихо спросил Дамблдор.

— Да, конечно, — озадаченно ответил Гарри. — А почему Огден его не...

Тут его взгляд снова упал на мертвую змею, прибитую к двери. Внезапно Гарри осенило:

— Он говорит на змеином языке?

— Молодец, — сказал Дамблдор с улыбкой и одобрительно кивнул.

Тем временем оборванец двинулся на Огдена, нацелив в него нож и волшебную палочку.

— Эй, послушайте... — начал Огден, но было поздно.

Что-то громко хлопнуло, и Огден оказался на земле. Он зажимал ладонью нос, между пальцев сочилась мерзкая желтая жижа.

— Морфин! — послышался новый голос.

Из домика вышел пожилой человек, с такой силой захлопнув за собой дверь, что злосчастная дохлая змея закачалась туда-сюда. Этот человек ростом был ниже первого и сложен довольно странно. Очень широкие плечи и длинные руки в сочетании с блестящими карими глазами, жесткими короткими волосами и морщинистым лицом делали его похожим на старую, мощную обезьяну. Он остановился возле человека с ножом, который давился от хохота, глядя на Огдена, лежащего на земле.

— Из Министерства, значит? — сказал пожилой, посмотрев на Огдена сверху вниз.

— Совершенно верно! — ответил Огден сердито, утирая лицо. — А вы, как я понимаю, мистер Мракс?

— Точно, — ответил Мракс. — Получили по роже, так, что ли?

— Он меня ударил! — возмутился Огден.

— Надо было предупредить, — агрессивно откликнулся Мракс. — Это частное владение. Сами вламываетесь без приглашения, а потом удивляетесь, что мой сын пробует защищаться.

— От чего защищаться-то? — буркнул Огден, с трудом поднимаясь с земли.

— От посторонних. Любопытствующих. Маглов и всякой разной дряни.

Огден направил волшебную палочку на свой собственный нос, из которого по-прежнему текло нечто похожее на желтый гной, и поток сразу же прекратился. Мистер Мракс обратился к Морфину, почти не разжимая губ:

— *Ступай в дом. Не спорь.*

На этот раз Гарри, предупрежденный заранее, узнал змеиный язык. Хоть он и понимал все, что говорилось, но в то же время различал странные шипящие и свистящие звуки, а Огден только их и мог слышать. Морфин, кажется, хотел возразить, но под грозным взглядом отца передумал, вперевалочку зашагал к хибарке и захлопнул за собой дверь, так что змея снова уныло закачалась из стороны в сторону.

— А я как раз приехал поговорить с вашим сыном, мистер Мракс, — сказал Огден, вытирая остатки гноя с сюртука. — Это ведь был Морфин, верно?

— Ну да, это был Морфин, — равнодушно ответил старик. — Вы чистокровный волшебник? — спросил он вдруг с вызовом.

— При чем здесь это? — холодно ответил Огден, и Гарри почувствовал, что начинает его уважать.

Мракс, похоже, отнесся к этому иначе. Сощурив глаза, он уставился Огдену в лицо и пробормотал явно оскорбительным тоном:

— Если подумать, так я видал такие же носы у нас в деревне.

— Не сомневаюсь в этом, если ваш сын и там дает волю рукам, — сухо отозвался Огден. — Может быть, продолжим нашу беседу в доме?

— В доме?

— Да, мистер Мракс. Я уже сказал вам: я приехал поговорить с Морфином. Мы отправили вам сову...

— Нам тут совы ни к чему, — сказал Мракс. — Я никогда не читаю писем.

— В таком случае не жалуйтесь, что гости являются к вам без предупреждения, — дерзко ответил Огден. — Меня послали к вам по поводу серьезного нарушения магического правопорядка, которое было совершено здесь сегодня, рано утром...

— Ладно, ладно! — заорал Мракс. — Входите в дом, провались он совсем, входите и подавитесь!

В доме, как оказалось, были три крошечные комнаты. В две из них можно было пройти через главную комнату, служившую сразу и кухней, и гостиной. Морфин сидел в засаленном кресле у очага, где дымились дрова, вертел в толстых пальцах живую гадюку и, обращаясь к ней, тихонько напевал на змеином языке:

Змейка, змейка, поиграем,
Пошипим-ка вместе.
Не то Морфин осерчает,
На двери подвесит.

В углу у открытого окна что-то зашуршало, и Гарри вдруг заметил, что в комнате есть еще один человек — девушка в рваном сером платье точно такого же цвета, что и грязная каменная стена у нее за спиной. Она стояла рядом с закопченной до черноты печкой, на которой что-то кипело в горшке, и передвигала какие-то жалкие горшки и сковородки на полке. У нее были тусклые, безжизненные волосы и некрасивое бледное лицо с грубыми чертами. Глаза у нее, как и у брата, косили в разные стороны. Девушка выглядела чуточку почище, чем двое мужчин, но Гарри подумал, что никогда в жизни не видел у человека такого обреченного взгляда.

— Моя дочь, Меропа, — неохотно буркнул Мракс в ответ на вопросительный взгляд Огдена.

— Доброе утро, — сказал Огден.

Она не ответила, испуганно глянула на отца и, повернувшись ко всем спиной, снова принялась переставлять горшки на полке.

— Ну, мистер Мракс, — сказал Огден, — не будем ходить вокруг да около. У нас есть причины предполагать, что ваш сын Морфин этой ночью совершил волшебство в присутствии магла.

Что-то оглушительно грохнуло — это Меропа уронила глиняный горшок.

— А ну подбери! — завопил на нее Мракс. — Правильно, хватай прямо лапами с пола, как последнее магловское отродье! Зачем у тебя волшебная палочка, бестолочь неповоротливая?

— Мистер Мракс, прошу вас! — воскликнул пораженный Огден.

Меропа, уже успевшая поднять горшок, пошла красными пятнами и снова выронила его, трясущейся рукой вытащила из кармана волшебную палочку, направила на горшок и чуть слышно скороговоркой пролепетала заклинание, от которого горшок полетел через всю комнату, ударился в противоположную стену и раскололся надвое.

Морфин залился безумным смехом, а Мракс завизжал:

— Почини его, дылда безмозглая, почини сейчас же!

Меропа, спотыкаясь, кинулась через всю комнату к осколкам, но Огден опередил ее. Он взмахнул волшебной палочкой и твердым голосом произнес:

— *Репаро!*

Горшок мгновенно стал целым.

У Мракса был такой вид, словно он сейчас кинется на Огдена, но он удержался. Вместо этого он принялся издеваться над дочерью:

— Твое счастье, что подвернулся добрый дядя из Министерства! Может, я и совсем тебя сбуду с рук, может, он не побрезгует женушкой из сквибов поганых...

Ни на кого не глядя, не поблагодарив Огдена, Меропа подобрала горшок и дрожащими руками снова поставила на полку. Потом замерла, прижавшись спиной к стене между замызганным окном и печкой, как будто больше всего на свете ей сейчас хотелось пройти сквозь камень и исчезнуть.

— Мистер Мракс, — снова начал Огден, — как я уже сказал, цель моего визита...

— Я и с первого раза хорошо расслышал! — окрысился Мракс. — И что мне с этого? Морфин проучил вонючего магла, проучил за дело... Дальше-то что?

— Морфин нарушил закон волшебного сообщества, — сурово ответил Огден.

— Морфин нарушил закон волшебного сообщества! — кривляясь, нараспев передразнил Мракс. Морфин снова зашелся хохотом. — Поучил маленько распоясавшегося магла, это что теперь, преступление?

— Да, — сказал Огден. — Боюсь, что так.

Он извлек из внутреннего кармана сюртука маленький свиток пергамента и развернул его.

— Это что, приговор? — спросил Мракс, злобно повысив голос.

— Это вызов в Министерство на слушание дела...

— Вызов? Вызов?! Да кто вы такой, чтобы вызывать куда-то там моего сына?

— Я начальник Группы обеспечения магического правопорядка, — сказал Огден.

— А мы, по-вашему, так, помои? — вскричал Мракс, наступая на Огдена и тыча ему в грудь палец с грязным желтым ногтем. — Мелкие шавки, чтобы бегать на задних лапках перед Министерством? Да знаешь ли ты, с кем разговариваешь, грязнокровка сопливая?

— Я полагал, что говорю с мистером Мраксом, — ответил Огден настороженно, но не сдавая позиций.

— Это точно! — загремел Мракс.

На мгновение Гарри почудилось, что Мракс делает неприличный жест, но потом он разглядел, что старик сует Огдену под нос безобразное кольцо с черным камнем, надетое у него на среднем пальце.

— Видели это? Видели? Знаете, что это такое? Знаете откуда? Несколько столетий хранилось в нашей семье, вот из какой древности мы ведем свой род, и все это время храним чистоту крови! На камне вырезан герб Певереллов! Знаете, сколько мне предлагали за эту вещицу?

— Понятия не имею, — ответил Огден, поморщившись, когда кольцо промелькнуло у него перед самыми глазами. — Все это к делу не относится, мистер Мракс. Ваш сын нарушил...

Мракс взвыл от ярости, бросился к дочери и схватил ее за горло. Гарри подумал было, что он хочет ее задушить, но старик потащил девушку к Огдену, держа за золотую цепочку, висевшую у нее на шее.

— Видели вот это? — заревел он, размахивая тяжелым золотым медальоном, в то время как Меропа задыхалась, ловя ртом воздух.

— Вижу, вижу! — поспешно ответил Огден.

— Эта вещь принадлежала Слизерину! — выкрикнул Мракс. — Салазару Слизерину! Мы — его единственные потомки из ныне живущих, что вы на это скажете, а?

— Мистер Мракс, ваша дочь! — воскликнул Огден в тревоге, но Мракс уже выпустил Меропу; она вернулась в свой угол, шатаясь, потирая шею и еле переводя дух.

— Вот! — с торжеством сказал Мракс, как будто только что неопровержимо доказал какую-то необыкновенно сложную мысль. — Не смейте разговаривать с нами, будто мы грязь у вас на башмаках! Незнамо сколько поколений чистокровных волшебников — вы-то небось такого о себе сказать не можете!

И он плюнул под ноги Огдену. Морфин опять захохотал. Меропа молчала, съежившись у окна, опустив голову, так что свисающие волосы закрывали лицо.

— Мистер Мракс, — упрямо повторил Огден, — боюсь, что ни ваши, ни мои предки не имеют никакого отношения к вопросу, о котором идет речь. Я здесь из-за Морфина; Морфина и магла, ставшего жертвой его хулиганской выходки этой ночью. По нашим сведениям, — он заглянул в пергамент, — Морфин осуществил по отношению к маглу наговор или заклинание, от которого тот покрылся крайне болезненной сыпью.

Морфин захихикал.

— *Потише, мальчишка*, — прошипел Мракс на змеином языке, и Морфин примолк. — Ну и что такого? — с вызовом спросил Мракс у Огдена. — Надо думать, вы этому маглу морду-то подчистили, да и память заодно...

— Дело совсем не в этом, мистер Мракс, — сказал Огден. — Произошло ничем не оправданное нападение на беззащитного...

— Вот я сразу так и почуял, что вы любитель маглов, — хмыкнул Мракс и снова плюнул на пол.

— Эти разговоры никуда не ведут, — решительно ответил Огден. — По поведению вашего сына ясно, что он нисколько не раскаивается в своих поступках. — Огден снова заглянул в свиток. — Морфин должен явиться четырнадцатого сентября на слушание по обвинению в колдовстве, осуществленном в присутствии магла, с причинением ущерба и неудобств вышеупомянутому маглу...

Огден прервал чтение. Через открытое окно до них донеслось звяканье сбруи, конский топот и громкие веселые голоса. По-видимому, дорога в деревню, петляя, проходила совсем близко от рощицы, где стоял дом. Мракс застыл на месте, прислушиваясь, с расширенными глазами. Морфин зашипел и с кровожадным выражением повернулся на звук. Меропа подняла голову. Гарри увидел, что лицо у нее совершенно белое.

— Боже, просто смотреть больно на эту лачугу! — послышался звонкий женский голос; он звучал так отчетливо, как будто девушка стояла в комнате. — Неужели твой отец не может распорядиться, чтобы ее снесли, Том?

— Она нам не принадлежит, — ответил голос молодого человека. — На той стороне долины все наше, но этот дом принадлежит старому бездельнику по имени Мракс и его детям. Сын абсолютно ненормальный, послушала бы ты, что о нем рассказывают в деревне...

Девушка рассмеялась. Звяканье и топот становились все громче, все ближе. Морфин приподнялся, словно хотел выбраться из кресла.

— *Сиди на месте*, — предостерегающе произнес его отец на змеином языке.

— Том, — снова раздался голос девушки, на этот раз совсем рядом; очевидно, всадники приблизились к дому. — Может быть, я ошибаюсь, но, по-моему, там кто-то прибил к двери змею?

— Господи, так и есть! — воскликнул мужской голос. — Это, должно быть, сын, я тебе говорил, что он не в себе. Не смотри туда, Сесилия, любимая.

Звон и топот снова начали стихать.

— *«Любимая»*, — прошептал Морфин на змеином языке, глядя на сестру. — *Слышишь, он назвал ее «любимая». Все равно он не будет твоим.*

Меропа побелела как полотно — Гарри был уверен, что она вот-вот упадет в обморок.

— *Что такое?* — сурово спросил Мракс, тоже на змеином языке, переводя взгляд с сына на дочь и обратно. — *Что ты сказал, Морфин?*

— *Она заглядывается на этого магла*, — прошипел Морфин, злобно уставившись на сестру, вид у которой теперь был испуганный. — *Вечно торчит в саду, когда он проезжает мимо, пялится на него через ограду, так, что ли? А нынче ночью...*

Меропа умоляюще замотала головой, но Морфин безжалостно продолжал:

— *Высунулась в окошко, все поджидала, когда он поедет домой, так, что ли?*

— *Высунулась в окошко посмотреть на магла?* — тихо переспросил Мракс.

Все трое как будто позабыли про Огдена, который смотрел на них озадаченно и раздраженно — он ничего не мог разобрать в этих шипящих и скрежещущих звуках.

— *Это правда?* — страшным голосом спросил Мракс, делая шаг или два к насмерть перепуганной девушке. — *Моя дочь, чистокровная волшебница из потомков Салазара Слизерина по прямой линии, мечтает о мерзком грязном магле?*

Меропа отчаянно затрясла головой, вжимаясь в стену. Говорить она, похоже, не могла.

— *Ну да я его достал, отец!* — хрипло засмеялся Морфин. — *Подловил, когда он проезжал мимо. Не такой-то он был красавчик, как покрылся сыпью с ног до головы, а, Меропа?*

— *Ах ты, гнусная бездарь, сквиб несчастная, вонючая осквернительница крови!* — заревел Мракс, окончательно потеряв контроль над собой, и схватил дочь за горло.

Гарри и Огден одновременно закричали:

— Не смейте!

Огден поднял волшебную палочку и выкрикнул:

— *Релашио!*

Мракса отбросило назад, он налетел на стул и шлепнулся навзничь. Разъяренный Морфин с ревом выскочил из кресла и кинулся на Огдена, размахивая своим окровавленным ножом и беспорядочно выстреливая заклятиями из волшебной палочки.

Огден бросился наутек. Дамблдор дал знак, что нужно следовать за ним, и Гарри подчинился. Крики Меропы долго еще звучали у него в ушах.

Огден как угорелый промчался по тропинке, прикрывая руками голову, и, выскочив на большую дорогу, врезался прямо в бок лоснящемуся гнедому коню, на котором ехал верхом очень красивый темноволосый молодой человек. И молодой человек, и девушка, ехавшая рядом с ним на серой кобыле, весело рассмеялись при виде Огдена, который отлетел от лошадиного бока и рысью побежал дальше, весь в пыли, с развевающимися фалдами сюртука.

— Достаточно, Гарри, — сказал Дамблдор.

Он взял Гарри за локоть и потянул. В следующий миг они взмыли в темноту, а потом снова приземлились в кабинете Дамблдора, где к этому времени наступили сумерки.

— Что стало с той девушкой из лачуги? — спросил Гарри, как только Дамблдор зажег еще несколько светильников при помощи волшебной палочки. — Меропа, или как там ее звали?

— О, она выжила, — ответил Дамблдор, усаживаясь за свой стол и жестом предлагая Гарри сесть напротив. — Огден трансгрессировал в Министерство и через пятнадцать минут вернулся с подкреплением. Морфин с отцом пытались оказать сопротивление, но их одолели, забрали из дома, и в конце концов они были осуждены Визенгамотом. За Морфином уже числилось несколько нападений на маглов, его присудили к трем годам в Азкабане. Марволо, который ранил Огдена и еще других сотрудников Министерства, получил шесть месяцев.

— Марволо? — ошеломленно переспросил Гарри.

— Правильно, — одобрительно улыбнулся Дамблдор. — Я рад видеть, что голова у тебя работает.

— Так этот старик...

— Дедушка Волан-де-Морта, да, — сказал Дамблдор. — Марволо, его сын Морфин и дочь Меропа были последними из старинной волшебной семьи Мраксов, известной своей неуравновешенностью и жестокостью, которые проявлялись из поколения в поколение благодаря большому количеству родственных браков. Недостаток здравого смысла в сочетании с привычкой к роскоши привели к тому, что золото семьи было растрачено за несколько поколений до рождения Марволо. Сам он, как ты видел, жил в нищете и в грязи, обладая чрезвычайно скверным характером, фантастической гордыней и парой фамильных драгоценностей, к которым был привязан так же сильно, как к сыну, и значительно сильнее, чем к дочери.

— Выходит, Меропа... — Гарри подался вперед, не сводя глаз с Дамблдора. — Меропа... сэр, это значит, что она... мать Волан-де-Морта?

— Совершенно верно, — ответил Дамблдор. — А заодно мы с тобой мельком увидали и его отца. Не знаю, обратил ли ты внимание...

— Тот магл, на которого напал Морфин? Который был верхом на лошади?

— Очень хорошо, молодец, — радостно улыбнулся Дамблдор. — Да, это был Том Реддл Старший, красивый магл, который часто ездил верхом мимо домика Мраксов и к которому Меропа Мракс воспылала тайной страстью.

— Так они все-таки поженились? — недоверчиво спросил Гарри. Ему было сложно представить двух других людей, настолько мало подходящих друг другу.

— Я думаю, ты забываешь, — сказал Дамблдор, — что Меропа все-таки была чародейкой. Скорее всего, пока ее тиранил и запугивал отец, магические способности Меропы не могли проявиться в полную силу. Но как только Марволо и Морфина упрятали в Азкабан, она впервые в жизни осталась одна, на свободе. Несомненно, тут-то ее способности и развернулись на просторе, и она начала строить планы, как вырваться из той беспросветной жизни, которую вела восемнадцать лет.

Подумай, какие способы могла найти Меропа, чтобы заставить Тома Реддла позабыть свою магловскую спутницу и влюбиться в колдунью?

— Заклятие Империус? — предположил Гарри. — Или приворотное зелье?

— Очень хорошо! Я лично склоняюсь к мысли, что она использовала приворотное зелье. Это должно было показаться ей более романтичным. Не так уж сложно было как-нибудь в жаркий день, когда Реддл в одиночестве проезжал мимо, предложить ему стакан воды. Как бы то ни было, через несколько месяцев после той сцены, которую мы с тобой сейчас наблюдали, жители деревни Литтл-Хэнглтон имели удовольствие стать свидетелями небывалого скандала. Можешь себе представить, сколько было разговоров, когда сын местного сквайра сбежал из дому с Меропой, дочерью бродяги.

Но потрясение деревенских жителей не идет ни в какое сравнение с тем, что испытал Марволо, когда вернулся из Азкабана в полной уверенности, что его встретит преданная дочь и горячий обед на столе. Вместо этого он нашел в доме слой пыли толщиною в дюйм и прощальную записку от дочери.

Насколько мне удалось узнать, он никогда больше не произносил имени дочери, словно ее вовсе не существовало на свете. Возможно, пережитое потрясение ускорило его смерть, а может быть, он просто-напросто так и не научился готовить себе еду. Азкабан подкосил Марволо, и он не дожил до возвращения своего сына Морфина.

— А Меропа? Она... она ведь умерла, да? Вроде Волан-де-Морт вырос в сиротском приюте?

— Да, верно, — ответил Дамблдор. — Здесь нам снова приходится гадать, но я думаю, нетрудно вычислить, что случилось дальше. Дело в том, что через несколько месяцев после их бегства и тайного брака, Том Реддл объявился в родительском доме в Литтл-Хэнглтоне — один, без жены. В округе сплетничали, что он говорил, будто бы его «обманули» и «завлекли». На самом деле, я уверен, он имел в виду, что находился под действием чар, а теперь эти чары с него сняты, хотя, конечно, он не решился сказать об этом прямо — боялся, как бы его не приняли за сумасшедшего. Жители деревни сделали вывод, что Меропа обманула Тома Реддла, сказав, будто ждет от него ребенка, и тем заставила его жениться на ней.

— Но у нее действительно был от него ребенок!

— Да, но только через год после их свадьбы. Том Реддл бросил ее, когда ребенок еще не родился.

— Что же у них случилось? — спросил Гарри. — Почему приворотное зелье перестало действовать?

— Это опять-таки сплошные догадки, — сказал Дамблдор, — но я думаю, Меропа, без памяти влюбленная в своего мужа, не могла больше держать его при себе с помощью волшебства и сознательно перестала давать ему зелье. Может быть, потеряв голову от страсти, она убедила себя, что теперь он по-настоящему полюбил ее. Может быть, надеялась, что он останется с ней ради ребенка. В обоих случаях она ошибалась. Он покинул ее, никогда больше с ней не виделся и не потрудился узнать, что стало с его сыном.

Небо за окном было черное, как чернила, светильники в кабинете Дамблдора вспыхнули ярче прежнего.

— Я думаю, хватит с нас на сегодня, Гарри, — сказал Дамблдор, помолчав минуту-другую.

— Да, сэр, — сказал Гарри.

Он встал, но не ушел.

— Сэр... а это было важно, чтобы я узнал о прошлом Волан-де-Морта?

— Я думаю, очень важно, — ответил Дамблдор.

— А это... как-то связано с пророчеством?

— Связь самая прямая.

— Ясно, — сказал Гарри, слегка сбитый с толку, но все-таки почувствовавший себя увереннее.

Он повернулся к двери, но тут ему пришел в голову еще один вопрос, и он вернулся.

— Сэр, можно мне рассказать Рону и Гермионе все то, что вы мне говорили?

Дамблдор задумался на минутку, не сводя с него глаз, потом ответил:

— Да, думаю, мистер Уизли и мисс Грейнджер доказали, что им можно доверять. Но, пожалуйста,

Гарри, попроси их больше никому не говорить об этом. Не нужно, чтобы стало широко известно, как много я знаю или подозреваю о тайнах Волан-де-Морта.

— Да, сэр. Я прослежу, чтобы никто, кроме Рона и Гермионы, не знал об этом. Спокойной ночи.

Он снова повернулся к выходу и был почти уже у самой двери, когда вдруг увидел, что на одном из столиков с точеными ножками, среди хрупких серебряных приборов лежит безобразное золотое кольцо с большим треснувшим черным камнем.

— Сэр, — сказал Гарри, уставившись на перстень, — это кольцо...

— Да, Гарри?

— Оно было у вас на пальце в ту ночь, когда мы ходили к профессору Слизнорту.

— Было, — подтвердил Дамблдор.

— Но ведь это... сэр, это же то самое кольцо, которое Марволо Мракс показывал Огдену?

Дамблдор наклонил голову:

— То самое.

— Но как же... Оно все время было у вас?

— Нет. Оно попало ко мне совсем недавно, — сказал Дамблдор. — Собственно говоря, за несколько дней до того, как я забрал тебя от дяди и тети.

— То есть примерно в то время, когда вы повредили себе руку, сэр?

— Да, Гарри, приблизительно в то время.

Гарри запнулся, не решаясь продолжать. Дамблдор улыбался.

— Сэр, а что случилось...

— Время позднее, Гарри! Эту историю ты услышишь как-нибудь в другой раз. Спокойной ночи.

— Спокойной ночи, сэр.

Глава 11

ГЕРМИОНА ПРИХОДИТ НА ПОМОЩЬ

Как и предсказывала Гермиона, свободные уроки оказались для шестикурсников не временем блаженного безделья, на что так надеялся Рон, а единственной возможностью худо-бедно справляться с чудовищным объемом работы, которая на них навалилась. Мало того что по всем предметам каждый день задавали столько, будто на завтра назначены экзамены, так еще и сами уроки стали намного труднее, чем прежде. Гарри не понимал и половины объяснений профессора Макгонагалл, и даже Гермионе раз или два пришлось ее переспрашивать. Неожиданно для всех и к огромному неудовольствию Гермионы самым успешным предметом для Гарри стало зельеварение, и все благодаря Принцу-полукровке.

Невербальных заклинаний требовали от них теперь не только на защите от Темных искусств, но и на заклинаниях, и на трансфигурации. Гарри часто видел своих однокурсников в гриффиндорской гостиной или за столом в Большом зале посиневшими от натуги, как будто у них что-то застряло в кишках, но он знал, что на самом деле они пытаются колдовать, не произнося заклинания вслух. Немного легче было на занятиях по травологии в теплицах; они теперь изучали значительно более опасные растения, но, по крайней мере, здесь можно было громко ругаться, если Ядовитая Тентакула неожиданно вцепится в тебя сзади.

Из-за громадного количества домашних заданий и многочасовых изнурительных тренировок по невербальным заклинаниям Гарри, Рон и Гермиона все никак не могли выкроить время, чтобы навестить Хагрида. Он совсем перестал появляться за преподавательским столом в Большом зале — зловещий признак, а когда они изредка сталкивались с ним в коридорах или на открытом воздухе, он загадочным образом ухитрялся не замечать их и не слышать, как они с ним здороваются.

— Надо сходить к нему, поговорить, — вздохнула Гермиона, глядя на большущее пустое кресло Хагрида за преподавательским столом.

Дело было за завтраком в следующую субботу.

— У нас сегодня утром отборочные испытания по квиддичу! — сказал Рон. — И еще нужно отрабатывать это несчастное заклинание *Агваменти* для Флитвика! И вообще, о чем тут говорить? Как мы ему объясним, что ненавидим его дурацкий предмет?

— Мы его не ненавидим! — возмутилась Гермиона.

— Говори за себя. Я до сих пор не могу забыть соплохвостов, — сказал Рон мрачно. — Я тебе говорю, мы еще дешево отделались. Послушала бы ты, как он разливается насчет своего безмозглого братца — того и гляди, заставит учить Грохха завязывать шнурки на ботинках.

— Мне не нравится, что мы не видимся с Хагридом, — расстроенно сказала Гермиона.

— Пойдем к нему после квиддича, — пообещал Гарри. Он тоже скучал без Хагрида, хотя, как и Рон, считал, что без Грохха они прекрасно могут обойтись. — Но отборочные могут занять все утро, столько народу записалось! — Он немного нервничал перед своим первым выступлением в роли капитана команды. — Даже не знаю, с чего это квиддич стал таким популярным.

— Да ну тебя, Гарри, — с неожиданным раздражением ответила Гермиона. — Это не квиддич популярен, а ты! Никогда еще к тебе не было такого интереса, и, честно говоря, ты никогда еще не был настолько привлекательным!

Рон поперхнулся большим куском лососины. Гермиона бросила на него высокомерный взгляд и снова повернулась к Гарри.

— Теперь все знают, что ты все это время говорил правду, так? Волшебный мир вынужден был признать, что ты оказался прав насчет Волан-де-Морта, что он действительно вернулся и что ты на самом деле дважды сразился с ним за прошедшие два года и оба раза сумел спастись. А теперь ты еще и Избранный — ну разве непонятно, почему все тобой восхищаются?

Гарри вдруг показалось, что в Большом зале стало очень жарко, хотя потолок по-прежнему оставался пасмурным и ненастным.

— Ко всему прочему тебе еще пришлось пережить травлю Министерства, когда тебя пытались выставить ненормальным вруном. У тебя до сих пор остались отметины после того, как эта мерзкая колдунья заставляла тебя выписывать строчки собственной кровью, но ты все равно не отступился...

— У меня тоже до сих пор остались отметины после того, как те мозги в меня вцепились в Министерстве, вот, посмотри, — сказал Рон, закатывая рукава.

— ...да еще ты за лето вырос чуть ли не на целый фут, это тоже тебя не портит, — закончила Гермиона, не слушая, что говорит Рон.

— Я довольно-таки высокий, — ввернул Рон ни к селу ни к городу.

Тут прибыли почтовые совы. Они влетали в окна, разбрызгивая вокруг дождевые капли. Почти всем ученикам теперь доставляли больше писем, чем обычно: встревоженные родители хотели почаще получать известия от своих детей и, соответственно, сообщать им, что дома все хорошо. Гарри с начала учебного года не получил ни одного письма; единственный человек, регулярно ему писавший, умер. Гарри надеялся, что Люпин хоть пару раз ему напишет, но пока эти надежды не оправдались. Поэтому он очень удивился, увидев, что среди бурых и серых сов над столами кружит белоснежная Букля. Она приземлилась прямо перед Гарри с большим квадратным пакетом. В следующий миг второй точно такой же пакет шлепнулся на стол перед Роном, придавив собой крошечного, выбившегося из сил Сычика.

— Ха! — сказал Гарри, развернув пакет, в котором оказался новенький экземпляр «Расширенного курса зельеварения», только что от «Флориш и Блоттс».

— Вот хорошо, — обрадовалась Гермиона. — Теперь ты сможешь вернуть ту исчирканную книжонку.

— С ума сошла? — возмутился Гарри. — Я ее не отдам! Слушай, я все продумал...

Он вытащил из сумки старый учебник, коснулся обложки волшебной палочкой и прошептал:

— *Диффиндо!*

Обложка отвалилась. Гарри проделал ту же операцию с новеньким учебником (Гермиона была потрясена таким вандализмом до глубины души). Затем Гарри поменял обложки, коснулся каждой из книг по очереди и сказал:

— *Репаро!*

И вот перед ним лежит экземпляр Принца, замаскированный под новый учебник, а рядом — свежий экземпляр от «Флориш и Блоттс», похожий на старую зачитанную книгу.

— Верну новый учебник. Слизнорту не на что жаловаться, он девять галеонов стоил.

Гермиона поджала губы с сердитым и осуждающим видом, но ее отвлекла третья сова, усевшаяся перед нею на стол со свежим номером «Ежедневного пророка». Гермиона быстро развернула газету и пробежала взглядом первую страницу.

— Есть знакомые покойники? — спросил Рон деланно небрежным тоном; он задавал этот вопрос каждый раз, когда Гермиона раскрывала свою газету.

— Нет, но было еще несколько случаев нападения дементоров, — сообщила Гермиона. — И один человек арестован.

— Замечательно, а кто? — спросил Гарри, думая о Беллатрисе Лестрейндж.

— Стэн Шанпайк, — сказала Гермиона.

— Что? — изумился Гарри.

— «Стэнли Шанпайк, кондуктор популярного среди волшебников автобуса «Ночной рыцарь», арестован по подозрению в пособничестве Пожирателям смерти. Мистер Шанпайк, двадцати одного года, взят под стражу вчера поздно вечером в результате облавы на его дом в Клэпеме...»

— Стэн Шанпайк — Пожиратель смерти? — пробормотал Гарри, вспоминая прыщавого парнишку, с которым познакомился три года назад. — Чушь какая!

— Может, на него подействовали заклятием Империус? — предположил Рон. — Мало ли.

— Нет, непохоже, — сказала Гермиона, продолжая читать. — Тут сказано, что его арестовали, потому что кто-то слышал, как он в трактире говорил о тайных планах Пожирателей смерти. — Она растерянно посмотрела на друзей. — Если бы на него действовало заклятие Империус, вряд ли он стал бы болтать об их планах, верно?

— По-моему, он просто старался придать себе важности, — сказал Рон. — Это не он трепался, что станет министром магии, когда хотел закадрить вейлу?

— Ага, он, — сказал Гарри. — Не понимаю, что эти министерские дурака валяют — принимать Стэна всерьез?

— Наверное, им очень хочется создать видимость бурной деятельности, — нахмурилась Гермиона. — Люди в панике. Вы знаете, что двойняшек Патил родители хотят забрать домой? А Элоизу Миджен уже забрали. Вчера вечером за ней явился отец.

— Чего! — Рон вытаращил глаза. — Да в Хогвартсе безопаснее, чем дома! У нас тут и мракоборцы, и всякие разные защитные чары, у нас Дамблдор!

— По-моему, он не всегда здесь, — очень тихо сказала Гермиона, покосившись поверх «Пророка» в сторону преподавательского стола. — Вы разве не замечали? На этой неделе его кресло стояло пустым не реже, чем у Хагрида.

Гарри и Рон посмотрели на стол преподавателей. В самом деле, директорское кресло пустовало. Коли на то пошло, Гарри вообще не видел Дамблдора в школе со времени своего индивидуального урока на прошлой неделе.

— Я думаю, он что-то делает для Ордена, — сказала Гермиона, понизив голос. — То есть... Все очень серьезно, правда?

Гарри и Рон не ответили, но Гарри знал: все они думают об одном и том же. Вчера утром у них был ужасный случай — Ханну Эббот забрали с урока травологии, ей сообщили, что ее маму нашли мертвой. Больше они Ханну не видели.

Через пять минут, вылезая из-за гриффиндорского стола, чтобы отправиться на стадион, они прошли совсем близко от Лаванды Браун и Парвати Патил. После слов Гермионы о том, что родители двойняшек хотят забрать их из Хогвартса, Гарри не удивился, увидев, что подружки о чем-то перешептываются с расстроенным видом. Удивило его другое: когда Рон поравнялся с девочками, Парвати вдруг подтолкнула локтем Лаванду, та оглянулась и широко улыбнулась Рону. Рон мигнул, потом неуверенно улыбнулся в ответ. Он вдруг ни с того ни с сего расправил плечи и выпятил грудь. Гарри поборол искушение расхохотаться — ведь Рон не стал смеяться над ним, когда Малфой сломал ему нос. Зато Гермиона держалась холодно и отстраненно, пока они шли к стадиону под мелким моросящим дождем, и отправилась на трибуну, не пожелав Рону удачи.

Как Гарри и ожидал, испытания заняли почти все утро. Явилась, кажется, половина факультета, от первокурсников, испуганно сжимавших в руках кошмарные школьные метлы-развалюхи, до семикурсников, возвышавшихся над всеми остальными и жутко крутых с виду. Одного из них, рослого парня с жесткими волосами, Гарри узнал по «Хогвартс-экспрессу».

— Мы встречались в поезде, в купе у старикашки Слиззи, — уверенно сказал парень, выйдя из толпы и пожимая руку Гарри. — Кормак Маклагген, вратарь.

— В прошлом году ты не пробовался? — спросил Гарри, мысленно отметив ширину плеч Маклаггена, и подумал, что тот, наверное, вполне способен загородить все три обруча, даже не двигаясь с места.

— Во время отборочных испытаний я лежал в больничном крыле, — сказал Маклагген, слегка рисуясь. — Съел на спор дюжину яиц докси.

— Ясно, — сказал Гарри. — Ну ладно... Подожди здесь, пожалуйста...

Он указал на передние ряды трибун, недалеко от того места, где сидела Гермиона. По лицу Маклаггена скользнула тень неудовольствия, и Гарри подумал, уж не ожидает ли Маклагген особого к себе отношения по случаю того, что оба они попали в любимчики к «старикашке Слиззи».

Гарри решил начать с элементарной проверки — попросил кандидатов разбиться на группы по десять человек и сделать круг над стадионом. Это было удачное решение: первая десятка состояла из первокурсников, и тут же стало яснее ясного, что раньше они вообще не летали. Только один мальчик сумел продержаться в воздухе дольше чем полминуты и при этом так удивился, что немедленно врезался в шест, на котором крепился обруч.

Вторую группу составили девочки, глупее которых Гарри никого в жизни не видел. Когда он подул в свисток, они даже не пытались взлететь, только покатились со смеху, цепляясь друг за друга. Среди них была и Ромильда Вейн. Когда Гарри велел им уйти с поля, они ничуть не огорчились, расселись на трибунах и принялись дразнить других участников.

Третья группа устроила свалку, не пролетев и половину круга. В четвертой группе почти никто не принес с собой метлы. Пятая группа состояла из пуффендуйцев.

— Если здесь есть еще кто-нибудь с других факультетов, — заорал Гарри, начиная злиться всерьез, — уйдите сразу, пожалуйста!

Наступила тишина, потом двое мелких когтевранцев бегом кинулись с поля, давясь от хохота.

Через два часа, после множества жалоб и истерик, одной поломанной «Кометы-260» и нескольких выбитых зубов, Гарри отобрал в команду троих охотников: Кэти Белл, прекрасно выступившую на пробах, новую участницу по имени Демельза Робинс, которая необыкновенно ловко уворачивалась от бладжеров, и Джинни Уизли — она летала быстрее всех, да еще и забила семнадцать голов. Гарри был доволен своим выбором, но успел докричаться до хрипоты, общаясь с обиженными претендентами, после чего ему пришлось точно так же сражаться с отвергнутыми загонщиками.

— Решение окончательное, а теперь освободите место для вратарей, не то я вас всех заколдую! — надрывался он.

Ни один из выбранных им загонщиков не мог сравниться с такими блестящими игроками, как Фред и Джордж, но все-таки Гарри был более-менее доволен. Джимми Пикс, невысокий, коренастый третьекурсник, с такой силой заехал бладжером Гарри по затылку, что там вскочила шишка величиной с куриное яйцо, а Ричи Кут на вид был довольно хлипкий, зато бил метко. Теперь оба сидели на трибунах рядом с Кэти, Джинни и Демельзой и смотрели, как идет отбор последнего игрока в команде.

Гарри нарочно оставил вратарей под конец, надеясь, что к этому времени стадион опустеет и психологическое давление на участников будет поменьше. Но, к сожалению, все отвергнутые игроки остались на трибунах, да еще целая толпа народу, закончив завтракать, явилась посмотреть пробы, так что зрителей стало даже больше, чем было вначале. Каждого очередного вратаря, подлетающего к обручам, толпа встречала приветственными криками пополам с насмешками. Гарри покосился на Рона — у того и раньше были проблемы с нервами. Гарри надеялся, что после победы в финальном матче прошлого года это пройдет, но, как видно, не прошло: Рон был нежно-салатового цвета.

Никто из первых пяти кандидатов не сумел поймать больше двух мячей. К большому огорчению Гарри, Кормак Маклагген взял четыре пенальти из пяти. Но во время пятого пенальти он метнулся абсолютно не в ту сторону. Толпа захохотала и заулюлюкала. Маклагген вернулся на землю, скрежеща зубами от ярости.

Рон с обморочным видом оседлал свой «Чистомет-11».

— Удачи! — прокричал чей-то голос с трибуны.

Гарри оглянулся, ожидая увидеть Гермиону, но это оказалась Лаванда Браун. Она тут же закрыла лицо руками, и Гарри очень хотелось сделать то же самое, но он решил, что капитан не вправе трусить, и стал смотреть, как Рон проходит пробы.

Как выяснилось, Гарри беспокоился зря: Рон взял один, два, три, четыре, пять пенальти подряд! Страшно довольный, с трудом удерживаясь, чтобы не завопить на радостях вместе с толпой зрителей, Гарри повернулся к Маклаггену, чтобы сказать ему: мол, к сожалению, Рон его обошел, но тут красное от злости лицо Маклаггена возникло прямо у Гарри перед носом. Он попятился.

— Сестрица ему подыгрывала! — с угрозой заявил Маклагген. На виске у него пульсировала жилка, совсем как у дяди Вернона. — Она нарочно подала ему легкий мяч.

— Ерунда, — холодно ответил Гарри. — Как раз этот мяч он чуть было не пропустил.

Маклагген приблизился вплотную к Гарри. Гарри на этот раз не отступил.

— Дай мне еще одну попытку.

— Нет, — сказал Гарри. — У тебя уже была попытка. Ты взял четыре мяча. Рон взял пять. Рон будет вратарем, он победил в честной борьбе. Уйди с дороги.

На мгновение ему показалось, что Маклагген сейчас его ударит, но тот ограничился злобной гримасой и затопал прочь, бурча себе под нос какие-то угрозы.

Гарри обернулся и увидел перед собой новую команду в полном составе, сияющую улыбками.

— Все молодцы, — просипел он сорванным голосом. — Здорово летали...

— Блестяще, Рон!

На сей раз это Гермиона примчалась на поле. Гарри видел, как Лаванда, слегка надувшись, уходит со стадиона под руку с Парвати. Рон был невероятно доволен собой и даже казался выше ростом, улыбаясь до ушей другим игрокам и Гермионе.

Гарри назначил первую полноценную тренировку на следующий четверг, после чего они с Роном и Гермионой попрощались с остальными и отправились в гости к Хагриду. Дождик наконец перестал, бледное солнце пыталось пробиться сквозь тучи. Гарри почувствовал, что страшно проголодался. Он очень надеялся, что у Хагрида найдется чего-нибудь поесть.

— Я уже думал, что не поймаю тот последний мяч, — взахлеб рассказывал счастливый Рон. — У Демельзы такой хитрый удар, видели, крученый...

— Да, да, ты сыграл потрясающе, — сказала Гермиона с легкой усмешкой.

— Уж во всяком случае лучше, чем Маклагген, — отозвался Рон с довольным видом. — Видела, как он шарахнулся совсем не туда, куда нужно было, на последнем пенальти? Прямо как будто его кто оглоушил заклинанием Конфундус!

К большому удивлению Гарри, Гермиона вдруг густо покраснела. Рон ничего не заметил — слишком был занят, во всех подробностях смакуя остальные свои взятые мячи.

У хижины Хагрида был привязан Клювокрыл, громадный серый гиппогриф. Когда друзья подошли ближе, он защелкал острым как бритва клювом и повернул к ним огромную голову

— Ой, мамочки, — нервно сказала Гермиона. — Все-таки он немножко страшный, правда?

— Брось, ты же на нем верхом ездила, — улыбнулся Рон.

Гарри шагнул вперед и низко поклонился гиппогрифу, глядя ему прямо в глаза и не мигая. Через несколько секунд Клювокрыл тоже нагнул голову в поклоне.

— Как жизнь? — тихо спросил у него Гарри, поглаживая перья на голове. — Скучаешь без него? Но ведь у Хагрида тебе неплохо, скажи?

— Эй! — послышался громкий голос.

Хагрид большими шагами вышел из-за угла. На нем был необъятный фартук в цветочек, в руках он держал мешок картошки. Здоровенный волкодав Клык бежал за ним по пятам; Клык оглушительно залаял и рванулся вперед.

— А ну-ка отойдите от него! Он вам сейчас пальцы пооткусает... А-а, это вы.

Клык прыгал вокруг Рона с Гермионой, пытаясь облизать им уши. Мгновение Хагрид стоял и смотрел на них, потом повернулся и ушел к себе в хижину, захлопнув за собой дверь.

— Ну вот... — горестно вздохнула Гермиона.

— Спокойно, — с мрачной решимостью произнес Гарри.

Он подошел к двери и громко постучал.

— Хагрид! Открой, надо поговорить!

Ни звука в ответ.

— Если не откроешь, мы разнесем дверь! — Гарри вытащил из кармана волшебную палочку.

— Гарри! — ужаснулась Гермиона. — Нельзя же так...

— Можно! — ответил Гарри. — Отойди-ка...

Но тут, как он и ожидал, дверь снова распахнулась. На пороге, сурово глядя на Гарри сверху вниз, стоял Хагрид, и выглядел он довольно устрашающе, несмотря на фартук в цветочек.

— Я преподаватель! — загремел он. — Преподаватель, Поттер! Как ты смеешь грозиться, что выломаешь мне дверь?

— Простите, *сэр*, — сказал Гарри с нажимом на последнее слово и убрал волшебную палочку за пазуху.

Хагрид остолбенел.

— С каких это пор ты меня «сэром» называешь?

— С тех пор, как вы называете меня «Поттер».

— Ага, очень остроумно, — проворчал Хагрид. — Обхохочешься. Перехитрил меня и рад, да? Ладно уж, заходите, козявки неблагодарные...

Сердито бурча, он посторонился, пропуская их в дом. Гермиона шмыгнула в дверь следом за Гарри, вид у нее был испуганный.

— Ну? — буркнул Хагрид, когда Гарри, Рон и Гермиона уселись за громадный деревянный стол. Клык тут же положил морду на колени Гарри и обслюнявил ему мантию. — Чего пришли? Жалеете меня? Думаете, мне тут одиноко? Или что?

— Нет, — быстро ответил Гарри. — Просто хотели повидаться.

— Мы соскучились! — сказала Гермиона дрожащим голосом.

— Соскучились, вон оно что, — хмыкнул Хагрид. — Ага, как же.

Он принялся возиться у очага, пристроил на огне громадный медный чайник, не переставая ворчать себе под нос. Наконец он с грохотом поставил на стол три кружки вместимостью с ведро, до краев налитые чаем цвета красного дерева, и тарелку с печеньем. Гарри так проголодался, что не устрашился даже Хагридовой стряпни и сразу взял себе печеньице.

— Хагрид, — нерешительно начала Гермиона, когда лесничий тоже сел за стол и так яростно принялся чистить картошку, словно каждый клубень нанес ему личную обиду, — мы правда хотели продолжать занятия по уходу за магическими существами...

Хагрид громко шмыгнул носом. Гарри показалось, что часть соплей попала на картошку, и он в душе порадовался, что они не останутся на обед.

— Правда! — настаивала Гермиона. — Просто мы никак не могли втиснуть эти уроки в свое расписание.

— Ага, как же, — снова хмыкнул Хагрид.

Послышался странный хлюпающий звук, друзья в тревоге оглянулись. Гермиона тоненько взвизгнула, Рон вскочил с места и перебежал на другую сторону стола, подальше от угла, где стоял большой бочонок — они его сперва не заметили. В бочонке копошились какие-то червяки по футу длиной, белые и скользкие.

— Что это, Хагрид? — спросил Гарри, стараясь, чтобы в его голосе прозвучал интерес, а не омерзение, но печенье все-таки отложил.

— А, просто гигантские личинки.

— И кто из них вырастет? — спросил Рон со страхом.

— Никто из них не вырастет, — проворчал Хагрид. — Я их скормлю Арагогу.

И вдруг он разрыдался.

— Хагрид! — Гермиона бросилась к нему, обежав вокруг стола, чтобы не приближаться к бочонку с личинками. Она обняла вздрагивающие плечи Хагрида. — Что случилось?

— Он... он... — всхлипывал Хагрид. Слезы ручьями текли из его черных, как жуки, глаз. Он вытер лицо фартуком. — Он... Арагог... Кажись, он помирает... Все лето хворал и никак не пойдет на поправку... Прямо не знаю, что со мной будет, если он... если он... Мы с ним так долго были вместе...

Гермиона погладила Хагрида по плечу, явно не зная, что сказать. Гарри ее прекрасно понимал. Ему случалось видеть, как Хагрид приносит злобному маленькому дракончику плюшевого мишку, как он воркует над гигантскими скорпионами с жалом и присоской, как пытается вразумить своего сводного брата — свирепого великана, но непонятнее всего была эта его привязанность — гигантский говорящий паук Арагог, который обитал в самой глубине Запретного леса и от которого Гарри и Рон едва унесли ноги четыре года назад.

— Мы... мы можем чем-то помочь? — спросила Гермиона, как будто не замечая, что Рон строит отчаянные гримасы и судорожно мотает головой.

— Навряд ли, Гермиона, — захлебнулся Хагрид в напрасной попытке унять поток слез. — Ты понимаешь, родичи его... Детишки Арагоговы... Они стали какие-то странные с тех пор, как он захворал... Беспокойные какие-то...

— Да, мы тоже с этим сталкивались, — еле слышно прошептал Рон.

— Сдается мне, сейчас никому, кроме меня, не стоит подходить близко к их колонии, — закончил Хагрид и громко высморкался в фартук. — Но все равно, спасибо, что предложила, Гермиона... Это так много для меня значит...

После этого атмосфера заметно разрядилась. Хотя ни Гарри, ни Рон не проявляли горячего желания кормить громадного смертоносного паука гигантскими личинками, но Хагрид, видимо, додумал это за них и наконец-то снова стал самим собой.

— Я ж так и знал, что вам не впихнуть меня в свое расписание, — проворчал он, наливая им еще чаю. — Даже если бы вам всем выдали маховики времени...

— Теперь это невозможно, — сказала Гермиона. — Мы их все разбили, когда были летом в Министерстве. Об этом писали в «Ежедневном пророке».

— А, ну вот, — сказал Хагрид. — Никак вам было этого не успеть... Вы уж меня простите... Понимаете, просто я малость расстроился из-за Арагога...

Ну и подумал, может, профессор Граббли-Дерг вас лучше учила...

Тут все трое принялись категорически, хотя и не совсем искренне уверять Хагрида, что заменявшая его несколько раз профессор Граббли-Дерг преподает просто ужасно. В итоге Хагрид совсем повеселел и, когда стемнело, бодро помахал им на прощание.

— Умираю с голоду, — сказал Гарри, как только дверь за ними закрылась и все трое почти бегом заспешили к замку по безлюдным темным лужайкам. Он оставил попытки разгрызть печенье, когда услышал, как у него зловеще хрустнул один из коренных зубов. — А мне еще у Снегга сегодня отсиживать, пообедать толком не успею...

В вестибюле они увидели Кормака Маклаггена, который пытался войти в Большой зал. Вошел он только со второй попытки — в первый раз с разбегу налетел на притолоку. Рон злорадно расхохотался и вразвалочку двинулся следом за ним, но Гарри поймал Гермиону за локоть и потянул назад.

— Что тебе? — ощетинилась Гермиона.

— По-моему, — тихо сказал Гарри, — Маклаггена явно кто-то оглушил заклинанием Конфундус. А он стоял прямо против того места, где сидела ты.

Гермиона залилась краской.

— Ну и ладно, я это сделала, — прошептала она. — А ты бы слышал, что он говорил про Рона и Джинни! И вообще у него мерзкий характер. Видел, как он реагировал, когда его не приняли? Тебе не нужен в команде такой скандалист.

— Наверное, не нужен, — сказал Гарри. — Но ведь это нечестно, Гермиона! Ты же ведь все-таки староста.

— Да ну тебя, — огрызнулась она, увидев довольную улыбку на лице Гарри.

— Что вы там копаетесь?

В дверях Большого зала показался Рон и подозрительно посмотрел на них.

— Ничего, — в один голос ответили Гарри и Гермиона и тоже побежали в Большой зал.

От запаха ростбифа у Гарри даже живот подвело, но не успели они сделать трех шагов к столу гриффиндорцев, как дорогу им загородил профессор Слизнорт.

— Гарри, Гарри, вас-то я и ищу! — добродушно прогудел он, подкручивая кончики своих моржовых усов и выпятив толстый живот. — Надеялся перехватить вас до обеда! Не хотите ли вместо этого прийти ко мне на ужин? Собирается небольшая компания — так, несколько восходящих звезд. Будет Маклагген, Забини, очаровательная Мелинда Боббин — не знаю, знакомы ли вы с нею? Ее семья владеет обширной сетью аптек... И конечно, я очень надеюсь, что мисс Грейнджер тоже окажет мне честь своим присутствием, — закончил Слизнорт свою речь, слегка поклонившись Гермионе.

Можно было подумать, что Рона здесь вообще нет, Слизнорт ни разу не взглянул на него.

— Я не смогу прийти, профессор, — сразу же ответил Гарри. — Профессор Снегг оставил меня после уроков, мне надо к нему.

— Ах, батюшки мои! — воскликнул Слизнорт. Лицо его смешно вытянулось. — Подумать только, Гарри, а я так на вас рассчитывал! Ну что ж, я поговорю с Северусом, объясню ему ситуацию. Конечно, он согласится перенести наказание на другое время. Да-да, до встречи с вами обоими!

Он заспешил прочь из Зала.

— Не выйдет у него уговорить Снегга, — сказал Гарри, когда Слизнорт уже не мог его услышать. — Один раз Снегг согласился отложить наказание по просьбе Дамблдора, но ни для кого другого он этого не сделает.

— Ох, так жалко, что ты не можешь пойти, мне совсем не хочется тащиться туда одной, — озабоченно проговорила Гермиона. Гарри понял, что ее пугает мысль о Маклаггене.

— Вряд ли ты там будешь одна. Джинни тоже небось пригласили, — буркнул Рон, которому, похоже, совсем не понравилось пренебрежительное обращение Слизнорта.

После обеда они отправились к себе, в башню Гриффиндора. В гостиной толпился народ — почти все уже успели пообедать, но Гарри, Рон и Гермиона все-таки нашли себе свободный стол и сели. Рон, пребывавший в дурном настроении после встречи со Слизнортом, скрестил руки на груди и вперил взор в потолок. Гермиона потянула к себе свежий номер «Ежедневного пророка», забытый кем-то на кресле.

— Что-нибудь новенькое? — спросил Гарри.

— Да не особенно... — Гермиона раскрыла газету и начала проглядывать внутренние страницы. — Ой, смотри, Рон, тут про твоего папу... С ним все в порядке! — торопливо прибавила она, поскольку Рон в страхе оглянулся. — Здесь просто сказано, что он побывал в доме Малфоев. «Насколько стало известно, вторичный обыск в резиденции Пожирателя смерти не принес ощутимых результатов. Артур Уизли из Сектора выявления и конфискации поддельных защитных заклинаний и оберегов утверждает, что поводом к обыску стала информация, поступившая от частного лица».

— Ага, в смысле — от меня! — сказал Гарри. — Когда мы были на вокзале Кингс-Кросс, я ему рассказал про Малфоя и про то, что он хотел заставить Горбина починить какую-то штуковину. Ну, раз дома у них ничего такого нет, значит, он, наверное, привез это дело с собой в Хогвартс...

— Как же он смог бы это сделать, Гарри? — удивленно спросила Гермиона, отложив газету. — Нас всех обыскивали на входе, помнишь?

— Обыскивали? — растерялся Гарри. — Меня нет...

— Ах да, конечно, я забыла, ты же опоздал... Так вот, при входе в вестибюль Филч проверял нас Детектором лжи. Он тут же нашел бы любой Темный предмет. Я точно знаю, что у Крэбба конфисковали засушенную голову. Видишь, Малфой не смог бы пронести в замок никакой опасный артефакт!

На это как будто нечего было ответить. Некоторое время Гарри смотрел, как Джинни Уизли играет со своим пушистиком Арнольдом. Наконец он придумал, как обойти возражение Гермионы.

— Значит, кто-то прислал ему эту штуку с совой, — сказал Гарри. — Мама или еще кто-нибудь.

— Сов тоже проверяют, — сказала Гермиона. — Филч предупредил нас об этом, когда тыкал своими детекторами всюду, куда только можно.

На этот раз Гарри окончательно стал в тупик. Похоже, Малфой действительно никак не мог протащить в школу Темный или просто опасный артефакт. Гарри с надеждой посмотрел на Рона, который сидел, скрестив руки на груди и неотрывно глядя на Лаванду Браун.

— А ты как думаешь, мог Малфой каким-то образом обмануть...

— Да ну, Гарри, отстань. — Рон поморщился.

— Слушай, я не виноват, что Слизнорт пригласил нас с Гермионой на свою дурацкую вечеринку. Ты же сам знаешь: нам совсем не хочется туда идти! — вскипел Гарри.

— Ну, поскольку меня не приглашали ни на какие вечеринки, — сказал Рон, поднимаясь, — я, пожалуй, пойду спать.

Громко топая, он скрылся за дверью, ведущей к спальням мальчиков, оставив Гарри и Гермиону смотреть ему вслед.

— Гарри! — окликнула новая охотница, Демельза Робинс, внезапно появляясь у него за плечом. — Мне велели тебе передать...

— Кто велел? Профессор Слизнорт? — спросил Гарри, с надеждой оборачиваясь к ней.

— Нет, профессор Снегг, — ответила Демельза, и Гарри снова упал духом. — Он говорит, чтобы ты пришел к нему в кабинет сегодня в половине девятого, э-э... вне зависимости от того, на сколько вечеринок тебя приглашают. И еще он велел сказать, что ты должен будешь перебирать флоббер-червей, отделять протухших от хороших, для уроков зельеварения, и это... чтобы ты не приносил с собой защитные перчатки.

— Все ясно, — мрачно сказал Гарри. — Спасибо тебе большое, Демельза.

Глава 12

СЕРЕБРО И ОПАЛЫ

Куда пропадает Дамблдор и чем он занимается? В последующие недели Гарри всего два раза видел издали директора школы. Он теперь почти не появлялся в Большом зале, и Гарри был уверен, что Гермиона права — Дамблдора по нескольку дней подряд не бывает в школе. Может, он забыл, что собирался давать Гарри уроки? Дамблдор говорил, что эти уроки ведут к чему-то связанному с пророчеством. Гарри это очень поддерживало, как-то успокаивало, а теперь ему стало казаться, что о нем забыли.

В середине октября пришло время первого похода в Хогсмид. Гарри опасался, что эти прогулки могут запретить, учитывая немыслимо строгие меры безопасности, но оказалось, что поход все-таки состоится. Гарри очень обрадовался — всегда приятно хоть на несколько часов выбраться из замка.

В день похода был сильный ветер, хлестал дождь. Гарри проснулся ни свет ни заря и, чтобы убить время до завтрака, взялся за «Расширенный курс зельеварения». Вообще говоря, у него не было привычки читать учебники, лежа в постели; как справедливо утверждал Рон, такое поведение просто неприлично для всякого, кроме Гермионы — ей можно, она уж так устроена. Но, по глубокому убеждению Гарри, книгу Принца-полукровки никак нельзя было приравнивать к другим учебникам. Чем больше Гарри ее изучал, тем больше находил в ней полезного — не только ценные подсказки и маленькие хитрости по части зельеварения, благодаря которым он приобрел такую блистательную репутацию у Слизнорта, но и весьма хитроумные заклятия и наговоры, записанные на полях и, судя по многочисленным поправкам, явно придуманные самим Принцем-полукровкой.

Гарри уже опробовал несколько самодельных заклинаний Принца. Одно из них заставляло со страшной скоростью расти ногти на ногах (как-то во время перемены Гарри испытал его на Крэббе, с весьма забавным результатом); от другого язык приклеивался к нёбу (это заклинание Гарри дважды применил к ничего не подозревающему Аргусу Филчу, под общие аплодисменты); а самым полезным, наверное, было заклинание *Оглохни* — от него у всех находящихся поблизости начиналось непонятное жужжание в ушах, заглушающее все остальные звуки, что позволяло спокойно разговаривать на уроке, не боясь, что тебя подслушают. Только один человек не находил ничего веселого в этих заклинаниях. Гермиона по-прежнему не одобряла все эти штучки и напрочь отказывалась разговаривать, если Гарри применял к кому-нибудь из окружающих заклятие *Оглохни*.

Сидя в постели, Гарри повернул книгу боком, чтобы удобнее было разбирать мелко написанные пояснения к заклинанию, которое, видимо, стоило Принцу большого труда. Оно несколько раз зачеркивалось и переделывалось, но в конце концов в самом уголке страницы отыскался окончательный вариант:

Левикорпус (н-врбл)

Под стук дождя вперемешку со снегом по оконным стеклам и громкий храп Невилла Гарри разглядывал буковки в скобках. *Н-врбл...* Это, наверное, означает «невербальное». Гарри сомневался, что заклинание у него получится; он до сих пор еще не вполне освоил невербальное колдовство, и Снегг неукоснительно высказывал свои комментарии по этому поводу на каждом уроке по защите от Темных искусств. С другой стороны, пока что учиться у Принца-полукровки Гарри удавалось значительно лучше, чем у Снегга.

Направив волшебную палочку в пространство и ни во что конкретно не целясь, Гарри сделал короткий резкий взмах и мысленно произнес: *«Левикорпус!»*

— А-а-а-а-а-а-а-а-а!

Сверкнула яркая вспышка, комната наполнилась голосами: всех разбудил дикий крик Рона. Гарри с перепугу уронил «Расширенный курс зельеварения». Рон повис в воздухе вниз головой, как будто невидимый крюк подцепил его за щиколотку.

— Ой, прости! — завопил Гарри, пока Дин и Симус покатывались со смеху, а Невилл, свалившийся с кровати, поднимался с пола. — Подожди минутку, я сейчас...

Он нашарил учебник зельеварения и в панике кинулся листать страницы. Наконец нашел нужное место и кое-как разобрал слово, неразборчиво нацарапанное под заклинанием. Молясь про себя, чтобы контрзаклятие подействовало, Гарри изо всех сил подумал: *«Либеракорпус!»*

Еще раз сверкнуло, и Рон мешком свалился на постель.

— Прости, — повторил Гарри дрожащим голосом.

Дин и Симус снова заржали.

— Ты уж, пожалуйста, — приглушенно пробормотал Рон, — завтра лучше заведи будильник.

К тому времени как они оделись, натянув на себя по нескольку вязаных свитеров миссис Уизли, обмотавшись шарфами и прихватив плащи и перчатки, Рон немного пришел в себя и решил, что Гарри раскопал очень даже смешное заклинание; настолько смешное, что Рон тут же за завтраком рассказал всю историю Гермионе.

— И тут опять как полыхнет, и я снова шлепнулся на кровать! — радостно скалился Рон, накладывая себе на тарелку сосиски.

Гермиона, слушая его рассказ, ни разу не улыбнулась и теперь взглянула на Гарри с ледяным неодобрением.

— Это заклинание, случайно, не из твоего любимого учебника по зельеварению? — спросила она.

Гарри нахмурился:

— Сразу подозреваешь худшее?

— Да или нет?

— Ну... да, а что?

— Значит, ты вот так запросто решил попробовать незнакомое, неизвестно кем написанное от руки заклинание и посмотреть, что получится?

— Какая разница, что оно написано от руки? — спросил Гарри, старательно обходя основное содержание вопроса.

— А такая, что это заклинание, скорее всего, не утверждено Министерством, — отрезала Гермиона. — А кроме того, — прибавила она, видя, что Рон и Гарри раздраженно переглядываются, — я начинаю думать, что этот ваш Принц — довольно сомнительная личность.

Гарри и Рон дружно напустились на нее.

— Это была шутка! — кричал Рон, вытряхивая из бутылочки кетчуп на сосиски. — Понимаешь ты, шутка, для смеху!

— Хороши шуточки — подвесить человека в воздухе кверху ногами! — покачала головой Гермиона. — Кто станет тратить время и силы на такие заклинания?

— Фред и Джордж, — пожал плечами Рон. — Это как раз в их вкусе. И, ну...

— Мой папа, — сказал Гарри. Он только сейчас вспомнил.

— Что? — спросили Рон и Гермиона в один голос.

— Мой папа использовал это заклинание, — сказал Гарри. — Я... Люпин мне рассказывал.

Последнее утверждение не было правдой. На самом деле Гарри сам видел, как его отец применял это заклинание к Снеггу, только он так и не рассказал Рону и Гермионе о том своем погружении в Омут памяти. Но теперь его ошеломила потрясающая мысль: что, если Принц-полукровка — это...

— Может быть, твой папа и использовал его, Гарри, — сказала Гермиона, — но, безусловно, не он один. Если помнишь, мы все видели, как целая группа людей пустила в ход это заклинание. Они заставили несколько человек болтаться в воздухе, беспомощных, сонных...

Гарри так и уставился на нее. С ощущением, словно куда-то проваливается, он действительно вспомнил гнусную выходку Пожирателей смерти на Чемпионате мира по квиддичу. Рон пришел к нему на помощь.

— Это же совсем другое дело, — уверенно сказал он. — Они применяли это заклинание по-плохому. А Гарри и его папа просто шутили. Тебе не нравится Принц, Гермиона, — прибавил Рон, сурово указывая на нее сосиской, — потому что он лучше тебя знает зельеварение.

— При чем здесь это! — У Гермионы запылали щеки. — Просто я считаю, что это безответственно —

выполнять неизвестные заклинания, когда даже не знаешь их действия. И что вы все говорите — Принц, Принц, как будто это титул. Спорим, это просто глупое прозвище, и, по-моему, он очень несимпатичный тип!

— С чего ты взяла? — запальчиво возразил Гарри. — Если бы он был начинающим Пожирателем смерти, вряд ли стал бы хвалиться, что он — полукровка!

Не успев закончить фразу, Гарри сообразил, что его отец был чистокровным волшебником, но он отогнал эту мысль; об этом он подумает после...

— Не могут все Пожиратели смерти быть чистокровными, столько чистокровных волшебников-то не осталось, — упрямо сказала Гермиона. — Я думаю, большинство из них полукровки, только скрывают. Они ненавидят волшебников из семей маглов, а тебя и Рона, например, приняли бы с удовольствием.

— Меня ни за что на свете не взяли бы в Пожиратели смерти! — возмутился Рон, размахивая вилкой перед носом у Гермионы, так что кусок сосиски сорвался, улетел в сторону и стукнул Эрни Макмиллана по голове. — У меня же вся семья — предатели чистокровных! Для них это не лучше, чем семья маглов!

— Ага, и мне они обрадуются, как же, — сказал Гарри с сарказмом. — Мы с ними были бы лучшими друзьями, если б они не пытались меня прикончить.

Рон засмеялся, и даже Гермиона улыбнулась против воли. Тут их отвлекло появление Джинни.

— Эй, Гарри, мне велели передать тебе вот это.

«Вот это» был свиток пергамента, на котором знакомым тонким косым почерком было написано имя Гарри.

— Спасибо, Джинни... Это следующий урок у Дамблдора! — сообщил Гарри Рону и Гермионе, развернув пергамент и быстро проглядев его. — В понедельник вечером! — На душе у него вдруг стало необыкновенно легко и весело. — Пойдешь с нами в Хогсмид, Джинни? — спросил он.

— Я иду с Дином. Может, там встретимся, — ответила она, помахала рукой и ушла.

У дубовых входных дверей, как всегда, стоял Филч и проверял по списку, кому разрешено пойти в Хогсмид. Сегодня этот процесс растянулся даже больше обычного, потому что Филч проверял и перепроверял каждого выходящего Детектором лжи.

— А какая разница, если кто-то и выносит из школы Темные артефакты? — сказал Рон, с опаской поглядывая на длинный тонкий датчик. — Главное, чтобы ничего такого не вносили внутрь!

За свою дерзость он получил несколько лишних тычков Детектором и все еще морщился, когда они вышли на улицу навстречу шквальному ветру со снегом и дождем.

Прогулка до Хогсмида оказалась малоприятной. Гарри обмотал лицо шарфом до самых глаз; та часть лица, которая осталась не прикрыта, быстро намокла и онемела от холода. По всей дороге в деревню виднелись ученики, сгибавшиеся под напором безжалостного ветра. Гарри несколько раз приходило в голову, не лучше ли было бы им сидеть сейчас в уютной теплой гостиной, а когда они наконец добрели до Хогсмида и обнаружили, что вход в магазин волшебных шуток «Зонко» заколочен досками, Гарри воспринял это как знак судьбы: веселья в Хогсмиде на сей раз не предвидится. Рон махнул рукой в толстой вязаной перчатке в сторону «Сладкого королевства»; к счастью, там было открыто. Гарри и Гермиона, спотыкаясь, ввалились вслед за Роном в переполненную кондитерскую.

— Слава богу, — передернулся Рон, когда они окунулись в душистое тепло, пропитанное ароматом карамели.

— Гарри, мой мальчик! — громко произнес знакомый голос у них за спиной.

— Караул, — пробормотал Гарри.

Все трое обернулись и увидели перед собой профессора Слизнорта в громадной меховой шапке и таком же воротнике, с большим пакетом засахаренных ананасов в руках. Он занимал собой по крайней мере четверть магазина, никак не меньше.

— Гарри, вы уже три раза пропускали мои дружеские ужины! — сказал Слизнорт, добродушно тыча его пальцем в грудь. — Так не годится, мальчик мой! Я непременно хочу залучить вас к себе. Вот мисс Грейнджер нравятся мои вечеринки, не правда ли?

— Да, — промямлила Гермиона, — они, они очень...

— Так что же вы не приходите, Гарри? — требовательно спросил Слизнорт.

— Ну, у меня были тренировки по квиддичу, профессор, — сказал Гарри.

Он и в самом деле каждый раз назначал тренировки именно тогда, когда получал от Слизнорта приглашение, перевязанное фиолетовой ленточкой. Благодаря этому Рон не оставался в одиночестве, и они втроем с Джинни дружно веселились, представляя себе, как Гермиона томится на очередной вечеринке у Слизнорта в обществе Маклаггена и Забини.

— Что ж, теперь вы уж точно должны выиграть ближайший матч, после такой упорной подготовки! — сказал Слизнорт. — Но иногда нужно и отдыхать. Как насчет вечера понедельника, не будете же вы тренироваться в такую погоду...

— Не могу, профессор. Я... у меня... назначена на этот вечер встреча с профессором Дамблдором.

— Опять не повезло! — трагически воскликнул Слизнорт. — Ну, что ж... Однако уклоняться до бесконечности невозможно, Гарри!

И, с царственным видом помахав на прощание рукой, он вышел вперевалочку из магазина, уделив Рону не больше внимания, чем выставленным на витрине «Тараканьим усам».

— Невероятно — ты опять выкрутился! — сказала Гермиона, качая головой. — На самом деле там не так уж противно... Иногда даже бывает интересно... — Тут она заметила, с каким лицом на нее уставился Рон. — Ой, смотрите, здесь есть сахарные перья де-люкс — их хватает на несколько часов!

Радуясь, что Гермиона заговорила о другом, Гарри проявил неумеренный интерес к кондитерской новинке — сахарным перьям богатырского размера, но Рон по-прежнему смотрел на них волком и только пожал плечами, когда Гермиона спросила, куда он теперь хочет пойти.

— Пошли в «Три метлы», — предложил Гарри. — Там хоть тепло.

Они снова обмотались шарфами и вышли из кондитерской. После сахарного тепла в «Сладком королевстве» ветер резал как ножом. Народу на улице было немного. Никто не останавливался поболтать, все бегом бежали по своим делам. Исключение составляли двое мужчин у входа в «Три метлы». Один был очень высокий и худой. Прищурившись сквозь очки, Гарри узнал бармена из второго хогсмидского кабачка «Кабанья голова». Когда друзья подошли ближе, бармен плотно запахнул плащ и ушел, а его низенький собеседник остался, пристраивая поудобнее какую-то поклажу в руках. До него оставалось всего несколько шагов, когда Гарри вдруг узнал, кто это.

— Наземникус!

Приземистый кривоногий человечек с длинными растрепанными рыжими волосами вздрогнул с головы до пят и уронил древний чемодан. Чемодан раскрылся, и на землю вывалилась куча разной рухляди, которой можно было заполнить витрину лавки старьевщика.

— А, Гарри, приветик, — сказал Наземникус Флетчер, весьма неубедительно изображая беззаботную радость. — Ну, не буду тебя задерживать.

И он принялся шарить по земле, подбирая выпавшие из чемодана вещи и явно стремясь поскорее убраться отсюда.

— Приторговываем помаленьку? — спросил Гарри, глядя, как Наземникус сгребает в охапку довольно-таки обшарпанные на вид предметы.

— А что делать, жить-то надо, — отозвался Наземникус. — Дай сюда!

Рон только что наклонился и поднял с земли серебряный кубок.

— Погодите-ка, — медленно проговорил Рон. — Я это где-то видел...

— Спасибо! — Наземникус вырвал кубок из рук Рона и затолкал в чемодан. — Ладно, до встречи... Ай!

Гарри прижал Наземникуса к стене трактира. Крепко держа его одной рукой за горло, он выхватил волшебную палочку.

— Гарри! — взвизгнула Гермиона.

— Ты украл этот кубок из дома Сириуса, — сказал Гарри, почти уткнувшись носом в лицо Наземникусу и вдыхая неприятный застоявшийся запах табака и алкоголя. — На нем фамильный герб Блэков.

— Я... никогда... чего? — запыхтел Наземникус, постепенно становясь багровым.

— Ты что, явился туда в ту ночь, когда его убили, и ограбил дом? — прорычал Гарри.

— Нет... я...

— Отдай!

— Гарри, не надо! — вскрикнула Гермиона.

Наземникус начал синеть.

Что-то громко хлопнуло, и Гарри почувствовал, что его руки разжались, выпустив горло Наземникуса. Пыхтя и отдуваясь, Наземникус подобрал чемодан и — хлоп! — трансгрессировал в неизвестном направлении.

Гарри громко выругался и завертелся на месте, пытаясь разглядеть, куда исчез Наземникус.

— ВЕРНИСЬ, ВОРЮГА!

— Бесполезно, Гарри.

Рядом с ними возникла Тонкс. В ее мышиного цвета волосы набился мокрый снег.

— Наземникус, вероятно, сейчас уже в Лондоне. Нет смысла кричать.

— Он украл вещи Сириуса! Украл, понимаете!

— Да, да, — сказала Тонкс, которую, похоже, эта информация нисколько не взволновала, — но все-таки незачем стоять на холоде.

Она проводила их до входа в «Три метлы». Едва перешагнув порог, Гарри снова не выдержал:

— Он украл вещи Сириуса!

— Я все понимаю, Гарри, только не кричи, пожалуйста, на нас смотрят, — прошептала Гермиона. — Иди сядь. Я тебе что-нибудь принесу.

Через несколько минут она вернулась к столику с тремя бутылками сливочного пива. Гарри все еще кипел от злости.

— Неужели Орден не может справиться с Наземникусом? — спрашивал он друзей яростным шепотом. — Могли бы, по крайней мере, проследить, чтобы он не тащил из штаб-квартиры все, что плохо лежит!

— Ш-ш-ш! — в отчаянии взмолилась Гермиона, оглядываясь, не слышал ли кто.

Двое колдунов за соседним столиком с интересом поглядывали на Гарри, а неподалеку Забини со скучающим видом прислонился к колонне.

— Гарри, я бы на твоем месте тоже разозлилась, я понимаю, это ведь он твои вещи ворует...

Гарри поперхнулся сливочным пивом. Он совсем забыл, что дом номер двенадцать на площади Гриммо теперь принадлежит ему.

— Точно, это мои вещи! — сказал он. — Ясное дело, он мне не обрадовался! Ладно, я обязательно расскажу Дамблдору, что происходит, он один может повлиять на Наземникуса.

— Хорошая мысль, — шепотом одобрила Гермиона, очень довольная, что Гарри наконец немного успокоился. — Рон, ты что там высматриваешь?

— Ничего, — быстро ответил Рон, отводя глаза от стойки бара, но Гарри знал, что он пытался поймать взгляд хорошенькой пухленькой барменши, мадам Розмерты, к которой давно уже был неравнодушен.

— Как я понимаю, «ничего» пошла в кладовку за огненным виски, — ехидно заметила Гермиона.

Рон проигнорировал этот выпад и стал прихлебывать сливочное пиво в молчании, которое сам он, видимо, считал исполненным достоинства. Гарри думал о Сириусе — о том, что он все равно терпеть не мог все это фамильное серебро. Гермиона постукивала пальцами по столу, посматривая то на Рона, то на стойку бара.

Как только Гарри допил последние капли из своей бутылки, Гермиона сказала:

— Ну что, может, хватит на сегодня? Пошли обратно в школу.

Гарри и Рон кивнули. Прогулка вышла невеселая, а погода, чем дальше, тем становилась хуже. Снова они закутались в плащи и шарфы, натянули перчатки. Как раз в это время Кэти Белл с подружкой выходили из трактира. Трое друзей тоже вышли и двинулись за девочками по Главной улице. Шлепая по мерзлым лужам, Гарри вспомнил про Джинни. Они так и не встретили ее. Небось уютно устроилась со своим Дином в кафе мадам Паддифут, прибежище всех счастливых влюбленных парочек. Сдвинув брови, Гарри нагнул голову навстречу ветру и ледяному дождю и зашагал дальше.

Через некоторое время он начал замечать, что голоса Кэти Белл и ее подруги, которые доносил к нему ветер, становятся все громче и пронзительнее. Гарри прищурился, вглядываясь в неясные за дождем фигурки. Девочки спорили о каком-то предмете, который Кэти держала в руке.

— Тебя это не касается, Лианна! — донеслись до Гарри слова Кэти.

Они завернули за угол. Здесь мокрый снег летел еще гуще и совсем залепил очки Гарри. Он поднял руку в перчатке, чтобы протереть их, и как раз в этот момент Лианна сделала попытку выхватить у Кэти сверток; Кэти потянула к себе, и сверток упал на землю.

В ту же секунду Кэти взмыла в воздух — не так, как Рон, смешно болтавшийся вниз головой, нет, очень грациозно, вытянув вверх руки, словно хотела полетать. И все-таки было в этом что-то очень странное, что-то неправильное, жуткое... Ветер бешено трепал ее волосы, но глаза Кэти были закрыты и лицо застыло без всякого выражения. Гарри, Рон, Гермиона и Лианна замерли на месте, не сводя с нее глаз.

Поднявшись на шесть футов над землей, Кэти вдруг ужасно закричала. Глаза ее распахнулись, но то, что она видела или чувствовала, очевидно, причиняло ей нестерпимую боль. Она кричала, не переставая. Лианна тоже закричала и стала дергать Кэти за щиколотки, пытаясь стащить ее вниз. Гарри, Рон и Гермиона бросились на помощь. Они дружно потянули Кэти за ноги, но тут она рухнула прямо на них. Гарри и Рон успели ее подхватить, но она так билась и корчилась, что они едва могли ее удержать. Тогда они опустили ее на землю. Кэти продолжала биться и кричать и явно никого не узнавала.

Гарри огляделся: вокруг не было ни души.

— Никуда не уходите! — заорал он, перекрикивая воющий ветер. — Я пойду позову на помощь!

Он бегом помчался к школе. Гарри никогда еще не видел, чтобы с человеком делалось такое, он просто не мог себе представить, отчего это случилось с Кэти. На повороте дороги он столкнулся с кем-то, похожим на огромного медведя, поднявшегося на задние лапы.

— Хагрид! — задохнулся Гарри, выпутавшись из живой изгороди, в которую он свалился.

— Гарри! — воскликнул Хагрид. Он был одет в свой громадный мохнатый тулуп из бобровых шкурок, в бровях и бороде запутались комья мокрого снега. — Я тут ходил навестить Грохха, он у меня такой умница, ты себе даже не...

— Хагрид, там одну девочку ранили, или прокляли, или я не знаю что...

— Что ты говоришь? — спросил Хагрид, наклоняясь, чтобы расслышать слова Гарри, которые заглушал разбушевавшийся ветер.

— Прокляли! — выкрикнул Гарри.

— Прокляли? Кого? Рона? Гермиону?

— Нет! Кэти Белл! Вон там...

Они побежали в сторону Хогсмида и очень скоро увидели маленькую группу возле Кэти, все еще кричавшей и корчившейся на земле. Рон, Гермиона и Лианна пытались ее успокоить.

— А ну отойдите! — крикнул Хагрид. — Дайте я посмотрю!

— С ней что-то сделалось, — всхлипывала Лианна. — Я не понимаю, что это...

Секунду Хагрид смотрел на Кэти, потом, не говоря ни слова, наклонился, поднял ее на руки и бегом кинулся к замку. Через несколько мгновений душераздирающие крики Кэти затихли вдали, остался только вой ветра.

Гермиона подбежала к плачущей подружке Кэти и обняла ее.

— Ты Лианна, да?

Девочка кивнула.

— Это произошло вот прямо так, ни с того ни с сего, или...

— Это случилось, когда пакет порвался, — всхлипнула Лианна, показывая валяющийся на земле промокший насквозь пакет из оберточной бумаги.

Бумага разодралась, сквозь дыру поблескивало что-то зеленоватое. Рон наклонился и потянулся к свертку, но Гарри перехватил его руку и оттащил Рона назад.

— Не трогай!

Гарри присел на корточки. Из разорванного пакета выглядывало старинное ожерелье с опалами.

— Я это видел раньше, — сказал Гарри, внимательно рассматривая украшение. — Сто лет назад, в витрине у «Горбина и Бэрка». На этикетке было написано, что оно проклято. Наверное, Кэти к нему прикоснулась. — Он задрал голову и посмотрел на Лианну, которую била дрожь. — Откуда эта дрянь у Кэти?

— Да мы из-за этого и заспорили! Она пошла в туалет в «Трех метлах», вернулась с пакетом в руках, сказала, что это сюрприз для кого-то в Хогвартсе, а ее попросили передать. И говорила как-то странно... Господи, вот ужас-то, на ней, наверное, было заклятие Империус, а я и не сообразила!

Лианна снова затряслась от рыданий. Гермиона ласково погладила ее по плечу.

— Лианна, она не говорила, кто ей это дал?

— Нет... Не захотела сказать... А я ей сказала, что она дурочка и что не надо нести это в школу, а она не хотела меня слушать и... И я стала отнимать это у нее, и... и... и...

Рассказ Лианны перешел в жалобный вопль.

— Пошли в школу, — сказала Гермиона, по-прежнему обнимая Лианну. — Узнаем, как она. Пойдем...

Гарри поколебался, потом размотал шарф и, не обращая внимания на судорожный вздох Рона, аккуратно обернул шарфом ожерелье и поднял с земли.

— Нужно будет показать его мадам Помфри, — сказал он.

Идя вместе с Роном позади Гермионы и Лианны, Гарри лихорадочно думал. Когда они добрались до ворот, он не сдержался и заговорил:

— Малфой знает про это ожерелье. Оно лежало в витрине у «Горбина и Бэрка» четыре года назад. Я тогда прятался от Малфоя с его папочкой и видел, как Малфой его разглядывал. Вот что он покупал в тот день, когда мы за ним следили! Он вспомнил про это ожерелье и пошел туда за ним!

— Н-не знаю, Гарри, — неуверенно ответил Рон. — Мало ли кто заходит к «Горбину и Бэрку»... И потом, та девчонка сказала, что Кэти кто-то его дал в женском туалете.

— Она сказала, что Кэти возвращалась из туалета, необязательно ей его дали прямо там...

— Макгонагалл! — предостерегающе произнес Рон.

Гарри поднял глаза. И правда, навстречу им с каменных ступеней у входа в Хогвартс сбежала профессор Макгонагалл, не обращая внимания на летящие хлопья мокрого снега.

— Хагрид говорит, вы четверо видели, что случилось с Кэти Белл... Прошу всех немедленно ко мне в кабинет. Что это у вас в руках, Поттер?

— Это та штука, которую она потрогала, — ответил Гарри.

— Боже милосердный! — ужаснулась профессор Макгонагалл, забирая у Гарри ожерелье.

— Нет, нет, Филч, они со мной! — прибавила она торопливо, поскольку Филч уже ковылял к ним через вестибюль с Детектором лжи на изготовку. — Отнесите это ожерелье профессору Снеггу как можно скорее, только смотрите не трогайте его! Ни в коем случае не разворачивайте шарф!

Гарри и остальные поднялись за профессором Макгонагалл в ее кабинет. Заляпанные мокрым снегом окна дребезжали под ударами ветра, в комнате было зябко, хотя в камине потрескивал огонь. Профессор Макгонагалл закрыла за собой дверь, обошла вокруг письменного стола и встала лицом к Гарри, Рону, Гермионе и продолжавшей безудержно всхлипывать Лианне.

— Итак, — отрывисто спросила она, — что произошло?

Запинаясь, то и дело останавливаясь и глотая слезы, Лианна рассказала, как Кэти пошла в туалет в «Трех метлах» и вернулась со свертком, на котором не было никаких надписей, при этом вела себя странно, как они заспорили, нужно ли передавать неизвестные предметы неизвестно от кого, как начали тянуть сверток каждая к себе и бумага порвалась. Тут Лианна снова залилась слезами, и больше от нее ничего нельзя было добиться.

— Ну, хорошо, — довольно мягко сказала профессор Макгонагалл, — ступайте в больничное крыло, Лианна, попросите у мадам Помфри успокоительное.

Когда Лианна ушла, профессор Макгонагалл повернулась к Гарри, Рону и Гермионе.

— Что случилось, когда Кэти прикоснулась к ожерелью?

— Она поднялась в воздух, — сказал Гарри, прежде чем Рон и Гермиона успели заговорить. — А потом начала кричать и упала на землю. Простите, профессор, можно мне поговорить с профессором Дамблдором?

— Директора не будет в школе до понедельника, Гарри, — сказала профессор Макгонагалл, явно удивленная его просьбой.

— Не будет в школе? — возмутился Гарри.

— Да, Поттер, не будет! — резко ответила профессор Макгонагалл. — Но вы, конечно, можете и мне изложить свои соображения по поводу этого ужасного происшествия!

Долю секунды Гарри молчал, не зная, на что решиться. Откровенничать с профессором Макгонагалл было трудно. Хотя Дамблдор во многих отношениях был пострашнее ее, он, как правило, с уважением относился к чужим теориям, какими бы безумными они ни были. Но ведь речь идет о жизни и смерти, сейчас не время переживать из-за того, что тебя могут высмеять.

— Я думаю, это Малфой дал Кэти ожерелье, профессор.

Рон, стоя рядом с ним, смущенно потер нос; по другую сторону Гермиона переступила с ноги на ногу, как будто ей хотелось отодвинуться от Гарри.

— Это очень серьезное обвинение, Поттер, — сказала профессор Макгонагалл после короткого молчания. — У вас есть доказательства?

— Нет, — сказал Гарри, — но...

Он рассказал о том, как Малфой у них на глазах заходил в лавку «Горбин и Бэрк» и как они подслушали его разговор с Горбином.

Когда он замолчал, профессор Макгонагалл посмотрела на него слегка озадаченно.

— Малфой принес что-то к «Горбину и Бэрку» для починки?

— Нет, профессор, он только хотел, чтобы Горбин ему рассказал, как починить какую-то вещь. С собой у него этого не было. Но дело не в том. Главное, он тогда еще что-то купил, и я думаю, это было ожерелье...

— Ты видел у Малфоя в руках такой же пакет, когда он выходил из лавки?

— Нет, профессор, он велел Горбину хранить его у себя...

— Гарри, — перебила Гермиона, — Горбин ведь спросил, не хочет ли Малфой забрать эту вещь с собой, а Малфой ответил «нет»...

— Само собой, он не хотел к ней прикасаться! — сердито сказал Гарри.

— Вообще-то он сказал: «Как я эту штуку потащу?», — напомнила Гермиона.

— Ясное дело, он бы выглядел глупо, если бы шел по улице с ожерельем, — вмешался Рон.

— Ах, Рон, — нетерпеливо воскликнула Гермиона, — оно было бы завернуто, так что к нему не нужно было прикасаться, и вполне можно было спрятать его под плащом, никто бы ничего не заметил! Я думаю, то, что он приобрел у Горбина, было или шумным, или очень большим, так что его невозможно было пронести незаметно. И потом, — продолжала она, повысив голос, чтобы Гарри не мог ее перебить, — я же спрашивала Горбина насчет ожерелья, помните? Когда заходила разузнать, что такое он должен хранить для Малфоя. И Горбин мне назвал цену, он не сказал, что ожерелье уже продано...

— Конечно, не сказал, он, наверное, сразу догадался, что тебе нужно. И вообще, Малфой мог позже послать кого-нибудь за ожерельем...

Гермиона вне себя открыла рот, чтобы возразить.

— Довольно! — сказала профессор Макгонагалл. — Поттер, я ценю, что вы рассказали мне все это, но мы не можем обвинить мистера Малфоя только на том основании, что он посетил магазин, где продавалось ожерелье. Там, вероятно, побывали еще сотни людей...

— Вот и я говорю, — пробормотал Рон себе под нос.

— ...и, во всяком случае, в этом году введены настолько строгие меры безопасности, не думаю, что ожерелье могли пронести в школу без нашего ведома...

— Но...

— ...и кроме того, — сказала профессор Макгонагалл, как бы подводя итог дискуссии, — мистера Малфоя не было сегодня в Хогсмиде.

Гарри разинул рот, чувствуя себя так, будто из него выпустили весь воздух.

— Откуда вы знаете, профессор?

— Потому что он отбывал наказание у меня. Он уже два раза подряд не сдал мне домашнюю работу по трансфигурации. Одним словом, спасибо, что поделились со мной своими подозрениями, Поттер, — сказала она, шагнув к двери, — а сейчас мне нужно заглянуть в больничное крыло, узнать, как чувствует себя Кэти Белл. Всего хорошего.

Она открыла перед ними дверь. Делать нечего — все трое один за другим молча вышли в коридор.

Гарри злился на Рона с Гермионой за то, что они взяли сторону Макгонагалл, но не смог промолчать, когда они снова принялись обсуждать случившееся.

— Ну, как вы думаете, кому Кэти должна была передать ожерелье? — спросил Рон, когда они поднимались по лестнице в гриффиндорскую гостиную.

— Кто его знает, — сказала Гермиона. — Во всяком случае, этот человек чудом спасся. Открывая пакет, он наверняка прикоснулся бы к ожерелью.

— Мало ли кому его могли послать, — сказал Гарри. — Дамблдору — Пожиратели смерти были бы еще как рады от него избавиться. Он у них, наверное, цель номер один. Или Слизнорту — Дамблдор считает, что Волан-де-Морт очень хотел переманить его к себе, они небось недовольны, что он пошел работать к Дамблдору. Или...

— Или тебе, — тревожно сказала Гермиона.

— Вот мне как раз нет, — сказал Гарри. — Я же шел за Кэти от самого трактира, что ей стоило повернуться и отдать мне эту штуку? Было бы гораздо логичнее сделать это подальше от Хогвартса, ведь Филч всех обыскивает на входе и выходе. Не понимаю, почему Малфой велел ей нести пакет в замок?

— Гарри, Малфоя не было в Хогсмиде! — Гермиона в раздражении даже топнула ногой.

— Значит, у него был сообщник, — сказал Гарри. — Крэбб или Гойл... А может, еще какой-нибудь Пожиратель смерти, у Малфоя теперь наверняка есть дружки почище Крэбба и Гойла, раз он и сам...

Рон и Гермиона переглянулись, как будто говоря: «Бесполезно с ним спорить».

— Лабардан! — решительно произнесла Гермиона, остановившись перед портретом Полной Дамы.

Портрет повернулся на петлях, открывая проход в гриффиндорскую гостиную. Там было полно народу и пахло отсыревшей одеждой, как видно, многие вернулись из Хогсмида пораньше из-за мерзкой погоды. Но не было слышно испуганных голосов, разговоров и предположений — очевидно, никто еще не знал о том, что случилось с Кэти.

— Если подумать, покушение было проведено не очень-то умно, — сказал Рон, мимоходом вытряхнув какого-то первокурсника из удобного кресла у огня и усевшись туда сам. — В итоге проклятие даже не попало в замок. Не слишком надежный способ.

— Ты прав, — согласилась Гермиона, ногой спихнув Рона с кресла и жестом предложив первокурснику снова занять свое место. — Совершенно непродуманная попытка.

— А с каких это пор Малфой у нас стал великим мыслителем? — спросил Гарри.

Рон и Гермиона промолчали.

Глава 13
НЕИЗВЕСТНЫЙ РЕДДЛ

На следующий день Кэти забрали в больницу святого Мунго. К этому времени известие о том, что она угодила под проклятие, разнеслось по всей школе, хотя подробностей никто не знал. Похоже, только Гарри, Рону, Гермионе и Лианне было известно, что целью покушения была не Кэти.

— Ну, и Малфой, конечно, знает, — сказал Гарри Рону и Гермионе, которые упорно держались новой методики — притворялись глухими всякий раз, как Гарри заводил речь о своей теории «Малфой — Пожиратель смерти».

Гарри беспокоило, успеет ли Дамблдор вернуться в школу к вечеру понедельника, но, поскольку урока никто не отменял, он явился к директорскому кабинету ровно в восемь часов, постучал, и его пригласили войти. Дамблдор сидел у себя за столом и выглядел необыкновенно усталым, рука у него была все такая же черная и обожженная, но он улыбнулся Гарри и жестом предложил ему сесть. Омут памяти уже стоял на столе, отбрасывая на потолок серебряные блики.

— У вас тут хватало событий, пока меня не было, — сказал Дамблдор. — Насколько я понял, несчастный случай с Кэти произошел у тебя на глазах.

— Да, сэр. Как она?

— Все еще в тяжелом состоянии, хотя ей, можно сказать, повезло. По-видимому, она совсем чуть-чуть задела ожерелье, контакт произошел на очень маленьком участке кожи: у нее в перчатке была крошечная дырочка. Если бы она надела ожерелье или хотя бы взяла его в руки без перчаток, наступила бы смерть — скорее всего мгновенная. К счастью, профессор Снегг сумел остановить распространение проклятия...

— Почему он? — быстро спросил Гарри. — Почему не мадам Помфри?

— Что за дерзость! — раздался негромкий голос одного из портретов, и Финеас Найджелус Блэк, прапрадедушка Сириуса, поднял голову, которую прежде опустил на руки, притворяясь спящим. — Когда я был директором Хогвартса, ученикам не позволялось ставить под сомнение действия руководства.

— Да, благодарю, Финеас, — остановил его Дамблдор. — Гарри, профессор Снегг знает о Темных искусствах намного больше, чем мадам Помфри. Во всяком случае, мне каждый час присылают из больницы отчет о состоянии Кэти, и есть надежда, что со временем она полностью поправится.

— А где вы были в эти выходные, сэр? — спросил Гарри, подавив настойчивое ощущение, что он искушает судьбу, — ощущение, которое, видимо, разделял и Финеас Найджелус, судя по тому, что он тихонько зашипел сквозь зубы.

— Я предпочел бы пока не говорить об этом, — сказал Дамблдор. — Но в свое время я тебе расскажу.

— Расскажете? — в изумлении повторил Гарри.

— Думаю, что да, — ответил Дамблдор, достал из-за пазухи очередной флакон с серебристыми воспоминаниями и откупорил его движением волшебной палочки.

— Сэр, — нерешительно начал Гарри, — я в Хогсмиде встретил Наземникуса...

— О да, я уже знаю, что Наземникус крайне непочтительно обошелся с твоим наследством, — сказал Дамблдор, нахмурившись. — После вашего разговора у входа в «Три метлы» он залег на дно; подозреваю, он боится встретиться со мной. Во всяком случае, можешь быть уверен, что ему больше не удастся таскать вещи Сириуса.

— Этот шелудивый полукровка разворовывал наследие Блэков? — взъярился Финеас Найджелус и стремительно шагнул за раму — несомненно, отправился навестить другой свой портрет в доме номер двенадцать на площади Гриммо.

— Профессор, — заговорил Гарри после короткой паузы, — профессор Макгонагалл рассказывала вам, что я ей говорил после несчастного случая с Кэти? Насчет Драко Малфоя?

— Да, она рассказала мне о твоих подозрениях, — ответил Дамблдор.

— А вы...

— Я приму меры для тщательного расследования в связи со всеми, кто мог иметь отношение к происшествию с Кэти, — сказал Дамблдор. — Однако сейчас, Гарри, мы должны уделить внимание уроку.

Гарри почувствовал себя задетым. Если эти уроки так уж важны, почему между первым и вторым занятием такой большой промежуток? Но он не стал больше говорить о Малфое и молча смотрел, как Дамблдор выливает очередное воспоминание в Омут памяти и осторожно покачивает широкую каменную чашу, придерживая ее длинными пальцами.

— Ты, конечно, помнишь, что в предыдущий раз мы прервали повесть о прошлом лорда Волан-де-Морта в тот момент, когда красивый магл Том Реддл покинул свою волшебницу-жену Меропу и вернулся в фамильную усадьбу в Литтл-Хэнглтоне. Меропа осталась в Лондоне одна. Она ожидала ребенка, которому суждено было впоследствии сделаться лордом Волан-де-Мортом.

— Откуда вы знаете, что она была в Лондоне, сэр?

— Благодаря показаниям некоего Карактака Бэрка, — ответил Дамблдор. — По странному стечению обстоятельств, он стал одним из основателей того самого магазина, где было продано ожерелье, о котором мы только что говорили.

Гарри и раньше приходилось видеть, как Дамблдор покачивает Омут памяти, словно золотоискатель на промывке золотого песка. Над серебристым водоворотом в каменной чаше поднялся, вращаясь, дряхлый старичок, сам серебристый, словно призрак, но намного плотнее. Клок волос, падающий на лоб, почти совсем закрывал глаза.

— Да, мы приобрели его при необычных обстоятельствах. Его принесла молоденькая чародейка незадолго до Рождества. Ах, как давно это было... Она сказала, что ей очень нужны деньги, да это и так было видно. Вся в лохмотьях, и уже весьма... Словом, она ждала ребенка. Сказала, что медальон когда-то принадлежал Слизерину. Ну, такое нам постоянно приходится слышать. «Ах, эта вещь принадлежала Мерлину, это был его любимый чайничек»... Но я осмотрел медальон, на нем действительно был знак Слизерина, и несколько простых заклинаний позволили мне быстро убедиться в его подлинности. Разумеется, вещь была практически бесценная. Девушка, как видно, не представляла себе, сколько это может стоить. Отдала за десять галеонов, да еще была рада-радешенька. Наша лучшая сделка!

Дамблдор резко встряхнул чашу, и Карактак Бэрк снова канул в серебристый водоворот воспоминаний.

— Он дал ей всего десять галеонов? — с возмущением спросил Гарри.

— Карактак Бэрк никогда не отличался щедростью, — сказал Дамблдор. — Итак, мы знаем, что перед самым рождением ребенка Меропа была в Лондоне одна и, отчаянно нуждаясь в деньгах, продала единственную принадлежавшую ей ценную вещь — медальон, одну из двух семейных реликвий, которыми так дорожил ее отец Марволо.

— Но она же умела колдовать! — нетерпеливо воскликнул Гарри. — Она могла наколдовать себе и еду, и все, что нужно!

— Может, и могла, — сказал Дамблдор. — Однако я убежден — это вновь одни догадки, но я уверен, что не ошибаюсь, — после того, как муж оставил ее, Меропа перестала пользоваться волшебством. Я думаю, она не хотела больше быть чародейкой. Возможно также, что неразделенная любовь и отчаяние лишили ее магических сил, это случается. Во всяком случае, как ты сейчас увидишь, Меропа не пожелала взяться за волшебную палочку даже ради спасения собственной жизни.

— Она не захотела жить даже ради сына?

Дамблдор поднял брови:

— Уж не жалеешь ли ты лорда Волан-де-Морта?

— Нет, — быстро ответил Гарри, — но ведь у нее был выбор, правда? Не то что у моей мамы...

— У твоей мамы тоже был выбор, — мягко проговорил Дамблдор. — Да, Меропа Реддл предпочла смерть, несмотря на то что была нужна своему сыну, но не суди ее слишком строго, Гарри. Она ослабела от долгих страданий, да и никогда не обладала мужеством твоей мамы. А теперь встань сюда, пожалуйста...

— Куда мы попадем? — спросил Гарри, встав рядом с Дамблдором у письменного стола.

— На этот раз, — ответил Дамблдор, — мы побываем в *моем* воспоминании. Я думаю, ты найдешь его достаточно подробным и в должной мере точным. Ты первый, Гарри...

Гарри наклонился над Омутом памяти, погрузил лицо в прохладную серебристую массу, и вот он снова падает в темноту... Через несколько секунд ноги его коснулись твердой земли, Гарри открыл глаза и увидел, что они с Дамблдором стоят на оживленной старинной лондонской улице.

— А вот и я, — бодро заметил Дамблдор, указывая на высокую фигуру, перебегающую через дорогу перед лошадью, тащившей тележку с молоком.

У молодого Дамблдора были длинные каштановые волосы и такая же борода. Оказавшись на их стороне улицы, он зашагал по тротуару. Прохожие с любопытством оглядывались на человека в темно-лиловом бархатном костюме причудливого покроя.

— Красивый костюм, сэр, — не удержался Гарри, но Дамблдор только усмехнулся, следуя за самим собой.

Они старались не отставать от молодого Дамблдора и в конце концов, пройдя через чугунные ворота, оказались в пустом и голом дворике перед довольно унылым квадратным зданием, окруженным высокой решеткой. Молодой Дамблдор поднялся на крыльцо и стукнул в дверь. Через минуту дверь открыла неряшливая девица в фартуке.

— Добрый день. У меня назначена встреча с миссис Коул — если не ошибаюсь, она здесь начальница?

— О, — сказала девица, с изумлением оглядывая экзотическую фигуру Дамблдора. — М-м-минуточку... Миссис Коул! — завопила она через плечо.

Чей-то голос издалека что-то прокричал в ответ. Девица снова повернулась к Дамблдору:

— Входите, она сейчас подойдет.

Дамблдор вошел в прихожую с полом, выложенным черной и белой плиткой. Все здесь было бедное, но безукоризненно чистое. Гарри и постаревший Дамблдор тоже вошли. Не успела за ними закрыться парадная дверь, как в прихожую торопливо вышла очень худая, явно захлопотавшаяся женщина. Ее лицо с резкими чертами казалось не злым, скорее изнуренным от множества забот. На ходу она что-то говорила еще одной девице в фартуке:

— Йод отнеси Марте наверх, Билли Стаббс все время расчесывает себе болячки, а у Эрика Уолли все простыни измазаны гноем — только ветрянки нам не хватало! — произнесла она, ни к кому в особенности не обращаясь.

Тут ее взгляд упал на Дамблдора, и она остановилась как вкопанная, глядя на него с таким изумлением, словно к ней явился жираф.

— Добрый день, — поздоровался Дамблдор, протягивая руку.

Миссис Коул молча таращилась на него.

— Мое имя — Альбус Дамблдор. Я прислал вам письмо с просьбой о встрече, и вы были так добры, что пригласили меня посетить вас сегодня.

Миссис Коул заморгала. Видимо решив, что Дамблдор ей все-таки не мерещится, она сказала слабым голосом:

— Ах, да. В таком случае... в таком случае проходите, пожалуйста. Да.

Она провела Дамблдора в маленькую комнатку, не то гостиную, не то кабинет. Здесь было так же бедно, как и в прихожей, мебель стояла старая и разномастная. Начальница предложила Дамблдору шаткий стул, а сама, заметно нервничая, уселась за письменный стол, заваленный всевозможными бумагами.

— Как я уже сообщил в письме, я пришел к вам, чтобы поговорить о будущем Тома Реддла, — сказал Дамблдор.

— Вы его родственник? — спросила миссис Коул.

— Нет, я учитель, — ответил Дамблдор. — Я хочу предложить Тому место в моей школе.

— И что это за школа?

— Она называется Хогвартс, — сказал Дамблдор.

— А почему вас интересует Том?

— Мы считаем, что у него есть качества, необходимые для учебы у нас.

— Хотите сказать, что он получит стипендию? Как это может быть? Он никуда не подавал заявок.

— Видите ли, он записан в нашу школу с самого рождения.

— Кто его записал? Родители?

Безусловно, миссис Коул слишком хорошо соображала, и это осложняло беседу. По-видимому, Дамблдор был того же мнения — Гарри увидел, как он потихоньку вытащил из кармана волшебную палочку и в то же время взял со стола совершенно чистый листок бумаги.

— Вот, — сказал Дамблдор и, взмахнув волшебной палочкой, передал бумагу миссис Коул. — Думаю, теперь вам все станет ясно.

Миссис Коул взглянула на листок. Глаза ее на мгновение расфокусировались и тут же снова пришли в норму.

— По-видимому, все в порядке, — сказала она успокоенно, отдавая Дамблдору листок. Тут ее взгляд упал на бутылку джина и два стаканчика, которых еще несколько секунд назад здесь не было.

— Э-э... Позвольте предложить вам стаканчик джина? — спросила она с преувеличенной учтивостью.

— Премного благодарен, — сказал Дамблдор, задушевно улыбаясь.

Очень скоро стало ясно, что миссис Коул отнюдь не новичок по части джинопития. Щедро плеснув в оба стакана, она одним махом прикончила свою порцию. Без всякого стеснения причмокнув губами, она впервые улыбнулась Дамблдору, и он не преминул воспользоваться благоприятным моментом.

— Не могли бы вы рассказать мне что-нибудь о прошлом Тома Реддла? Кажется, он родился здесь, в приюте?

— Правильно, — сказала миссис Коул и налила себе еще джина. — Я это очень хорошо помню, потому что сама тогда первый год здесь работала. Был канун Нового года, холод стоял ужасный, шел снег, знаете ли. Кошмарная ночь. И тут эта девушка, ненамного старше меня, поднимается на крыльцо, а сама еле на ногах стоит. Да что уж там, не она первая, не она последняя. Впустили мы ее, и через час она уже родила ребеночка. А еще через час померла.

Миссис Коул важно кивнула и от души отхлебнула джина.

— Она говорила что-нибудь перед смертью? — спросил Дамблдор. — Например, об отце ребенка?

— Представьте себе, говорила, — ответила миссис Коул. Она явно начинала получать удовольствие от разговора со стаканом джина в руке и с таким благодарным слушателем. — Помню, она сказала мне: «Надеюсь, он будет похож на своего папу», — и, честно говоря, правильно она на это надеялась, потому что сама была совсем не красавица. А потом сказала, чтобы ему дали имя Том, в честь отца, и Марволо, в честь *ее* отца. Странное имечко, верно? Мы уж подумали, не из цирка ли она, часом. А еще она сказала, что фамилия у мальчика должна быть Реддл. А там вскоре и скончалась, больше ни словечка не проронила.

Мы уж и назвали его так, как она просила, бедняжке это, видать, казалось очень важным, но ни Том, ни Марволо, ни другой какой Реддл так за ним и не явились. Вот он и остался в приюте и до сих пор здесь находится.

Миссис Коул как бы по рассеянности плеснула себе еще одну солидную дозу. На скулах у нее появились два ярко-розовых пятнышка. Она сказала:

— Мальчик-то со странностями.

— Да, — сказал Дамблдор, — я так и думал.

— И грудным младенцем тоже был странный. Знаете, почти никогда не плакал. А как подрос, стал... совсем чудным.

— В каком смысле? — спросил Дамблдор.

— Ну, он...

Но тут миссис Коул запнулась и бросила на Дамблдора поверх стакана с джином абсолютно ясный и твердый инквизиторский взгляд.

— Говорите, ему уже точно назначено место в вашей школе?

— Определенно, — сказал Дамблдор.

— И все, что я скажу, этого не изменит?

— Не изменит, — подтвердил Дамблдор.

— Вы в любом случае его заберете?

— В любом, — серьезно повторил Дамблдор.

Она прищурилась, как будто прикидывая, можно ли ему доверять. Видимо, решила, что можно, и неожиданно выпалила:

— Он пугает других детей.

— Вы хотите сказать: он обижает их? Запугивает?

— Да, наверное, — чуть нахмурилась миссис Коул, — но его очень трудно поймать за руку. Были разные случаи... Очень нехорошие...

Дамблдор не стал ее расспрашивать, но Гарри видел, что он заинтересовался. Она снова сделала глоток, и щеки ее еще больше порозовели.

— Кролик Билли Стаббса... Том, конечно, сказал, что он этого не делал, да я и не представляю себе, как бы он мог забраться на стропила... но кролик ведь не сам повесился, правда?

— Едва ли, — тихо отозвался Дамблдор.

— Ума не приложу, хоть убейте, как он мог залезть на такую верхотуру. Я знаю одно — накануне они с Билли поспорили. А еще... — Миссис Коул снова отхлебнула джина, причем тонкая струйка потекла у нее по подбородку, — мы их, знаете ли, раз в год вывозим на природу, в деревню или на побережье... Так вот, после того случая Эми Бенсон и Деннис Бишоп были прямо на себя не похожи, да так и остались словно пришибленными, но сколько мы их ни расспрашивали, они сказали только, что ходили в пещеру с Томом Реддлом. Он клялся и божился, что они всего лишь осматривали окрестности, но что-то там все-таки произошло, я просто уверена! Ну, и еще были разные странности...

Она снова посмотрела на Дамблдора, и, хотя щеки ее пылали, взгляд был прямой и ясный.

— Я думаю, о нем здесь немногие будут скучать.

— Вы, конечно, понимаете, что мы не можем забрать его насовсем? — сказал Дамблдор. — По крайней мере, он должен будет возвращаться сюда на лето.

— Ладно уж, и на том спасибо. Все же лучше, чем хрясь по сопатке ржавой кочергой, — икнув, заметила миссис Коул. Она поднялась на ноги, и Гарри восхитился тем, как твердо она стоит на ногах, хотя уровень джина в бутылке понизился на две трети. — Вы, верно, хотите поговорить с ним?

— Очень хотел бы, — сказал Дамблдор и тоже встал.

Миссис Коул провела его по коридору и вверх по каменной лестнице, на ходу выкрикивая указания и раздавая выговоры своим помощницам и воспитанникам. Сироты все были одеты в одинаковые тускло-серые курточки. Они выглядели вполне здоровыми, но, надо признаться, в этом унылом доме детям было совсем не место.

— Пришли, — объявила миссис Коул на второй лестничной площадке и остановилась у первой двери в длинном коридоре. Она постучала и вошла.

— Том, к тебе гости. Это мистер Дамбертон... прошу прощения, Дандербор. Он хочет тебе сказать... в общем, пускай сам и скажет.

Гарри и двое Дамблдоров вошли в комнату, и миссис Коул закрыла за ними дверь. В маленькой комнате почти не было мебели, только платяной шкаф и железная кровать. На кровати поверх серого одеяла сидел мальчик, вытянув ноги перед собой, и держал в руках книгу.

В лице Тома Реддла не было совершенно никакого сходства с Мраксами. Предсмертное желание Меропы сбылось: мальчик был уменьшенной копией красавца-отца. Высокий для своих одиннадцати лет, темноволосый и бледный, он чуть прищурил глаза, оценивающе оглядывая экзотический наряд Дамблдора. Наступила минутная пауза.

— Здравствуй, Том, — сказал Дамблдор и шагнул вперед, протягивая руку.

Мальчик после короткого колебания пожал ему руку. Дамблдор пододвинул к кровати жесткий деревянный стул и сел. Стало похоже, как будто он пришел навестить больного.

— Я профессор Дамблдор.

— Профессор? — настороженно переспросил Реддл. — В смысле — доктор? Зачем вы пришли? Это *она* вас пригласила посмотреть меня?

Он кивнул на дверь, за которой только что скрылась миссис Коул.

— Нет-нет, — улыбнулся Дамблдор.

— Я вам не верю, — сказал Реддл. — Она хочет, чтобы вы меня осмотрели, да? Говорите правду!

Последние два слова он произнес так звучно и властно, что Гарри стало не по себе. Это прозвучало как приказ, причем чувствовалось, что Реддл уже много раз повторял его. Глаза Реддла расширились, он пристально смотрел на Дамблдора. Тот в ответ только продолжал приятно улыбаться. Через несколько секунд Реддл перестал сверлить Дамблдора взглядом, хотя смотрел теперь еще более настороженно.

— Кто вы такой?

— Я уже сказал. Меня зовут профессор Дамблдор, я работаю в школе, которая называется Хогвартс. Я пришел предложить тебе учиться в моей школе — твоей новой школе, если ты захочешь туда поступить.

Реакция Реддла на эти слова была совершенно неожиданной. Он вскочил с кровати и шарахнулся от Дамблдора, глядя на него с яростью.

— Не обманете! Вы из сумасшедшего дома, да? «Профессор», ага, ну еще бы! Так вот, я никуда не поеду, понятно? Эту старую мымру саму надо отправить в психушку! Я ничего не сделал маленькой Эми Бенсон и Деннису Бишопу, спросите их, они вам то же самое скажут!

— Я не из сумасшедшего дома, — терпеливо сказал Дамблдор. — Я учитель. Если ты сядешь и успокоишься, я тебе расскажу о Хогвартсе. Конечно, никто тебя не заставит там учиться, если ты не захочешь...

— Пусть только попробуют! — скривил губы Реддл.

— Хогвартс, — продолжал Дамблдор, как будто не слышал последних слов Реддла, — это школа для детей с особыми способностями...

— Я не сумасшедший!

— Я знаю, что ты не сумасшедший. Хогвартс — не школа для сумасшедших. Это школа волшебства.

Стало очень тихо. Реддл застыл на месте. Лицо его ничего не выражало, но взгляд метался, перебегая с одного глаза Дамблдора на другой, как будто пытаясь поймать один из них на вранье.

— Волшебства? — повторил он шепотом.

— Совершенно верно, — сказал Дамблдор.

— Так это... это волшебство — то, что я умею делать?

— Что именно ты умеешь делать?

— Разное, — выдохнул Реддл. Его лицо залил румянец, начав от шеи и поднимаясь к впалым щекам. Он был как в лихорадке. — Могу передвигать вещи, не прикасаясь к ним. Могу заставить животных делать то, что я хочу, без всякой дрессировки. Если меня кто-нибудь разозлит, я могу сделать так, что с ним случится что-нибудь плохое. Могу сделать человеку больно, если захочу.

У него подгибались ноги. Спотыкаясь, он вернулся к кровати и снова сел, уставившись на свои руки, склонив голову, как будто в молитве.

— Я знал, что я не такой, как все, — прошептал он, обращаясь к собственным дрожащим пальцам. — Я знал, что я особенный. Я всегда знал, что что-то такое есть.

— Что ж, ты был абсолютно прав, — сказал Дамблдор. Он больше не улыбался и внимательно смотрел на Реддла. — Ты волшебник.

Реддл поднял голову. Лицо его преобразилось. Теперь на нем отражалась исступленная радость, но почему-то это его не красило; наоборот, красивые точеные черты стали как будто грубее, в выражении лица проступило что-то почти звериное.

— Вы тоже волшебник?

— Да.

— Докажите! — потребовал Реддл тем же властным тоном, каким только что приказал: «Говорите правду!»

Дамблдор поднял брови.

— Если, как я полагаю, ты согласен поступить в Хогвартс...

— Конечно, согласен!

— ...то ты должен, обращаясь ко мне, называть меня «профессор» или «сэр».

На самое короткое мгновение лицо Реддла сделалось жестким, но он тут же сказал вежливым до неузнаваемости голосом:

— Простите, сэр. Я хотел сказать — пожалуйста, профессор, не могли бы вы показать мне...

Гарри был уверен, что Дамблдор откажется, скажет Реддлу, что для практических демонстраций будет довольно времени в Хогвартсе, что они находятся в здании, где полно маглов, и следует соблюдать осторожность. Но, к его огромному удивлению, Дамблдор извлек из внутреннего кармана сюртука волшебную палочку, направил ее на потертый платяной шкаф, стоявший в углу, и небрежно взмахнул.

Шкаф загорелся.

Реддл вскочил на ноги. Гарри не мог его винить за протяжный крик ужаса и злобы; должно быть, все его имущество находилось в этом шкафу. Но в ту же секунду, как Реддл кинулся на Дамблдора, пламя погасло. Шкаф стоял нетронутый, без единой отметины.

Реддл уставился на шкаф, потом на Дамблдора, потом с жадным блеском в глазах указал на волшебную палочку.

— Когда я получу такую?

— Все в свое время, — сказал Дамблдор. — По-моему, из твоего шкафа что-то рвется наружу.

В самом деле, из шкафа доносилось какое-то дребезжание. В первый раз на лице Реддла промелькнул страх.

— Открой дверцу, — сказал Дамблдор.

Реддл, поколебавшись, пересек комнату и распахнул дверцу шкафа. Над отделением, где висело несколько поношенных костюмчиков, стояла на полке маленькая картонная коробка. Коробка гремела и подрагивала, как будто в ней колотились обезумевшие мыши.

— Достань ее, — сказал Дамблдор.

Реддл с явной опаской снял трясущуюся коробку с полки.

— В ней есть что-нибудь такое, чему не положено быть у тебя? — спросил Дамблдор.

Реддл посмотрел на Дамблдора долгим расчетливым взглядом.

— Да, наверное, есть, сэр, — сказал он наконец ничего не выражающим голосом.

— Открой, — сказал Дамблдор.

Реддл снял крышку и, не глядя, вытряхнул содержимое коробки на кровать. Гарри, ожидавший увидеть нечто потрясающее, увидел кучку самых обыденных предметов, в том числе игрушку йо-йо, серебряный наперсток и потускневшую губную гармонику. Освободившись из коробки, они мигом прекратили подскакивать и теперь неподвижно лежали на тонком одеяле.

— Ты вернешь их владельцам и извинишься, — спокойно сказал Дамблдор, убирая волшебную палочку за пазуху. — Я узна́ю, если ты этого не сделаешь. И имей в виду: в Хогвартсе воровства не терпят.

Реддл нисколько не смутился; он все так же холодно, оценивающе смотрел на Дамблдора. Наконец он сказал бесцветным голосом:

— Да, сэр.

— У нас в Хогвартсе, — продолжал Дамблдор, — учат не только пользоваться магией, но и держать ее под контролем. До сих пор ты — несомненно, по незнанию — применял свои способности такими методами, которым не обучают и которых не допускают в нашей школе. Ты не первый, кому случилось не в меру увлечься колдовством. Однако, к твоему сведению, из Хогвартса могут и исключить, а Министерство магии — да-да, есть такое Министерство — еще более сурово наказывает нарушителей. Каждый начинающий волшебник должен понять, что, вступая в наш мир, он обязуется соблюдать наши законы.

— Да, сэр, — повторил Реддл.

Невозможно было угадать, что он думает. Все с тем же ничего не выражающим лицом он сложил горстку ворованных предметов обратно в коробку. Закончив, он повернулся к Дамблдору и сказал ему напрямик:

— У меня нет денег.

— Это легко исправить, — сказал Дамблдор и вынул из кармана кожаный мешочек с деньгами. — В Хогвартсе существует специальный фонд для учеников, которые не могут самостоятельно купить себе учебники и форменные мантии. Возможно, тебе придется покупать подержанные книги заклинаний, но...

— Где продаются книги заклинаний? — не дослушав, перебил его Реддл.

Он взял тяжелый мешочек с деньгами, не поблагодарив Дамблдора, и теперь рассматривал толстый золотой галеон.

— В Косом переулке, — сказал Дамблдор. — Я помогу тебе найти все, что нужно...

— Вы пойдете со мной? — спросил Реддл, подняв глаза от монеты.

— Безусловно, если ты...

— Не нужно, — сказал Реддл. — Я привык все делать сам, я постоянно хожу один по Лондону. Как попасть в этот ваш Косой переулок... сэр? — прибавил он, наткнувшись на взгляд Дамблдора.

Гарри думал, что Дамблдор будет настаивать на том, чтобы пойти с Реддлом, но он снова ошибся. Дамблдор вручил Реддлу конверт со списком необходимых вещей, объяснил, как добраться от приюта до «Дырявого котла», затем сказал:

— Ты сможешь увидеть кабачок, хотя окружающие тебя маглы — то есть неволшебники — его видеть не могут. Спроси бармена Тома — легко запомнить, его зовут так же, как тебя...

Реддл беспокойно дернулся, как будто хотел согнать надоедливую муху.

— Тебе не нравится имя Том?

— Томов вокруг пруд пруди, — пробормотал Реддл. И вдруг, словно не смог удержаться, как будто вопрос вырвался у него помимо воли, спросил: — Мой отец был волшебником? Мне сказали, что его тоже звали Том Реддл.

— К сожалению, этого я не знаю, — мягко сказал Дамблдор.

— Моя мать никак не могла быть волшебницей, иначе она бы не умерла, — сказал Реддл, обращаясь скорее к себе самому, чем к Дамблдору. — Значит, это он. А после того, как я куплю все, что нужно, когда я должен явиться в этот Хогвартс?

— Все подробности изложены на втором листе пергамента в конверте, — сказал Дамблдор. — Ты должен выехать с вокзала Кингс-Кросс первого сентября. Там же вложен и билет на поезд.

Реддл кивнул. Дамблдор встал и снова протянул руку. Пожимая ее, Реддл сказал:

— Я умею говорить со змеями. Я это заметил, когда мы ездили за город. Они сами приползают ко мне и шепчутся со мной. Это обычная вещь для волшебника?

Гарри сразу понял, что он нарочно приберегал самую странную свою способность под конец, для пущего эффекта.

— Нет, необычная, — сказал Дамблдор после секундной заминки, — но это встречается.

Он говорил небрежным тоном, но с интересом задержал взгляд на лице Реддла. Так они стояли, мужчина и мальчик, глядя друг на друга. Затем рукопожатие распалось. Дамблдор подошел к двери.

— До свидания, Том, до встречи в Хогвартсе.

— Думаю, достаточно, — произнес седовласый Дамблдор.

В следующий миг они с Гарри взмыли вверх, в темноту, и снова приземлились в сегодняшнем кабинете.

— Садись, — сказал Дамблдор, прочно вставая на пол рядом с Гарри.

Гарри подчинился; он весь еще был полон тем, что видел.

— Он поверил гораздо быстрее, чем я — ну, когда вы сказали ему, что он волшебник. Я сначала не поверил Хагриду.

— Да, Реддл был вполне готов поверить, что он, как он выразился, «особенный», — сказал Дамблдор.

— А вы уже знали — тогда? — спросил Гарри.

— Знал ли я, что вижу перед собой самого опасного Темного волшебника всех времен? — спросил Дамблдор. — Нет, я и понятия не имел, что из него вырастет. Но он, безусловно, меня заинтриговал. Я вернулся в Хогвартс с намерением внимательно за ним приглядывать. Я сделал бы это в любом случае, поскольку он был одинок, без родных и друзей, но я почувствовал, что это необходимо не только ради него, но и ради других.

Как ты слышал, его способности были удивительно сильно развиты для такого юного возраста, а интереснее всего — и больше всего внушало опасений, — что он в какой-то мере уже научился управлять своими возможностями и пользовался ими сознательно. Как ты видел, это не были беспорядочные эксперименты, характерные для большинства начинающих волшебников; он уже использовал магию против окружающих, чтобы с ее помощью запугивать, наказывать, подчинять себе других людей. Истории о повешенном кролике и о мальчике с девочкой, которых он заманил в пещеру, наводили на размышления... «Могу сделать человеку больно, если захочу»...

— А еще он понимал язык змей, — вставил Гарри.

— Да, действительно. Это редкая способность, ее обычно связывают с Темными искусствами, хотя, как мы знаем, среди великих и добрых волшебников тоже попадаются знатоки змеиного языка. На самом деле его способность разговаривать со змеями тревожила меня гораздо меньше, чем его явная склонность к жестокости, скрытности и тиранству.

Время, как всегда, перехитрило нас, — заметил Дамблдор, указывая на потемневшее небо за окном. — Но прежде чем мы расстанемся, я хочу обратить твое внимание на некоторые моменты той сцены, которую мы только что наблюдали, — они имеют самое прямое отношение к тому, что мы будем обсуждать на следующих уроках.

Во-первых, надеюсь, ты заметил, как реагировал Реддл на мои слова, что кто-то другой тоже носит его имя — Том?

Гарри кивнул.

— Он показал свое отвращение ко всему, что сближает его с другими людьми, делает его обыкновенным. Уже тогда он стремился быть другим, отдельным от всех, быть знаменитостью. Как ты знаешь, всего через несколько лет после этого разговора он навсегда отказался от своего имени и придумал личину лорда Волан-де-Морта, за которой и прятался с тех пор.

Думаю, ты заметил также, что Том Реддл был абсолютно самодостаточен, не любил ни с кем откровенничать и, по-видимому, у него не было друзей. Ему не требовалась помощь, не нужен был спутник для путешествия в Косой переулок. Он предпочитал действовать в одиночку. Взрослый Волан-де-Морт остался таким же. Многие Пожиратели смерти утверждают, будто пользуются его доверием, приближены к нему и даже — что они понимают его. Они заблуждаются. У лорда Волан-де-Морта никогда не было друзей. Я думаю, ему не нужны друзья.

И последнее... Надеюсь, Гарри, ты еще не слишком сонный, чтобы внимательно слушать. В детстве Том Реддл любил собирать своего рода охотничьи трофеи. Ты видел коробку, которую он прятал у себя в комнате. В ней он хранил мелкие вещицы — если угодно, сувениры — на память о жертвах особо неприятных проявлений своей магии. Запомни эту особенность, несколько напоминающую сорочьи повадки, — она будет очень важна для нас в дальнейшем... А теперь и в самом деле пришло время ложиться спать.

Гарри встал. По дороге к двери на глаза ему попался столик, на котором в прошлый раз лежало кольцо Марволо. Кольца там больше не было.

— Да, Гарри? — сказал Дамблдор, увидев, что Гарри остановился.

— Кольцо исчезло, — сказал Гарри, обернувшись. — Но я подумал, может, там будет лежать губная гармоника или еще что-нибудь...

Дамблдор лучезарно улыбнулся, глядя на него поверх своих очков-половинок.

— Тонко подмечено, Гарри, но губная гармоника была всего лишь губной гармоникой.

На этой загадочной ноте он махнул рукой, и Гарри понял, что ему пора уходить.

Глава 14

«ФЕЛИКС ФЕЛИЦИС»

На следующее утро первым уроком у Гарри была травология. За завтраком он ничего не говорил Рону и Гермионе о вчерашнем уроке у Дамблдора — боялся, что кто-нибудь услышит. Зато он все рассказал им по дороге к теплицам. Ветер, бушевавший все выходные, наконец-то утих, вернулся загадочный туман, и пришлось дольше обычного искать нужную теплицу.

— Ух ты, жуткое дело — Сам-Знаешь-Кто в детстве! — тихо сказал Рон. Трое друзей окружили узловатый пень растения цапень из семейства бешеных огурцов, которое проходили в этом полугодии, и принялись натягивать защитные перчатки. — Но все-таки непонятно, зачем Дамблдор тебе разные такие штуки показывает. То есть все это, конечно, очень интересно и так далее, но для чего это нужно?

— Не знаю, — ответил Гарри, вставляя в рот защитную пластинку для десен. — Он говорит, что эти уроки очень важны и каким-то образом помогут мне выжить.

— А по-моему, возвращаться в прошлое ужасно интересно, просто дух захватывает, — азартно воскликнула Гермиона. — Вполне логично — как можно больше узнать о Волан-де-Морте. Как иначе ты найдешь его слабые места?

— Как прошла последняя вечеринка у Слизнорта? — спросил ее Гарри. Он говорил невнятно из-за пластинки.

— На самом деле там было довольно весело, — ответила Гермиона, нацепляя защитные очки. — То есть он, как обычно, нудно бубнил про своих знаменитых учеников, и к тому же он без ума от Маклаггена и от его высокопоставленных знакомых, зато угощал разными вкусностями и познакомил нас с Гвеног Джонс.

— Гвеног Джонс? — Глаза Рона расширились за стеклами защитных очков, которые он тоже успел надеть. — Та самая? Капитан «Холихедских гарпий»?

— Точно, — подтвердила Гермиона. — Мне лично она показалась немного зазнайкой, но...

— А ну-ка, прекратили разговоры! — строго сказала, подходя к ним, профессор Стебль. — Не отставайте, все давно приступили к работе. Невилл уже добыл первый огурец!

Друзья оглянулись. Ну, точно, Невилл сидел с разбитой губой и глубокими царапинами на физиономии, сжимая в руках неприятно пульсирующий зеленый плод размером с грейпфрут.

— Да-да, профессор, сию минуту начинаем! — сказал Рон и прибавил вполголоса, как только профессор Стебль отвернулась: — Эх, Гарри, надо было применить твое заклятие *«Оглохни!»*.

— Нет, не надо! — сразу же вскинулась Гермиона, как всегда страшно рассердившись при намеке на Принца-полукровку и его самодельные чары. — Ладно, хватит болтать. Давайте работать.

Она обреченно взглянула на Рона и Гарри; все трое сделали глубокий вдох и ринулись в атаку на корявый пень.

Пень моментально ожил: из него выметнулись длинные колючие побеги, со свистом рассекая воздух. Один запутался в волосах у Гермионы, Рон отхватил его секатором. Гарри изловчился перехватить два побега и связать их узлом. Среди шевелящихся, словно щупальца, ветвей открылось отверстие; Гермиона бесстрашно запустила туда руку, и края отверстия тут же сомкнулись, защемив ей локоть. Гарри и Рон, всем весом повиснув на ветках, раздвинули края дырки. Гермиона выдернула руку, сжимая в кулаке раздутый огурец вроде того, что добыл Невилл. Колючие побеги сразу втянулись обратно, и вот перед ними снова стоит узловатый пень, с виду безобидный, как обыкновенный старый чурбан.

— Знаете что? Когда у меня будет собственный сад, я в нем такие сажать не стану, — объявил Рон, сдвинув защитные очки на лоб и утирая потное лицо.

— Дай сюда миску, — попросила Гермиона, держа пульсирующий плод на вытянутых руках.

Гарри подставил миску, и Гермиона с отвращением плюхнула туда огурец.

— Нечего привередничать! Выдавливайте сок, это лучше делать, пока плод совсем свежий! — крикнула с другого конца теплицы профессор Стебль.

— И вообще, — сказала Гермиона, продолжая разговор с того места, на котором он прервался, как будто им минуту назад и не грозил увечьем трухлявый пень, — Слизнорт устраивает прием по случаю Рождества, Гарри, и уж на этот раз ты не отвертишься, потому что он специально просил меня уточнить твое расписание, чтобы назначить вечеринку на тот день, когда ты наверняка сможешь прийти.

Гарри застонал. Рон, который в этот момент пытался раздавить огурец в миске, нажимая на него обеими руками, сказал со злостью:

— Очередная вечеринка только для любимчиков Слизнорта, так?

— Да, только для членов Клуба Слизней, — сказала Гермиона.

Бешеный овощ выскользнул из-под рук Рона, ракетой взлетел вверх, ударился о стеклянную крышу теплицы и, отскочив, сбил с профессора Стебль старую заплатанную шляпу. Гарри бросился подбирать его, а вернувшись, услышал, как Гермиона говорит:

— Слушай, не я придумала такое название — Клуб Слизней...

— «Клуб Слизней», — повторил Рон, скривив губы в издевательской улыбке, совсем как Малфой. — Просто плакать хочется! Ну, надеюсь, вы приятно проведете время. Ты там попробуй закадрить Маклаггена, может, тогда Слизнорт объявит вас королем и королевой Слизней...

— Нам разрешается приводить с собой гостей, — сказала Гермиона, у которой отчего-то жарко запылали щеки. — Я думала позвать тебя, но если, по-твоему, это так уж глупо, не буду навязываться!

Гарри вдруг пожалел, что огурец не отлетел еще дальше, лишь бы не сидеть сейчас рядом с этой парочкой. Воспользовавшись тем, что они не обращают на него внимания, он схватил миску с бешеным огурцом и принялся вскрывать его, прилагая массу усилий и производя как можно больше шума, но все-таки по-прежнему слышал каждое их слово.

— Ты хотела пригласить меня? — спросил Рон совершенно другим тоном.

— Да! — сердито ответила Гермиона. — Но раз тебе хочется, чтобы я *закадрила* Маклаггена...

Наступила пауза. Гарри сосредоточенно колотил совком упругий плод.

— Нет, мне этого совсем не хочется, — очень тихо сказал Рон.

Гарри промахнулся мимо огурца, попал совком по глиняной миске, и она раскололась.

— *Репаро*, — торопливо произнес он, ткнув черепки волшебной палочкой.

Черепки соединились, и миска снова стала целой. Громкий треск, похоже, напомнил Рону и Гермионе о том, что Гарри сидит рядом. Гермиона тут же засуетилась и кинулась листать справочник «Плотоядные деревья всего мира» в поисках правильного способа добычи сока из плодов цапня. У Рона вид был донельзя глупый, но в то же время чрезвычайно довольный.

— Дай сюда, Гарри, — затараторила Гермиона, — тут сказано, что его надо проткнуть чем-нибудь острым...

Гарри отдал ей миску с огурцом, а они с Роном еще раз надвинули на глаза защитные очки и по новой набросились на пень.

«Собственно говоря, удивляться особенно нечему», — думал Гарри, борясь с шипастым побегом, который так и норовил его удушить. У него было предчувствие, что рано или поздно это должно случиться. Вот только как отнестись к этому, он и сам не знал. Им с Чжоу теперь даже смотреть друг на друга неловко, не то что разговаривать. Что, если Рон и Гермиона заведут роман, а потом поссорятся? Выдержит ли это их дружба? Он вспомнил те несколько недель на третьем курсе, когда Рон не разговаривал с Гермионой, а Гарри изо всех сил пытался их помирить — приятного мало! А если даже они и не поссорятся, что тогда? Будут как Билл и Флер, а он при них — третий лишний?

— Ага, попался! — завопил Рон, вытаскивая из середины пня второй огурец.

Гермиона к этому времени справилась наконец с первым плодом, и в миске теперь копошились извивающиеся семена, похожие на зеленых червяков.

О вечеринке у Слизнорта больше не вспоминали до самого конца урока. Следующие несколько дней Гарри внимательно наблюдал за своими друзьями, но Рон и Гермиона держались как обычно, разве что были друг с другом чуточку вежливее, чем всегда. Гарри решил, что ему остается только подождать и посмотреть, как они поведут себя на вечеринке под действием сливочного пива и интимного полумрака в кабинете Слизнорта. А пока у него были более неотложные заботы.

Кэти Белл все еще держали в больнице святого Мунго и выписывать пока не собирались, а значит, многообещающей команде гриффиндорцев, которую Гарри так старательно тренировал с самого сентября, не хватало одного охотника. Гарри все откладывал поиски замены для Кэти в надежде на ее возвращение, но матч против команды слизеринцев, первый матч сезона, неумолимо приближался, и в конце концов Гарри пришлось смириться с мыслью, что Кэти не успеет вернуться до игры.

Гарри чувствовал, что не вынесет еще одних полномасштабных отборочных испытаний. Со стесненным сердцем (что не имело никакого отношения к квиддичу) он однажды после урока трансфигурации отвел в сторонку Дина Томаса. Класс уже почти опустел, только под потолком еще кружили несколько щебечущих желтеньких птичек — результат творчества Гермионы; никому, кроме нее, не удалось сотворить даже перышка.

— Тебя еще интересует возможность сыграть за охотника?

— Чего? А, ну да, еще бы! — разволновался Дин.

У него за спиной Симус Финниган с кислым видом запихивал учебники в сумку. Гарри еще и потому не хотелось приглашать Дина на игру, что он знал — Симусу это не понравится. С другой стороны, нужно было в первую очередь думать о пользе для команды, а Дин на испытаниях летал лучше Симуса.

— Тогда считай, что ты в игре, — сказал Гарри. — Тренировка сегодня в семь.

— Понял, — сказал Дин. — Ура, Гарри! Ух ты, скорей расскажу Джинни!

Он вылетел из комнаты. Гарри и Симус остались вдвоем. Момент был неловкий, и им не стало легче оттого, что одна из Гермиониных канареек, пролетая, какнула Симусу на голову.

Не только Симус был недоволен выбором замены для Кэти. В гостиной гриффиндорцев многие ворчали, что Гарри взял в команду уже двух своих однокурсников. Гарри это не особенно беспокоило — за время учебы ему случалось слышать о себе кое-что и похуже, но все же такие разговоры сильно давили на психику. Матч со слизеринцами нужно было выиграть во что бы то ни стало. Гарри знал, что, если Гриффиндор выиграет, все тут же забудут свои критические настроения и будут готовы клясться, что всегда знали, какая у них великолепная команда. А вот если проиграет... Ну что же делать, невесело думал Гарри, ему приходилось слышать о себе кое-что и похуже...

В тот вечер Гарри не пришлось пожалеть о своем выборе: Дин отлично сработался с Джинни и Демельзой. Загонщики, Пикс и Кут, с каждой тренировкой играли все лучше и лучше. Единственной проблемой оставался Рон.

Гарри с самого начала знал, что Рон играет неровно, сильно нервничает и страдает от неуверенности в себе. К несчастью, в ожидании первой игры сезона у него проснулись все прежние страхи и заскоки. Пропустив для начала с полдюжины мячей, причем большинство из них забила Джинни, Рон стал играть в каком-то совершенно безумном стиле и в конце концов заехал атакующей ворота Демельзе Робинс кулаком в лицо.

— Я нечаянно, прости, Демельза, прости меня, пожалуйста! — кричал Рон ей в спину, пока она зигзагами спускалась на землю, вся в крови. — Я просто...

— Распсиховался, — сердито закончила Джинни, приземляясь рядом с Демельзой и осматривая ее распухшую губу. — Придурок ты, Рон, посмотри, в каком она состоянии!

— Я сейчас поправлю!

Гарри приземлился рядом с девочками, нацелил волшебную палочку в лицо Демельзе и сказал:

— *Эпискеи!* А ты, Джинни, кончай обзывать Рона придурком, ты не капитан команды!

— Так ведь ты у нас очень занят, все никак не соберешься ему сказать, что он придурок, должен же кто-нибудь...

Гарри с неимоверным трудом удержался от смеха.

— Все по метлам, продолжаем!

В целом это была чуть ли не самая неудачная тренировка за все полугодие, но в преддверии матча Гарри считал, что честность — не лучшая политика.

— Отлично поработали, все молодцы! Я думаю, мы размажем слизеринцев по стенке! — воодушевил он игроков, и в результате охотники и загонщики ушли из раздевалки вполне довольные собой.

— Я играл, как мешок с драконьим навозом, — глухо сказал Рон, когда за Джинни закрылась дверь.

— Ничего подобного, — твердо ответил Гарри. — Ты лучший вратарь из всех, кого я видел на отборочных испытаниях. У тебя единственная проблема — нервы.

Он без устали подбадривал Рона всю дорогу до школы, и к тому времени, как они поднялись на третий этаж, Рон самую чуточку повеселел. Но когда Гарри отвел в сторону гобелен, чтобы, как обычно, подняться в башню Гриффиндора напрямик по потайной лестнице, они обнаружили перед собой

Дина и Джинни, тесно обнявшихся и слившихся в неистовом поцелуе, как будто склеившись друг с другом.

Гарри показалось, что в животе у него заворочалось что-то громадное и чешуйчатое, раздирая когтями внутренности. Кровь горячей волной хлынула в мозг, все мысли угасли, осталось только дикое желание превратить Дина в студень. Борясь с внезапно подступившим безумием, он словно издалека услышал голос Рона:

— Эй!

Дин и Джинни отскочили друг от друга и оглянулись.

— Что тебе? — спросила Джинни.

— Я не желаю, чтобы моя родная сестра лизалась с парнем прямо при всех!

— Между прочим, в коридоре было пусто, пока вы сюда не влезли! — сказала Джинни.

Дин выглядел смущенным. Он трусливо улыбнулся Гарри. Гарри не ответил на улыбку — новорожденное чудовище у него внутри с ревом требовало тут же на месте вышвырнуть Дина из команды.

— Э-э... пошли, Джинни, — пробормотал Дин, — давай вернемся в гостиную...

— Ты иди, — ответила Джинни. — А я скажу пару ласковых слов моему дорогому братцу!

Дин ушел, явно радуясь возможности уклониться от скандала.

— Так, — сказала Джинни, отбросив с лица длинные рыжие волосы и гневно глядя на Рона, — давай-ка, Рон, договоримся раз и навсегда: тебя не касается, с кем я встречаюсь и чем я с ними занимаюсь...

— Нет, касается! — Рон разозлился не меньше нее. — Думаешь, мне хочется, чтобы в школе говорили, что у меня сестра...

— Кто? — завопила Джинни, выхватывая волшебную палочку. — Ну, говори — кто?

— Он ничего такого не хотел сказать, Джинни, — машинально встрял Гарри, хотя чудовище одобрительно зарычало, полностью поддерживая Рона.

— Нет, хотел! — сказала она, сверкнув глазами на Гарри. — Только потому, что сам ни разу в жизни ни с кем не целовался, потому что никто не станет с ним целоваться, кроме нашей тетушки Мюриэль...

— Да замолчи ты! — заорал Рон. Он был уже не красным, а бордовым.

— Не замолчу! — вне себя от злости кричала Джинни. — Я видела, как ты пялишься на Флегму, все надеешься на поцелуй в щечку, смотреть противно! Пошел бы да сам с кем-нибудь полизался, тогда хоть не будешь так переживать, что все остальные это делают!

Рон тоже выхватил волшебную палочку; Гарри быстро встал между ними.

— Много ты понимаешь! — вопил Рон, пытаясь прицелиться в Джинни из-под мышки у Гарри, который заслонил от него Джинни, широко расставив руки. — Если я не занимаюсь этим на публике...

Джинни пронзительно захохотала и попыталась оттолкнуть Гарри в сторону.

— С кем же это ты целовался, со своим Сычиком? Или, может, у тебя под подушкой хранится фотография тетушки Мюриэль?

— Ах ты...

Струя оражневого света ударила из-под левой руки Гарри и чуть-чуть промахнулась мимо Джинни. Гарри прижал Рона к стене:

— Слушай, не дури...

— Гарри вот целовался с Чжоу Чанг! — выкрикнула Джинни, чуть не плача. — А Гермиона целовалась с Виктором Крамом! Один ты, Рон, ведешь себя так, будто целоваться — это какая-то гадость, а все потому, что опыта у тебя, как у двенадцатилетнего!

С этими словами она кинулась прочь. Гарри выпустил Рона; лицо у того было как у человека, готового совершить убийство. Они стояли, тяжело дыша, и тут из-за угла показалась Миссис Норрис, кошка смотрителя Филча. Ее появление разрядило атмосферу.

— Пошли отсюда, — сказал Гарри.

За углом уже раздавались шаркающие шаги школьного смотрителя.

Рон и Гарри бегом взбежали по лестнице и помчались по коридору восьмого этажа.

— Кыш с дороги! — рявкнул Рон на какую-то малявку.

Девочка подпрыгнула от испуга и выронила бутыль с жабьей икрой.

Гарри едва расслышал звон бьющегося стекла; он был совершенно сбит с толку, голова у него шла кругом. Наверное, что-то похожее чувствуешь, если в тебя ударит молния. «Это все потому, что она сестра Рона, — повторял он про себя. — Мне было неприятно видеть, как она целуется с Дином, потому что она сестра Рона...»

Но тут перед ним возникла непрошеная картина: тот же пустой коридор, только на этот раз не Дин, а он сам целует Джинни... Чудовище у него в груди замурлыкало... И тут Гарри представилось, как Рон отдергивает гобелен, выхватывает волшебную палочку и целится в него, выкрикивая что-то вроде: «Предатель»... «А еще друг называется».

— Ты думаешь, Гермиона правда целовалась с Крамом? — неожиданно спросил Рон, когда они уже подошли к Полной Даме.

Гарри виновато вздрогнул, с трудом прогнав образ коридора, куда никакой Рон не врывался и где они с Джинни были совершенно одни.

— Что? — очумело спросил он. — А... Ну-у...

Честнее всего было бы сказать «да», но Гарри не хотелось этого говорить. Впрочем, Рон, как видно, и сам догадался по его лицу.

— Лабардан, — угрюмо сказал он Полной Даме, и оба они забрались через проем в гостиную.

Больше они не говорили ни о Джинни, ни о Гермионе. Они вообще почти не разговаривали в тот вечер и улеглись в кровати молча, погруженные каждый в свои мысли.

Гарри долго лежал без сна, уставившись на полог над кроватью и пытаясь убедить самого себя, что испытывает к Джинни исключительно братские чувства. Они ведь все лето жили в одном доме, как брат и сестра, играли в квиддич, дразнили Рона, смеялись над Биллом и Флегмой. Он уже столько лет знает Джинни... Естественно, ему хочется ее защищать... Хочется Дина разодрать на мелкие кусочки за то, что целовался с ней... Нет, вот именно этому братскому чувству лучше не давать воли...

Рон громко всхрапнул.

«Она сестра Рона, — твердо сказал себе Гарри. — Сестра Рона. Это запретная территория». Он ни за что на свете не поставит под угрозу свою дружбу с Роном. Гарри ткнул кулаком подушку, устраиваясь поудобнее, и стал ждать, пока придет сон, тем временем прилагая все силы, чтобы его мысли не вздумали приближаться к Джинни.

На следующее утро Гарри проснулся слегка обалдевшим после целой серии долгих и запутанных снов, в которых Рон гонялся за ним, размахивая битой для квиддича, но к полудню он уже готов был предпочесть эти сны реальности, где Рон, мало того что демонстративно не замечал Джинни и Дина, но еще и третировал с ледяным и надменным безразличием бедную Гермиону, которая страшно обиделась и никак не могла понять, в чем дело. К тому же Рон стал невероятно дерганым и чуть что кидался на людей почище какого-нибудь соплохвоста. Весь день прошел у Гарри в безуспешных попытках примирить Рона и Гермиону. В конце концов Гермиона в расстроенных чувствах удалилась в спальню для девочек. Рон тоже отправился спать, обругав по дороге нескольких малолетних первокурсников за то, что они на него смотрели.

Гарри окончательно загрустил, видя, что за последующие дни свирепое настроение Рона нисколько не улучшилось. Вдобавок Рон стал еще хуже играть в квиддич, а от этого еще больше злился, и в итоге на последней тренировке перед субботним матчем не смог взять ни одного мяча, зато так на всех орал, что довел Демельзу Робинс до слез.

— А ну заткнись, оставь ее в покое! — закричал на него Пикс, который был ростом примерно на треть меньше Рона — правда, в руках зато держал тяжелую биту.

— ХВАТИТ! — заорал Гарри.

Он заметил, с какой злостью Джинни смотрит на Рона, и, вспомнив ее репутацию непревзойденного мастера по Летучемышиному сглазу, примчался с другого конца стадиона, чтобы вмешаться, пока не дошло до беды.

— Пикс, уложи бладжеры в ящик. Демельза, успокойся, ты сегодня играла просто замечательно. Рон... — Он дождался, пока остальные игроки уйдут подальше, и только тогда закончил: — Ты мой лучший друг, но, если ты будешь так себя вести, мне придется выгнать тебя из команды.

На мгновение ему всерьез показалось, что Рон сейчас его ударит, но тут произошло кое-что похуже: Рон, сидя на метле, как-то обмяк, растеряв весь свой боевой пыл, и сказал:

— Я сам уйду. Я бездарный вратарь.

— Никакой ты не бездарный, и никуда ты не уйдешь! — яростно крикнул Гарри и сгреб Рона за ворот мантии. — Ты, когда в форме, любой самый трудный гол можешь взять, у тебя только с психикой проблемы!

— Хочешь сказать, что я псих?

— А может, и да!

Они злобно сверлили друг друга взглядами, потом Рон безнадежно покачал головой:

— Я знаю, у тебя уже нет времени искать другого вратаря, так что завтра я буду играть, но если мы проиграем, а мы точно проиграем, я ухожу из команды.

Что Гарри ему ни говорил, толку не было. За обедом Гарри продолжал всеми средствами внедрять в Рона уверенность, но Рон ничего не воспринимал. Ему было не до того — он дулся и рявкал на Гермиону. Вечером в гостиной Гарри возобновил свои попытки, но его заверения, якобы вся команда будет в страшном горе, если Рон их покинет, звучали несколько слабовато, учитывая, что вся команда сидела тут же в уголке, явно обсуждая Рона и бросая на него враждебные взгляды. Под конец Гарри опять позволил себе раскричаться в надежде вызвать у Рона хоть какой-то отклик и, может быть, разбудить в нем спортивную злость, но этот метод тоже не подействовал; Рон поплелся в спальню все такой же унылый и обреченный.

Гарри снова долго лежал без сна в темноте. Ему очень не хотелось проиграть предстоящий матч. Это был его первый матч в должности капитана команды, а кроме того, он твердо решил побить Драко Малфоя в квиддич, раз уж не получается доказать свои подозрения против него. Но если Рон будет играть, как на последних тренировках, шансов на победу у них совсем мало...

Если бы можно было хоть как-нибудь добиться, чтобы Рон взял себя в руки... Чтобы он сыграл в полную силу своих возможностей... Хоть что-нибудь, чтобы ему выпал по-настоящему удачный день...

И тут Гарри осенило. Ответ пришел к нему в блеске внезапного озарения.

Завтрак на следующее утро, как всегда в день матча, проходил бурно. Как только кто-нибудь из гриффиндорской команды появлялся в Большом зале, слизеринцы начинали громко свистеть и улюлюкать. Гарри бросил взгляд на потолок и увидел ясное голубое небо — хороший знак.

Гриффиндорцы в красном с золотом встретили Гарри и Рона дружными приветственными криками. Гарри, улыбнувшись до ушей, помахал рукой. Рон через силу скривил лицо и покачал головой.

— Держись, Рон! — крикнула ему Лаванда. — Я знаю, ты сыграешь блестяще!

Рон не реагировал.

— Чаю? — предложил ему Гарри. — Кофе? Тыквенного сока?

— Все равно, — угрюмо ответил Рон и хмуро надкусил гренок.

Через несколько минут Гермиона остановилась возле них по дороге к своему месту — она так устала от постоянного хамства Рона, что завела привычку завтракать отдельно.

— Как настроение, мальчики? — осторожно поинтересовалась она, глядя Рону в затылок.

— Отличное, — сказал Гарри, пододвигая Рону стакан тыквенного сока. — Держи, Рон. Выпей.

Рон поднял стакан к губам, но тут вдруг Гермиона резко сказала:

— Рон, не пей!

Гарри и Рон оглянулись на нее.

— С чего это? — спросил Рон.

Гермиона смотрела на Гарри, словно не верила своим глазам.

— Ты что-то добавил в стакан!

— Что ты сказала? — спросил Гарри.

— Что слышал! Я видела, ты что-то подлил в сок. Пузырек и сейчас еще у тебя в руке!

— Не понимаю, о чем ты говоришь, — буркнул Гарри и быстро сунул флакончик в карман.

— Рон, я тебя предупреждаю, не пей! — повторила Гермиона в тревоге, но Рон схватил свой стакан и залпом проглотил сок со словами:

— Нечего тут командовать, Гермиона!

Гермиона смотрела на них, потрясенная до глубины души. Наклонившись к уху Гарри, она зашипела:

— Тебя за такие дела надо бы исключить! Не ожидала от тебя, Гарри!

— Кто бы говорил, — шепнул он в ответ. — Давно ни к кому не применяла заклятие Конфундус?

Гермиона в гневе зашагала прочь. Гарри смотрел ей вслед без всякого сожаления. Гермиона никогда не понимала, какая важная вещь — квиддич. Гарри оглянулся на Рона — тот облизывал губы.

— Уже почти пора, — с блаженной улыбкой заметил Гарри.

Заиндевевшая трава похрустывала под ногами, когда они шли на стадион.

— Удачная сегодня погода, правда? — сказал Гарри.

— Ага, — отозвался Рон. Он был бледен и, похоже, его подташнивало.

Джинни и Демельза дожидались в раздевалке, уже одетые в спортивные мантии.

— Погодные условия идеальные, — сказала Джинни, не глядя на Рона. — Представьте себе, слизеринский охотник Вейзи вчера на тренировке получил бладжером по голове и теперь не может играть! А еще того лучше — Малфой тоже заболел!

— Что?! — Гарри круто повернулся, уставившись на нее. — Заболел? Что с ним такое?

— Понятия не имею, но для нас-то это здорово, — радостно ответила Джинни. — Вместо него выпустят Харпера, он на том же курсе, что и я, полный идиот.

Гарри рассеянно улыбнулся в ответ, но, натягивая через голову красную мантию, думал совсем не о квиддиче. Однажды Малфой уже притворялся, будто не может играть из-за травмы, но в тот раз он добился, чтобы матч перенесли на более удобное для слизеринцев время. Почему же теперь он согласился на замену? На самом деле болен или симулирует?

— Странно как-то, правда? — тихо спросил Гарри Рона. — То, что Малфой не играет?

— Я бы сказал, удачно, — слегка оживился Рон. — И Вейзи не будет, он у них лучший бомбардир. Я и не надеялся... Эй! — воскликнул он вдруг и замер, не натянув до конца вратарские перчатки и вытаращив глаза на Гарри.

— Что?

— Я... ты... — Рон понизил голос; вид у него был одновременно испуганный и взбудораженный. — Мой стакан... Тыквенный сок... Ты же... Не может быть?!

Гарри поднял брови, но сказал только:

— Обувайся живее, через пять минут начинаем.

Они вышли на поле под оглушительный рев трибун и свистки болельщиков команды противника. Одна половина стадиона была красной с золотом, другая — сплошь зеленое с серебром. Многие пуффендуйцы и когтевранцы тоже болели за ту или другую команду. Среди воплей и хлопков Гарри ясно различил рычание знаменитой шляпы Полумны Лавгуд в виде львиной головы.

Гарри подошел к судье матча, мадам Трюк. Она стояла на поле, готовая выпустить мячи из ящика.

— Капитаны, пожмите друг другу руки, — сказала она, и пальцы Гарри хрустнули в мощной лапе

Урхарта, нового капитана слизеринцев. — Все на метлы! По свистку... три... два... один...

Прозвучал свисток. Гарри и другие игроки с силой оттолкнулись от мерзлой земли и взвились в воздух.

Гарри кружил над стадионом, выискивая снитч, и заодно приглядывал за Харпером, который выписывал зигзаги далеко внизу. И вдруг раздался голос, настолько непохожий на привычный голос их бессменного комментатора, что это просто резало слух.

— Ну вот, игра началась, и я думаю, нас всех удивил состав комады, которую Поттер собрал в этом году. Многие считали, что Рональд Уизли не войдет в команду, учитывая его крайне неровные выступления в качестве вратаря в прошлом сезоне, но, конечно, тут сыграла свою роль давняя личная дружба с капитаном...

Слизеринская половина трибун встретила эти слова издевательскими выкриками и аплодисментами. Гарри вытянул шею, стараясь рассмотреть комментаторскую площадку. Там стоял высокий худой светловолосый мальчик со вздернутым носом и говорил в магический рупор, когда-то принадлежавший Ли Джордану. Гарри узнал Захарию Смита, игрока из команды пуффендуйцев, который был ему глубоко несимпатичен.

— А вот и первая атака слизеринцев, Урхарт мчится через поле и...

У Гарри екнуло под ложечкой.

— Уизли берет мяч. Что ж, должно же ему когда-нибудь повезти...

— Это точно, Смит, должно, — пробормотал Гарри, усмехаясь про себя, и нырнул в гущу игроков, высматривая, не мелькнет ли где-нибудь неуловимый снитч.

Через полчаса после начала игры Гриффиндор вел в счете: шестьдесят — ноль. Рон несколько раз красиво брал голы, иногда дотягиваясь до мяча самыми кончиками пальцев, а Джинни забила четыре гола из шести. После этого Захария перестал громко спрашивать, не присутствуют ли брат и сестра Уизли в команде только благодаря своей дружбе с Поттером, зато теперь он взялся за Пикса и Кута.

— Разумеется, у Кута не самое подходящее телосложение для загонщика, — свысока заметил Захария, — как правило, у них мускулатура более развита...

— Врежь ему бладжером! — крикнул Куту Гарри, пролетая мимо, но Кут, широко улыбаясь, направил очередной бладжер на Харпера, который только что разминулся с Гарри. Гарри с удовольствием услышал глухой удар, говоривший о том, что бладжер попал в цель.

Можно было подумать, что гриффиндорцы сегодня просто не могут сделать ни одной ошибки. Снова и снова они забивали, а на противоположной стороне поля Рон снова и снова легко и как будто без усилий брал мячи. Теперь и он начал улыбаться, а когда толпа встретила особенно эффектный его бросок хоровым исполнением любимой старой песенки «Рональд Уизли — наш король», он сделал вид, что дирижирует, зависнув в воздухе.

— Воображает о себе невесть что, — послышался ехидный голос, и Гарри чуть не свалился с метлы — Харпер сильно и явно умышленно его толкнул. — Твой дружок, предатель чистокровных...

Мадам Трюк в этот момент смотрела в другую сторону, а когда оглянулась на гневный рев гриффиндорских болельщиков, Харпер уже умчался. Гарри погнался за ним, горя желанием дать сдачи.

— По-моему, Харпер из команды Слизерина заметил снитч! — сказал Захария Смит в мегафон. — Да, он определенно что-то увидел, пока Поттер хлопает ушами!

«Смит и в самом деле идиот», — подумал Гарри. Не видел, что ли, как они с Харпером столкнулись? Но тут же ему показалось, что он рушится с небес на землю — Смит был прав, а Гарри ошибался. Харпер не случайно понесся прочь, он углядел то, чего не заметил Гарри: высоко над ними яркой искоркой на фоне чистого голубого неба стремительно летел снитч.

Гарри наддал ходу. Ветер засвистел в ушах, заглушая комментарии Смита и вопли толпы на трибунах, но все-таки Харпер опережал его, а преимущество Гриффиндора составляло пока всего лишь сотню очков. Если Харпер успеет первым, Гриффиндор проиграет... Харперу оставалось до снитча каких-нибудь несколько футов, он уже протянул руку...

— Эй, Харпер! — заорал в отчаянии Гарри. — Сколько Малфой тебе заплатил, чтобы ты сыграл вместо него?

Он сам не знал, что его дернуло сказать так, но Харпер словно споткнулся в воздухе; снитч проскочил у него между пальцами, Гарри рванулся вперед и схватил крохотный крылатый мячик.

— ЕСТЬ! — завопил Гарри.

Сделав разворот, он устремился к земле, держа снитч в высоко поднятой руке. Когда зрители осознали, что произошло, их рев почти заглушил финальный свисток.

— Джинни, ты куда? — крикнул Гарри, на которого набросилась с объятиями вся команда, не дав ему спуститься на землю.

Но Джинни пролетела мимо и с жутким треском врезалась в площадку комментатора. Под визг и хохот толпы команда гриффиндорцев приземлилась возле кучи досок, под которыми слабо барахтался Захария. Гарри слышал, как Джинни преспокойно объясняет разгневанной Макгонагалл:

— Извините, профессор, забыла затормозить.

Задыхаясь от смеха, Гарри вырвался из рук остальных игроков и крепко обнял Джинни, но сразу же отпустил. Стараясь не смотреть ей в глаза, он хлопнул по плечу ликующего Рона. Всякие внутренние распри были забыты, команда Гриффиндора ушла с поля в обнимку, радостно потрясая в воздухе кулаками и махая своим болельщикам.

В раздевалке царила приподнятая атмосфера.

— Будем праздновать в гостиной, Симус мне сказал! — вопил Дин, не находя себе места от избытка чувств. — Пошли, Джинни, Демельза!

Рон и Гарри задержались позже других. Они уже собирались уходить, когда в раздевалку вошла Гермиона. Она нервно теребила гриффиндорский шарф, вид у нее был расстроенный, но решительный.

— Гарри, мне нужно с тобой поговорить. — Она глубоко вздохнула. — Зря ты так поступил. Ты же слышал, что сказал Слизнорт, это незаконно.

— И что ты сделаешь — донесешь на нас? — с вызовом поинтересовался Рон.

— Ребята, вы о чем? — спросил Гарри, отвернувшись — вроде бы повесить мантию, — чтобы друзья не видели, как он улыбается.

— Ты прекрасно знаешь о чем! — пронзительно вскрикнула Гермиона. — Ты за завтраком добавил Рону в стакан зелье, приносящее удачу! «Феликс Фелицис»!

— Не-а, не добавлял, — сказал Гарри, повернувшись к ним лицом.

— Нет, ты добавил, Гарри, поэтому все и шло так замечательно, и у слизеринцев двое игроков заболели, и Рон брал все мячи!

— Ничего я туда не наливал! — сказал Гарри, улыбаясь во весь рот. Он сунул руку в карман и достал флакончик, который Гермиона видела у него утром. Флакончик был полон золотистой жидкости, и залитая воском пробка была нетронута. — Я хотел, чтобы Рон подумал, будто я так сделал, вот я и притворился, когда увидел, что ты подходишь. — Он посмотрел на Рона. — Ты брал все мячи, потому что был уверен в своей удаче. А на самом деле ты все сделал сам!

Гарри снова спрятал флакончик в карман.

— На самом деле я пил простой тыквенный сок? — спросил ошеломленный Рон. — А как же хорошая погода... И Вейзи не смог играть... Ты правда не давал мне никакого зелья?

Гарри покачал головой. Рон смотрел на него, разинув рот, потом повернулся к Гермионе и передразнил:

— «Ты за завтраком добавил Рону в стакан «Феликс Фелицис», потому он и брал все мячи!» Видишь, я и без посторонней помощи умею брать мячи!

— Я не говорила, что не умеешь... Рон, ты же и сам думал, что выпил его!

Но Рон уже шагал к двери, вскинув метлу на плечо.

— Э-э... — сказал Гарри в наступившей тишине. Такого побочного эффекта он никак не ожидал. — Ну что, пойдем на праздник, что ли?

— Иди! — сказала Гермиона, смаргивая слезы. — Меня от Рона сейчас просто тошнит. Не понимаю, что я опять сделала не так...

И она тоже выскочила из раздевалки.

Гарри медленно побрел к замку. Из толпы его окликали, поздравляли, но он шел с ощущением ужасного провала; он был так уверен, что, если Рон выиграет матч, они с Гермионой сразу же помирятся. Он не представлял, как объяснить Гермионе, что она виновата только в том, что целовалась с Крамом, тем более что это было так давно.

Гарри не увидел Гермионы в гостиной. Когда он вошел, празднование было в самом разгаре. Его встретили новым взрывом приветствий и аплодисментов. Скоро Гарри обступила толпа гриффиндорцев, наперебой поздравлявших его. Гарри хотел пойти поискать Рона, но для этого нужно было сперва отвязаться от братьев Криви, требовавших немедленного подробного разбора сегодняшней игры, и от группы девчонок, неустанно хлопавших ресницами и громко смеявшихся самым несмешным его репликам. Наконец он кое-как вырвался от Ромильды Вейн, которая весьма прозрачно намекала, что не прочь пойти с ним на рождественский вечер к Слизнорту. Пытаясь прошмыгнуть к столу с напитками, Гарри столкнулся с Джинни. На плече у нее сидел карликовый пушистик Арнольд, у ног с надеждой мяукал Живоглот.

— Ищешь Рона? — спросила она, злорадно усмехаясь. — Вон он, гнусный лицемер.

Гарри посмотрел, куда она показывала. В углу, на виду у всей комнаты, стояли Рон и Лаванда Браун. Они так плотно сплелись в объятиях, что трудно было сказать, где чьи руки.

— Он как будто съесть ее хочет, правда? — бесстрастно заметила Джинни. — Ну, наверное, ему нужно на ком-то отрабатывать технику. Хорошо сыграли сегодня, Гарри.

Она похлопала его по руке. У Гарри словно что-то перевернулось в животе, но она уже пошла к столу взять себе еще сливочного пива. Живоглот трусцой следовал за ней, не сводя желтых глаз с Арнольда.

Гарри отвернулся от Рона, явно не собиравшегося в ближайшее время выныривать на поверхность, и успел увидеть, как закрылся проем в стене. Со сжавшимся сердцем он заметил, как в проеме метнулось и исчезло что-то очень похожее на непослушную гриву каштановых волос.

Гарри бросился вперед, вильнул в сторону, обходя Ромильду Вейн, и распахнул портрет Полной Дамы. В коридоре никого не было видно.

— Гермиона?

Он нашел ее в первой же незапертой классной комнате. Гермиона сидела на учительском столе, совсем одна, только над головой у нее кружила стайка щебечущих желтеньких птичек, которых она, по-видимому, только что создала прямо из воздуха. Гарри невольно восхитился тем, как четко она выполняет заклинания даже в такую минуту.

— А, привет, Гарри, — сказала она ломким голосом. — Я тут решила поупражняться.

— Ага... ну да... они... э-э... здорово у тебя получаются, — сказал Гарри.

Он не представлял, что можно ей сказать. Попытался сообразить, есть ли хоть малейшая возможность, что она не заметила Рона, просто ушла, потому что в гостиной слишком шумно отмечали победу, и тут она сказала неестественным тонким голосом:

— Рон, кажется, веселится вовсю там, на празднике.

— Э-э... да? — сказал Гарри.

— Не притворяйся, будто не видел, — сказала Гермиона. — Он не очень-то и прячется, он...

Дверь у них за спиной с грохотом открылась. К ужасу Гарри, в класс вошел Рон, он со смехом тянул за руку Лаванду.

— О, — сказал он, остановившись на всем ходу при виде Гарри и Гермионы.

— Ой-ой! — сказала Лаванда и, хихикая, выскочила из комнаты. Дверь за ней захлопнулась.

Наступила жуткая, давящая тишина. Гермиона смотрела в упор на Рона. Рон старательно отводил от нее глаза, но сказал со странной смесью смущения и бравады:

— Привет, Гарри! А я все думал, куда ты запропастился.

Гермиона соскользнула со стола. Стайка золотистых птичек по-прежнему порхала у нее вокруг головы, словно странная оперенная модель Солнечной системы.

— Напрасно ты заставляешь Лаванду ждать в коридоре, — тихо проговорила Гермиона. — Девушка будет удивляться, куда это ты подевался.

Она медленно пошла к двери, держась очень прямо. Гарри покосился на Рона. Тот явно был рад, что так дешево отделался.

— *Оппуньо!* — раздался истошный крик у самой двери.

Гарри стремительно обернулся и увидел, что Гермиона с безумным лицом направила волшебную палочку на Рона. Желтенькие птички ринулись к нему, словно толстенькие золотые пульки. Рон вскрикнул и закрыл лицо руками, но птички набросились на него, клевали и рвали коготками везде, где только могли достать.

— Отвяжитесь! — завопил он.

В последний раз бросив на него мстительный взгляд, Гермиона рванула дверь и скрылась за нею. Прежде чем дверь затворилась, Гарри показалось, что он слышит рыдания.

Глава 15

НЕПРЕЛОЖНЫЙ ОБЕТ

Снова за замерзшими окнами крутились снежные хлопья; быстро приближалось Рождество. Хагрид уже притащил, как всегда, в одиночку двенадцать рождественских елок для украшения Большого зала; гирлянды остролиста и серебряной мишуры обвили перила лестниц; в шлемах пустых доспехов горели негаснущие свечи, и в коридорах с равными промежутками развесили большие пучки омелы. Целые толпы девочек как бы случайно оказывались под этими пучками всякий раз, как Гарри проходил мимо, что приводило к возникновению заторов. К счастью, за время многочисленных ночных скитаний по замку Гарри досконально изучил все его тайные ходы и переходы и теперь, перемещаясь с урока на урок, без особого труда ухитрялся находить маршруты подальше от омелы.

Раньше Рон мог бы позавидовать такой популярности, но теперь он только покатывался со смеху, глядя на обходные маневры Гарри. Вообще-то новый Рон, смеющийся и подшучивающий, нравился Гарри куда больше, чем тот мрачный, агрессивный тип, которого ему приходилось терпеть в течение нескольких недель, хотя это улучшение досталось ему дорогой ценой. Во-первых, Гарри теперь приходилось мириться с постоянным присутствием Лаванды Браун, а она, по всей видимости, считала, что каждая минута, когда она не целуется с Роном, прожита зря; и во-вторых, Гарри снова оказался в ситуации, когда двое его лучших друзей не разговаривают между собой и вряд ли когда-нибудь будут разговаривать.

Рон со следами ссадин и царапин на руках после нападения Гермиониных канареек занял оборонительную позицию и упорно продолжал считать себя обиженной стороной.

— Ей не на что жаловаться, — говорил он. — Она целовалась с Крамом. Ну а теперь пусть видит, что и со мной кому-то хочется целоваться. Мы живем в свободной стране. Я ничего плохого не сделал.

Гарри не отвечал, притворяясь, будто целиком захвачен книгой, которую им было велено прочитать к завтрашнему уроку заклинаний («В поисках квинтэссенции»). Твердо решив остаться другом и Рону, и Гермионе, Гарри вынужден был большую часть времени не раскрывать рта.

— Я никогда ничего не обещал Гермионе, — нудил Рон. — То есть я, конечно, собирался пойти с ней на рождественский вечер к Слизнорту, но она же не говорила... так просто, по-дружески... я свободный человек...

Гарри перевернул страницу, чувствуя на себе взгляд Рона. Голос Рона перешел в невнятное бормотание, едва слышное за треском огня в камине, но Гарри показалось, что он различает знакомые слова «Крам» и «не на что жаловаться».

У Гермионы было очень плотное расписание, и нормально поговорить с ней Гарри мог только вечером, когда Рон все равно так тесно переплетался с Лавандой, что не замечал, чем в это время занят друг. Гермиона отказывалась находиться в гостиной, когда там был Рон, поэтому Гарри обычно приходил к ней в библиотеку, а следовательно, разговаривать приходилось шепотом.

— Он имеет полное право целоваться с кем пожелает, — говорила Гермиона, пока библиотекарша мадам Пинс прохаживалась вдоль книжных полок у них за спиной. — Меня это совершенно не волнует.

Она подняла перо и с такой силой поставила точку над «i», что прорвала пергамент насквозь. Гарри промолчал. Он подозревал, что скоро вовсе лишится голоса из-за недостатка практики. Низко нагнувшись над «Расширенным курсом зельеварения», он старательно выписывал основные сведения о Долголетних эликсирах, то и дело останавливаясь, чтобы разобрать ценные дополнения Принца-полукровки к тексту Либациуса Бораго.

— Между прочим, — сказала после короткой паузы Гермиона, — тебе нужно быть поосторожнее.

— В последний раз, — прошептал Гарри голосом, слегка осипшим за сорок пять минут молчания. — Я не собираюсь возвращать эту книгу. От Принца-полукровки я узнал больше, чем от Снегга и от профессора Слизнорта вместе взятых...

— Да я не о твоем дурацком Принце, так называемом, — зашипела Гермиона, бросая на книгу злобный взгляд, словно та ее чем-то обидела. — Я тут зашла в женский туалет, как раз перед тем, как идти в библиотеку, и там было человек десять девочек, в том числе эта Ромильда Вейн, и они обсуждали, как бы подсунуть тебе любовный напиток. Все они мечтают пойти с тобой к Слизнорту, и, похоже, все закупили у Фреда и Джорджа приворотное зелье, а оно, к сожалению, скорее всего, действует...

— Что ж ты его не конфисковала? — возмутился Гарри.

Казалось невероятным, что мания к неукоснительному соблюдению правил вдруг покинула Гермиону именно в этот критический момент.

— Они же не взяли его с собой в туалет, — презрительно ответила Гермиона. — Они просто обсуждали вопросы тактики. Вряд ли даже у Принца-полукровки, — она снова бросила злобный взгляд на книгу, — найдется средство, нейтрализующее воздействие дюжины приворотных зелий одновременно. Я бы тебе посоветовала взять и пригласить кого-нибудь, тогда остальные поймут, что им рассчитывать не на что. Вечер-то завтра, они уже совсем озверели.

— Да мне никого не хочется приглашать, — промямлил Гарри.

Он все еще очень старался не думать о Джинни, хотя она постоянно возникала в его снах, причем делала такие вещи... Словом, Гарри от души радовался, что Рон не владеет навыками легилименции.

— В общем, будь осторожен и не пей что попало, а то Ромильда Вейн, по-моему, настроена серьезно, — мрачно закончила Гермиона.

Она придвинула к себе длинный свиток пергамента с домашним заданием по нумерологии и снова принялась строчить. Гарри смотрел на нее, но думал совсем о другом.

— Слушай, — медленно проговорил он, — Филч вроде запретил приносить в школу товары из «Всевозможных волшебных вредилок»?

— А кто и когда обращал внимание на запреты Филча? — отозвалась Гермиона, не отрываясь от домашнего задания.

— Но я думал, что почтовых сов обыскивают. Как же эти девчонки протащили в школу любовные напитки?

— Фред и Джордж маскируют их под флаконы с духами и зелье от кашля, — ответила Гермиона. —

Это у них входит в стандартный набор услуг при выполнении заказов по совиной почте.

— Я смотрю, ты здорово в этом разбираешься.

Гермиона глянула на него с такой же злостью, как только что — на «Расширенный курс зельеварения».

— Все это было написано на этикетках на обратной стороне пузырьков с зельями, которые они летом показывали нам с Джинни, — сказала она холодно. — Я, к твоему сведению, не подмешиваю людям зелье в стаканы... И не делаю вид, что подмешиваю, это ничем не лучше...

— Ладно, ладно, проехали, — быстро сказал Гарри. — Дело вот в чем — выходит, Филча можно обдурить? Девчонки сумели доставить в школу нечто запрещенное под видом чего-то другого! Так почему Малфой не мог протащить ожерелье?

— Ох, Гарри, только не начинай опять!

— Нет, ну послушай, почему нет? — настаивал Гарри.

— Да пойми ты, — вздохнула Гермиона, — Детекторы лжи улавливают заклинания, проклятия и маскирующие чары, правильно? Они настроены на обнаружение Темной магии и Темных артефактов. Они тут же уловили бы такое могущественное проклятие, какое было на ожерелье. Но они не будут реагировать на флакон с неправильной этикеткой... И вообще, приворотные зелья — это не Темная магия, они не опасны...

— Тебе легко говорить, — буркнул Гарри, думая о Ромильде Вейн.

— ...тут уж сам Филч должен был сообразить, что перед ним не зелье от кашля, но он не очень хороший волшебник, сомневаюсь, что он способен отличить одно зелье от...

Гермиона умолкла на полуслове. Гарри тоже послышалось какое-то движение между темных стеллажей с книгами. Они замерли, и мгновением позже из-за стеллажа показалось хищное лицо мадам Пинс, сильно смахивающей на стервятника. Свет лампы, которую она держала в руках, невыгодно подчеркивал ввалившиеся щеки, пергаментную кожу и длинный крючковатый нос.

— Библиотека закрыта, — сказала она. — Не забудьте поставить книги на место... Это еще что такое?! Ты испортил книгу, дрянной мальчишка?!

— Она не библиотечная, это моя книга! — Гарри едва успел схватить со стола «Расширенный курс», к которому уже протянулась когтистая рука библиотекарши.

— Безобразие! — зашипела она. — Варварство! Кощунство!

— Просто несколько записей в книге! — оправдывался Гарри, выдирая учебник из ее цепких пальцев.

У мадам Пинс был такой вид, словно с ней сейчас сделается припадок. Гермиона судорожно побросала вещи в сумку, схватила Гарри за руку выше локтя и поволокла его к выходу.

— Осторожней, а то она запретит тебе пользоваться библиотекой! Зачем ты вообще притащил сюда эту глупую книжонку?

— Гермиона, я не виноват, если у нее бзик! А может, она подслушала, как ты высказывалась насчет Филча? Мне всегда казалось, что между ними что-то есть...

— Ха-ха!

Наслаждаясь тем, что можно снова говорить нормальным голосом, Гарри и Гермиона возвращались по пустым, освещенным светильниками коридорам в гриффиндорскую гостиную, оживленно обсуждая, возможен ли тайный роман между Филчем и мадам Пинс.

— Елочные шарики! — назвал Гарри Полной Даме новый праздничный пароль.

— И тебе счастливого Рождества! — ответила Полная Дама с плутоватой улыбкой, пропуская их.

— Привет, Гарри! — сказала Ромильда Вейн, как только Гарри выбрался из проема в стене. — Хочешь «горной воды»?

Гермиона взглянула на него через плечо, словно хотела сказать: «Что я тебе говорила?»

— Нет, спасибо, — быстро ответил Гарри. — Я ее не очень люблю.

— Ну, тогда возьми вот это. — Ромильда сунула ему в руки коробку конфет. — «Шоколадные котелки», они наполнены огненным виски. Мне бабушка прислала, а я их не люблю.

— Ладно, большое спасибо, — сказал Гарри, не придумав ничего другого. — Э-э... я тут сейчас...

Он не закончил фразу и побежал за Гермионой.

— Я тебе говорила, — с удовольствием сказала Гермиона. — Пригласи кого-нибудь наконец, тогда они от тебя отцепятся, и ты сможешь...

Тут ее лицо застыло: она увидела Рона и Лаванду, которые сплелись в тесном объятии, сидя вдвоем в одном кресле.

— В общем, спокойной ночи, Гарри, — пробормотала Гермиона, хотя было всего семь часов вечера, и ушла в спальню девочек, не сказав больше ни слова.

Гарри улегся спать, утешая себя мыслью, что осталось пережить еще всего один учебный день, плюс вечеринку у Слизнорта, а потом они с Роном отправятся в «Нору». Теперь уже казалось невозможным, чтобы Рон и Гермиона помирились до начала каникул, но, может быть, в разлуке они немного остынут, подумают о своем поведении...

Однако надежды на это было мало, и стало еще меньше на следующий день, после того, как Гарри высидел рядом с ними урок трансфигурации. Они только-только начали проходить невероятно трудную тему трансфигурации человека. Работая перед зеркалом, они должны были поменять себе цвет бровей. Гермиона бессердечно засмеялась, когда Рон с первой попытки ухитрился создать себе весьма эффектные закрученные кверху усы. Рон в ответ зло, но очень похоже изобразил, как Гермиона подпрыгивает на стуле, вытянув вверх руку, каждый раз, как профессор Макгонагалл задаст какой-нибудь вопрос. Лаванда и Парвати нашли его пародию необычайно смешной, а Гермиона снова чуть не расплакалась. Она выскочила из класса, едва прозвенел звонок, оставив половину своих вещей на столе. Гарри решил, что ей он сейчас нужнее, чем Рону, сгреб имущество Гермионы и пошел искать ее.

В конце концов он увидел, как она выходит из женского туалета в обществе Полумны Лавгуд, которая рассеянно гладила ее по спине.

— О, привет, Гарри, — сказала Полумна. — Ты знаешь, что у тебя одна бровь ярко-желтая?

— Привет, Полумна. Гермиона, ты забыла в классе...

Он протянул ей учебники.

— Ах, да, — сказала Гермиона сдавленным голосом, взяла свои книги и поскорее отвернулась, чтобы он не заметил, как она вытирает глаза пеналом. — Спасибо, Гарри. Ну, я пойду...

И быстро ушла, Гарри даже не успел сказать ей что-нибудь в утешение, хотя, честно говоря, он ничего подходящего и не мог придумать.

— Она немного расстроена, — сказала Полумна. — Я сначала подумала, что там Плакса Миртл, а оказалось, Гермиона. Она что-то говорила про этого Рона Уизли...

— Да, они поссорились, — сказал Гарри.

Они вместе пошли по коридору.

— Он порой говорит очень смешные вещи, правда? — сказала Полумна. — Но иногда он бывает недобрым. Я это заметила в прошлом году.

— Да, наверное, — произнес Гарри. Полумна, как всегда, демонстрировала удивительную способность говорить неудобную правду. Гарри в жизни не встречал другого такого человека. — Ты как? Хорошо прошло полугодие?

— Да, неплохо, — ответила Полумна. — Немножко одиноко без ОД. Но Джинни ко мне хорошо относится. Она такая славная, недавно не позволила двум мальчишкам на общем уроке трансфигурации называть меня Полоумной...

— Хочешь пойти со мной на вечер к Слизнорту?

Эти слова вырвались у Гарри прежде, чем он успел их удержать; он слышал собственный голос как будто со стороны.

Полумна удивленно обратила к нему свои выпуклые глаза.

— На вечер к Слизнорту? С тобой?

— Ага, — сказал Гарри. — Туда полагается приходить с кем-нибудь, ну, и я подумал, может, ты захочешь... То есть... — Он постарался предельно ясно сформулировать свои намерения. — То есть просто по-дружески, понимаешь. Но если тебе не хочется...

Он уже отчасти надеялся, что она не согласится.

— О нет, мне будет очень приятно пойти с тобой по-дружески! — сказала Полумна с такой счастливой улыбкой, какой Гарри ни разу у нее не видел. — Меня никогда еще никуда не приглашали по-дружески! Это ты к вечеринке выкрасил себе бровь? Мне тоже так сделать?

— Нет, — твердо ответил Гарри. — Это я нечаянно, попрошу Гермиону поправить. Значит, встретимся в восемь в вестибюле.

— АГА! — раздался откуда-то с потолка пронзительный голос, и оба вздрогнули.

Они и не заметили, как прошли прямо под Пивзом, который висел вниз головой, зацепившись за люстру, и зловредно ухмылялся.

— Обормоттер Полоумную на праздник пригласил! Обормоттер в Полоумную влюбился! Обормоттер в Полоу-у-у-у-умную влюби-и-и-ился-я-я-я-я-я! — Он умчался, хихикая и выкрикивая: — Обормоттер в Полоумную влюбился!

— Приятно, когда никто не лезет в твою личную жизнь, — сказал Гарри.

И действительно, не успел он оглянуться, как всей школе было известно, что Гарри Поттер пригласил Полумну Лавгуд на вечеринку к Слизнорту.

— Ты мог пригласить любую! — поражался Рон за обедом. — Любую! А ты выбрал Полоумную Лавгуд?

— Не называй ее так, Рон! — резко сказала Джинни — она направлялась к своим друзьям и остановилась за спиной у Гарри. — Ты молодец, Гарри, что пригласил ее, она так счастлива!

И Джинни пошла дальше, туда, где сидел Дин. Гарри попытался порадоваться, что Джинни рада, что он пригласил Полумну, но это ему не вполне удалось. Гермиона сидела в одиночестве на дальнем конце стола, ковыряя вилкой в тарелке. Гарри заметил, что Рон исподтишка посматривает на нее.

— Ты мог бы извиниться, — сказал Гарри напрямик.

— Ага, чтобы меня опять канарейки заклевали? — пробормотал Рон.

— Зачем ты ее передразнивал?

— А чего она смеялась над моими усами!

— Ну, и я смеялся, в жизни не видел такой дурацкой рожи.

Но Рон как будто не слышал: к столу подошли Лаванда и Парвати. Втиснувшись между Гарри и Роном, Лаванда обхватила Рона за шею.

— Привет, Гарри, — сказала Парвати.

Ей, как и ему, явно было слегка неловко. Да и скучновато рядом с другом или подружкой, которым ни до кого вокруг нет дела.

— Привет, — сказал Гарри. — Как ты? Все-таки остаешься в Хогвартсе? Я слышал, твои родители хотели тебя забрать.

— Я их временно отговорила, — сказала Парвати. — История с Кэти жутко их напугала, но с тех пор ничего такого страшного не было... Ой, привет, Гермиона!

Парвати принялась усиленно улыбаться. Должно быть, ей было совестно, что она смеялась над Гермионой на трансфигурации. Гарри оглянулся и увидел, что Гермиона улыбается ей еще лучезарнее, если только это было возможно. Какие все-таки девчонки иногда бывают странные...

— Привет, Парвати! — сказала Гермиона, полностью игнорируя Рона и Лаванду. — Ты пойдешь сегодня на вечер к Слизнорту?

— Никто меня не пригласил, — печально ответила Парвати. — А мне так хотелось пойти. Там, наверное, будет просто замечательно... Ты ведь идешь, да?

— Да, я договорилась встретиться с Кормаком в восемь, и мы с ним...

Раздался такой звук, какой бывает, когда из засорившейся раковины выдергивают затычку; Рон вынырнул из объятий Лаванды. Гермиона как будто ничего не видела и не слышала.

— ...мы с ним пойдем на вечеринку вместе.

— Кормак? — сказала Парвати. — Это который Кормак Маклагген?

— Ну да, — сладким голосом пропела Гермиона. — Который *чуть было...* — она подчеркнула эти два слова, — *чуть было* не стал вратарем команды Гриффиндора.

— Так ты теперь с ним встречаешься? — спросила Парвати с жадным интересом.

— Ну да, а разве ты не знала? — сказала Гермиона и совершенно не по-гермионски захихикала.

— Нет! — ответила Парвати, страшно оживившись при таком волнующем известии. — Смотри-ка, ты у нас любишь игроков в квиддич! Сначала Крам, теперь Маклагген...

— Я люблю *хороших* игроков в квиддич, — поправила Гермиона все с той же нежной улыбкой. — Ну, пока! Мне нужно наряжаться к празднику...

Она ушла, а Лаванда и Парвати немедленно принялись шептаться, обсуждая потрясающую новость, причем припомнили все, что когда-либо слышали о Маклаггене, и все, что когда-либо придумывали о Гермионе. Рон сидел со странным пустым взглядом и ничего не говорил. Гарри, предоставленный самому себе, размышлял о том, до каких глубин способны опускаться девчонки ради мести.

Вечером, придя к восьми часам в вестибюль, Гарри увидел непривычную картину: в вестибюле прогуливалось полным-полно девочек, и все они с обидой смотрели, как он подходит к Полумне. На ней была серебристая мантия с блестками, вызывавшая дружное хихиканье окружающих, но в целом выглядела она вполне мило. Гарри, во всяком случае, был рад уже и тому, что она не надела сегодня серьги-редиски, ожерелье из пробок от сливочного пива и спектрально-астральные очки.

— Привет, — сказал он. — Пошли, что ли?

— О, да! — радостно ответила она. — А где это будет?

— В кабинете у Слизнорта. — Гарри повел ее вверх по мраморной лестнице, оставив за спиной переглядывающихся и перешептывающихся зрительниц. — Слышала, на вечеринку должен прийти вампир?

— Руфус Скримджер? — спросила Полумна.

— Чего? — растерялся Гарри. — Ты говоришь про министра магии?

— Ну да, он вампир, — будничным тоном сказала Полумна. — Папа написал об этом длинную статью, когда Скримджер занял должность после Корнелиуса Фаджа, но ее не дали напечатать. Естественно, в Министерстве не хотят, чтобы об этом стало известно!

Гарри не ответил, он считал маловероятным, чтобы Руфус Скримджер был вампиром, но давно привык к тому, что Полумна повторяет самую дикую чушь за своим отцом, словно святую истину. Они уже подходили к кабинету Слизнорта, доносившиеся оттуда смех, музыка и громкие голоса становились громче с каждым шагом.

То ли кабинет был так построен, то ли Слизнорт применил какой-то хитрый магический трюк — во всяком случае, помещение изнутри было намного больше обычного преподавательского кабинета. Стены и потолок были затянуты изумрудной, алой и золотой тканью; создавалось впечатление, будто находишься в огромном шатре. В комнате толпился народ, было душно, и все заливал красный свет вычурной золотой лампы, свисавшей с потолка, в которой кружили настоящие живые феи, каждая — словно искорка яркого света. Из дальнего угла неслось громкое пение под аккомпанемент каких-то музыкальных инструментов, вроде мандолины. Облачко дыма висело над головами нескольких престарелых волшебников, занятых оживленной беседой. Эльфы-домовики с писком пробирались через чащу ног, почти незаметные под тяжелыми серебряными подносами с угощением, так что можно было подумать, будто по комнате передвигаются маленькие шустрые столики.

— Гарри, мой мальчик! — загудел Слизнорт, как только Гарри и Полумна протиснулись в дверь. — Входите, входите, я тут кое с кем хочу вас познакомить!

На нем была остроконечная бархатная шляпа с кисточкой в тон бархатной же куртке. Ухватив Гарри за руку с такой силой, словно собирался куда-то трансгрессировать вместе с ним, Слизнорт решительно повлек его в самую гущу гостей; Гарри схватил за руку Полумну и потащил ее за собой.

— Гарри, познакомься, это Элдред Уорпл, мой бывший ученик, автор книги «Братья по крови: моя жизнь среди вампиров», и, конечно, его друг Сангвини.

Уорпл, маленький человечек в очках, стиснул руку Гарри и с энтузиазмом потряс; вампир Сангвини, высокий, истощенный, с темными кругами под глазами, едва кивнул. Вид у него был скучающий. Рядом толпилась стайка взволнованных девчонок, с любопытством его разглядывавших.

— Гарри Поттер, я в восторге, просто в восторге! — сказал Уорпл, близоруко всматриваясь в лицо Гарри. — Я как раз на днях говорил профессору Слизнорту: где же биография Гарри Поттера, которой мы все так ждем?

— Э-э... — сказал Гарри, — ждете?

— Какая скромность! Все, как и говорил Гораций! — воскликнул Уорпл. — Нет, серьезно... — он вдруг перешел на деловой тон, — я сам был бы счастлив написать ее. Люди жаждут побольше узнать о вас, милый мальчик, просто жаждут! Если бы вы согласились дать мне несколько небольших интервью, скажем, по четыре или пять часов в один сеанс, так мы бы закончили книгу в два-три месяца. И все это при минимальной затрате усилий с вашей стороны, я вас уверяю... Сангвини, на место! — неожиданно рявкнул Уорпл: вампир с голодным блеском в глазах бочком подбирался к ближайшей группе девочек. — Вот, возьми пирожок! — Уорпл схватил с подноса у проходившего мимо домовика пирожок, сунул его в руку Сангвини и снова повернулся к Гарри. — Мой дорогой мальчик, вы могли бы заработать столько золота, вы себе просто не представляете...

— Меня это не интересует, — решительно заявил Гарри. — Извините, я там вижу знакомую...

Он потащил Полумну за собой в толпу гостей, там и в самом деле только что мелькнула буйная каштановая грива и исчезла между двумя дамами, судя по всему, музыкантшами из группы «Ведуньи».

— Гермиона! Гермиона!

— Гарри! Слава богу, ты пришел! Привет, Полумна!

— Что с тобой? — спросил Гарри.

Вид у Гермионы был растерзанный, как будто она пробиралась через заросли дьявольских силков.

— Ох, еле вырвалась... То есть я хотела сказать, я только что рассталась с Кормаком, — сказала она и многозначительно прибавила в ответ на вопросительный взгляд Гарри: — Под омелой.

— Так тебе и надо! Нечего было его приглашать, — наставительно сказал Гарри.

— Я подумала, что на него Рон больше всего обозлится, — хладнокровно ответила Гермиона. — Сперва я хотела позвать Захарию Смита, но потом решила, что в целом...

— Ты хотела позвать Смита? — спросил Гарри с отвращением.

— Да, хотела, и уже начинаю жалеть, что передумала. Рядом с Маклаггеном Гроxx — истинный джентльмен. Отойдем в сторонку, мы его издали увидим, если что, он такой здоровый...

Все трое пробрались на другую сторону комнаты, прихватив по дороге по кубку с медовухой, и слишком поздно заметили, что у стенки в одиночестве стоит профессор Трелони.

— Здравствуйте, — вежливо сказала ей Полумна.

— Добрый вечер, моя дорогая, — ответила профессор Трелони, не без труда сфокусировав взгляд на Полумне. Гарри снова почувствовал запах кулинарного хереса. — Давно вас не видно на уроках...

— В этом году у нас ведет занятия Флоренц, — сказала Полумна.

— Ах да, конечно, — сказала профессор Трелони, зло и пьяно хихикая. — Конек-горбунок, так я его про себя называю. Не правда ли, после того как я вернулась в школу, можно было ожидать, что профессор Дамблдор уволит эту лошадь? Но нет... Курсы поделили между нами... Откровенно говоря, это оскорбление! Да знаете ли вы...

Подвыпившая профессор Трелони, видимо, не узнавала Гарри. Пока она распиналась, на все корки ругая Флоренца, Гарри наклонился к Гермионе и тихо сказал:

— Давай выясним одну вещь. Ты собираешься сказать Рону, что подыграла ему на отборочном испытании?

Гермиона подняла брови:

— Неужели ты серьезно думаешь, что я способна на такую низость?

Гарри пристально посмотрел на нее:

— Гермиона, если уж ты смогла пойти на вечер с Маклаггеном...

— Это совсем другое дело, — сказала Гермиона с достоинством. — Я не намерена ничего рассказывать Рону о том, что, возможно, случилось, а может, и не случилось на отборочных испытаниях.

— Хорошо, — с чувством сказал Гарри. — А то если он опять расклеится и мы проиграем следующий матч...

— Квиддич! — сердито воскликнула Гермиона. — Вас что, вообще ничто не интересует, кроме квиддича? Кормак ни единого вопроса не задал обо мне самой, нет, он осчастливил меня исполнением саги

«Сто бесподобных мячей, которые взял Кормак Маклагген», весь вечер, без перерыва... Ой, мамочки, он идет сюда!

Она метнулась прочь так стремительно, как будто трансгрессировала — только что была здесь и вот уже протиснулась между двумя полными, громко хохочущими колдуньями и исчезла.

— Не видел Гермиону? — спросил Маклагген, протолкавшись сквозь толпу.

— Нет, к сожалению, не видел, — ответил Гарри и быстро повернулся к Полумне, забыв на мгновение, с кем она разговаривает.

— Гарри Поттер! — воскликнула профессор Трелони низким вибрирующим голосом. Она только сейчас его заметила.

— Здрасьте, — сказал Гарри без большого энтузиазма.

— Мой дорогой мальчик! — громко зашептала профессор Трелони. — Сколько слухов! Сколько сплетен! Избранный! Конечно, я давно уже знала... Знамения предвещали беду, Гарри... Но почему вы не продолжили курс прорицаний? Уж для вас-то этот предмет имеет первостепенное значение!

— Ах, Сивилла, каждый из нас считает свой предмет самым важным! — послышался громкий голос, и по другую сторону от профессора Трелони появился сильно раскрасневшийся Слизнорт, в бархатной шляпе набекрень, с бокалом медовухи в одной руке и громадным пирогом с мясом — в другой. — Но я еще не встречал другого такого прирожденного таланта по части зельеварения! — сказал Слизнорт, взирая на Гарри благожелательными, хотя и несколько воспаленными глазами. — Просто какой-то инстинкт — совсем как у его матушки! На моей памяти учеников с такими способностями раз-два и обчелся. Я вам говорю, Сивилла, даже Северус...

И тут, к ужасу Гарри, Слизнорт протянул руку и невесть откуда подтащил к себе Снегга.

— Бросьте дуться, идите к нам, Северус! — Слизнорт жизнерадостно икнул. — Я тут рассказываю об исключительных способностях Гарри к зельеварению! Разумеется, нужно и вам отдать должное, ведь вы учили Гарри целых пять лет!

Попавшись в захват Слизнорта, который обнимал его за плечи, Снегг посмотрел на Гарри сверху вниз прищуренными черными глазами.

— Забавно, у меня как-то не было впечатления, что я хоть чему-нибудь сумел научить Поттера.

— В таком случае это у него от природы! — воскликнул Слизнорт. — Видели бы вы, что он сотворил у меня на самом первом уроке! Напиток живой смерти. Еще никто из учеников не добивался такого великолепного результата с первой же попытки. Я думаю, даже вы, Северус...

— Да неужели? — тихо сказал Северус, ввинчиваясь взглядом в глаза Гарри, которому стало сильно не по себе.

Вот уж чего ему совсем не было нужно, так это чтобы Снегг начал выискивать, откуда у него взялись блестящие способности к зельеварению.

— Напомните-ка мне, по каким еще предметам вы продолжаете занятия, Гарри? — спросил Слизнорт.

— Защита от Темных искусств, заклинания, трансфигурация, травология...

— Короче говоря, все предметы, необходимые для того, чтобы сделаться мракоборцем, — сказал Снегг, чуть заметно скривив губы.

— Ну да, я этого хочу, — ответил Гарри с вызовом.

— Из вас получится выдающийся мракоборец! — прогудел Слизнорт.

— По-моему, тебе не следует становиться мракоборцем, Гарри, — неожиданно вмешалась Полумна. Все посмотрели на нее. — Мракоборцы участвуют в заговоре Гнилозубов; я думала, все об этом знают. Они стремятся подорвать Министерство магии изнутри при помощи Темной магии и болезни десен.

У Гарри от смеха медовуха попала в нос. Честное слово, стоило привести сюда Полумну хотя бы ради этой минуты! Кашляя и отплевываясь, весь обрызганный медовухой, он вдруг увидел такое, отчего настроение у него стало еще лучше: Аргус Филч за ухо тащил к ним Драко Малфоя.

— Профессор Слизнорт, — засипел Филч, тряся брылями, с маниакальным дисциплинарным огнем в выпученных глазах, — я поймал этого ученика, когда он шнырял по коридору на одном из верхних этажей. Он утверждает, что приглашен на вашу вечеринку и только немного опоздал. Вы его приглашали?

Разъяренный Малфой вырвался из рук Филча.

— Ну ладно, меня не приглашали! — сердито выпалил он. — Я хотел пройти без приглашения, вы довольны?

— Нет, не доволен! — сказал Филч, хотя этому явно противоречило выражение его лица. — Уж теперь вы у меня получите! Разве директор не говорил, что в вечернее время шататься по коридорам запрещается, не говорил разве, а?

— Все нормально, Аргус, все нормально, — сказал Слизнорт, махнув рукой. — Сейчас, как-никак, Рождество, и это совсем не преступление, если кому-то хочется попасть на праздник. На один разочек забудем о наказаниях. Можете остаться, Драко.

Горькое разочарование Филча было абсолютно предсказуемым, но почему у Малфоя, подумал Гарри, почти такой же несчастный вид? И почему Снегг смотрит на Малфоя с таким гневом и — может ли это быть? — со страхом?

Но не успел Гарри разобраться в своих впечатлениях, как Филч уже поплелся прочь, шаркая ногами и бормоча что-то себе под нос. Малфой изобразил улыбку и стал благодарить Слизнорта за великодушие, а лицо Снегга снова сделалось абсолютно непроницаемым.

— Не за что, не за что, — отмахнулся от Малфоя Слизнорт. — В конце концов, я знавал вашего дедушку...

— Он всегда отзывался о вас с большим уважением, сэр, — поспешно ввернул Малфой. — Говорил, что не знает лучшего мастера зельеварения...

Гарри не мог отвести глаз от Малфоя. Его поразило не то, что Малфой подлизывается к преподавателю, эта картина была ему хорошо знакома по урокам Снегга. Удивило его то, что Малфой в самом деле выглядел больным. Гарри давно уже не случалось видеть Малфоя вблизи, и теперь он заметил, что под глазами у него залегли темные тени, а кожа приобрела явственно сероватый оттенок.

— Я хотел бы с вами поговорить, Драко, — внезапно сказал Снегг.

— Ну что вы, Северус. — Слизнорт снова икнул. — Сейчас Рождество, не будьте к нему слишком строги...

— Я — декан его факультета, мне решать, строгим с ним быть или не строгим, — отрезал Снегг. — Следуйте за мной, Драко.

Они вышли из кабинета. Снегг шагал впереди, Малфой за ним с недовольным видом. Гарри постоял с минуту в нерешительности, потом сказал Полумне:

— Я на минуточку... э-э... в туалет...

— Хорошо, — покладисто ответила она.

Пробираясь к выходу, Гарри смутно слышал, как она рассказывает о заговоре Гнилозубов профессору Трелони, которую эта тема, по-видимому, живо заинтересовала.

В коридоре никого не было. Пара пустяков — вытащить из кармана мантию-невидимку и накинуть ее на себя. Труднее оказалось отыскать Малфоя и Снегга. Гарри побежал — его шаги заглушала музыка и громкая болтовня, доносившиеся из кабинета Слизнорта. Может быть, Снегг повел Малфоя в свой кабинет в подземелье?.. А может, в слизеринскую гостиную?.. На всякий случай Гарри прикладывал ухо к каждой двери, мимо которой пробегал, и вдруг, вздрогнув от радости, припал к замочной скважине последней классной комнаты в коридоре. Оттуда слышались голоса.

— Не имеете права допускать ошибки, Драко, потому что, если вас исключат из школы...

— Я тут ни при чем, ясно?

— Надеюсь, что вы говорите правду, поскольку все это было не только неумело, но и попросту глупо. Вас уже подозревают в соучастии.

— Кто меня подозревает? — сердито спросил Малфой. — В последний раз повторяю: я этого не делал, понятно? Наверное, у этой Белл есть враги, о которых никто не знает... Не надо на меня так смотреть! Я знаю, что вы делаете, я не такой тупой, только ничего у вас не выйдет! Я могу вам помешать!

Наступила пауза, потом Снегг тихо сказал:

— Ага... вижу, тетя Беллатриса учила вас окклюменции. Какие же мысли вы стараетесь скрыть от своего хозяина, Драко?

— От *него* я ничего не скрываю, я только не хочу, чтобы *вы* лезли не в свое дело!

Гарри плотнее прижался ухом к замочной скважине. С чего это Малфой так разговаривает со Снеггом, которого вроде всегда уважал, даже, можно сказать, Снегг ему нравился?

— Так вот почему вы избегаете меня с начала учебного года? Боитесь моего вмешательства? А понимаете ли вы, что если бы кто-нибудь другой посмел не явиться ко мне в кабинет после того, как я несколько раз вызывал его...

— Ну, оставьте меня после уроков! Наябедничайте на меня Дамблдору! — с издевкой предложил Малфой.

Снова наступила тишина. Наконец Снегг сказал:

— Вы прекрасно знаете, что я не намерен делать ни того, ни другого.

— Ну, так и прекратите вызывать меня к себе в кабинет!

— Послушайте меня, — сказал Снегг так тихо, что Гарри пришлось изо всех сил притиснуть ухо к замочной скважине, чтобы расслышать его слова. — Я стараюсь помочь вам. Я обещал вашей матушке защитить вас. Я принес Непреложный Обет, Драко...

— Значит, придется вам его нарушить, потому что я не нуждаюсь в вашей помощи! Это мое задание, он поручил это мне, и я это сделаю. У меня есть план, и он сработает, просто получается немножко дольше, чем я рассчитывал!

— Что за план?

— Не ваше дело!

— Если вы расскажете мне, что вы собираетесь делать, я смогу помочь вам...

— Спасибо, мне уже помогают! Не думайте, я не один!

— Во всяком случае, вы были одни сегодня вечером, и это в высшей степени глупо — бродить по коридорам без провожатых и без дозорных, которые могли бы поднять тревогу. Элементарные ошибки...

— Я взял бы с собой Крэбба и Гойла, если бы вы не оставили их после уроков!

— Говорите тише! — словно выплюнул Снегг, поскольку Малфой, войдя в раж, повысил голос. — Если ваши приятели, Крэбб и Гойл, хотят в этом году всетаки сдать СОВ по защите от Темных искусств, они должны заниматься чуточку старательнее, чем в настоящее...

— Да кому это нужно? — процедил Малфой. — Защита от Темных искусств — это же все не на самом деле, сплошное притворство, правда? Как будто кому-то из нас нужно защищаться от Темных искусств!

— Это притворство, Драко, необходимо для нашего успеха! — возразил Снегг. — Где бы, по-вашему, я был все эти годы, если бы не умел притворяться? А теперь послушайте меня! Вы ведете себя неосмотрительно, бродите по коридорам ночью, позволяете себя поймать, а если вы полагаетесь на таких помощничков, как Крэбб и Гойл...

— Не только на них! На моей стороне есть еще другие люди, получше!

— Так расскажите же мне о них, и я смогу...

— Знаю, чего вы добиваетесь! Хотите украсть у меня славу!

Снова пауза и холодный голос Снегга:

— Вы ведете себя как ребенок. Я понимаю, что вы расстроены арестом отца, но...

У Гарри было не больше секунды, чтобы убраться с дороги: он услышал за дверью шаги Малфоя и отскочил в сторону как раз в тот момент, когда дверь распахнулась. Малфой быстро зашагал по коридору, прошел мимо открытой двери в кабинет Слизнорта и скрылся за углом.

Почти не дыша, Гарри замер, как был, на корточках, и не смел пошевелиться, пока из классной комнаты не показался Снегг. С непроницаемым лицом Снегг вернулся на вечеринку. Гарри сидел на полу, укрытый мантией-невидимкой, и лихорадочно соображал.

Глава 16

ОЧЕНЬ ХОЛОДНОЕ РОЖДЕСТВО

— Так, значит, Снегг предлагал ему помощь? Он точно *предлагал ему помощь?*

— Спросишь еще раз, — ответил Гарри, — засуну тебе эту капусту...

— Я просто хочу проверить! — сказал Рон.

Они стояли вдвоем на кухне «Норы» у раковины и чистили по поручению миссис Уизли гору брюссельской капусты. За окном медленно плыли снежинки.

— Да, Снегг предлагал ему помощь! Сказал, что обещал матери Малфоя защищать его, что принес Неотложную клятву или что-то в этом роде...

— Непреложный Обет? — ошеломленно переспросил Рон. — Да нет, не мог же он... Ты уверен?

— Да, уверен, — ответил Гарри. — А что это, собственно, значит?

— Ну, Непреложный Обет нарушить невозможно...

— Это я, как ни странно, и сам уже понял. Но что происходит с тем, кто его нарушит?

— Он умирает, — просто ответил Рон. — Когда мне было лет пять, Фред с Джорджем пытались заставить меня принести такой Обет. Я чуть было не принес, уже держался с Фредом за руки и все такое, но тут нас застукал папа. Он чуть с ума не сошел. — От этих воспоминаний у Рона даже заблестели глаза. — Единственный раз, когда я видел папу рассерженным еще почище мамы. Фред уверяет, что его левая ягодица так с того дня и не вернула себе прежней формы.

— Ладно, шут с ней, с левой ягодицей Фреда...

— Прошу прощения? — раздался голос Фреда, и в кухню вошли близнецы.

— У-у, Джордж, ты посмотри, чем они орудуют. Ножи и так далее. Подумать только.

— Вот стукнет мне через два с небольшим месяца семнадцать лет, — сварливо пробормотал Рон, — тогда и я смогу проделывать это с помощью волшебства.

— А до той поры, — заметил Джордж, присев на кухонный стол и подобрав под себя ноги, — мы сможем наслаждаться зрелищем правильного использования разных там... оп-па!

— Это все из-за тебя! — сердито выпалил Рон, посасывая обрезанный большой палец. — Ну погоди, исполнится мне семнадцать...

— И ты поразишь всех нас навыками волшебника, которых от тебя никто никогда не ждал, — зевая, сказал Фред.

— Кстати, Рональд, насчет нежданных навыков! — воскликнул Джордж. — Что это рассказывает Джинни насчет тебя и юной леди по имени — если, конечно, сведения наши верны — Лаванда Браун?

Рон порозовел и снова занялся капустой, но вид у него был не так чтобы очень недовольный.

— Не лезь не в свое дело!

— Какая блестящая отповедь, — сказал Фред. — Даже и представить себе не могу, откуда ты берешь такие сильные слова. Нет, мы хотели узнать лишь одно: как это случилось?

— Что именно?

— Может, она в аварию какую попала или еще что?

— О чем ты?

— О несчастье, из-за которого бедняжка впала в окончательное слабоумие. Эй, поаккуратнее!

Миссис Уизли появилась на кухне как раз вовремя, чтобы увидеть, как Рон метнул во Фреда капустный нож, а Фред легким взмахом волшебной палочки обратил его в бумажный самолетик.

— Рон! — гневно вскричала она. — Чтобы я больше не видела, как ты кидаешься ножами!

— Да, мама, — ответил Рон. — Больше не увидишь, — шепотом прибавил он, снова поворачиваясь к капустной горе.

— Фред, Джордж, мне очень жаль, дорогие мои, но ближе к ночи появится Римус, так что Билла придется уложить в вашей комнате.

— Ничего страшного, — сказал Джордж.

— Ладно, поскольку Чарли не приедет, Гарри и Рону достается мансарда, и если Флер уложить с Джинни...

— Джинни ожидает волшебное Рождество, — пробормотал Фред.

— ...то все разместятся с удобством. По крайней мере, девочки будут спать в кровати, — с некоторой неуверенностью в голосе закончила миссис Уизли.

— Значит, Перси нам своей мерзкой рожи точно не покажет? — спросил Фред.

Миссис Уизли отвернулась к двери и лишь потом ответила:

— Нет, он, насколько я знаю, занят в Министерстве.

— Или же он просто самая большая задница в мире, — сказал Фред, когда миссис Уизли покинула кухню. — Одно из двух. Ну ладно, Джордж, пора двигаться.

— Куда это вы собрались? — спросил Рон. — Может, поможете нам с капустой? Вам-то палочки использовать разрешено, вот и избавили бы нас от нее!

— Нет, — серьезно ответил Фред, — не думаю, что мы вправе так поступить. Чистить капусту без помощи волшебства — занятие, которое способствует закалке характера, оно позволяет человеку понять, как трудна жизнь маглов и сквибов...

— И если ты хочешь, Рон, чтобы люди тебе помогали, — подхватил Джордж, запуская в младшего брата бумажным аэропланом, — не стоит метать в них ножи. Таков мой совет. А собрались мы в деревню, там в магазине канцелярских товаров работает очень красивая девушка, которой мои карточные фокусы кажутся просто чудесными... почти волшебными...

— Свиньи, — мрачно процедил Рон, глядя на пересекающих заснеженный двор братьев. — Им тут всех дел было секунд на десять, а тогда бы и мы могли с ними пойти.

— Только не я, — отозвался Гарри. — Я обещал Дамблдору, пока я здесь, далеко от дома не отходить.

— Ах да, — сказал Рон. Он очистил еще несколько кочешков, затем прибавил: — Ты собираешься рассказать Дамблдору о разговоре Снегга с Малфоем?

— Конечно, — ответил Гарри. — Я собираюсь рассказать о нем всем, кто может их остановить, а Дамблдор стоит у меня в этом списке первым. Я, пожалуй, и с твоим отцом еще раз поговорю.

— Жаль только, ты не слышал, что на самом деле задумал Малфой.

— А как я мог услышать? В том-то вся и штука, он отказался сообщить это Снеггу.

Секунду-другую оба молчали, потом Рон спросил:

— Ты, конечно, знаешь, что все они тебе скажут? Папа, Дамблдор и прочие? Они скажут, что Снегг вовсе не собирается помогать Малфою, а просто пытается выяснить, на что тот нацелился.

— Они его не слышали, — категоричным тоном ответил Гарри. — Так хорошо притворяться не может никто, даже Снегг.

— Ну да, это я просто так, к слову, — отозвался Рон.

Гарри, нахмурясь, повернулся к нему:

— Но ты-то считаешь, что я прав?

— Конечно! — торопливо ответил Рон. — Нет, серьезно! Вот только они же все уверены, что Снегг помогает Ордену, ведь так?

Гарри промолчал. Он уже понял, что такие возражения, скорее всего, и выдвинут против его новых доказательств; он прямо-таки слышал слова Гермионы: «Ну ясно же, Гарри, он всего лишь притворялся, чтобы заставить Малфоя рассказать, что тот затеял...»

Впрочем, эти слова были всего лишь плодом его воображения поскольку возможности поведать Гермионе о подслушанном разговоре ему не представилось. Вечеринку у Слизнорта она покинула еще до его возвращения — так, во всяком случае, сказал Гарри разгневанный Маклагген, — когда же он добрался до общей гостиной, Гермиона уже легла спать. А на следующее утро перед отъездом в «Нору» он только успел пожелать ей счастливого Рождества да сказать, что после каникул сообщит очень важные новости. Полной уверенности в том, что Гермиона его услышала, у Гарри не было — все это время за его спиной, не прибегая к помощи слов, прощались Рон с Лавандой.

И все-таки одного не сможет отрицать даже Гермиона: Малфой явно задумал какую-то пакость, и Снегу это известно, отчего Гарри считал, что имеет полное право повторять: «А что я вам говорил?» — и уже сделал это несколько раз в разговоре с Роном.

До самого сочельника Гарри так и не смог побеседовать с мистером Уизли — тот теперь задерживался в Министерстве совсем допоздна. Этой ночью семейство Уизли и его гости расположились в гостиной, которую Джинни разукрасила до того, что каждому, кто здесь сидел, казалось, будто его самого опутали с ног до головы гирляндами из цветной бумаги. Только Фреду, Джорджу, Гарри и Рону и было известно, что ангел на верхушке рождественской елки — на самом деле садовый гном, цапнувший Фреда за лодыжку, когда тот дергал в огороде морковку для рождественского обеда. Обездвиженный заклинанием, выкрашенный в золотую краску, втиснутый в маленькую балетную пачку и украшенный приклеенными к спине крылышками, гном гневно взирал на всех, кто собрался в гостиной. Это был самый уродливый ангел, какого Гарри видел в своей жизни, с лысой, точно картофелина, головой и волосатыми ножками.

Предполагалось, что все будут слушать по радио рождественский концерт любимой певицы миссис Уизли, Селестины Уорлок, голос которой изливался из большого деревянного приемника. Флер, по-видимому находившая Селестину безумно скучной, так громко разговаривала в углу, что миссис Уизли то и дело наставляла свою волшебную палочку на регулятор громкости приемника, отчего голос певицы звучал все мощнее и мощнее. Под прикрытием особенно жизнерадостной песенки «Котел, полный крепкой, горячей любви» Фред и Джордж играли с Джинни во взрыв-кусачку. Рон украдкой поглядывал на Флер с Биллом, словно надеясь обзавестись с их помощью полезными навыками. Римус Люпин, который выглядел еще более тощим и обтрепанным, чем прежде, сидел у камина, глядя на огонь и словно не слыша Селестины.

О, приди, помешай мое варево,
И, если все сделаешь правильно,
Ты получишь котел,
Полный крепкой, горячей любви.

— Мы танцевали под эту песню, когда нам было восемнадцать! — сообщила миссис Уизли, утирая вязаньем глаза. — Помнишь, Артур?

— М-м-м? — произнес мистер Уизли, снимавший, клюя носом, кожуру с мандарина. — А, да... прекрасная мелодия...

Он не без труда распрямился и взглянул на сидевшего рядом с ним Гарри.

— Извини нас за это, — сказал он, поведя подбородком в сторону приемника, из которого неслись теперь голоса подпевавшего Селестине хора. — Скоро уже кончится.

— Ничего, не страшно, — улыбнувшись, ответил Гарри. — Много сейчас в Министерстве работы?

— Очень, — сказал мистер Уизли. — И ладно бы еще толк от нее был, а то ведь арестовали мы за последние месяцы троих, но я не уверен, что хотя бы один из них настоящий Пожиратель смерти. Только не передавай никому моих слов, Гарри, — торопливо добавил он, приобретая внезапно вид гораздо менее сонный.

— Неужели Стэн Шанпайк так до сих пор и сидит? — спросил Гарри.

— Боюсь, что сидит, — ответил мистер Уизли. — Я знаю, Дамблдор напрямую обращался к Скримджеру, пытался заступиться за Стэна... Все, кто его допрашивал, согласны с тем, что Пожиратель смерти из него такой же, как из этого мандарина... Однако наверху стараются создать видимость хоть каких-то успехов, а «три ареста» выглядят гораздо лучше, чем «три неоправданных ареста с последующим освобождением»... Но это опять-таки сведения совершенно секретные.

— Я не проболтаюсь, — пообещал Гарри.

Он поколебался немного, прикидывая, как подступиться к тому, что ему хотелось рассказать. Пока он собирался с мыслями, Селестина Уорлок запела балладу «Ты заклятием взял мое сердце».

— Мистер Уизли, вы помните наш разговор на вокзале, перед тем как мы отправились в школу?

— Я все проверил, Гарри, — тут же ответил мистер Уизли. — Обыскал дом Малфоев. И не нашел ничего, ни сломанного, ни целого, чему там находиться не следовало.

— Да, я знаю, читал про этот обыск в «Пророке»... Но я о другом... о чем-то более...

И он рассказал мистеру Уизли все, что услышал из разговора Снегга с Малфоем. Рассказывая, Гарри заметил, что Люпин слегка повернул голову в их сторону и вслушивается в каждое слово. Когда Гарри закончил, наступило молчание, только Селестина продолжала мурлыкать:

О, мое бедное сердце, где ты?
Надолго ль оставило ты меня?

— Тебе не приходило в голову, — сказал мистер Уизли, — что Снегг просто изображал...

— Изображал готовность помочь, чтобы выведать планы Малфоя? — быстро откликнулся Гарри. — Да, этих слов я от вас и ждал. Но как мы можем знать наверняка?

— Знать — это не наше дело, — неожиданно произнес Люпин. Он повернулся к огню спиной, и теперь взгляд его был устремлен, минуя мистера Уизли, на Гарри. — Это дело Дамблдора. Дамблдор доверяет Северусу, и этого всем нам должно хватать.

— Но, — возразил Гарри, — допустим, всего лишь допустим, что Дамблдор ошибся в Снегге...

— Это уже говорилось, и много раз. Все сводится к тому, доверяешь ты суждению Дамблдора или не доверяешь. Я доверяю, а потому доверяю и Снеггу.

— Но ведь и Дамблдор может ошибаться, — настаивал Гарри. — Он сам так говорит. А вы... — Он взглянул Люпину в глаза. — Если честно, вам нравится Снегг?

— Я не могу сказать, что он нравится мне или не нравится, — ответил Люпин. — Нет-нет, Гарри, я правду говорю, — добавил он, увидев появившееся на лице Гарри скептическое выражение. — Мы с ним никогда не были закадычными друзьями — все, что произошло между Джеймсом, Сириусом и Северусом, оставило слишком много горьких чувств. Но я не забываю, что в тот год, когда я преподавал в Хогвартсе, Северус каждый месяц готовил для меня волчье противоядие и готовил замечательно — я не испытывал в полнолуние обычных страданий.

— Тем не менее он «случайно» проговорился, что вы оборотень, и вам пришлось покинуть школу! — гневно воскликнул Гарри.

Люпин пожал плечами:

— Да оно так или иначе выплыло бы наружу. Мы оба знали, что он метит на мое место, и все же Северус мог бы причинить мне куда больший вред, просто подмешав что-нибудь в противоядие. А он сохранил мне здоровье. И я ему благодарен.

— А может, он просто не решался подмешать что-нибудь в противоядие, зная, что Дамблдор не спускает с него глаз! — возразил Гарри.

— Тебе хочется ненавидеть его, Гарри, — со слабой улыбкой сказал Люпин. — И я тебя понимаю: Джеймс — твой отец, Сириус — крестный, ты унаследовал от них давнее предубеждение. Разумеется, ты должен рассказать Дамблдору то, что рассказал мне и Артуру, но только не жди, что он с тобой согласится. Не жди даже, что твой рассказ его удивит. Вполне возможно, что Северус расспрашивал Драко по приказу Дамблдора.

...пусть ты разбил его на части,
Оно вернулось — это счастье!

Селестина завершила пение на очень долгой, высокой ноте, из приемника понеслись громкие овации, к которым с энтузиазмом присоединилась и миссис Уизли.

— А, уже кончилось? — громко поинтересовалась Флер. — Слава богу, это такое ст'гашное...

— Ну что же, по стаканчику на ночь? — еще громче спросил мистер Уизли, вставая. — Кто желает яичного коктейля?

— Чем вы в последнее время занимались? — спросил Гарри у Люпина, когда мистер Уизли торопливо отправился за коктейлем, а все остальные, потянувшись, начали переговариваться друг с другом.

— О, сидел в подполье, — ответил Люпин. — Почти в буквальном смысле слова. Потому я и не писал, Гарри. Посылать тебе письма — значило бы выдать себя.

— О чем вы?

— Я жил среди моих собратьев, моей ровни, — сказал Люпин и, увидев непонимающий взгляд Гарри, прибавил: — Среди оборотней. Почти все они встали на сторону Волан-де-Морта. Дамблдору требовался шпион, а я словно для того и создан.

В голосе его прозвучала горечь, возможно, Люпин и сам заметил ее, потому что, продолжая свой рассказ, улыбался уже с большей теплотой:

— Я не жалуюсь, работа необходимая, а кто выполнит ее лучше меня? Но завоевать их доверие было трудно. По мне ведь сразу видно, что я пытался жить среди волшебников, понимаешь? А они из нормального общества изгнаны, живут особняком, воруют, а иногда и убивают, чтобы прокормиться.

— Но чем им так нравится Волан-де-Морт?

— Они думают, что при его правлении их ждет лучшая жизнь, — ответил Люпин. — И спорить с этим, когда среди них Сивый, трудно...

— А кто такой Сивый?

— Ты не слышал о нем? — Пальцы Люпина дрогнули и сцепились на коленях. — Фенрир Сивый, пожалуй, самый лютый из живущих ныне оборотней. Цель своей жизни он видит в том, чтобы перекусать и заразить как можно больше людей, — хочет создать столько оборотней, что они смогут одолеть волшебников. Волан-де-Морт пообещал ему в обмен на службу любое количество жертв. Сивый предпочитает детей... «Кусайте их юными, — говорит он, — растите вдали от родителей, в ненависти к нормальным волшебникам». Волан-де-Морт и прежде угрожал людям тем, что напустит Сивого на их сыновей и дочерей, и, как правило, эта угроза давала нужные результаты.

Люпин помолчал, затем прибавил:

— Сивый-то меня и покусал.

— Что? — изумленно переспросил Гарри. — Вы хотите сказать, когда... когда вы были ребенком?

— Да. Мой отец оскорбил его. Я очень долго не догадывался, кто из оборотней напал на меня, а Сивого даже жалел, думал, что он не способен владеть собой — ведь к тому времени я уже знал, что испытываешь, когда превращаешься в волка. Правда, к Сивому все это отношения не имеет. Незадолго до полнолуния он устраивается неподалеку от своих жертв, достаточно близко, чтобы нанести быстрый удар. Он все обдумывает заранее. Вот это существо Волан-де-Морт и использует, чтобы править оборотнями. Не стану притворяться, мои доводы, доводы разума, почти не способны противостоять тому, о чем твердит Сивый: дескать, мы, оборотни, заслуживаем крови, мы обязаны мстить нормальным людям.

— Но ведь и вы нормальный! — с жаром воскликнул Гарри. — Просто у вас... трудности...

Люпин расхохотался:

— Как ты иногда напоминаешь мне Джеймса! Он тоже бывало говорил в компании, что у меня трудности «по мохнатой части». И люди оставались при впечатлении, будто я держу дома плохо воспитанного кролика.

Он принял от мистера Уизли стакан яичного коктейля, поблагодарил его, казалось даже, немного повеселел. Между тем Гарри ощущал прилив возбуждения — упоминание об отце напомнило ему, что он собирался расспросить Люпина еще кое о чем.

— Вам не случалось слышать, чтобы кого-нибудь называли «Принцем-полукровкой»?

— Полукровкой... как там?

— Принцем-полукровкой. — Гарри внимательно вглядывался в лицо Люпина, ища в нем признаки внезапно оживших воспоминаний.

— Среди волшебников нет принцев, — улыбаясь, сказал Люпин. — Это что же, титул, который ты намерен принять? Мне казалось, довольно будет и Избранного.

— Ко мне это никакого отношения не имеет! — гневно произнес Гарри. — Принц-полукровка — волшебник, когда-то учившийся в Хогвартсе, просто мне в руки попал его старый учебник по зельям. И вся эта книга исписана заклинаниями, которые изобрел он сам. Одно из них — *Левикорпус*...

— А, да, во время моей учебы в Хогвартсе оно было в большом ходу, — припомнил Люпин. — Когда я был на пятом курсе, никто несколько месяцев и шагу ступить не мог без того, чтобы не взлететь в воздух и не оказаться подвешенным за лодыжку.

— Папа им тоже пользовался, — сказал Гарри. — Я видел в Омуте памяти, как он подвесил Снегга.

Гарри постарался произнести это небрежным тоном, как брошенное вскользь замечание, не имеющее настоящей важности, но не был уверен, что ему это удалось, — улыбка Люпина стала уж слишком сочувственной.

— Да, — сказал Люпин, — впрочем, не он один. Я же говорю, это заклинание было очень популярным... Ты и сам знаешь, как они вдруг распространяются, а потом о них забывают.

— Но мне казалось, что его изобрели, когда вы учились в школе, — настаивал Гарри.

— Вовсе не обязательно, — сказал Люпин. — Заклинания входят в моду и выходят из нее подобно всему остальному.

Он вгляделся в лицо Гарри, потом сказал негромко:

— Джеймс был чистокровным волшебником, Гарри, и могу тебя уверить, он никогда не просил, чтобы мы называли его «принцем».

Гарри, махнув рукой на притворство, спросил:

— Может быть, это был Сириус? Или вы?

— Ни в коем случае.

— Просто я думал... — Гарри уставился в огонь. — В общем, он очень помог мне на уроках зельеварения, Принц то есть.

— Насколько стара эта книга, Гарри?

— Не знаю, не проверял.

— Что ж, проверь, может быть, это поможет тебе выяснить, давно ли Принц учился в Хогвартсе, — сказал Люпин.

Вскоре после этого Флер затеяла изображать Селестину, поющую «Котел, полный крепкой, горячей любви», и все, заметив выражение, появившееся на лице миссис Уизли, восприняли его как сигнал, что пора расходиться по постелям. Гарри с

Роном поднялись в мансарду, в спальню Рона, где Гарри ждала раскладушка.

Рон заснул почти сразу, а Гарри, прежде чем лечь, порылся в чемодане и вытащил из него свой экземпляр «Расширенного курса зельеварения». Он полистал книгу в поисках года издания и наконец нашел его на одной из самых первых страниц. Книге было без малого пятьдесят лет. Ни его отец, ни друзья отца по Хогвартсу пятьдесят лет назад там еще не учились. Разочарованный, Гарри забросил книгу обратно в чемодан, выключил лампу, повертелся немного в постели, думая об оборотнях, Снегге, Стэне Шанпайке и Принце-полукровке, и, наконец, погрузился в тревожный сон, полный ползучих теней и воплей искусанных детей...

— Она наверняка пошутила...

Гарри, вздрогнув, проснулся и обнаружил в изножье своей постели туго набитый чулок. Он надел очки, огляделся: крошечное окно почти целиком залепило снегом, перед окошком, вытянувшись в струнку, сидел Рон и разглядывал что-то очень похожее на толстую золотую цепочку.

— Что это? — полюбопытствовал Гарри.

— Подарок Лаванды, — с отвращением ответил Рон. — Не думает же она, в самом деле, что я нацеплю такую...

Повнимательнее приглядевшись к подарку, Гарри расхохотался. С цепочки свисали большие золотые буквы, из которых складывались слова «Мой любимый».

— Мило, — сказал он. — Классно. Тебе непременно надо будет надеть ее перед следующей встречей с Фредом и Джорджем.

— Если ты скажешь им хоть слово, — пригрозил Рон, убирая цепочку с глаз долой, под подушку, — я... я... я...

— Будешь всю жизнь заикаться при разговорах со мной? — ухмыльнулся Гарри. — Брось, ты же знаешь, что не скажу.

— Нет, но как ей в голову пришло, что мне может понравиться такая штука? — потрясенно глядя в пространство, воскликнул Рон.

— А ты попробуй напрячь память, — посоветовал Гарри. — Может, ты как-нибудь ненароком обмолвился, что хочешь показаться на люди со словами «мой любимый» на шее?

— Да ладно тебе... не так уж много мы и разговаривали, — сказал Рон. — Мы все больше...

— Целовались, — подсказал Гарри.

— В общем, да, — признал Рон. И, немного поколебавшись, спросил: — А что, Гермиона правда теперь с Маклаггеном встречается?

— Не знаю, — ответил Гарри. — У Слизнорта они появились вместе, но, по-моему, что-то у них не заладилось.

Рон, немного повеселев, снова сунул руку в свой чулок с подарками.

Среди подарков, полученных Гарри, оказались связанный миссис Уизли свитер с вышитым на груди большим золотым снитчем, здоровенная коробка из магазина «Всевозможные волшебные вредилки» близнецов Уизли и слегка влажный, попахивающий плесенью сверток с наклейкой, на которой значилось: «Хозяину от Кикимера».

Гарри изумленно уставился на него.

— Как по-твоему, — спросил он Рона, — вскрывать его не опасно?

— Никакой опасности быть не может, всю нашу почту по-прежнему проверяют в Министерстве, — ответил Рон, хотя на сверток и сам он косился с подозрением.

— А я и не подумал подарить Кикимеру хоть что-нибудь! Слушай, а домовым эльфам принято делать подарки на Рождество? — спросил Гарри, осторожно ощупывая сверток.

— Гермиона что-нибудь да подарила бы, — ответил Рон. — Давай все-таки сначала посмотрим, что там внутри, а уж потом ты начнешь терзаться муками совести.

Миг спустя Гарри с громким криком соскочил со своей раскладушки: в свертке лежал большой клубок червей.

— Замечательно, — сказал Рон и покатился со смеху. — Весьма продуманный подарок.

— Все лучше, чем твое ожерелье, — заметил Гарри, и Рон тотчас утих.

За рождественский стол все, кто был в доме, уселись в новых свитерах — все, кроме Флер (на которую миссис Уизли, по-видимому, тратить силы не пожелала) и самой миссис Уизли — ее украшало прекрасное золотое колье и новехонькая темно-синяя шляпа волшебницы, посверкивавшая камушками, сильно напоминавшими звездообразные бриллиантики.

— Это мне Фред с Джорджем подарили! Чудесно, правда?

— Видишь ли, мам, — грациозно поведя рукой по воздуху, сказал Джордж, — теперь, когда нам приходится собственноручно стирать носки, мы начинаем ценить тебя все больше и больше. Пастернака, Римус?

— Гарри, у тебя червяк в волосах, — весело сообщила Джинни и, перегнувшись через стол, сняла с его головы часть Кикимерова подарка; по шее Гарри побежали при этом мурашки, никакого отношения к червякам не имевшие.

— Кошма’г какой! — театрально содрогнувшись, сказала Флер.

— Да, не правда ли? — подхватил Рон. — Соуса, Флер?

Спеша услужить ей, он с такой силой сдернул со стола соусник, что тот взвился в воздух. Билл взмахнул палочкой, и выплеснувшийся соус, помедлив в воздухе, смиренно вернулся на свое место.

— Ты сове'гшенно как эта Тонкс, — сказала Рону Флер, закончив осыпать Билла благодарными поцелуями. — Она тоже вечно 'гоняет...

— Я приглашала к нам на сегодня *голубушку* Тонкс, — сообщила миссис Уизли, с ненужной силой опуская на стол блюдо с морковью и одаряя Флер свирепым взглядом, — но она не появится. Ты с ней в последнее время не разговаривал, Римус?

— Нет, я вообще мало с кем виделся, — ответил Люпин. — Но ведь Тонкс есть у кого погостить — какие-нибудь родные, не так ли?

— Хм-м, — произнесла миссис Уизли. — Может быть. На самом-то деле мне показалось, что девочка надумала провести это Рождество в одиночестве.

Она смотрела на Люпина с досадой, словно в том, что невесткой ее станет Флер, а не Тонкс, виноват был лишь он один. Гарри, глядя на Флер, подносившую Биллу на своей вилке кусочек индейки, думал, что битва, которую ведет миссис Уизли, проиграна ею еще в самом начале. Этот разговор напомнил ему, что у него есть связанный с Тонкс вопрос, с которым лучше всего обратиться к Люпину, — он знал о Патронусах все.

— У Тонкс изменился Патронус, — сказал Гарри. — Во всяком случае, по словам Снегга. Я и не знал, что такое бывает. Почему они вообще меняются?

Люпин помолчал, жуя и проглатывая кусок индейки, потом неторопливо ответил:

— Случается иногда... сильное потрясение... всплеск чувств...

— Он такой крупный с виду, на четырех ногах, — начал Гарри, но тут его поразила внезапная мысль, и он понизил голос: — Постойте... А это не мог быть?..

— Артур! — воскликнула вдруг миссис Уизли. Она вскочила со стула, прижала к груди руки и уставилась в окно кухни. — Артур, там Перси!

— *Что?*

Миссис Уизли огляделась вокруг. Все мгновенно повернулись к окну, Джинни встала, чтобы получше все разглядеть. Действительно, по заснеженному двору вышагивал Перси Уизли, его очки в роговой оправе поблескивали на солнце. Впрочем, он был не один.

— Артур, он... он с министром!

И верно, по пятам за Перси шел, слегка прихрамывая, человек, которого Гарри видел в «Ежедневном пророке», — грива седеющих волос, черный, припорошенный снегом плащ. Прежде чем кто бы то ни было успел произнести хоть слово, прежде чем мистер и миссис Уизли смогли обменяться ошеломленными взглядами, задняя дверь отворилась и на пороге кухни возник Перси.

Последовал миг мучительного молчания. Затем Перси натужно промолвил:

— С Рождеством, матушка.

— О, Перси! — выдохнула миссис Уизли и бросилась сыну на грудь.

Руфус Скримджер замер в дверном проеме, опираясь на трость и с улыбкой наблюдая за трогательной сценой.

— Прошу простить мне это вторжение, — сказал он, когда сияющая миссис Уизли, вытирая слезы, перевела взгляд на него. — Мы с Перси оказались неподалеку — дела, знаете ли, — и он не смог удержаться от того, чтобы заглянуть сюда, повидаться со всеми вами.

Однако никакого желания поприветствовать остальных родственников Перси не проявлял. Он стоял, словно аршин проглотив, и смотрел поверх голов всех присутствующих. Мистер Уизли, Фред и Джордж холодно уставились на него.

— Прошу вас, министр, входите, садитесь! — залепетала миссис Уизли, поправляя шляпу. — Кусочек индейки или пудинга... то есть я...

— Нет-нет, дорогая Молли, спасибо, — сказал Скримджер. Гарри сразу догадался, что ее имя он выяснил у Перси перед тем, как войти в дом. — Не хочу вам мешать, да меня бы и не было здесь, если бы Перси так не жаждал увидеться с вами...

— О, Перси! — со слезой в голосе произнесла миссис Уизли и потянулась к сыну с поцелуями.

— Мы всего лишь на пять минут, так что я, пожалуй, прогуляюсь по саду, чтобы не мешать вам и Перси. Нет-нет, угощать меня не надо! Ну-с, если кто-нибудь согласится показать мне этот очаровательный сад... А, вон тот молодой человек, кажется, все уже съел, может быть, он со мной и пройдется?

Атмосфера за столом ощутимо изменилась. Все переводили взгляды со Скримджера на Гарри и обратно. Попытка Скримджера притвориться, будто он не узнал Гарри, никого, похоже, не обманула, как никто не счел совершенно естественным и то, что именно Гарри выпала честь сопровождать министра по саду — тарелки Джинни, Фреда и Джорджа тоже были уже пусты.

— Да, разумеется, — сказал Гарри в наступившей тишине.

Он все прекрасно понял. Что бы ни рассказывал Скримджер о том, как они оказались неподалеку да как Перси захотелось повидаться с семьей, истинная причина их появления состояла в том, что Скримджеру нужно было побеседовать с Гарри с глазу на глаз.

— Все в порядке, — сказал он, проходя мимо Люпина, уже наполовину привставшего со стула. — Все в порядке, — повторил он, когда мистер Уизли приоткрыл рот, собираясь что-то сказать.

— Превосходно! — Скримджер отступил в сторону, чтобы пропустить Гарри. — Мы просто пройдемся по саду, а потом отправимся дальше — Перси и я. Продолжайте вашу трапезу, прошу вас.

Гарри шел по двору к заросшему, покрытому снегом саду семейства Уизли, Скримджер, легко прихрамывая, шагал вровень с ним. До недавнего времени, как было известно Гарри, он возглавлял Управление мракоборцев; человек крутой, видавший виды, Скримджер нисколько не походил на дородного Фаджа с его котелком.

— Очаровательно, — промолвил Скримджер, останавливаясь у садовой ограды и озирая заснеженное пространство сада с едва различимыми в нем растениями. — Очаровательно.

Гарри промолчал. Он ощущал на себе взгляд Скримджера.

— Мне давно уже хотелось познакомиться с вами, — сказал Скримджер. — Вам это известно?

— Нет, — чистосердечно ответил Гарри.

— Да-да, очень давно. Однако Дамблдор вас так оберегал, — продолжал Скримджер. — Что, разумеется, естественно — естественно после всего, что вам пришлось пережить... и особенно после событий в Министерстве...

Он замолчал, ожидая ответа, но Гарри не ответил, и Скримджер заговорил снова:

— Я искал возможности побеседовать с вами с того дня, как занял мой нынешний пост, но Дамблдор... впрочем, его можно понять... мне таковой не предоставил.

Гарри молчал, ожидая, что будет дальше.

— Какие только слухи о вас не ходят! — продолжал Скримджер. — Но, конечно, мы с вами понимаем, все эти россказни полны домыслов... разговоры о пророчестве... о вашей избранности...

«Так, — подумал Гарри, — вот мы и подобрались к настоящей причине появления Скримджера».

— Я полагаю, Дамблдор обсуждал с вами все это?

Гарри замешкался, прикидывая, что лучше — соврать или не соврать. Он смотрел на маленькие, густо усеявшие клумбы следы гномов, на снежный покров, разворошенный там, где Фред изловил гнома, сидевшего теперь в балетной пачке на верхушке рождественской елки. И наконец решил сказать правду... вернее, часть ее.

— Да, мы об этом говорили.

— Говорили, говорили... — повторил Скримджер.

Краем глаза Гарри видел, что министр, сощурившись, вглядывается в него, и потому притворился, будто его страшно заинтересовал гном, только что высунувший голову из-под заледеневшего куста рододендрона.

— И что же сказал вам Дамблдор, Гарри?

— Простите, но это наше дело, — ответил Гарри.

Он старался говорить как можно более дружелюбно, тон Скримджера тоже был легким и дружеским, когда он сказал:

— О, конечно, конечно, тут вопрос взаимного доверия, я вовсе не хочу, чтобы вы разглашали... нет-нет... да и так ли уж важно, действительно вы Избранный или нет?

На то, чтобы обдумать эти слова, у Гарри ушло несколько секунд, наконец он ответил:

— Я не вполне понимаю, о чем идет речь, министр.

— Нет, разумеется, для вас это чрезвычайно важно, — с ухмылочкой сказал Скримджер. — Но для волшебного сообщества в целом... Тут ведь все зависит от восприятия, не так ли? От того, верят ли люди в то, что это важно.

Гарри показалось, что он догадывался, пусть и смутно, о цели этого разговора, но помогать Скримджеру достичь ее ему нисколько не хотелось. Вылезший из-под рододендрона гном уже рылся в снегу, подбираясь в поисках червей к корням куста, и Гарри не отрывал от него взгляда.

— Понимаете, волшебники верят, что вы Избранный, — говорил Скримджер. — Они считают вас настоящим героем, каковым вы, разумеется, и являетесь, Гарри, независимо от «избранности»! Сколько раз вы уже встречались лицом к лицу с Тем-Кого-Нельзя-Называть? Как бы там ни было, — не дожидаясь ответа, продолжил он, — суть в том, что для многих вы — символ надежды. Одна только мысль, что существует волшебник, способный, а возможно даже и *предназначенный судьбой* для того, чтобы уничтожить Того-Кого-Нельзя-Называть... Что ж, такая мысль воодушевляет людей. И я поневоле чувствую, что, осознав это, вы могли бы счесть... э-э... едва ли не своим долгом сотрудничество с Министерством, оказание ему всевозможной поддержки.

Гном исхитрился вцепиться в червя. Теперь он изо всех сил тянул бедолагу за хвост, норовя выдернуть его из промерзшей земли. Гарри молчал так долго, что Скримджер в конце концов произнес, переведя взгляд с него на гнома:

— Забавный народец, не правда ли? И все-таки, что вы мне ответите, Гарри?

— Я не понимаю, чего вы от меня хотите, — медленно ответил Гарри. — «Сотрудничество с Министерством»... Что это значит?

— О, ничего столь уж обременительного, уверяю вас, — сказал Скримджер. — Если бы вы смогли, к примеру, время от времени заглядывать в Министерство — так, чтобы вас видели входящим в него и выходящим, — это создало бы нужное нам впечатление. Ну и, разумеется, оказавшись там, вы получили бы прекрасную возможность побеседовать с Гавейном Робардсом, моим преемником в Управлении мракоборцев. Долорес Амбридж говорила мне, что вы мечтаете стать мракоборцем. Что ж, это очень легко устроить...

У Гарри закололо под ложечкой от гнева: выходит, Долорес Амбридж по-прежнему работает в Министерстве, вот оно как?

— Попросту говоря, — сказал он, как бы стремясь уточнить несколько неясных моментов, — вам нужно создать впечатление, что я работаю на Министерство?

— Все были бы только рады узнать, что вы подключились к нашей работе. — Скримджер явно испытывал облегчение от того, что ему удалось так быстро поладить с Гарри. — Вы же понимаете, Избранный, важно внушить людям надежду, ощущение, что происходит нечто значительное, волнующее.

— Но если я начну мелькать в Министерстве, — сказал Гарри, все еще ухитряясь сохранять дружеский тон, — не подумают ли люди, что я одобряю его деятельность?

— Ну, — Скримджер слегка нахмурился, — в общем, да, отчасти к этому мы и...

— Нет, думаю, так не пойдет, — приятно улыбаясь, сказал Гарри. — Видите ли, кое-что из того, что делает Министерство, мне совсем не нравится. Например, арест Стэна Шанпайка.

Несколько секунд Скримджер молчал, но выражение его лица изменилось мгновенно.

— Я и не ожидал, что вы нас поймете, — сказал он, с куда меньшим успехом, чем Гарри, скрывая свой гнев. — Времена настали опасные, и они вынуждают нас принимать определенные меры. Вам только шестнадцать лет...

— Дамблдору куда больше шестнадцати, но он тоже считает, что Стэна не следует держать в Азкабане, —

перебил его Гарри. — Вы сделали из Стэна козла отпущения, а из меня пытаетесь сделать талисман на счастье.

Долгое время они смотрели друг другу в глаза, сурово и холодно. В конце концов Скримджер уже без напускной теплоты сказал:

— Понятно. Вы предпочитаете, как и ваш кумир, Дамблдор, держаться от Министерства подальше?

— Я не хочу, чтобы меня использовали, — ответил Гарри.

— Найдется немало людей, которые скажут, что приносить Министерству пользу — это ваш долг!

— Конечно, а другие скажут, что *ваш* долг — проверять, действительно ли те, кого вы сажаете в тюрьму, это Пожиратели смерти, — выйдя наконец из себя, сказал Гарри. — Вы поступаете точь-в-точь, как Барти Крауч. Вы и ваши люди так и не научились толково делать свое дело. А мы получаем либо Фаджа, который притворяется, будто все прекрасно, пока у него под носом убивают людей, либо вас, который сажает в тюрьму не тех, кого следует, и делает вид, что на вас работает Избранный!

— Так вы все же не Избранный? — осведомился Скримджер.

— По-моему, вы сказали, что это не важно, — с горьким смешком ответил Гарри. — Во всяком случае для вас.

— Мне не следовало так говорить, — торопливо проговорил Скримджер. — Это было бестактно...

— Отчего же? Всего лишь честно, — отозвался Гарри. — Одна из немногих искренних фраз, которые вы сказали. Вам все равно, жив я или мертв, вам нужно, чтобы я помог уверить всех, будто вы побеждаете в войне с Волан-де-Мортом. Я не забыл, министр...

Он поднял повыше правую руку. На холодной коже светились белые шрамы, которые Долорес Амбриджж заставила Гарри вырезать на своей плоти: «Я не должен лгать».

— Я как-то не припоминаю, чтобы вы поспешили защитить меня, когда я твердил всем, что Волан-де-Морт вернулся. В прошлом году Министерство вовсе не стремилось подружиться со мной.

Они постояли в молчании, таком же ледяном, как земля под их ногами. Гном, которому удалось наконец вытащить червя, с великим удовольствием посасывал его, прислонясь к нижним веткам рододендрона.

— Что там затеял Дамблдор? — отрывисто поинтересовался Скримджер. — Куда он исчезает, почему отлучается из Хогвартса?

— Понятия не имею, — ответил Гарри.

— А и имели бы, так мне бы не сказали, — заметил Скримджер, — ведь так?

— Нет, не сказал бы, — подтвердил Гарри.

— Ну что же, посмотрим, не удастся ли мне отыскать иные средства, чтобы выяснить это.

— Попробуйте, — безразлично сказал Гарри. — Впрочем, вы, похоже, умнее Фаджа, и думаю, его ошибки могли вас кое-чему научить. Он попытался вмешаться в дела Хогвартса. Возможно, вы заметили, что он больше уже не министр, а Дамблдор так и остался директором школы. Я бы на вашем месте его не трогал.

Наступило долгое молчание.

— Ну-с, для меня совершенно ясно, что он прекрасно потрудился над вами, — сказал наконец Скримджер, холодно взирая на Гарри сквозь очки в проволочной оправе. — Вы целиком и полностью человек Дамблдора, Гарри, так?

— Да, так, — ответил Гарри. — Рад, что мы это выяснили.

И, повернувшись к министру спиной, он направился к дому.

Глава 17
ПРОВАЛЫ В ПАМЯТИ

Через несколько дней после Нового года, под вечер, Гарри, Рон и Джинни выстроились у кухонного очага, собираясь вернуться в Хогвартс. Министерство организовало по Сети летучего пороха одностороннюю связь, позволявшую ученикам быстро и безопасно возвращаться в школу. Прощаться с ними, кроме миссис Уизли, было некому: мистер Уизли, Фред, Джордж, Билл и Флер ушли на работу. В миг расставания миссис Уизли залилась слезами. Все уже заметили, что в последнее время расплакаться ей почти ничего не стоило — с самого дня Рождества, когда Перси вылетел из дома в очках, заляпанных протертым пастернаком (достижение, которое приписывали себе одновременно Фред, Джордж и Джинни), она пускала слезу по любому поводу.

— Не плачь, мама, — сказала Джинни, поглаживая по спине орошавшую ей слезами плечо миссис Уизли. — Все хорошо...

— Да, за нас не волнуйся, — прибавил Рон, позволяя матери влепить ему в каждую щеку по мокрому поцелую, — и из-за Перси тоже. Он такая задница, что без него даже лучше, правда?

Миссис Уизли, заключив в объятия Гарри, зарыдала еще сильнее.

— Обещай мне, что будешь осторожен... что не станешь лезть на рожон...

— Так я всегда осторожен, миссис Уизли, — сказал Гарри. — Вы же знаете, я люблю жизнь тихую, спокойную.

Миссис Уизли, усмехнувшись сквозь слезы, на шаг отступила от них.

— Ну ладно, будьте умницами. Вы все...

Гарри вошел в изумрудное пламя и крикнул:

— Хогвартс!

Перед тем как пламя поглотило его, он успел еще в последний раз увидеть кухню и залитое слезами лицо миссис Уизли, потом его закружило все быстрее, быстрее, перед глазами замелькали жилища других волшебников, пропадавшие из виду прежде, чем он успевал приглядеться к ним, наконец вращение замедлилось, и вот он уже твердо стоит на ногах в камине кабинета, принадлежавшего профессору Макгонагалл. Когда Гарри выбрался из камина, она на миг оторвала взгляд от лежавших перед ней бумаг.

— Добрый вечер, Поттер. Постарайтесь не слишком засыпать пеплом ковер.

— Хорошо, профессор.

Пока Гарри поправлял на носу очки и приглаживал волосы, в камине возник, вращаясь, Рон. А после того как появилась и Джинни, все трое покинули кабинет Макгонагалл и направились к башне Гриффиндора. Шагая по коридору, Гарри поглядывал в окна; солнце уже опускалось к земле, покрытой снегом куда более глубоким, чем тот, что укутал садик Уизли. Гарри различил вдали Хагрида, кормившего перед своей хижиной Клювокрыла.

— Елочные шарики, — уверенно сказал Рон, когда они добрались до Полной Дамы. Дама была немного бледнее обычного и поморщилась от его громкого голоса.

— Нет, — сказала она.

— Что еще за «нет»?

— Пароль сменился, — ответила Полная Дама. — И не кричи, пожалуйста.

— Но нас здесь не было, откуда же нам...

— Гарри! Джинни!

К ним торопливо приближалась раскрасневшаяся Гермиона, в плаще, шляпе и перчатках.

— Я уже часа два как вернулась, выходила навестить Хагрида и Клю... то есть Махаона, — переводя дыхание, сказала она. — Рождество хорошо провели?

— Да, — тут же ответил Рон, — столько всего случилось. Руфус Скрим...

— У меня для тебя кое-что есть, Гарри, — сказала Гермиона, не взглянув на Рона и словно даже не услышав его. — Да, постой-ка, пароль. Трезвенность.

— Вот именно, — отозвалась слабым голосом Полная Дама и повернулась, открыв дыру в портрете.

— Что это с ней? — спросил Гарри.

— Судя по виду, перебрала на Рождество, — округлив глаза, ответила Гермиона и первой вошла в уже заполненную учениками общую гостиную. — Выхлебала со своей приятельницей Виолеттой все вино, какое смогла найти на картине с пьянствующими монахами, той, что в коридоре Заклинаний. Как бы там ни было...

Она порылась в кармане и вытащила пергаментный свиток, надписанный рукой Дамблдора.

— Отлично, — сказал Гарри, быстро развернув его и обнаружив, что очередной урок Дамблдора назначен на следующий вечер. — У меня найдется, что ему порассказать... и тебе тоже. Давай сядем...

Но тут раздался громкий вопль: «Бон-Бон!» — и выскочившая невесть откуда Лаванда Браун бросилась в объятия Рона. Кое-кто из наблюдавших эту сцену захихикал; Гермиона, звонко хохотнув, сказала:

— Вон там свободный стол... Ты с нами, Джинни?

— Нет, спасибо, я обещала Дина встретить, — ответила Джинни, и Гарри невольно отметил, что в ее голосе нет особого энтузиазма. Оставив Рона с Лавандой в подобии вертикальной борцовской позиции, Гарри повел Гермиону к никем пока не занятому столу.

— Как провела Рождество?

— Да неплохо. — Она пожала плечами. — Ничего особенного. А как все прошло у Бон-Бона?

— Сейчас расскажу, — пообещал Гарри. — Послушай, Гермиона, ты не могла бы?..

— Нет, не могла бы, — отрезала она. — Даже и не проси.

— Я думал, может... ну, ты понимаешь, после Рождества...

— Это Полная Дама выдула бочку пятисотлетнего вина, Гарри, не я. Так какие важные новости ты мне хотел сообщить?

Она выглядела в эту минуту слишком разгневанной, чтобы препираться с ней, поэтому о Роне Гарри больше заговаривать не стал и пересказал ей подслушанный им разговор Малфоя со Снеггом.

Когда он закончил, Гермиона немного помолчала, размышляя, потом спросила:

— Ты не думаешь...

— Что, предлагая помощь, он притворялся, хотел обмануть Малфоя и выведать, чем тот занят?

— Ну, в общем, да, — сказала Гермиона.

— Отец Рона и Люпин тоже так считают, — нехотя признал Гарри. — Но ведь из их разговора явно следует: Малфой что-то задумал, ты не можешь этого отрицать.

— Нет, не могу, — медленно отозвалась она.

— И действует он по приказу Волан-де-Морта, как я и говорил!

— М-м-м... а имя Волан-де-Морта кто-нибудь из них упоминал?

Гарри нахмурился, стараясь как следует все припомнить.

— Не уверен... Но Снегг точно произнес слова «твой хозяин», а кем еще может быть этот «хозяин»?

— Не знаю, — покусывая губу, сказала Гермиона. — Скажем, отцом Драко?

Она смотрела в другой конец комнаты, явно уйдя в свои мысли и даже не замечая щекочущую Рона Лаванду.

— А как Люпин?

— Да не очень, — ответил Гарри и рассказал ей о работе Люпина среди оборотней и о трудностях, с которыми он столкнулся. — Ты когда-нибудь слышала об этом Фенрире Сивом?

— Еще бы! — вскричала Гермиона, и в голосе ее прозвучал испуг. — И ты тоже слышал, Гарри!

— Где, на уроках истории магии? Ты же знаешь, я редко прислушиваюсь...

— Нет, не на уроках — Малфой грозил им Горбину! — воскликнула Гермиона. — Помнишь, в Лютном переулке? Сказал, что Сивый — старый друг их семьи, что он будет следить за успехами Горбина!

Гарри, разинув рот, уставился на нее:

— Совсем забыл! Но ведь это *доказывает*, что Малфой — Пожиратель смерти, иначе как бы он мог связаться с Сивым, да еще и командовать им?

— Да, очень подозрительно, — почти прошептала Гермиона. — Если только...

— Да брось ты, — раздраженно сказал Гарри, — уж этого-то ты никак объяснить не сможешь!

— Ну... не исключено, что его слова были всего лишь пустой угрозой.

— Знаешь, ты просто невероятна, — покачивая головой, сказал Гарри. — Ладно, потом увидим, кто из нас прав... Тебе еще придется извиниться за свои слова, Гермиона, точь-в-точь как Министерству. Ах да, я, кроме всего прочего, и с Руфусом Скримджером поссорился...

Остаток вечера они провели, дружно костеря министра магии, ибо Гермиона, как и Рон, считала, что после всего пережитого Гарри в прошлом году по вине Министерства просить у него помощи — просто наглость с их стороны.

Новый семестр начался на следующее утро с приятного для шестикурсников сюрприза — кто-то приколол ночью к доске объявлений в гостиной большой лист, на котором значилось:

УРОКИ ТРАНСГРЕССИИ

Если вам уже исполнилось семнадцать лет или исполнится до 31 августа, вы вправе пройти двенадцатинедельный курс обучения трансгрессии, который будет вести назначенный Министерством магии инструктор.

Желающих принять участие просим расписаться ниже.

Плата за обучение: 12 галеонов.

Гарри с Роном присоединились к небольшой кучке тех, кто собрался у доски объявлений и поочередно расписывался внизу листа. Рон как раз вынимал перо, чтобы поставить свое имя под именем Гермионы, когда подобравшаяся к нему сзади Лаванда закрыла Рону глаза ладонями и взвизгнула:

— Угадай кто, Бон-Бон!

Гарри, отвернувшись от них, увидел уходившую Гермиону и присоединился к ней, не желая оставаться рядом с Роном и Лавандой, но, к его удивлению, Рон нагнал их сразу за портретным проемом — уши его горели, лицо было сердитым. Гермиона, не произнеся ни слова, ускорила шаг и присоединилась к Невиллу.

— Так, значит, трансгрессия, — сказал Рон, и по тону его было совершенно ясно, что Гарри лучше о случившемся не упоминать. — Наверное, весело будет, а?

— Не знаю, — ответил Гарри. — Может, делая это сам, чувствуешь себя и получше, но когда меня брал с собой Дамблдор, я никакого удовольствия не получал.

— Да, я и забыл, ты же уже трансгрессировал. Хорошо бы пройти испытания с первого раза. — На лице у Рона появилось озабоченное выражение. — У Фреда с Джорджем это получилось.

— Зато Чарли провалился, верно?

— Чарли крупнее меня, — Рон свесил руки вдоль тела, совсем как горилла, — так что Фред с Джорджем на его счет особенно не прокатывались... Во всяком случае, при нем.

— А когда мы сможем пройти настоящие испытания?

— Когда нам стукнет семнадцать. Мне осталось только марта дождаться!

— Но в замке ты все равно трансгрессировать не сможешь.

— Ну и пусть. Зато все будут знать, что я *могу* трансгрессировать, если захочу.

Будущие занятия трансгрессией взволновали не только Рона. Все разговоры в этот день вращались вокруг предстоящих уроков, на возможность исчезать и появляться по собственному желанию возлагались большие надежды.

— Вот будет клево, когда мы сможем просто... — Симус прищелкнул пальцами, изображая исчезновение. — Мой кузен Фергюс делает это, просто чтобы позлить меня, но ничего, он у меня дождется, я ему минуты покоя не дам!

Картины счастливого будущего так его увлекли, что он с излишним воодушевлением взмахнул волшебной палочкой и, вместо того чтобы соорудить фонтанчик чистой воды — такое задание получили они в тот день на уроке заклинаний, — создал струю, которая, как из брандспойта, ударила в потолок и окатила профессора Флитвика.

— А Гарри уже трансгрессировал, — сказал Рон сконфуженному Симусу после того, как профессор Флитвик одним взмахом собственной палочки осушил себя и заставил Симуса несколько раз написать: «Я волшебник, а не бабуин с волшебной палочкой». — Дам... э-э... один человек брал его с собой. Ну, знаешь, парная трансгрессия.

— Ух ты! — прошептал Симус и вместе с Дином и Невиллом склонился к Гарри, чтобы услышать от него, что ощущает трансгрессирующий человек.

Шестикурсники до самого вечера приставали к Гарри с расспросами. Все они, похоже, испытывали скорее благоговейный восторг, чем страх, услышав, какие при этом ощущаешь неудобства. Когда часы показали без десяти восемь, Гарри все еще продолжал отвечать на дотошные вопросы и, чтобы поспеть на урок к Дамблдору, вынужден был наврать, будто ему нужно вернуть книгу в библиотеку.

В кабинете Дамблдора горели все лампы, на портретах тихо похрапывали в своих рамах прежние директора школы, Омут памяти стоял в полной готовности на столе. Ладони Дамблдора лежали по сторонам Омута, правая по-прежнему была черна, точно обугленная. Казалось, она нисколько не поправилась, и Гарри в сотый раз подумал, что могло причинить такое увечье, но спрашивать не стал. Дамблдор сказал уже, что со временем он об этом узнает, а кроме того, Гарри хотелось обсудить с ним другую тему. Но прежде чем он успел заикнуться о Снегге и Малфое, Дамблдор спросил:

— Я слышал, ты встречался на Рождество с министром магии?

— Да, — ответил Гарри. — И он остался мной не очень доволен.

— Не очень, — вздохнул Дамблдор. — Впрочем, он недоволен и мной. Однако мы не вправе упиваться нашими неприятностями, мы должны продолжать борьбу.

Гарри усмехнулся:

— Он хотел, чтобы я внушил всем волшебникам, будто Министерство отлично справляется со своей работой.

Дамблдор улыбнулся:

— Вообще говоря, это идея Фаджа. В последние дни на посту министра, когда он отчаянно цеплялся за власть, Фадж подумывал о встрече с тобой, надеялся, что ты окажешь ему поддержку.

— После всего, что Фадж натворил в прошлом году? — сердито спросил Гарри. — После *Амбридж*?

— Я говорил Корнелиусу, что шансов у него никаких, однако мысль эта уцелела и после того, как он лишился должности. Я увиделся со Скримджером всего через несколько часов после его назначения, и он потребовал, чтобы я устроил ему встречу с тобой.

— Так вот из-за чего вы поругались! — выпалил Гарри. — Я читал об этом в «Ежедневном пророке».

— И «Пророку» случается иногда сообщать правду, — сказал Дамблдор, — пусть даже ненароком. Да, поругались мы именно из-за этого. Похоже, Руфус нашел все-таки возможность загнать тебя в угол.

— Он обвинил меня в том, что я «целиком и полностью человек Дамблдора».

— Как грубо.

— А я ответил ему, что так оно и есть.

Дамблдор хотел что-то сказать, но промолчал. За спиной Гарри негромко и музыкально вскрикнул Фоукс, феникс Дамблдора. К своему большому смущению, Гарри увидел вдруг, что в голубых глазах Дамблдора стоят слезы, и торопливо уткнулся взглядом в свои колени. Но когда Дамблдор заговорил, голос его звучал твердо:

— Я очень тронут, Гарри.

— Скримджер хотел узнать, куда вы отлучаетесь из Хогвартса, — сказал Гарри, все еще не отрывая глаз от колен.

— Да, ему очень хочется выведать это, — сказал Дамблдор, теперь уже весело, отчего Гарри решил, что может поднять на него взгляд. — Он даже пытался проследить за мной. В сущности, получилось довольно забавно. Он приставил ко мне Долиша. Это был недобрый поступок. Однажды мне уже пришлось оглушить Долиша заклятием, теперь я вынужден был проделать это еще раз, и с гораздо большим сожалением.

— Значит, они так и не знают, куда вы исчезаете? — спросил Гарри. В душе его вспыхнула было надежда проникнуть наконец в эту тайну, но Дамблдор лишь улыбнулся, глядя на него поверх очков-половинок.

— Нет, не знают, да и тебе еще не время узнать об этом. Ладно, давай займемся делом, если, конечно, ты ничего больше не хочешь...

— Вообще-то хочу, сэр, — сказал Гарри. — Это касается Малфоя и Снегга.

— *Профессора* Снегга, Гарри.

— Да, сэр. Я подслушал их разговор на вечеринке у профессора Слизнорта... По правде говоря, я за ними следил...

Пока Гарри рассказывал, лицо Дамблдора оставалось бесстрастным. Когда же он закончил, Дамблдор несколько секунд помолчал, а затем произнес:

— Спасибо, что рассказал мне, Гарри, однако я советую тебе выбросить это из головы. Не думаю, что тут есть что-нибудь настолько уж важное.

— Настолько уж важное? — не поверив своим ушам, повторил Гарри. — Профессор, вы разве не поняли...

— Я наделен от природы редким умом и потому понял все, что ты мне сказал, — с легким раздражением ответил Дамблдор. — Ты мог бы даже предположить, что, возможно, я понял больше твоего. Повторяю: я рад, что ты доверился мне, однако знай, ты не сказал ничего, что могло бы меня встревожить.

Гарри молча смотрел на Дамблдора, хоть внутри у него все кипело. Что происходит? Означает ли это, что Дамблдор и вправду велел Снегу выведать замыслы Малфоя — и тогда все, что рассказал ему Гарри, он уже знает от Снегга? Или подозрения Гарри по-настоящему встревожили старого волшебника, и он лишь делает вид, что это не так?

— Сэр, — осведомился Гарри вежливо, как он надеялся, и спокойно, — вы по-прежнему доверяете...

— Мне хватило терпения уже ответить на этот вопрос однажды, — отозвался Дамблдор с интонацией, по которой было ясно, что терпение его подходит к концу. — И ответ мой остается прежним.

— Ну еще бы! — раздался язвительный голос — судя по всему, Финеас Найджелус лишь притворялся спящим. Дамблдор не обратил на него внимания.

— А теперь, Гарри, мне придется настоять на том, чтобы мы перешли к делу. Я должен обсудить с тобой очень серьезные вещи.

Гарри так и подмывало взбунтоваться. Интересно, что произойдет, если он откажется сменить тему, если будет упорствовать в своих обвинениях против Малфоя? Дамблдор, словно прочитав его мысли, покачал головой:

— Ах, Гарри, как часто такое случается даже между лучшими друзьями! Каждый из нас уверен, будто может сказать что-то гораздо более важное, чем все, о чем думает другой!

— Я вовсе не считаю то, что вы собираетесь мне сказать, не важным, сэр, — глухо ответил Гарри.

— И ты совершенно прав, — оживленно заговорил Дамблдор. — Я хочу показать тебе сегодня еще два воспоминания. Я добыл их с огромным трудом, и второе из них, по-моему, важнее всего, что мне удалось собрать.

Гарри ничего не сказал; он все еще был сердит на то, как старый волшебник отнесся к его информации, но в дальнейших пререканиях смысла не видел.

— Итак, — звенящим голосом продолжал Дамблдор, — мы встретились сегодня, чтобы поговорить об истории Тома Реддла. На прошлом уроке мы оставили его накануне поступления в Хогвартс. Ты помнишь, как взволновался Реддл, услышав, что он волшебник, как отказался от моего общества при посещении Косого переулка, и помнишь, как я предостерег его, сказав, что в школе с воровством придется покончить.

Так вот, в школе начался новый учебный год, а вместе с ним явился и Том Реддл, тихий мальчик, вставший в ожидании распределения в ряд с другими первокурсниками. Распределяющая шляпа, едва коснувшись головы Реддла, отправила его в Слизерин. — Дамблдор повел почерневшей рукой в сторону висевшей над ним полки, на которой покоилась древняя Распределяющая шляпа. — Как быстро Реддл узнал, что прославленный основатель этого факультета умел разговаривать со змеями, мне не известно, — возможно, в тот же вечер. Эта новость взволновала его и еще сильнее укрепила в нем ощущение собственной значимости.

Впрочем, если он и запугивал своих однокашников-слизеринцев или пытался поразить их, демонстрируя в общей гостиной способности змееуста, преподаватели ничего об этом не знали. Никаких признаков надменности или агрессивности он не проявлял. Преподаватели с первого дня относились к этому необычайно одаренному и красивому сироте с вниманием и сочувствием. Он казался вежливым, спокойным и жаждущим знаний. Почти на всех он производил очень приятное впечатление.

— А вы не рассказывали им, сэр, каким увидели его в сиротском приюте? — спросил Гарри.

— Нет, не рассказывал. Никакого раскаяния в нем заметно не было, но ведь существовала вероятность, что он сожалеет о своем прежнем поведении и надумал начать жизнь заново, с чистого листа. Вот я и решил дать ему такой шанс.

Дамблдор умолк и вопросительно посмотрел на Гарри, открывшего было рот, собираясь высказаться. Вот она, вечная склонность Дамблдора доверять людям, несмотря на множество доказательств того, что никакого доверия они не заслуживают! Но тут Гарри кое-что вспомнил...

— Но ведь *по-настоящему* вы ему не доверяли, сэр, правда? Он говорил мне... Реддл, явившийся из того дневника, сказал мне о вас: «Ему я никогда не нравился, как другим учителям».

— Скажем так: то, что ему можно доверять, я само собой разумеющимся не считал, — ответил Дамблдор. — Я решил не спускать с него глаз — и не спускал. Не стану притворяться, поначалу мои наблюдения многого мне не дали. Реддл был очень осторожен со мной, понимал, я в этом не сомневаюсь, что из-за возбуждения, охватившего его, когда он узнал о своей подлинной сущности, сказал мне несколько больше, чем следовало. В дальнейшем он старался многого не рассказывать, однако того, что в минуту волнения сорвалось с его языка, взять обратно уже не мог. Как и того, что поведала мне миссис Коул. Впрочем, ему хватало ума не пытаться очаровать меня, как очаровал он многих моих коллег.

Переходя с курса на курс, он собрал вокруг себя компанию преданных друзей. Я называю их так потому, что не могу подобрать более точного слова, хотя ни к кому из них Реддл не был особенно привязан. От этих учеников веяло каким-то мрачным обаянием. Компания была пестрая — слабые мальчики, нуждавшиеся в защите, честолюбцы, стремившиеся к славе, и склонные к насилию люди, которым нужен был заводила, способный обучить их более изощренным формам жестокости. Иными словами, то были предшественники Пожирателей смерти и некоторые из них, покинув Хогвартс, как раз первыми Пожирателями смерти и стали.

Реддл держал их в ежовых рукавицах, так что ни в каких явных прегрешениях они замечены не были, хотя за семь проведенных ими в Хогвартсе лет случилось немало прескверных происшествий, которые, впрочем, надежно связать с ними не удалось. Самым серьезным стало открытие Тайной комнаты, приведшее к смерти девочки. Как ты знаешь, в этом преступлении ошибочно обвинили Хагрида.

Мне не удалось собрать большого количества воспоминаний о том, каким Реддл был во время учебы в Хогвартсе, — продолжал Дамблдор, укладывая почерневшую ладонь на Омут памяти. — Лишь немногие из тех, кто знал его в ту пору, готовы были хоть что-то о нем рассказать, в большинстве своем они оказались слишком запуганными. Все, что я знаю, было получено мной уже после того, как он покинул Хогвартс, и потребовало кропотливой работы: нужно было найти людей, которых можно разговорить хотя бы хитростью, отыскать старые документы, опросить свидетелей — и маглов, и волшебников.

Те, кого мне удалось склонить к беседе, рассказали, что Реддл был одержим своей родословной. Да оно и понятно — Реддл вырос в сиротском приюте и, естественно, стремился узнать, как он туда попал. Он тщетно пытался найти какие-либо следы Тома Реддла Старшего — на щитах Зала Славы, в списках прежних старост школы, даже в книгах по истории волшебства. В конце концов ему пришлось смириться с мыслью, что его отец никогда в Хогвартсе не учился. Думаю, тогда-то он и отказался от прежнего имени, выдумал лорда Волан-де-Морта и занялся исследованием материнской линии. Если ты помнишь, он считал, что его мать не могла быть волшебницей, поскольку она не устояла перед постыдной человеческой слабостью — перед смертью.

Реддл мог опереться на одно-единственное имя — Марволо. От приютского начальства он знал, что так звали отца его матери. После долгого изучения старых, посвященных родословным волшебников книг он выяснил, что у рода Слизерина существуют потомки. В шестнадцатилетнем возрасте, летом, он оставил сиротский приют, в который всегда возвращался на каникулы, и отправился на поиски своих родственников, Мраксов. А теперь, Гарри, если ты встанешь...

Дамблдор поднялся, и Гарри снова увидел в его руке хрустальный флакончик, заполненный взвихренной жемчужной жидкостью — субстанцией памяти.

— То, что мне удалось раздобыть этот экземпляр, большая удача, — сказал Дамблдор, выливая мерцающее содержимое флакончика в Омут памяти. — Ты и сам поймешь это, когда мы его испробуем. Ну что же, начали?

Гарри подступил к каменной чаше и послушно нагнулся, окунув лицо в воспоминания; его охватило знакомое чувство падения в пустоту, затем в почти непроглядной темноте он опустился на каменный пол.

Ему потребовалось несколько секунд, чтобы понять, где он, а тем временем и Дамблдор приземлился рядом с ним. В доме Мраксов было необычайно грязно — грязнее места Гарри еще никогда не видел. Потолок покрывала плотная паутина, пол — глубоко въевшаяся сажа; на столе вперемешку с кучей немытых мисок и плошек валялись заплесневелые и гниющие объедки. Единственный свет давала оплывшая свеча, стоявшая у ног мужчины, чьи волосы и борода отросли до такой длины, что ни глаз его, ни рта Гарри различить не сумел. Мужчина сидел, обмякнув, в кресле у очага, и на миг Гарри почудилось, что он мертв. Но тут кто-то громко постучал в дверь, мужчина дернулся, просыпаясь, и поднял правую руку с зажатой в ней волшебной палочкой и левую — с коротким ножом.

Дверь со скрипом отворилась. На пороге, держа перед собой старомодный фонарь, стоял подросток, которого Гарри мгновенно узнал: высокий, бледный, темноволосый и красивый — юный Волан-де-Морт.

Взгляд Волан-де-Морта медленно прошелся по лачуге и остановился на сидевшем в кресле мужчине. Несколько секунд они вглядывались друг в друга, затем мужчина, покачиваясь, поднялся на ноги, отчего по полу с дребезгом и звоном покатились стоявшие у кресла пустые бутылки.

— ТЫ! — взревел мужчина. — ТЫ!

И он, взмахнув ножом и волшебной палочкой, бросился на Реддла.

— *Стой!*

Реддл произнес это на змеином языке. Мужчина затормозил и врезался в стол — на пол посыпалась заросшая плесенью посуда. Повисло долгое молчание, гость и хозяин разглядывали друг друга. Нарушил молчание хозяин:

— *Ты говоришь на нем?*

—*Да, я на нем говорю*, — ответил Реддл. Он вступил в комнату, отпустив дверь, и та захлопнулась за ним. Гарри невольно восхитился — страха Реддл решительно не ведал. Лицо его выражало лишь отвращение и разочарование.

— *Где Марволо?* — спросил он.

— *Помер,* — ответил хозяин дома. — *Помер много годков назад, а то как же?*

Реддл нахмурился.

— *Кто же тогда ты?*

— *Морфин, кто же еще?*

— *Сын Марволо?*

— *Ясное дело, сын, а...*

Морфин отбросил волосы с грязной физиономии, чтобы получше вглядеться в Реддла, и Гарри увидел на пальце его правой руки кольцо с черным камнем.

— *А я тебя за магла принял,* — прошептал Морфин. — *Здорово ты на того магла смахиваешь.*

— *Какого магла?* — резко спросил Реддл.

— *Магла, в которого сестра моя втюрилась, он тут в большом доме при дороге живет,* — сказал Морфин и неожиданно сплюнул на пол между собой и гостем. — *Ты на него здорово похож. На Реддла. Только он теперь постарше будет, нет? Постарше тебя, коли присмотреться...*

Вид у Морфина был слегка пьяноватый, его пошатывало, чтобы удержаться на ногах, он цеплялся за край стола.

— *Он, понимаешь, вернулся,* — глупо прибавил Морфин.

Волан-де-Морт пристально глядел на Морфина, словно пытаясь оценить, на что тот способен. Затем он придвинулся поближе к Морфину и спросил:

— *Значит, Реддл вернулся?*

— *Ага, бросил ее, и правильно, гнида такая, мужа ей подавай!* — сказал Морфин и снова плюнул на пол. — *Обобрала нас, понял, перед тем как сбежать! Где медальон-то, а, медальон Слизеринов, где он?*

Волан-де-Морт не ответил. Морфин снова распалился, взмахнул ножом и закричал:

— *Осрамила нас, потаскушка! А ты-то кто таков, заявился сюда, с вопросами лезешь? Все уж кончилось, нет, что ли?.. Все кончилось...*

Он глянул в сторону, покачнулся, Волан-де-Морт шагнул вперед. И едва он это сделал, как наступила неестественная тьма, поглотившая и фонарь Волан-де-Морта, и свечу Морфина, поглотившая все...

Пальцы Дамблдора крепко стиснули локоть Гарри, и оба снова всплыли в настоящее. После непроглядного мрака мягкий, золотистый свет Дамблдорова кабинета показался Гарри ослепительным.

— И это все? — быстро спросил Гарри. — Почему стало темно, что случилось?

— Потому что начиная с этого мгновения Морфин ничего больше не помнил, — ответил Дамблдор, жестом предлагая Гарри вернуться в кресло. — Проснувшись на следующее утро, он обнаружил, что валяется на полу, совсем один. А перстень Марволо исчез.

Тем временем по главной улице деревушки Литтл-Хэнглтон уже бежала служанка, крича, что в гостиной большого дома лежат три трупа: Том Реддл Старший, его мать и отец.

Власти маглов недоумевали. Насколько мне известно, они и до сих пор не знают, от чего умерли Реддлы, — заклятие Авада Кедавра, как правило, никаких следов не оставляет... Исключение сидит передо мной, — прибавил Дамблдор, кивком указав на шрам Гарри. — С другой стороны, в Министерстве мгновенно поняли, что убийство совершено волшебником. Кроме того, там знали, что всего через долину от дома Реддлов проживает заклятый враг маглов, уже сидевший однажды в тюрьме за нападение на одного из убитых.

И потому Министерство вызвало Морфина. Допрашивать его, применять сыворотку правды или легилименцию не было никакой необходимости. Он сразу с гордостью признался в убийстве, сообщив подробности, которые мог знать лишь виновник этого преступления. Он рад, сказал Морфин, что перебил этих маглов, он много лет дожидался такой возможности. Морфин сдал свою волшебную палочку, и сразу стало ясно, что Реддлы убиты с ее помощью. Затем он, не оказав сопротивления, позволил отправить себя в Азкабан. Только одно его и беспокоило — пропавший перстень отца. «Он убьет меня, — снова и снова повторял своим тюремщикам Морфин. — Убьет за то, что я потерял кольцо». Судя по всему, ничего другого он так никогда и не сказал. Морфин провел остаток дней в Азкабане, оплакивая утрату последнего наследия Марволо, и был похоронен вблизи тюрьмы, рядом с другими скончавшимися в ее стенах несчастными.

— Выходит, Волан-де-Морт похитил палочку Морфина и воспользовался ею? — спросил Гарри, выпрямляясь в кресле.

— Совершенно верно, — ответил Дамблдор. — Воспоминаний, которые могли бы подтвердить это, у меня нет, но, думаю, мы вправе считать, что так оно и было. Волан-де-Морт оглушил своего дядю заклинанием, забрал его волшебную палочку и пересек долину, направившись в «большой дом при дороге». Там он убил магла, который бросил его мать, да заодно уж и своих дедушку с бабушкой, тоже маглов, уничтожив последних представителей презренного рода Реддлов и отомстив отцу, который не желал его знать. Затем вернулся в лачугу Мраксов, произвел довольно сложную магическую процедуру, населившую разум его дяди ложными воспоминаниями, бросил волшебную палочку Морфина рядом с ее лежавшим в беспамятстве владельцем, прикарманил древнее кольцо и удалился.

— А Морфин так никогда и не понял, что ни в чем не виноват?

— Никогда, — подтвердил Дамблдор. — Он, как я уже сказал, сделал признание, полное и хвастливое.

— Но настоящие-то воспоминания все время оставались при нем!

— Верно, но, чтобы вытащить их из него, требовалась трудоемкая и искусная легилименция, — сказал Дамблдор, — а кому пришло бы в голову лезть в сознание Морфина, уже признавшегося в преступлении? Впрочем, в последние недели его жизни мне удалось добиться свидания с ним, к тому времени я уже пытался выяснить как можно больше о прошлом Волан-де-Морта. Я хоть и с трудом, но извлек из него настоящие воспоминания, а увидев их, попытался добиться его освобождения из Азкабана. Однако прежде чем Министерство успело принять решение, Морфин умер.

— Но как же в Министерстве не догадались, что все это сделал с Морфином Волан-де-Морт? — сердито спросил Гарри. — Он же был в то время несовершеннолетним, так? Я думал, в Министерстве умеют обнаруживать магические действия несовершеннолетних.

— Ты совершенно прав, магические действия они обнаруживать умеют, однако не тех, кто их совершает. Вспомни-ка, Министерство обвинило тебя в использовании заклинания левитации, которое на деле применил...

— Добби, — проворчал Гарри; несправедливость этого обвинения по-прежнему терзала его. — Выходит, если ты несовершеннолетний и используешь магию в доме волшебника или волшебницы, в Министерстве об этом не узнают?

— Сказать, кто именно совершил волшебство, они определенно не смогут, — ответил Дамблдор и чуть улыбнулся, увидев, каким негодующим стало лицо Гарри. — Министерство уверено в том, что родители — волшебники или волшебницы — заставляют своих отпрысков соблюдать порядок, пока дети находятся в стенах родного дома.

— Что за чушь! — выпалил Гарри. — И посмотрите, что из этого вышло, что получилось с Морфином!

— Согласен, — сказал Дамблдор. — Каким бы ни был Морфин, он не заслужил такой смерти — в тюрьме, обвиненным в убийстве, которого не совершал. Однако час уже поздний, а я хочу, чтобы ты, прежде чем мы разойдемся, посмотрел еще одно воспоминание...

Дамблдор извлек из внутреннего кармана новый флакончик, и Гарри сразу примолк, вспомнив слова Дамблдора о том, что это воспоминание самое важное из всех, какие ему удалось собрать. Гарри отметил, что содержимое флакончика выливается в Омут памяти неохотно, как будто оно слегка загустело — может быть, и воспоминания скисают?

— Это не займет много времени, — сказал Дамблдор, опорожнив наконец флакон. — Ты и опомниться не успеешь, как мы вернемся назад. Ну что же, еще один нырок в Омут памяти...

И Гарри вновь провалился под серебристую поверхность, на этот раз приземлившись перед человеком, которого сразу узнал.

То был гораздо более молодой Гораций Слизнорт. Гарри так привык к его лысине, что вид густых, блестящих соломенных волос Слизнорта привел его в полное замешательство. Голова профессора казалась накрытой соломенной крышей, хотя на самой макушке уже красовалась блестящая проплешина размером с галеон. Усы Слизнорта, не такие пышные, как теперь, отливали светлой рыжиной. И дороден он был не так, как Слизнорт, которого знал Гарри, хоть золотые пуговицы его богато вышитого жилета явно испытывали сильное напряжение. Маленькие ступни Слизнорта покоились на бархатном пуфике, он сидел, откинувшись на высокую спинку уютного кресла, одна его рука сжимала винный бокальчик, другая перебирала в коробке засахаренные дольки ананаса.

Когда рядом с ним возник Дамблдор, Гарри огляделся по сторонам и понял, что они очутились в кабинете Слизнорта. Вокруг хозяина кабинета расположилось с полдюжины подростков, сиденья у всех были пониже и пожестче, чем у Слизнорта. Реддла Гарри узнал сразу. Он был и красивее прочих мальчиков, и вид имел наиболее непринужденный. Правая рука Реддла привольно лежала на подлокотнике его кресла; Гарри с внезапным потрясением увидел на ней золотое кольцо с черным камнем — перстень Марволо: Реддл уже убил своего отца.

— Сэр, а правда ли, что профессор Вилкост уходит в отставку? — спросил Реддл.

— Том, Том, даже если бы я знал это, то был бы не вправе сказать вам, — ответил Слизнорт, укоризненно поводя пальцем с прилипшими сахарными крошками. Впрочем, впечатление, оставленное этим выговором, было отчасти подпорчено тем, что профессор тут же и подмигнул. — Должен признаться, я был бы не прочь выяснить, откуда вы черпаете ваши сведения, юноша; вам известно больше, чем половине преподавателей.

Реддл улыбнулся, остальные мальчики рассмеялись, бросая на него восхищенные взгляды.

— Что до вашей сверхъестественной способности узнавать то, чего вам знать не положено, равно как и до осмотрительной лести, с коей вы обращаетесь к людям, от которых многое зависит... Кстати, спасибо за ананасы, вы совершенно правы, это мое любимое...

Кто-то из мальчиков снова захихикал, но тут произошло нечто странное. Всю комнату вдруг заволокло плотным белым туманом, в котором Гарри ничего, кроме лица стоявшего рядом с ним Дамблдора, различить не мог. Затем в тумане грянул неестественно громкий голос Слизнорта:

— *...и пойдете по дурной дорожке, юноша, попомните мои слова.*

Туман развеялся так же внезапно, как появился, при этом никто о нем ни словом не обмолвился, как будто ничего необычного и не случилось. Гарри в замешательстве оглядел кабинет, маленькие золотые часы, стоявшие на письменном столе Слизнорта, отзвенели одиннадцать.

— Батюшки мои, неужто так поздно? — удивился Слизнорт. — Вам лучше идти, юноши, а то наживете неприятности. Лестрейндж, я рассчитываю получить от вас завтра утром письменную работу, иначе мне придется оставить вас после уроков. То же относится и к вам, Эйвери.

Пока мальчики покидали кабинет, Слизнорт выбрался из кресла и перенес пустой бокал на письменный стол. Реддл, впрочем, уходить не спешил. Гарри видел, что мешкает он намеренно, желая остаться со Слизнортом наедине.

— Живее, Том, — сказал Слизнорт, обернувшись и обнаружив, что Реддл все еще здесь. — Вы же не хотите, чтобы вас в неположенное время застали вне спальни, вы все-таки староста...

— Сэр, я хотел спросить вас кое о чем.

— Так спрашивайте, мой мальчик, спрашивайте...

— Сэр, я хотел бы знать, что вам известно о... о крестражах?

И снова произошло то же самое: комнату наполнил густой туман, в котором Гарри не видел ни Слизнорта, ни Реддла — лишь Дамблдора, безмятежно улыбавшегося, стоя с ним рядом. И снова, совсем как в прошлый раз, грянул голос Слизнорта:

— Я не знаю о крестражах ничего, а если бы и знал, вам не сказал бы! А теперь немедленно убирайтесь отсюда и постарайтесь, чтобы я от вас ничего о них больше не слышал!

— Ну вот и все, — спокойно сказал Дамблдор. — Пора возвращаться.

Секунду спустя ноги Гарри ударились об пол — он снова стоял на ковре перед столом Дамблдора.

— И только? — тупо спросил он.

Дамблдор говорил, что это важнейшее воспоминание, а Гарри не понимал, что в нем особенного. Да, конечно, туман и то, что никто его, судя по всему, не заметил, — все это странно, но больше вроде бы ничего и не произошло, разве что Реддл задал вопрос и не смог получить на него ответа.

— Как ты, вероятно, заметил, — сказал, усаживаясь за стол, Дамблдор, — эти воспоминания немного подправлены.

— Подправлены? — повторил, тоже усаживаясь, Гарри.

— Вне всяких сомнений, — подтвердил Дамблдор. — Профессор Слизнорт успел поработать над собственной памятью.

— Но зачем?

— Думаю, причина в том, что он стыдится этих воспоминаний, — ответил Дамблдор. — Он постарался переделать свою память и, чтобы предстать в более выгодном свете, затер те ее участки, которые не хочет мне показывать. Проделано это, как ты мог заметить, довольно топорно, но оно и к лучшему, поскольку доказывает, что подлинные воспоминания все еще целы, они лишь прикрыты переделками. И потому я в первый раз даю тебе домашнее задание, Гарри. Ты должен уговорить профессора Слизнорта показать свои подлинные воспоминания — они, несомненно, станут для нас самым важным источником сведений.

Гарри смотрел на Дамблдора во все глаза.

— Но, простите, сэр, — сказал он, стараясь, чтобы голос его прозвучал как можно уважительнее, — зачем вам я? Вы же можете использовать легилименцию... или сыворотку правды...

— Профессор Слизнорт — волшебник весьма одаренный, он наверняка предвидел обе эти возможности, — сказал Дамблдор. — Его способности по части окклюменции намного превышают те, какими обладал несчастный Морфин Мракс. Я бы очень удивился, если бы всякий раз, как я принуждал профессора пропустить меня в свою память, он не принимал бы средства против сыворотки правды.

Нет, думаю, было бы глупо пытаться силой вытянуть из профессора Слизнорта истину, это принесет больше вреда, чем пользы, к тому же я не хочу, чтобы он сбежал из Хогвартса. Однако у него, как и у всех нас, есть свои слабости, и я уверен, что ты единственный, кто может пробить его оборону. Нам совершенно необходимо проникнуть в его память, Гарри... А насколько это важно, мы сможем узнать, лишь ознакомившись с нею. И потому удачи тебе... и спокойной ночи.

Гарри, немного ошеломленный столь внезапным прощанием, вскочил из кресла.

— Спокойной ночи, сэр.

Закрывая за собой дверь кабинета, он ясно расслышал голос Финеаса Найджелуса:

— Не понимаю, почему у мальчика это может получиться лучше, чем у вас, Дамблдор?

— А я и не ждал, что вы это поймете, Финеас, — ответил Дамблдор, и Фоукс тут же вскрикнул еще раз, негромко и музыкально.

Глава 18

СЮРПРИЗЫ НА ДЕНЬ РОЖДЕНИЯ

На следующий день Гарри рассказал о задании, полученном им от Дамблдора, Рону и Гермионе — правда по отдельности, поскольку Гермиона все еще соглашалась терпеть присутствие Рона только на срок, какой требовался, чтобы смерить его презрительным взглядом.

Рон был уверен, что никаких сложностей со Слизнортом у Гарри, скорее всего, не возникнет.

— Он же тебя любит, — говорил Рон за завтраком, помахивая вилкой с куском яичницы. — Разве он может тебе в чем-нибудь отказать? Только не своему маленькому принцу зельеварения. Просто задержись сегодня после урока и задай свой вопрос.

Гермиона, однако, придерживалась менее радужных взглядов.

— Если даже Дамблдор не сумел вытянуть из него правды о том, что произошло на самом деле, значит, Слизнорт решил ее утаить, — негромко сказала она, стоя во время перемены с Гарри посреди пустынного, заснеженного двора школы. — Крестражи... Крестражи... Ни разу о них не слышала...

— Не слышала?

Гарри почувствовал разочарование. Он надеялся, что Гермиона поможет ему выяснить, что представляют собой эти крестражи.

— Наверное, тут какая-то особенно Темная магия, иначе зачем бы они понадобились Волан-де-Морту? Думаю, добыть эти сведения дело совсем не простое, Гарри. Будь поосторожнее, когда станешь разговаривать со Слизнортом, как следует продумай стратегию...

— Рон считает, что мне нужно просто остаться после урока зельеварения...

— А, ну раз *Бон-Бон* так считает, последуй его совету, — мгновенно ощетинившись, сказала Гермиона. — В конце концов, разве *Бон-Бон* когда-нибудь ошибался?

— Гермиона, может, ты все-таки...

— Нет! — гневно ответила она и стремительно удалилась, оставив Гарри в одиночестве, по колено в снегу.

В последнее время Гарри и без того чувствовал себя на уроках зельеварения неуютно, тем более что ему, Рону и Гермионе приходилось сидеть бок о бок, а сегодня она перетащила свой котел на другой конец стола, поближе к Эрни, а Гарри с Роном просто не замечала.

— Ну, а ты чем провинился? — шепотом спросил Рон, но, прежде чем Гарри успел ответить, в класс вошел Слизнорт и призвал всех к тишине.

— Садитесь, садитесь, прошу вас! И побыстрее, сегодня у нас много работы! Третий закон Голпалотта... Кто может сказать мне?.. Ну, разумеется, мисс Гермиона!

Гермиона со страшной скоростью затараторила:

— Третий-закон-Голпалотта-гласит-что-противоядие-от-составного-зелья-не-сводится-к-набору-противоядий-для-отдельных-его-компонентов.

— Точно! — просиял Слизнорт. — Десять очков Гриффиндору! Итак, если мы примем третий закон Голпалотта за истину...

Принять третий закон Голпалотта за истину Гарри пришлось, поверив Слизнорту на слово, поскольку в самом законе он ровным счетом ничего не понял. Да и никто, кроме Гермионы, не уяснил, похоже, дальнейших слов Слизнорта.

— То отсюда следует, что при условии правильно проведенной идентификации ингредиентов зелья с помощью Чароискателя Эскарпина первая наша задача состоит не в относительно простом выборе противоядий для этих ингредиентов, а в поиске той добавочной составляющей, которая алхимическим путем преобразует эти элементы...

Рон, полуоткрыв рот, сидел рядом с Гарри и машинально теребил свой новенький «Расширенный курс зельеварения». Он никак не мог привыкнуть к тому, что ему больше не приходится рассчитывать на помощь Гермионы, которая вытаскивала его из неприятностей всякий раз, когда он переставал понимать смысл происходящего.

— Итак, — закончил Слизнорт, — каждый из вас должен взять с моего стола по флакону. И до конца урока изготовить противоядие от того, что в этом флаконе находится. Удачи вам и не забывайте о защитных перчатках!

Прежде чем класс сообразил, что надо поторапливаться, Гермиона спрыгнула со своего табурета и проделала половину пути до учительского стола, а к тому времени, когда Гарри, Рон и Эрни вернулись по местам, успела вылить содержимое флакона в котел и уже разводила под ним огонь.

— Просто безобразие, Гарри, что сегодня Принц ничем тебе помочь не сможет, — весело сказала она, распрямляясь. — Тут необходимо понимание основных принципов! Ни тебе простых путей, ни жульничества!

Гарри с досадой откупорил ярко-зеленое зелье, взятое со стола Слизнорта, вылил его в котел, запалил огонь. О том, что делать дальше, он не имел даже отдаленного представления. Он взглянул на Рона — тот успел уже повторить все, что проделал Гарри, и теперь стоял с довольно бестолковым видом.

— Ты уверен, что у Принца нет никаких подсказок? — шепотом спросил Рон у Гарри.

Гарри вытащил свой верный «Расширенный курс», открыл его на главе «Противоядия». Третий закон Голпалотта, слово в слово совпадающий с тем, что процитировала Гермиона, здесь имелся, но Принц не оставил ни одной записи, которая могла бы растолковать его значение. По-видимому, Принцу, как и Гермионе, понять этот закон не составило никакого труда.

— Пусто, — мрачно сообщил Гарри.

Гермиона уже с энтузиазмом махала над котлом волшебной палочкой. К сожалению, повторить ее заклинание ни Гарри, ни Рон не могли — она до того уже навострилась в невербальных заклинаниях, что ей совсем не нужно было произносить их вслух. Вот, правда, Эрни Макмиллан пробормотал, обращаясь к своему котлу: «Спесиалис Ревелио!» Прозвучало это впечатляюще, и Гарри с Роном поспешили сделать то же самое.

Гарри понадобилось всего пять минут, чтобы понять — его репутация лучшего на курсе мастера зельеварения рушится прямо на глазах. Слизнорт, совершавший первый обход подземной классной комнаты, с надеждой заглянул в его котел, намереваясь издать, по обыкновению, восторженное восклицание, но тут же поспешно отпрянул, закашлявшись от ударившего ему в нос запаха тухлых яиц. На лице

Гермионы застыло довольное выражение — превосходство над ней, которое Гарри демонстрировал на каждом уроке зельеварения, давно уже выводило ее из себя. Теперь она разливала загадочным образом разделенные ею ингредиенты своей отравы по десяти хрустальным флакончикам. Чтобы не видеть этой досадной картины, Гарри уткнулся в учебник Принца-полукровки и с остервенением перелистнул несколько страниц.

И вот оно — написанное поперек длинного перечня противоядий:

Просто суй им в глотки безоар.

С секунду Гарри смотрел на эти слова. Что-то он слышал однажды о безоаровом камне, правда давно уже. Не Снегг ли упоминал о нем на самом первом уроке зельеварения? «Безоар — это камень, который извлекают из желудка козы и который является противоядием от большинства ядов».

Проблемы Голпалотта это, конечно, не решало, да и будь их преподавателем по-прежнему Снегг, Гарри на дальнейшее ни за что бы не отважился, но сейчас необходимы были отчаянные меры. Он поспешил к шкафу, в котором хранились ингредиенты, и начал рыться в нем, разгребая рога единорога и клубки сушеных трав, пока не нашел у самой стенки картонную коробочку с надписью: «Безоары».

Гарри открыл ее как раз в тот миг, когда Слизнорт произнес:

— Внимание, осталось две минуты!

В коробочке лежало с полдюжины сморщенных коричневых комочков, похожих скорее на высушенные козлиные почки, чем на настоящие камни. Схватив один, Гарри сунул коробку в шкаф и торопливо вернулся к своему котлу.

— Время... СТОП! — весело воскликнул Слизнорт. — Ну-те-с, посмотрим, что у вас получилось! Блейз, чем вы меня порадуете?

Слизнорт медленно обходил класс, осматривая различные противоядия. С заданием никто до конца так и не справился, — правда, Гермиона не оставляла попыток втиснуть в свой пузырек еще какие-то ингредиенты, прежде чем Слизнорт подойдет к ней. Рон сдался окончательно и только старался не вдыхать поднимавшийся над его котлом гнилостный пар. Гарри стоял, ожидая, зажав в потной ладони безоар.

Их стол оказался у Слизнорта последним. Он принюхался к зелью Эрни и, состроив гримасу, повернулся к Рону. У котла Рона он и вовсе задерживаться не стал — поспешно отскочил от него, едва сдержав рвотный позыв.

— Ну-с, Гарри, — сказал он, — что можете показать мне вы?

Гарри выставил перед собой ладонь с лежащим на ней безоаром.

Слизнорт разглядывал камень полных десять секунд. Гарри на миг показалось, что он сейчас раскричится. Но Слизнорт лишь откинул голову назад и захохотал.

— Ну и нахал же вы, юноша! — Он поднял безоар повыше, чтобы весь класс мог его видеть. — О, вы совершенное подобие вашей матушки... Что ж, тут вас винить не в чем — безоар, безусловно, служит противоядием от всех этих зелий!

Гермиона, потная, с сажей на носу, побагровела. Ее наполовину готовое снадобье, содержавшее пятьдесят две составных части, включая и клок ее собственных волос, слегка побулькивало за спиной Слизнорта, который смотрел только на Гарри.

— И ты прямо так вот сам до безоара и додумался, а, Гарри? — сквозь стиснутые зубы спросила она.

— Для этого нужна душа истинного зельедельца! — не дав Гарри ответить, радостно объявил Слизнорт. —

Такой же была и его матушка. Лили обладала интуитивным чутьем на зельеварение, которое Гарри, несомненно, от нее унаследовал... Да, Гарри, да, если у вас под рукой имеется безоар, это решает проблему. Хотя, поскольку он не помогает от всего на свете да и встречается довольно редко, умение составлять противоядия вам все же не повредит...

Единственным в классе, кто выглядел еще более обозленным, чем Гермиона, был Малфой. Он, как с удовольствием отметил Гарри, ухитрился чем-то облиться и вид теперь имел такой, точно на него стошнило кошку. Но прежде чем хоть один из них успел возмутиться, что Гарри вновь попал в первые ученики, не ударив для этого пальцем о палец, прозвенел звонок.

— Урок окончен! — сказал Слизнорт. — Да, и еще десять очков Гриффиндору — за чистой воды нахальство!

И он, продолжая посмеиваться, вперевалку направился к своему столу.

Гарри медлил, с редкой для него неторопливостью собирая принадлежности в сумку. Ни Рон, ни Гермиона, уходя, не пожелали ему удачи — оба выглядели раздосадованными. В конце концов в классе остались только он и Слизнорт.

— Ну же, Гарри, вы опоздаете на следующий урок, — благодушно сказал Слизнорт, защелкивая золотые застежки портфеля из драконовой кожи.

— Сэр, я хотел спросить вас кое о чем, — начал Гарри, невольно напомнив себе самому Волан-де-Морта.

— Так спрашивайте, дорогой мой мальчик, спрашивайте...

— Сэр, я хотел бы знать, что вам известно о... о крестражах?

Слизнорт замер. Округлое лицо его словно бы ссохлось. Он облизал губы и хрипло переспросил:

— Что вы сказали?

— Я спросил, известно ли вам что-нибудь о крестражах, сэр. Понимаете...

— Это вас Дамблдор подослал, — прошептал Слизнорт.

Голос его полностью изменился. Никакого благодушия в нем больше не осталось, только потрясение и ужас. Он порылся в нагрудном кармане, вытащил носовой платок, промокнул покрывшийся испариной лоб.

— Дамблдор показывал вам те... те воспоминания, — сказал Слизнорт. — Ну? Показывал?

— Да, — ответил Гарри, мгновенно решивший, что сейчас лучше не лгать.

— Да, разумеется, — негромко повторил Слизнорт, все еще вытирая побелевшее лицо. — Разумеется... Что ж, если вы видели их, Гарри, то должны знать, что о крестражах мне ничего — *ничего*, — с силой повторил он, — не известно.

Схватив портфель и сунув в карман платок, Слизнорт засеменил к ведущим из подземелья дверям.

— Сэр, — в отчаянии окликнул его Гарри, — я просто думал, что вы можете помнить чуть больше...

— Думали? — отозвался Слизнорт. — Ну, значит, вы ошиблись. ОШИБЛИСЬ!

Он проревел это слово и, прежде чем Гарри успел сказать что-либо еще, захлопнул за собой дверь класса.

Ни Рон, ни Гермиона, которым Гарри пересказал этот столь неудачно сложившийся разговор, нисколько ему не посочувствовали. Гермиона все еще кипела из-за не стоившего Гарри никаких трудов триумфа. Рон же был возмущен тем, что Гарри ничего не сказал ему о безоаре.

— Да ведь, если бы мы оба это проделали, получилась бы полная глупость! — огрызнулся Гарри. — Надо же мне было как-то подмазаться к нему, чтобы спросить потом о Волан-де-Морте... И пора бы уж научиться *держать себя в руках*! — сердито воскликнул он, увидев, как поморщился Рон при упоминании зловещего имени.

Разозленный неудачей и тем, как отнеслись к ней друзья, Гарри провел следующие несколько дней в размышлениях о том, что ему теперь делать со Слизнортом. И решил: пусть профессор считает до поры до времени, будто о крестражах Гарри забыл. Нужно внушить Слизнорту ощущение безопасности, а потом опять перейти в наступление.

Слизнорт, не слыша больше от Гарри никаких вопросов, снова стал относиться к нему с прежней любовью и, судя по всему, выбросил неприятную тему из головы. Гарри ожидал приглашения на одну из его вечеринок, решив на этот раз пойти туда, даже если придется перенести тренировку по квиддичу. Увы, приглашения не последовало. Гарри расспросил Гермиону и Джинни: ни та, ни другая приглашений тоже не получали, да и никто иной, насколько им было известно. Гарри оставалось только гадать, означает ли это, что Слизнорт вовсе не так забывчив, как кажется, что он просто-напросто решил не давать Гарри лишней возможности лезть к нему с вопросами.

Тем временем выяснилось, что библиотека Хогвартса впервые на памяти Гермионы подвела ее. Гермиону это потрясло настолько, что она даже перестала злиться на Гарри за его фокус с безоаром.

— Ни одного объяснения насчет крестражей не нашла! — сказала она Гарри. — Ни одного! Я даже особую секцию обшарила, заглянула в самые жуткие книги, там такие кошмарные зелья описываются — и ничего! Вот только и отыскала в предисловии к «Волхованию всех презлейшему», послушай: «Что до крестража, наипорочнейшего из всех волховских измышлений, мы о нем ни говорить не станем, ни указаний никаких не дадим...» Зачем тогда о нем упоминать? — Она сердито захлопнула старинную книгу, и та завыла, как привидение. — Да заткнись ты! — рявкнула Гермиона, засовывая ее обратно в сумку.

Наступил февраль, снег вокруг школы растаял, его сменила холодная, безотрадная сырость. Лиловато-серые тучи низко нависали над замком, непрекращающийся ледяной дождь покрыл лужайки скользкой грязью. В результате первый урок трансгрессии для шестикурсников, назначенный на субботнее утро, чтобы им не пришлось пропускать обычных занятий, решено было провести не под открытым небом, а в Большом зале.

Гарри и Гермиона, придя в зал (Рон явился в обществе Лаванды), обнаружили, что столы из него исчезли. Дождь хлестал по высоким окнам, волшебный потолок смутно клубился над учениками, толпившимися перед деканами факультетов — профессорами Макгонагалл, Снегг, Флитвик, Стебль — и низеньким волшебником, который как раз и был, сообразил Гарри, присланным из Министерства инструктором трансгрессии. Инструктор отличался странной бесцветностью — прозрачные ресницы, тонкие волосы — и казался таким легоньким, точно одного порыва ветра хватило бы, чтобы унести его куда подальше. Гарри подумал, не постоянные ли появления и исчезновения каким-то образом лишили его материальности, или такая хрупкость — просто идеальное качество для всякого, кому нравится исчезать прямо на ваших глазах?

— С добрым утром, — сказал министерский волшебник, когда все ученики собрались, а деканы призвали их соблюдать тишину. — Меня зовут Уилки Двукрест. Министерство прислало меня, чтобы я провел здесь следующие двенадцать недель в качестве инструктора трансгрессии. Надеюсь, за это время мне удастся подготовить вас к трансгрессионным испытаниям...

— Малфой, потише и повнимательнее! — рявкнула профессор Макгонагалл.

Все оглянулись. Малфой залился тусклой краской и с разгневанным видом отскочил от Крэбба, с которым он, похоже, шепотом переругивался. Гарри бросил быстрый взгляд на Снегга, тот тоже выглядел рассерженным, хотя, как сильно подозревал Гарри, не столько невоспитанностью Малфоя, сколько тем, что Макгонагалл сделала выговор одному из его подопечных.

— ...после чего многие из вас будут к этим испытаниям готовы, — как ни в чем не бывало продолжал Двукрест. — Вы, вероятно, знаете, что пользоваться трансгрессией в Хогвартсе невозможно. Чтобы дать вам попрактиковаться, директор школы снял соответствующее заклинание, но исключительно в пределах Большого зала и только на один час. Помните, что заниматься трансгрессией вне этих стен вам не удастся и что попытки такого рода будут весьма неразумными. А теперь прошу всех встать так, чтобы перед вами осталось пять футов свободного пространства.

Началась толкотня, ученики разделялись, налетали друг на друга и громко требовали, чтобы им очистили место. Деканы переходили от ученика к ученику, расставляя их по местам и прекращая споры.

— Куда ты, Гарри? — требовательно спросила Гермиона.

Гарри не ответил. Он быстро прорезал толпу: миновал профессора Флитвика, который, визгливо покрикивая, пытался расставить нескольких когтевранцев (каждый норовил оказаться впереди остальных), профессора Стебль, старавшуюся построить пуффендуйцев, и, наконец, обогнул Эрни Макмиллана и замер позади всех, за самой спиной Малфоя, воспользовавшегося всеобщей суматохой для того, чтобы возобновить спор с Крэббом — тот с весьма строптивым видом стоял футах в пяти от него.

— Не знаю я, сколько еще, понял? — крикнул ему Малфой, не заметив замершего позади них Гарри. — Это займет больше времени, чем я думал.

Крэбб открыл рот, но Малфой, по-видимому, догадался, что он хочет сказать.

— Слушай, Крэбб, чем я занят, это вообще не твоего ума дело. Тебе с Гойлом следует просто исполнять приказ и стоять на страже!

— Когда я прошу друзей постоять на страже, то стараюсь объяснить им, чем намерен заняться, — достаточно громко для того, чтобы Малфой его услышал, сказал Гарри.

Малфой круто повернулся, рука его метнулась к волшебной палочке, но тут деканы грянули: «Тихо!» — и наступила тишина. Малфой нехотя отвернулся.

— Благодарю вас, — сказал Двукрест. — Итак...

Он взмахнул волшебной палочкой. Тут же на полу перед каждым учеником появилось по старомодному деревянному обручу.

— Главное, о чем следует помнить при трансгрессии, это три «Н»! — сказал Двукрест. — Нацеленность. Настойчивость. Неспешность. Шаг первый: сосредоточьте все ваши помыслы на нужной вам *цели*, — продолжал Двукрест. — В данном случае на внутренности вашего обруча. Прошу вас, сделайте это прямо сейчас.

Каждый поозирался тайком, проверяя, все ли его соседи глядят в середину обруча, после чего торопливо проделал то, что им велели. Гарри вперился взглядом в ограниченный его обручем кружок пыльного пола и постарался, как мог, изгнать из головы все прочие мысли. Задача оказалась решительно непосильной, поскольку он так и продолжал гадать, для каких это дел Малфою потребовались охранники.

— Шаг второй, — сказал Двукрест. — Соберите вашу *настойчивость* в кулак и направьте ее на то место, которое вы себе мысленно представили! И пусть стремление попасть в него разольется из вашего разума по всем клеточкам тела!

Гарри украдкой огляделся. Слева Эрни Макмиллан с напряжением уставился в середину своего обруча, лицо у него покраснело — казалось, будто он тужится, пытаясь снести яйцо величиной с квоффл. Гарри, подавив смешок, поспешил перевести взгляд на собственный обруч.

— Шаг третий, — воскликнул Двукрест, — выполняется только по моей команде: вы поворачиваетесь на месте, нащупывая путь в ничто, перемещаясь *неспешно*! Итак, по моей команде — раз...

Гарри снова огляделся — на лицах многих учеников появился испуг, большинство были явно смущены тем, что трансгрессировать их попросили так скоро.

— ...два...

Гарри снова попытался сосредоточить все мысли на обруче. Он, правда, уже забыл, что обозначают эти три «Н».

— ...ТРИ!

Гарри закружился на месте, потерял равновесие и чуть не упал. По всему залу учеников начало мотать из стороны в сторону; Невилл так и вовсе уже лежал на спине; Эрни Макмиллан, напротив, совершив некое подобие пируэта, приземлился внутри своего обруча и пришел в полный восторг, но тут же заметил, что Дин Томас, глядя на него, помирает со смеху.

— Пустяки, пустяки, — сухо сказал Двукрест, ничего другого он, похоже, и не ожидал. — Поправьте, пожалуйста, обручи и вернитесь на исходные позиции...

Вторая попытка оказалась не лучше первой. Третья тоже. Кое-что интересное произошло лишь во время четвертой. Раздался мучительный вопль, все в ужасе обернулись и увидели, что Сьюзен Боунс из Пуффендуя покачивается в центре своего обруча, между тем как ее левая нога так и стоит футах в пяти сзади, на исходной позиции.

Деканы бросились к Сьюзен, послышался громкий хлопок, в воздух взвился клуб лилового дыма, а когда дым рассеялся, все увидели рыдающую Сьюзен — нога к ней вернулась, но выглядела Сьюзен до смерти перепуганной.

— Так называемый «расщеп», или отделение тех или иных частей тела, — бесстрастно сообщил Уилки Двукрест, — происходит при недостаточной *настойчивости* сознания. Вам следует оставаться неизменно *нацеленными* на нужное место и двигаться с *неспешностью*... Вот так.

Двукрест шагнул вперед, раскинул руки, изящно повернулся на месте и исчез в завихрениях своей мантии, тут же появившись у дальней стены зала.

— Помните о трех «Н», — сказал он, — и попробуйте еще раз... Один... два... три...

Однако и час спустя «расщеп» Сьюзен так и остался самым занимательным из всего урока. Двукреста это не обескуражило. Застегивая на горле мантию, он сказал:

— До встречи в следующую субботу, и не забывайте: *Нацеленность. Настойчивость. Неспешность.*

После чего взмахнул палочкой, убирая обручи, и в сопровождении профессора Макгонагалл покинул Большой зал. Шестикурсники загомонили, все сразу, и тоже двинулись к вестибюлю.

— Ну, как ты? — спросил Рон, поспешивший присоединиться к Гарри. — Я вроде бы что-то почувствовал при последней попытке — такое покалывание в ногах.

— Наверное, тебе просто кроссовки маловаты, Бон-Бон, — произнес голос за их спинами, и мимо, самодовольно ухмыляясь, проследовала Гермиона.

— А я ничего не почувствовал, — словно не заметив ее, сказал Гарри. — Хотя меня сейчас не это волнует...

— Что значит «не это»? Разве ты не хочешь научиться трансгрессировать? — недоуменно спросил Рон.

— Вообще-то не так уж меня это и привлекает. Я предпочитаю летать, — ответил Гарри. Он оглянулся, пытаясь понять, где Малфой, а выйдя в вестибюль, прибавил шагу. — Слушай, давай поторопимся, мне нужно кое-что проверить...

Озадаченный Рон чуть ли не бегом последовал за Гарри в башню Гриффиндора. На пятом этаже их задержал Пивз — он перекрыл дверь и объявил, что пропустит лишь тех, кто подпалит на себе штаны. Гарри с Роном попросту повернули назад и воспользовались одним из хорошо знакомых коротких путей. Через пять минут оба уже миновали проем в портрете.

— Так скажешь ты мне, в чем дело, или не скажешь? — спросил немного запыхавшийся Рон.

— Пойдем, пойдем, — отозвался Гарри, пересекая гостиную и направляясь к лестнице, ведущей к спальням мальчиков.

Как и надеялся Гарри, их спальня была пуста. Он открыл свой чемодан и начал рыться в нем, Рон нетерпеливо за ним наблюдал.

— Гарри...

— Малфой использует Крэбба и Гойла как сторожей. Он только что ругался из-за этого с Крэббом. И я хочу знать... Ага!

Он нашел, что искал, — сложенный квадратом, чистый с виду кусок пергамента; развернув его, Гарри стукнул по пергаменту волшебной палочкой:

— *Торжественно клянусь, что замышляю шалость и только шалость*... в отличие от Малфоя.

На пергаменте сразу же появилась Карта Мародеров с подробным планом всех этажей, по которым двигались черные точки с именами обитателей замка.

— Помоги найти Малфоя, — попросил Гарри.

Он расстелил карту на своей кровати и вместе с Роном склонился над ней, отыскивая нужную точку.

— Вот! — примерно через минуту сказал Рон. — Он в общей гостиной Слизерина... а с ним Паркинсон, Забини, Крэбб и Гойл...

Гарри, взглянув на карту, ощутил разочарование, однако почти мгновенно справился с ним.

— Ладно, с этого дня буду за ним присматривать, — решительно заявил он. — И как только увижу, что он где-то прячется, выставив в охранение Крэбба и Гойла, тут же влезу в мантию-невидимку и выясню, чем он...

Гарри замолчал — распространяя сильный запах горелого тряпья, в спальню вошел Невилл и тут же полез в свой чемодан за целыми брюками.

Как ни хотелось Гарри изловить Малфоя, в следующие две недели удача ни разу ему не улыбнулась. Он то и дело справлялся с картой, иногда, чтобы взглянуть на нее, без нужды заскакивал на переменах в туалет, но ни в каких подозрительных местах Малфоя ни разу не увидел. Он замечал Крэбба и Гойла, в одиночку расхаживающих по замку — теперь они делали это чаще обычного, временами подолгу простаивая в пустынных коридорах, — но Малфоя не только не было рядом с ними, его вообще невозможно было найти в замке. Что и составляло самую большую загадку. Гарри подумывал, не покидает ли Малфой территорию замка, но совершенно не мог представить, как ему это удается, особенно при тех усиленных мерах безопасности, что были теперь приняты в Хогвартсе. Оставалось только предположить, что Малфой просто-напросто теряется из виду среди сотен ползающих по карте черных точек. А то, что прежде неразлучные Малфой, Крэбб и Гойл разгуливают поодиночке, так это случается с людьми, когда они взрослеют. «Рон с Гермионой, — сокрушенно думал Гарри, — живое тому доказательство».

Близился март, а в погоде особых перемен не замечалось, разве что она стала не только сырой, но и ветреной. К общей досаде, во всех гостиных появилось извещение, что следующая вылазка в Хогсмид отменяется. Особенно разозлился Рон.

— Это же мой день рождения! — восклицал он. — Я так его ждал!

— Не такой уж и сюрприз, — сказал Гарри. — Особенно после того, что стряслось с Кэти.

Из больницы святого Мунго она все еще не возвратилась. Больше того, «Ежедневный пророк» сообщал о новых исчезновениях — среди пропавших было и несколько родственников тех, кто учился в Хогвартсе.

— И все, чего нам осталось ждать, это дурацкие уроки трансгрессии! — сварливо произнес Рон. — Веселенький получится день рождения...

Что касается трансгрессии, прошло уже три урока, а трудностей не убавилось, хотя число учеников, ухитрившихся расщепиться, и возросло. Многие начали терять веру в себя, проникаясь к Уилки Двукресту с его тремя «Н» недобрыми чувствами. За ним уже закрепилось несколько прозвищ, самыми пристойными из которых были «Недотыкомка» и «Навозная башка».

— С днем рождения, Рон! — сказал Гарри, когда Симус и Дин, шумно покинувшие спальню, направляясь на завтрак, разбудили их в первый день марта. — Держи подарок.

И он забросил на кровать Рона сверток, присоединившийся к горке других, доставленных, как сообразил Гарри, ночью домовыми эльфами.

— Здорово! — сонно откликнулся Рон.

Пока он надрывал оберточную бумагу, Гарри выбрался из постели, открыл чемодан и принялся копаться в нем в поисках Карты Мародеров, которую прятал туда после каждого использования. Он перерыл половину чемодана, прежде чем нашел ее под перекрученными носками, в одном из которых так и лежал пузырек с зельем удачи «Феликс Фелицис».

— Вот она, — пробормотал Гарри и, вернувшись с картой в постель, пристукнул по ней палочкой и негромко, чтобы не услышал Невилл, как раз проходивший мимо изножья его кровати, сказал: — Торжественно клянусь, что замышляю шалость и только шалость...

— Отлично! — восторженно воскликнул Рон, взмахнув парой подаренных Гарри вратарских перчаток.

— Да чего там, — рассеянно ответил Гарри, оглядывая спальню Слизерина, в которой стояла кровать Малфоя. — Ишь ты... а в постели-то его нет...

Рон не ответил. Он был слишком занят — разворачивал подарки, время от времени радостно вскрикивая.

— Богатый в этом году улов! — объявил он, поднимая повыше золотые часы с вырезанными по их ободу странными символами и с крошечными движущимися звездами вместо стрелок. — Смотри, что подарили мне мама с папой. Ух ты, а через год меня еще и совершеннолетие ждет...

— Блеск, — пробормотал Гарри, бросая быстрый взгляд на часы и снова утыкаясь в карту. Где же Малфой? За слизеринским столом в Большом зале его среди завтракающих однокурсников нет... Поблизости от Снегга, сидящего у себя в кабинете, тоже... Ни в туалетах, ни в больничном крыле...

— Хочешь? — невнятно осведомился Рон, протягивая ему коробку «Шоколадных котелков».

— Нет, спасибо, — отрываясь от карты, ответил Гарри. — Знаешь, Малфой опять исчез.

— Куда это он запропастился? — Засовывая в рот второй «Шоколадный котелок», Рон выбрался из постели, чтобы одеться. — Слушай, если ты не поторопишься, придется заниматься трансгрессией на пустой желудок... Хотя, может, так оно и легче будет.

Рон задумчиво глянул на коробку с конфетами, пожал плечами и отправил в рот третью.

Гарри стукнул по карте волшебной палочкой, пробормотал: «Славная вышла шалость», — хоть это и было неправдой, и, напряженно размышляя, начал одеваться. Какое-то объяснение периодических исчезновений Малфоя наверняка есть, просто ему никак не удается до этого объяснения додуматься. Лучший способ все выяснить — проследить за Малфоем, но даже при наличии мантии-невидимки практичным его назвать нельзя. Уроки, тренировки по квиддичу, домашние задания, трансгрессия — не мог он целыми днями таскаться за Малфоем по школе и надеяться, что его отсутствие останется незамеченным.

— Готов? — спросил он Рона.

Гарри прошел уже половину пути до двери спальни, когда сообразил вдруг, что Рон не сдвинулся с места, но так и стоит, прислонясь к столбику кровати и глядя на залитое дождем окно, причем на лице Рона застыло странное, отсутствующее выражение.

— Рон! Завтракать!

— Я не голоден.

Гарри вытаращил глаза:

— Разве ты не сказал?..

— Да ладно, ладно, пойду, — вздохнул Рон, — но есть мне все равно не хочется.

Гарри с подозрением оглядел его.

— Конечно, ты же только что полкоробки «Шоколадных котелков» слопал.

— Не в этом дело. — Рон снова вздохнул. — Ты... ты не поймешь.

— Что верно, то верно, — все еще недоумевая, сказал Гарри и повернулся к двери.

— Гарри! — вдруг окликнул его Рон.

— Что?

— Гарри, я этого не вынесу!

— Чего не вынесешь? — Гарри понемногу охватывала настоящая тревога. Рон побледнел и вообще выглядел так, словно его, того и гляди, стошнит.

— Я все время думаю о ней! — хрипло сообщил Рон.

Гарри разинул рот. Вот уж чего он не ожидал, да и слышать определенно не хотел. Разумеется, они друзья, но если Рон начнет называть Лаванду «Лав-Лав», придется его осадить.

— А почему тебе это мешает позавтракать? — полюбопытствовал Гарри, стараясь придать происходящему хотя бы оттенок разумности.

— Я думаю, она даже не догадывается о моем существовании, — сказал Рон, в отчаянии взмахнув рукой.

— Еще как догадывается, — ответил окончательно сбитый с толку Гарри. — Вы же с ней все время обнимаетесь, разве нет?

Рон заморгал:

— О ком ты говоришь?

— А ты-то о ком говоришь? — допытывался Гарри, все острее ощущая, что разговор их утрачивает даже подобие осмысленности.

— О Ромильде Вейн, — негромко ответил Рон, и все лицо его осветилось, точно озаренное солнцем.

Они смотрели друг на друга почти целую минуту, прежде чем Гарри произнес:

— Это шутка такая, да? Ты шутишь.

— Я думаю... Гарри, по-моему, я люблю ее, — сдавленным голосом ответил Рон.

— Ладно. — Гарри подошел к Рону, чтобы получше вглядеться в его остекленевшие глаза и мертвенно-бледное лицо. — Ладно... повтори это еще раз, только лицо сделай серьезное.

— Я люблю ее, — чуть слышно повторил Рон. — Ты видел, какие у нее волосы, черные, блестящие, шелковые... А глаза? Эти большие темные глаза. И ее...

— Все это очень смешно и так далее, — нетерпеливо сказал Гарри, — однако кончай шутить, хорошо?

Он повернулся, собираясь покинуть спальню, и даже успел сделать два шага к двери, когда получил сокрушительный удар в правое ухо. Он пошатнулся, оглянулся назад. Рон опять заносил кулак, лицо его кривилось от гнева — миг, и он двинет Гарри еще раз.

Реакция Гарри была инстинктивной — его волшебная палочка выпорхнула из кармана, в голове словно само собой возникло заклинание *Левикорпус!*

Рон завопил, его ступни мгновенно взлетели вверх, и он беспомощно замер в воздухе вниз головой, со свисающей по сторонам от нее мантией.

— *За что?* — взревел Гарри.

— Ты оскорбил ее, Гарри! Ты сказал, что все это смешно! — закричал Рон; по мере того как кровь приливала к голове, лицо его приобретало багровый оттенок.

— С ума сойти! — буркнул Гарри. — Да что на тебя...

Но тут на глаза ему попалась лежащая на кровати Рона открытая коробка, и истина обрушилась на Гарри с силой притопнувшей ноги тролля.

— Откуда взялись «Шоколадные котелки»?

— Мне их на день рождения подарили! — гаркнул Рон, медленно вращаясь в попытках освободиться. — Я и тебе одну предлагал, помнишь?

— Ты подобрал коробку с пола, так?

— Ну и что, она просто с кровати свалилась. Отпусти меня!

— Она не свалилась с кровати, понял, тупица? Это мои конфеты, я выложил их из чемодана, когда искал Карту Мародеров. Мне их Ромильда Вейн на Рождество подарила, и они пропитаны приворотным зельем!

Однако до сознания Рона дошло, похоже, только одно слово.

— Ромильда? — повторил он. — Ты сказал, Ромильда? Гарри, так ты с ней знаком? Ты можешь меня представить?

Гарри смотрел на болтающегося в воздухе Рона, лицо которого озаряла великая надежда, и боролся с желанием расхохотаться. Какой-то части его — ближайшей к гудящему уху — очень нравилась мысль отпустить Рона и посмотреть, как тот будет ошалело носиться по школе, пока не кончится действие любовного напитка... Но с другой стороны, они как-никак друзья. Рон, когда набросился на него, был не в себе, и Гарри считал, что, позволив другу объявить всей школе о своей вечной любви к Ромильде Вейн, он вполне заслужил бы еще одну оплеуху.

— Хорошо, я тебя представлю, — лихорадочно соображая, пообещал он. — Сейчас я спущу тебя вниз, идет?

Он позволил Рону брякнуться на пол (ухо все-таки болело, и сильно), но тот, улыбаясь, мигом поднялся на ноги.

— Она придет сегодня в кабинет Слизнорта, — уверенно сообщил Гарри, первым шагнув к двери.

— А зачем? — нагоняя его, обеспокоенно спросил Рон.

— Ну, она берет у него дополнительные уроки, — наобум ответил Гарри.

— Так, может, попросить, чтобы он их нам обоим давал? — с жаром воскликнул Рон.

— Роскошная мысль, — согласился Гарри.

У дыры в портрете их поджидала Лаванда — этого осложнения Гарри не предугадал.

— Опаздываешь, Бон-Бон. — Она надула губки. — Я принесла тебе подарок на...

— Отвали, — досадливо ответил Рон. — Гарри хочет познакомить меня с Ромильдой Вейн.

И, не сказав больше ни слова, полез в портрет. Гарри попытался придать лицу извиняющееся выражение, но, по-видимому, оно получилось ехидным — когда Полная Дама закрывала за ними проход, Лаванда выглядела еще более обиженной.

Гарри немного тревожила мысль, что Слизнорт сидит сейчас за завтраком, однако едва он стукнул в дверь, как профессор открыл ее — с еще затуманенными сном глазами, в зеленом бархатном халате и подобранном в тон ему ночном колпаке.

— Гарри, — пробормотал он. — Какой ранний визит... По субботам я обыкновенно сплю допоздна.

— Простите, что побеспокоил, профессор, — почти шепотом сказал Гарри. Рон между тем привстал на цыпочки, стараясь заглянуть в кабинет Слизнорта, — но мой друг, Рон, по ошибке проглотил любовный напиток. Пожалуйста, не могли бы вы приготовить для него противоядие? Я бы отвел его к мадам Помфри, но никаких средств от того, чем торгуют во «Всевозможных волшебных вредилках» близнецов Уизли, в школе, скорее всего, нет и, ну вы понимаете... неприятные вопросы...

— Я думаю, Гарри, вы с вашим знанием зелий могли бы и сами приготовить для друга лекарство, разве не так? — спросил Слизнорт.

— Э-э, — промямлил Гарри (Рон мешал ему думать, подпихивая локтем в ребра и проталкивая в кабинет), — видите ли, сэр, противоядия от приворотного зелья я еще никогда не готовил, а пока я с ним управлюсь, Рон может наделать больших глупостей...

К счастью, Рон выбрал именно этот момент, чтобы простонать:

— Ее не видно, Гарри. Он ее прячет?

— Срок годности у этого зелья не вышел? — поинтересовался Слизнорт, глядя теперь на Рона с профессиональным интересом. — Знаете, чем дольше их хранишь, тем крепче они становятся.

— Это многое объяснило бы, — пропыхтел Гарри, которому приходилось уже бороться с Роном, чтобы тот не сбил Слизнорта с ног. И на всякий случай прибавил: — У него сегодня день рождения, профессор.

— О, замечательно, ну-те-с, тогда входите, входите, — смилостивился Слизнорт. — Если в моем саквояже отыщется все необходимое, приготовить противоядие не составит никакого труда...

Рон ворвался в жарко натопленный, переполненный мебелью кабинет Слизнорта, споткнулся об украшенную кисточками скамейку для ног, обхватил Гарри за шею, чтобы удержать равновесие, и пролепетал:

— Она не видела этого, нет?

— Она еще не пришла, — ответил Гарри, наблюдая за тем, как профессор, открыв саквояж со снадобьями, всыпает по щепотке того и сего в хрустальный флакончик.

— Вот и хорошо, — пылко промолвил Рон. — Как я выгляжу?

— Очень красиво, — ласково сказал Слизнорт, вручая Рону стакан с прозрачной жидкостью. — А теперь выпейте — это средство тонизирует нервы, оно поможет вам сохранить спокойствие при ее появлении.

— Отлично, — нетерпеливо пробормотал Рон и залпом проглотил противоядие.

Гарри и Слизнорт наблюдали за ним. Мгновение Рон смотрел на них с лучезарной улыбкой. Затем, медленно-медленно, улыбка угасла, сменившись выражением крайнего ужаса.

— Ну что, опять в здравой памяти? — улыбнулся Гарри. Слизнорт хихикнул. — Огромное спасибо, профессор.

— Не о чем говорить, мой мальчик, не о чем говорить, — сказал Слизнорт, когда Рон с совершенно подавленным видом плюхнулся в кресло. — Все, что ему требуется, это немного встряхнуться, — продолжал Слизнорт, уже суетясь у заставленного бутылками стола. — У меня есть сливочное пиво, вино, есть последняя бутылочка выдержанной в дубовой бочке медовухи... хм-м... Я хотел подарить ее на Рождество Дамблдору... Ну да ладно, — Слизнорт пожал плечами, — чего не имел, по тому не горюешь! Почему бы нам не откупорить ее и не отметить день рождения мистера Уизли? Ничто так не умеряет муки несостоявшейся любви, как изысканное вино...

Он снова фыркнул, и Гарри тоже усмехнулся. Впервые со времени катастрофической попытки вытянуть из Слизнорта его подлинные воспоминания Гарри оказался с ним почти наедине. Возможно, если удастся продержать профессора в благодушном настроении... если они как следуют накачаются выдержанной в дубе медовухой...

— Ну-те-с, — произнес Слизнорт, вручая ему и Рону по бокалу медовухи, и поднял повыше свой собственный. — За день вашего рождения, Ральф...

— Рон, — прошептал Гарри.

Но Рон, видимо, не услышав тоста, поднес бокал к губам и осушил его.

Миновала всего секунда, один лишь удар сердца, а Гарри уже понял — произошло что-то ужасное, хоть Слизнорт, судя по всему, этого и не заметил.

— ...и пусть вам еще выпадет многое множество...

— Рон!

Рон уронил бокал, наполовину привстал из кресла, но рухнул обратно, руки и ноги его начали неукротимо подергиваться. На губах Рона выступила пена, глаза вылезли из орбит.

— Профессор! — взмолился Гарри. — Сделайте что-нибудь!

Но Слизнорта, по-видимому, парализовал ужас. Рон дергался и давился, кожа его приобретала синюшный оттенок.

— Но... что... — лепетал Слизнорт.

Гарри перескочил через низкий столик, метнулся к так и оставленному Слизнортом открытым саквояжу со снадобьями и принялся выкидывать оттуда баночки и мешочки, а за его спиной комнату наполняли жуткие звуки булькающего дыхания Рона. И наконец нашел, что искал, — сморщенный, похожий на почку камушек, который Слизнорт забрал у него на уроке зельеварения.

Он подлетел к Рону, с трудом разжал ему челюсти и засунул безоар в рот друга. Страшная дрожь пробила Рона, он с силой глотнул воздух, а затем тело его обмякло и застыло.

Глава 19

ЭЛЬФИЙСКАЯ АГЕНТУРА

— Выходит, день рождения получился у Рона не из лучших? — спросил Фред.

Был уже вечер, в больничном крыле стояла тишина — окна занавешены, зажжены лампы. Только одна койка и была здесь занята — Роном. Гарри, Гермиона и Джинни сидели вокруг нее, они провели весь день, ожидая снаружи, у двойных дверей, пытаясь заглянуть в них всякий раз, как кто-то входил в палату или выходил из нее. Внутрь мадам Помфри впустила их лишь в восемь часов вечера. Фред с Джорджем появились минут десять спустя.

— Да, совсем не так надеялись мы вручить ему наш подарок, — хмуро сказал Джордж, пристраивая на шкафчик рядом с койкой Рона большой сверток.

— Что верно, то верно. Когда мы рисовали себе эту сцену, Рон был в ней живым-здоровым, — согласился Фред.

— Сидели себе в Хогсмиде, ждали случая удивить его... — продолжал Джордж.

— Вы были в Хогсмиде? — поднимая на них взгляд, спросила Джинни.

— Думали купить «Зонко», — мрачно ответил Фред. — Ну, знаешь, хогсмидский магазин волшебных шуток... Хотя какой теперь в этом смысл, если вас больше туда не отпускают по уикендам и покупать вы у нас все равно ничего не можете... Да что сейчас об этом говорить!

Он пододвинул свой стул поближе к Гарри, вгляделся в бледное лицо Рона.

— Как же все это произошло, Гарри?

Гарри пересказал ему историю, которую уже раз сто, как ему казалось, рассказывал Дамблдору, Макгонагалл, мадам Помфри, Гермионе и Джинни.

— Тут я засунул ему в рот безоар, дыхание выровнялось, Слизнорт побежал за помощью, появились Макгонагалл с мадам Помфри, они его сюда и притащили. Говорят, все обойдется. Мадам Помфри сказала, что Рону придется полежать здесь примерно неделю, настой руты попить...

— Господи, какое счастье, что ты вспомнил о безоаре, — негромко сказал Джордж.

— Счастье, что он там оказался, — отозвался Гарри, которого каждый раз пробирала дрожь при мысли о том, что могло бы случиться, не найди он камушек.

Гермиона почти неслышно шмыгнула носом. Весь этот день она была необычайно тиха. Прилетев с белым лицом к больничному крылу и поймав Гарри, она потребовала, чтобы он рассказал ей о случившемся, но затем в нескончаемых разговорах Гарри и Джинни о том, как был отравлен Рон, почти не участвовала, просто стояла рядом с ними, испуганная, со стиснутыми зубами, пока их всех наконец не впустили в палату.

— Мама с папой знают? — спросил у Джинни Фред.

— Они его уже повидали, появились здесь час назад. Теперь сидят у Дамблдора, но скоро вернутся.

Все помолчали, глядя на Рона, забормотавшего что-то во сне.

— Выходит, яд был в вине? — негромко спросил Фред.

— Да, — сразу ответил Гарри. Он не мог думать ни о чем другом и рад был возможности обсудить все снова. — Слизнорт разлил его и...

— А он не мог подсыпать что-нибудь в бокал Рона — так, чтобы ты не заметил?

— Наверное, мог, — ответил Гарри, — да только зачем Слизнорту травить Рона?

— Понятия не имею, — нахмурившись, сказал Фред. — Ты не думаешь, что он просто перепутал бокалы? А отравить собирался тебя?

— А Гарри Слизнорту зачем травить? — спросила Джинни.

— Не знаю, — сказал Фред, — но желающих отравить Гарри сейчас, наверное, немало, ведь так? Избранный и так далее.

— Ты думаешь, Слизнорт — Пожиратель смерти? — спросила Джинни.

— Все может быть, — мрачно ответил Фред.

— На него могли наложить заклятие Империус, — сказал Джордж.

— А может, он тут и вовсе ни при чем, — заметила Джинни. — Яд мог оказаться в бутылке, и тогда он, скорее всего, предназначался для самого Слизнорта.

— Да кому это нужно — Слизнорта убивать?

— Дамблдор считает, что Волан-де-Морт хотел привлечь Слизнорта на свою сторону, — проговорил Гарри. — До того как перебраться в Хогвартс, Слизнорт целый год скрывался. И... — Он подумал о воспоминаниях, которые Дамблдору так и не удалось вытянуть из Слизнорта, — и, может быть, Волан-де-Морт хочет убрать его с дороги, может быть, он думает, что Слизнорт способен оказаться полезным Дамблдору.

— Но ты же сказал, что Слизнорт собирался подарить эту бутылку Дамблдору на Рождество, — напомнила ему Джинни. — И значит, отравитель вполне мог нацелиться на Дамблдора.

— В таком случае отравитель плохо знает Слизнорта, — сказала Гермиона, впервые за несколько часов открывая рот; голос ее звучал так, словно она сильно простужена. — Всякий, кто знает его, знает и то, что такую вкуснятину он, скорее всего, оставит себе.

— Ер-ми-наа, — неожиданно прохрипел Рон.

Все мгновенно умолкли, с тревогой глядя на него, однако Рон, неразборчиво побормотав, просто-напросто захрапел.

Дверь палаты распахнулась, заставив всех, кто сидел в ней, подпрыгнуть: к ним широким шагом приближался Хагрид — волосы спрыснуты дождем, полы длинной бобровой шубы хлопают его сзади по ногам, в руке арбалет. Хагрид оставлял за собой цепочку грязных следов, и каждый был размером с дельфина.

— Целый день в Лесу проторчал! — отдуваясь, сообщил он. — Арагогу хуже стало, я ему книжку читал. Потом, думаю, дай-ка все-таки пообедаю, тут профессор Стебль мне про Рона и сказала! Как он?

— Неплохо, — ответил Гарри. — Говорят, все обойдется.

— Не больше шести посетителей одновременно! — выскакивая из своего кабинета, провозгласила мадам Помфри.

— Хагрид как раз шестой, — заметил Джордж.

— А... ну да... — сказала мадам Помфри, похоже, считавшая Хагрида — по причине его роста — за нескольких человек сразу. Чтобы скрыть замешательство, она торопливо вытащила волшебную палочку и устранила оставленные лесничим грязные следы.

— Ну прям не верится, — хрипло сказал Хагрид, глядя на Рона и покачивая огромной косматой головой. — Не верится, и все тут... Вы только гляньте, лежит здесь... Кто ж это ему зла-то пожелал, а?

— Об этом у нас и шел сейчас разговор, — ответил Гарри. — Мы не знаем.

— Может, кто против гриффиндорской команды по квиддичу зуб отрастил? — встревоженно спросил Хагрид. — Сперва Кэти, нынче Рон...

— Не могу себе представить человека, которому пришло бы в голову перебить всю команду, — сказал Джордж.

— Вуд, если бы знал, что это сойдет ему с рук, точно мог укокошить всех слизеринцев до единого, — справедливости ради отметил Фред.

— Ну, насчет квиддича я не уверена, а вот связь между этими покушениями, по-моему, существует, — тихо сказала Гермиона.

— Это какая же? — спросил Фред.

— Во-первых, оба предполагали смертельный исход, до которого дело не дошло только благодаря чистой случайности. А во-вторых, ни яд, ни ожерелье так и не попали к тому, для кого они предназначались. Конечно, — задумчиво прибавила Гермиона, — это делает тех, кто стоит за покушениями, еще более опасными. Им, судя по всему, безразлично, сколько людей они прикончат, пока не доберутся до своей настоящей жертвы.

Прежде чем кто-либо успел отреагировать на это зловещее заявление, двери опять распахнулись и в палату торопливо вошли мистер и миссис Уизли. При первом посещении Рона они успели только увериться, что он поправится, теперь же миссис Уизли подошла к Гарри и крепко обняла его.

— Дамблдор рассказал нам про безоар, про то, как ты спас Рона, — с трудом сдерживая рыдания, пролепетала она. — Ах, Гарри, ну что тут скажешь?

Ты спас Джинни... спас Артура... а теперь спас и Рона...

— Да нет, я же не... — смущенно пробормотал Гарри.

— Если подумать, так половина нашей семьи обязана тебе жизнью, — придушенным голосом произнесла миссис Уизли. — Я могу сказать только одно: день, когда Рон надумал занять в «Хогвартс-экспрессе» одно купе с тобой, был счастливым для нас днем, Гарри.

Придумать ответ на эти слова Гарри не удалось, он почти обрадовался, когда мадам Помфри снова напомнила, что больше шести посетителей к Рону не допускается. Гарри и Гермиона сразу же встали, намереваясь уйти, да и Хагрид решил составить им компанию — пусть с Роном побудут родные.

— Страшное дело, — пророкотал в бороду лесничий, когда они втроем направились по коридору к мраморной лестнице. — Столько всякой новой охраны, а детишек все едино губят... Дамблдор прямо болен от беспокойства. Он об этом молчок, но я же вижу...

— У него никаких идей на этот счет нет, а, Хагрид? — с отчаянием в голосе спросила Гермиона.

— Идей у него штук сто, при его-то мозгах, — ответил преданный Хагрид. — Да только не знает он, кто эти бусы прислал, кто вино отравил, а то бы давно уж их переловил. Меня ведь что беспокоит, — он понизил голос и оглянулся (Гарри на всякий случай проверил, не затаился ли где-нибудь на потолке Пивз), — если тут на детишек охота пошла, так долго ли сам Хогвартс открытым останется? Опять как с Тайной комнатой, верно? Паника поднимется, родители станут детишек из школы забирать, а там и опомниться не успеешь, как попечители... — Хагрид умолк — мимо них невозмутимо проплыл призрак длинноволосой дамы, — а потом снова хрипло зашептал: — Как попечители начнут поговаривать, чтобы прикрыть нас насовсем.

— Неужели это возможно? — встревожилась Гермиона.

— А ты посмотри их глазами, — с горечью ответил Хагрид. — Посылать детишек в Хогвартс всегда было дело рискованное, так? Запираешь в одном месте сотни колдунов-недоростков, так уж жди всяких несчастных случаев. Да только когда их поубивать норовят, это совсем другая история. Чего ж удивляться, что Дамблдор так осерчал на Сне...

Хагрид замер на месте, и на лице его над спутанной черной бородой появилось знакомое виноватое выражение.

— Что? — быстро спросил Гарри. — Дамблдор рассердился на Снегга?

— Я так не говорил, — ответил Хагрид, но его испуганный вид выдавал беднягу с головой. — Ба, времени-то сколько, к полуночи, мне бы надо...

— Хагрид, почему Дамблдор рассердился на Снегга? — громко спросил Гарри.

— Чш-ш-ш! — нервно и сердито откликнулся Хагрид. — Не горлань так, Гарри, ты же не хочешь, чтобы меня с работы погнали? Хотя тебе, может, и все едино, тебя ж теперь уход за маги...

— Хочешь, чтобы я почувствовал себя виноватым? Ну так ничего у тебя не выйдет, — твердо сказал Гарри. — Что натворил Снегг?

— Да не знаю я, Гарри, мне вообще их слушать не полагалось! Вышел я вчера вечером из Леса, слышу, разговаривают... ну это, спорят. Я им на глаза попадаться не хотел и вроде как пошел себе потихоньку, старался не слушать, да только они... ну, в общем, горячились, а уши-то не заткнешь.

— И что? — поторопил Гарри виновато перебиравшего огромными ступнями Хагрида.

— Я просто слышал, как Снегг сказал: мол, Дамблдору много чего кажется само собой разумеющимся, а ему, Снеггу то есть, может, больше этого делать неохота...

— Делать что?

— Не знаю я, Гарри, вроде как Снеггу показалось, будто он малость перетрудился, вот и все. Да только Дамблдор ему прямо сказал, что он, дескать, сам вызвался, так что тут и толковать не о чем. Строго так сказал. А после добавил что-то насчет расследований, которые Снегг у себя в Слизерине ведет. Так тут же ничего странного и нет! — торопливо добавил Хагрид, увидев, как Гарри и Гермиона обменялись многозначительными взглядами. — Всем деканам велено было порасспросить своих насчет тех бус...

— Да, но ни с кем другим из них Дамблдор не ссорился, так? — сказал Гарри.

— Погоди. — Вконец смущенный Хагрид принялся вертеть в руках арбалет. Раздался громкий треск, арбалет разломился надвое. — Я знаю, что ты про Снегга думаешь, Гарри, да только не стоит видеть в этом больше, чем там есть.

— Осторожно! — коротко предупредила Гермиона.

Они обернулись как раз вовремя: на стене за ними вырастала тень Аргуса Филча, а следом из-за угла появился и он сам, сгорбленный, лязгающий от радостного предвкушения зубами.

— Ага! — запыхтел он. — Час поздний, а вы не спите, насидитесь теперь в школе после уроков!

— А вот и нет, — оборвал его Хагрид. — Они же со мной.

— Мне-то какая разница? — вызывающе поинтересовался Филч.

— Я, черт дери, учитель, разве нет, сквиб ты ползучий! — мгновенно вспыхнув, рявкнул Хагрид.

Послышалось отвратительное шипение — это Филч раздувался от гнева; тут же появилась Миссис Норрис и принялась тереться о его костлявые лодыжки.

— Топайте отсюда, — краем рта сказал Хагрид.

Дважды просить не пришлось — Гарри с Гермионой ударились в бегство, слушая эхом отдававшиеся за их спинами громкие голоса Хагрида и Филча. Когда они свернули к башне Гриффиндора, навстречу им попался Пивз, радостно летевший к источнику криков, хихикая и скандируя:

Если где повздорят люди,
Кликни Пивза — драка будет!

Полная Дама уже похрапывала и нисколько не обрадовалась, когда ее разбудили, но все же, поворчав, отступила в сторону, позволив Гермионе и Гарри протиснуться в благодать тихой, пустой гостиной. Судя по всему, о случившемся с Роном знали пока не многие. Гарри почувствовал облегчение — расспросов ему на сегодня уже хватило. Гермиона, пожелав Гарри спокойной ночи, направилась к спальням девочек. Он же остался в гостиной, сидел у камина, глядя на потухающие угли.

Итак, Дамблдор повздорил со Снеггом. Несмотря на все, что он сказал Гарри, несмотря на заявления, что Снеггу он доверяет полностью, Дамблдор, разговаривая со Снеггом, вышел из себя, решил, что тот прилагает недостаточно усилий, расследуя деятельность неких слизеринцев... Или только одного — Малфоя?

Может быть, Дамблдор сделал вид, будто подозрения Гарри кажутся ему пустыми, опасаясь, что Гарри наделает глупостей, попробует взять все в свои руки? Не исключено и другое — Дамблдор не хотел, чтобы Гарри отвлекался от их уроков, от попыток вытянуть из Слизнорта воспоминания. А возможно, не считал правильным делиться с шестнадцатилетним своими подозрениями в отношении подчиненного...

— Ну вот и ты, Поттер!

Гарри испуганно вскочил на ноги, держа наготове волшебную палочку. Он был совершенно уверен, что в гостиной нет ни души, и не ожидал, что из дальнего кресла поднимется кто-то огромный. Впрочем, вглядевшись попристальнее, он понял, что перед ним Маклагген.

— Я ждал твоего возвращения, — сказал Маклагген, не обращая внимания на палочку Гарри. — Заснул, наверное. Слушай, я видел утром, как Уизли волокли в больницу. Похоже, к назначенной на следующую неделю игре он не поправится.

Гарри потребовалось не одно мгновение, чтобы понять, о чем идет речь.

— А... ну да... квиддич, — протянул он, засовывая палочку за пояс джинсов и устало проводя рукой по волосам. — Да, к игре он может не поспеть.

— Ну тогда я смогу встать на ворота, правильно? — спросил Маклагген.

— Да, — ответил Гарри. — Да, пожалуй...

Возразить на это ему было нечего, в конце концов во время отборочных испытаний Маклагген показал второй результат.

— Отлично, — обрадовался Маклагген. — Так когда тренировка?

— Что? А... завтра вечером.

— Хорошо. Послушай, Поттер, нам стоило бы поговорить еще до нее. У меня есть кой-какие соображения насчет стратегии, может, ты сочтешь их полезными.

— Ладно, — без всякого энтузиазма согласился Гарри. — Только давай ты мне о них завтра расскажешь. Видишь ли... я что-то устал сегодня...

Назавтра по школе разлетелась новость об отравлении Рона, но шума, подобного тому, что поднялся после покушения на Кэти, она не наделала. Похоже, все сочли это несчастным случаем, к тому же во время отравления Рон находился в кабинете преподавателя зельеварения, противоядие получил сразу, а значит, не особенно и пострадал. На деле гриффиндорцев куда больше интересовала предстоящая игра с Пуффендуем, многим хотелось увидеть, как Захария Смит, игравший у пуффендуйцев охотником, будет наказан за высказывания, которые он позволил себе во время первого матча со слизеринцами.

Между тем Гарри квиддич интересовал как никогда мало. Мысли о Драко Малфое быстро превращались у него в подобие мании. Справляясь при всякой возможности с Картой Мародеров, он время от времени делал по замку крюк, заглядывая туда, где находился Малфой, но ни за какими необычными занятиями застать его так и не смог. И при этом Малфой продолжал необъяснимым образом исчезать с карты.

Впрочем, времени на то, чтобы вплотную заняться этой загадкой, у Гарри не было — мешали тренировки, домашние задания, да еще то обстоятельство, что теперь, куда бы он ни направлялся, за ним неотступно следовали Кормак Маклагген и Лаванда Браун.

Кто из них досаждает ему сильнее, Гарри решить так и не смог. Маклагген постоянно намекал, что вратарь команды из него получится лучший, чем из Рона, и что Гарри, который теперь регулярно видит его в игре, наверняка и сам так думает. Мало того, Маклагген критиковал всех остальных игроков и приставал к Гарри с детальными планами тренировок, так что Гарри не раз уже пришлось напомнить ему, кто в команде капитан.

А Лаванда то и дело подкатывалась к нему с разговорами о Роне, и эти разговоры Гарри находил не менее утомительными, чем разглагольствования Маклаггена о квиддиче. Поначалу Лаванда была страшно обижена, что никто не удосужился сообщить о том, что Рон попал в больницу («Я же все-таки его девушка!»), но затем решила простить Гарри забывчивость и провести с ним ряд задушевных бесед, посвященных чувствам Рона, — крайне тягостное испытание, без которого Гарри с большим удовольствием обошелся бы.

— Послушай, почему бы тебе не поговорить обо всем этом с Роном? — спросил ее Гарри после особенно долгих расспросов, охвативших собою все — от точных слов, сказанных Роном по поводу ее новой парадной мантии, до мнения Гарри о том, считает ли Рон свои отношения с Лавандой «серьезными».

— Я бы и поговорила, но всякий раз, как я к нему прихожу, он спит! — раздраженно сообщила Лаванда.

— Вот как? — Гарри был удивлен, поскольку сам он при каждом посещении больничного крыла заставал Рона бодрствующим: друг рьяно интересовался новостями о ссоре Дамблдора и Снегга, с одной стороны, и норовил произнести как можно больше бранных слов о Маклаггене, с другой.

— А Гермиона Грейнджер к нему все еще заглядывает? — внезапно поинтересовалась Лаванда.

— По-моему, да. Так ведь они же друзья, верно? — испытывая неловкость, ответил Гарри.

— Друзья, не смеши меня! — презрительно процедила Лаванда. — Когда Рон стал встречаться со мной, она с ним неделями не разговаривала! Теперь-то она, конечно, хочет с ним помириться, он же стал таким *интересным*...

— По-твоему, получить яд, значит стать интересным? — спросил Гарри. — Как бы там ни было, извини, я должен уйти — вон Маклагген идет, опять прицепится ко мне с разговорами о квиддиче. — И Гарри, бочком скользнув в притворявшуюся сплошной стеной дверь, коротким путем понесся на урок зельеварения, куда, к счастью, ни Лаванда, ни Маклагген последовать за ним не могли.

В то утро, на которое была назначена игра с Пуффендуем, Гарри заскочил по пути на поле в больничное крыло. Рон был вне себя — мадам Помфри не разрешила ему пойти посмотреть матч, считая, что это может его перевозбудить.

— Так что там Маклагген? В какой он форме? — спросил Рон, забыв, по-видимому, что уже дважды задавал этот вопрос.

— Я же тебе говорил, — ответил Гарри, — будь он хоть игроком мирового класса, я бы его в команде держать не стал. Он все время лезет ко всем с указаниями, считает, что, на какое место его ни поставь, он сыграет лучше любого из нас. Я просто жду не дождусь, когда смогу от него избавиться. Кстати, — прибавил Гарри, вставая и поднимая свою «Молнию», — ты не мог бы перестать притворяться спящим, когда к тебе приходит Лаванда? Она тоже меня, того и гляди, с ума сведет.

— Ладно, — сконфуженно выдавил Рон.

— Не хочешь с ней больше встречаться, так скажи ей об этом, — посоветовал Гарри.

— Хорошо... Только это не так-то просто, — сказал Рон. Он помолчал, затем небрежно осведомился: — А Гермиона сюда перед игрой не заглянет?

— Нет, она уже отправилась с Джинни на поле.

— Ну да, — немного помрачнев, сказал Рон. — Ладно, удачи. Надеюсь, ты разгромишь Маклаг... то есть Смита.

— Постараюсь, — сказал Гарри и закинул метлу на плечо. — Пока, увидимся после матча.

Он торопливо шел по пустым коридорам. В школе не было ни души — все либо уже сидели на стадионе, либо направлялись к нему. Гарри поглядывал в окна, мимо которых проходил, прикидывая, каков нынче ветер, и тут его внимание привлек шум впереди. В сопровождении двух девочек к нему приближался Малфой. Обе девочки выглядели недовольными и надутыми.

Заметив Гарри, Малфой замер на месте, злорадно ухмыльнулся и снова двинулся вперед.

— Куда это ты собрался? — резко спросил Гарри.

— Ага, Поттер, жди, вот так сию минуту все тебе и расскажу, ведь это ж тебя касается! — ощерился Малфой. — Ты бы лучше поторопился, тебя там ждут, Избранный капитан, Мальчик, Который Всегда Побеждает или как там тебя теперь называют.

Одна из девочек захихикала. Гарри взглянул на нее, и она покраснела. Малфой, обогнув Гарри, тронулся дальше. Девочка и ее подруга засеменили следом, все трое свернули за угол и скрылись из виду.

Гарри стоял как вкопанный, глядя им вслед. Ну хоть вой от злости! До игры оставались считанные минуты, а тут ему подворачивается крадущийся куда-то по опустевшей школе Малфой — подворачивается лучшая до сей поры возможность выяснить, что он задумал. Проходили секунды, а Гарри так и стоял, оцепенев, не отрывая глаз от угла, за которым исчез Малфой...

— Где ты был? — сердито спросила Джинни, когда Гарри влетел в раздевалку. Вся команда уже переоделась, загонщики Кут и Пикс нервно постукивали себя битами по икрам.

— Малфоя встретил, — тихо ответил Гарри, натягивая через голову красную мантию.

— И что?

— Хотел узнать, что он и две девочки делают в замке, когда все остальные здесь...

— И этим необходимо было заниматься именно сейчас?

— Так я вроде и не занимаюсь, — огрызнулся Гарри. Он взял «Молнию» и поправил очки. — Ладно, пошли!

И, не сказав больше ни слова, он вышел на поле, встреченный оглушительными криками и улюлюканьем. Ветра почти не было, по небу плыли редкие облачка, время от времени ослепительно вспыхивало солнце.

— Условия сложные! — обращаясь к команде, бодро объявил Маклагген. — Кут, Пикс, вам следует заходить со стороны солнца, чтобы противник не замечал вашего приближения...

— Капитан команды я, Маклагген, хватит поучать игроков, — сердито прервал его Гарри. — Шел бы ты лучше к шестам!

Как только Маклагген удалился, Гарри повернулся к загонщикам.

— Постарайтесь подлетать со стороны солнца, — неохотно сказал он.

Гарри обменялся рукопожатием с капитаном пуффендуйской команды, а затем по свистку мадам Трюк оттолкнулся от земли, взлетел выше своих игроков и пронесся вдоль поля, отыскивая глазами снитч. Если поймать его пораньше, появится шанс вернуться в замок, добраться до Карты Мародеров и выяснить, чем занят Малфой...

— А вот и Смит с квоффлом, — отдаваясь эхом от земли, произнес мечтательный голос. — В прошлый раз, как вы знаете, он комментировал игру, и в него врезалась Джинни Уизли. Скорее всего, намеренно, во всяком случае, так это выглядело со стороны. Смит очень грубо отзывался о Гриффиндоре, думаю, теперь, играя против него, он об этом сожалеет... О, смотрите-ка, Джинни отобрала у него квоффл, она мне нравится, очень хорошая...

Гарри глянул вниз, на помост комментатора. Кто мог, пребывая в здравом уме, поручить комментировать матч Полумне Лавгуд? Однако даже с такой высоты ошибиться было невозможно — длинные, серовато-светлые волосы, ожерелье из пробок от сливочного пива... Сидевшая рядом с ней профессор Макгонагалл казалась слегка встревоженной — похоже, назначение Полумны на эту должность вызывало у нее серьезные сомнения.

— Но теперь квоффл забирает у Джинни игрок команды Пуффендуя, крупный такой, никак не могу вспомнить его имя... Быкинс... нет, Бугайни...

— Скоткинс! — громко сказала профессор Макгонагалл. Зрители захохотали.

Гарри оглядывался, выискивая снитч, но никаких признаков его не видел. Мгновение спустя Скоткинс забил гол. Маклагген, крикливо отчитывавший Джинни за то, что она упустила квоффл, в результате прозевал большой красный мяч, пронесшийся мимо его правого уха.

— Маклагген, займись своим делом и оставь игроков в покое! — взревел Гарри, сделав вираж и оказавшись лицом к лицу с вратарем.

— А ты бы мне пример показал! — крикнул в ответ красный, злой Маклагген.

— И вот Гарри Поттер ругается со своим вратарем, — безмятежно сообщила Полумна под радостные восклицания и гогот сидевших на трибунах пуффендуйцев и слизеринцев. — Не думаю, что это сильно поможет ему отыскать снитч, хотя, возможно, тут перед нами просто хитроумная уловка...

Гневно выругавшись, Гарри крутнулся на месте и вновь облетел поле, обшаривая глазами небо в поисках крошечного крылатого золотого мячика.

Джинни и Демельза забили по голу каждая, дав и своим одетым в красное с золотом болельщикам повод для восторга. Затем Скоткинс закатил еще один, сравняв счет, но Полумна этого словно и не заметила. Прозаические мелочи вроде счета интересовали ее на редкость мало, она старалась привлечь внимание зрителей к таким любопытным вещам, как необычная форма облака или вероятность того, что Захария Смит, неспособный удержать квоффл дольше одной минуты, страдает заболеванием, которое она назвала Немочью неудачника.

— Счет семьдесят — сорок в пользу Пуффендуя! — рявкнула в рупор профессор Макгонагалл.

— Уже? — рассеянно удивилась Полумна. — О, посмотрите-ка! Вратарь Гриффиндора завладел битой одного из загонщиков.

Висевший в воздухе Гарри резко обернулся. И точно, Маклагген, по ведомым только ему причинам, выхватил у Пикса биту и теперь показывал ему, как следует отбивать бладжер, чтобы попасть им в уже приближавшегося Скоткинса.

— Отдай ему биту и вернись к шестам! — кидаясь к Маклаггену, завопил Гарри, но тот уже яростно замахнулся, целя битой по бладжеру, — и послал его совсем не в том направлении.

Слепящая, тошнотворная боль... вспышка света... далекие крики... чувство падения в глубокий колодец...

В следующий миг Гарри обнаружил, что лежит в теплой и удобной постели и смотрит на лампу, отбрасывающую на темный потолок круг золотистого света. Он с трудом приподнял голову. Слева от него лежал кто-то очень знакомый — веснушчатый и рыжий.

— Рад, что ты заглянул ко мне, — с ухмылочкой сказал Рон.

Гарри заморгал, огляделся вокруг. Ну конечно, он в больнице. Небо за окном стало темно-синим, покрылось багровыми прожилками. С окончания матча прошло, наверное, уже несколько часов... И уже несколько часов как рухнула надежда припереть Малфоя к стенке. Голова казалась странно тяжелой, Гарри поднял к ней руку и нащупал тюрбан из бинтов.

— Что со мной?

— Трещина в черепе, — ответила мадам Помфри, быстро приблизясь к нему и легким толчком заставив снова откинуться на подушки. — Ничего страшного, я ее быстро залатала, однако ночь вам придется провести здесь. В ближайшие несколько часов вы не должны перенапрягаться.

— Да не хочу я торчать здесь всю ночь, — сердито заявил Гарри, садясь и отбрасывая одеяло. — Мне нужно найти Маклаггена и отправить его на тот свет.

— Боюсь, как раз это и означает «перенапрягаться», — сообщила мадам Помфри, твердой на сей раз рукой возвращая Гарри в постель и угрожающе взмахивая волшебной палочкой. — Вы останетесь здесь, Поттер, пока я вас не выпишу, в противном случае, я вызову сюда директора школы.

И она скорым шагом удалилась в свой кабинет, а Гарри, гневно пыхтя, снова откинулся на подушки.

— Не знаешь, с каким счетом мы продулись? — сквозь зубы поинтересовался он у Рона.

— Знаю, а как же, — с извиняющейся интонацией ответил Рон. — Триста двадцать — шестьдесят.

— Блеск! — свирепея, воскликнул Гарри. — Просто блеск! Ну, попадись мне Маклагген в руки!

— Это еще кто кому попадется, — рассудительно заметил Рон. — Он же с тролля ростом. Я бы на твоем месте поискал у Принца хорошую порчу да напустил бы на него. И вообще, прежде чем ты отсюда выберешься, команда, скорее всего, сама с ним разберется, она, знаешь, тоже не слишком рада...

В голосе Рона звучало плохо скрываемое ликование, Гарри ясно понимал, что сокрушительный провал Маклаггена его только радует. Гарри лежал, глядя в потолок, на круг света, недавно залатанный череп не то чтобы болел, но, казалось, приобрел чрезмерную чувствительность.

— Я слышал отсюда комментарии, — дрогнувшим от веселья голосом сообщил Рон. — Надеюсь, Полумна теперь будет комментировать все игры... Немочь неудачника, это ж надо!

Гарри был еще слишком сердит для того, чтобы увидеть в случившемся какие-либо смешные стороны, и фырканье Рона вскоре затихло.

— Пока ты валялся без памяти, сюда забегала Джинни, — после долгой паузы сказал Рон, и воображение Гарри тут же заработало в полную силу, нарисовав сцену, в которой Джинни, рыдая над его бесчувственным телом, признается в вечной любви к нему, а Рон их благословляет. — Она сказала, ты еле-еле поспел на игру. Что случилось? Отсюда-то ты довольно рано ушел.

— А... — ответил Гарри, и сцена, стоявшая перед его внутренним взором, съежилась до размеров точки. — Я встретил Малфоя, он крался куда-то с двумя девчонками, и вид у обеих был такой, словно они никуда с ним идти не хотят. Он уже второй матч по квиддичу пропускает. На прошлом его тоже не было, помнишь? — Гарри вздохнул. — Лучше бы я за ним проследил, все равно игра закончилась полным провалом...

— Не дури! — резко возразил Рон. — Не можешь же ты пропускать матч только ради того, чтобы следить за Малфоем, ты как-никак капитан!

— Мне нужно выяснить, что он задумал, — ответил Гарри. — И не говори, что у меня просто воображение разыгралось после его разговора со Снеггом...

— Я этого и не говорил никогда. — Рон приподнялся на локте и сердито взглянул на друга. — Но ведь не существует правила, что строить здесь какие-то козни может только один человек! Ты малость помешался на Малфое, Гарри. Думать о том, чтобы пропустить матч ради слежки за ним...

— Я должен поймать его на месте преступления! — расстроенно сказал Гарри. — Сам подумай, ну куда он исчезает с Карты Мародеров?

— Да откуда мне знать! — ответил Рон.

Оба умолкли. Гарри, задумавшись, вглядывался в круг света на потолке...

Конечно, обладай он возможностями Руфуса Скримджера, он приставил бы к Малфою хвост, но, увы, команды мракоборцев в распоряжении Гарри не было. Он ненадолго задумался, не попробовать ли снова создать что-то вроде ОД, но при этом возникла бы одна проблема: всем придется пропускать уроки, а у большинства очень плотное расписание.

От койки Рона поплыл негромкий, раскатистый храп. Вскоре из своего кабинета показалась мадам Помфри, на этот раз облаченная в домашний халат. Притвориться спящим дело самое простое — Гарри повернулся на бок и стал слушать, как с каждым взмахом ее палочки на окнах сдвигаются шторы. Лампы потускнели, мадам Помфри вернулась в кабинет. Гарри услышал, как хлопнула дверь, и понял — она укладывается спать.

Это уже третий матч по квиддичу, размышлял в темноте Гарри, после которого он попадает в больницу. В прошлый раз он свалился с метлы из-за того, что вблизи поля появились дементоры, а еще раньше неумеха профессор Локонс вытянул из его руки все кости... самое мучительное увечье, какое Гарри когда-либо получал. Он вспомнил, какую испытывал боль, когда кости заново отрастали в течение одной ночи, и как эту боль не облегчил даже неожиданный гость, появившийся в самый разгар...

Гарри резко сел, сердце его гулко забилось, головная повязка съехала набок. Вот же оно, решение:

возможность проследить за Малфоем *существовала*! Как мог он забыть, почему не додумался раньше?!

Вопрос, правда, в том, как его вызвать? Что для этого нужно сделать?

Негромко, неуверенно Гарри сказал в темноту:

— Кикимер?

Раздался гулкий хлопок, безмолвную палату наполнили звуки возни, попискивание. Рон, вскрикнув, проснулся.

— Что такое...

Испугавшись, что мадам Помфри, того и гляди, выскочит из своего кабинета, Гарри торопливо направил на ее дверь волшебную палочку и пробормотал: «*Оглохни!*» А затем перебрался в изножье кровати, чтобы получше разглядеть происходящее.

Посреди палаты катались по полу два эльфа-домовика — один в мятом коричневом свитере и нескольких шерстяных шапках сразу, другой — в набедренной повязке из грязной старой тряпицы. Еще один громкий хлопок — и в воздухе над дерущимися эльфами появился полтергейст Пивз.

— От меня не укроешься, Потти! — возмущенно сообщил он и, ткнув пальцем в дерущихся, громко загоготал. — Ты посмотри на этих низких тварей, поцапались, а? И сразу друг дружку кус-кус да хряп-хряп...

— Кикимер не будет оскорблять Гарри Поттера в присутствии Добби, нет, не будет, иначе Добби Кикимеру сам рот заткнет! — тонким голоском воскликнул Добби.

— ...да дерутся-царапаются! — радостно вопил Пивз, швыряясь в эльфов кусочками мела, чтобы пуще их раззадорить. — Бей, круши!

— Кикимер будет говорить про хозяина что захочет, о да, тоже мне, хозяин, мерзкий друг грязнокровок, о, что сказала бы бедная хозяйка Кикимера...

Что именно сказала бы бедная хозяйка Кикимера, узнать никому не довелось, поскольку именно в этот миг Добби засадил узловатым кулачком Кикимеру в рот, выбив ему половину зубов. Гарри и Рон, спрыгнув с коек, растащили домовиков, хоть те и не оставляли попыток врезать друг другу кулаком или ногой. Пивз еще и подзуживал их, кружа вокруг лампы и голося:

— Пальцы в нос ему втыкай, уши к черту отрывай...

Гарри нацелил на Пивза волшебную палочку и произнес: *«Обезъяз!»* Пивз схватился за горло и вымелся вон из палаты, делая непристойные жесты, но не произнося ни слова, поскольку язык его только что приклеился к нёбу.

— Неплохо, — одобрительно сказал Рон, поднимая Добби повыше, чтобы его дергающиеся конечности не смогли больше достать Кикимера. — Это что, еще одно заклинание Принца?

— Угу, — ответил Гарри и завел Кикимеру за спину одну из тощих ручонок. — Так вот, я запрещаю вам драться друг с другом! Тебе, Кикимер, запрещается драться с Добби. Добби, я понимаю, что не вправе тебе приказывать...

— Добби — свободный эльф-домовик, он подчиняется кому захочет, и Добби сделает все, что скажет ему Гарри Поттер! — заявил Добби, по морщинистому лицу которого теперь катились, орошая свитер, слезы.

— Тогда ладно, — сказал Гарри, и они с Роном выпустили эльфов — оба рухнули на пол, но продолжать драку не стали.

— Хозяин звал меня? — прокаркал Кикимер, отвешивая поклон, но при этом награждая Гарри взглядом, в котором явственно читалось пожелание мучительной смерти.

— Звал-звал, — ответил Гарри и глянул в сторону кабинета мадам Помфри — убедиться, что заклинание *«Оглохни!»* все еще сохраняет силу. Никаких признаков того, что она услышала шум, он не заметил. — У меня есть для тебя задание.

— Кикимер сделает все, чего желает хозяин, — сказал Кикимер, поклонившись так низко, что губы его почти коснулись шишковатых пальцев ног, — потому как Кикимеру выбирать не приходится, но Кикимеру стыдно, что у него такой хозяин, да...

— Добби сам все сделает, Гарри Поттер! — пропищал Добби, и его большие, как теннисные мячики, глаза наполнились слезами. — Добби почтет за честь помочь Гарри Поттеру!

— Вообще-то говоря, пригодиться вы можете оба, — сказал Гарри. — Значит, так... мне нужно, чтобы вы проследили за Драко Малфоем.

Не обращая внимания на Рона, лицо которого отразило смесь недоумения и досады, Гарри продолжил:

— Мне нужно знать, где он бывает, с кем встречается и что делает. Я хочу, чтобы вы следили за ним круглые сутки.

— Будет исполнено, Гарри Поттер! — воскликнул Добби, и глаза его взволнованно вспыхнули. — И если Добби сделает что не так, Добби бросится вниз с самой высокой башни!

— В этом нет никакой нужды, — поспешил заверить его Гарри.

— Хозяин желает, чтобы я следил за самым молодым Малфоем? — прохрипел Кикимер. — Хозяин желает, чтобы я шпионил за чистокровным внучатым племянником моей прежней хозяйки?

— Вот именно, — ответил Гарри. Тут он сообразил, что задание это сопряжено для него с определенным риском, и решил сразу же себя обезопасить. — И тебе запрещается предупреждать его об этом, Кикимер, или давать ему знать, чем ты занимаешься, да и вообще разговаривать с ним, или писать ему записки, или... или связываться с ним каким бы то ни было способом. Ты понял?

Гарри ожидал ответа, и ему казалось, что он просто-таки видит, как Кикимер пытается отыскать лазейку в полученном приказе. Через секунду-другую Кикимер, к великому облегчению Гарри, отвесил ему еще один глубокий поклон и с горьким негодованием сообщил:

— Хозяин все предусмотрел, Кикимеру придется подчиниться ему, даже если Кикимер предпочел бы служить молодому Малфою, о да...

— Ну, значит, договорились, — сказал Гарри. — Будете докладывать мне регулярно, но появляйтесь, лишь убедившись, что рядом со мной нет посторонних. Рон с Гермионой не в счет. И не говорите никому, чем занимаетесь. Просто прилипните к Малфою, как пара мозольных пластырей.

Глава 20
ХОДАТАЙСТВО ЛОРДА ВОЛАН-ДЕ-МОРТА

Гарри с Роном покинули больницу рано утром в понедельник. Благодаря заботам мадам Помфри их здоровье полностью восстановилось, и теперь они могли насладиться благодатными последствиями отравления и трещины в черепе, лучшим из которых стало примирение Рона и Гермионы. Гермиона даже проводила их на завтрак, сообщив заодно новость о ссоре Джинни с Дином. Дремавшее в груди Гарри чудовище тотчас воспрянуло и с надеждой принюхалось к воздуху.

— Из-за чего они повздорили? — небрежно спросил Гарри, когда все трое повернули в коридор восьмого этажа, пустынный, если не считать маленькой девчушки, внимательно разглядывавшей гобелен с изображением троллей в балетных пачках. Завидев приближавшихся шестикурсников, девчушка, похоже, перепугалась и уронила на пол тяжелые бронзовые весы, которые держала в руках.

— Ничего-ничего! — утешила девочку поспешившая ей на помощь Гермиона. — Держи... — Она пристукнула по обломкам весов волшебной палочкой и произнесла: — *Репаро*.

Девочка не поблагодарила ее, но так и осталась стоять как вкопанная, глядя им вслед. Рон, уходя, оглянулся.

— Что ни год, они становятся все меньше, — сказал он.

— Да шут с ней, — нетерпеливо отмахнулся Гарри. — Так из-за чего поссорились Джинни с Дином, а, Гермиона?

— Дин потешался над тем, как Маклагген залепил в тебя бладжером, — ответила она.

— Наверное, это и вправду было смешно, — рассудительно заметил Рон.

— Ничего там смешного не было! — горячо воскликнула Гермиона. — Выглядело все это просто ужасно, и, если бы Кут с Пиксом не поймали Гарри в воздухе, он мог очень сильно покалечиться!

— Но Джинни порывать из-за этого с Дином незачем. — Гарри по-прежнему старался говорить небрежным тоном. — Или они все же не порвали?

— Да нет, они... А тебя это почему интересует? — спросила Гермиона, внимательно вглядываясь в Гарри.

— Просто не хочу, чтобы в нашей команде по квиддичу опять все запуталось, — поспешил ответить он. Однако Гермиона продолжала смотреть на него с подозрением, так что, услышав донесшийся сзади возглас: «Гарри!», он облегченно вздохнул — теперь можно было повернуться к ней спиной.

— А, привет, Полумна.

— Я заходила в больничное крыло, хотела тебя повидать, — сообщила Полумна, копаясь в сумке. — Но там сказали, что ты уже выписан, а меня...

Она поочередно всучила Рону: предмет, похожий на крупную зеленую луковицу, большую пятнистую поганку и изрядное количество чего-то смахивающего на кошачий помет; наконец извлекла из сумки замызганный пергаментный свиток и протянула его Гарри.

— ...а меня просили передать тебе это.

Гарри мгновенно признал в свитке приглашение на очередной урок Дамблдора.

— Сегодня вечером, — едва развернув свиток, сказал он Рону и Гермионе.

— Ты здорово комментировала последний матч! — похвалил Рон Полумну, уже забиравшую у него «луковицу», поганку и кошачий помет. Полумна неуверенно улыбнулась.

— Шутишь, да? — сказала она. — Все говорят, что я была ужасна.

— Да нет, серьезно! — искренне воскликнул Рон. — Я и не припомню, чтобы комментарий доставил мне большее удовольствие! Кстати, а что это такое? — прибавил он, поднимая к глазам «луковицу».

— Это лирный корень, — ответила Полумна, запихивая в сумку поганку и кошачий помет. — Хочешь, возьми себе. У меня их несколько. Отлично отпугивают Пухлых Заглотов.

И она удалилась, оставив лирный корень в руке негромко посмеивающегося Рона.

— Знаете, а Полумна нравится мне все больше, — сказал он, когда они снова тронулись в путь к Большому залу. — Я понимаю, у нее не все дома, но что толку...

Он вдруг умолк. У подножия мраморной лестницы с грозным видом возвышалась Лаванда Браун.

— Привет, — нервно поздоровался Рон.

— Пойдем, — негромко сказал Гарри Гермионе, и оба ускорили шаг, но успели услышать слова Лаванды:

— Почему ты не сказал мне, что тебя сегодня выписывают? И почему рядом с тобой оказалась *она*?

Когда Рон полчаса спустя появился за завтраком, выглядел он и надувшимся, и разозленным сразу, и хоть сел он рядом с Лавандой, Гарри не заметил, чтобы за время, проведенное в Большом зале, эти двое обменялись хотя бы одним словом. Гермиона вела себя так, точно ничего не замечала, однако раз или два Гарри видел, как ее лицо озаряется беспричинной улыбкой. Весь этот день Гермиона пребывала в особенно приподнятом настроении, а вечером в гриффиндорской гостиной соблаговолила даже просмотреть (иными словами переписать) домашнюю работу Гарри по травологии, чем в последнее время напрочь отказывалась заниматься, зная, что Гарри позволит Рону все у него сдуть.

— Огромное спасибо, Гермиона. — Гарри, торопливо похлопав ее по спине, — он уже посмотрел на часы и обнаружил, что времени почти восемь. — Слушай, мне надо бежать, иначе я к Дамблдору опоздаю.

Она не ответила, просто с усталым видом вычеркнула несколько самых слабых из написанных им предложений. Гарри, ухмыляясь, проскочил сквозь проем в портрете и понесся к кабинету директора школы. Торчавшая у винтовой лестницы горгулья отпрыгнула в сторону, едва услышав о шоколадных эклерах, и Гарри, перескакивая через ступеньки, взлетел наверх и стукнул в дверь. Часы в кабинете как раз начали отзванивать восемь.

— Войдите, — отозвался Дамблдор.

Гарри протянул руку, чтобы толкнуть дверь, но тут кто-то рывком открыл ее изнутри. За дверью стояла профессор Трелони.

— Ага! — вскричала она, театрально указав на Гарри, и, моргая, посмотрела на него сквозь толстые стекла очков. — Так вот причина, по которой вы, Дамблдор, столь бесцеремонно вышвыриваете меня из кабинета!

— Сивилла, дорогая, — с легким раздражением сказал Дамблдор, — о том, чтобы бесцеремонно вышвыривать тебя, и речи не идет, просто у нас с Гарри назначена встреча, и я действительно считаю, что дальнейшие разговоры по поводу...

— Очень хорошо, — с глубокой обидой объявила профессор Трелони. — Если вы не желаете изгнать отсюда этого узурпатора, эту клячу, значит, так тому и быть... Возможно, мне удастся найти школу, где лучше оценят мои дарования...

Она протиснулась мимо Гарри и исчезла, спустившись по винтовой лестнице; слышно было, как она споткнулась на середине пути — Гарри догадался, что Трелони наступила на хвост одной из своих шалей.

— Закрой, пожалуйста, дверь, Гарри, и садись, — устало сказал Дамблдор.

Гарри подчинился, отметив, пока усаживался на свое обычное место перед столом Дамблдора, что между ними снова стоит Омут памяти, а рядом — еще два хрустальных флакончика, наполненных взвихренными воспоминаниями.

— Значит, профессор Трелони по-прежнему недовольна тем, что Флоренц преподает в школе? — спросил Гарри.

— Недовольна, — ответил Дамблдор. — Прорицания обернулись для меня куда большими, чем я предвидел, хлопотами, хоть сам я никогда этот предмет не изучал. Я не могу попросить Флоренца вернуться в Лес, для которого он стал изгоем, и не могу попросить Сивиллу Трелони покинуть школу. Между нами, она и представления не имеет об опасностях, которые поджидают ее за стенами замка. Она ведь не знает, что произнесла пророчество о тебе и Волан-де-Морте, а просвещать ее на этот счет было бы, на мой взгляд, неразумным.

Дамблдор тяжело вздохнул, потом сказал:

— Впрочем, мои сложности с преподавателями тебя не касаются. Нам нужно обсудить более важные темы. Но прежде всего, справился ли ты с заданием, которое я дал тебе на прошлом уроке?

— Ну... — вымолвил Гарри и замолчал. Уроки трансгрессии, квиддич, отравление Рона, его собственный треснувший череп и стремление выяснить, чем занят Драко Малфой, — за всеми заботами он почти забыл о воспоминании, которое Дамблдор попросил его вытянуть из Слизнорта. — Я как-то спросил об этом профессора Слизнорта после урока зельеварения, но он... э-э... мне отказал.

Наступило недолгое молчание.

— Понятно, — сказал наконец Дамблдор, глядя на Гарри поверх очков-половинок, отчего Гарри в который раз показалось, что его просвечивают рентгеном. — И ты считаешь, что сделал все посильное? Что использовал всю свою изобретательность? Что в стараниях раздобыть это воспоминание исчерпал все свое хитроумие?

— Ну... — не зная что ответить, промямлил Гарри. Единственная попытка получить от Слизнорта воспоминание вдруг показалась ему попросту жалкой. — В тот день, когда Рон по ошибке проглотил приворотное зелье, я отвел его к профессору Слизнорту. И подумал тогда, что, если мне удастся привести профессора Слизнорта в благодушное настроение...

— Тебе это удалось? — перебил его Дамблдор.

— В общем-то, нет, сэр, потому что Рон отравился и...

— И это, естественно, заставило тебя забыть о любых попытках добыть воспоминание. Когда твой лучший друг в опасности, ничего другого я от тебя ожидать и не мог. Однако я был вправе надеяться, что, как только мистер Уизли пойдет на поправку, ты вернешься к выполнению задачи, которую я тебе поручил. Мне казалось, что я дал тебе ясно понять, как необходимо нам это воспоминание. Более того, я постарался внушить тебе, что оно для нас важнее всех остальных, что без него мы попусту потратим время.

Жаркое, жгучее ощущение стыда опалило затылок Гарри и растеклось по всему телу. Дамблдор не повышал голоса, он даже не сердился, но уж лучше бы он кричал — холодное разочарование старого волшебника казалось Гарри хуже всего на свете.

— Сэр, — почти со слезами в голосе сказал он, — дело не в том, что я не старался и вообще... Просто у меня были другие... другие...

— Просто у тебя было другое на уме, — подсказал Дамблдор. — Я понимаю.

В кабинете снова повисло молчание, самое неуютное молчание, в какое Гарри случалось погружаться в присутствии Дамблдора. Оно длилось и длилось, нарушаемое лишь похрапыванием висящего над головой Дамблдора портрета Армандо Диппета. У Гарри было странное чувство, словно он стал меньше, немного усох с той минуты, как сюда вошел.

Когда сносить молчание стало уже не по силам, Гарри сказал:

— Профессор Дамблдор, мне правда очень жаль. Я должен был приложить больше усилий... понять, что вы не попросили бы меня об этом, не будь оно по-настоящему важным.

— Спасибо, что сказал это, Гарри, — негромко откликнулся Дамблдор. — Могу ли я надеяться, что в дальнейшем эта задача будет стоять у тебя на первом месте? Начиная с сегодняшнего вечера, наши с тобой встречи станут почти бессмысленными, если мы не получим воспоминаний Слизнорта.

— Я постараюсь, сэр, я добуду его, — горячо пообещал Гарри.

— Значит, больше об этом говорить не стоит, — уже более добродушным тоном сказал Дамблдор, — а лучше заняться нашей историей — с того места, где мы остановились. Ты помнишь, где это было?

— Да, сэр, — мигом ответил Гарри. — Волан-де-Морт убил своего отца, деда и бабку, устроив все так, что подозрения пали на его дядю Морфина. Потом он вернулся в Хогвартс и спросил... — Гарри замялся, — спросил профессора Слизнорта о крестражах.

— Очень хорошо, — сказал Дамблдор. — Надеюсь, ты не забыл, как я на первом уроке говорил тебе, что нам придется прибегнуть к догадкам и домыслам?

— Да, сэр.

— До сих пор, — полагаю, тут ты со мной согласишься, — я демонстрировал тебе более или менее надежные источники сведений, на которых основывались мои умозаключения насчет жизни Волан-де-Морта до семнадцати лет.

Гарри кивнул.

— Однако теперь, — продолжал Дамблдор, — теперь все становится более запутанным и туманным. Если отыскать свидетельства, относящиеся к юному Реддлу, было нелегко, то найти человека, готового поделиться воспоминаниями о мужчине по имени Волан-де-Морт, почти невозможно. Собственно говоря, я сомневаюсь, что, помимо меня, есть на свете хоть одна живая душа, способная дать нам полный отчет о том, как он жил после того, как покинул Хогвартс. Но у меня имеется пара последних воспоминаний, которыми я и хотел бы с тобой поделиться. — Дамблдор указал на поблескивающие вблизи Омута памяти хрустальные флакончики. — А потом я был бы рад услышать твое мнение о том, насколько правдоподобны сделанные мною выводы.

Мысль о том, что Дамблдор так высоко ценит его мнение, заставила Гарри еще сильнее устыдиться нерадивости, которую он проявил, пытаясь добыть воспоминания о крестражах, и, пока Дамблдор, поднеся первый флаконик к свету, вглядывался в него, Гарри виновато ерзал в кресле.

— Надеюсь, ты не устал погружаться в чужую память? Эти воспоминания особенно любопытны, именно эти два, — сказал Дамблдор. — Первое принадлежит совсем старенькому эльфу-домовику, служанке по имени Похлеба. Но прежде чем мы увидим то, что видела Похлеба, я вкратце перескажу тебе обстоятельства, при которых лорд Волан-де-Морт покинул Хогвартс.

Седьмой курс он завершил с высшими, как ты и мог бы ожидать, оценками по каждому сданному им предмету. Все его однокурсники ломали головы над тем, какой вид деятельности им избрать, выйдя из Хогвартса. Том Реддл был старостой, лучшим учеником, лауреатом Специальной премии за заслуги перед школой, и все ожидали от него чего-то особенно блестящего. По моим сведениям, кое-кто из учителей, в их числе и профессор Слизнорт, думал, что он поступит в Министерство магии, и предлагал организовать необходимые для этого встречи, познакомить его с полезными людьми. Реддл на все отвечал отказом. И следующее, что узнали о нем преподаватели, — Волан-де-Морт устроился на работу в «Горбин и Бэрк».

— В «Горбин и Бэрк»? — ошеломленно переспросил Гарри.

— В «Горбин и Бэрк», — невозмутимо подтвердил Дамблдор. — Думаю, проникнув в память Похлебы, ты поймешь, чем привлек его этот магазин. Но это была не первая работа, которую выбрал Волан-де-Морт (в ту пору почти никто об этом не знал — я был одним из немногих, кому доверился тогдашний директор школы). Сначала Волан-де-Морт обратился к профессору Диппету с вопросом, нельзя ли ему остаться преподавать в Хогвартсе.

— Он хотел остаться здесь? Но почему? — с еще большим изумлением спросил Гарри.

— Думаю, причин было несколько, хотя профессору Диппету он ни одной из них не назвал, — ответил Дамблдор. — Первая и главная состояла в том, что Волан-де-Морт привязался к школе сильнее, чем к любому живому существу. В Хогвартсе прошли его самые счастливые годы, школа была единственным местом, которое стало для него домом.

Услышав это, Гарри немного смутился — именно такие чувства и сам он питал к Хогвартсу.

— Во-вторых, наш замок — это оплот древней магии. Волан-де-Морт проник во множество его тайн, которые большинству выпускников нашей школы и не снились. Но он понимал, должно быть, что в замке еще остались нераскрытые тайны, кладези магии, из которых можно черпать и черпать.

И, в-третьих, став преподавателем, он получил бы влияние, огромную власть над юными волшебниками и чародеями. Возможно, эту идею он почерпнул у профессора Слизнорта, с которым у него сложились наилучшие отношения и который показал ему, каким влиянием может пользоваться преподаватель. Я и на миг не поверил бы, что Волан-де-Морт собирался провести в Хогвартсе весь остаток своих дней, думаю, однако, что он видел в школе еще и вербовочный пункт, место, в котором он сможет приступить к созданию своей армии.

— Но он этой работы не получил, сэр?

— Нет, не получил. Профессор Диппет сказал ему, что восемнадцать — возраст для учителя слишком незрелый, но предложил спустя несколько лет снова подать такое ходатайство, если у Реддла еще сохранится желание преподавать.

— А как отнеслись к этому вы, сэр? — поколебавшись, спросил Гарри.

— С огромной тревогой, — ответил Дамблдор. — Я отсоветовал Армандо брать его в преподаватели.

Я не стал приводить доводы, о которых рассказал тебе, поскольку профессор Диппет очень любил Волан-де-Морта и не сомневался в его честности. Просто я не хотел, чтобы лорд Волан-де-Морт вернулся в нашу школу, да еще и на пост, который дал бы ему власть.

— А какое место он хотел получить, сэр? Какой предмет преподавать?

Ответ почему-то стал ясным Гарри еще до того, как Дамблдор дал его.

— Защиту от Темных искусств. В то время ее преподавала престарелая дама, профессор Галатея Вилкост, проработавшая в Хогвартсе почти пятьдесят лет. Итак, Волан-де-Морт поступил в «Горбин и Бэрк», и все обожавшие его преподаватели твердили в один голос, что это бессмысленное расточительство, что такому блестящему молодому волшебнику не место в какой-то там лавке. Впрочем, Волан-де-Морт не был простым продавцом. Вежливый, красивый, умный, он получил вскоре особую работу, из тех, что могут найтись только в таком заведении, как «Горбин и Бэрк». Этот магазин, как тебе известно, специализируется на продаже вещей, обладающих свойствами необычайными и мощными. Волан-де-Морта посылали к людям, которых нужно было уговорить расстаться с тем или иным сокровищем, уступить их владельцам магазина для последующей продажи, и по всем свидетельствам, он вел такие переговоры на редкость хорошо.

— Не сомневаюсь, — сказал, не сумев сдержаться, Гарри.

— Вот именно, — слабо улыбнувшись, откликнулся Дамблдор. — А теперь пора послушать домового эльфа Похлебу, состоявшую в прислугах у очень старой и очень богатой волшебницы по имени Хэпзиба Смит.

Дамблдор взмахнул волшебной палочкой, заставив пробку вылететь из флакона, и перелил бурлящую память в Омут, одновременно сказав:

— Сначала ты, Гарри.

Гарри встал и в который раз склонился над зыблющимся, серебристым содержимым каменной чаши, коснувшись лицом его поверхности. Он провалился в темную пустоту и скоро очутился в какой-то гостиной, прямо перед необъятно толстой старой дамой в замысловатом рыжем парике и поблескивающем розовом одеянии, которое придавало ей сходство с подтаявшим тортом-мороженым. Дама разглядывала себя в маленьком, усыпанном самоцветами зеркальце, нанося большой пуховкой румяна на свои и без того уже алые щеки, а самая крошечная и дряхлая из когда-либо виденных Гарри эльфов-домовиков зашнуровывала на ее мясистых ногах тесноватые атласные домашние туфли.

— Поторопись, Похлеба! — повелительно прикрикнула Хэпзиба. — Этот юноша сказал, что придет в четыре, осталось всего несколько минут, а он никогда еще не опаздывал!

Похлеба распрямилась, дама отложила пуховку. Макушка эльфа едва доставала до подушек кресла, в котором восседала Хэпзиба; сухая, точно бумага, кожа старой служанки свисала с ее костей вместе с чистой холстиной, задрапированной на манер тоги.

— Как я выгляжу? — поинтересовалась Хэпзиба, поворачивая голову так и этак, чтобы под разными углами полюбоваться своим отражением в зеркале.

— Прелестно, мадам, — пропищала Похлеба.

Гарри оставалось только предположить, что обязанность врать сквозь стиснутые зубы, отвечая на этот вопрос, обозначена в контракте Похлебы, — на его взгляд, ничего прелестного в Хэпзибе не наблюдалось.

Звякнул дверной звонок, эльф и хозяйка дома подпрыгнули.

— Скорее, скорее, Похлеба, это он! — вскричала Хэпзиба.

Служанка суетливо засеменила из гостиной, загроможденной до того, что трудно было понять, как можно пройти по ней, не налетев по крайней мере на дюжину предметов. Здесь теснились застекленные, наполненные лаковыми шкатулками шкафчики, большие шкафы были забиты книгами с тисненными золотом переплетами, полки уставлены земными и небесными глобусами, повсюду стояли бронзовые ящики с цветущими растениями — одним словом, гостиная походила на помесь лавки магических древностей с оранжереей.

Через пару минут служанка возвратилась, за нею следовал молодой человек, в котором Гарри без труда узнал Волан-де-Морта. Простой черный костюм, волосы отпущены чуть длиннее, чем в школе, впалые щеки — впрочем, ему все это шло, он стал еще красивее, чем прежде. Пройдя через битком набитую гостиную с легкостью, говорившей о том, что он не раз бывал здесь и прежде, молодой человек склонился над пухлой ладошкой Хэпзибы, коснувшись ее губами.

— Я принес вам цветы, — тихо сказал он, извлекая невесть откуда букет роз.

— Гадкий мальчик, к чему это! — визгливо воскликнула старая Хэпзиба, хотя Гарри заметил стоявшую на ближайшем к ней столике пустую вазу. — Балуете вы старуху, Том... Садитесь, садитесь... Но где же Похлеба? Ага...

В гостиную торопливо вернулась служанка, она притащила поднос с маленькими пирожными, который опустила близ локтя своей хозяйки.

— Угощайтесь, Том, — сказала Хэпзиба. — Я знаю, что вам нравятся мои пирожные. Ну, как вы? Побледнели. Вас в вашем магазине заставляют слишком много работать, я это сто раз говорила...

Волан-де-Морт деланно усмехнулся, Хэпзиба ответила ему жеманной улыбкой.

— Итак, под каким же предлогом вы навестили меня сегодня? — хлопая ресницами, осведомилась она.

— Мистер Бэрк хотел бы сделать вам выгодное предложение касательно доспехов гоблинской работы, — ответил Волан-де-Морт. — Он полагает, что пятьсот галеонов будут более чем справедливой...

— Нет-нет, не так быстро, иначе я подумаю, что вы приходите сюда только ради моих безделушек! — надула губки Хэпзиба.

— Мне приказывают являться сюда ради них, — тихо произнес Волан-де-Морт. — Я всего лишь бедный служащий, мадам, и вынужден делать то, что мне велят. Мистер Бэрк просил узнать...

— Ах-ах, мистер Бэрк, подумаешь! — взмахнув ладошкой, сказала Хэпзиба. — Я могу показать вам такое, чего мистер Бэрк и не видел ни разу! Вы умеете хранить тайны, Том? Пообещайте не говорить мистеру Бэрку о том, что у меня есть. Он мне покоя не даст, если узнает, что я показала вам эти вещицы, а я их не продам ни мистеру Бэрку, ни кому другому! Но вы, Том, вы способны увидеть в этих вещах их историю, а не одни галеоны, которые за них можно выручить...

— Я буду рад увидеть все, что пожелает показать мне мисс Хэпзиба, — негромко сказал Волан-де-Морт, и Хэпзиба хихикнула, точно девица.

— Сейчас велю Похлебе принести их сюда... Похлеба, где ты? Я хочу показать мистеру Реддлу *изысканнейшее* из наших сокровищ... Впрочем, нет, принеси, раз уж идешь туда, оба...

— Прошу вас, мадам, — пропищала служанка, и Гарри увидел две стоящие одна на другой кожаные шкатулки, которые плыли по гостиной словно сами собой, хотя он понимал, что это крошечная Похлеба держит их на голове, пробираясь между столов, пуфиков и ножных скамеек.

— Вот, — радостно объявила Хэпзиба, принимая от эльфа шкатулки. Она и положила их себе на колени и приготовилась открыть верхнюю. — Думаю, вам это понравится, Том... О, если бы мои родные узнали, что я показываю их вам! Все они только об одном и мечтают — как бы их присвоить поскорее!

Хэпзиба подняла крышку шкатулки. Гарри шагнул вперед, чтобы разглядеть ее содержимое, и увидел маленькую золотую чашу с двумя ручками тонкой работы.

— Вот интересно, знаете ли вы, что это такое, Том? Возьмите ее, рассмотрите получше! — прошептала Хэпзиба.

Волан-де-Морт протянул руку, взялся длинными пальцами за одну из ручек и извлек чашу из ее уютного шелкового гнездышка. Гарри показалось, что он заметил в темных глазах Волан-де-Морта какой-то красный проблеск. Жадное выражение, застывшее на лице юноши, странно отражалось на физиономии Хэпзибы, даром что маленькие глазки ее смотрели не отрываясь лишь на красавца-гостя.

— Барсук, — пробормотал Волан-де-Морт, вглядываясь в гравировку на чаше. — Так она принадлежала?..

— Пенелопе Пуффендуй, как вам, умный вы мальчик, очень хорошо известно! — Хэпзиба, громко скрипнув корсетом, наклонилась и, подумать только, ущипнула его за впалую щеку. — Я не говорила вам, что мы с ней состоим в дальнем родстве? Эта вещица передается в нашей семье из рук в руки уже многие годы. Красивая, правда? Считается, что в ней сокрыты самые разные силы, впрочем, досконально я это не проверяла, я просто храню ее у себя, в тишине и покое...

Она вытянула чашу из длинных пальцев Волан-де-Морта и аккуратно уложила обратно в шкатулку. Дама была слишком занята правильным ее размещением, чтобы заметить тень, скользнувшую по лицу молодого человека, когда у него отобрали чашу.

— Ну так, — радостно вымолвила Хэпзиба, — где Похлеба? А, ты здесь! Возьми это.

Служанка покорно приняла шкатулку с чашей, а Хэпзиба занялась другой шкатулкой, более плоской, оставшейся лежать у нее на коленях.

— Думаю, эта вещица понравится вам даже больше, Том, — прошептала она. — Наклонитесь немного, чтобы получше ее рассмотреть... Разумеется, Бэрк знает, что она у меня, я ее у него же и купила, и, смею сказать, он был бы рад снова заполучить эту вещь, когда меня не станет...

Старуха сдвинула изящную филигранную защелку, откинула крышку шкатулки. Внутри на малиновом бархате покоился тяжелый золотой медальон.

На сей раз Волан-де-Морт протянул к шкатулке руку, не дожидаясь приглашения. Он взял медальон и поднял его к свету, разглядывая.

— Знак Слизерина, — тихо сказал он, вглядываясь в переливы света на богато изукрашенном, змеистом «S».

— Правильно! — воскликнула Хэпзиба. Вид Волан-де-Морта, зачарованно вглядывавшегося в медальон, доставлял ей, похоже, немалое наслаждение. — Я отдала бы за него руку или ногу, но не упустила бы, о нет, такое сокровище просто обязано находиться в моей коллекции. Бэрк, насколько я знаю, купил этот медальон у какой-то нищенки, укравшей его неведомо где, но понятия не имевшей о его подлинной ценности...

Теперь ошибиться было уже невозможно: при этих словах Хэпзибы глаза Волан-де-Морта полыхнули багрецом, и Гарри увидел, как побелели костяшки пальцев, сжимавших цепочку медальона.

— Бэрк наверняка заплатил ей гроши, а вещица попала ко мне... Красивая, правда? И опять-таки, какими только волшебными свойствами она не обладает, а я просто храню ее в тишине и покое, вот и все...

Старая дама протянула руку к медальону. На миг Гарри показалось, что Волан-де-Морт не захочет отдать его, однако молодой человек позволил цепочке выскользнуть из его пальцев, и медальон вернулся на свое малиновое бархатное ложе.

— Ну что же, Том, дорогой, надеюсь, вам эти безделицы пришлись по вкусу!

Она взглянула гостю в лицо, и Гарри впервые увидел, как выцветает ее глуповатая улыбка.

— Вы хорошо себя чувствуете, дорогой?

— О да, — тихо ответил Волан-де-Морт. — Да, я чувствую себя превосходно...

— А мне показалось... Впрочем, это, надо полагать, игра света... — заметно нервничая, сказала Хэпзиба. Гарри понял, что и она углядела мгновенный красный проблеск в глазах Волан-де-Морта. — Похлеба, отнеси все назад и запри... с обычными заклинаниями...

— Пора уходить, Гарри, — негромко сказал Дамблдор, и, когда маленькая служанка, ковыляя, понесла шкатулки прочь из гостиной, оба они взлетели, пронзая забвение, вверх и вернулись в кабинет Дамблдора.

— Хэпзиба Смит скончалась через два дня после этой сценки, — сказал Дамблдор, усаживаясь и указывая Гарри на кресло. — Министерство признало ее домовика Похлебу виновной в том, что она случайно поднесла хозяйке отравленное какао.

— Ну еще бы! — сердито воскликнул Гарри.

— Я понимаю, что у тебя на уме, — сказал Дамблдор. — Между этой смертью и смертью Реддлов, безусловно, имеется немалое сходство. В обоих случаях кто-то принимает на себя вину и превосходно помнит все обстоятельства смерти...

— Похлеба призналась?

— Она помнила, как насыпала в какао хозяйки что-то, оказавшееся не сахаром, а смертоносным, мало известным ядом, — ответил Дамблдор. — Было решено, что сделала она это не нарочно, а просто по причине старости и бестолковости...

— Волан-де-Морт изменил ее память, точно так же, как память Морфина!

— Да, я тоже пришел к такому выводу, — сказал Дамблдор. — И так же как в случае Морфина, Министерство с готовностью обвинило Похлебу...

— Потому что она домовый эльф, — сказал Гарри. Редко случалось ему проникаться большей симпатией к основанному Гермионой обществу Г. А. В. Н. Э.

— Совершенно верно, — согласился Дамблдор. — Она была стара, она призналась, что напутала с хозяйским питьем, а провести дальнейшее расследование никто в Министерстве не потрудился. Как и в случае Морфина, когда я отыскал Похлебу и проник в ее память, жить ей оставалось совсем недолго. Однако, кроме того, что Волан-де-Морт знал о чаше и медальоне, воспоминания старушки ничего не доказывают.

Ко времени осуждения Похлебы семейство Хэпзибы уже обнаружило пропажу двух ее величайших сокровищ. Чтобы окончательно удостовериться в этом, ее родичам потребовался немалый срок, поскольку у Хэпзибы было много тайников — она очень ревностно оберегала свою коллекцию. Но еще до того, как они убедились, что чаша и медальон исчезли, продавец из магазина «Горбин и Бэрк», тот самый молодой человек, который с таким постоянством навещал Хэпзибу и так ее очаровал, бросил работу и пропал. Куда он отправился, хозяева магазина не знали, его исчезновение удивило их не меньше, чем всех остальных. И больше никто Тома Реддла в течение очень долгого времени не видел и не слышал.

А теперь, Гарри, — сказал Дамблдор, — если ты не против, я хотел бы обратить твое внимание на некоторые моменты этой истории. Волан-де-Морт совершил еще одно убийство. Не знаю, было ли оно самым первым со времени гибели Реддлов, но думаю, что было. На этот раз, как ты видел, он убил не из мести, но ради выгоды. Он пожелал завладеть двумя баснословными сокровищами, которые показала ему несчастная, одураченная им старуха. И точно так же, как он обворовывал детей в сиротском приюте, как завладел кольцом своего дяди Морфина, точно так же он скрылся теперь с чашей и медальоном Хэпзибы.

— Но это похоже на безумие... — нахмурясь, сказал Гарри. — Рискнуть всем, бросить работу, и все ради...

— Для тебя это, может быть, и безумие, но не для Волан-де-Морта, — ответил Дамблдор. — Надеюсь, в свое время ты поймешь, что значили для него эти вещи, однако, признай, не так уж трудно представить, что, по крайней мере, медальон он мог считать принадлежащим ему по праву.

— Медальон — наверное, — согласился Гарри, — но зачем было брать и чашу?

— Чаша принадлежала одной из основательниц Хогвартса, — сказал Дамблдор. — Думаю, Волан-де-Морт все еще стремился попасть в школу и просто не устоял перед искушением присвоить вещь, которая так сильно пропитана ее историей. Правда, были и иные причины... Надеюсь, скоро мне удастся продемонстрировать их тебе. А теперь давай займемся самым последним (во всяком случае, до тех пор, пока ты не проникнешь в память профессора

Слизнорта) из воспоминаний, которые я считал необходимым тебе показать. От воспоминаний Похлебы его отделяют десять лет, и мы можем только догадываться, чем занимался все эти годы лорд Волан-де-Морт...

Гарри снова поднялся из кресла, Дамблдор тем временем вылил в Омут памяти содержимое последнего флакона.

— Кому оно принадлежит? — спросил Гарри.

— Мне, — ответил Дамблдор.

Следом за Дамблдором Гарри нырнул в изменчивую серебристую гущу и приземлился в том же самом кабинете, который только что покинул. Здесь блаженно дремал на своем насесте Фоукс и сидел за столом Дамблдор, очень похожий на того, что стоял рядом с ним, только обе руки его были целыми, неповрежденными, а лицо чуть менее морщинистым. Лишь одно и отличало нынешний кабинет от того, каким он был в прошлом, — за окном плыли в темноте, оседая на внешний выступ, голубоватые снежинки.

Помолодевший Дамблдор, казалось, ждал кого-то. И точно, через несколько мгновений после их появления в дверь стукнули, и он сказал: «Войдите».

Гарри сдавленно ахнул. В комнату вошел Волан-де-Морт. Черты его были не теми, какие почти два года назад явились Гарри в большом каменном котле, в них было меньше змеиного, глаза пока еще не так сильно отливали багрецом, да и само лицо не превратилось в маску. И все же оно не было больше лицом красавца Тома Реддла. Это лицо казалось обожженным, черты утратили резкость, стали словно восковыми, перекошенными; белки глаз теперь уже навсегда налились кровью, хотя зрачки и не превратились пока в узкие щели, какими (как было известно Гарри) им предстояло стать. Длинная черная мантия окутывала Волан-Де-Морта, а лицо его было таким же белым как снег, поблескивавший у него на плечах.

Сидевший за столом Дамблдор не выказал никаких признаков удивления. По-видимому, визит этот был обговорен заранее.

— Добрый вечер, Том, — безмятежно сказал Дамблдор. — Не желаете присесть?

— Спасибо, — ответил Волан-де-Морт, усаживаясь в указанное Дамблдором кресло, то самое, судя по его виду, которое только что освободил в настоящем Гарри. — Я слышал, вы стали директором школы, — прибавил он голосом чуть более высоким и холодным, чем прежде. — Достойный выбор.

— Рад, что вы его одобряете, — улыбнулся Дамблдор. — Могу я предложить вам вина?

— Буду лишь благодарен, — ответил Волан-де-Морт. — Я проделал немалый путь.

Дамблдор встал и подошел к застекленному шкафчику, где теперь хранил Омут памяти, — в то время в нем теснились бутылки. Вручив Волан-де-Морту бокал с вином, он наполнил другой для себя и вернулся в кресло за письменным столом.

— Итак, Том... чему обязан удовольствием?

Волан-де-Морт ответил не сразу, для начала он просто отпил из бокала.

— Никто больше не называет меня Томом, — сказал он. — Теперь я известен под именем...

— Я знаю имя, под которым вы теперь известны, — приятно улыбнувшись, произнес Дамблдор. — Но для меня, боюсь, вы навсегда останетесь Томом Реддлом. Такова, увы, одна из неудобных особенностей старых учителей, им никогда не удается окончательно забыть, с чего начинали их юные подопечные.

Он поднял бокал повыше, словно провозглашая тост в честь Волан-де-Морта, лицо которого осталось непроницаемым. Но Гарри чувствовал, что атмосфера в кабинете немного изменилась. Дамблдор не просто отказался использовать выбранное Волан-де-Мортом имя — он не позволил ему диктовать условия их встречи, и Гарри видел, что гость Дамблдора понял это.

— Меня удивляет, что вы остаетесь здесь так долго, — немного помолчав, сказал Волан-де-Морт. — Я всегда дивился тому, что такой волшебник, как вы, ни разу не пожелал покинуть эту школу.

— Что ж, — по-прежнему улыбаясь, ответил Дамблдор, — для такого волшебника, как я, нет ничего более важного, чем возможность передавать другим древнее мастерство, помогать оттачивать юные умы. Если память мне не изменяет, учительство когда-то представлялось привлекательным и вам.

— И все еще представляется, — сказал Волан-де-Морт. — Просто я не могу понять, почему вы, волшебник, к которому так часто обращается за советами Министерство и которому дважды, насколько я знаю, предлагали занять пост министра...

— На деле таких предложений, если считать и самое последнее, было три, — сообщил Дамблдор. — Однако карьера министра никогда меня не привлекала. И это, я думаю, еще одна наша общая черта.

Волан-де-Морт, не улыбнувшись, склонил голову и снова приложился к бокалу с вином. Дамблдор не стал нарушать повисшего в кабинете молчания; с видом человека, предвкушающего нечто приятное, он ждал, когда заговорит Волан-де-Морт.

— Я возвратился, — сказал наконец тот, — немного позже, чем ожидал профессор Диппет... но тем не менее возвратился, чтобы снова ходатайствовать о предоставлении мне должности, для которой он счел меня когда-то слишком юным. Я пришел, чтобы получить у вас разрешение вернуться в замок и стать преподавателем. Думаю, вы должны знать, что с тех пор, как я покинул школу, я увидел и совершил многое. Я могу показать и рассказать вашим ученикам такое, чего они ни от какого другого волшебника не получат.

Прежде чем ответить, Дамблдор некоторое время смотрел на Волан-де-Морта поверх своего бокала.

— Да, я определенно знаю, что вы, с тех пор как покинули нас, увидели и совершили многое, — негромко произнес он. — Слухи о ваших достижениях, Том, добрались и до нашей старой школы. И мне было бы очень грустно, если бы они оказались хоть наполовину правдивыми.

Лицо Волан-де-Морта оставалось бесстрастным.

— Величие пробуждает зависть, — сказал он, — зависть рождает злобу, а злоба плодит ложь. Вы должны это знать, Дамблдор.

— Так вы именуете то, что делаете, «величием»? — мягко спросил Дамблдор.

— Разумеется, — ответил Волан-де-Морт, и в глазах его, казалось, вспыхнуло красное пламя. — Я экспериментировал, я раздвинул границы магии дальше, чем это когда-либо удавалось...

— Некоторых разновидностей магии, — негромко поправил его Дамблдор. — Некоторых. Что касается других, вы остаетесь... простите меня... прискорбно невежественным...

Волан-де-Морт впервые улыбнулся. То была натянутая, плотоядная, злобная ухмылка, и угрозы в ней содержалось больше, чем в лютом взгляде.

— Это ваш давний довод, — мягко сказал он. — Ничто из увиденного мной в мире не подтверждает вашего знаменитого заявления, Дамблдор, что любовь-де намного сильнее моей разновидности магии.

— Возможно, вы не там искали его подтверждения, — предположил Дамблдор.

— Ну, а в таком случае, существует ли место лучше, чем Хогвартс, чтобы заново начать мои исследования? — сказал Волан-де-Морт. — Вы позволите мне вернуться? Позволите поделиться знаниями с вашими учениками? Я отдам себя и все мои дарования в ваше распоряжение. Стану вашим слугой.

Дамблдор приподнял брови:

— А кем станут те, кто уже превратился в *ваших* слуг? Что произойдет с людьми, которые называют себя — так, во всяком случае, уверяют слухи — Пожирателями смерти?

Гарри ясно увидел: Волан-де-Морт не ожидал, что Дамблдору известно это название; глаза гостя вновь полыхнули красным, узкие ноздри раздулись.

— Мои друзья, — ответил он после мгновенной паузы, — обойдутся и без меня, я в этом уверен.

— Рад слышать, что вы называете их друзьями, — сказал Дамблдор. — У меня создалось впечатление, что они, скорее, прислужники.

— Вы ошиблись, — заверил его Волан-де-Морт.

— Стало быть, если я загляну нынче ночью в «Кабанью голову», я не застану там целую компанию — Нотта, Розье, Мальсибера, Долохова, — ожидающую вас? И вправду, преданные друзья — проделать с вами неблизкий путь, да еще в такую снежную ночь, лишь для того, чтобы пожелать вам удачи в попытках добиться преподавательского места!

Сомневаться не приходилось — точность сведений Дамблдора о том, в чьем обществе он путешествует, понравилась Волан-де-Морту меньше всего остального, но он почти мгновенно овладел собой.

— Вы, как и всегда, всеведущи, Дамблдор.

— О нет, просто я дружу со здешним трактирщиком, — быстро ответил Дамблдор. — А теперь, Том... — Дамблдор опустил пустой бокал на стол и выпрямился в кресле, характерным жестом сведя вместе кончики пальцев, — ...давайте-ка начистоту. Зачем вы явились сюда со своими приспешниками и просите о работе, которая, как мы оба знаем, вам не нужна?

Волан-де-Морт изобразил холодное недоумение:

— Не нужна? Напротив, Дамблдор, я очень хочу получить ее.

— О нет, вы хотите вернуться в Хогвартс, однако преподавать вам хочется ничуть не больше, чем в восемнадцать лет. Так чего же вы добиваетесь, Том? Почему бы вам просто не взять да и не попросить об этом?

Волан-де-Морт презрительно усмехнулся:

— Если вы не хотите дать мне эту работу...

— Разумеется, не хочу, — сказал Дамблдор. — И не думаю, что вы хотя бы на миг тешили себя надеждой, что я захочу этого. Тем не менее вы явились ко мне с просьбой, а это значит, что у вас должна быть какая-то цель.

Волан-де-Морт встал. Теперь он меньше чем когда-либо походил на Тома Реддла, лицо его словно набухло от гнева.

— Это ваше последнее слово?

— Последнее, — ответил, также вставая, Дамблдор.

— В таком случае нам больше не о чем говорить.

— Нет, не о чем, — согласился Дамблдор, и на его лице появилось выражение великой печали. — Время, когда я мог напугать вас вспыхнувшим платяным шкафом или заставить расплатиться за ваши преступления, давно миновало, Том. Но я желал бы иметь такую возможность... желал бы...

С секунду Гарри готов был выкрикнуть бессмысленное предупреждение: он не сомневался, что рука Волан-де-Морта судорожно дернулась к карману, к волшебной палочке, но секунда эта прошла, Волан-де-Морт повернулся, захлопнул за собой дверь и исчез.

Гарри почувствовал, как Дамблдор снова взял его за локоть, и миг спустя оба уже стояли почти на том же самом месте, вот только снега на закраине окна не было, да рука Дамблдора вновь почернела и помертвела.

— Зачем? — тотчас спросил Гарри, глядя Дамблдору в глаза. — Зачем он возвращался? Вы смогли это выяснить?

— Кое-какие соображения у меня имелись, — ответил Дамблдор, — но не более того.

— Какие же, сэр?

— Об этом я скажу тебе, когда ты раздобудешь воспоминания профессора Слизнорта, — ответил Дамблдор. — Когда ты получишь этот последний кусочек складной картинки, все, я надеюсь, прояснится... для нас обоих.

Гарри все еще сгорал от любопытства и не сразу стронулся с места, хоть Дамблдор подошел к двери и открыл ее.

— Что он хотел преподавать, сэр? Защиту от Темных искусств? Он так и не сказал...

— О, разумеется, защиту, — ответил Дамблдор. — Доказательством тому служат последствия нашей недолгой встречи. Видишь ли, с тех пор как я отказался предоставить это место лорду Волан-де-Морту, ни одному преподавателю защиты от Темных искусств продержаться у нас больше года не удавалось.

Глава 21

НЕПОСТИЖИМАЯ КОМНАТА

Всю следующую неделю Гарри ломал голову над тем, как уговорить Слизнорта поделиться своими подлинными воспоминаниями. Но ни одна блестящая мысль его так и не озарила, пришлось довольствоваться средством, к которому он в последнее время привык прибегать, когда был в замешательстве, — перелистывать учебник по зельеварению в надежде, что Принц мог написать на его полях что-нибудь полезное.

— Ничего ты там не найдешь, — твердо сказала ему поздним субботним вечером Гермиона.

— Не заводись, Гермиона, — отозвался Гарри. — Если бы не Принц, Рон не сидел бы сейчас с нами.

— Сидел бы, если бы ты на первом курсе повнимательнее слушал Снегга, — отмахнулась от него Гермиона.

Гарри не стал с ней спорить. Он только что наткнулся на заклинание (*Сектумсемпра!*), нацарапанное на полях поверх загадочных слов: «От врагов», и ощутил жгучее желание испытать его, однако решил, что при Гермионе этого делать не стоит. Он украдкой загнул уголок страницы.

Они сидели у камина общей гостиной в окружении других еще не разошедшихся по постелям шестикурсников. Когда они вернулись сюда после ужина, на доске объявлений висело новое, взбудоражившее всех извещение, — в нем указывалась дата испытаний по трансгрессии. Те, кому уже исполнилось семнадцать или исполнится в день испытаний, двадцать первого апреля, могли записаться на дополнительные практические занятия, которые будут проводиться (под усиленной охраной) в Хогсмиде.

Рон, прочитав извещение, запаниковал: трансгрессировать он так пока и не научился и боялся, что не пройдет испытаний. Гермиона уже дважды управилась с трансгрессией и чувствовала себя немного увереннее, а Гарри, которому до семнадцатилетия оставалось еще четыре месяца, все равно проходить испытания не мог, готов он к ним или не готов.

— Ты-то хоть трансгрессировать умеешь! — пожаловался разнервничавшийся Рон. — Да и вообще тебе до июля беспокоиться не о чем.

— Я всего лишь раз это и проделал, — напомнил Гарри. На последнем занятии ему удалось наконец исчезнуть и снова возникнуть внутри своего обруча.

Потратив кучу времени на волнения по поводу трансгрессии, Рон возился теперь с головоломной письменной работой для Снегга, которую Гарри с Гермионой уже дописали. Гарри, выразивший в своей работе несогласие со Снеггом по поводу лучшего метода борьбы с дементорами, не сомневался, что получит самую низкую оценку, но это его не волновало — сейчас важнее всего была память Слизнорта.

— Да говорю же я тебе, Гарри, на этот раз Принц ничем тебе не поможет! — на повышенных тонах произнесла Гермиона. — Заставить человека сделать что тебе хочется можно только одним способом — наложив на него заклятие Империус, а это незаконно...

— А то я не знаю, большое спасибо, — сказал, не оторвавшись от книги, Гарри. — Я потому и ищу что-нибудь еще. Дамблдор говорит, что сыворотка правды тут не годится, но ведь может же быть что-то другое, заклинание или зелье...

— Ты берешься за дело не с того конца, — сказала Гермиона. — Дамблдор уверен, что подобраться к его памяти способен только ты. А это значит, что ты можешь уломать Слизнорта, как не может никто другой. Выходит, речь не о том, чтобы подсунуть ему какое-то зелье, с этим любой справится...

— Как правильно пишется «агрессивный»? — спросил Рон, с силой встряхивая перо и не отрывая взгляда от пергамента. — Не может же оно начинаться с У-Г-Р...

— Нет, не может, — сказала Гермиона и подтянула писанину Рона поближе к себе. — И «яростный» тоже не с «Ю-Р-И» начинается. Ты каким пером все это накалякал?

— Со встроенной проверкой орфографии, я его от Фреда с Джорджем получил... Только, похоже, чары в нем уже выдохлись...

— Да уж, — сказала Гермиона и ткнула пальцем в заголовок работы. — Потому что, во-первых, нас просили рассказать, как бороться с дементорами, а не с «дурындами», а во-вторых, я что-то не помню, чтобы ты сменил имя на Рундил Уозлик.

— Не может быть! — пролепетал Рон, с ужасом глядя на пергамент. — Только не говори, что мне придется все переписывать заново!

— Ладно, это мы поправим, — произнесла Гермиона, окончательно придвигая пергамент к себе и вытаскивая волшебную палочку.

— Я люблю тебя, Гермиона, — сказал Рон, обмякнув в кресле и устало потирая глаза.

Гермиона немного порозовела, но ответила всего лишь:

— Смотри, чтобы тебя Лаванда не услышала...

— Да уж постараюсь, — ответил Рон и прикрыл ладонями рот. — Хотя, может, и не стоит... может, она меня тогда бросит...

— Если ты хочешь с этим покончить, почему сам ее не бросишь? — спросил Гарри.

— Тебе-то кого-нибудь бросать приходилось, а? — поинтересовался Рон. — Вы с Чжоу просто-напросто...

— Просто расстались, ты прав, — сказал Гарри.

— Хорошо бы и у нас с Лавандой так же получилось, — уныло промолвил Рон, наблюдая, как Гермиона постукивает кончиком палочки по исковерканным им словам, отчего они сами собой принимают правильный вид. — Но только чем чаще я намекаю, что хочу покончить со всем, тем крепче она в меня вцепляется. Все равно что с гигантским кальмаром дело иметь.

— Ну вот, — минут двадцать спустя сказала Гермиона, возвращая Рону его труд.

— Миллион благодарностей! — воскликнул Рон. — Можно, я заключение твоим пером напишу?

Гарри, так пока ничего полезного в записях Принца-полукровки и не обнаружив, огляделся по сторонам. Симус только что удалился в спальню, кляня по дороге Снегга с его письменными заданиями, и теперь в гостиной оставались только они трое. Единственными звуками, которые здесь слышались, было потрескивание поленьев в камине да скрип пера Гермионы, которым Рон дописывал последний посвященный дементорам абзац. Гарри, позевывая, закрыл книгу и тут...

Хлоп.

Гермиона негромко взвизгнула, Рон залил всю свою работу чернилами, а Гарри воскликнул:

— Кикимер!

Эльф-домовик отвесил низкий поклон и сообщил, обращаясь к своим корявым ступням:

— Хозяин сказал, он желает регулярно получать доклады о том, чем занимается молодой Малфой, и потому Кикимер пришел, чтобы доложить...

Хлоп.

Рядом с Кикимером объявился Добби в криво сидящем на голове стеганом колпаке для чайника.

— Добби тоже способствовал, Гарри Поттер! — пропищал он, возмущенно поглядывая на Кикимера. — А Кикимеру надлежало сказать Добби, что он идет повидать Гарри Поттера, дабы они могли представить общий доклад!

— Что все это значит? — спросила Гермиона, еще не оправившаяся от испуга, вызванного нежданным появлением эльфов. — Что происходит, Гарри?

Гарри поколебался, прежде чем ответить, поскольку ничего пока не говорил Гермионе о том, что приставил Кикимера с Добби к Малфою, — домовые эльфы всегда были для нее щекотливой темой.

— Ну... я попросил их присматривать за Малфоем, — сказал он.

— Днем и ночью, — прокаркал Кикимер.

— Добби уже неделю не спал, Гарри Поттер! — похвастался Добби и слегка покачнулся.

Гермиона возмутилась:

— Не спал, Добби? Но, Гарри, ты же не приказывал им вовсе не...

— Конечно, нет, — торопливо ответил Гарри. — Добби, ты вполне можешь спать, идет? И все-таки удалось вам хоть что-нибудь выяснить? — поспешил спросить он, опережая новое вмешательство Гермионы.

— Молодой Малфой вращается в обществе людей благородных, как то и приличествует его чистой крови, — хрипло затараторил Кикимер. —

Обличием он напоминает изысканные стати моей хозяйки, манеры же его...

— Драко Малфой — дурной мальчишка! — сердито пропищал Добби. — Дурной мальчишка, который... который...

Тут он затрясся от кисточки на чайном колпаке до носков ног и метнулся к камину, словно намереваясь прыгнуть в огонь; Гарри чего-то подобного и ожидал — он поймал домовика и крепко прижал к себе. Несколько секунд Добби бился в его руках, потом затих.

— Спасибо, Гарри Поттер, — пропыхтел он. — Добби все еще трудно говорить о прежних хозяевах нехорошие слова...

Гарри отпустил его. Добби поправил колпак и, обращаясь к Кикимеру, вызывающе заявил:

— Но Кикимер должен знать, что для домового эльфа Драко Малфой — плохой хозяин!

— Да-да, о том, как ты любишь Малфоя, нам слушать не интересно, — сказал Кикимеру Гарри. — Переходи-ка побыстрее к тому, чем он занимается.

Кикимер, выглядевший взбешенным, поклонился еще раз, затем сказал:

— Молодой Малфой питается в Большом зале, спит в башенной спальне и посещает уроки по разнообразным...

— Добби, давай лучше ты, — перебивая Кикимера, сказал Гарри. — Посещал он какие-нибудь места, в которых ему бывать не следует?

— Гарри Поттер, сэр, — запищал Добби; огромные, точно шары, глаза его сияли, ловя отблески пламени. — Добби не заметил, чтобы мальчик Малфой нарушал какие-нибудь правила, но при этом он старается укрываться от чужих глаз. Он регулярно посещает восьмой этаж в обществе многих иных учеников, которые стоят на страже, когда он проникает...

— В Выручай-комнату! — воскликнул Гарри и хлопнул себя по лбу «Расширенным курсом зельеварения». Рон и Гермиона смотрели на него во все глаза. — Так вот куда он ускользает! Вот где творит... что бы он там ни творил! Потому-то, поспорить готов, он и пропадает с карты. Если подумать, я же Выручай-комнаты ни разу на ней не видел!

— Может, Мародеры и не знали о существовании комнаты, — сказал Рон.

— Думаю, это часть ее магии, — сказала Гермиона. — Если тебе требуется, чтобы она была ненаносимой на карту, она такой и станет.

— Добби, тебе удалось пробраться в нее, посмотреть, что делает там Малфой? — нетерпеливо спросил Гарри.

— Нет, Гарри Поттер, это невозможно, — ответил Добби.

— Правильно, невозможно, — сразу согласился с ним Гарри. — Но Малфой сумел в прошлом году пролезть туда, в нашу штаб-квартиру, значит, и я смогу проникнуть в Выручай-комнату и последить за ним, дело нехитрое.

— А вот я так не думаю, Гарри, — медленно заговорила Гермиона. — Малфой тогда в точности знал, как мы использовали Выручай-комнату. Дура Мариэтта проболталась. Ему нужно было, чтобы комната стала штаб-квартирой ОД, вот она ею и стала. А ты не знаешь, чем становится Выручай-комната, когда в нее проникает Малфой, и попросить ее превратиться в то, что тебе не известно, не можешь.

— Что-нибудь придумаю, — отмахнулся от нее Гарри. — Блестящая работа, Добби.

— Кикимер тоже поработал неплохо, — дружелюбно сказала Гермиона, однако Кикимер вместо благодарности возвел большие, налитые кровью глаза к потолку и прохрипел:

— Грязнокровка обращается к Кикимеру, Кикимер сделает вид, что совсем оглох...

— Катись отсюда! — рявкнул Гарри, и Кикимер, отвесив последний низкий поклон, трансгрессировал. — А тебе, Добби, лучше пойти немного поспать.

— Благодарю, Гарри Поттер, сэр! — радостно пискнул Добби и тоже исчез.

— Ну что, неплохо? — едва эльфы покинули комнату, с энтузиазмом воскликнул Гарри, обращаясь к Рону с Гермионой. — Мы знаем, куда скрывается Малфой! И теперь припрем его к стенке!

— Да, здорово, — уныло подтвердил Рон, пытаясь отчистить пропитанный чернилами пергамент, совсем недавно бывший почти законченной письменной работой. Гермиона отобрала у Рона пергамент и принялась волшебной палочкой высасывать из него чернила.

— Интересно, что может значить «в обществе многих иных учеников»? — поинтересовалась она. — «Много» — это сколько? Ты ведь не думаешь, что он мог посвятить в свои дела целую кучу людей...

— Да, это странно, — нахмурился Гарри. — Я же слышал, как он говорил Крэббу: мол, то, чем он занимается, не его, Крэбба, дело. Но что же тогда он говорит всем этим... всем этим...

Голос Гарри замер, он уставился в огонь.

— Господи, ну я и дурак, — тихо произнес он. — Все же ясно как день! В подземелье стоит здоровенная бочка... Он мог во время урока стянуть оттуда немного...

— Что стянуть? — спросил Рон.

— Оборотное зелье. Малфой украл немного Оборотного зелья, которое Слизнорт показывал нам на первом уроке зельеварения. И никакие «многие» ученики его не охраняют, просто Крэбб и Гойл, как обычно... Да, все сходится! — Гарри вскочил на ноги и начал расхаживать перед камином. — Оба достаточно тупы, чтобы делать то, что им велено, даже если Малфой не посвятил их в свои планы. Но он не хочет, чтобы кто-то заметил, как они торчат вблизи Выручай-комнаты, ну и заставляет дружков принимать Оборотное зелье, чтобы они выглядели другими людьми... Те две девчушки, которых я видел с ним во время матча, — ха! Крэбб и Гойл!

— Ты хочешь сказать, — проговорила Гермиона, — что девочка с весами, которые я починила...

— Конечно! — громко ответил Гарри. — Конечно! Малфой, наверное, сидел в это время в комнате, вот она и... Постой, о ком я? *Он* уронил весы, чтобы предупредить Малфоя: не выходи, здесь чужие! И та девочка, что рассыпала жабью икру, — тоже! Мы столько раз мимо него проходили и ничего не заметили!

— Так он Крэбба с Гойлом в девиц превращает? — гоготнул Рон. — Ничего себе! Неудивительно, что видок у них в последнее время не самый счастливый... Странно, что они не послали его куда подальше...

— Куда же они его пошлют, если он им Черную Метку показал? — спросил Гарри.

— Хм-м... Черная Метка, которой мы даже не видели, — скептически заметила Гермиона, скатывая письменную работу Рона в свиток, пока с ней не случилось чего-нибудь еще, и вручая ее автору.

— Увидим, — уверенно сказал Гарри.

— Увидим, так увидим, — вставая и потягиваясь, согласилась Гермиона. — Но только, Гарри, пока ты не распалился окончательно... Я все же не думаю, что тебе удастся попасть в Выручай-комнату, не узнав предварительно, что там, внутри. И не думаю, — она забросила сумку за плечо, и лицо ее посерьезнело, — что ты вправе забывать о том, чем должен заниматься, — о памяти Слизнорта. Спокойной ночи.

Гарри проводил ее недовольным взглядом. Как только за Гермионой закрылась ведущая к спальням девочек дверь, он повернулся к Рону:

— А ты что думаешь?

— Я думаю, как хорошо было бы уметь трансгрессировать наподобие домовиков, — ответил Рон, глядя в пол, где исчез Добби. — Тогда испытания были бы у меня в кармане.

В эту ночь Гарри спал плохо. Он пролежал без сна несколько, как ему показалось, часов, гадая о том, какое применение отыскал Малфой для Выручай-комнаты и что он, Гарри, увидит, попав в нее завтра. Что бы там ни твердила Гермиона, он не сомневался: если Малфою удалось пробраться в штаб-квартиру ОД, так и ему удастся пробраться в Малфоево... Чем оно может быть? Местом тайных встреч? Логовом? Хранилищем? Мастерской? Мозг Гарри лихорадочно работал, и, когда он наконец заснул, сновидения его были отрывистыми, тревожными, в них то и дело появлялся Малфой, преображавшийся в Слизнорта, который затем превращался в Снегга...

На следующее утро за завтраком Гарри никак не мог усидеть на месте от предвкушений. Уроку защиты от Темных искусств предшествовало свободное время, и он решил потратить его на попытки проникнуть в Выручай-комнату. Гермиона продемонстрировала полное отсутствие интереса, когда он шепотом сообщил ей о своих планах. Гарри разозлился, ведь Гермиона могла бы ему здорово помочь, если бы захотела.

— Послушай! — вполголоса сказал он, наклоняясь к ней и кладя ладонь на свежий номер «Ежедневного пророка», который только что доставила почтовая сова. Гарри не хотел, чтобы Гермиона развернула газету и углубилась в нее. — Я вовсе не забыл о Слизнорте, просто у меня так и нет ключа к его памяти, а пока меня не осенило, почему бы не попытаться выяснить, что поделывает Малфой?

— Я тебе уже говорила, ты должен *уломать* Слизнорта, — ответила Гермиона. — Суть не в том, чтобы обхитрить или заколдовать его, иначе Дамблдор проделал бы это в одну секунду. Чем околачиваться около Выручай-комнаты, — она выдернула из-под руки Гарри «Ежедневного пророка» и развернула на первой странице, — ты бы лучше нашел Слизнорта и воззвал к лучшим сторонам его натуры.

— Кто-нибудь из знакомых?.. — спросил Рон у просматривавшей заголовки Гермионы.

— Да! — ответила она, отчего Рон и Гарри чуть не подавились. — Но ничего, он жив... Я о Наземникусе, его схватили и отправили в Азкабан! Что-то такое насчет попытки ограбления, при которой он изображал инфернала... А вот еще, исчез какой-то Октавий Перчик... Ужас! Девятилетний мальчик арестован за попытку убить своих деда и бабку, предполагается, что он действовал под влиянием Империуса.

Завтрак они завершили в молчании. Гермиона сразу отправилась на урок древних рун, Рон — в гостиную, ему еще предстояло дописать заключение к работе о дементорах, а Гарри — в коридор восьмого этажа, к участку стены напротив гобелена, на котором Варнава Вздрюченный обучал троллей балетным па.

В первом же безлюдном коридоре Гарри набросил на себя мантию-невидимку, впрочем, необходимости в этом не было, — добравшись до нужного места, он никого там не обнаружил. Гарри плохо себе представлял, проще ли попасть в Выручай-комнату, когда Малфой находится в ней или когда его там нет. Хорошо было уже и то, что никакой Крэбб или Гойл, изображающий одиннадцатилетнюю девочку, его первой попытке мешать не станет.

Он подошел к месту, где располагалась незримая дверь Выручай-комнаты, и закрыл глаза. Что следует сделать, он знал — набил на этом руку в прошлом году. Сосредоточившись изо всей мочи, он подумал: «Мне нужно увидеть, чем занимается здесь Малфой... Мне нужно увидеть, чем занимается здесь Малфой... Мне нужно увидеть, чем занимается здесь Малфой...»

Три раза он прошел мимо двери, затем с бьющимся от волнения сердцем открыл глаза и увидел перед собой все ту же голую стену, и только.

Он шагнул вперед, на пробу толкнул ее. Каменная стена не поддалась.

— Ладно, — вслух произнес Гарри. — Я что-то не так подумал.

Он поразмыслил с минуту и начал все заново: закрыл глаза и сосредоточился.

«Мне нужно увидеть место, которое втайне посещает Малфой... Мне нужно увидеть место, которое втайне посещает Малфой...»

Три раза пройдясь взад-вперед, Гарри с надеждой открыл глаза.

Двери не было.

— Чтоб тебя! — раздраженно сказал он стене. — Я же тебе ясно сказал...

Прежде чем снова начать прохаживаться, он напряженно подумал несколько минут: «Мне нужно, чтобы ты стала тем местом, каким становишься для Драко Малфоя...»

Завершив патрулирование, он открыл глаза не сразу — старательно вслушивался, как будто мог расслышать внезапное появление двери. Но не расслышал ничего, кроме далекого щебета птиц. И открыл глаза.

Двери не было и в помине.

Гарри выругался. Кто-то вскрикнул. Он обернулся и увидел стайку удирающих за угол первокурсников, решивших, по-видимому, что напоролись на призрака-сквернослова.

Битый час Гарри перебирал все, какие только смог придумать, варианты фразы «Мне нужно увидеть, что делает в тебе Драко Малфой» и наконец поневоле признал, что Гермиона была права: Выручай-комната просто не желала ему открываться. Разочарованный, обозленный, он отправился на урок защиты от Темных искусств, на ходу стянув мантию-невидимку и запихав ее в сумку.

— Опять опоздали, Поттер, — холодно произнес Снегг, когда Гарри торопливо вошел в освещенный свечами кабинет. — Минус десять очков Гриффиндору.

Бросив на Снегга злой взгляд, Гарри уселся рядом с Роном; половина учеников еще оставалась на ногах, вытаскивали учебники, раскладывали принадлежности, не так уж сильно он опоздал.

— Прежде чем мы начнем, я хочу получить ваши письменные работы по дементорам, — сказал Снегг и небрежно взмахнул волшебной палочкой, отчего двадцать пять пергаментных свитков взвились в воздух и аккуратной стопкой улеглись на его стол. — И надеюсь, что они — ради вашего же блага — будут получше той чуши, которую вы сочинили на тему «Как противиться заклятию Империус». А теперь откройте учебники на странице... В чем дело, мистер Финниган?

— Сэр, — сказал Симус, — я все думаю, как можно отличить призрака от инфернала? Видите ли, в «Пророке» рассказывается про инфернала, который...

— Это был вовсе не инфернал, — скучающим тоном прервал его Снегг.

— Но, сэр, говорят, что...

— Если вы действительно прочитали статью, о которой толкуете, мистер Финниган, то должны знать, что так называемый инфернал был не кем иным, как зловонным воришкой по имени Флетчер Наземникус.

— Я думал, Снегг и Наземникус на одной стороне, — обращаясь к Рону с Гермионой, пробормотал Гарри. — И что арест Наземникуса должен его огорчить...

— Видимо, Поттер может рассказать нам об этом много интересного, — неожиданно сказал Снегг, ткнув палочкой в конец класса; черные глаза его не отрывались от Гарри. — Давайте спросим у Поттера, как нам отличить призрака от инфернала.

— Э-э... ну... призраки, они просвечивают... — промямлил Гарри.

— Замечательно, — скривив рот, перебил его Снегг. — Что ж, как легко видеть, почти шесть лет магического образования потрачены на вас не впустую, Поттер. «Призраки, они просвечивают».

Пэнси Паркинсон визгливо хихикнула. И еще несколько учеников расплылись в глупых улыбках. Гарри набрал побольше воздуха в грудь и спокойно продолжил, хоть внутри у него все кипело:

— Да, призраки просвечивают, а инферналы — это мертвые тела. Поэтому они плотные...

— Все это мог бы рассказать нам и пятилетний ребенок, — издевательски заметил Снегг. — Инфернал — это труп, возвращенный к жизни заклинаниями Темного волшебника. На самом деле он не живой, это лишь марионетка, которая исполняет приказы волшебника. А призрак, как, надеюсь, все вы уже знаете, есть отпечаток, оставленный на земле покинувшей ее душой... И он, как мудро заметил Поттер, *просвечивает*.

— То, что сказал Гарри, как раз и поможет нам отличить одного от другого! — произнес Рон. — Если мы столкнемся с кем-то из них в темном переулке, нам останется лишь присмотреться, плотный он или прозрачный. Мы же не станем спрашивать: «Извините, вы, случайно, не отпечаток покинувшей землю души?»

По классу прокатился смешок, но тут же стих от одного взгляда Снегга.

— И еще минус десять очков Гриффиндору, — сказал он. — Ничего более умного от вас, Рональд Уизли, я и не ожидал. Вы мальчик настолько плотный, что не способны трансгрессировать себя на расстояние в полдюйма.

— Молчи! — прошептала Гермиона, хватая за руку Гарри, который в ярости открыл было рот. — Нет смысла, кончится тем, что он снова оставит тебя после уроков!

— Теперь откройте учебники на странице двести тринадцатой, — самодовольно улыбнувшись, сказал Снегг, — и прочитайте первые два абзаца, посвященные заклятию Круциатус...

Весь урок Рон просидел необычайно тихо. Когда прозвенел звонок, Лаванда перехватила его и Гарри (Гермиона при ее приближении загадочным образом растаяла в воздухе) и принялась с жаром поносить Снегга за шуточку насчет трансгрессии, чем, похоже, только сильнее расстроила Рона. Чтобы избавиться от Лаванды, он вместе с Гарри зашел в туалет для мальчиков.

— Вообще-то Снегг прав, верно? — сказал Рон после того, как минуту-другую разглядывал себя в треснувшее зеркало. — Не знаю, стоит ли мне соваться на испытания. Ничего у меня не получается с трансгрессией.

— Ты можешь записаться на дополнительные занятия в Хогсмиде, посмотреть, что они тебе дадут, — рассудительно заметил Гарри. — Все интереснее, чем пытаться попасть в дурацкий обруч. А если не добьешься... ну, знаешь... нужных результатов, так просто отложишь испытания и пройдешь их вместе со мной, после лет... Миртл, это все-таки мужской туалет!

В кабинке за их спинами поднялся из унитаза призрак девочки и поплыл по воздуху, таращась на них сквозь белые круглые очки с толстыми стеклами.

— О, — хмуро произнес призрак, — это вы.

— А ты кого ожидала увидеть? — глядя на ее отражение в зеркале, спросил Рон.

— Никого, — грустно пощипывая подбородок, ответила Миртл. — Он сказал, что зайдет повидаться со мной, но ведь и ты обещал заглядывать ко мне... — Она смерила Гарри укоризненным взглядом. — А я тебя уж несколько месяцев не видела. Я теперь знаю, от мальчиков многого ждать не приходится.

— Мне казалось, что ты живешь в женском туалете, — сказал Гарри, который уже несколько лет старался обходить это место стороной.

— Живу, — подтвердила Миртл и обиженно пожала плечами. — Но это не значит, что я не могу бывать и в других местах. Помнишь, однажды я пришла в ванную, чтобы повидать тебя?

— Еще бы я этого не помнил! — ответил Гарри.

— А я-то думала, что понравилась ему, — жалобно продолжала Миртл. — Может, если вы уйдете отсюда, он возвратится... У нас так много общего... уверена, он это чувствует...

И Миртл с надеждой уставилась на дверь.

— Много общего, говоришь? — сказал явно повеселевший Рон. — Это означает, что он тоже живет в канализационной трубе?

— Нет! — вызывающе ответила Миртл. — Это означает, что он тоже очень впечатлительный, что люди и с ним обходятся грубо. Он одинок, никто с ним не разговаривает, а он не стыдится показывать свои чувства и плакать!

— Кто-то из мальчиков плакал здесь? — заинтересовался Гарри. — Маленький?

— Не твое дело! — отрезала Миртл, не сводя крошечных слезливых глазок с Рона, который улыбался уже во весь рот. — Я обещала никому о нем не рассказывать и унесу его тайну с собой...

— Не в могилу, надеюсь? — фыркнул Рон. — В сточную канаву — это еще куда ни шло...

Миртл взбешенно взвыла и нырнула назад, в унитаз, расплескав по полу воду. Столь удачный исход беседы с ней, похоже, вдохнул в Рона новые силы.

— Ты прав, — сказал он, забрасывая сумку за плечо. — Попрактикуюсь-ка я в Хогсмиде, а там уж решу, как мне быть с испытаниями.

Так что в следующий уикенд Рон присоединился к Гермионе и другим шестикурсникам — тем, кому ко времени испытаний, до которых оставалось всего две недели, уже будет семнадцать. Гарри не без зависти наблюдал, как они собираются в деревню; он соскучился по походам в нее, да и день стоял уж больно хороший, весенний, один из первых за долгое время ясных дней. Впрочем, Гарри решил в их отсутствие еще раз попробовать проникнуть в Выручай-комнату.

— Ты бы лучше в кабинет Слизнорта заглянул, — напомнила ему в вестибюле Гермиона, после того как он поделился с ней и Роном своими планами. — Попытался бы вытянуть из него нужные воспоминания.

— А то я не пытался! — огрызнулся Гарри, и это была чистая правда.

Всю последнюю неделю он задерживался после уроков зельеварения, надеясь загнать Слизнорта в угол, но профессор неизменно покидал подземелье с такой быстротой, что изловить его Гарри так ни разу и не удалось. Дважды он приходил и к кабинету Слизнорта, стучался в дверь, но ответа не получал, хотя при втором визите явственно расслышал, как быстро приглушили старый граммофон.

— Не хочет он со мной разговаривать, Гермиона! Он же понимает, что я пытаюсь еще раз застать его в одиночестве, и старается этого не допустить!

— Ну так продолжай попытки, что тебе еще остается?

Короткая очередь учеников, тянувшаяся к Филчу, который привычно прощупывал их Детектором лжи, на несколько шагов продвинулась вперед, и Гарри не стал отвечать Гермионе, опасаясь, что его услышит смотритель. Он пожелал ей и Рону удачи, снова поднялся по мраморной лестнице, полный решимости — пусть Гермиона говорит, что хочет, — посвятить час-другой Выручай-комнате.

Как только вестибюль остался позади, Гарри вытащил из сумки Карту Мародеров и мантию-невидимку. А затем, став невидимым, пристукнул по карте, прошептал: «Торжественно клянусь, что замышляю шалость и только шалость» — и внимательно ее просмотрел.

Стояло воскресное утро, почти все ученики школы находились в своих гостиных — гриффиндорцы в одной башне, когтевранцы в другой, слизеринцы в подземельях, а пуффендуйцы в полуподвале близ кухонь. Кое-где попадались и одиночки, болтавшиеся по библиотеке или какому-нибудь коридору. Несколько человек толклись около замка, под открытым небом, а тут, в коридоре восьмого этажа, одиноко маячил Грегори Гойл. Никаких признаков Выручай-комнаты на карте заметно не было, но Гарри это не заботило: если Гойл торчит рядом с ней на страже, комната открыта, ведомо это карте или нет. И Гарри помчался вверх по лестницам, притормозив лишь на углу нужного ему коридора, а уж от угла начал медленно-медленно подкрадываться к той же девчушке с тяжелыми бронзовыми весами в руках, которой добрая Гермиона помогла две недели назад. Подобравшись к ней сзади вплотную, он наклонился пониже и прошептал:

— Здравствуй... У-у, какая ты у нас хорошенькая!

Гойл, тоненько взвизгнув от ужаса, подбросил весы в воздух и понесся по коридору, пропав из виду задолго до того, как замерло эхо от грохнувшихся об пол весов. Гарри, расхохотавшись, повернулся, чтобы взглянуть на голую стену, за которой стоял, в чем он не сомневался, Драко Малфой. Догадавшись, что в коридоре толчется посторонний, Малфой наверняка затаился и не смеет выйти наружу. Пока Гарри пытался сообразить, с какими словами он еще не обращался к стене, его переполняло крайне приятное ощущение собственной власти.

Однако его надежды протянули не долго. Через полчаса он уже перепробовал все варианты просьбы показать ему, что поделывает Малфой, но дверь в стене так и не появилась. Гарри испытывал страшное разочарование — Малфой мог находиться всего в нескольких футах от него, а получить хоть малейший намек на то, чем он там занят, не было никакой возможности. Окончательно выйдя из себя, Гарри подскочил к стене и пнул ее ногой.

— УЙ!

Гарри показалось, что у него сломан палец, и пока он, вцепившись в одну ногу, подпрыгивал на другой, с него соскользнула мантия-невидимка.

— Гарри?

Он повернулся на одной ноге и полетел на пол. И, к полному своему изумлению увидел Тонкс, направлявшуюся к нему с таким видом, точно прогулки по этому коридору для нее — самое привычное дело.

— Что вы здесь делаете? — кое-как вставая, спросил он. И почему это Тонкс вечно застает его валяющимся на полу?

— Приходила повидать Дамблдора, — ответила Тонкс.

Гарри подумал, что выглядит она ужасно: совсем исхудавшая, с жидкими мышастыми волосами.

— Так его кабинет не здесь, — сказал Гарри, — он на другом конце замка, за горгульей...

— Я знаю, — сказала Тонкс. — Его и там нет. Видимо, снова отлучился.

— Отлучился? — повторил Гарри, осторожно опуская на пол зашибленную ногу. — Послушайте, вы не знаете, где он пропадает?

— Нет, — ответила Тонкс.

— А зачем вы хотели его видеть?

— Да так, не важно, — сказала Тонкс, машинально теребя рукав мантии. — Просто подумала, вдруг он знает, что где произошло... До меня дошли слухи... людей калечат...

— Я знаю, об этом писали в газетах, — сказал Гарри. — Мальчишка пытался убить своих...

— «Пророк» нередко отстает от событий. — Тонкс, похоже, его не слушала. — Ты в последнее время ни от кого из Ордена писем не получал?

— Никто из Ордена мне больше не пишет, — ответил Гарри. — С тех пор как Сириус...

Тут он увидел, что глаза Тонкс наполняются слезами.

— Простите, — неуклюже пробормотал он. — Я ведь тоже по нему тоскую...

— Что? — словно не расслышав его, безучастно спросила Тонкс. — Ну ладно... еще увидимся, Гарри...

Она резко повернулась и ушла по коридору, оставив Гарри смотреть ей в спину. Примерно через минуту он подобрал с пола мантию-невидимку и возобновил попытки пробиться в Выручай-комнату, но уже без прежнего рвения. В конце концов урчание в желудке и мысль о том, что Рон с Гермионой скоро вернутся в замок обедать, заставили его отступиться и оставить коридор в распоряжении Малфоя, который, как хотелось верить Гарри, перетрусил и еще несколько часов не высунет из комнаты носа.

Рона и Гермиону он нашел в Большом зале, они уже наполовину управились с поданным сегодня пораньше обедом.

— А у меня получилось! Ну, почти, — увидев Гарри, возбужденно сообщил Рон. — Я должен был трансгрессировать к дверям кафе мадам Паддифут, да промазал немного и залетел к Писсаро. Но хоть с места сдвинулся!

— Отлично, — сказал Гарри. — А как ты, Гермиона?

— Она само совершенство! — не дав Гермионе ответить, выпалил Рон. — Неспешность, неразумительность и настырность... или как их там... в чистом виде. Мы все потом заскочили в «Три метлы» отметить это дело, так слышал бы ты, как Двукрест ее нахваливал! Удивлюсь, если в ближайшие дни он не сделает ей предложение.

— Ладно, у тебя-то что? — не обращая на Рона внимания, спросила Гермиона. — Провел все это время у Выручай-комнаты?

— Угу, — ответил Гарри. — И догадайся, кого я там встретил? Тонкс!

— Тонкс? — в один голос повторили удивленные Рон и Гермиона.

— Да, она сказала, что приходила к Дамблдору...

— Если хочешь знать мое мнение, — заявил Рон, как только Гарри закончил рассказ о своем разговоре с Тонкс, — она маленько свихнулась. Перестала владеть собой после того, что произошло в Министерстве.

— Странно как-то, — сказала Гермиона; она была чем-то сильно встревожена. — Ей полагается школу охранять, так чего же она вдруг оставила пост, чтобы увидеться с Дамблдором, которого здесь к тому же и нет?

— Я тут подумал... — нерешительно начал Гарри; он ощущал странную неохоту говорить об этом, как-никак это была территория скорее Гермионы, чем его. — Тебе не кажется, что она могла... ну, понимаешь... могла любить Сириуса?

Гермиона уставилась на него:

— С чего ты это взял?

— Не знаю, — пожал плечами Гарри. — Просто когда я упомянул о нем, она едва не расплакалась, и Патронус у нее теперь большой, четвероногий... Вот я и подумал, не стал ли им... как бы это сказать... ну, *он*.

— Так я об этом самом и говорю, — набивая рот картофельным пюре, произнес Рон. — Малость спятила. Собой не владеет. Женщины... — со знанием дела сказал он Гарри, — их так легко расстроить.

— И при всем при том, — мигом выйдя из оцепенения, заявила Гермиона, — сомневаюсь, что тебе удастся найти *женщину*, которая целых полчаса прохандрит только из-за того, что она рассказала анекдот про старую ведьму, Целителя и Мимбулус мимблетонию, а мадам Розмерта даже не улыбнулась.

И Рон надулся.

Глава 22

ПОСЛЕ ПОХОРОН

Над башнями замка уже возникали оконца синего неба, но настроения Гарри эти признаки приближения лета не подняли. Его преследовали неудачи — и в попытках выяснить, чем занят Малфой, и в стараниях завести со Слизнортом разговор, чтобы побудить его поделиться воспоминаниями, которые он держал под спудом вот уж десятки лет.

— В последний раз тебе говорю, забудь о Малфое, — твердо сказала Гермиона.

Они только что пообедали и сидели теперь втроем в солнечном углу замкового двора. И Гермиона, и Рон сжимали в руках брошюрку, изданную Министерством магии, «Трансгрессия — часто совершаемые ошибки и как их избежать». Сегодня после обеда обоим предстояло пройти испытания, однако до сей поры брошюрке так и не удалось успокоить их разгулявшиеся нервы. Из-за угла показалась какая-то девочка, Рон дернулся и тут же попытался спрятаться за Гермиону.

— Это не Лаванда, — устало сообщила она.

— А, хорошо, — облегченно вздохнул Рон.

— Гарри Поттер? — осведомилась девочка. — Меня просили передать вам вот это.

— Спасибо...

Гарри с упавшим сердцем принял от нее маленький пергаментный свиток. И едва девочка удалилась за пределы слышимости, сказал:

— Дамблдор говорил, что никаких уроков, пока я не разживусь воспоминаниями, не будет!

— Может быть, его интересуют твои успехи? — предположила Гермиона, пока Гарри разворачивал свиток. Но, развернув его, Гарри увидел не узкий косой почерк Дамблдора, а неопрятные каракули, разбирать которые было трудно еще и потому, что пергамент покрывали большие пятна расплывшихся чернил.

Дорогие Гарри, Рон и Гермиона!

Прошлой ночью помер Арагог. Гарри и Рон, вы были с ним знакомы и знаете, какой он был замечательный. Гермиона, я знаю, тебе он не нравился. Для меня было бы очень важно, если бы вы смогли сегодня попозже вечером улизнуть из школы и поприсутствовать на погребении. Я собираюсь похоронить его, когда станет темнеть, это время он любил больше всего. Я знаю, так поздно вам выходить не разрешают, но вы можете воспользоваться мантией. Не стал бы просить, да в одиночку мне этого не вынести.

Хагрид

— Взгляни, — сказал Гарри, протягивая послание Гермионе.

— Господи, — вздохнула Гермиона, быстро просмотрев его и передав Рону, лицо которого, пока он читал, становилось все более недоуменным.

— Он спятил! — возмутился Рон, закончив чтение. — Эта тварь предложила своим дружкам-приятелям сожрать меня и Гарри! Угощайтесь, дескать! А теперь Хагрид ждет, что мы придем поплакать над ее кошмарной волосатой тушей!

— Мало того, — подхватила Гермиона, — он просит нас покинуть замок ночью, зная, что школа охраняется в миллион раз строже и если нас застукают, мы схлопочем большие неприятности.

— Раньше-то мы к нему ходили, — сказал Гарри.

— Но не по такому же поводу, — ответила Гермиона. — Мы рисковали, и сильно, чтобы выручить Хагрида, но, в конце-то концов, Арагог же умер. Если бы речь шла о его спасении...

— То я пошел бы туда с еще меньшей охотой, — решительно заявил Рон. — Ты не сталкивалась с ним, Гермиона. Поверь, мертвый он намного приятней живого.

Гарри снова взял записку, вгляделся в покрывающие ее чернильные пятна. На пергамент явно градом сыпались слезы...

— Гарри, даже и не думай идти к нему, — сказала Гермиона. — Рисковать ради этого отсидкой в школе — полная бессмыслица.

Гарри вздохнул.

— Да знаю я, — сказал он. — Похоже, Хагриду придется хоронить Арагога без нас.

— Да, придется, — с облегчением сказала Гермиона. — Послушай, на зельеварении сегодня почти никого не будет, все же на испытания уйдут... Ты бы попробовал еще разок уломать Слизнорта.

— Думаешь, в пятьдесят седьмой раз мне улыбнется удача? — с горечью спросил Гарри.

— Удача! — вдруг выпалил Рон. — Вот оно, Гарри, — запасись удачей!

— О чем ты?

— Да ведь у тебя есть зелье удачи!

— Рон, а точно! Ну точно же! — ошеломленно произнесла Гермиона.

Гарри уставился на друзей.

— «Феликс Фелицис»? — сказал он. — Ну, не знаю... Я приберегал его для...

— Это для чего же? — скептически поинтересовался Рон.

— Что может быть важнее этих воспоминаний, Гарри? — спросила Гермиона.

Гарри не ответил. В последнее время мысли о золотом флакончике раз за разом возникали на самом краешке его воображения. Неопределенные, смутные планы, в которых Джинни порывает с Дином, а Рон счастлив, что у сестры появился новый сердечный друг. Все это вызревало в глубинах его сознания, являясь Гарри лишь в сновидениях или в сумеречной зоне, лежащей между сном и пробуждением...

— Гарри? Ты еще здесь? — спросила Гермиона.

— Что? Да, конечно, — встряхнувшись, ответил он. — Ладно, если я не смогу разговорить сегодня Слизнорта, придется принять «Феликс Фелицис» и сделать еще одну попытку.

— Ну, значит, решено, — отрывисто произнесла Гермиона, встав и совершив грациозный пируэт. — Нацеленность... настойчивость... неспешность... — пробормотала она.

— Хватит тебе, — взмолился Рон, — и так уж с души воротит... Скорее прикрой меня!

— Да не Лаванда это! — нетерпеливо одернула его Гермиона. Во двор выходили еще две девочки, и Рон мгновенно нырнул ей за спину.

— Пронесло, — сказал Рон, выглядывая ради проверки из-за плеча Гермионы. — Да, видок у них не самый счастливый, верно?

— Так это же сестры Монтгомери. Какое уж тут счастье после того, что произошло с их младшим братом, — отозвалась Гермиона.

— Если честно, я уже запутался в том, что с чьими родственниками происходит, — сказал Рон.

— На их брата напал оборотень. По слухам, его мать отказалась помогать Пожирателям смерти. В общем, мальчику было всего пять лет и спасти его не удалось, умер в больнице святого Мунго.

— Умер? — в ужасе переспросил Гарри. — Но ведь оборотни не убивают, они лишь обращают человека в себе подобного.

— Случается, и убивают, — сказал ставший вдруг непривычно серьезным Рон. — Я слышал, такое бывает, когда оборотень слишком уж распалится.

— Как звали того оборотня? — быстро спросил Гарри.

— Говорят, это был Фенрир Сивый, — ответила Гермиона.

— Я так и знал. Маньяк, которому нравится нападать на детей, — мне о нем Люпин говорил! — гневно произнес Гарри.

Гермиона смерила его суровым взглядом.

— Гарри, ты должен добыть это воспоминание, — сказала она. — С его помощью можно остановить Волан-де-Морта, так? А все эти ужасы творятся по его милости...

Над замком прозвенел звонок, испуганные Рон с Гермионой вскочили на ноги.

— Вы справитесь, — сказал обоим Гарри, когда они направились к вестибюлю, навстречу другим ученикам, которым предстояло сегодня пройти трансгрессионные испытания. — Удачи!

— Тебе тоже! — значительно ответила Гермиона, и Гарри зашагал в сторону подземелья.

Учеников на урок зельеварения явилось только трое: Гарри, Эрни и Драко Малфой.

— Все еще слишком юны для трансгрессии, не так ли? — добродушно осведомился Слизнорт. — Дожидаетесь семнадцатилетия?

Все покивали.

— Ну-те-с, — бодро продолжал Слизнорт, — раз уж нас так мало, давайте повеселимся. Состряпайте мне что-нибудь забавное.

— Замечательная мысль, сэр, — потирая ладони, льстиво отозвался Эрни.

Малфой даже не улыбнулся.

— Что значит «забавное»? — сварливо осведомился он.

— Ну, удивите меня, — беззаботно ответил Слизнорт.

Малфой недовольно раскрыл «Расширенный курс зельеварения». Всем своим видом он давал понять, что считает эти уроки пустой тратой времени. Наблюдая за ним поверх своего учебника, Гарри думал, что Малфой наверняка жалеет о том, что не сидит сейчас в Выручай-комнате.

Обман ли это воображения или Малфой тоже похудел, подобно Тонкс? Побледнел-то уж точно, и кожа его приобрела сероватый оттенок, скорее всего, потому, что ей в последнее время редко случалось видеть дневной свет. Но никакого самодовольства, возбуждения, высокомерия в Малфое больше не наблюдалось — ни следа былой самоуверенности, с которой он открыто бахвалился в «Хогвартс-экспрессе» заданием, полученным от Волан-де-Морта. И вывод отсюда, по мнению Гарри, следовал только один: выполнение этого задания, в чем бы оно ни состояло, дается ему плохо.

Приободренный этими мыслями, Гарри полистал свой «Расширенный курс» и обнаружил основательно переделанный Принцем вариант Эйфорийного эликсира, не только отвечавший требованиям Слизнорта, но и способный (от этой мысли у Гарри подпрыгнуло сердце) привести его в такое приятное расположение духа, что он, глядишь, и поделится с Гарри воспоминаниями. Если, конечно, удастся уговорить его снять с эликсира пробу.

— Ну что ж, выглядит просто чудесно, — по прошествии полутора часов, хлопнув в ладоши, изрек Слизнорт и вгляделся в отливавшее солнечным светом содержимое котла Гарри. — Эйфория, насколько я понимаю? А что это за запах? М-м-м... вы добавили сюда побег перечной мяты, не так ли? Прием нешаблонный, но отмеченный проблеском вдохновения, Гарри. Он сможет уравновесить побочные эффекты вроде пения во все горло и потребности дергать каждого встречного за нос... Право же, мой мальчик, я никак не возьму в толк, где вы черпаете эти блестящие идеи... разве что...

Гарри ногой затолкал книгу Принца-полукровки поглубже в сумку.

— ...разве что в вас говорят материнские гены!

— Может быть, — с облегчением подтвердил Гарри.

Эрни сидел с недовольной физиономией. Решив хоть раз превзойти Гарри, он с чрезмерной поспешностью состряпал снадобье собственного изобретения, а оно свернулось и теперь лежало на дне его котла наподобие лиловой клецки. Малфой уже с кислым видом укладывал сумку — Слизнорт объявил его Икотную микстуру всего только «сносной».

Зазвенел звонок, Эрни с Малфоем сразу ушли.

— Сэр, — начал Гарри, но Слизнорт тут же стал озираться и, увидев, что, кроме него и Гарри, в классе никого не осталось, быстро-быстро потопал к двери.

— Профессор... Профессор, вы не хотите попробовать мое зе... — в отчаянии закричал ему вслед Гарри.

Но Слизнорт уже исчез. Гарри уныло опорожнил свой котел, собрал сумку и, покинув подземелье, медленно поднялся в гриффиндорскую гостиную.

Рон с Гермионой возвратились только под вечер.

— Гарри! — едва появившись из портретного проема, воскликнула Гермиона. — Гарри, я все сдала!

— Умница! — откликнулся Гарри. — А Рон?

— Он... Ну, в общем, провалился, — прошептала Гермиона. В гостиную, ссутулясь, вошел донельзя мрачный Рон. — На самом деле ему не повезло, ерунда совершенная, просто экзаменатор заметил, что он оставил позади половину брови... А как у тебя со Слизнортом?

— Радоваться нечему, — пробурчал Гарри, когда к ним приблизился Рон. — Не повезло тебе, дружок, ничего, сдашь в следующий раз. Вместе и сдадим.

— Там видно будет, — угрюмо сказал Рон. — Представляешь, *половинка брови*! Какая им разница!

— Я понимаю, — постаралась утешить его Гермиона, — придрался он к тебе, вот и все...

Большую часть ужина все трое ругательски ругали экзаменатора по трансгрессии, и, когда они направились в гриффиндорскую гостиную, попутно обсуждая неотвязную проблему Слизнорта и его памяти, Рон хоть немного повеселел.

— Так что, Гарри, собираешься ты использовать «Феликс Фелицис» или не собираешься? — требовательно спросил он.

— Наверное, придется, — ответил Гарри. — Не думаю, что мне понадобится весь флакон, там зелья на двенадцать часов, не всю же ночь это займет... Просто приму глоточек. Часов двух-трех мне за глаза хватит.

— После него так здорово себя чувствуешь, — ударился в воспоминания Рон. — Кажется, что просто не можешь хоть что-то сделать неправильно.

— Ты это о чем? — рассмеялась Гермиона. — Ты же его и не пробовал ни разу!

— Да, но я-то думал, что попробовал, ведь так? — ответил Рон тоном человека, который вынужден объяснять совершенно очевидные вещи. — Стало быть, разницы никакой не было...

Поскольку они всего минуту назад видели входившего в Большой зал Слизнорта и знали, что за ужином он любит засиживаться подолгу, все трое помедлили немного в гостиной. План их состоял в том, что Гарри должен будет отправиться в кабинет Слизнорта ко времени возвращения туда профессора. Когда солнце коснулось верхушек деревьев в Запретном лесу, они решили, что нужный миг настал, и, убедившись, что Невилл, Дин и Симус не собираются покидать гостиную, проскользнули в спальню мальчиков.

Гарри вытащил со дна своего чемодана комок носков и извлек из него крошечный, поблескивающий флакончик.

— Ну, поехали, — сказал он, поднеся флакончик к губам и сделав тщательно отмеренный глоток.

— Что ты чувствуешь? — прошептала Гермиона.

Гарри ответил не сразу. В него медленно, но верно начинало прокрадываться ощущение бесконечных возможностей, ему казалось, что он может справиться со всем на свете... А уж овладеть памятью Слизнорта вдруг представилось делом не только возможным, но и предельно простым.

Гарри вскочил на ноги, он улыбался, до краев наполненный уверенностью в себе.

— Великолепно, — сказал он. — Просто великолепно. Ладно, я пошел к Хагриду.

— Куда? — ошеломленно воскликнули в один голос Рон с Гермионой.

— Постой, Гарри, тебе же нужно повидаться со Слизнортом, помнишь? — сказала Гермиона.

— Нет, — уверенно сказал он. — Я иду к Хагриду, это самое лучшее, я чувствую.

— Ты чувствуешь, что самое лучшее — заняться похоронами гигантского паука? — в совершенном недоумении спросил Рон.

— Ну да, — сказал Гарри, вытаскивая из сумки мантию-невидимку. — Я чувствую, что должен быть этой ночью там, понимаете?

— Нет, — хором ответили Рон с Гермионой, теперь уже явно обеспокоенные.

— Слушай, а это точно «Феликс Фелицис»? — поднимая флакончик к свету, озабоченно спросила Гермиона. — У тебя никаких больше флаконов нет, наполненных... ну, не знаю...

— Настоем невменяемости, — подсказал Рон, глядя, как Гарри набрасывает на плечи мантию.

Гарри захохотал, еще сильнее встревожив Гермиону и Рона.

— Поверьте мне, — сказал он, — я знаю, что делаю. По крайней мере... — он уверенно шагнул к двери, — «Феликс» знает.

Набросив мантию-невидимку на голову, он начал спускаться по лестнице, Рон с Гермионой поспешили следом. Добравшись донизу, Гарри проскользнул в открытую дверь.

— Чем это ты с ней там занимался? — взвизгнула Лаванда Браун, глядя сквозь Гарри на Рона и Гермиону, вышедших вместе из спален мальчиков. Гарри, метнувшись через гостиную, чтобы оторваться от них, услышал, как Рон залопотал что-то бессвязное.

Выбраться через портретный проем оказалось совсем просто — едва Гарри приблизился к нему, навстречу вылезли Джинни с Дином, и Гарри удалось проскользнуть между ними. При этом он ненароком задел Джинни.

— Не пихайся, пожалуйста, Дин, — раздраженно сказала она. — Вечно ты пихаешься, как будто я и без тебя не справлюсь...

Портрет мигом закрылся за Гарри, но он успел еще расслышать гневные возражения Дина, отчего ощущение приподнятости лишь возросло, и, широко шагая, Гарри двинулся по замку. Никакой необходимости красться не было, поскольку никто ему навстречу не попадался, правда, Гарри это ничуть не удивляло: сегодня вечером он был самым удачливым человеком в Хогвартсе.

Почему он решил, что самое правильное — это направиться к Хагриду, Гарри не имел ни малейшего представления. Все выглядело так, точно зелье удачи освещает перед ним путь на несколько шагов сразу. Конца пути Гарри не видел, какое отношение имеет к нему Слизнорт, не понимал, но был уверен, что это лучший из путей, ведущих в память профессора. Дойдя до вестибюля, Гарри обнаружил, что Филч забыл запереть входные двери. Гарри распахнул их и немного постоял, вдыхая ароматы свежего воздуха и трав, а потом сошел по ступеням в сумерки.

Уже на нижней ступеньке ему пришло в голову, что лучше всего пройти к Хагриду огородами. Дорога была не самой близкой, но Гарри точно знал, что должен исполнить эту прихоть. Он направился прямиком к огороду, где с удовольствием, но без особого удивления обнаружил профессора Слизнорта, который беседовал с профессором Стебль. Гарри затаился за невысокой каменной оградой, ощущая покой, воцарившийся в мире, и вслушиваясь в разговор двух профессоров.

— Благодарю вас за то, что потратили на меня столько времени, Помона, — учтиво говорил Слизнорт. — Большинство авторитетов сходятся на том, что они наиболее действенны, если их собирать в сумерки.

— О, я совершенно с ними согласна, — горячо ответила профессор Стебль. — Вам этого будет достаточно?

— Более чем, более чем, — сказал Слизнорт. Гарри заметил у него в руке пучок каких-то листьев. — По нескольку листочков для каждого из моих третьекурсников, плюс небольшой запас на случай, если кто-нибудь их перетомит... Что ж, приятного вам вечера и еще раз большое спасибо!

Профессор Стебль направилась по темному саду к теплицам, а Слизнорт — прямиком туда, где стоял невидимый Гарри.

Охваченный мгновенным желанием показаться Слизнорту, Гарри размашисто стянул с себя мантию.

— Добрый вечер, профессор.

— Клянусь бородой Мерлина, до чего ж вы меня напугали! — сказал Слизнорт, опасливо замерев на месте. — Как вам удалось выбраться из замка?

— По-моему, Филч забыл запереть двери, — бодро сообщил Гарри и с удовольствием увидел, как помрачнел Слизнорт.

— Я на него жалобу подам. Этот господин, если хотите знать мое мнение, больше интересуется мусором, чем нашей безопасностью... Однако что вы-то здесь делаете, Гарри?

— Видите ли, сэр, тут такая история с Хагридом, — ответил Гарри, мгновенно сообразив, что самое верное сейчас — говорить правду. — Он страшно расстроен. Но только, профессор, вы никому не скажете? Я не хочу навлекать на него неприятности.

В Слизнорте явно проснулось любопытство.

— Ну, обещать я ничего не могу, — грубовато ответил он. — Но мне известно, что Дамблдор полностью доверяет Хагриду, и потому уверен, что ничего страшного он совершить не может.

— Так вот, у него был гигантский паук, Хагрид держал его много лет в Лесу. Паук умел разговаривать и так далее...

— До меня доходили слухи, что в Лесу водятся Акромантулы, — негромко сказал Слизнорт, оглядываясь на черную стену деревьев. — Выходит, это правда?

— Да, — подтвердил Гарри. — Но только этот паук, Арагог, — первый, какого Хагриду удалось приручить, — прошлой ночью умер. Хагрид так горюет. Он хочет, чтобы кто-нибудь поприсутствовал на похоронах, вот я и пообещал прийти.

— Трогательно, трогательно, — задумчиво произнес Слизнорт; его большие, печальные глаза теперь неотрывно смотрели на далекий свет, горевший в хижине лесничего. — Между прочим, яд Акромантула очень ценен, особенно если это животное только что умерло и еще не иссохло... Конечно, я не стал бы вести себя бестактно, тем более что Хагрид расстроен, но если бы можно было раздобыть немного... Видите ли, добыть яд из живого Акромантула практически невозможно...

Казалось, Слизнорт разговаривает теперь больше с собой, чем с Гарри.

— Будет ужасно, если он так и пропадет, никому не доставшись. За пинту можно сто галеонов выручить, а жалованье мое, если честно, не так уж и велико...

Вот теперь Гарри совершенно ясно понял, что ему следует сделать.

— Вообще-то... — сказал он, весьма убедительно изображая нерешительность, — если бы вы согласились пойти со мной, профессор, Хагрид, наверное, был бы очень доволен. И Арагог получил бы настоящие проводы, понимаете?

— Конечно, — согласился Слизнорт, в глазах которого уже вспыхнуло неподдельное воодушевление. — Знаете что, Гарри, давайте прямо там и встретимся. Я прихвачу пару бутылочек, выпьем за здоровье бедного животного... ну, то есть не за здоровье, разумеется... Во всяком случае, проводим его как следует, помянем после похорон. Ну и потом, мне надо бы галстук переменить, этот для такого случая слишком цветист.

Он поспешил в замок, а Гарри, очень довольный собой, направился к Хагриду.

— Входи, — прохрипел Хагрид, открыв дверь и увидев, как прямо перед ним появляется сбрасывающий мантию-невидимку Гарри.

— Рон с Гермионой прийти не смогли, — сказал Гарри, — но они тебе очень сочувствуют.

— Не... не важно... он был бы так тронут твоим приходом, Гарри...

Хагрид громко зарыдал. Он сделал себе траурную повязку, сильно походившую на пропитанную сапожной ваксой тряпицу, покрасневшие глаза его отекли и припухли. Гарри в знак утешения погладил Хагрида по локтю — достать выше ему все равно не удалось бы.

— Где мы его похороним? — спросил он. — В Лесу?

— Ну уж нет, — ответил Хагрид, утирая слезы полой рубашки. — После его смерти другие пауки меня к своим паутинам близко не подпустят. Оказывается, они меня только потому и не слопали, что он не велел! Представляешь, Гарри?

Честным ответом на этот вопрос было бы «да». Гарри с содроганием вспомнил, как он вместе с Роном столкнулся с Акромантулами лицом к лицу, — оба отчетливо поняли тогда, что один только Арагог и мешает паукам сожрать Хагрида.

— Отродясь не знал в Лесу мест, куда мне дорога заказана! — покачивая головой, продолжал Хагрид. — Да, скажу я тебе, не легкая была работка — вытащить оттуда тело Арагога, они ж обычно покойников своих, того, съедают. Но только я хотел, чтоб у него были хорошие похороны, поминки чин по чину.

Он опять зарыдал, и Гарри опять принялся гладить его по локтю, говоря при этом (зелье, похоже, указывало, что именно так и следует поступить):

— По дороге сюда я повстречал профессора Слизнорта, Хагрид.

— Так ты неприятности нажил? — подняв на него озабоченный взгляд, спросил Хагрид. — Тебе ж не положено из замка по вечерам выходить, я знаю. Эх, моя вина...

— Нет-нет, он как услышал, куда я иду, сказал, что хотел бы тоже прийти, принести Арагогу последнюю дань уважения, — ответил Гарри. — По-моему, он пошел переодеться во что-нибудь более подходящее, ну и прихватить несколько бутылок вина, чтобы мы могли выпить в память Арагога.

— Да что ты? — Хагрид явно был и изумлен, и тронут. — Какой он хороший человек, опять же, и тебя не выдал. Я раньше с Горацием Слизнортом особых дел не имел... Значит, решил проститься со стариком Арагогом? Да, ему бы это понравилось, Арагогу то есть...

Гарри подумал про себя, что Арагогу больше всего понравилось бы в Слизнорте обилие съедобной плоти, но говорить он этого не стал, а просто отошел к заднему окну хижины, из которого открывался довольно устрашающий вид: огромный мертвый паук лежал на спине, ножищи искривились, переплелись.

— Значит, мы его здесь похороним, Хагрид, в твоем огороде?

— Прям за тыквенными грядками, так я надумал, — сдавленным голосом ответил Хагрид. — Я уж и эту выкопал, как ее, могилку. Думал, скажем над ней несколько слов... счастливые воспоминания, ну, сам понимаешь...

Голос его дрогнул и надломился. В дверь постучали, Хагрид повернулся, открыл ее, одновременно сморкаясь в огромный, замызганный носовой платок. Через порог торопливо переступил Слизнорт — несколько бутылок в руках, уместно безрадостный черный шейный платок.

— Хагрид, — похоронным голосом произнес он, — примите мои глубочайшие соболезнования по случаю вашей утраты.

— Как это любезно с вашей стороны, — сказал Хагрид. — Премного вам благодарен. И что Гарри под арест не посадили, тоже спасибо.

— Мне бы такое и в голову не пришло, — заверил его Слизнорт. — Печальная ночь, печальная... А где же несчастное создание?

— Вон там, — дрогнувшим голосом ответил Хагрид. — Ну так, начнем что ли?

Все трое вышли в разбитый за хижиной огород. Бледная луна поблескивала в ветвях деревьев, ее свет, смешиваясь со светом из окошка хижины, озарял тело Арагога, лежавшее на краю огромной ямы рядом с холмом сырой земли высотой футов десять.

— Величественное зрелище, — заметил Слизнорт, подступая к голове паука. Восемь пустых молочно-белых глаз таращились в небо, два огромных неподвижных жвала тускло блестели в лунном свете. Когда Слизнорт склонился над ними, желая, видимо, получше рассмотреть гигантскую волосатую голову, Гарри почудилось, что до него донеслось звяканье склянок.

— Не всякий может оценить их красоту, — сказал в спину Слизнорту Хагрид; он морщился, из уголков глаз капали слезы. — Вот уж не знал, что вам интересны существа вроде Арагога, Гораций.

— Интересны? Хагрид, дорогой, я просто преклоняюсь перед ними, — отступая от тела, сказал Слизнорт. Гарри увидел, как блеснул, исчезая под его мантией, один из пузырьков, впрочем, Хагрид, в который раз промокавший глаза, ничего не заметил. — Ну что ж, приступим к погребению?

Хагрид кивнул, шагнул вперед. Он поднял гигантского паука на руки и, оглушительно крякнув, перекатил его с них в темную яму. Паук с жутким хрустом ударился о ее дно. Хагрид снова расплакался.

— Да, вам сейчас нелегко, ведь вы знали его лучше, чем кто бы то ни было, — сказал Слизнорт и похлопал Хагрида по локтю, ибо, как и Гарри, выше достать не мог. — Вы позволите мне сказать несколько слов?

«Должно быть, — думал Гарри, — он выкачал из Арагога немало яда, и очень хорошего качества». Довольная улыбка никак не желала сойти с лица Слизнорта, он приблизился к краю могилы и произнес медленно и внушительно:

— Прощай, Арагог, царь арахнидов! Все, кто тебя знал, никогда не забудут твою долгую и преданную дружбу! И хоть тело твое истлеет, дух так и останется жить в тихих, окутанных паутиной уголках твоего родного Леса. И пусть твое многоглазое потомство процветает вовек, а люди, что дружили с тобой, да смогут утешиться и пережить эту утрату.

— Это... это было прекрасно! — взвыл Хагрид и, зарыдав пуще прежнего, повалился на кучу компоста.

— Ну будет, будет, — сказал Слизнорт и взмахнул волшебной палочкой — огромная груда земли поднялась в воздух и с глухим стуком упала на мертвого паука, образовав гладкий холмик. — Войдем в дом, выпьем. Поддержите его с другого бока, Гарри... вот так. Пойдемте, Хагрид... вы молодец...

Они сгрузили Хагрида в кресло у стола. Клык, угрюмо просидевший все похороны в своей корзине, теперь подошел к ним, мягко ступая, и, как обычно, положил тяжелую голову на колени Гарри. Слизнорт откупорил одну из принесенных им бутылок с вином.

— Я проверил их *все* на отсутствие яда, — заверил он Гарри, вылил содержимое бутылки в одну из смахивающих на ведра кружек Хагрида и вручил ее хозяину. — После того, что стряслось с вашим бедным другом Рупертом, я заставил домовика перепробовать их все до единой!

Мысленным взором Гарри увидел выражение, которое появилось бы на лице Гермионы, услышь она о подобном обхождении с домовым эльфом, и решил никогда при ней об этом не упоминать.

— Это для Гарри, — сказал Слизнорт, поровну разливая вторую бутылку в две кружки, — а это мне. Ну-те-с, — он поднял свою кружку повыше, — за Арагога.

— За Ара́гога, — в один голос повторили Хагрид и Гарри.

И Слизнорт, и Хагрид основательно приложились к кружкам. Гарри же, чей путь по-прежнему озарял «Феликс Фелицис», знал, что пить не должен, и потому лишь притворился, будто сделал глоток, а после опустил кружку на стол.

— Знаете, он ведь у меня из яйца вылупился, — сумрачно начал Хагрид. — Такой махонький был. С собачку примерно, с пекинеса.

— Как мило, — сказал Слизнорт.

— В школе его держал, в чулане, пока...

Лицо Хагрида потемнело, и Гарри знал почему: Том Реддл подстроил все так, что Хагрида обвинили в том, что он открыл Тайную комнату, и прогнали из школы. Слизнорт, похоже, Хагрида не слушал, он смотрел на потолок, с которого во множестве свисали медные кастрюли, а среди них — длинный моток шелковистых, ослепительно белых волос.

— Это, случаем, не волосы единорога, Хагрид?

— Ну да, — равнодушно откликнулся Хагрид. — Из хвостов ихних, они в Лесу за кусты зацепляются, их там полным-полно...

— Но, дорогой мой друг, известно ли вам, сколько они стоят?

— Да я из них повязки делаю, если какая тварь покалечится, — пожал плечами Хагрид. — Здорово помогает, такое, понимаете, сильное средство.

Слизнорт еще раз глотнул из кружки, теперь взгляд его обшаривал хижину с куда большим вниманием, отыскивая, насколько понимал Гарри, новые сокровища, которые можно было бы превратить в обильные запасы выдержанной в дубовых бочках медовухи, засахаренных ананасов и бархатных домашних курток. Затем он пополнил кружку Хагрида и свою собственную и принялся расспрашивать лесничего о существах, обитающих в Лесу, о том, как ему удается за всеми присматривать. Хагрид, на которого подействовало и вино, и лестное любопытство Слизнорта, перестал вытирать глаза и разговорился, с удовольствием описав особенности разведения лукотрусов.

Тут «Феликс Фелицис» словно подпихнул Гарри в бок, и он заметил, что вино, принесенное Слизнортом, быстро убывает. До сих пор Гарри еще ни разу не удавалось применить заклинание Подзаправки, не произнеся его вслух, но сама мысль, что сегодня это у него не получится, была просто смехотворной. И точно — Гарри лишь ухмыльнулся, когда, незаметно для Слизнорта с Хагридом (которые теперь пересказывали друг другу байки о контрабанде драконьих яиц) наставив под столом волшебную палочку на пустеющие бутылки, увидел, что они тут же начали пополняться вином.

Через час с небольшим Хагрид со Слизнортом затеяли произносить пышные тосты — за Хогвартс, за Дамблдора, за эльфийское вино и за...

— За Гарри Поттера! — взревел Хагрид и осушил едва ли не четырнадцатую по счету кружку, залив вином и бороду.

— Правильно! — воскликнул Слизнорт, у которого уже начинал заплетаться язык. — За Парри Гроттера, Избранного Юношу, Который... короче, что-то в этом роде. — И тоже осушил свою кружку.

Хагрид вновь прослезился и заставил Слизнорта принять от него целый единорожий хвост. Слизнорт, упрятав хвост в карман, воскликнул:

— За дружбу! За щедрость! За волосы по десять галеонов штука!

А вскоре Хагрид со Слизнортом уже сидели бок о бок, обнявшись и распевая тягучую, грустную песню о кончине волшебника по имени Одо.

— Эх-х-х, до чего ж оно хорошо — молодым помереть, — пробормотал вдруг Хагрид, припадая к столу. Глаза его немного косили. Слизнорт между тем продолжал выводить припев. — И папа мой до срока, того... да и твои мама с папой, Гарри.

В уголках прищуренных глаз Хагрида снова накапливались крупные слезы, он вцепился в руку Гарри, потряс ее.

— Самые что ни на есть лучшие молодые волшебник с волшебницей, каких я знал... ужасное дело... ужасное...

Слизнорт жалобно пел:

И Одо-героя домой отнесли,
Туда, где резвился он в малые лета,
С ним шляпа навыворот рядом лежит,
И сломана палочка, грустно все это.

— Ужасное, — проворчал Хагрид; его косматая голова опустилась на сложенные поверх стола руки, перекатилась на сторону, и Хагрид, мгновенно уснув, громко захрапел.

— Виноват, — икнув, произнес Слизнорт. — Ну не могу я мелодию выдержать, хоть ты меня режь.

— Хагрид говорил не о вашем пении, — негромко сказал Гарри. — Он говорил о смерти моих родителей.

— О, — отозвался Слизнорт, одолевая потребность рыгнуть. — О, да. Это и вправду было ужасно. Ужасно... ужасно...

Походило на то, что ему никак не удается найти хоть какие-то слова, и потому он снова пополнил кружки, свою и Гарри.

— Вы, наверное, не помните этого, Гарри? — неуклюже поинтересовался он.

— Нет. Когда они погибли, мне был всего год, — ответил Гарри, глядя на пламя свечи, подрагивавшее от тяжелого храпа Хагрида. — Правда, с тех пор я немало об этом узнал. Папа умер первым. Вам это известно?

— Мне нет, — глухо ответил Слизнорт.

— Волан-де-Морт убил его, а потом переступил через труп, подступая к маме, — сказал Гарри.

Слизнорт задрожал всем телом, но оторвать полный ужаса взгляд от лица Гарри был не в силах.

— Он велел маме убраться с дороги, — безжалостно продолжал Гарри. — Он сам говорил мне, что ей не было нужды умирать. Ему нужен был только я. Она могла бы спастись, убежать.

— О боже, — выдохнул Слизнорт. — Так она могла... она не должна была... какой кошмар...

— Да, кошмар, — произнес Гарри голосом, почти неотличимым от шепота. — И все же мама не сдвинулась с места. Папа был мертв, но она не хотела, чтобы погиб и я. Она умоляла Волан-де-Морта, но тот лишь расхохотался...

— Довольно! — воскликнул вдруг Слизнорт, поднимая перед собой трясущуюся ладонь. — Право же, дорогой мой мальчик, довольно. Я старый человек... я не хочу слышать... не хочу слышать...

— Я и забыл, — солгал Гарри, которого вел за собой «Феликс Фелицис». — Вы ведь любили ее, верно?

— Любил? — переспросил Слизнорт, и глаза его до краев наполнились слезами. — Я и вообразить себе не могу человека, который знал бы ее и не любил. Такая храбрая, такая веселая... Ничего ужаснее...

— И тем не менее сыну ее вы не помогли, — сказал Гарри. — Она отдала мне свою жизнь, а вы не хотите отдать даже воспоминание.

Хижину наполнял раскатистый храп Хагрида. Гарри неотрывно смотрел в полные слез глаза Слизнорта. И казалось, что преподаватель зельеварения уже не способен был отвести взгляд в сторону.

— Не говорите так, — прошептал он. — Дело не в том... Если бы это вам помогло, то конечно же... Но ведь они никакой службы сослужить не могут.

— Могут, — громко и отчетливо произнес Гарри. — Дамблдору нужна информация. Мне нужна информация.

Он знал, что под его ногами твердая почва: «Феликс» сказал ему, что поутру Слизнорт ни единого слова из их разговора не вспомнит. Гарри чуть наклонился вперед, глядя Слизнорту прямо в глаза.

— Я — Избранный. Я должен убить его. И мне нужна ваша память.

Слизнорт побледнел сильнее, покрытый потом лоб его блестел.

— Вы — Избранный?

— Разумеется, — спокойно ответил Гарри.

— Но тогда, мой дорогой мальчик, вы просите очень о многом... Вы просите, по сути дела, чтобы я помог вам уничтожить...

— Разве вы не хотите избавиться от волшебника, убившего Лили Эванс?

— Гарри, Гарри, конечно, хочу, однако...

— Вы боитесь, что он узнает о том, как вы мне помогли?

Слизнорт не ответил, он выглядел перепуганным до смерти.

— Будьте таким же храбрым, как моя мама, профессор...

Слизнорт поднял пухлую ладонь, прижал дрожащие пальцы к губам — на какой-то миг он обрел сходство с младенцем-переростком.

— Мне нечем гордиться, — прошептал он сквозь пальцы. — Я стыжусь того... того, что показывает это воспоминание. Я думаю, что, может быть, причинил в тот день великий вред.

— Отдав мне воспоминание, вы перечеркнете все, что сделали, — сказал Гарри. — Это будет отважным и благородным поступком.

Хагрид подергался во сне и захрапел снова. Слизнорт и Гарри смотрели друг на друга поверх оплывающей свечи. Молчание длилось долго, но «Феликс Фелицис» говорил Гарри, что прерывать его не следует, следует ждать.

Затем Слизнорт очень медленно погрузил руку в карман и извлек оттуда волшебную палочку. Он сунул другую руку под мантию, вытащил маленький пустой пузырек. Все еще глядя Гарри в глаза, Слизнорт коснулся кончиком палочки своего виска и отдернул ее, вытянув наружу длинную, прилипшую к палочке серебристую нить воспоминаний. Нить тянулась и тянулась, пока не оборвалась и не повисла, поблескивая серебром, на кончике палочки. Слизнорт опустил ее в пузырек, где нить сначала улеглась витками, а потом расширилась, взвихрившись, точно газ. Дрожащей рукой Слизнорт вставил в горлышко пузырька пробку и через стол протянул его Гарри.

— Большое спасибо, профессор.

— Вы достойный юноша, — отозвался профессор Слизнорт; слезы стекали по его толстым щекам в моржовые усы. — И у вас ее глаза... Я только прошу, не подумайте обо мне слишком плохо, когда увидите это.

И профессор тоже опустил голову на руки, и, глубоко вздохнув, заснул.

Глава 23

КРЕСТРАЖИ

Пробираясь назад, к замку, Гарри чувствовал, как начинает выдыхаться «Феликс Фелицис». Входные двери так и остались незапертыми, но на четвертом этаже ему попался навстречу Пивз, и Гарри едва успел улизнуть от него, нырнув в боковой проход, которым начинался один из коротких путей. Так что, добравшись наконец до портрета и сбросив мантию-невидимку, он нисколько не удивился, обнаружив Полную Даму в дурном расположении духа.

— Сколько сейчас, по-твоему, времени?

— Мне очень жаль, пришлось выйти по одному важному...

— К твоему сведению, в полночь сменился пароль, придется тебе отсыпаться в коридоре, понял?

— Вы шутите! — воскликнул Гарри. — С какой это стати его сменили в полночь?

— Да уж вот так, — ответила Полная Дама. — Не нравится, иди поговори с директором школы, это его идея — ужесточить меры безопасности.

— Фантастика, — с горечью сказал Гарри, оглядывая голые, твердые полы. — Ну, полный блеск. Конечно, если бы Дамблдор был здесь, я бы с ним поговорил, ведь это же он хотел, чтобы я...

— А он здесь, — раздался голос за его спиной. — Профессор Дамблдор час назад возвратился в школу.

К Гарри подплывал по воздуху Почти Безголовый Ник, голова которого, как всегда, моталась из стороны в сторону поверх гофрированного воротника.

— Я слышал об этом от Кровавого Барона. Он видел, как Дамблдор появился, — сказал Ник. — Вид у него, по словам Барона, был довольно веселый, хотя, конечно, немножко усталый.

— Где он сейчас? — спросил Гарри, чувствуя, как радостно забилось его сердце.

— О, стенает и лязгает цепями в Астрономической башне, любимое его времяпрепровождение...

— Да не Кровавый Барон — Дамблдор!

— А, у себя в кабинете, — сказал Ник. — Барон вроде бы говорил, что он должен покончить с каким-то делом, прежде чем...

— Да, должен, — сказал Гарри. В груди его уже разгоралось волнение при мысли, что он вот-вот сообщит Дамблдору о своей удаче. Он развернулся и снова припустился бегом, не обращая внимания на несшиеся ему вслед крики Полной Дамы:

— Вернись! Ладно уж, я соврала! Просто разозлилась, что ты меня разбудил! Пароль прежний: «Ленточный червь»!

Но Гарри летел по коридорам и уже через несколько минут сказал горгулье Дамблдора: «Шоколадные эклеры», и та отскочила, открыв Гарри путь к винтовой лестнице.

— Войдите, — ответил на стук Дамблдор. Голос его звучал устало.

Гарри толкнул дверь. Перед ним был кабинет Дамблдора, такой же, как и всегда, только черное небо за окнами было усыпано звездами.

— Силы благие, Гарри! — изумился Дамблдор. — Чему обязан столь поздним сюрпризом?

— Сэр, я добыл его! Получил от Слизнорта воспоминание!

Гарри вытащил стеклянный пузырек и показал его Дамблдору. Миг-другой директор школы казался ошеломленным. Потом лицо его расплылось в широкой улыбке.

— Какая потрясающая новость, Гарри! Ах, молодец! Я знал, что ты с этим справишься!

По-видимому, напрочь забыв о позднем часе, Дамблдор торопливо обогнул стол, взял покалеченной рукой пузырек с воспоминаниями Слизнорта и отошел к шкафчику, в котором стоял Омут памяти.

— Вот теперь, — сказал он, перенеся каменную чашу на стол и вылив в нее содержимое пузырька, — теперь мы наконец-то все увидим. Скорее, Гарри!

Гарри послушно склонился над Омутом, почувствовал, как ступни его отрываются от пола... Он снова пролетел сквозь тьму и приземлился в кабинете Горация Слизнорта, каким тот был многие годы назад.

Сильно помолодевший Слизнорт с густыми, блестящими соломенными волосами и светло-рыжими усами снова сидел в уютном кресле с высокой спинкой, ноги его покоились на бархатном пуфике, в одной руке он держал винный бокальчик, другой перебирал в коробке засахаренные дольки ананаса. Вокруг сидело с полдюжины мальчиков и среди них Том Реддл, на пальце которого поблескивало золотое кольцо с черным камнем — перстень Марволо.

Дамблдор приземлился подле Гарри как раз в тот миг, когда Реддл спросил:

— Сэр, а правда ли, что профессор Вилкост уходит в отставку?

— Том, Том, если бы я и знал это, то был бы не вправе сказать вам, — ответил Слизнорт, укоризненно поводя покрытым сахарными крошками пальцем, хоть одновременно и подмигивая. — Должен признаться, я был бы не прочь выяснить, откуда вы черпаете ваши сведения, юноша; вам известно больше, чем половине преподавателей.

Реддл улыбнулся, остальные мальчики рассмеялись, бросая на него восхищенные взгляды.

— Что до вашей сверхъестественной способности узнавать то, чего вам знать не положено, равно как и до осмотрительной лести, с коей вы обращаетесь к людям, от которых многое зависит... Кстати, спасибо за ананасы, вы совершенно правы, это мое любимое...

Несколько мальчиков захихикали снова.

— ...лакомство. С уверенностью предрекаю вам, что лет через двадцать вы подниметесь до поста министра магии. Через пятнадцать, если так и будете присылать мне ананасы. У меня в Министерстве *великолепные* связи.

Том Реддл лишь улыбнулся, остальные мальчики загоготали. Гарри отметил, что он, далеко не самый старший в их компании, тем не менее почитается ими за главного.

— Не думаю, что политика — мое предназначение, сэр, — сказал Реддл, когда утих смех. — Прежде всего, мое происхождение не из тех, какое необходимо для подобной деятельности.

Двое мальчиков из его окружения обменялись самодовольными ухмылками. Гарри не сомневался, что обоим пришла в голову распространенная в их кругу шуточка, явно относящаяся к тому, о чем они знали или догадывались — к наличию у их предводителя прославленного предка.

— Глупости, — коротко отозвался Слизнорт, — яснее ясного, что вы, с вашими-то способностями, происходите из славного рода волшебников. Нет, вы далеко пойдете, Том, я в своих учениках никогда еще не ошибался.

Маленькие золотые часы, стоявшие на столе Слизнорта, отзвенели одиннадцать.

— Батюшки мои, неужто так поздно? — удивился Слизнорт. — Вам лучше идти, юноши, а то наживете неприятности. Лестрейндж, я рассчитываю получить от вас завтра утром письменную работу, иначе мне придется задержать вас в классе. То же относится и к вам, Эйвери.

Мальчики гуськом покидали комнату. Слизнорт выбрался из кресла и перенес пустой бокал на письменный стол. Звук какого-то движения за его спиной заставил Слизнорта обернуться: посреди кабинета так и стоял Реддл.

— Живее, Том. Вы же не хотите, чтобы вас в неположенное время застали вне спальни, вы все-таки староста...

— Сэр, я хотел спросить вас кое о чем.

— Так спрашивайте, мой мальчик, спрашивайте...

— Сэр, я хотел бы знать, что вам известно о... о крестражах?

Слизнорт уставился на него, рассеянно поглаживая толстыми пальцами ножку бокала.

— Пишете самостоятельную работу по защите от Темных искусств, не так ли?

Гарри готов был поспорить, что Слизнорт отлично понимает — к учебе вопрос Реддла никакого отношения не имеет.

— Не совсем так, сэр, — ответил Реддл. — Я наткнулся на этот термин, читая кое-что, и не вполне его понял.

— Вам пришлось бы приложить изрядные усилия, Том, чтобы найти в Хогвартсе книгу, содержащую подробные сведения о крестражах. Это материя очень Темная, Темная по-настоящему, — сказал Слизнорт.

— Но вам-то, разумеется, известно о них все, сэр? Такой волшебник, как вы... Простите, возможно, вы не имеете права говорить об этом. Просто я понимаю, что если кто и способен о них рассказать, так это вы... Вот и решился спросить...

«Проделывает он это просто здорово! — думал Гарри. — Колебания, небрежный тон, в меру лести и ни единого перебора, ни в чем». Гарри обладал большим опытом выпытывания с помощью лести сведений у тех, кто не желал ими делиться, а потому не мог не признать в увиденном работу настоящего мастера. И готов был с уверенностью сказать, что в этой информации Реддл нуждается очень и очень, не исключено, что к разговору со Слизнортом он готовился не одну неделю.

— Ну что ж, — произнес Слизнорт, не глядя на Тома, но поигрывая ленточкой, украшавшей крышку коробки с засахаренными ананасами, — разумеется, если я предоставлю вам сведения общего характера — просто ради истолкования этого термина, — вреда никому не будет. Словом «крестраж» обозначается материальный объект, в который человек прячет часть своей души.

— Но я не совсем понимаю, как это можно сделать, сэр, — сказал Реддл.

Своим голосом он управлял очень умело, но Гарри чувствовал, что Реддл волнуется.

— Ну, видите ли, вы раскалываете свою душу, — сказал Слизнорт, — и прячете часть ее в объект, находящийся вне вашего тела. После этого, если на тело кто-либо нападет или даже уничтожит его, вы все равно умереть не можете, поскольку часть вашей души остается привязанной к земле, неповрежденной. Правда, существовать в подобной форме...

Слизнорт поморщился, а Гарри внезапно вспомнил слова, услышанные им почти два года назад:

«Я был вырван из тела, я стал меньше, чем дух, чем самое захудалое привидение... но все-таки я был жив».

— Немногие согласились бы на это, Том, очень немногие. Смерть могла бы казаться куда более предпочтительной.

Владевшая Реддлом жажда узнать как можно больше была теперь видна невооруженным глазом; на лице его появилось выражение алчности, он уже не мог скрывать свое вожделение.

— Но как же раскалывается душа?

— Что ж, — ответил, поежившись, Слизнорт, — вы должны понимать, что душа мыслится как нечто неповрежденное, целостное. Расколоть ее — значит совершить противное природе насилие.

— Но как его совершить?

— Посредством злого деяния, высшего деяния зла. Убийства. Убийство разрывает душу. Волшебник, задумавший создать крестраж, использует это увечье к собственной выгоде: он заключает оторванную часть души...

— Заключает? Как?

— Для этого существует заклинание, только не спрашивайте меня о нем, я его не знаю! — ответил Слизнорт, встряхивая головой, точно старый слон, которого одолели москиты. — Разве я похож на человека, который опробовал его? На убийцу?

— Нет, сэр, разумеется, нет, — поспешно сказал Реддл. — Простите, я не хотел вас обидеть.

— Что вы, что вы, какие обиды, — хмуро откликнулся Слизнорт. — Интерес к подобным вещам естественен... Для волшебников определенного калибра эта сторона магии всегда была притягательной.

— Да, сэр, — сказал Реддл. — Я, правда, одного не понимаю... Мне просто любопытно, много ли проку от одного-единственного крестража? Не лучше ли, чтобы обрести побольше силы, разделить душу на несколько частей? Ну, например, разве семь — не самое могучее магическое число и разве семь...

— Клянусь бородой Мерлина, Том! — возопил Слизнорт. — Семь! Неужели мысль об убийстве даже одного человека и без того недостаточно дурна? Да и в любом случае... разделить душу надвое — уже плохо, но разорвать ее на семь кусков!..

Теперь Слизнорт выглядел совсем растревоженным, он смотрел на Реддла так, словно никогда прежде его не видел, и Гарри понимал — Слизнорт сожалеет о том, что вообще ввязался в этот разговор.

— Разумеется, — пробормотал он, — наша беседа всего лишь гипотетична, не правда ли? Чисто научное...

— Да, сэр, конечно, — поспешно ответил Реддл.

— И все-таки, Том, сохраните сказанное мной в тайне, — ну то есть тему нашего разговора. То, что мы поболтали немного о крестражах, вряд ли кому понравится. Понимаете, в Хогвартсе эта тема под запретом. Особенно лютует на сей счет Дамблдор.

— Никому ни единого слова, сэр, — пообещал Реддл и покинул кабинет профессора, однако Гарри удалось мельком увидеть его лицо, наполненное тем же безумным счастьем, какое отразилось на нем, когда Реддл впервые узнал, что он волшебник, счастьем, которое не оттеняло красоту его черт, но почему-то делало их менее человечными.

— Благодарю тебя, Гарри, — негромко сказал Дамблдор. — Нам пора...

Когда Гарри опустился на пол его кабинета, Дамблдор уже сидел за столом. Гарри тоже сел, ожидая слов Дамблдора.

— Я уже очень давно питал надежду заполучить это свидетельство, — начал Дамблдор. — Оно подтверждает мою теорию, говорит о том, что я прав, и о том, какой длинный путь нам еще предстоит пройти.

Гарри вдруг обнаружил, что портреты прежних директоров и директрис школы, висящие по стенам кабинета, не спят и внимательно слушают их разговор. А дородный и красноносый волшебник даже приставил к уху слуховую трубку.

— Я уверен, Гарри, — продолжал Дамблдор, — ты понимаешь значение того, что мы с тобой услышали. Уже в твоем возрасте, плюс-минус несколько месяцев, Том Реддл изо всех сил искал дорогу к бессмертию.

— Так вы думаете, что это ему удалось, сэр? — спросил Гарри. — Что он создал крестраж? Что потому и не погиб, когда напал на меня? Потому, что у него где-то надежно спрятан крестраж, кусочек его души?

— Кусочек, и может быть, не один, — ответил Дамблдор. — Ты же слышал Волан-де-Морта: его особенно интересовало мнение Горация о том, что происходит с волшебником, который создает больше одного крестража, с волшебником, которому так хочется избежать смерти, что он готов убивать множество раз, рвать и рвать свою душу, лишь бы сохранить ее во многих спрятанных по отдельности крестражах. Этих сведений он ни из каких книг почерпнуть не смог бы. Насколько мне известно — насколько, я в этом уверен, известно и Волан-де-Морту, — ни один волшебник ни разу еще не разрывал свою душу более чем на два куска.

Дамблдор немного помолчал, собираясь с мыслями, затем сказал:

— Четыре года назад я получил верное, как мне представлялось, доказательство того, что Волан-де-Морт свою душу расколол.

— Где же? — спросил Гарри. — Как?

— Меня снабдил им ты, Гарри, — ответил Дамблдор. — Я говорю о дневнике Реддла, дававшем наставления о том, как открыть Тайную комнату.

— Не понимаю, сэр, — сказал Гарри.

— Видишь ли, хоть я и не присутствовал при возникновении Реддла из дневника, то, что ты описал мне, было явлением, наблюдать которое мне никогда еще не приходилось. Простое воспоминание начинает думать и действовать самостоятельно? Воспоминание высасывает жизнь из девочки, в руки которой оно попало? Нет, в той книжице обитало нечто куда более зловещее — часть души, я почти сразу уверовал в это. Дневник и был крестражем. Но отсюда следовало больше вопросов, чем ответов. И сильнее всего меня заинтриговало и встревожило то, что дневник был в такой же мере оружием, в какой и средством защиты.

— Я все равно не понимаю, — сказал Гарри.

— Он исполнял то, что крестражу и положено исполнять. Спрятанная в нем часть души сохранялась в безопасности и, несомненно, играла некую роль, уберегая ее обладателя от смерти. Но нельзя было сомневаться и в другом — Реддл действительно желал, чтобы его дневник прочитали и часть его души вселилась в другого человека и овладела им. Это позволило бы снова выпустить на свободу чудище Слизерина.

— Он просто не хотел, чтобы его труды пропали даром, — сказал Гарри. — Хотел внушить всем, что он — наследник Слизерина, а по-другому он этого в то время доказать не мог.

— Совершенно справедливо, — кивнул Дамблдор. — Но неужели ты не понимаешь, Гарри, — если он хотел, чтобы дневник попал к будущему воспитаннику Хогвартса или вселился в этого воспитанника, значит, Волан-де-Морт был до странного равнодушен к участи драгоценного осколка своей души, скрытого в этом дневнике. Как объяснил профессор Слизнорт, весь смысл крестража в том, чтобы прятать и сохранять часть человеческого «я», а вовсе не в том, чтобы бросать ее кому-то под ноги, рискуя тем, что ее уничтожат. А так оно и случилось: тот фрагмент души погиб, ты сам позаботился об этом.

Беспечность, с которой Волан-де-Морт относился к своему крестражу, представлялась мне крайне зловещей. Она наводила на мысль, что он должен был или намеревался изготовить гораздо больше крестражей, чтобы утрата первого из них не стала пагубной. Верить в это мне не хотелось, но других осмысленных объяснений я не видел.

Затем, два года спустя, ты рассказал мне, что в ночь, когда Волан-де-Морт возродился, он обратился к Пожирателям смерти со словами, которые не только внушали ужас, но и многое объясняли: «Я, который дальше всех других прошел по стезе бессмертия». Именно так он и сказал. «Дальше всех других...» И я подумал, что знаю, в чем смысл этих слов, хоть Пожиратели смерти их и не поняли. Он говорил о своих крестражах, о многих крестражах, Гарри, которыми никакой другой волшебник никогда не обладал. И ведь все сходилось: с годами лорд Волан-де-Морт все больше утрачивал человеческий облик, и происходившие с ним превращения имели, как мне представлялось, только одно объяснение: увечность его души вышла далеко за пределы того, на что способно обычное зло.

— Выходит, убивая людей, он достиг того, что самого его убить невозможно? — спросил Гарри. — Но если ему так необходимо было бессмертие, почему он не изготовил философский камень или попросту его не украл?

— Мы ведь знаем, что пять лет назад именно это он и попытался сделать, — ответил Дамблдор. — Однако существует, я думаю, несколько причин, по которым философский камень привлекает лорда Волан-де-Морта меньше, чем крестражи.

Животворящий эликсир действительно продлевает жизнь, но если тот, кто его принимает, стремится к бессмертию, он должен принимать эликсир постоянно, на протяжении вечности. А это означает, что Волан-де-Морт попал бы в полную зависимость от эликсира, и, если бы тот иссяк, или испортился, или если бы кто-то похитил камень, Волан-де-Морт просто умер бы, как любой другой человек. И при этом, вспомни, он предпочитает действовать в одиночку. Думаю, даже мысль о какой бы то ни было зависимости, пусть и от эликсира, представлялась ему нестерпимой. Конечно, если бы это позволило избавиться от жуткой полужизни, на которую он был обречен после нападения на тебя, Волан-де-Морт готов был пить эликсир, но лишь для того, чтобы вновь обрести тело. В дальнейшем же он, я в этом не сомневаюсь, по-прежнему полагался бы на свои крестражи. Ничего другого ему, вернувшему себе человеческий облик, и не потребовалось бы. Пойми, он и без того уж бессмертен... или близок к бессмертию настолько, насколько это возможно для человека.

Но теперь, Гарри, когда ты раздобыл важнейшее воспоминание, мы подошли к тайне, которая позволит уничтожить лорда Волан-де-Морта, так близко, как никто к ней еще не подходил. Ведь ты слышал его, Гарри: «Не лучше ли, чтобы обрести побольше силы, разделить душу на несколько частей? Разве семь — это не самое могучее магическое число?..» *Разве семь это не самое могучее магическое число.* Думаю, идея разделить душу на семь частей обладает для лорда Волан-де-Морта огромной притягательной силой.

— Так он создал семь крестражей? — в ужасе спросил Гарри, и несколько портретов на стенах также издали восклицания, полные гнева и страха. — Но он же мог разбросать их по всему свету — спрятать, зарыть, сделать невидимыми.

— Я рад, что ты понимаешь размеры стоящей перед нами задачи, — спокойно сказал Дамблдор. — Но только не семь, а шесть. Седьмая часть его души, какой бы изуродованной она ни была, обитает в воссозданном теле Волан-де-Морта. Та часть, что вела призрачное существование долгие годы его изгнания — без нее Волан-де-Морта и вовсе бы не было. Тому, кто пожелает его убить, этим седьмым обломком души придется заняться в последнюю очередь — обломком, который живет в его теле.

— Ладно, пусть шесть, — сказал Гарри с несколько меньшим, но все же отчаянием. — Как же мы сможем их найти?

— Ты забываешь — один из них ты уже уничтожил. А я уничтожил другой.

— Уничтожили? — воскликнул Гарри.

— Да, уничтожил, — ответил Дамблдор, поднимая почерневшую, словно обугленную руку. — Кольцо, Гарри. Кольцо Марволо. Оно было ограждено ужасным заклятием. Если бы не мое, прости за нескромность, профессиональное мастерство и не своевременные меры, принятые профессором Снеггом, когда я возвратился сюда, жутко израненный, я, может быть, и не рассказывал бы тебе сейчас все это. Но обугленная рука не кажется мне слишком высокой ценой за одну седьмую души Волан-де-Морта. Кольцо больше не крестраж.

— Но где вы его отыскали?

— Как тебе известно, я уже долгие годы трачу немало сил на то, чтобы по возможности больше узнать о прежней жизни Волан-де-Морта. Я много странствовал, посещал места, в которых он когда-то бывал. В развалинах дома Мраксов я и наткнулся на это кольцо. По-видимому, Волан-де-Морт, сумев запечатать в него часть своей души, носить его больше не пожелал. Он защитил его множеством могучих заклятий и спрятал в лачуге, где некогда жили его предки (хоть Морфин и переселился под конец жизни в Азкабан), не подумав, однако, о том, что рано или поздно я могу навестить ее руины, или о том, что я буду держать ухо востро, отыскивая признаки магического тайника. Впрочем, особенно радоваться нам пока не стоит. Ты уничтожил дневник, я — кольцо, но, если наша теория о семичастной душе справедлива, остается еще четыре крестража.

— И обличие они могут иметь какое угодно, так? — сказал Гарри. — Старые консервные банки, пустые пузырьки из-под зелий...

— Ты вспомнил о порталах, Гарри, которые должны быть неприметными, чтобы не привлечь внимания. Но чтобы лорд Волан-де-Морт использовал для хранения своей драгоценной души консервные банки и пустые бутылки? Ты забываешь о том, что я тебе показал. Лорд Волан-де-Морт неравнодушен к трофеям и предпочитает вещи, обладающие яркой магической историей. Его гордыня, вера в собственное превосходство, его решимость добиться невиданного места в истории магии — все это наводит меня на мысль, что Волан-де-Морт должен выбирать свои крестражи с особой тщательностью, отдавая предпочтение предметам, достойным всяческого уважения.

— Дневник таким уж особенным не был.

— Дневник, как сам ты сказал, служил доказательством того, что он — наследник Слизерина; уверен, Волан-де-Морт придавал ему огромное значение.

— Хорошо, так что же насчет других крестражей? — спросил Гарри. — Вам известно, сэр, что они из себя представляют?

— Я могу лишь догадываться, — ответил Дамблдор. — По причинам, которые я уже назвал, лорд Волан-де-Морт наверняка избирает вещи, не лишенные некоторого величия. Потому я и рылся в его прошлом, пытался найти свидетельства того, что вблизи от него исчезали произведения магического искусства.

— Медальон! — вскричал Гарри. — Чаша Пуффендуев!

— Да, — улыбнулся Дамблдор. — Готов поспорить — может быть, и не на вторую мою руку, но уж на пару пальцев точно, — что они-то и стали третьим и четвертым крестражами. С двумя оставшимися, если, конечно, он действительно создал их шесть, дело обстоит посложнее, но рискну высказать предположение, что, завладев вещами, связанными с Пуффендуем и Слизерином, он занялся поисками ценностей, которые имеют отношение к Гриффиндору и Когтеврану. Четыре сокровища, принадлежавшие четырем основателям Хогвартса, должны (я в этом уверен) с великой силой притягивать к себе воображение Волан-де-Морта. Удалось ли ему похитить что-нибудь в Когтевране, я сказать не могу. А вот в совершенной сохранности единственной из известных реликвий Гриффиндора я уверен.

И Дамблдор указал почерневшим пальцем на стену за собой — туда, где покоился в стеклянном ящике осыпанный рубинами меч.

— Вы думаете, сэр, он потому и хотел вернуться в Хогвартс? — спросил Гарри. — Надеялся, что ему удастся найти здесь какую-то вещь еще одного основателя?

— Именно так я и думаю, — ответил Дамблдор. — Но, к сожалению, нам это ничего не дает, поскольку он вынужден был отступить, не получив (во всяком случае, я на это надеюсь) ни единого шанса обшарить школу. Приходится заключить, что выполнить свой план — завладеть ценностями четырех основателей — ему не удалось. Две у него имеются точно, третью он также мог отыскать — вот то, из чего мы будем пока исходить.

— Даже если он похитил что-нибудь в Когтевране или в Гриффиндоре, шестой крестраж все равно остается нам неизвестным, — произведя подсчеты на пальцах, сказал Гарри. — Или он все-таки отыскал и то и другое?

— Не думаю, — сказал Дамблдор. — Мне кажется, я знаю, что представляет собой шестой крестраж. Интересно, что ты скажешь, если я признаюсь тебе, что мне давно уже не дает покоя появление той змеи, Нагайны?

— Змеи? — ошеломленно переспросил Гарри. — Разве животных можно использовать как крестражи?

— Ну, это не очень разумно, — сказал Дамблдор. — Доверить часть своей души существу, которое способно думать и самостоятельно передвигаться, — поступок, понятное дело, рискованный. Но если мои расчеты верны, Волан-де-Морту недоставало по крайней мере одного крестража из желанных шести, когда он явился в дом твоих родителей, собираясь убить тебя.

Похоже на то, что процесс создания крестражей он приберегал для смертей, имевших для него особое значение. А твоя, безусловно, такой и была. Он верил, что, убив тебя, сможет избавиться от опасности, которой грозило ему пророчество. Верил, что станет неуязвимым. И я не сомневаюсь в том, что последний крестраж он намеревался создать сразу после твоей смерти.

Как мы знаем, он потерпел неудачу. По прошествии многих лет он воспользовался Нагайной для убийства старого магла, и при этом ему вполне могла прийти в голову мысль обратить ее в последний из своих крестражей. Змея — символ его родства со Слизерином, а это соответствует мистическим настроениям лорда Волан-де-Морта. Не стоит исключать возможность, что он привязан к ней настолько, насколько вообще может привязаться к чему бы то ни было, он старается держать ее под рукой и обладает над ней властью, необычной даже для змееуста.

— Хорошо, — сказал Гарри, — дневника больше нет, кольца тоже. Чаша, медальон и змея пока еще целы, и, кроме того, вы считаете, что может существовать крестраж, принадлежавший когда-то Когтеврану либо Гриффиндору.

— Замечательно краткое и точное изложение фактов, — склонив голову, сказал Дамблдор.

— Значит, вы по-прежнему ищете их, сэр? На эти поиски вы и отправляетесь, покидая школу?

— Верно, — сказал Дамблдор. — Я ищу их уже очень давно. И думаю, близок к тому, чтобы найти еще один. Появились кое-какие обнадеживающие знаки.

— Если вы найдете крестраж, — быстро сказал Гарри, — можно, я отправлюсь с вами и помогу вам его уничтожить?

С секунду Дамблдор внимательно вглядывался в Гарри, потом ответил:

— Да, полагаю, можно.

— Правда? — переспросил пораженный до глубины души Гарри.

— О да, — слабо улыбнувшись, сказал Дамблдор. — По-моему, ты это право заслужил.

Гарри воспрянул духом. До чего же приятно хоть раз не выслушивать слов об осторожности и защите. На висевших по стенам директоров и директрис решение Дамблдора произвело не столь радостное впечатление — Гарри увидел, что кое-кто из них покачивает головами, а Финеас Найджелус так и вовсе расфыркался.

— А скажите, сэр, когда крестраж гибнет, Волан-де-Морт узнает об этом? Он может это почувствовать? — не обращая внимания на портреты, спросил Гарри.

— Очень интересный вопрос. Я полагаю, что нет. Я полагаю, что Волан-де-Морт уже до того погряз во зле, а эти важнейшие его составляющие так давно отделены от него, что он не чувствует их так, как чувствуем мы. Возможно, на пороге смерти он и осознает их утрату... Но ведь не знал же он, к примеру, что его дневник уничтожен, пока не добился всей правды от Люциуса Малфоя. Когда Волан-де-Морт обнаружил, что дневник изуродован и лишился всей своей мощи, он, как мне говорили, пришел в такую ярость, что на него страшно было смотреть.

— Но я думал, что это он велел Люциусу Малфою протащить дневник в Хогвартс.

— Да, велел, много лет назад, когда был уверен, что еще сможет создать другие крестражи. Люциусу Малфою полагалось дождаться прямого приказа Волан-де-Морта, однако приказа он не получил: отдав ему дневник, Волан-де-Морт вскоре исчез. Он думал, что Люциус будет старательно оберегать крестраж и ничего не посмеет с ним сделать, но он слишком полагался на страх Люциуса перед хозяином, который уж много лет как сгинул, а по мнению Люциуса, так и вовсе погиб. Разумеется, Люциус не знал, что на самом деле представляет собой дневник. Насколько я понимаю, Волан-де-Морт сказал ему, что дневник поможет вскрыть защищенную хитроумными заклинаниями Тайную комнату. Знай Люциус, что у него в руках часть хозяйской души, он, безусловно, относился бы к дневнику с бóльшим почтением. А так он решил осуществить давнишний замысел, но уже ради собственной выгоды. Подбросив дневник дочери Артура Уизли, Люциус надеялся одним махом и опозорить Артура, и добиться, чтобы меня вышвырнули из Хогвартса, и избавиться от вещи, которая могла его разоблачить. Бедный Люциус... При той ярости, которая гложет Волан-де-Морта, узнавшего, что он пожертвовал крестражем для достижения собственных целей, и поражении, которое он потерпел в прошлом году в Министерстве, я нисколько не удивлюсь, если он в глубине души радуется, что сидит сейчас в Азкабане.

Гарри немного помолчал, размышляя, потом спросил:

— Значит, если уничтожить все крестражи, Волан-де-Морта все-таки *можно* будет убить?

— Думаю, это так, — ответил Дамблдор. — Без своих крестражей он превратится в простого смертного с изуродованной, ссохшейся душой. Не забывай, однако, что, хоть душа его и повреждена настолько, что ее уже не поправишь, мозг и магическая сила Волан-де-Морта остаются нетронутыми. Чтобы убить волшебника, подобного Волан-де-Морту, даже лишившегося крестражей, необходимы редкостное искусство и редкостное могущество.

— Но у меня ничего этого нет! — выпалил Гарри, не сумев вовремя остановиться.

— Вот именно, что есть, — сказал Дамблдор. — Ты обладаешь могуществом, которого у самого Волан-де-Морта никогда не было. Ты способен...

— Да знаю я! — нетерпеливо воскликнул Гарри. — Я способен любить!

И еле-еле удержался от того, чтобы прибавить: «Большое дело!»

— Да, Гарри, ты способен любить, — произнес Дамблдор, и по лицу его было видно: он в точности знает, что́ именно чуть было не ляпнул сейчас Гарри. — И это, если вспомнить все, что с тобой случилось, великая и знаменательная способность. Ты просто слишком юн, чтобы понять, насколько ты необычен, Гарри.

— Выходит, пророчество, говоря о силе, которой не будет знать Темный Лорд, подразумевает всего-навсего любовь? — спросил несколько обескураженный Гарри.

— Да, всего-навсего любовь, — ответил Дамблдор. — Но только не забывай о том, что сказанное в пророчестве лишь потому исполнено значения, что им его наделил Волан-де-Морт. Я уже говорил тебе это в конце прошлого года. Волан-де-Морт выбрал тебя, потому что ты представляешь для него наибольшую опасность, а сделав это, сам же тебя в такого человека и превратил!

— Так ведь оно все к тому же и сводится...

— Нет, не сводится! — теперь уже нетерпеливо оборвал его Дамблдор. И, ткнув в Гарри почерневшим пальцем, сказал: — Ты придаешь пророчеству слишком большое значение!

— Простите, — залепетал Гарри, — простите, но вы же сами говорили, что пророчество означает...

— Если бы Волан-де-Морт ничего о пророчестве не узнал, могло бы оно сбыться? Значило бы хоть что-нибудь? Конечно нет! Ты думаешь, каждое предсказание, что хранится в Зале пророчеств, непременно сбывалось?

— Но ведь вы сами сказали мне в прошлом году, — возразил сбитый с толку Гарри, — что одному из нас придется убить другого...

— Гарри, Гарри, так ведь это лишь потому, что Волан-де-Морт совершил серьезнейшую ошибку, начав действовать, полагаясь на слова профессора Трелони! Если бы Волан-де-Морт не убил твоего отца, разве он поселил бы в твоей душе яростное желание отомстить? Разумеется, нет! Если бы не вынудил твою мать умереть, спасая тебя, разве получил бы ты магическую защиту, преодолеть которую он не в силах? Разумеется, нет, Гарри! Ты понимаешь? Волан-де-Морт сам создал худшего своего врага, как делают и все остальные тираны! Ты хоть представляешь, до какой степени боятся тираны тех, кого они угнетают? Каждый из них сознает, что рано или поздно среди множества их жертв наверняка появится тот, кто восстанет против них и нанесет им ответный удар! И Волан-де-Морт ничем от них не отличается! Он вечно настороже, вечно высматривает того, кто бросит ему вызов. Он услышал о пророчестве и начал действовать, и в итоге не только сам подобрал себе врага, который способен прикончить его, но и снабдил этого врага смертоносным оружием!

— Но...

— Очень важно, чтобы ты понимал это, Гарри! — сказал Дамблдор, поднимаясь из кресла и начиная прохаживаться по кабинету взад и вперед. При каждом шаге полы его поблескивающей мантии взметались, легко шелестя. Гарри никогда еще не видел старого волшебника таким взволнованным. — Попытавшись убить тебя, Волан-де-Морт сам избрал удивительного человека, сидящего сейчас передо мной, и сам дал ему средства для борьбы, которые позволят ему сделать свое дело! Это промах Волан-де-Морта. Он наделил тебя способностью проникать в его мысли, в его стремления и даже понимать змеиный язык, на котором он отдает приказы, и все-таки, Гарри, несмотря на полученную тобой привилегию, на умение постичь самую суть Волан-де-Мортова мира (а это дар, ради которого любой Пожиратель смерти убил бы не задумываясь), Темные искусства ни разу не показались тебе притягательными, ты ни на секунду не выказал желания стать одним из последователей Волан-де-Морта!

— Еще бы я его выказал! — гневно воскликнул Гарри. — Он же убил маму и папу!

— Коротко говоря, тебя защищает твоя способность любить! — громко произнес Дамблдор. — И это единственная защита, которая способна противостоять пожирающей Волан-де-Морта жажде власти! При всех выпавших тебе испытаниях, при всех страданиях сердце твое осталось чистым, таким же, каким было в одиннадцать лет, когда ты взглянул в зеркало, отразившее твои сокровеннейшие желания, и оно показало, что стремишься ты не к бессмертию, не к богатству, но лишь к тому, чтобы преградить путь лорду Волан-де-Морту. Ты хоть понимаешь, Гарри, как мало на свете волшебников, которые могли бы увидеть в этом зеркале то, что увидел ты? Волан-де-Морту стоило бы уже тогда сообразить, кто ему противостоит, да он не сообразил!

Но теперь он знает это. Ты проникал в разум лорда Волан-де-Морта без всякого вреда для себя, а вот он не способен овладеть тобой, не испытывая при этом смертной муки, что он и обнаружил тогда, в Министерстве. Не думаю, что Волан-де-Морт понимает, в чем тут причина. Он до того спешил изуродовать свою душу, что ни разу не остановился, чтобы задуматься над тем, какой силой обладает душа незапятнанная и цельная.

— И тем не менее, сэр, — сказал Гарри, прилагая героические усилия, чтобы не выглядеть вздорным спорщиком, — разве все это не сводится к одному и тому же? Я должен попытаться убить его, иначе...

— Должен? — воскликнул Дамблдор. — Разумеется, должен! Но не потому, что так говорится в пророчестве! А потому, что ты, ты сам, не будешь ведать покоя, пока не предпримешь такую попытку! Мы оба знаем это! Вообрази, прошу тебя, только на миг вообрази, что ты никогда о пророчестве не слышал! Какие чувства ты питал бы сейчас к Волан-де-Морту? Подумай!

Гарри смотрел на расхаживающего по кабинету Дамблдора и думал. Он думал о матери, об отце, о Сириусе. Думал о Седрике Диггори. Думал обо всех известных ему страшных деяниях лорда Волан-де-Морта. И ему казалось, что в груди его разгорается, доставая до горла, пламя.

— Я хочу, чтобы с ним было покончено, — негромко сказал он. — И хочу сделать это сам.

— Еще бы! — вскричал Дамблдор. — Ты понимаешь? Пророчество не означает, что ты *обязан* делать что бы то ни было! А вот лорда Волан-де-Морта пророчество заставило *отметить тебя как равного себе*... Иными словами, ты волен сам выбирать свой путь, волен повернуться к пророчеству спиной! А Волан-де-Морт так и будет руководствоваться пророчеством. Он по-прежнему будет охотиться за тобой, а отсюда с определенностью следует, что...

— Что одному из нас придется, в конце концов, убить другого! — подхватил Гарри.

И все же он наконец понял, что пытается втолковать ему Дамблдор. «Разницу, — думал Гарри, — между тем, что тебя выволакивают на арену, где ты должен лицом к лицу сразиться со смертью, и тем, что ты сам, с высоко поднятой головой, выходишь на эту арену. Кое-кто, возможно, сказал бы, что выбор тут невелик, но Дамблдор знал, а теперь, — думал Гарри, ощущая прилив гордости, — знаю и я: в этой разнице вся суть и состоит».

Глава 24

СЕКТУМСЕМПРА

Измотанный, но довольный ночными трудами, Гарри на утреннем уроке заклинаний рассказал Гермионе и Рону обо всем, что случилось (предварительно наложив заклятие Оглохни на всех, кто сидел поблизости). Ловкость, с которой он вытянул воспоминания из Слизнорта, произвела на его друзей сильное впечатление, а когда Гарри поведал им о крестражах Волан-де-Морта и обещании Дамблдора взять его с собой, если удастся найти хоть один из них, друзья и вовсе разинули рты.

— Ну и ну! — воскликнул Рон, когда Гарри закончил, и, забыв о волшебной палочке, нацеленной в потолок, машинально взмахнул ею. — Вот это да! Ты и вправду собираешься отправиться с Дамблдором?.. И попытаешься уничтожить?.. Ну и ну!

— Рон, из-за тебя снег пошел, — страдальческим тоном произнесла Гермиона и, схватив его за запястье, направила палочку в сторону от потолка, с которого и вправду начали падать большие белые хлопья. От внимания Гарри не ускользнул свирепый взгляд основательно покрасневших глаз, которым сидевшая за соседним столом Лаванда Браун смерила Гермиону, немедленно выпустившую руку Рона.

— Ах, да, — сказал Рон, с недоумением оглядывая свои плечи. — Прости... Глянь-ка, у всех такой вид, будто их жуткая перхоть одолела...

И он стряхнул с плеч Гермионы несколько снежинок. Лаванда залилась слезами. Рон с безмерно виноватым выражением повернулся к ней спиной.

— Мы с ней порвали, — краешком рта сообщил он Гарри. — Вчера ночью. Когда она увидела, как я выхожу с Гермионой из спальни. Тебя-то она, понятное дело, видеть не могла, вот и решила, будто мы там были вдвоем.

— Ты ведь не особенно горюешь из-за того, что все наконец закончилось? — отозвался Гарри.

— Нет, — признался Рон. — Конечно, пока она на меня орала, приятного было мало, но мне хоть не пришлось самому объяснять ей, что между нами все кончено.

— Трусишка, — сказала Гермиона, выглядевшая, впрочем, очень довольной. — Хотя, должна сказать, прошлая ночь вообще была неудачной для романтических отношений. Вон и Джинни с Дином тоже расплевались.

Гарри показалось, что, произнося это, Гермиона вперилась в него странно понимающим взглядом, но ведь не могла же она знать, что внутри у него все внезапно пустилось в пляс. Постаравшись, чтобы в лице его ничто не дрогнуло, а голос остался безразличным, он спросил:

— Это из-за чего же?

— Да ну, дурь полная. Джинни заявила, что Дин вечно норовит пропихнуть ее сквозь дыру в портрете, как будто сама она в нее пролезть не может. Правда, у них давно уже все шло вкривь и вкось.

Гарри глянул на сидевшего по другую сторону класса Дина. Вид у того был определенно несчастный.

— Тебя это, разумеется, ставит в неудобное положение, так?

— О чем ты? — поспешно спросил Гарри.

— О команде по квиддичу, — ответила Гермиона. — Раз Джинни с Дином перестали разговаривать...

— А, ну да, — сказал Гарри.

— Флитвик, — остерегающе прошептал Рон.

К ним приближался своей прыгучей походкой крохотный преподаватель заклинаний, а между тем из всех троих только Гермионе удалось превратить уксус в вино. Стоявшую перед ней склянку заполняла темно-красная жидкость, а в склянках Рона и Гарри плескалось нечто мутно-коричневое.

— Так-так, юноши, — неодобрительно пропищал профессор Флитвик. — Поменьше бы разговоров да побольше внимания. Ну-ка, попробуйте еще разок, а я посмотрю...

Оба подняли волшебные палочки, поднатужились, сосредоточились и наставили их на склянки. Уксус Гарри превратился в лед, склянка Рона попросту взорвалась.

— М-да... задание на дом, — сказал, вылезая из-под стола и стряхивая со шляпы осколки стекла, профессор Флитвик. — Практиковаться.

Поскольку на этот день приходились после урока заклинаний редкие три свободных часа, все отправились в гостиную. У Рона, развязавшегося наконец с Лавандой, настроение было самое беззаботное, Гермиона тоже выглядела повеселевшей, хоть на вопрос, чего это она так разулыбалась, ответила только: «День нынче хороший». Никто из них, похоже, не замечал яростного сражения, бушевавшего в голове Гарри:

«Она сестра Рона.

Так она же бросила Дина!

Все равно она сестра Рона.

А я его лучший друг!

Тем хуже.

Если я сначала поговорю с ним...

Он тебе в лоб даст.

А если мне на это плевать?

Он твой лучший друг!»

Гарри не заметил, как они прошли сквозь портретный проем в залитую солнцем гостиную, да и группка столпившихся там семикурсников зацепила лишь самый краешек его сознания. Но тут Гермиона воскликнула:

— Кэти! Вернулась! Ну, как ты?

Гарри пригляделся: действительно, Кэти Белл, на вид совершенно здоровая в окружении ликующих подруг.

— Все отлично! — радостно ответила Кэти. — Из больницы святого Мунго меня еще в понедельник выписали, провела несколько дней с мамой и папой, а сегодня утром приехала сюда. Гарри, Лианна только что рассказала мне про Маклаггена и последнюю игру...

— Ну что ж, ты вернулась, Рон в отличной форме, — сказал Гарри, — выходит, у нас есть все шансы расколотить Когтевран, а значит, мы все еще и на Кубок можем рассчитывать. Послушай, Кэти...

Он должен был выяснить все как можно быстрее, от снедавшего его любопытства Гарри на время забыл даже о Джинни. Подруги Кэти, по-видимому уже опаздывавшие на занятия трансфигурацией, торопливо собирали сумки, и Гарри, понизив голос, спросил:

— То ожерелье... Ты теперь вспомнила, кто тебе его дал?

— Нет, — сокрушенно покачав головой, сказала Кэти. — Меня уже все об этом спрашивали, но я никаких подробностей не помню. Последнее воспоминание — как я подхожу в «Трех метлах» к женскому туалету.

— Но в туалет ты точно зашла? — спросила Гермиона.

— Я помню, как толкнула дверь, — ответила Кэти. — Значит, тот, кто ударил меня Империусом, должен был стоять прямо за ней. А после этого в памяти пусто, не считая последних двух недель, когда я уже валялась в больнице святого Мунго. Слушайте, я побегу, не хочется, чтобы Макгонагалл в первый же день засадила меня писать строчки.

Она подхватила сумку с учебниками и пустилась вдогонку за подругами. Гарри, Рон и Гермиона уселись за стол у окна, размышляя над тем, что рассказала им Кэти.

— Выходит, ожерелье должна была всучить Кэти женщина или девочка, — сказала Гермиона. — Кто еще мог оказаться в женском туалете?

— Или кто-то, принявший обличье женщины или девочки, — отозвался Гарри. — Не забывай, в Хогвартсе имеется целый котел Оборотного зелья. И мы знаем, что часть его кое-кто уже спер...

Перед его мысленным взором прошествовала, пританцовывая, целая колонна перевоплотившихся в девочек Крэббов и Гойлов.

— Пожалуй, придется мне еще разок глотнуть «Феликса», — сказал Гарри, — и попробовать снова пролезть в Выручай-комнату.

— Ну и потратишь его совершенно впустую, — произнесла Гермиона, опуская на стол только что извлеченный из сумки «Словник чародея». — Удачи тебе только на то и хватит, чтобы дойти до комнаты. Со Слизнортом была совсем другая история, ты всегда мог убедить его, от тебя только одно и требовалось — слегка пришпорить обстоятельства. А прорваться сквозь мощное заклинание никакая удача тебе не поможет. Так что лучше не трать остаток зелья! Если отправишься с Дамблдором, тебе понадобится все везение, какое найдется... — Голос ее упал до шепота.

— А мы не можем сами его изготовить? — не слушая Гермиону, спросил Рон. — Такую штуку не мешает и про запас иметь. Ты бы посмотрел в книге.

Гарри вытащил из сумки «Расширенный курс зельеварения», отыскал в нем «Феликс Фелицис».

— Ничего себе, составчик! — воскликнул он, пробежавшись глазами по списку ингредиентов. — Да и готовить его полгода придется, оно еще настаиваться должно.

— Вечная история, — буркнул Рон.

Гарри собрался уже отложить учебник, но тут заметил загнутый уголок страницы и, раскрыв на ней книгу, увидел заклинание *Сектумсемпра* с пометкой: «От врагов», которое попалось ему на глаза несколько недель назад. Он так до сих пор и не выяснил, как это заклинание действует, — главным образом, потому, что не хотел испытывать его в присутствии Гермионы. Впрочем, Гарри подумывал и о том, чтобы испробовать его на Маклаггене — как только удастся застать того врасплох.

Единственным, кому возвращение Кэти Белл никакой радости не доставило, оказался Дин Томас, поскольку необходимость в нем, как в замене Кэти на месте охотника, отпала. Когда Гарри сообщил ему об этом, Дин принял удар стоически, лишь поворчал немного да пожал плечами, но, отходя от него, Гарри ясно слышал, как Дин и Симус возмущенно перешептываются за его спиной.

В следующие две недели тренировки по квиддичу проходили просто замечательно — таких на памяти Гарри, как капитана, еще не бывало. Игроки до того обрадовались избавлению от Маклаггена, так были довольны возвращением Кэти, что летали лучше, чем когда-либо прежде.

Джинни разрыв с Дином, похоже, нисколько не огорчил, напротив, она теперь стала настоящей душой команды. Джинни страшно веселила игроков, изображая, как Рон беспокойно подскакивает вверх-вниз перед шестами или как Гарри сердито дает Маклаггену указания, пока тот вышибает из него дух. Гарри, хохотавший вместе со всеми, был только счастлив тому, что у него имеется совершенно невинный повод подолгу не спускать с Джинни глаз. В итоге, поскольку выискивать снитч ему во время тренировок стало некогда, Гарри еще пару раз зашибли бладжером.

Сражение, бушевавшее в его голове, — Джинни или Рон? — так и не утихло. Временами ему казалось, что Рон после пережитого им с Лавандой не станет особенно возражать, если попросить у него разрешения ухаживать за Джинни. Но тут Гарри вспоминал лицо Рона, увидевшего, как его сестра целуется с Дином, и проникался уверенностью в том, что, если он хотя бы коснется руки Джинни, Рон и это сочтет гнусным предательством.

И все же Гарри ничего не мог с собой поделать — он смеялся вместе с Джинни, возвращался с ней в замок после тренировок. Как ни мучила его совесть, он то и дело ловил себя на мысли о том, как можно было бы остаться с ней наедине: если бы Слизнорт снова устроил вечеринку, это было бы идеально, поскольку Рона туда не приглашали. К сожалению, Слизнорт, судя по всему, махнул на них рукой. Раз или два Гарри прикидывал, не попросить ли помощи у Гермионы, но приходил к заключению, что не сможет снести самодовольного выражения, которое непременно появится при этом на ее лице. Ему казалось, что порой, когда Гермионе случается заметить, как он смотрит на Джинни или хохочет над ее шутками, именно такое выражение на лице ее и возникает. А в довершение ко всему Гарри мучило беспокойство, что если он не назначит Джинни свидание, так очень скоро это сделает кто-то другой — по крайней мере, в том, что чрезмерная популярность Джинни не доведет ее до добра, он был с Роном полностью согласен.

Так или иначе, искушение глотнуть еще разок «Феликс Фелицис» донимало его с каждым днем все сильнее. Разве это не был именно тот случай, когда требовалось, по выражению Гермионы, «пришпорить обстоятельства»? Тихо проплывали душистые майские дни, но всякий раз, как Гарри встречался с Джинни, бок о бок с ним непременно торчал Рон. Гарри все ждал, когда же ему повезет, когда Рон вдруг возьмет да и поймет — ничто не сулит ему, Рону, большего счастья, чем любовь, соединившая его лучшего друга и сестру? Поймет и оставит их наедине друг с другом дольше, чем на несколько секунд. Однако до окончания последнего в сезоне матча по квидичу надежд на это, судя по всему, не было никаких: Рон все время обсуждал с Гарри тактику игры и ни о чем другом не думал.

В этом отношении Рон был не одинок. Острый интерес к игре Гриффиндор — Когтевран обуял всю школу — игра определяла чемпиона этого года, назвать которого наверняка пока было невозможно. Если Гриффиндор побьет Когтевран с преимуществом в триста очков (дело непростое, но, с другой стороны, Гарри никогда еще не видел, чтобы команда его летала так хорошо), то именно он и попадет в чемпионы. Если преимущество будет несколько меньшим, первым окажется Когтевран, а Гриффиндор — вторым; проиграв сотню очков, он займет третье место, за Пуффендуем, а проиграв больше сотни, — четвертое, и тут уж никто, думал Гарри, никто и никогда не позволит ему забыть, что именно он был капитаном Гриффиндора, когда тот впервые за двести лет съехал в самый низ турнирной таблицы.

Подготовка к решающему матчу обладала всеми характерными для такого события особенностями: ученики соперничающих факультетов пытались при каждой встрече с противниками посильнее их застращать. Стоило кому-то из игроков показаться в коридоре, как он тут же натыкался на компанию, во весь голос репетирующую оскорбительные для него куплеты. Выбор у игроков был невелик — либо идти себе с важным видом, снося подобные знаки внимания, либо прятаться между уроками в туалетах, где их от всего пережитого нередко выворачивало наизнанку. В сознании Гарри исход предстоящей игры запутанным образом связался с успехом или неудачей его планов в отношении Джинни. Он не мог отогнать чувство, что, если Гриффиндор победит с преимуществом в три с лишним сотни очков, всеобщий восторг и шумная гулянка после игры смогут дать ему не меньше шансов, чем добрый глоток «Феликс Фелицис».

Впрочем, за всеми этими тревогами он не забывал о другой важной задаче — выяснить, чем занимается Малфой в Выручай-комнате. Гарри продолжал заглядывать в Карту Мародеров и, поскольку Малфоя на ней нередко не оказывалось, думал, что тот по-прежнему проводит кучу времени в комнате. И хотя Гарри понемногу утрачивал надежду на то, что ему удастся проникнуть в Выручай-комнату, всякий раз, проходя мимо нее, он предпринимал такую попытку. К сожалению, в какие бы слова ни облекал он свою просьбу, дверь в комнату упорно не появлялась.

В один из последних перед матчем дней Гарри пришлось отправиться на ужин в одиночестве —

Рона опять затошнило, и он понесся в ближайший туалет, а Гермиона убежала, чтобы поговорить с профессором Вектор насчет ошибки, прокравшейся, как она полагала, в ее последнюю письменную работу по нумерологии. Скорее по привычке, чем по другой какой-то причине, Гарри избрал окольный путь по коридору восьмого этажа, начав просматривать на ходу Карту Мародеров. В первые мгновения найти Малфоя ему не удалось, и Гарри решил, что он наверняка снова засел в Выручай-комнате, но тут же обнаружил крошечную точку, помеченную «Малфой», в мужском туалете на седьмом этаже, причем в компании не Крэбба или Гойла, а Плаксы Миртл.

Гарри на миг остановился, вглядываясь в эту немыслимую парочку, а двинувшись дальше, тут же врезался в стоявшие у стены рыцарские доспехи. Громовый лязг вырвал его из забытья, он поспешил убраться подальше, пока не явился Филч, торопливо спустился по мраморной лестнице на один этаж и понесся по коридору. Добежав до туалета, он прижался ухом к двери. Слышно ничего не было. Гарри тихо-тихо открыл дверь.

Спиной к нему стоял, вцепившись руками в раковину и склонив над ней светловолосую голову, Драко Малфой.

— Ну не надо... — раздался из кабинки проникновенный голосок Миртл. — Не надо... Расскажи мне, что тебя мучает... Я тебе помогу...

— Никто мне не поможет, — ответил, содрогаясь всем телом, Малфой. — Я не могу этого сделать... не могу... не получается... А если не сделаю поскорее, он сказал, что убьет меня.

Гарри замер на месте от потрясения — он понял, что Малфой плачет, плачет по-настоящему, что по щекам его льются, стекая в грязную раковину, слезы. Малфой задыхался, давился слезами, но затем, после нового содрогания, поднял взгляд к растрескавшемуся зеркалу и увидел за своей спиной вытаращившего глаза Гарри.

Резко повернувшись, Малфой выхватил волшебную палочку. Гарри инстинктивно вытащил свою. Заклятие Малфоя промазало мимо Гарри на несколько дюймов, разбив лампу на стене. Гарри метнулся в сторону и, подумав: *«Левикорпус!»* — взмахнул палочкой, но Малфой блокировал заклинание и поднял палочку, собираясь выпалить собственное.

— Нет! Нет! Погодите! — взвизгнула Плакса Миртл, и по туалету разнеслось громкое эхо. — Стойте! СТОЙТЕ!

За спиной Гарри с громким «ба-бах!» взорвалась мусорная урна; Гарри выкрикнул заклятие Обезноживания, оно ударилось в стену прямо за ухом Малфоя, отлетело и разбило туалетный бачок, на котором сидела Плакса Миртл. Миртл громко взвизгнула, все вокруг мгновенно залила вода, Гарри поскользнулся и упал, а Малфой с искаженным до неузнаваемости лицом закричал:

— Круци...

— СЕКТУМСЕМПРА! — бешено взмахнув палочкой, взревел с пола Гарри.

Кровь выплеснулась из лица и груди Малфоя, словно их рассекли удары невидимого меча. Малфоя качнуло назад, и он с громким плеском рухнул на покрытый водой пол, выронив палочку из обмякшей правой руки.

— Нет... — задохнулся Гарри.

Оскальзываясь и шатаясь, он поднялся на ноги и бросился к Малфою, лицо которого уже покраснело, а белые ладони скребли залитую кровью грудь.

— Нет... я же не...

Гарри и сам не знал, что говорит; он упал на колени рядом с Малфоем, неудержимо сотрясавшимся в луже собственной крови.

Плакса Миртл истошно завопила:

— УБИЙСТВО! УБИЙСТВО В ТУАЛЕТЕ! УБИЙСТВО!

Сзади хлопнула дверь, Гарри в ужасе оглянулся: в туалет ворвался смертельно бледный Снегг. Грубо отпихнув Гарри, он тоже опустился на колени, вытащил волшебную палочку и прошелся ею по глубоким ранам, нанесенным заклятием Гарри, бормоча при этом похожие на какие-то песнопения магические формулы. Кровь начала униматься, Снегг стер остатки ее с лица Малфоя и повторил заклинание. Раны стали затягиваться прямо на глазах.

Гарри, пораженный ужасом от того, что он натворил, наблюдал за Снеггом, едва сознавая, что и сам он весь пропитан кровью и водой. Где-то вверху рыдала с подвываниями Плакса Миртл. Снегг, произнеся заклятие в третий раз, поднял Малфоя на ноги.

— Вам нужно в больницу. Кое-какие шрамы, вероятно, останутся, но если немедленно воспользоваться бадьяном, возможно, удастся избежать даже этого. Пойдемте.

Он довел Малфоя до двери, но, подойдя к ней, остановился и сказал через плечо полным холодной ярости голосом:

— А вы, Поттер... вы ждите меня здесь.

Гарри и на миг не пришло в голову, что Снегга можно бы и ослушаться. Он медленно, подрагивая, поднялся на ноги, окинул взглядом пол. По его поверхности, точно багровые цветы, плавали пятна крови. У Гарри не было сил даже на то, чтобы угомонить Плаксу Миртл, которая продолжала завывать и рыдать, причем с удовольствием, становившимся все более очевидным.

Снегг вернулся через десять минут. Вошел в туалет, прикрыл за собой дверь.

— Уйди, — велел он Миртл, и она мгновенно скрылась в унитазе, оставив после себя звенящую тишину.

— Я не нарочно, — сразу сказал Гарри. Голос его эхом отозвался в холодном, залитом водой пространстве туалета. — Я не знал, как действует это заклинание.

Но Снегг оставил его слова без внимания.

— Похоже, я вас недооценивал, Поттер, — негромко сказал он. — Кто бы мог подумать, что вам известна столь Темная магия? Кто научил вас этому заклинанию?

— Я... прочитал о нем где-то.

— Где?

— Это была... библиотечная книга, — наобум выпалил Гарри. — Не помню, как она называлась.

— Лжец! — сказал Снегг.

У Гарри тут же пересохло в горле. Он понимал, что собирается проделать Снегг, и помнил, что ему никогда не удавалось этому помешать.

Туалет словно замерцал; Гарри постарался выбросить из головы все мысли, но, несмотря на отчаянные усилия, перед глазами у него неторопливо поплыл «Расширенный курс зельеварения», принадлежавший Принцу-полукровке.

А потом он снова смотрел на Снегга, стоя посреди разгромленного, залитого водой туалета. Смотрел в черные глаза Снегга, надеясь, вопреки всему, что тот не проник в его страхи, однако...

— Принесите мне вашу школьную сумку, — спокойно потребовал Снегг. — И все ваши учебники. *Все*. Принесите сюда. Немедленно!

Спорить было бессмысленно. Гарри мгновенно повернулся к двери и, расплескивая воду, выскочил из туалета. Оказавшись в коридоре, он бегом понесся в башню Гриффиндора. Большая часть тех, кто попадался ему по пути, двигалась в противоположном направлении; все изумленно таращились на залитого водой и кровью шестикурсника, но Гарри пролетал мимо, не отвечая на вопросы.

Он был оглушен, как если бы любимый домашний зверек обратился вдруг в лютого зверя. О чем только думал Принц, переписывая в свою книгу подобное заклинание? И что произойдет, когда Снегг увидит ее? Расскажет ли он Слизнорту — мысль эта обожгла Гарри желудок, — каким образом Гарри добивался весь год таких успехов в зельеварении? Отберет ли, а то и уничтожит книгу, которая столькому научила Гарри? Книгу, заменившую ему наставника и друга? Этого Гарри допустить не мог... он не мог...

— Где ты был? Почему такой мокрый? Это что, *кровь*?..

Рон стоял наверху лестницы, недоуменно вглядываясь в Гарри.

— Мне нужна твоя книга, — задыхаясь, ответил тот. — Учебник по зельеварению. Скорее... давай его сюда...

— А как же Принц-полу...

— Потом объясню!

Рон вытащил из сумки свой экземпляр «Расширенного курса», протянул его Гарри, и тот промчался мимо него в гостиную. Здесь он схватил свою сумку и, не обращая внимания на изумленные взгляды нескольких уже вернувшихся с ужина учеников, снова бросился к проему в портрете и побежал по коридору восьмого этажа.

У гобелена с танцующими троллями он затормозил, закрыл глаза и начал прохаживаться взад-вперед.

«Мне нужно место, чтобы спрятать мою книгу... Мне нужно место, чтобы спрятать мою книгу... Мне нужно место, чтобы спрятать мою книгу...»

Три раза он прошелся вдоль голой стены. А когда открыл глаза, то наконец увидел дверь в Выручай-комнату. Гарри рывком растворил ее, влетел в комнату и закрыл за собой дверь.

И замер в изумлении. При всей его спешке, всей панике, всех опасениях, связанных с тем, что ожидало его в туалете, увиденное внушило ему благоговейный страх. Он находился в комнате величиною с большой собор, свет из высоких окон падал на город, окруженный высокими стенами, — сложены они были, как догадался Гарри, из вещей, которые прятали в Выручай-комнате многие поколения обитателей Хогвартса. Здесь были проулки и широкие улицы, уставленные шаткими грудами развалившейся мебели, которую убрали сюда для того, чтобы скрыть свидетельства неудавшихся попыток волшебства, или принесли жившие в замке эльфы-домовики. Здесь были тысячи и тысячи книг — вне всякого сомнения, запрещенных, либо исчерканных, либо украденных. Здесь были крылатые рогатки и кусачие тарелки, в некоторых еще теплилась жизнь, и они робко парили над грудами другого запретного хлама. Здесь были треснувшие пузырьки с загустевшими зельями, шляпы, драгоценные украшения, мантии, нечто смахивающее на драконьи панцири, закупоренные бутылки, чье содержимое еще продолжало зловеще поблескивать, несколько ржавых мечей и тяжелый, заляпанный кровью топор.

Гарри торопливо зашагал по одному из проходов этой тайной сокровищницы. У огромного чучела тролля он повернул направо, пробежался немного, повернул налево у разломанного Исчезательного шкафа, в котором сгинул в прошлом году Монтегю, и остановился перед огромным буфетом, филенки которого пузырились, словно их облили кислотой. Гарри открыл одну из его скрипучих дверец; буфет уже использовали однажды как укрытие для какого-то давно скончавшегося существа — у скелета его было пять ног. Гарри сунул книгу Принца-полукровки за скелет и захлопнул дверцу. Мгновение он постоял, оглядывая кучи мусора; сердце гулко колотилось. Удастся ли ему снова найти буфет среди всего этого хлама? Сняв со стоявшего поблизости ящика обитый бюст какого-то волшебника, Гарри установил его на буфет и, чтобы сделать изваяние поприметней, нахлобучил ему на голову старый, пыльный парик и потускневшую тиару. Затем со всей скоростью, на какую был способен, помчался по проходам между гор сокровенного сора — назад, к двери и в коридор, выскочив в который, захлопнул за собой дверь, и та мгновенно вновь обратилась в ровный камень.

Гарри побежал прямиком к расположенному этажом ниже туалету, на бегу запихивая в сумку отобранный у Рона «Расширенный курс зельеварения». И через минуту уже стоял перед Снеггом, молча протянувшим руку за его сумкой. Гарри отдал ее, задыхаясь, ощущая в груди жгучую боль, и замер в ожидании.

Снегг вынимал книги одну за одной и просматривал их. Наконец в сумке осталась самая последняя — учебник по зельеварению, его Снегг изучил очень внимательно.

— Это ваш «Расширенный курс», Поттер?

— Да, — сказал все еще не отдышавшийся Гарри.

— И вы совершенно в этом уверены, не так ли?

— Да, — немного вызывающим тоном подтвердил Гарри.

— Вы купили его в магазине «Флориш и Блоттс»?

— Да, — твердо повторил Гарри.

— Тогда почему же, — поинтересовался Снегг, — на внутренней стороне обложки значится «Рундил Уозлик»?

Сердце Гарри замерло.

— А это у меня прозвище такое, — ответил он.

— Ваше прозвище, — повторил Снегг.

— Ага, так меня друзья называют, — подтвердил Гарри.

— Значение слова «прозвище» мне известно, — сказал Снегг.

Холодные черные глаза его снова сверлили Гарри, который старался в них не глядеть. «Изолируй свое сознание... изолируй свое сознание...» Он так и не научился по-настоящему делать это.

— Знаете, что я думаю, Поттер? — совсем тихо произнес Снегг. — Я думаю, что вы лжец, проходимец и заслуживаете того, чтобы до конца семестра проводить каждую субботу в школе, со мной. А что думаете вы, Поттер?

— Я... я не согласен с вами, сэр, — ответил Гарри, по-прежнему отказываясь глядеть Снеггу в глаза.

— Ну хорошо, посмотрим, что вы станете думать после того, как отбудете наказание, — сказал Снегг. — Суббота, десять утра, Поттер. У меня в кабинете.

— Но, сэр... — Гарри в отчаянии уставился на него. — Квиддич... финальная игра сезона...

— В десять, — прошептал Снегг, обнажая в улыбке желтые зубы. — Бедный Гриффиндор! Боюсь, в этом году его ждет четвертое место.

И без дальнейших слов он вышел из туалета. Гарри уставился в треснувшее зеркало, его тошнило, тошнило так сильно, как Рону наверняка никогда и не снилось.

— Я не стану повторять: «А что я тебе говорила?» — произнесла Гермиона час спустя в общей гостиной.

— Перестань, Гермиона, — сердито сказал Рон.

Ужинать Гарри не пошел, не было аппетита. Он только что закончил рассказывать Рону, Гермионе и Джинни о случившемся, хотя особой нужды в этом не было. Новости разносятся быстро; судя по всему, Плакса Миртл взяла на себя труд обежать все туалеты замка и в каждом насплетничать; Пэнси Паркинсон успела навестить в больнице Малфоя и теперь обливала Гарри грязью, где только могла, а Снегг подробно рассказал обо всем преподавателям. Гарри уже пришлось один раз покинуть гостиную, чтобы провести крайне неприятные пятнадцать минут в обществе профессора Макгонагалл, которая объяснила, как ему повезло, что его не выгнали из школы, и выразила самое сердечное согласие с наказанием, наложенным Снеггом, — ежесубботней отсидкой в школе вплоть до окончания семестра.

— Говорила я тебе, что-то с твоим Принцем неладно, — упрямо продолжала Гермиона. — И была права, не так ли?

— Нет, не так, — возразил Гарри.

Ему было тошно и без нотаций Гермионы. Выражение, появившееся на лицах игроков его команды, когда он сообщил, что в субботу играть не сможет, стало для Гарри худшим наказанием. Сейчас он чувствовал на себе взгляд Джинни, но не решался встретиться с ней глазами, опасаясь увидеть в них разочарование или гнев. Он только что сказал Джинни, что в субботу ей придется играть за ловца, а Дин возвратится в команду, чтобы занять освобожденное ею место охотника. Возможно, если они победят, Джинни и Дин на радостях помирятся после игры. Эта мысль пронзила Гарри, как ледяной кинжал...

— Гарри, — сказала Гермиона, — как ты можешь по-прежнему защищать его книгу, когда это заклинание...

— Да отцепись ты от книги! — выпалил Гарри. — Ну, занес Принц в нее заклинание, ну и все! Он же не рекомендовал его использовать! Откуда мы знаем, может, он просто отметил то, что использовали против него!

— Я в это не верю, — сказала Гермиона. — Ты просто оправдываешь...

— Я не оправдываю того, что сделал! — мгновенно откликнулся Гарри. — Я жалею, что сделал это, и не из-за одной только дюжины отсидок. Ты прекрасно знаешь, я не воспользовался бы таким заклинанием даже против Малфоя, но и Принца винить не в чем, он же не написал: «Попробуйте, отличная штука» — он просто делал заметки для себя, не для кого-нибудь другого...

— Ты хочешь сказать, — произнесла Гермиона, — что собираешься вернуться назад и...

— И забрать книгу? Да, собираюсь, — с силой ответил Гарри. — Послушай, без Принца я никогда не получил бы «Феликс Фелицис». Не узнал бы, как спасти Рона от яда. Не смог бы...

— Обзавестись репутацией блестящего мастера зельеваренья, которой ты не заслужил, — ядовито добавила Гермиона.

— Угомонись, Гермиона! — сказала Джинни, и Гарри изумился, почувствовал такую благодарность, что даже поднял на нее взгляд. — Похоже, Малфой собирался применить непростительное заклятие, ну так радуйся, что у Гарри имелось в запасе кое-что почище.

— Конечно, я рада, что Гарри не был оглушен заклятием! — воскликнула явно уязвленная Гермиона. — Но нельзя же называть заклинание *Сектумсемпра* «чистым», Джинни, посмотри сама, к чему оно привело! А уж если подумать о том, что оно сделало с вашими шансами на победу...

— Ой, только не делай вид, будто хоть что-нибудь в квиддиче понимаешь, — оборвала ее Джинни. — Сама потом стыда не оберешься!

Гарри с Роном смотрели на них во все глаза: Гермиона и Джинни, у которых всегда были прекрасные отношения, сидели теперь, сложив на груди руки и гневно глядя в разные стороны. Рон нервно взглянул на Гарри, потом схватил со стола первую попавшуюся книгу и спрятался за ней. Гарри же, хоть он и считал, что совсем этого не заслуживает, вдруг стало весело, даром что до самой ночи никто из них не обменялся больше ни словом.

Но долго веселиться ему не пришлось. Весь следующий день Гарри вынужден был сносить колкости слизеринцев, не говоря уж о недовольстве товарищей по Гриффиндору, впавших в окончательное уныние из-за того, что капитан их команды ухитрился добиться отлучения от финального матча сезона. К субботнему утру Гарри, что бы он ни говорил Гермионе, готов был с радостью обменять весь «Феликс Фелицис» в мире на возможность выйти вместе с Роном, Джинни и остальными на поле для квиддича. Почти с нестерпимым отчаянием откололся он от вытекающего под солнечный свет потока учеников — все со значками и флагами, в шапочках и шарфах своих команд, — спустился по каменным ступеням в подземелье и шел по нему, пока не утих шум далекой толпы, шел, сознавая, что ни слова комментария, ни единого крика, восторженного или горестного, он отсюда расслышать не сможет.

— А, Поттер, — произнес Снегг, когда Гарри, стукнув в дверь, вошел в неприятно знакомый кабинет, который Снегг, хоть он и преподавал теперь наверху, так и не освободил.

Освещен кабинет был, как и всегда, тускло, и все те же разноцветные банки со слизистыми мертвыми существами стояли по его стенам. Еще более зловеще выглядела груда оплетенных паутиной коробок, сваленных на столе, за которым явно предстояло сидеть Гарри, — от них так и веяло нудной, тяжелой и бессмысленной работой.

— Мистер Филч давно уж подыскивал помощника, который смог бы привести в порядок эти старые архивные дела, — ласково сказал Снегг. — В них содержатся записи о правонарушителях Хогвартса и понесенных ими наказаниях. Нам хотелось бы, чтобы вы заново переписали карточки, на которых выцвели чернила, а также те, что погрызены мышами, и в алфавитном порядке разложили копии по коробкам. Магию использовать запрещается.

— Разумеется, профессор, — сказал Гарри, вложив в последнее слово столько презрения, сколько смог.

— Думаю, вы могли бы начать, — злорадно улыбаясь, продолжал Снегг, — с коробок от тысяча двенадцатой до тысяча пятьдесят шестой. Вы встретите в них знакомые имена, что сделает вашу работу еще более интересной. Вот, гляньте-ка...

Он театрально вытащил карточку из верхней коробки и прочитал вслух:

— «Джеймс Поттер и Сириус Блэк. Уличены в применении незаконных чар к Бертраму Обри. Голова Обри вдвое увеличилась в размере. Двойное задержание в школе». — Снегг глумливо оскалился. — Приятно, должно быть, думать, что вот они нас покинули, а хроника их великих деяний остается с нами.

Гарри почувствовал под ложечкой знакомое жжение. Прикусив язык, чтобы не сказать ничего в ответ, он уселся перед коробками и потянул к себе первую.

Работа, как и предвидел Гарри, была бесполезной и нудной, перемежавшейся лишь (как это наверняка и было задумано Снеггом) еканьем в животе, которое возникало всякий раз, как Гарри натыкался на имена отца или Сириуса, обычно соединенные какимнибудь пустяковым бесчинством; время от времени к ним присоединялись Римус Люпин с Питером Петтигрю. Копируя записи о всевозможных проступках и наказаниях, Гарри не переставал гадать о том, что творится снаружи, где уже должен был начаться матч, где Джинни играла ловцом против Чжоу.

Гарри снова и снова поглядывал в сторону тикавших на стене часов. Казалось, стрелки их движутся вдвое медленнее обычного — может быть, Снегг заколдовал их, чтобы они замедлили ход? Не мог же он просидеть здесь всего только полчаса... час... полтора...

Когда часы показали половину первого, в животе у Гарри заурчало. Снегг, не произнесший ни слова после того, как задал Гарри работу, поднял на него взгляд только в десять минут второго.

— Думаю, этого будет достаточно, — холодно сказал он. — Отметьте место, на котором вы остановились. Продолжите в следующую субботу, в десять.

— Да, сэр.

Гарри наобум втиснул помятую карточку в коробку и поспешил к двери, пока Снегг не передумал. Он взлетел по каменным ступеням, прислушиваясь, не доносится ли с поля какой-либо шум, — нет, все тихо. Выходит, игра закончилась.

Гарри помедлил у заполненного народом Большого зала, потом помчался вверх по мраморной лестнице — побеждал ли Гриффиндор или проигрывал, у команды принято было праздновать либо горевать в своей гостиной.

— *Quid agis*[1] ? — поинтересовался он на всякий случай у Полной Дамы, гадая, что его ожидает.

Понять что-либо по лицу Дамы, ответившей: «Сам увидишь» — было невозможно.

Она отступила в сторону, открывая Гарри дорогу.

Из-за спины Полной Дамы вырвался торжествующий рев. Едва увидев разинувшего рот Гарри, все, кто только был в гостиной, завопили; сразу несколько рук втянули его внутрь.

— Мы победили! — проорал Рон, который возник прямо перед ним, размахивая Кубком. — Победили! Четыреста пятьдесят против ста сорока! Победа!

Гарри огляделся: Джинни летела к нему, на ее сияющем лице застыло решительное выражение, она

---

[1] Как дела? *(лат.)*

обвила Гарри руками. И он, ничего не успев подумать, забыв о том, что на них смотрят человек пятьдесят, не успев даже понять, что делает, поцеловал ее.

Прошло несколько долгих мгновений или, может быть, полчаса, а то и несколько солнечных дней, прежде чем они оторвались друг от друга. В гостиной стояла полная тишина. Но вот кто-то присвистнул, откуда-то донесся нервный смешок. Гарри, взглянув поверх головы Джинни, увидел Дина Томаса с треснувшим бокалом в руке, и Ромильду Вейн, которую, казалось, подмывало чем-нибудь в него запустить. Гермиона сияла улыбкой, однако взгляд Гарри искал Рона. И наконец отыскал: он еще сжимал Кубок, но выглядел так, точно его ахнули дубиной по голове. Долю секунды они смотрели друг другу в глаза, потом Рон слегка дернул головой, что Гарри истолковал как: «Ну, раз уж без этого не обойтись...»

Существо, обитавшее в груди Гарри, торжествующе взревело, он перевел взгляд на Джинни, улыбнулся ей и молча повел рукой в сторону портрета. Обоим, безусловно, требовалась долгая прогулка по окрестностям замка — надо же было поговорить о прошедшей игре. Если они найдут для этого время.

Глава 25

ПОДСЛУШАННАЯ ПРОРИЦАТЕЛЬНИЦА

Весть о том, что Гарри Поттер встречается с Джинни Уизли, произвела изрядный фурор — главным образом среди девочек, сам же Гарри в последующие несколько недель лишь дивился собственной новой, счастливой невосприимчивости к слухам. В конце концов, обнаружить, что о тебе болтают, потому что ты счастлив так, как очень давно уже счастлив не был, а не из-за твоей причастности к жутким, связанным с самой темной магией событиям, — перемена довольно приятная.

— Можно подумать, людям больше посплетничать не о чем, — сказала в один из вечеров Джинни, сидевшая на полу общей гостиной, прислонясь спиной к ногам Гарри и просматривая номер «Ежедневного пророка». — Три нападения дементоров за неделю, а у Ромильды Вейн только один вопрос ко мне и нашелся: правда ли, что у тебя на груди наколот гиппогриф?

Рон с Гермионой покатились со смеху. Гарри в их сторону даже не взглянул.

— И что ты ей ответила?

— Что у тебя там Венгерская хвосторога изображена, — ответила Джинни, неторопливо переворачивая газетную страницу. — Пусть считает, что ты настоящий мачо.

— Ну спасибо, — ухмыльнулся Гарри. — А Рона ты чем наградила?

— Карликовым пушистиком. Правда, я отказалась сказать, на каком месте он его наколол.

Рон недовольно нахмурился, Гермиона прыснула.

— Вы, знаете ли, не зарывайтесь, — сказал Рон, грозя Гарри и Джинни пальцем. — Если я вам чего разрешил, так я и передумать могу...

— *Разрешил?* — насмешливо переспросила Джинни. — С каких это пор мне требуются твои разрешения? И кстати, ты же сам говорил, что уж лучше Гарри, чем Майкл или Дин.

— Ну говорил, — нехотя согласился Рон. — Так это пока вы не начали целоваться да обниматься у всех на виду...

— Вот ведь ханжа паршивый! Вы-то с Лавандой не липли, что ли, друг к другу по всему замку, как пара угрей? — поинтересовалась Джинни.

Впрочем, с наступлением июня терпению Рона не пришлось подвергаться серьезным испытаниям, поскольку время, которое Гарри и Джинни проводили вместе, все сокращалось и сокращалось. У Джинни близился экзамен СОВ, и ей приходилось засиживаться над книгами до поздней ночи. В один такой вечер, когда Джинни ушла в библиотеку, а Гарри сидел у окна гостиной, предположительно дописывая домашнюю работу по травологии, а на деле вспоминая во всех подробностях особенно счастливый час, который он и Джинни скоротали в обеденное время у озера, к окну подошла и уселась между Гарри и Роном Гермиона. Решительное выражение лица ее ничего приятного не сулило.

— Нам нужно поговорить, Гарри.

— О чем это? — подозрительно спросил он. Не далее как вчера Гермиона уже отчитывала его за то, что он отвлекает Джинни, которой следует готовиться к экзаменам.

— О так называемом Принце-полукровке.

— Ну вот, снова-здорово, — простонал Гарри. — И когда только ты это бросишь?

Вернуться за книгой в Выручай-комнату он так пока и не решился и на зельеварении соответственно не блистал (впрочем, Слизнорт, с одобрением относившийся к Джинни, шутливо объяснял это любовной горячкой). Гарри был уверен, что Снегг не теряет надежды наложить лапы на книгу Принца, а потому решил, пока Снегг остается настороже, держать ее там, где она была.

— Когда ты меня выслушаешь, — твердо ответила Гермиона. — Так вот, я попыталась выяснить, кто мог бы обзавестись подобным хобби — изобретением Темных заклинаний...

— Да не было у него такого хобби...

— «У него»? А с чего ты взял, что это *он*?

— Слушай, мы это уже проходили, — рассердился Гарри. — *Принц*, Гермиона, *Принц*!

— Правильно! — отозвалась Гермиона, на щеках которой уже запылали красные пятна. Она вытащила из кармана старенький газетный лист и хлопнула им по столу перед Гарри. — Смотри! Взгляни на фотографию!

Гарри поднял крошащийся листок и уставился на пожелтевшую от дряхлости живую фотографию, Рон тоже склонился над ней. Фотография изображала костлявую девочку лет пятнадцати. Далеко не красавица — густые брови, длинное бледное лицо, — она выглядела одновременно и сварливой, и замкнутой. Подпись под фотографией гласила: «Эйлин Принц, капитан команды Хогвартса по игре в плюй-камни».

— И что? — спросил Гарри, просматривая сопровождавшую снимок заметку — довольно скучный отчет о соревнованиях между школами.

— Ее звали Эйлин Принц. *Принц*, Гарри.

Они уставились друг на друга, и Гарри наконец понял, что пытается втолковать ему Гермиона. Его разобрал смех.

— Исключено.

— Что?

— Ты думаешь, *она* и была полукровкой? Да ну тебя.

— А что такого? Гарри, в волшебном мире нет настоящих принцев! Это либо прозвище, выдуманный, присвоенный кем-то титул, либо фамилия, ведь так? Нет, ты послушай. Если, скажем, отец ее был волшебником по фамилии Принц, а мать происходила из маглов, то и получилось бы, что она «полукровка Принц»!

— Да, Гермиона, весьма изобретательно...

— Но ведь сходится! Может, она гордилась тем, что ее можно называть «полу-Принцем»!

— Послушай, Гермиона, я знаю, что это была не девочка. Просто знаю!

— Ты просто считаешь, что у девочки не хватило бы на все это ума, — сердито заявила Гермиона.

Гарри почувствовал себя уязвленным:

— Интересно, как бы я мог, проведя с тобой рядом пять лет, считать, что у девочек не хватает ума хоть на что-то? Я говорю о его слоге. И просто-напросто знаю, Принц был мужчиной, я чувствую это. А твоя девица никакого отношения к нему не имеет. Кстати, где ты ее откопала?

Ответ Гермионы был вполне предсказуемым:

— В библиотеке. Там есть подшивки старых «Пророков». Ладно, попробую выяснить об этой Эйлин Принц побольше, вдруг что и найду.

— Ну валяй, развлекайся, — раздраженно сказал Гарри.

— Непременно, — ответила Гермиона. — И первое, что я просмотрю, — выпалила она уже от портретной двери, — это списки старых обладателей награды за зельеварение.

Гарри некоторое время сердито смотрел ей вслед, а затем вернулся к созерцанию темнеющего неба.

— Да она просто не может смирится с тем, что ты обскакал ее по зельеварению, — снова утыкаясь в «Тысячу магических трав и грибов», сказал Рон.

— Ты-то не считаешь меня сумасшедшим из-за того, что я хочу вернуть себе книгу?

— Конечно, нет, — твердо ответил Рон. — Он был гением, этот твой Принц. Без его подсказки насчет безоара... — он многозначительно провел себя пальцем по горлу, — я бы с тобой тут об этом не разговаривал. Я, разумеется, не считаю твой фокус с Малфоем таким уж отличным...

— Я тоже, — поспешно сказал Гарри.

— Но он же поправился, верно? Выздоровел, никто и глазом моргнуть не успел.

— Да, — согласился Гарри. Это была чистая правда, что не мешало ему испытывать легкие уколы совести. — Благодаря Снеггу...

— Тебе к нему опять в эту субботу тащиться? — спросил Рон.

— Угу, и в следующую, и в следующую за ней, — вздохнул Гарри. — А теперь он еще и намекает, что, если я не управлюсь со всеми коробками до конца семестра, мне придется возиться с ними и в новом учебном году.

Наказание, отбываемое в кабинете Снегга, досаждало Гарри даже сильнее прежнего, поскольку оно отнимало часть и без того ограниченного времени, которое он проводил с Джинни. А в последние дни он все чаще гадал, не понимает ли это и Снегг, взявший привычку задерживать его все дольше и дольше, отпуская при этом туманные намеки насчет погожих часов, которые бедному Гарри приходится пропускать, лишаясь всех связанных с ними приятных возможностей.

От этих горестных размышлений Гарри оторвало появление Джимми Пикса, принесшего ему пергаментный свиток.

— Спасибо, Джимми. Ух ты, да это от Дамблдора! — взволнованно сообщил Гарри, разворачивая пергамент и просматривая его. — Хочет, чтобы я как можно скорее явился к нему в кабинет.

Они с Роном уставились друг на друга.

— Ничего себе, — прошептал Рон. — Ты не думаешь... Может, он нашел...

Выскочив из гостиной, Гарри во весь дух помчался по коридорам восьмого этажа. Навстречу ему попался лишь Пивз — спикировав на Гарри, полтергейст привычно обстрелял его кусочками мела и, загоготав, ловко увернулся от заклинания, которым Гарри в него пальнул. Как только Пивз удалился, в коридоре наступила тишина: до отбоя оставалось всего пятнадцать минут, и большинство учеников уже разбрелись по своим гостиным.

Внезапно до Гарри донесся вскрик, звук удара. Он остановился, прислушался.

— Да как... вы... смеете... ааааx!

Звуки эти летели из ближайшего коридора; с волшебной палочкой наготове Гарри бросился вперед и, свернув за угол, увидел распростертую на полу профессора Трелони — голову ее накрывали бесчисленные шали, рядом валялись бутылки с кулинарным хересом, одна из которых разбилась.

— Профессор...

Гарри подскочил к профессору, чтобы помочь ей подняться на ноги. Несколько нитей блестящих бус обвились вокруг ее очков. Громко икнув, профессор Трелони пригладила ладонью прическу и, держась за руку Гарри, встала.

— Что случилось, профессор?

— Очень интересный вопрос! — визгливо ответила она. — Я прогуливалась, размышляла о некоторых явившихся мне мрачных знамениях...

Гарри слушал ее вполуха. Он вдруг сообразил, где они: справа висит гобелен с танцующими троллями, слева — гладкая, глухая каменная стена, за которой кроется...

— Профессор, вы пытались войти в Выручай-комнату?

— ...зловещих предзнаменованиях, которые я удостоилась... Что?

Глаза ее вдруг забегали.

— Выручай-комната, — повторил Гарри. — Вы пытались проникнуть в нее?

— Я... ну... вот уж не знала, что ученикам известно о...

— Не всем, — сказал Гарри. — Так что же случилось? Вы закричали... Мне показалось, что вам сделали больно.

— Я... э-э... — протянула профессор Трелони, настороженно закутываясь в шали и не сводя с Гарри увеличенных очками до огромных размеров глаз. — Я хотела... э... поместить в Выручай-комнату некоторые... м-м... личные вещи...

И она забормотала что-то о «гнусных наветах».

— Понимаю, — сказал Гарри, бросая взгляд на бутылки с хересом. — Но войти туда и спрятать их вам не удалось?

Ему это казалось странным — в конце концов, когда он пожелал спрятать книгу Принца-полукровки, комната открылась.

— Нет, войти-то я вошла, — ответила профессор Трелони, гневно взглянув на стену. — Но там уже кто-то был.

— Кто-то... Кто? — резко спросил Гарри. — Кто был в комнате?

— Понятия не имею, — сказала профессор Трелони, несколько ошарашенная тоном Гарри. — Я вошла в Выручай-комнату и услышала голос, чего за все годы, что я прячу... ну, то есть использую комнату, ни разу еще не случалось.

— Голос? И что он сказал?

— Да не знаю я, что он сказал, — ответила профессор Трелони. — Он... радостно вскрикнул.

— *Радостно?*

— Ликующе, — кивая, подтвердила профессор.

Гарри уставился на нее.

— Голос был мужской или женский?

— Я бы сказала, мужской.

— И он звучал радостно?

— Даже счастливо, — усмехнулась профессор Трелони.

— Как будто что-то праздновал?

— Очень на то похоже.

— А потом?

— А потом я крикнула: «Кто здесь?»

— Разве вы не могли выяснить это, не спрашивая? — разочарованно осведомился Гарри.

— Внутреннее Око, — с достоинством сообщила профессор Трелони, разглаживая шали и поправляя многочисленные ожерелья, — устремлено на материи, весьма и весьма удаленные от прозаических радостных восклицаний.

— Понятно, — поспешно согласился Гарри; россказни о Внутреннем Оке профессора Трелони давно уж набили ему оскомину. — А на ваш вопрос голос ответил?

— Нет, не ответил, — сказала она. — Все вдруг почернело, и в следующий миг я обнаружила, что вылетаю вперед головой из Выручай-комнаты!

— И предвидеть этого вы никак не могли? — не удержавшись, поинтересовался Гарри.

— Нет, не могла, я же сказала, там было темно, как... — Она замолчала, подозрительно уставясь на Гарри.

— Думаю, вам лучше рассказать об этом профессору Дамблдору, — сказал Гарри. — Ему следует знать, что Малфой празднует... то есть, что кто-то выкинул вас из Выручай-комнаты.

К его удивлению, профессор Трелони, услышав это предложение, надменно выпрямилась.

— Директор школы дал мне понять, что предпочел бы видеть меня пореже, — холодно сказала она. — А я не имею привычки навязывать свое общество тем, кто его не ценит. Если Дамблдор предпочитает игнорировать предостережения, которые сообщают ему карты...

Внезапно ее костлявые пальцы сомкнулись на запястье Гарри.

— Раз за разом, как бы я их ни раскидывала... — И профессор Трелони театрально выхватила из-под шалей игральную карту. — Башня молний, — прошептала она. — Несчастье. Бедствие. Все ближе и ближе...

— Понятно, — повторил Гарри. — И все-таки вам следует рассказать Дамблдору об этом голосе и о том, как все потемнело, а вас выбросили из Выручай-комнаты...

— Вы так считаете? — Профессор Трелони словно бы призадумалась, но Гарри видел, что она совсем не прочь поведать о своем маленьком приключении кому-либо еще.

— Я как раз направляюсь к нему, — сказал он. — У нас назначена встреча. Мы могли бы пойти вместе.

— Ну, в таком случае... — улыбнулась профессор Трелони. Она наклонилась, подобрала с пола бутылки и бесцеремонно засунула их в большую сине-белую вазу, стоявшую поблизости в нише.

— Мне так вас не хватает на моих уроках, Гарри, — томно произнесла профессор, едва они тронулись в путь. — Как прорицатель вы никогда особенно не блистали... но были таким превосходным объектом...

Гарри не ответил: положение объекта непрестанных роковых предсказаний профессора Трелони давно уже стало ему ненавистным.

— Боюсь, — продолжала она, — что кляча, извините, кентавр, ничего в гадании на картах не смыслит. Я спросила у него, как прорицатель у прорицателя, не ощущает ли и он отдаленных вибраций близящейся катастрофы? Но он, похоже, нашел меня едва ли не смешной. Да, смешной!

Голос ее истерично возвысился, и Гарри ощутил мощное дуновение хереса — даром что бутылки с ним остались позади.

— Возможно, до этого коняги дошли разговоры о том, что я будто бы не унаследовала великого дара моей прапрабабушки. Эти слухи распускаются моими завистниками уже множество лет. Знаете, что я на них отвечаю, Гарри? Разве Дамблдор позволил бы мне преподавать в нашей великой школе, если бы все эти годы не питал ко мне такое доверие? Разве я не доказала ему, что чего-то стою?

Гарри пробормотал нечто невнятное.

— Хорошо помню мой первый разговор с Дамблдором, — глухим голосом продолжала профессор Трелони. — Разумеется, я произвела на него глубокое впечатление, очень глубокое. Я тогда остановилась в «Кабаньей голове», кстати, не рекомендую, — клопы, мой мальчик, — но в ту пору я была стеснена в средствах. Он расспрашивал меня... Должна признаться, поначалу мне показалось, что к прорицанию, как к предмету, он расположен не очень благосклонно. Помню, у меня возникло такое странное чувство, я в тот день почти ничего не ела. Правда, потом...

И с этой минуты Гарри стал слушать профессора Трелони очень внимательно — он догадался, что произошло в тот день: она изрекла пророчество, которое изменило ход всей его жизни, пророчество о нем и Волан-де-Морте.

— ...потом нас самым невоспитанным образом прервал Северус Снегг.

— Что?

— Да-да, за дверью поднялся какой-то шум, она распахнулась, и перед нами предстал тамошний неотесанный бармен, а с ним и Снегг. Снегг что-то мямлил, дескать, ошибся лестницей, хотя мне, должна вам сказать, сразу стало ясно, что его поймали, когда он подслушивал нашу беседу с Дамблдором. Видите ли, он сам желал в то время получить это место и, несомненно, надеялся таким способом раздобыть полезные сведения! После этого Дамблдор проникся куда большим желанием взять меня на службу. Смею думать, Гарри, что объясняется это поразившим его контрастом между моими непритязательными манерами, моими неброскими дарованиями и бесцеремонностью молодого человека, который всюду сует свой нос и готов даже подслушивать у замочной скважины... Гарри, дорогой!

Она оглянулась, только тут заметив, что Гарри с ней рядом нет — он замер на месте и теперь их уже разделяло расстояние футов в десять.

— Гарри? — неуверенно повторила она.

Наверное, у него побелело лицо, отчего вид профессора Трелони и стал таким озабоченным и испуганным. Гарри словно врос в пол, он чувствовал, как сквозь него прокатываются одна за другой волны потрясения, смывавшие все, кроме сведений, которые от него так долго скрывали.

Это Снегг подслушал пророчество! Снегг сообщил о нем Волан-де-Морту! Снегг и Питер Петтигрю натравили Волан-де-Морта на Лили, Джеймса и их сына!

И ничто иное для Гарри сейчас значения не имело.

— Гарри? — повторила профессор Трелони. — Гарри, по-моему, мы собирались вместе повидать директора.

— Оставайтесь здесь, — онемелыми губами выговорил Гарри.

— Но, дорогой... Я же хотела рассказать ему, как на меня напали в Выручай...

— Оставайтесь здесь! — сердито повторил Гарри.

Он бегом миновал испуганную профессора Трелони и свернул в коридор Дамблдора, где стояла на своем посту одинокая горгулья. Гарри крикнул ей пароль, взлетел по винтовой лестнице, перескакивая по три ступеньки за раз. В дверь Дамблдора он не постучал, а забарабанил, и спокойный голос ответил: «Входите» — уже после того, как Гарри ворвался внутрь.

Фоукс озирался по сторонам, его яркие черные глаза ловили золотые отблески садившегося за окном солнца. Дамблдор стоял у окна, глядя на земли замка, в руках он держал длинный черный дорожный плащ.

— Ну что же, Гарри, я обещал взять тебя с собой.

Мгновение-другое Гарри не мог понять, о чем идет речь, — разговор с Трелони вышиб из его головы все, что содержалось в ней прежде, а мозг, казалось, стал работать очень медленно.

— Взять... с собой...

— Разумеется, если ты этого хочешь.

— Если я...

Только тут Гарри вспомнил начальную причину, по которой ему так не терпелось попасть в кабинет Дамблдора.

— Так вы нашли его? Нашли крестраж?

— Думаю, да.

Гнев и негодование боролись в Гарри с потрясением и волнением, несколько мгновений он не мог вымолвить ни слова.

— Страх — дело естественное, — сказал Дамблдор.

— Я не боюсь! — тут же ответил Гарри, и это было правдой — уж чего он сейчас не ощущал, так это страха. — Какой из крестражей? Где он?

— Какой именно, наверняка не знаю, думаю, впрочем, что о змее можно пока забыть. Я уверен в одном: этот крестраж спрятан в пещере на берегу моря, за много миль отсюда, в пещере, которую я ищу уже очень давно. Это в ней Том Реддл до смерти запугал когда-то двух детей из своего приюта во время их ежегодного похода, помнишь?

— Да, — ответил Гарри. — Как она защищена?

— Не знаю. У меня есть догадки, но они могут быть совершенно неверными. — Дамблдор поколебался немного, затем сказал: — Гарри, я обещал взять тебя с собой и от обещания не отказываюсь, однако я не исполнил бы своего долга, если бы не предупредил тебя: все это может оказаться чрезвычайно опасным.

— Я иду с вами, — ответил Гарри, почти не дав Дамблдору закончить. За последние несколько минут кипевший в нем гнев на Снегга и потребность совершить что-нибудь рискованное и опасное возросли десятикратно. По-видимому, эти чувства отразились на его лице — Дамблдор отступил от окна, пристально посмотрел на Гарри, и между серебристых бровей волшебника появилась легкая складка.

— Что с тобой случилось?

— Ничего, — торопливо солгал Гарри.

— Чем ты расстроен?

— Я не расстроен.

— Гарри, ты никогда не был так уж силен в окклюмен...

Последнее слово и стало искрой, от которой гнев Гарри вспыхнул, как пламя.

— Снегг! — выпалил он с такой силой, что за спиной его негромко заклекотал Фоукс. — Снегг, вот что со мной случилось! Это *он* донес Волан-де-Морту о пророчестве, которое подслушал, затаившись под дверью! Трелони мне все рассказала!

Лицо Дамблдора, окрашенное заходящим солнцем в кровавые тона, не дрогнуло, но Гарри почудилось, что оно побледнело. Молчание старого волшебника продлилось лишь миг, однако миг этот был очень долгим.

— Когда ты узнал об этом? — наконец спросил он.

— Только что! — ответил Гарри, ценой огромных усилий удерживаясь от крика. И тут же выяснилось, что владеть собой он больше не способен. — И ВЫ ПОЗВОЛИЛИ ЕМУ ПРЕПОДАВАТЬ В ШКОЛЕ! ЧЕЛОВЕКУ, КОТОРЫЙ НАТРАВИЛ ВОЛАН-ДЕ-МОРТА НА МАМУ И ПАПУ!

Тяжело дыша, точно в самый разгар драки, Гарри отвернулся от так и не шевельнувшего ни одним мускулом Дамблдора и принялся расхаживать по кабинету, потирая одной ладонью костяшки другой и прилагая все силы, какие у него остались, чтобы удержаться и не посбивать на пол то, что попадалось ему на глаза. Гарри хотелось бушевать, орать на Дамблдора, но хотелось также отправиться с ним в путь и уничтожить крестраж; хотелось заявить профессору, что поверить Снеггу мог только старый дурак, но при этом он боялся даже подумать о том, что, если ему не удастся справиться с гневом, Дамблдор оставит его здесь...

— Гарри, — негромко произнес Дамблдор, — пожалуйста, выслушай меня.

Заставить себя прекратить метания по кабинету было так же трудно, как и удержаться от крика. Гарри застыл на месте, прикусил губу и взглянул в морщинистое лицо Дамблдора.

— Профессор Снегг совершил ужасную...

— Не говорите мне, что он совершил ошибку, сэр! Он подслушивал под дверью!

— Дай мне, пожалуйста, закончить. — Дамблдор дождался короткого кивка Гарри и продолжил: — Профессор Снегг совершил ужасную ошибку. В ночь, когда он услышал первую половину пророчества профессора Трелони, он еще состоял на службе у Волан-де-Морта. Естественно, он поспешил уведомить об услышанном своего хозяина, к которому оно имело самое серьезное отношение. Но Северус не знал, да и не мог знать, на какого именно мальчика начнет охотиться Волан-де-Морт, как не знал и того, что родители этого мальчика, которых хозяин убьет во время своих губительных поисков, — люди, ему хорошо знакомые, что это твои отец и мать...

Гарри издал невеселый смешок.

— Он ненавидел отца, как ненавидел и Сириуса! Вы не заметили, профессор, что люди, которых Снегг ненавидит, рано или поздно погибают?

— Ты представления не имеешь, Гарри, как раскаивался профессор Снегг, когда узнал, каким образом Волан-де-Морт истолковал пророчество. Уверен, это величайшее из сожалений его жизни, именно поэтому он обратился...

— Но ведь он очень силен в окклюменции, не так ли, сэр? — произнес Гарри голосом, дрожавшим от одних лишь усилий сохранить его твердость. — И разве Волан-де-Морт не убежден, что Снегг на его стороне? Профессор, как можете вы быть уверены, что он — на вашей?

Дамблдор с мгновение помолчал, со стороны казалось, что он пытается прийти к какому-то решению. И наконец сказал:

— Я уверен. Я полностью доверяю Северусу Снеггу.

Несколько секунд Гарри тяжело отдувался, стараясь оставаться спокойным. Не получилось.

— А я не доверяю! — все так же громко заявил он. — Вот в эту минуту, у вас под носом, он затевает что-то с Драко Малфоем, а вы по-прежнему...

— Мы это уже обсуждали, Гарри, — посуровевшим тоном произнес Дамблдор. — И я свое мнение высказал.

— Вы покидаете сегодня школу и, готов поспорить, даже не думаете о том, что Снегг с Малфоем могут решиться...

— На что? — Дамблдор приподнял брови. — В чем, если быть точным, ты их подозреваешь?

— Я... они что-то задумали! — сжимая кулаки, ответил Гарри. — Профессор Трелони только что заходила в Выручай-комнату, собиралась припрятать там свои бутылки с хересом, она слышала, как Малфой радостно вскрикивает, как будто празднует что-то! Он пытался соорудить там что-то опасное, и, если хотите знать мое мнение, ему это удалось, а вы, того и гляди, оставите школу даже не...

— Довольно, — сказал Дамблдор. Сказал совершенно спокойно, однако Гарри мгновенно умолк — понял, что перешел некую незримую черту. — Ты полагаешь, что я хоть раз оставлял школу, не защитив ее на время моего отсутствия? Ни разу. Этой ночью, когда я уйду, здесь снова будет установлена дополнительная защита. Прошу тебя, Гарри, не думай, что я отношусь к безопасности своих учеников без должной серьезности.

— Да я и... — забормотал, немного сконфузясь, Гарри, но Дамблдор не дал ему договорить.

— И больше я на эту тему разговаривать не хочу.

Гарри прикусил язык, опасаясь, что зашел слишком далеко, что лишил себя возможности сопровождать Дамблдора, но волшебник вдруг спросил:

— Так хочешь ты отправиться сегодня со мной?

— Да, — мигом ответил Гарри.

— Очень хорошо. Тогда слушай. — И Дамблдор распрямился во весь свой рост. — Я беру тебя с собой на одном условии: ты будешь мгновенно, не задавая вопросов, выполнять любой мой приказ.

— Разумеется.

— Подумай, Гарри, до конца ли ты понял то, что я сказал. Ведь тебе придется следовать *любому* приказу, даже такому, как «беги», «прячься» или «возвращайся назад». Ты даешь мне слово?

— Я... да, конечно.

— Если я велю тебе спрятаться, ты это сделаешь?

— Да.

— Если велю убежать, подчинишься?

— Да.

— Если велю бросить меня, спасаться самому, ты сделаешь то, что я скажу?

— Я...

— Гарри?

Мгновение они смотрели друг другу в глаза.

— Да, сэр.

— Очень хорошо. В таком случае сходи, пожалуйста, за мантией-невидимкой, и через пять минут встретимся в вестибюле.

Дамблдор отвернулся, чтобы еще раз взглянуть в ставшее совсем огненным окно; рубиновое солнце уже горело над горизонтом. Гарри торопливо вышел из кабинета, спустился по винтовой лестнице. В голове его вдруг все прояснилось. Он знал, что ему следует сделать.

Когда он вернулся в гостиную, там сидели Рон с Гермионой.

— Чего хотел Дамблдор? — сразу спросила она. И с тревогой прибавила: — Гарри, с тобой все в порядке?

— Все, — отрывисто бросил он и, пробежав мимо них, взлетел по лестнице в спальню, где рывком распахнул свой чемодан и извлек из него Карту Мародеров и пару свернутых в шарик носков. Затем он быстро спустился в гостиную и притормозил около сидевших в ошеломлении Рона и Гермионы.

— У меня мало времени, — тяжело дыша, сказал Гарри. — Дамблдор велел прихватить мантию-невидимку. Послушайте...

Он коротко рассказал им, куда и зачем отправляется. Ни ахнувшая в ужасе Гермиона, ни торопливые расспросы Рона не заставили его остановиться — в мелких деталях они разберутся и сами.

— Вы понимаете, что это значит? — закончил он свой стремительный рассказ. — Дамблдора здесь этой ночью не будет, так что Малфой еще раз попытается добиться своего. *Нет, слушайте!* — сердито прошипел он, увидев, что и Рон, и Гермиона хотят прервать его. — Я уверен, это Малфой праздновал что-то в Выручай-комнате. Вот. — Он сунул Гермионе в руки Карту Мародеров. — Вам придется следить за ним и за Снеггом тоже. Возьмите в помощники всех, кого сможете, из ОД. Гермиона, те галеоны, которыми мы пользовались для связи, еще работают? Дамблдор говорит, что поставит в школе дополнительную защиту, но в деле замешан Снегг, а он знает, что это за защита и как ее обойти. Правда, он не ждет, что вы будете приглядывать за ним.

— Гарри... — начала Гермиона, глаза которой округлились от страха.

— У меня нет времени на споры, — оборвал ее Гарри. — И вот это возьми. — Он вручил Рону носки.

— Спасибо, — сказал Рон. — А носки-то мне для чего понадобятся?

— Тебе понадобится то, что в них завернуто, «Феликс Фелицис». Разделите его между собой и дайте Джинни. Попрощайтесь с ней за меня. Мне пора, Дамблдор ждет...

— Нет! — сказала Гермиона, когда Рон с трепетом извлек из носков флакончик с золотистым зельем. —

Нам он не нужен, возьми его ты — никто не знает, с чем ты столкнешься.

— Со мной все обойдется, я буду с Дамблдором, — сказал Гарри. — Мне просто нужна уверенность, что у вас все хорошо... И не смотри на меня так, Гермиона. Ладно, до встречи.

Он торопливо покинул гостиную, проскочил сквозь портретный проем и помчался к вестибюлю.

Дамблдор ждал его за дубовыми дверьми. Услышав, как Гарри, с трудом переводя дыхание, выскочил на крыльцо, волшебник обернулся.

— Будь добр, надень мантию, — сказал он и, дождавшись, когда Гарри сделает это, добавил: — Очень хорошо. Пошли.

Дамблдор начал спускаться по каменным ступеням, его дорожный плащ чуть колыхался в тихом летнем воздухе. Гарри, укрытый мантией-невидимкой, поспешал за ним, все еще задыхаясь и морщась от колотья в боку.

— Но что скажут люди, увидев, что вы уходите, профессор? — спросил он, думая о Малфое со Снеггом.

— Скажут, что я отправился пропустить рюмочку в Хогсмиде, — легко ответил Дамблдор. — Я иногда навещаю Розмерту или в «Кабанью голову» заглядываю... Во всяком случае, так это выглядит. Самое милое дело, если хочешь скрыть свою настоящую цель.

Они шли в густеющих сумерках по дорожке. Воздух наполняли ароматы нагретой травы, озерной воды, горящих в хижине Хагрида поленьев. Трудно было поверить, глядя на них, что они отправляются на рискованное, страшное дело.

— Профессор, — негромко произнес Гарри, когда впереди показались ворота, к которым и вела дорожка, — нам придется трансгрессировать?

— Да, — ответил Дамблдор. — Ты ведь, я полагаю, уже умеешь?

— Умею, — подтвердил Гарри, — только у меня пока нет разрешения.

Лучше быть честным, решил Гарри, — а ну как он все испортит, промазав на сотню миль мимо нужного места?

— Не важно, — сказал Дамблдор. — Я смогу помочь тебе еще раз.

Оба вышли из ворот на сумрачную дорогу, ведущую в Хогсмид. Пока они шли по ней, быстро темнело, а когда добрались до Верхней улицы, наступила настоящая ночь. В окнах магазинов засветились огоньки. Приближаясь к «Трем метлам», Гарри и Дамблдор услышали чьи-то громкие крики.

— И чтоб духу твоего тут больше не было! — вопила мадам Розмерта, вышвыривая из дверей потрепанного волшебника. — О, здравствуйте, Альбус... поздновато гуляете.

— Добрый вечер, Розмерта, добрый вечер... Да вот, собрался в «Кабанью голову», вы уж не обижайтесь, просто там сегодня не так шумно, по-моему.

Минуту спустя они свернули в боковую улочку. Вывеска «Кабаньей головы» слегка потрескивала, хоть ветра не было и в помине. В отличие от «Трех метел» это заведение выглядело совершенно пустым.

— Входить необязательно, — озираясь, прошептал Дамблдор. — Главное, никто нас пока не видит... возьми меня за руку, Гарри. Да не жми ты так, я просто собираюсь задать тебе направление. Ну, на счет три: раз... два... три...

Гарри повернулся. И мгновенно почувствовал, что его протягивают сквозь узкую резиновую трубку; дышать стало нечем, все тело сжало почти до невыносимости, но в миг, когда ему показалось, что он вот-вот задохнется, невидимые путы как будто лопнули, и он обнаружил, что стоит в прохладной тьме и впивает полными легкими свежий, соленый воздух.

Глава 26

ПЕЩЕРА

Гарри вдыхал запах соли, вслушивался в рокот волн; легкий, зябкий ветерок ерошил ему волосы, пока он глядел на освещенное луной море, в усыпанное звездами небо. Он стоял на высокой, темной скале, под ним бурлила и пенилась вода. Гарри оглянулся. За спиной его поднимался в небо отвесный обрыв, черный и безликий. Несколько больших каменных глыб, схожих с той, на которой стояли Гарри с Дамблдором, по-видимому, отломились когда-то от этой стены. Суровый, мрачный пейзаж — море и скалы — не оживляло ни дерево, ни полоска травы или песка.

— Что скажешь? — спросил Дамблдор. Казалось, его интересует мнение Гарри насчет того, подходит это место для пикника или не очень.

— Неужели сюда приводили детей из приюта? — спросил Гарри, которому трудно было представить ландшафт, в меньшей мере пригодный для однодневного похода.

— Ну, не сюда именно, — ответил Дамблдор. — Там, наверху, чуть в стороне от обрыва, стоит деревушка. Насколько я понимаю, в нее и возили приютских сирот, чтобы они подышали морским воздухом и полюбовались волнами. Не думаю, что здесь побывал когда-нибудь хоть один человек, кроме Тома Реддла и его жертв. Никто из маглов не смог бы добраться до этих скал по суше — для этого нужно быть превосходным скалолазом, — а с моря к обрыву не подойдешь, здешние воды слишком опасны. Насколько я понимаю, Реддл спустился сюда по обрыву — магия страхует лучше любых веревок. И привел с собой двух детей — скорее всего, для того, чтобы насладиться их страхом. Один только спуск должен был напугать ребятишек до смерти, ты не находишь?

Гарри поднял взгляд на обрыв и почувствовал, как по коже побежали мурашки.

— Но конечная его — и наша — цель лежит немного дальше. Пойдем.

Дамблдор кивком указал на самый край скалы, цепочка неровных выемок образовала здесь опоры для ног, позволявшие спуститься к валунам, что лежали, наполовину утопая в воде, у самой стены обрыва. Спуск был опасным, Дамблдор двигался медленно — мешала обгоревшая рука. От морской воды камни внизу были скользкими. Гарри ощущал холод соленых брызг, ударявших ему в лицо.

— *Люмос*, — произнес Дамблдор, едва добравшись до ближайшего к обрыву валуна.

Тысячи крапин золотистого света заиграли на плескавшейся несколькими футами ниже его ног темной воде, озарив черную скальную стену.

— Видишь? — негромко спросил Дамблдор, поднимая повыше волшебную палочку. И Гарри увидел в обрыве расщелину с бурлящей в ней темной водой.

— Ты не против того, чтобы немного помокнуть?

— Нет, — сказал Гарри.

— Тогда снимай мантию-невидимку, здесь она ни к чему, и давай окунемся.

И Дамблдор с неожиданной для седовласого волшебника живостью соскользнул с валуна, плюхнулся в воду и, держа в зубах волшебную палочку, образцовым брассом поплыл к темной трещине в скале. Гарри стянул мантию, сунул ее в карман и последовал за ним.

Вода оказалась ледяной; пропитавшаяся ею одежда липла к телу, норовя своим весом утянуть Гарри на дно. С силой дыша, отчего ноздри наполнялись едким запахом соли и водорослей, он плыл на мерцающий огонек, который уходил теперь все дальше в скалу.

Расщелина вскоре завершилась темным туннелем, во время прилива, как понял Гарри, целиком заполнявшимся водой. Скользкие стены туннеля отстояли одна от другой самое большее на три фута, проплывавший мимо них свет волшебной палочки Дамблдора заставлял стены мерцать наподобие мокрого гудрона. Вскоре туннель повернул влево, и Гарри увидел, что он глубоко вдается в стену обрыва. Гарри плыл за Дамблдором, цепляя кончиками немеющих пальцев шершавый, мокрый камень.

И вот он увидел впереди выходящего из воды Дамблдора, его серебристые волосы и черный плащ поблескивали во мраке. Добравшись до этого места, Гарри ощутил под ногами ступеньки, ведшие к большой пещере. В промокшей одежде, с которой струями стекала вода, он поднялся по ним; воздух здесь был тих и студен, и Гарри пронизала неукротимая дрожь.

Дамблдор стоял в середине пещеры, высоко подняв волшебную палочку, и медленно поворачивался вокруг своей оси, оглядывая стены и потолок.

— Да, место то самое, — сказал он.

— Откуда вы знаете? — шепотом спросил Гарри.

— Здесь совершалось волшебство, — просто ответил Дамблдор.

Гарри не взялся бы сказать, от чего он дрожит — от холода, который пробрал его до костей, или от ощущения, что здесь когда-то творились чары. Он продолжал наблюдать за Дамблдором, который так и вращался на месте, видимо вникая во что-то, чего Гарри видеть не мог.

— Это всего лишь простая прихожая, вестибюль, — спустя несколько мгновений сказал Дамблдор. — Нам необходимо проникнуть внутрь, и теперь путь нам преграждают препятствия, созданные лордом Волан-де-Мортом, а не природой.

Дамблдор приблизился к стене пещеры и начал поглаживать ее кончиками почерневших пальцев, бормоча слова на странном языке, которого Гарри не понимал. Дважды обошел Дамблдор пещеру по кругу, прикасаясь, где только мог, к грубому камню, по временам останавливаясь, водя по одному какому-то месту пальцами взад и вперед, пока наконец не остановился совсем, прижав ладонь к стене.

— Здесь, — сказал он. — Мы пройдем здесь. Правда, проход запечатан.

Гарри не стал спрашивать, как Дамблдор отыскал проход. Ему никогда еще не приходилось видеть, чтобы волшебник работал вот так, пользуясь одним только зрением и осязанием, но он знал, что дым и гром чаще свидетельствуют о неумелости, чем об опыте.

Дамблдор отступил от стены, направил на нее волшебную палочку. На миг поверхность стены украсилась очертанием арочного прохода, таким ослепительно белым, как будто в стене образовалась трещина, за которой сиял мощный свет.

— П-п-получилось! — дробно стуча зубами, выдавил Гарри, но, прежде чем слово это слетело с его губ, светящийся контур исчез, оставив после себя голую, сплошную, как прежде, стену. Дамблдор обернулся.

— Извини, совсем забыл, — сказал он и ткнул в Гарри палочкой — одежда его мгновенно стала сухой и теплой, точно ее высушили у пылающего очага.

— Спасибо, — от души поблагодарил Гарри, но Дамблдор уже отвернулся к стене.

Он не пытался больше использовать магию, просто стоял, внимательно вглядываясь в стену — так, словно на ней было написано что-то необычайно интересное. Гарри тоже стоял не двигаясь — не хотел отвлекать Дамблдора.

Спустя полных две минуты Дамблдор негромко промолвил:

— Да быть того не может. Как грубо.

— Что такое, профессор?

— Похоже, — сказал Дамблдор, сунув здоровую руку под мантию и вытащив наружу короткий серебряный нож вроде того, каким Гарри резал ингредиенты для зелий, — нам придется заплатить за право прохода.

— Заплатить? — переспросил Гарри. — Вы должны что-то отдать этой двери?

— Да, — ответил Дамблдор. — Кровь, если я не слишком сильно ошибся.

— *Кровь?*

— Я же говорю — грубо, — с пренебрежением и даже разочарованием, словно Волан-де-Морт не дотянул до ожидаемого им уровня, сказал Дамблдор. — Идея, как ты уже, наверное, догадался, состоит в том, чтобы враг, проходя здесь, становился слабее. Лорд Волан-де-Морт в который раз оказался не способным понять, что существуют вещи и пострашнее физического увечья.

— Но все же, если можно обойтись без него... — сказал Гарри. Он натерпелся боли достаточно и не стремился испытать ее снова.

— Увы, иногда этого не избежать, — сказал Дамблдор, поднимая здоровую руку вверх и стряхивая рукав мантии с предплечья.

— Профессор! — протестующе воскликнул Гарри, бросаясь к Дамблдору, уже занесшему над рукой нож. — Давайте я, я же...

Он и сам не знал, что хочет сказать — моложе, крепче? Но Дамблдор лишь улыбнулся. Серебро блеснуло, ударила алая струя, стена оросилась темными, поблескивающими каплями.

— Ты очень добр, Гарри, — сказал Дамблдор, проводя концом своей палочки над глубоким порезом в руке. Порез мгновенно закрылся — так было и с ранами Малфоя, исцеленными Снегтом. — Однако твоя кровь намного дороже моей. О, похоже, наш фокус удался!

На стене вновь появился слепящий, серебристый контур арки, и на этот раз он не гаснул: орошенный кровью камень внутри него просто исчез, оставив проход, ведший, казалось, в непроглядную тьму.

— А вот тут я, пожалуй, пойду первым, — сказал Дамблдор и вступил в проход. Гарри шел вплотную за ним, торопливо посвечивая по сторонам собственной палочкой.

Зрелище им открылось жуткое: они стояли на берегу черного озера, до того огромного, что другого берега Гарри разглядеть не удавалось; озеро находилось в очень высокой пещере, даже потолок ее терялся из виду. Вдалеке, быть может в самой середине озера, различался мглистый зеленоватый проблеск, отражавшийся в совершенно неподвижной воде. Только это зеленоватое свечение да свет двух волшебных палочек разгоняли бархатистый мрак, хотя испускаемые палочками лучи уходили в него совсем не так далеко, как мог бы ожидать Гарри. Мрак этот был почему-то плотнее обычного.

— Надо идти, — тихо сказал Дамблдор. — Только будь осторожен, не вступай в воду. Держись поближе ко мне.

И он пошел, огибая озеро, Гарри следовал за ним по пятам. Шаги их отзывались эхом, ударявшим в тянувшийся вдоль озера узкий каменный обод. Они шли и шли, и ничто вокруг не менялось: грубая стена пещеры — с одной стороны, бесконечный простор гладкой, зеркальной черноты с таинственным зеленоватым свечением в его середине — с другой. И само это место, и стоявшее в нем безмолвие казались Гарри гнетущим, высасывающим силы.

— Профессор, — в конце концов спросил он, — вы думаете, крестраж где-то здесь?

— О да, — ответил Дамблдор. — Да, я в этом уверен. Вопрос только в том, как к нему подобраться.

— А мы не могли бы... не могли бы просто воспользоваться Манящими чарами? — поинтересовался Гарри. Он сознавал всю глупость своего вопроса, но уж больно ему хотелось — сильнее, чем он готов был признать, — как можно скорее выбраться отсюда.

— Разумеется, могли бы, — ответил Дамблдор и остановился — да так внезапно, что Гарри чуть не налетел на него. — Ну-ка, попробуй.

— Я?.. Ладно...

Гарри не ожидал такого предложения; он откашлялся и, взмахнув палочкой, громко сказал:

— *Акцио крестраж!*

С грохотом, похожим на взрыв, что-то очень большое и белое вырвалось футах в двадцати от них из темной воды, и, прежде чем Гарри успел разглядеть его, это «что-то» исчезло снова — со страшным всплеском, оставившим на зеркальной глади озера сильную рябь. Гарри в ужасе отшатнулся, ударившись спиной о камень; когда он посмотрел на Дамблдора, сердце его так и ухало в груди.

— Что это было?

— Нечто, я полагаю, готовое помешать любым попыткам завладеть крестражем.

Гарри взглянул на воду. Поверхность озера вновь превратилась в блестящее черное стекло, рябь исчезла с неестественной быстротой, но сердце Гарри все равно продолжало колотиться.

— Вы думали, сэр, что именно это и произойдет?

— Я думал, что, если мы предпримем слишком очевидную попытку завладеть крестражем, *что-нибудь* непременно произойдет. Впрочем, мысль была совсем недурна, это самый простой способ выяснить, с чем мы имеем дело.

— Но мы ведь так и не узнали, что это было за существо, — сказал Гарри, не отрывавший глаз от зловеще спокойной воды.

— Что это за *существа*, хотел ты сказать, — поправил его Дамблдор. — Я сильно сомневаюсь, что там оно только одно. Пойдем дальше?

— Профессор!

— Да, Гарри?

— Вы полагаете, нам придется войти в озеро?

— Войти? Только если нам очень уж не повезет.

— А вы не думаете, что крестраж может находиться на дне?

— О нет... Я думаю, что крестраж находится в середине озера.

И Дамблдор указал на мутный зеленый свет вдалеке.

— Значит, чтобы добраться до него, мы должны пересечь озеро?

— Да, полагаю, должны.

Гарри примолк. В голове его уже теснилась толпа подводных чудищ, гигантских змей, демонов, водяных и русалок.

— Ага, — произнес Дамблдор и снова остановился — на сей раз Гарри и вправду налетел на него.

Мгновение он раскачивался у самой кромки воды, но Дамблдор, ухватив его здоровой рукой за плечо, притянул Гарри к себе.

— Прости, мне следовало предупредить тебя. Будь добр, прижмись спиной к стене. Похоже, я нашел нужное место.

Гарри не понимал, о чем говорит Дамблдор. На его взгляд, этот клочок берега в точности походил на все прочие, но Дамблдор, видимо, обнаружил в нем что-то особенное. Теперь он принялся водить рукой не по каменной стене, а по воздуху, словно надеясь найти и ухватить что-то незримое.

— Ого! — немного погодя, радостно вскрикнул он.

Его пальцы сомкнулись в воздухе, но что в них было, Гарри разглядеть не мог. Дамблдор придвинулся поближе к воде; Гарри с беспокойством наблюдал за тем, как носки его украшенных пряжками туфель отыскивают опору на самом краешке каменного ободка. Не разжимая кулака, Дамблдор другой рукой поднял волшебную палочку и кончиком ее постучал по нему.

В пустом воздухе мгновенно возникла толстая, позеленевшая медная цепь, тянувшаяся из глубины к кулаку Дамблдора. Дамблдор постучал и по ней — цепь заскользила сквозь кулак, совсем как змея. С лязгом, на который каменные стены отзывались звонким эхом, цепь кольцами укладывалась на землю, вытягивая что-то из черных глубин. У Гарри перехватило дыхание — поверхность воды пробил призрачный нос крошечной лодочки, испускавшей, подобно цепи, зеленоватый свет, и вот уже вся она, почти не возмущая воду, поплыла к берегу — туда, где стояли Гарри и Дамблдор.

— Как вы узнали, что она там? — изумленно спросил Гарри.

— Магия всегда оставляет следы, — ответил Дамблдор, когда лодка мягко ударилась о берег. — Порою очень приметные. Я сам обучал Тома Реддла. И знаю его стиль.

— А... а плыть в ней безопасно?

— Думаю, безопасно. Волан-де-Морт — на случай, если ему захочется вдруг навестить или забрать свой крестраж, — должен был обзавестись средством, позволяющим пересечь озеро, не возбуждая ярости в существах, которых он поселил под водой.

— Значит, если мы поплывем на его лодке, эти подводные твари ничего нам не сделают?

— Наверное, рано или поздно они сообразят, что мы — вовсе не лорд Волан-де-Морт, и с этим нам придется смириться. Однако пока нам ничего не грозит. Они же позволили поднять лодку со дна.

— Но почему? — спросил Гарри. Ему никак не удавалось отогнать одну картину: они плывут в лодке, берег скрывается из виду, и тут из воды поднимаются щупальца.

— Волан-де-Морт имел все основания считать, что никто, кроме действительно великого волшебника, не сможет отыскать лодку, — сказал Дамблдор. — Думаю, он готов был рискнуть тем (хотя, на его взгляд, это было почти невероятно), что кто-то найдет лодку, зная при этом, что впереди его ожидают и другие преграды, преодолеть которые способен один лишь Волан-де-Морт. Скоро мы выясним, был ли он прав.

Гарри опустил взгляд на лодку. Она и вправду была очень мала.

— Как-то не похоже, что лодка рассчитана на двоих. Сможет она выдержать нас обоих? Мы не окажемся слишком тяжелыми?

Дамблдор хмыкнул:

— Волан-де-Морта заботил не вес, а объем магической силы, который пересекает озеро. Я думаю, что чары, наложенные на эту лодчонку, позволяют плыть в ней только одному волшебнику за раз.

— Но тогда...

— Ты вряд ли пойдешь в счет, Гарри: совершеннолетия ты еще не достиг, диплома не получил. Волан-де-Морт наверняка не ожидал, что какой-нибудь шестнадцатилетний юнец сумеет добраться до этого места, да и твои магические силы вряд ли будут замечены рядом с моими.

От этих слов Гарри пришел в полное уныние; вероятно, Дамблдор это понял, поскольку добавил:

— Ошибка Волан-де-Морта, Гарри, ошибка Волан-де-Морта... Зрелость становится глупой и забывчивой, когда начинает недооценивать юность... Ну, на этот раз ты первый и смотри не прикасайся к воде.

Дамблдор отступил в сторону, и Гарри осторожно забрался в лодку. Следом и Дамблдор погрузился в нее, кольцами уложив на дно цепь. Обоим пришлось потесниться, толком усесться Гарри не смог, он скрючился, выставив колени за борт, и лодчонка тут же отплыла от берега. Только один звук разносился над озером — шелковистый шелест, с которым резал воду нос лодки; она шла без их помощи, словно невидимая веревка тянула ее к далекому свету. Скоро стены пещеры исчезли вдали; если бы не отсутствие волн, можно было подумать, что лодка плывет по морю.

Гарри опустил взгляд на черную воду и увидел в ней отражение золотистого огонька, который искрился и посверкивал на конце его волшебной палочки. От носа лодки расходились по гладкой воде волны — канавки, прорезанные в темном зеркале...

И тут он заметил *это*, мраморно-белое, плавающее в нескольких дюймах под поверхностью озера.

— Профессор! — сказал он, и его испуганный голос громким эхом отразился от безмолвной воды.

— Что, Гарри?

— По-моему, я видел в воде руку — человеческую!

— Нисколько не сомневаюсь, — спокойно ответил Дамблдор.

Гарри вгляделся в воду, отыскивая исчезнувшую руку, и к горлу его подступила тошнота.

— Так эта тварь, которая выпрыгнула из воды, была...

Ответ Гарри получил еще до того, как Дамблдор успел его дать; свет от волшебной палочки скользнул по гладкому участку воды и показал ему на этот раз труп, лежавший лицом кверху несколькими дюймами ниже поверхности озера. Открытые глаза мертвеца застилала белизна, как будто их опутала паутина, волосы и одежда обвивали его подобно дыму.

— Там покойники! — воскликнул Гарри, его голос прозвучал намного выше обычного и был совсем не похож на его.

— Да, — безмятежно подтвердил Дамблдор, — но пока нам не о чем волноваться.

— Пока? — повторил Гарри, отрывая взгляд от воды, чтобы посмотреть на Дамблдора.

— Ну да, пока они мирно плавают под нами, — пояснил Дамблдор. — Трупов бояться нечего, Гарри, так же как и темноты. Разумеется, лорд Волан-де-Морт, который втайне опасается и того и другого, со мной не согласится. Что лишний раз говорит о недостатке мудрости. Сталкиваясь со смертью и темнотой, мы страшимся лишь неизвестности и не более того.

На это Гарри ничего не ответил; спорить ему не хотелось, но мысль, что вокруг них и под ними плавают мертвецы, казалась ужасной; более того, он не верил, что мертвецы эти не представляют опасности.

— Один из воды все-таки выскочил, — сказал он, стараясь, чтобы голос его звучал так же спокойно и ровно, как у Дамблдора. — Когда я попробовал приманить крестраж, труп же из озера выпрыгнул.

— Да, — сказал Дамблдор. — Не сомневаюсь, как только мы завладеем крестражем, они такими мирными больше не будут. Но подобно многим созданиям, которые обитают в холоде и мраке, они боятся тепла и света, их мы и призовем на помощь, когда возникнет необходимость. Огонь, Гарри, — с улыбкой пояснил Дамблдор, увидев проступившее на лице мальчика недоумение.

— А, ну да... — сказал Гарри. Он обернулся, чтобы взглянуть на зеленоватый свет, к которому неотвратимо приближалась лодка. Он больше не мог притворяться, будто ему не страшно. Огромное черное озеро кишело мертвецами. Казалось, прошло уже много часов с тех пор, как он повстречался с профессором Трелони, как отдал Гермионе и Рону «Феликс Фелицис»... И Гарри вдруг пожалел, что не простился с ними как следует, а Джинни так и вовсе не увидел.

— Почти приехали, — весело сообщил Дамблдор.

И верно, зеленоватое свечение наконец разрослось, и через несколько минут лодка встала, мягко уткнувшись во что-то, чего Гарри поначалу не разглядел, — лишь подняв палочку повыше, он увидел, что лодка достигла расположенного в середине озера каменного островка.

— Не касайся воды, — снова предупредил выбиравшегося из лодки Гарри старый волшебник.

Остров оказался не больше кабинета Дамблдора: крошечное пространство темного, плоского камня, на котором не было ничего, кроме источника зеленого света, ставшего вблизи гораздо более ярким. Гарри прищурился — в первую минуту он решил, что перед ним какая-то лампа, но затем увидел, что свет струится из стоящей на небольшом постаменте каменной чаши, немного напоминающей Омут памяти.

Дамблдор направился к ней, Гарри последовал за ним. Стоя бок о бок, они заглянули в чашу. Ее наполняла изумрудная жидкость, она-то и излучала свет.

— Что это? — негромко спросил Гарри.

— Точно не знаю, — ответил Дамблдор, — но неприятностей она нам сулит побольше, чем кровь и трупы.

Дамблдор поддернул рукав мантии, освобождая почерневшую руку, и потянулся кончиками обгоревших пальцев к поверхности зеленого зелья.

— Не надо, сэр, не трогайте!...

— А я и не могу, — слабо улыбнувшись, отозвался Дамблдор. — Видишь? Поднести пальцы ближе мне не удается. Попробуй сам.

Удивленный, Гарри опустил руку в чашу и попытался коснуться зелья. И наткнулся на незримый барьер, не подпускавший его к жидкости ближе чем на дюйм. Какие бы усилия он ни прилагал, его пальцы не встречали ничего, кроме воздуха, ставшего, казалось, твердым и негнущимся.

— Будь добр, отойди в сторонку, — сказал Дамблдор.

Он поднял волшебную палочку и, что-то беззвучно бормоча, произвел над поверхностью зелья несколько сложных движений. Ничего не произошло, разве что зелье засветилось чуть ярче. Пока Дамблдор работал, Гарри хранил молчание, но, когда тот убрал палочку, решил, что может снова открыть рот.

— Вы думаете, сэр, что крестраж находится здесь?

— О да. — Дамблдор склонился, чтобы попристальнее вглядеться в чашу, и Гарри увидел на гладкой поверхности зелья перевернутое отражение его лица. — Вот только как до него добраться? Зелье не подпускает к себе руку, Заклятию исчезновения не поддается, раздвинуть, вычерпать или высосать его невозможно, трансфигурировать, зачаровать или заставить как-то еще изменить свою природу — тоже.

С почти отсутствующим видом Дамблдор поднял волшебную палочку повыше, разок крутнул ею в воздухе и поймал возникший из ничего хрустальный кубок.

— Остается заключить, что зелье это предназначено для питья.

— Что? — выдохнул Гарри. — О нет!

— Да, думаю, так и есть: только выпив его, я смогу опорожнить чашу и увидеть, что лежит на ее дне.

— Но что, если... если оно убьет вас?

— Сомневаюсь, чтобы все было задумано именно так, — мягко сказал Дамблдор. — Лорд Волан-де-Морт не стал бы убивать человека, сумевшего добраться до этого острова.

Гарри не поверил своим ушам. Это что же — еще одно проявление безумной склонности Дамблдора видеть во всем только хорошее?

— Сэр, — сказал Гарри, стараясь, чтобы голос его звучал рассудительно, — сэр, мы же о Волан-де-Морте...

— Прости, Гарри, мне следовало сказать: он не стал бы *сразу* убивать человека, сумевшего добраться до этого острова, — поправился Дамблдор. — Он пожелал бы оставить его в живых до тех пор, пока не выяснит, как этому человеку удалось проникнуть сюда, преодолеть все преграды, и, самое главное, почему он так стремился опорожнить чашу. Не забывай, лорд Волан-де-Морт уверен, что о крестражах никому, кроме него, не известно.

Гарри открыл было рот, но на сей раз Дамблдор поднял ладонь, требуя тишины, — чуть нахмурясь, он вглядывался в изумрудную жидкость и, видимо, напряженно что-то обдумывал.

— Да, несомненно, — наконец сказал он, — действие этого зелья должно быть таким, чтобы помешать мне забрать крестраж. Оно может парализовать меня, заставить забыть, ради чего я сюда явился, причинить боль, которая меня оглушит, или еще каким-либо способом лишить меня сил и разума. Если это произойдет, Гарри, позаботься, чтобы я пил и дальше, пусть даже тебе придется вливать зелье в мой протестующий рот. Ты понял?

Взгляды их встретились над чашей, побледневшее лицо каждого освещалось ее странным зеленоватым свечением. Гарри не мог промолвить ни слова. Так, значит, его ради этого и позвали сюда — чтобы он силой поил Дамблдора зельем, которое может причинять невыносимую боль?

— Ты помнишь, — продолжал Дамблдор, — условие, на котором я взял тебя с собой?

Гарри поколебался, глядя в голубые глаза волшебника, в которых отражался зеленый свет чаши.

— Но что, если...

— Ты поклялся исполнить любой приказ, какой я тебе отдам, не так ли?

— Да, но...

— И я предупредил тебя, что место это может оказаться очень опасным, верно?

— Да, — ответил Гарри, — однако...

— В таком случае, — Дамблдор встряхнул рукавом, возвращая его на место, и поднял повыше пустой кубок, — приказ мой ты получил.

— Но почему я не могу выпить это зелье вместо вас? — отчаянно спросил Гарри.

— Потому что я намного старше, намного умнее и представляю намного меньшую ценность, — ответил Дамблдор. — Раз и навсегда, Гарри, даешь ты мне слово сделать все, что в твоих силах, и заставить меня продолжать пить?

— А нельзя...

— Даешь или не даешь?

— Но...

— *Слово, Гарри!*

— Я... ладно, только...

Но Дамблдор, не слушая дальнейших возражений, уже опускал хрустальный кубок в зелье. Долю секунды Гарри надеялся, что и кубком зелья коснуться не удастся, однако хрусталь окунулся в жидкость как ни в чем не бывало, а когда кубок наполнился, Дамблдор поднес его к губам.

— Твое здоровье, Гарри.

И он осушил кубок. Вцепившись в края чаши с такой силой, что онемели кончики пальцев, Гарри с ужасом смотрел на Дамблдора.

— Профессор? — тревожно спросил он, когда Дамблдор опустил пустой бокал. — Как вы себя чувствуете?

Дамблдор потряс головой, глаза его были закрыты. «Не начала ли уже боль мучить его?» — подумал Гарри. Не открывая глаз, Дамблдор опустил кубок в чашу, снова наполнил его и снова осушил.

В совершенном молчании Дамблдор выпил три полных кубка. Затем, выпив до половины четвертый, он покачнулся и повалился на чашу. Глаза его оставались закрытыми, дыхание стало тяжелым.

— Профессор Дамблдор! — сдавленным голосом позвал Гарри. — Вы меня слышите?

Дамблдор не ответил. Лицо его подергивалось, как у глубоко спящего человека, которому привиделся страшный сон. Пальцы, сжимавшие кубок, ослабли, еще миг — и зелье выплеснется из него. Гарри протянул руку к хрустальному бокалу, выпрямил его.

— Профессор, вы слышите меня? — повторил он так громко, что вопрос его эхом разлетелся по пещере.

Задыхаясь, старый волшебник сказал (Гарри не узнал его голоса — таким испуганным Дамблдор никогда еще не был):

— Я не хочу... не заставляй меня...

Гарри смотрел на знакомое лицо, на крючковатый нос, на полукружия очков и не знал, что ему делать.

— ...не могу... хочу остановиться... — жалобно простонал Дамблдор.

— Вы... вы не можете остановиться, профессор, — сказал Гарри. — Вы должны пить дальше, помните? Вы сами сказали мне это. Вот...

Испытывая ненависть к себе, отвращение к тому, что он делает, Гарри силой приблизил кубок к губам Дамблдора и наклонил его так, что волшебник проглотил оставшуюся жидкость.

— Нет... — взмолился Дамблдор, когда Гарри опустил кубок в чашу и снова наполнил его. — Я не хочу... не хочу... отпусти меня...

— Все хорошо, профессор, — сказал Гарри, рука его дрожала. — Все хорошо, я здесь...

— Прекрати, прекрати, — простонал Дамблдор.

— Да... да, сейчас все прекратится, — солгал Гарри и влил содержимое кубка в открытый рот Дамблдора.

Дамблдор закричал; крик его эхом пронесся по огромной пещере, над мертвой черной водой.

— Нет, нет, нет... нет... не могу... не могу, не заставляй меня, я не хочу...

— Все хорошо, профессор, все хорошо! — громко повторял Гарри, руки которого тряслись так, что ему стоило большого труда наполнить зельем шестой кубок, чаша между тем уже наполовину опустела. — С вами ничего не случится, вы в безопасности, все это вам только кажется... только кажется, клянусь. Ну-ка, выпейте это, выпейте.

И Дамблдор послушно выпил, как будто Гарри поднес ему противоядие, но, осушив кубок, рухнул на колени и задрожал всем телом.

— Это я виноват, я! — рыдая, воскликнул он. — Прошу тебя, прекрати, я понял, я был не прав, о, пожалуйста, только прекрати, и я никогда, никогда больше...

— Вот это все и прекратит, профессор, — надтреснувшим голосом пообещал Гарри, переливая в рот Дамблдора содержимое седьмого бокала.

Дамблдор прикрывал ладонями голову, как будто его обступали невидимые палачи; потом, отмахнувшись, едва не выбил из трясущихся рук Гарри заново наполненный кубок и простонал:

— Не мучай их, не мучай, прошу, прошу, это я виноват, мучай лучше меня...

— Вот, выпейте это, выпейте, вам станет легче, — с отчаянием попросил Гарри, и Дамблдор вновь подчинился, открыл рот, хоть глаза его и оставались крепко зажмуренными, а сам он дрожал с головы до ног.

Но теперь, выпив зелье, он упал на землю и опять закричал, молотя руками по камню, пока Гарри наполнял девятый кубок.

— Пожалуйста, пожалуйста, пожалуйста, нет... только не это, не это, я сделаю все...

— Просто выпейте, профессор, просто выпейте...

Дамблдор припал к кубку, как умирающий от жажды ребенок, но, допив, завопил так, точно его сжигал изнутри огонь.

— Не надо больше, пожалуйста, не надо...

В десятый раз наполняя кубок, Гарри почувствовал, как хрусталь царапнул по дну чаши.

— Мы почти закончили, профессор, выпейте это, выпейте...

Он опустился на землю, поддержал Дамблдора за плечи, и тот вновь осушил кубок. Гарри мгновенно вскочил на ноги, и, пока он зачерпывал зелье, Дамблдор взвыл с еще большей, чем прежде, мукой:

— Я хочу умереть! Хочу умереть! Прекрати это, прекрати, я хочу умереть!

— Выпейте, профессор, выпейте...

Дамблдор выпил и, едва сделав последний глоток, завопил:

— УБЕЙ МЕНЯ!

— Это... это последний! — задыхаясь, воскликнул Гарри. — Выпейте его... и все закончится... все закончится...

Дамблдор приник к хрусталю, выпил все до капли и, страшно захрипев, перекатился лицом вниз.

— Нет! — закричал Гарри.

Он уже встал, чтобы снова наполнить кубок, но вместо этого уронил его в чашу, бросился рядом с Дамблдором на колени и перевернул его на спину. Очки Дамблдора съехали набок, рот был разинут, глаза закрыты.

— Нет! — повторил Гарри, тряся Дамблдора за плечи. — Нет, вы не умерли, вы же сказали, что это не яд, очнитесь, очнитесь! *Оживи!* — выкрикнул он, направив палочку на грудь Дамблдора, — вспыхнул красный свет, но ничего больше не произошло. — *Оживи!* Ну, пожалуйста, сэр!

Веки Дамблдора затрепетали; у Гарри дрогнуло сердце.

— Сэр, вы...

— Воды, — прохрипел Дамблдор.

— Воды, — выдохнул Гарри, — да...

Он вскочил, схватил валявшийся в чаше кубок, едва заметив лежавший под ним золотой медальон с перекрученной цепочкой.

— *Агуаменти!* — крикнул он, ткнув волшебной палочкой в кубок.

Кубок наполнился чистой водой; Гарри упал на колени, приподнял голову Дамблдора, поднес кубок к его губам — но кубок оказался пустым. Дамблдор застонал и начал задыхаться.

— Но я же сделал... постойте... *Агуаменти!* — еще раз воскликнул Гарри, указав палочкой на кубок.

В кубке опять на секунду замерцала чистая вода, но, как только Гарри поднес его к губам Дамблдора, вода снова исчезла.

— Сэр, я стараюсь, стараюсь! — отчаянно вскрикнул Гарри, хоть он и не верил, что Дамблдор слышит его, — волшебник перевалился на бок и дышал хрипло, с натугой, словно в агонии. — *Агуаменти! Агуаменти! АГУАМЕНТИ!*

Кубок наполнился и опустел снова. Дыхание Дамблдора ослабевало. В мозгу Гарри кружился вихрь панических мыслей, и внезапно его осенило, в чем состоит единственный способ добыть воду; он понял, что именно так все и было задумано Волан-де-Мортом...

Он бросился к краю островка и окунул кубок в озеро, наполнив его до краев ледяной водой, которая никуда не исчезла.

— Сэр, вот! — крикнул Гарри и, торопливо вернувшись к Дамблдору, неловко прижал кубок с водой к его лицу.

Ни на что больше он был уже не способен: свободную руку сковало холодом, но не от ледяной воды — скользкая белая ладонь вцепилась в его запястье, и кто-то медленно поволок Гарри по камню назад, к кромке воды. Поверхность озера утратила зеркальную гладкость, она вспенилась, и повсюду, куда ни взгляни, из темной воды поднимались белые головы и руки: мужчины, женщины и дети с ввалившимися, незрячими глазами приближались к островку — армия мертвецов, восставших из черных глубин.

— *Петрификус Тоталус!* — крикнул Гарри, пытаясь зацепиться за гладкий, влажный камень и тыча палочкой в инфернала, который держал его за руку.

Инфернал выпустил ее и с плеском рухнул в воду. Гарри с трудом поднялся на ноги, но все новые инферналы уже карабкались на остров, цеплялись костлявыми пальцами за гладкий камень, не сводя с Гарри пустых, матовых глаз; пропитанные водой отрепья волоклись за ними, запавшие рты плотоядно щерились.

— *Петрификус Тоталус!* — снова завопил Гарри, отшатываясь и рассекая палочкой воздух, — шестеро или семеро инферналов попадали, однако все большее и большее их число подступало к нему. — *Остолбеней! Инкарцеро!*

Еще несколько инферналов запнулись, одного-двух опутали веревки, но те, что вылезли на остров следом за ними, просто переступали через упавшие тела. Продолжая размахивать палочкой, Гарри взвыл:

— *Сектумсемпра! СЕКТУМСЕМПРА!*

Заклинание рассекло мокрые лохмотья и ледяную кожу подступавших к Гарри трупов, но кровь из них не брызнула. Бесчувственные инферналы придвигались все ближе, со всех сторон к нему тянулись морщинистые руки. Отшатнувшись, Гарри почувствовал, как его обхватывают сзади тощие, бесплотные, холодные, точно смерть, ладони... Ступни мальчика оторвались от камня, инферналы подняли его, медленно и неотвратимо потащили к воде. Гарри понял: спасения не будет, он утонет и станет еще одним мертвым стражем осколка раздробленной души Волан-де-Морта...

И тут из темноты вырвалось золотисто-багровое пламя, огненное кольцо окружило остров, и инферналы, так крепко державшие Гарри, замедлили ход; они спотыкались, не решаясь пройти сквозь пламя, чтобы достичь воды. Гарри мертвецы уронили; он ударился оземь, попытался подняться, поскользнулся, но все же кое-как встал, обдирая о камень руки, и, вскинув волшебную палочку, огляделся вокруг.

Дамблдор снова стоял. Он был так же бледен, как обступившие их инферналы, но превосходил любого из них ростом, и в глазах его плясали отблески огня. Он держал свою палочку высоко над головой, словно факел, и из ее кончика вырывалось пламя, которое, как огромное лассо, окружало всех, кто находился на острове, кольцом тепла.

Инферналы, натыкаясь один на другого, слепо метались в попытках спастись из огненного плена.

Дамблдор выгреб со дна каменной чаши медальон и сунул его под плащ. Не говоря ни слова, он жестом подозвал Гарри к себе. Испуганные языками пламени инферналы явно не сознавали, что их добыча покидает остров. Дамблдор провел Гарри к лодке, огненное кольцо двигалось вместе с ними, и впавшие в полное замешательство инферналы тоже проводили их до самого края острова, а там облегченно скользнули в темную воду.

Гарри, которого била неукротимая дрожь, показалось на миг, что Дамблдор не сумеет забраться в лодку — старый волшебник пошатнулся, пытаясь войти в нее, все его силы уходили на то, чтобы поддерживать защитное кольцо огня. Гарри схватил его за руку, помог усесться. Когда оба втиснулись в лодку, она пустилась по черной воде в обратный путь, прочь от острова, все еще окруженная огненным кольцом. Казалось, что инферналы кишмя кишат под лодкой, но высунуться из воды не решаются.

— Сэр, — пролепетал Гарри, — сэр, я забыл... про огонь... они подступали ко мне, и я запаниковал.

— Что и понятно, — пробормотал Дамблдор. Обморочный голос его еще сильнее встревожил Гарри.

Лодка с негромким стуком ударилась носом о камень, Гарри выпрыгнул из нее и быстро обернулся, чтобы помочь Дамблдору. Едва Дамблдор ступил на берег, волшебная палочка выпала из его руки — огненное кольцо мгновенно исчезло, но инферналы так и не осмелились вылезти из воды. Маленькая лодчонка затонула, лязгая и позванивая цепью, которая тоже снова скользнула в озеро. Дамблдор протяжно вздохнул и привалился к стене пещеры.

— Я ослаб... — произнес он.

— Не беспокойтесь, сэр, — сразу отозвался Гарри, испуганный крайней бледностью и измученным выражением Дамблдора. — Не беспокойтесь, я отведу вас назад... обопритесь на меня, сэр...

Гарри перебросил здоровую руку Дамблдора через свои плечи, приняв на себя большую часть его веса, и повел своего учителя вокруг озера.

— А защита была... в конечном счете... придумана неплохо, — еле слышно произнес Дамблдор. — В одиночку ее никто бы не одолел... Ты хорошо справился, Гарри, очень хорошо...

— Не надо сейчас ничего говорить, — отозвался Гарри; его пугала невнятность, с которой Дамблдор произносил слова, то, как он приволакивал ноги. — Поберегите силы, сэр, мы скоро выберемся отсюда.

— Проход снова будет закрыт... мой нож...

— Он не понадобится, я рассеку руку о камень, — сказал Гарри. — Вы только покажите мне где...

— Здесь...

Гарри вытер ободранную руку о камень, и арочный проход, получив кровавое приношение, мгновенно раскрылся. Они пересекли внешнюю пещеру, Гарри помог Дамблдору спуститься в заполнявшую расщелину ледяную морскую воду.

— Все будет хорошо, сэр, — снова и снова повторял Гарри, которого молчание Дамблдора страшило даже сильнее, чем звучавшая в его голосе слабость. — Мы почти добрались... Я сумею трансгрессировать нас обоих... не тревожьтесь...

— А я и не тревожусь, Гарри, — отозвался Дамблдор, чей голос, несмотря на студеную воду, уже немного окреп. — Ты же рядом.

Глава 27

БАШНЯ МОЛНИЙ

Как только они снова оказались под звездным небом, Гарри помог Дамблдору забраться на верхушку ближайшего валуна и встать там на ноги. Дрожа от холода и сырости, поддерживая Дамблдора, Гарри изо всех сил сосредоточился на конечной цели — Хогсмиде. Он закрыл глаза, крепко стиснул руку Дамблдора и шагнул навстречу знакомому чувству страшного сжатия.

Еще до того, как он открыл глаза, Гарри понял, что все у него получилось: запах соли, морской ветерок исчезли. Они стояли, дрожа и роняя на землю капли, посреди темной Верхней улицы Хогсмида. На один страшный миг воображение Гарри нарисовало инферналов, подкрадывающихся к нему от магазинчиков, однако, проморгавшись, он никакого движения поблизости не обнаружил — все было тихо, почти полную тьму разгоняли лишь редкие уличные фонари да несколько горящих в верхних этажах окон.

— Мы справились, профессор! — не без труда прошептал Гарри и ощутил вдруг жгучий укол в груди. — Справились! Мы добыли крестраж!

Дамблдор привалился к нему. На мгновение Гарри подумал, что это его неумелая трансгрессия лишила Дамблдора равновесия, но тут он увидел в свете далекого уличного фонаря лицо волшебника, покрытое испариной и бледное, как никогда.

— Как вы, сэр?

— Бывало и получше, — слабо ответил Дамблдор, у которого подергивались уголки губ. — Это зелье... очень нездоровое питье...

И, к ужасу Гарри, Дамблдор осел на землю.

— Сэр... все в порядке, сэр, вы поправитесь, не волнуйтесь...

Он отчаянно заозирался в поисках хоть какой-нибудь помощи, но улица была пустынна, так что придумать ему удалось лишь одно: необходимо каким угодно способом срочно доставить Дамблдора в больницу.

— Вам нужно попасть в школу, сэр... мадам Помфри...

— Нет, — сказал Дамблдор. — Мне нужен профессор Снегг... правда, не думаю, что... мне удастся сейчас далеко уйти...

— Конечно, сэр, послушайте, я постучусь в двери, найду дом, где вы сможете отдохнуть, а сам сбегаю за мадам...

— Северус, — отчетливо произнес Дамблдор. — Мне нужен Северус...

— Ну хорошо, за Снеггом, но только мне придется оставить вас ненадолго, чтобы...

Однако прежде чем Гарри успел сделать хоть шаг, он услышал, как кто-то бегом приближается к ним. Сердце его затрепетало: их заметили, поняли, что они нуждаются в помощи, и, обернувшись, он увидел спешащую по улице мадам Розмерту в ворсистых домашних туфлях на высоком каблуке и шелковом, расшитом драконами халате.

— Я задергивала шторы в спальне и вдруг вижу — вы трансгрессируете! Слава богу, слава богу, я и придумать не могла, как мне... Но что с Альбусом?

Она остановилась, тяжело дыша, и широко раскрытыми глазами уставилась на Дамблдора.

— Он ранен, — ответил Гарри. — Мадам Розмерта, можно, он побудет в «Трех метлах», пока я сбегаю в школу за помощью?

— Вам нельзя отправляться туда в одиночку! Разве вы не поняли... не заметили?..

— Если вы поддержите его с другого бока, — не слушая мадам Розмерту, продолжал Гарри, — думаю, нам удастся завести его внутрь...

— Что случилось? — неожиданно спросил Дамблдор. — Что-то произошло, Розмерта?

— Чер... Черная Метка, Альбус.

И она указала в небо над Хогвартсом. Гарри, которого при этих словах окатил ужас, обернулся, вгляделся...

Да, вот он, висит в небе над школой: сверкающий зеленый череп со змеиным языком — знак, который оставляют Пожиратели смерти, когда уже вошли в дом... когда уже убили в нем кого-то...

— Когда она появилась? — спросил Дамблдор и, больно стиснув плечо Гарри, поднялся на ноги.

— По-моему, несколько минут назад. Когда я выпускала кошку, Метки еще не было, а как поднялась наверх...

— Нам нужно немедленно вернуться в замок, — сказал Дамблдор. — Розмерта, — старого волшебника слегка пошатывало, однако голова его, похоже, работала ясно, — потребуется транспорт — метлы...

— У меня стоит парочка за баром, — ответила мадам Розмерта. Вид у нее был испуганный до крайности. — Хотите, я сбегаю за ними и...

— Нет, Гарри справится.

Гарри быстро поднял волшебную палочку:

— *Акцио метлы Розмерты.*

Секунду спустя они услышали громкий удар — это распахнулась парадная дверь трактира и две метлы наперегонки пронеслись по улице, направляясь к Гарри, и остановились подле него, подрагивая.

— Розмерта, будьте добры, сообщите обо всем в Министерство, — сказал Дамблдор, оседлывая ту метлу, что стояла ближе к нему. — Не исключено, что в Хогвартсе никто еще беды не заметил... Гарри, надень мантию-невидимку.

Гарри вытащил из кармана мантию, набросил ее на себя и тоже уселся на метлу. Мадам Розмерта уже семенила к трактиру; Гарри с Дамблдором, резко оттолкнувшись от земли, взвились в воздух. Гарри поглядывал краем глаза на Дамблдора, готовый подхватить его, если он упадет, но вид Черной Метки, похоже, подействовал на волшебника, как бодрящее средство: он приник к метле, неотрывно глядя на Метку, длинные серебристые волосы и борода летели за ним по ночному воздуху. Гарри тоже смотрел на череп и чувствовал, как внутри у него, подобно отраве, закипает страх, сжимая легкие, выметая из головы все остальные тревоги.

Как долго они отсутствовали? Не выдохлось ли уже зелье удачи, которое приняли Рон, Гермиона и Джинни? А если Черная Метка появилась над школой как раз потому, что погиб кто-то из них — или Невилл, или Полумна, или любой другой из ОД? И если так... это же он велел им патрулировать коридоры, он попросил их покинуть безопасные спальни... Выходит, он снова повинен в смерти кого-то из друзей?

Они летели во мраке над извилистой дорогой, которой шли недавно в деревню, и Гарри слышал сквозь посвистывание ночного воздуха в ушах, как Дамблдор снова бормочет что-то на неведомом языке. И, ощутив, как задрожала под ним метла, пролетая над стеной школы, Гарри понял, чем занят Дамблдор: чтобы как можно скорее попасть в замок, он снимает заклинания, которыми сам его окружил. Черная Метка поблескивала прямо над Астрономической башней, самой высокой в замке. Означало ли это, что именно в ней и постигла кого-то смерть?

Дамблдор уже пронесся над зубчатой стеной верхней площадки башни и теперь слезал с метлы. Опустившись рядом с ним, Гарри огляделся.

Вокруг было пусто. Дверь ведущей внутрь замка винтовой лестницы закрыта. Никаких признаков борьбы, сражения не на жизнь, а на смерть, никаких тел.

— Что это значит? — спросил Гарри, поднимая взгляд к висящему над ними зеленому черепу с поблескивающим раздвоенным языком. — Это настоящая Метка? И кого-то действительно... профессор?

При тусклом зеленом свете от Метки Гарри увидел, как Дамблдор почерневшей рукой схватился за грудь.

— Иди разбуди Северуса, — слабо, но отчетливо выговорил Дамблдор. — Расскажи ему, что случилось, и приведи сюда. Больше ничего не предпринимай, мантию не снимай и ни с кем не заговаривай. Я подожду здесь.

— Но...

— Ты поклялся подчиняться мне, Гарри! Иди!

Гарри бросился к двери винтовой лестницы, но, едва успев ухватиться за ее железное кольцо, услышал по другую сторону двери топот чьих-то бегущих ног. Он оглянулся на Дамблдора, и тот взмахом руки велел ему отойти в сторону. Гарри отступил от двери, одновременно вытаскивая волшебную палочку.

Дверь стремительно распахнулась, и кто-то выскочил из нее с криком:

— *Экспеллиармус!*

Все тело Гарри мгновенно застыло, окаменело, он ощутил, что приваливается к стене, как статуя, не в силах ни пошевелиться, ни произнести хоть слово. Он не мог взять в толк, почему это произошло, — *Экспеллиармус* все-таки не Замораживающее заклятие.

Но тут при свете Метки он увидел, как волшебная палочка Дамблдора улетает за стену башни, и понял: Дамблдор невербально обездвижил его, и секунда, потраченная на то, чтобы произнести заклятие, лишила старого волшебника возможности защищаться.

Стоя с совершенно белым лицом у стены, Дамблдор, однако же, никаких признаков страха или страдания не выказывал. Он просто вглядемся в человека, который его обезоружил, и сказал:

— Добрый вечер, Драко.

Малфой шагнул вперед, быстро осмотрелся, проверяя, нет ли здесь кого-нибудь, кроме него и Дамблдора. Взгляд его остановился на второй метле.

— Кто здесь еще?

— Вопрос, который мог бы задать вам и я. Или вы действуете в одиночку?

В зеленоватом свечении Метки Гарри увидел, что светлые глаза Малфоя снова смотрят на Дамблдора.

— Нет, — ответил Малфой. — Я получил подкрепление. Этой ночью в школу пришли Пожиратели смерти.

— Ну-ну, — сказал Дамблдор таким тоном, точно Малфой показывает ему самостоятельную работу, на которую возлагает большие надежды. — А что, очень неплохо. Значит, вы нашли способ провести их сюда, не так ли?

— Да, — подтвердил Малфой, все еще тяжело дыша. — Прямо у вас под носом, а вы так ничего и не заметили!

— Изобретательно, — сказал Дамблдор. — И все же... простите меня... где они сейчас? Я что-то не вижу ваших помощников.

— Они схлестнулись кое с кем из вашей стражи. И сражаются внизу. Это ненадолго... я пошел вперед. Я... у меня есть здесь дело.

— Ну что же, в таком случае займитесь им, мой мальчик, — мягко сказал Дамблдор.

Наступило молчание. Гарри стоял, запертый, как в тюрьме, в своем невидимом, парализованном теле, глядя на Дамблдора с Малфоем, стараясь расслышать звуки далекой битвы с Пожирателями смерти. Замерший прямо перед ним Драко Малфой не предпринимал ничего, он лишь смотрел на Дамблдора, который, как это ни удивительно, улыбнулся ему.

— Драко, Драко, ведь вы же не убийца.

— Откуда вы знаете? — мгновенно спросил Малфой.

И, видимо, тут же понял, как по-детски прозвучал этот вопрос, — Гарри увидел в зеленом свете, что Драко залился краской.

— Вы еще не знаете, на что я способен, — с чуть большей напористостью объявил Малфой, — не знаете, что я сделал!

— Да знаю, конечно, — снисходительно произнес Дамблдор. — Вы едва не убили Кэти Белл и Рональда Уизли. Вы весь этот год пытались — со все возраставшим безрассудством — прикончить меня. Простите, Драко, но это были слабые попытки... такие слабые, честно говоря, что я начал думать, вкладываете ли вы в них всю душу...

— Еще бы я не вкладывал! — яростно ответил Малфой. — Я целый год трудился над этим и сегодня...

Из глубин замка донесся приглушенный расстоянием вопль. Малфой замер и оглянулся назад.

— А там кто-то неплохо дерется, — тоном светской беседы отметил Дамблдор. — Так вы говорили...

Да, вы говорили, что вам удалось провести в мою школу Пожирателей смерти. Должен признаться, мне это представлялось невозможным... Как вы это проделали?

Однако Малфой промолчал, он все еще прислушивался к происходившему внизу и выглядел почти таким же парализованным, как Гарри.

— Возможно, вам придется самому сделать ваше дело, — высказал предположение Дамблдор. — Что, если моя стража преградила вашему подкреплению путь? Как вы, вероятно, уже поняли, в школе присутствуют этой ночью члены Ордена Феникса. Да, собственно говоря, вам никакая помощь и не нужна... палочки у меня нет... и защититься мне нечем.

Малфой просто продолжал смотреть на него.

— Понятно, — добродушно произнес Дамблдор, увидев, что Малфой и не говорит ничего, и не шевелится. — Вы боитесь действовать, пока они не присоединятся к вам.

— Я не боюсь! — прорычал Малфой, так и не предпринимая, впрочем, никаких попыток повредить Дамблдору. — Это вам следует бояться!

— Чего же? Сомневаюсь, что вы убьете меня, Драко. Убийство — дело не простое, что бы ни думали на этот счет простаки... Но расскажите же мне, пока мы поджидаем ваших друзей, как вам удалось протащить их сюда? Похоже, на то, чтобы найти нужный способ, у вас ушло немалое время.

Малфой выглядел теперь так, точно он боролся с желанием закричать... или с тошнотой. Он сглотнул, несколько раз глубоко вздохнул, не спуская с Дамблдора свирепого взгляда и не отводя направленной прямо ему в сердце волшебной палочки. И наконец, словно не сумев удержаться, сказал:

— Мне пришлось починить сломанный Исчезательный шкаф, которым никто уже много лет не пользовался. Тот, в котором год назад пропал Монтегю.

— А-а-а.

Вздох Дамблдора наполовину походил на стон. Он на мгновение закрыл глаза.

— Это умно... Их, по-моему, два?

— Второй стоит в «Горбине и Бэрке», — сказал Малфой, — и они соединены чем-то вроде прохода. Монтегю говорил мне, что когда он застрял в хогвартском, то оказался словно подвешенным неизвестно где, но иногда слышал, что происходит в школе, а иногда — что в магазине, как будто шкаф перемещался между ними, только самого Монтегю никто услышать не мог... В конце концов ему удалось трансгрессировать оттуда, хоть испытаний он к тому времени еще не прошел. Он едва не погиб при этом. Все, кто слышал рассказ Монтегю, сочли его просто занятной байкой, только я один и понял, что он означает. Даже Горбин об этом не знал, один я понял, что, починив сломанный шкаф, проложу дорогу в Хогвартс.

— Очень хорошо, — пробормотал Дамблдор. — Итак, Пожиратели смерти смогли проникнуть из «Горбина и Бэрка» в школу, чтобы помочь вам... Умный план, весьма умный... и осуществленный, как вы сказали, прямо под моим носом...

— Да, — подтвердил Малфой; удивительно, но похвала Дамблдора, похоже, польстила ему, придала новые силы. — Да, вот именно!

— Однако было время, — продолжал Дамблдор, — когда вы сомневались, что сумеете починить шкаф, не так ли? И потому прибегли к грубым, плохо продуманным мерам — послали мне ожерелье, которое просто не могло не попасть в чужие руки... отравили медовуху, хотя шансов, что я когда-нибудь выпью ее, почти не существовало...

— Ну и что, вы-то все равно не поняли, чьих рук это дело, правильно? — насмешливо ощерился Малфой.

Дамблдор немного сполз по стене вниз — по-видимому у него отказывали ноги, а Гарри тщетно боролся со сковавшим его заклятием.

— Вообще говоря, понял, — ответил Дамблдор. — Я был уверен, что ваших.

— Тогда почему же вы мне не помешали? — осведомился Малфой.

— Я пытался, Драко. Профессор Снегг присматривал за вами по моему приказанию...

— Он не *ваше* приказание исполнял, он пообещал моей матери...

— Ну, разумеется, так он вам и сказал, Драко, на деле же...

— Он двойной агент, старый вы дурак, и напрасно вы думаете, будто он работает на вас!

— Тут нам придется остаться каждому при своем мнении, Драко. Я, видите ли, доверяю профессору Снеггу...

— Ну так значит вы потеряли прежнюю хватку! — усмехнулся Малфой. — Он предлагал мне любую помощь, хотел присвоить всю славу себе, хоть както во всем поучаствовать: «Чем вы занимаетесь? Вы подсунули ожерелье, это же глупо, вы могли все испортить...» Да только я не сказал ему, чем занимаюсь в Выручай-комнате, он проснется завтра, а все уже кончено, он больше не любимчик Темного Лорда. В сравнении со мной, он обратится в ничто, в пустое место!

— Да, это приятно, — спокойно согласился Дамблдор. — Нам всем нравится получать благодарность за наши труды... И все-таки без помощника вы бы никак не обошлись... Вам нужен был кто-то в Хогсмиде, кто-то, способный подсунуть Кэти то... то... а-а-а...

Дамблдор снова закрыл глаза и покивал, словно его одолевала дремота.

— Ну конечно... Розмерта. И давно на ней лежит заклятие Империус?

— Что, дошло наконец? — издевательски ухмыльнулся Малфой.

Снизу долетел еще один вопль, прозвучавший громче прежнего. Малфой снова нервно оглянулся, потом уставился на Дамблдора, продолжавшего говорить:

— Итак, бедную Розмерту заставили спрятаться в туалете и всучить ожерелье первой попавшейся ученице Хогвартса, которая войдет туда в одиночку? А отравленная медовуха... Естественно, Розмерта могла добавить в нее яд, прежде чем послать бутылку Слизнорту, который собирался подарить ее мне на Рождество... Да, чистая работа... очень чистая... Бедный мистер Филч не стал бы, конечно, проверять бутылку, присланную Розмертой... Но скажите, как вы с ней сообщались? Я полагал, что все способы связи со школой у нас под наблюдением.

— Зачарованные монеты, — ответил Малфой. Казалось, он принуждал себя продолжать разговор; рука его, державшая палочку, ходила ходуном. — Одна была у меня, другая у нее, мы могли обмениваться сообщениями...

— Это не тот ли способ секретной связи, которым в прошлом году пользовалось общество, именовавшее себя «отрядом Дамблдора»? — спросил старый волшебник. Дамблдор говорил легко, непринужденно, но Гарри увидел, как, задавая вопрос, он сполз по стене еще на дюйм.

— Да, идею я взял у них, — криво улыбнувшись, сказал Малфой. — И мысль насчет яда тоже позаимствовал у грязнокровки Грейнджер — услышал в библиотеке, как она говорила, что зелья Филч распознавать не умеет, ну и...

— Будьте любезны, не используйте при мне это бранное слово, — попросил Дамблдор.

Малфой хрипло хохотнул:

— Я, того и гляди, убью вас, а вы переживаете из-за слова «грязнокровка»?

— Да, переживаю, — подтвердил Дамблдор, и Гарри увидел, как его ступни скользнули по полу от усилий, которые он прилагал, чтобы стоять прямо. — Ну, а насчет того, чтобы убить меня, Драко, — у вас уже имелось для этого немало долгих минут. Мы совершенно одни. Я беззащитен в большей мере, чем вам могло когда-либо примечтаться, и все-таки вы так ничего и не предприняли...

Губы Малфоя непроизвольно дернулись — как если б ему попала в рот какая-то гадость.

— Так вот, насчет сегодняшней ночи, — продолжал Дамблдор. — Я немного озадачен случившимся... Вы ведь как-то узнали, что я покинул школу? Хотя, разумеется, — ответил сам он на свой вопрос, — Розмерта видела, как я ухожу, и, не сомневаюсь, воспользовалась вашими замечательными монетами, чтобы сообщить вам об этом...

— Именно так, — сказал Малфой. — Правда, она сказала, что вы надумали выпить и скоро вернетесь...

— Что ж, выпить я действительно выпил... и вернулся... если это так можно назвать, — пробормотал Дамблдор. — Так вы решили расставить мне ловушку?

— Мы решили подвесить над башней Черную Метку, чтобы вы примчались сюда посмотреть, кого убили, — подтвердил Малфой. — И все сработало!

— Ну... и да, и нет... — сказал Дамблдор. — Ведь насколько я понял, никто пока не убит?

— Кто-то погиб точно, — ответил Малфой голосом, ставшим вдруг на октаву выше. — Один из ваших... не знаю кто, там было темно... я переступил через тело... я должен был ждать вашего возвращения здесь, наверху, да только ваш феникс все время путался у меня под ногами.

— Да, это они умеют, — сказал Дамблдор.

Снова грохот и крики внизу, ставшие еще громче, чем прежде; похоже, сражение идет уже на винтовой лестнице, ведущей туда, где стояли Дамблдор, Малфой и Гарри, в невидимой груди которого неслышно бухало сердце. Кто-то погиб... Малфой переступил через тело... но через чье?

— Так или иначе, времени у нас остается мало, — сказал Дамблдор, — поэтому давайте поговорим о *ваших* возможностях, Драко.

— Моих возможностях! — выпалил Малфой. — Я стою перед вами с волшебной палочкой и вот-вот убью вас...

— Мой милый мальчик, пора оставить притворство. Если бы вы собирались убить меня, то сделали бы это сразу, едва применив Обезоруживающее заклинание, а не стали бы медлить ради приятной беседы о путях и средствах.

— У меня нет выбора! — ответил Малфой, становясь вдруг таким же белым, как Дамблдор. — Я должен сделать это. Он убьет меня! Убьет всю мою семью!

— Сложность вашего положения мне понятна, — сказал Дамблдор. — Почему, как вы полагаете, я до сих пор не встретился с вами с глазу на глаз? Потому что знал: как только лорд Волан-де-Морт поймет, что я вас подозреваю, вы будете убиты.

Малфой, услышав это имя, поежился.

— Я не решался заговаривать с вами о задании, которое он вам дал, из опасений, что он использует против вас легилименцию, — продолжал Дамблдор. — Но теперь мы можем наконец поговорить начистоту. Вреда вы пока никакого не причинили, никого не покалечили, хотя то, что выбранные вами жертвы выжили, и можно отнести лишь за счет удачи... Я могу помочь вам, Драко.

— Нет, не можете, — ответил Малфой; палочка в его руке тряслась так, что страшно было смотреть. — И никто не может. Он сказал, что, если я не сделаю это, он убьет меня. У меня нет выбора.

— Перейдите на правую сторону, Драко, и мы сумеем укрыть вас так основательно, как вам и не снилось. Больше того, я могу послать сегодня членов Ордена Феникса к вашей матери, чтобы они укрыли и ее. Отцу вашему ничто сейчас в Азкабане не грозит, а когда придет время, мы защитим и его тоже... Переходите на правую сторону, Драко... вы же не убийца...

Малфой во все глаза смотрел на Дамблдора.

— Но я зашел слишком далеко... — медленно произнес он. — Они думали, что я погибну, пытаясь прикончить вас, а я здесь... вы в моих руках... палочка есть только у меня... вам остается рассчитывать лишь на мое милосердие...

— Нет, Драко, — негромко ответил Дамблдор. — Сейчас в счет идет мое милосердие, не ваше.

Малфой молчал. Рот его был приоткрыт, волшебная палочка по-прежнему дрожала. Гарри показалось, что она чуть-чуть опустилась...

Но тут на лестнице загремели шаги, и через секунду Малфоя оттолкнули в сторону четверо в черных мантиях, выскочившие из двери. Все еще парализованный, неспособный даже мигать, Гарри с ужасом смотрел на незнакомцев. Похоже, Пожиратели смерти победили в шедшем внизу сражении.

Грузный колдун со странно перекошенным ртом одышливо захихикал.

— Дамблдора приперли к стенке! — сказал он и повернулся к приземистой женщине, судя по внешности, его сестре, и та алчно улыбнулась. — Дамблдор без волшебной палочки, Дамблдор в одиночестве! Отлично, Драко, отлично!

— Добрый вечер, Амикус, — спокойно произнес Дамблдор, словно приветствуя гостя, явившегося на чашку чая. — Вы и Алекто с собой привели... очаровательно...

Колдунья издала сердитый смешок.

— Что, думаете, шуточки помогут вам и на смертном одре? — глумливо поинтересовалась она.

— Шуточки? Нет-нет, это всего лишь проявление воспитанности, — ответил Дамблдор.

— Давай, действуй, — сказал незнакомец, стоявший к Гарри ближе других, — крупный, поджарый мужчина с всклокоченной седой шевелюрой и усами, черная мантия Пожирателя смерти была ему тесновата. Такого голоса, как у него, Гарри слышать еще не доводилось: не голос, а скрипучий лай. Гарри ощущал исходивший от мужчины густой запах грязи, пота и, сомневаться не приходилось, крови. Пальцы его нечистых рук украшали длинные, желтые ногти.

— Это вы, Фенрир? — спросил Дамблдор.

— Я самый, — проскрежетал мужчина. — Что, рады нашей встрече, Дамблдор?

— Нет, этого я не сказал бы...

Фенрир Сивый улыбнулся, показав заостренные зубы. Кровь стекала по его подбородку, он медленно, непристойно облизывался.

— Вы же знаете, как я люблю малых деток, Дамблдор.

— Следует ли понимать это так, что вы нападаете теперь и не при полной луне? Весьма необычно... Ваш вкус к человеческой плоти раз в месяц удовлетворить уже невозможно?

— Совершенно верно, — подтвердил Сивый. — Вас это шокирует, Дамблдор? Пугает?

— Ну, не стану притворяться, некоторое отвращение мне это внушает, — ответил Дамблдор. — И, признаюсь, я немного удивлен тем, что Драко пригласил именно вас в школу, где проживают его друзья...

— Я его не приглашал, — прошептал Драко. На Сивого он не смотрел, да, похоже, и смотреть не хотел. — Я не знал, что он явится...

— Не мог же я упустить возможность побывать в Хогвартсе, Дамблдор, — проскрежетал Сивый. — Здесь столько еще не порванных глоток... Вкуснятина, вкуснятина...

И он, оскалясь на Дамблдора, поковырял желтым ногтем в передних зубах.

— А на десерт я мог бы пустить вас, Дамблдор.

— Нет! — резко осадил его четвертый Пожиратель смерти, колдун с тяжелым, жестоким лицом. — У нас приказ. Это должен сделать Драко. Давай, Драко, и побыстрее.

Однако решимости в Малфое явно поубавилось. Он с ужасом смотрел в лицо Дамблдора, побледневшее еще сильнее, опустившееся еще ниже, так сильно сполз старый волшебник по стене.

— По-моему, он и так не задержится на этом свете надолго! — сказал криворотый, и его сестра снова одышливо захихикала. — Посмотрите на него! Что с вами такое, Дамблдор?

— О, пониженная сопротивляемость организма, Амикус, замедление реакции, — ответил Дамблдор. — Короче, старость... когда-нибудь она, возможно, постигнет и вас... если вам повезет...

— Что такое, а? Что такое? — закричал обозлившийся вдруг Пожиратель смерти. — Вечно одно и то же, а, Дамби? Вы только болтаете и ничего не делаете, ничего. Не понимаю, зачем Темному Лорду вообще понадобилось вас убивать! Ну же, Драко, займись им!

Но в этот миг с лестницы снова донеслись уже совсем громкие звуки схватки, и чей-то голос прокричал:

— Они перекрыли лестницу! *Редукто! РЕДУКТО!*

Гарри воспрянул духом: выходит, эти четверо не уничтожили всех своих противников, но просто прорвались на вершину башни, оставив, судя по крикам, за собою барьер...

— Ну же, Драко, поторапливайся! — сердито воскликнул жестоколицый.

Однако рука Малфоя тряслась так сильно, что он не мог толком прицелиться.

— Давайте-ка я, — прорычал Сивый и шагнул к Дамблдору, растопырив руки и оскалив зубы.

— Я же сказал — нет! — рявкнул жестоколицый; блеснул свет, и оборотня отбросило в сторону, он ударился о стену и застыл у нее, пошатываясь, гневно тараща глаза.

Сердце Гарри билось с такой силой, что он дивился — как это никто не слышит его, стоящего совсем рядом, лишенного заклинанием Дамблдора способности двигаться. Если бы только поднять руку, он смог бы ударить их заклятием из-под мантии-невидимки...

— Действуй же, Драко, или отойди и дай сделать это одному из нас... — визгливо вскрикнула колдунья, но в этот миг дверь башни опять резко распахнулась и на пороге ее возник Снегг с волшебной палочкой в руке. Черные глаза его стремительно обежали всех, кто был здесь, от припавшего к стене Дамблдора до Пожирателей смерти, обозленного оборотня и Малфоя.

— У нас тут заминка, Северус, — сказал грузный Амикус, и взгляд, и волшебная палочка которого были неотрывно наставлены на Дамблдора. — Мальчишка, видать, не способен...

Однако имя Снегга произнес и другой голос, еле слышный.

— Северус...

Звук его ужаснул Гарри сильнее, чем все пережитое им за нынешний вечер. Впервые в голосе Дамблдора прозвучала мольба.

Снегг ничего не ответил, он сделал несколько шагов вперед, оттолкнув с дороги Малфоя. Трое

Пожирателей смерти безмолвно отступили назад. Даже оборотень выглядел испуганным.

С мгновение Снегг вглядывался в Дамблдора, резкие черты его лица казались протравленными отвращением и ненавистью.

— Северус... прошу тебя...

Снегг, подняв палочку, направил ее на Дамблдора.

— *Авада Кедавра!*

Струя зеленого пламени вырвалась из волшебной палочки Снегга и ударила Дамблдора прямо в середину груди. Гарри завопил от ужаса, но вопль этот с губ его так и не слетел. Онемевший и неподвижный, он вынужден был смотреть, как Дамблдора подбросило в воздух, на долю секунды старый волшебник завис под сверкающим черепом, а потом, как тряпичная кукла, медленно перевалился спиной через стену башни и исчез.

Глава 28

БЕГСТВО ПРИНЦА-ПОЛУКРОВКИ

Гарри казалось, что и сам он летит, кувыркаясь в пустоте; *этого не может быть... этого не может быть...*

— Уходим, быстро, — сказал Снегг.

Он схватил Малфоя за шиворот и протолкнул его перед собой в дверь; Сивый и возбужденно пыхтевшие низкорослые брат с сестрой последовали за ними. Когда они скрылись из глаз, Гарри почувствовал вдруг, что снова способен двигаться; то, что держало его сейчас, как парализованного, у стены, было не волшебством, но ужасом и потрясением. Он сбросил мантию-невидимку, когда жестоколицый Пожиратель смерти, оставшийся на верхушке башни последним, уже входил в дверь.

— *Петрификус Тоталус!*

Пожиратель смерти нырнул вперед, будто его ударили в спину чем-то твердым, и повалился, точно восковая фигура, но еще до того, как он ударился об пол, Гарри перескочил через него и полетел по темной лестнице вниз.

Ужас раздирал ему сердце. Он должен найти Дамблдора и нагнать Снегга! Каким-то образом эти две задачи оказались связанными воедино... Он сумеет все исправить, если найдет их обоих... Дамблдор не мог умереть...

Проскочив последние десять ступеней винтовой лестницы, Гарри замер на месте и поднял над собой руку с волшебной палочкой: в тускло освещенном коридоре стояла густая пыль, половина потолка обвалилась в ходе так и продолжавшегося здесь сражения. Еще не успев понять, кто с кем бьется, Гарри услышал ненавистный голос, крикнувший: «Все кончено, уходим!» — и увидел Снегга, исчезающего за дальним поворотом коридора — по-видимому, ему и Малфою удалось проскочить поле боя, не понеся никакого ущерба. Гарри метнулся за ними, и в тот же миг из толпы сражающихся выскочил и бросился на него один из бойцов: то был оборотень, Сивый. Он обрушился на Гарри, прежде чем тот успел поднять палочку. Гарри упал на спину, грязные, нечесаные волосы накрыли ему лицо, нос и рот наполнились смрадом пота и крови, он ощутил на шее горячее, алчное дыхание...

— *Петрификус Тоталус!*

Гарри почувствовал, как Сивый обмяк на нем, и, напрягая все силы, столкнул с себя оборотня и перекатился по полу, уворачиваясь от летящего к нему зеленого луча; затем вскочил и, пригнувшись, стремглав понесся в самую гущу битвы. Под ноги ему подвернулось что-то вязкое, скользкое, Гарри запнулся — два тела лежали лицом вниз в луже крови, но выяснять, кто это, времени не было. Впереди полыхнули языками пламени пряди рыжих волос — это Джинни билась с грузным Пожирателем смерти, Амикусом, метавшим в нее заклятие за заклятием, от которых она ловко увертывалась. Амикус хихикал, игра явно доставляла ему удовольствие:

— *Круцио! Круцио!* Долго ты так не протанцуешь, красотка...

— *Остолбеней!* — рявкнул Гарри.

Заклинание ударило Амикуса в грудь — он взвизгнул от боли, как свинья, подлетел в воздух и, врезавшись в стену, сполз по ней и исчез из виду за Роном, профессором Макгонагалл и Люпином, каждый из которых бился со своим Пожирателем. За ними Гарри увидел Тонкс, дерущуюся с огромным светловолосым колдуном, который метал во все стороны заклинания, так что они, отражаясь рикошетом от стен, разлетались повсюду, — одно выщербило камень стены, другое разбило ближайшее окно...

— Гарри, откуда ты взялся? — крикнула Джинни, но отвечать было некогда.

Пригнув пониже голову, Гарри что было сил помчался по коридору, едва не попав под просвиставшую над его головой струю пламени, которая, ударив в стену, осыпала всех сражающихся осколками камня. Снегг не должен уйти, он должен нагнать Снегга...

— *Вот* тебе! — крикнула профессор Макгонагалл, и Гарри краем глаза увидел, как Пожирательница смерти, Алекто, улепетывает по коридору, прикрывая голову руками, а следом поспешает ее брат. Гарри бросился за ними, но споткнулся и в следующий миг обнаружил, что лежит на чьих-то ногах, а, глянув назад, увидел прижатое к полу круглое, бледное лицо Невилла.

— Невилл, ты...

— Нормально, — пробормотал, держась за живот, Невилл. — Гарри... Снегг с Малфоем... они только что проскочили здесь...

— Знаю, я как раз за ними! — ответил Гарри, посылая с пола заклинание в огромного светловолосого Пожирателя смерти, создававшего большую часть хаоса. Получив удар в лицо, он взревел от боли, развернулся, пошатываясь, и с громким топотом побежал за братом с сестрой.

Гарри поднялся с пола и помчал по коридору, не обращая внимания на гром ударов за спиной, крики пытающихся остановить его друзей и немые призывы тех, кто был распростерт на полу и чья участь так и оставалась ему не ясной...

Он притормозил, чтобы свернуть за угол, покрытые кровью подошвы его кроссовок заскользили по полу. Снегг ушел далеко вперед, может быть, уже добрался до стоящего в Выручай-комнате Исчезательного шкафа... Или Орден успел перекрыть ее, чтобы Пожиратели смерти не смогли отступить тем же путем, каким пришли? Гарри бежал по коридору и не слышал ничего, кроме топота собственных ног и уханья сердца в груди, но вот он заметил на полу кровавый оттиск чьей-то ступни, значит, по меньшей мере один из удиравших Пожирателей смерти направлялся к парадной двери — возможно, Выручай-комната и вправду закрыта...

Едва он свернул за новый угол, как мимо него просвистело заклятие; Гарри нырнул под прикрытие рыцарских доспехов, и они мгновенно взорвались. Он увидел, как Пожиратели смерти, брат и сестра, сбегают по мраморной лестнице, и послал в них несколько заклинаний, но попал лишь в висящий на лестничной площадке групповой портрет, отчего несколько волшебников в завитых париках с визгом разбежались по соседним полотнам. Перепрыгивая через остатки доспехов, Гарри услышал новые возгласы и крики — похоже, в замке начали просыпаться и другие его обитатели...

Он побежал коротким путем, надеясь перехватить брата с сестрой и подобраться поближе к Снеггу с Малфоем, которые наверняка уже выбрались из замка; не забыв перескочить отсутствующую посередке потайной лестницы ступеньку, Гарри вырвался из-под гобелена в коридор, заполненный недоумевающими, одетыми в пижамы пуффендуйцами.

— Гарри! Мы услышали шум, а тут еще какие-то разговоры про Черную Метку... — начал Эрни Макмиллан.

— С дороги! — рявкнул Гарри и, оттолкнув двух мальчиков, помчался к площадке мраморной лестницы, а там и вниз, по последним ее ступеням. Дубовые парадные двери были распахнуты настежь, на каменных плитах пола виднелись пятна крови, несколько насмерть перепуганных учеников стояли, прижавшись к стенам, один или двое еще прикрывали ладонями лица. Огромные часы Гриффиндора были разбиты заклинанием, и рубины из них еще продолжали с дробным стуком осыпаться на каменные плиты...

Гарри проскочил вестибюль, выбежал в темный двор замка — вдалеке три еле различимые фигуры неслись по лужайке, направляясь к воротам, за которыми они могли трансгрессировать. Судя по очертаниям, это были светловолосый Пожиратель смерти и немного опережавшие его Снегг с Малфоем...

Холодный ночной воздух разрывал легкие бросившегося за ними вдогонку Гарри; он увидел вдали вспышку света, на миг выхватившую из темноты силуэты тех, кого он преследовал. Что там произошло, Гарри не понял, он продолжил бег — расстояние, отделявшее его от этих троих, было все еще слишком большим, чтобы как следует прицелиться в них заклинанием.

Новая вспышка, крики, ответные струи огня — Гарри понял: Хагрид выскочил из своей хижины и пытается остановить удирающих Пожирателей. И хоть каждый вдох и выдох, казалось, раздирал ему легкие в клочья, а грудь жгло, как огнем, он рванулся вперед еще быстрее, подгоняемый непрошеным голосом у него в голове: *«Только не Хагрид... лишь бы не Хагрида тоже...»*

Что-то с силой ударило Гарри в затылок, и он упал, пропахав носом землю, так что из обеих ноздрей брызнула кровь. Еще перекатываясь на спину и держа наготове волшебную палочку, он понял, что, срезая путь, обогнал брата с сестрой, и теперь они оказались сзади...

— *Импедимента!* — завопил он, снова перекатываясь, вжимаясь в землю, и, о чудо, его заклинание попало в одного из колдунов, и тот повалился другому под ноги. Гарри вскочил и побежал дальше, за Снеггом...

Внезапно он увидел огромную фигуру Хагрида, освещенную вынырнувшим из туч узким месяцем; светловолосый Пожиратель смерти метал в лесничего заклятие за заклятием, но колоссальная сила Хагрида и крепкая кожа, которую он унаследовал от великанши-матери хорошо защищали его. Между тем Снегг с Малфоем так и продолжали бежать — скоро они выбегут за ворота и смогут трансгрессировать...

Гарри проскочил мимо Хагрида с его противником, нацелил палочку в спину Снегга и крикнул:

— *Остолбеней!*

Он промахнулся — струя красного света пронеслась над головой Снегга и тот, гаркнув: «Беги, Драко!» — повернулся к Гарри лицом; разделенные двадцатью ярдами, они мгновение смотрели друг другу в лицо, а затем одновременно подняли палочки.

— *Кру...*

Однако Снегг отразил заклинание, сбив Гарри с ног, прежде чем тот успел произнести его. Гарри покатился по земле, вскочил, и тут огромный Пожиратель смерти рявкнул за его спиной:

— *Инсендио!*

Гарри услышал, как что-то взорвалось, и все вокруг залили отблески танцующего оранжевого пламени: это вспыхнула хижина Хагрида.

— Там же Клык, мерзкая ты... — взревел Хагрид.

— *Кру*... — снова выкрикнул Гарри, целясь в освещенную пляшущим светом фигуру впереди, но Снегг опять отразил заклинание; Гарри видел, как он насмешливо улыбается.

— Никаких непростительных заклятий, Поттер! — крикнул Снегг, перекрывая треск пламени, рев Хагрида и вой запертого в доме Клыка. — Тебе не хватит ни храбрости, ни умения...

— *Инкар*... — завопил Гарри, но Снегг почти ленивым взмахом руки отбил и это заклинание.

— Сражайся! — крикнул Гарри. — Сражайся, трусливый...

— Ты назвал меня трусом, Поттер? — прокричал Снегг. — Твой отец нападал на меня, только когда их было четверо против одного. Интересно, что бы ты сказал о нем?

— *Остол*...

— Опять отбито и будет отбиваться снова и снова, пока ты не научишься держать рот и разум закрытыми, Поттер! — ощерился Снегг. — Хватит! — крикнул он огромному Пожирателю, сражавшемуся за спиной Гарри. — Пора уходить, пока Министерство не обнаружило...

— *Импеди*...

Гарри еще не успел произнести заклинание, как его пронзила невыносимая боль; он упал на колени в траву, кто-то визжал; эта мука наверняка прикончит его; Снегг запытает его до смерти или до безумия...

— Нет! — взревел голос Снегга, и боль прекратилась так же мгновенно, как началась; Гарри лежал на темной траве, скорчившись, сжимая в руке волшебную палочку, задыхаясь, а где-то над ним Снегг кричал: — Вы что, забыли приказ? Поттер принадлежит Темному Лорду, мы должны оставить его! Уходим! Уходим!

Гарри почувствовал, как под его щекой задрожала земля, — это брат с сестрой, а с ними и огромный Пожиратель смерти послушно побежали к воротам. Гарри издал нечленораздельный вопль гнева, в этот миг ему было все равно, останется он в живых или умрет; заставив себя встать, он слепо заковылял в сторону Снегга, которого ненавидел теперь так же сильно, как самого Волан-де-Морта...

— *Сектум...*

Снегг взмахнул палочкой, и заклятие опять ушло мимо цели, однако Гарри был уже в нескольких футах от своего врага и наконец увидел лицо Снегга очень ясно: на нем больше не было презрительной или глумливой улыбки — огонь озарял лицо, на котором остался один только гнев. Собрав в кулак всю свою способность к концентрации, Гарри подумал: «*Леви...*»

— Нет, Поттер! — завопил Снегг.

Послышалось громовое «БА-БАХ!», и Гарри спиной подлетел в воздух и снова с силой ударился о землю, на этот раз палочка выскочила из его руки. Он слышал вопли Хагрида и вой Клыка, а Снегг уже приблизился и стоял, глядя на него сверху вниз: лишившись волшебной палочки, Гарри стал таким же беззащитным, каким недавно был Дамблдор. Пламя пожара выхватило из темноты побелевшее, перекошенное ненавистью лицо Снегга — с такой же ненавистью он посылал заклятие в Дамблдора.

— Ты посмел использовать против меня мои же заклинания, Поттер? Это я изобрел их — я, Принц-полукровка! А ты обратил мои изобретения против меня, совсем как твой гнусный отец, не так ли? Не думаю, что... *Нет*!

Гарри рванулся к палочке, но Снегг выпалил заклинание, и она отлетела на несколько футов во тьму и скрылась из глаз.

— Ну так убей меня! — задыхаясь, сказал Гарри; он не ощущал никакого страха — только гнев и презрение. — Убей, как убил его, трусливый...

— НЕ СМЕЙ! — взвизгнул Снегг, и лицо его внезапно стало безумным, нечеловеческим, как будто он испытывал такую же муку, как жалобно воющий пес, запертый в горящей хижине. — НЕ СМЕЙ НАЗЫВАТЬ МЕНЯ ТРУСОМ!

Он рассек палочкой воздух: словно раскаленный добела хлыст ударил Гарри по лицу, вдавив его в землю. Пятна света поплыли перед глазами, на миг ему показалось, что он никогда больше не сможет дышать, но тут же услышал вверху шелест крыльев, и что-то огромное заслонило собой звезды. Клювокрыл падал на Снегга, тот отшатнулся от нацеленных на него острых как бритвы когтей. Гарри с усилием сел, от последнего удара о землю голова еще кружилась, и все-таки он разглядел бегущего что было сил Снегга и громадного Клювокрыла, который, хлопая крыльями, летел за ним с таким визгом, какого Гарри никогда еще от него не слышал...

Кое-как встав, Гарри огляделся вокруг в поисках волшебной палочки, собираясь снова устремиться за Снеггом, но, копошась пальцами в траве, отбрасывая мелкие веточки, он понимал: слишком поздно. Когда Гарри отыскал наконец палочку, то увидел лишь кружившего над воротами Клювокрыла: Снегг успел выскочить за пределы школы и трансгрессировать.

— Хагрид, — пробормотал, озираясь по сторонам, еще ослепленный Гарри. — ХАГРИД?

Он поплелся было к горящей хижине, но тут из пламени показалась гигантская фигура лесничего, несущего на спине Клыка. Вскрикнув от радости, Гарри упал на колени; все его тело содрогалось и болело, каждый вдох отдавался в груди острым уколом.

— Ты цел, Гарри? Цел? Скажи что-нибудь, Гарри...

Огромное волосатое лицо Хагрида плавало над Гарри, закрывая собой звезды. Он услышал запах горелого дерева и подпаленной собачьей шерсти, протянул руку и нащупал успокоительно теплое, живое, дрожащее тело Клыка.

— Цел, — выдохнул он. — А ты?

— Да ну... меня так просто не возьмешь.

Хагрид сунул ладони Гарри под мышки и поднял его с такой силой, что ступни мальчика на миг оторвались от земли. Он увидел струйку крови, стекающую по щеке Хагрида, глубокий, быстро набухающий порез над глазом.

— Нужно потушить твой дом, — сказал Гарри. — Давай вместе — *Агуаменти*...

— Вот ведь помнил же, что надо сказать что-то такое, — пробормотал Хагрид и, наставив на дом дымящийся розовый зонт, произнес: — *Агуаменти!*

Из кончика зонта ударила струя воды. Гарри поднял руку с палочкой, показавшейся ему свинцовой, тоже прошептал: *«Агуаменти!»* Они вдвоем поливали дом водой, пока не угас последний язычок огня.

— Ладно, не так уж оно и худо, — несколько минут спустя с надеждой пробормотал Хагрид, глядя на дымящиеся развалины. — Дамблдор тут все в момент поправит...

Звук этого имени отозвался в животе Гарри жгучей болью. Ужас затоплял его посреди воцарившихся вокруг безмолвия и покоя.

— Хагрид...

— Перевязываю я лукотрусу лапки, вдруг слышу — идут, — сказал Хагрид, с грустью оглядывая остатки своей хижины. — Они ему все прутики опалили, бедняжке...

— Хагрид...

— Что случилось, Гарри? Как эти Пожиратели из замка удирали, я видел, но Снегг-то с ними какого рыжего дьявола делал? И куда он подевался — за ними погнался, что ли?

— Он... — Гарри кашлянул, от ужаса и дыма горло его совсем пересохло. — Он... там убийство, Хагрид...

— Убийство? — воскликнул Хагрид и уставился на Гарри. — Снегга убили? Ты о чем толкуешь-то, Гарри.

— Дамблдора, — сказал Гарри. — Снегг убил... Дамблдора.

Хагрид просто молча смотрел на него, та небольшая часть лица лесничего, какую не закрывали волосы, казалась пустой, непонимающей.

— Дамблдора что... а, Гарри?

— Он мертв. Снегг убил его...

— Не говори так, — грубо оборвал его Хагрид. — Снегг убил Дамблдора — дурь какая, Гарри. Зачем ты так говоришь?

— Я видел, как это произошло.

— Да не мог ты этого видеть.

— Видел, Хагрид.

Хагрид потряс головой. Видно было, что он не верит, но сочувствует, — лесничий думал, что Гарри слишком сильно стукнули по голове, что у него путаются мысли, что он еще не оправился от чар...

— Там, наверное, вот что было: Дамблдор велел Снеггу пойти с этими, с Пожирателями, — уверенно произнес Хагрид. — Чтобы, значит, они его не изобличили. Слушай, давай-ка в школу потопаем. Пошли, Гарри...

Гарри не стал ни спорить, ни что-либо объяснять. Его все еще била неудержимая дрожь. Хагрид и сам все скоро узнает, слишком скоро... Приближаясь к замку, Гарри увидел: теперь в нем освещены многие окна, и ясно представил себе, что творится внутри — люди бродят по комнатам, рассказывают друг другу, что в замок проникли Пожиратели смерти, что над Хогвартсом висит Черная Метка и, значит, кто-то убит...

Парадные дубовые двери стояли настежь, из них лился свет на подъездную дорожку и лужайку перед школой. Медленно, неуверенно, на ступеньки крыльца выходили ученики и преподаватели в ночных халатах, нервно оглядываясь в поисках каких-либо признаков скрывшихся в ночи Пожирателей смерти. Но глаза Гарри были прикованы к земле у подножия самой высокой из башен замка. Ему казалось, что он различает лежащую там на траве черную, бесформенную груду, хотя, на деле, он находился еще слишком далеко от башни, чтобы увидеть что-то. Но даже безмолвно глядя туда, где, как он думал, должно лежать тело Дамблдора, Гарри заметил, что уже многие идут в ту сторону.

— На что это все они смотрят? — поинтересовался Хагрид, когда он, Гарри и Клык, старавшийся держаться поближе к ногам хозяина, подошли к замку. — Что там лежит на траве? — резко спросил он, сворачивая к Астрономической башне, у подножия которой уже собралась небольшая толпа. — Ты видишь, Гарри? Прям около башни? Под самой Меткой... ах, чтоб тебя... думаешь, кого-то сбросили...

Хагрид умолк, видимо, мысль, пришедшая ему в голову, была слишком ужасной, чтобы ее выговорить. Гарри шел пообок от Хагрида, чувствуя боль и жжение в лице и в ногах, там, куда в последние полчаса ударяли самые разные заклятия. Он ощущал непонятную отрешенность, как будто от этой боли страдал кто-то другой, шагающий с ним рядом. По-настоящему реальным и неотвратимым было лишь страшное стеснение в его груди...

Как во сне, продвигались они с Хагридом через невнятно бормочущую толпу и наконец добрались до самого ее края, туда, где онемевшие от горя ученики и преподаватели оставили немного свободного места.

Гарри услышал, как Хагрид застонал от боли и потрясения, но не остановился; он медленно шел вперед, пока не достиг тела Дамблдора и не опустился перед ним на землю.

В то самое мгновение, как спало наложенное на него Дамблдором парализующее заклинание, Гарри понял: надежды нет, заклинание перестало действовать лишь потому, что умер тот, кто его наслал. И все же он не готов был к тому, чтобы увидеть, как величайший волшебник, какого он знал, лежит на земле изломанный, с раскинутыми руками...

Глаза Дамблдора были закрыты, и, если бы не странные углы, под которыми отходили от тела руки и ноги, он мог показаться спящим. Гарри протянул руку, поправил съехавшие с крючковатого носа очки-половинки, стер рукавом вытекшую изо рта струйку крови. Потом вгляделся в старое, мудрое лицо, пытаясь до конца осознать огромную, непостижимую истину: никогда больше Дамблдор на заговорит с ним, никогда не сможет прийти ему на помощь...

В толпе за спиной Гарри негромко переговаривались люди. Прошло долгое время, прежде чем он заметил, что упирается коленями во что-то жесткое, и опустил на них взгляд.

Медальон, который им удалось похитить так много часов назад, выпал из кармана Дамблдора. По-видимому, от удара о землю он раскрылся. И хотя потрясение, ужас и печаль, охватившие Гарри, уже не могли стать сильнее, он, едва подняв медальон с земли, подумал: что-то не так...

Он повертел медальон в руках. Медальон был совсем не таким большим, как тот, который Гарри видел в Омуте памяти, поверхность его была гладкой, знак Слизерина, змеевидная «S», на нем отсутствовал. Более того, он не содержал в себе ничего, кроме сложенного клочка пергамента, плотно втиснутого туда, где полагалось находиться портрету.

Машинально, почти не думая о том, что делает, Гарри вытащил пергамент, развернул его и при свете множества волшебных палочек, уже засветившихся за его спиной, прочитал:

Темному Лорду.

Я знаю, что умру задолго до того, как ты прочитаешь это, но хочу, чтобы ты знал — это я раскрыл твою тайну. Я похитил настоящий крестраж и намереваюсь уничтожить его, как только смогу. Я смотрю в лицо смерти с надеждой, что когда ты встретишь того, кто сравним с тобою по силе, ты уже снова обратишься в простого смертного.

Р. А. Б.

Что может означать это послание, Гарри не знал, да и не хотел знать. Важно было только одно: это не крестраж. Дамблдор понапрасну отдал все свои силы, выпив ужасное зелье. Гарри смял пергамент в руке, и в глазах его вскипели жгучие слезы, и в тот же миг за спиной его завыл Клык.

Глава 29

ПЛАЧ ФЕНИКСА

— Пошли, Гарри...

— Нет.

— Не надо тебе здесь оставаться, Гарри... пошли, пошли...

— Нет.

Он не хотел покидать Дамблдора, не хотел никуда уходить. Лежащая на его плече рука Хагрида подрагивала. Потом и еще один голос произнес:

— Гарри, пойдем.

Чья-то маленькая и теплая ладонь взяла его за руку и потянула вверх. Гарри подчинился ей почти бездумно. И только когда пробирался сквозь толпу, ничего не видя вокруг, вдруг понял по веявшему в воздухе аромату цветов, что это Джинни ведет его назад, в замок. Чьи-то неузнаваемые голоса звучали в его ушах, рыдания, крики и причитания разрывали ночь, но Гарри и Джинни все шли и шли, пока не поднялись по ступенькам в вестибюль. Краем глаза Гарри видел, что все всматриваются в него, удивленно перешептываются, и рубины Гриффиндора, точно капли крови, поблескивают на полу, по которому они шли вдвоем, направляясь к мраморной лестнице.

— Пойдем в больничное крыло, — сказала Джинни.

— Я не ранен, — ответил Гарри.

— Это приказ Макгонагалл, — сказала Джинни. — Все уже там, Рон, Гермиона, Люпин, все...

В груди Гарри вновь шевельнулся страх — он и забыл об оставленных им позади распростертых по полу неподвижных телах.

— Кто еще погиб, Джинни?

— Из наших — никто, не бойся.

— Но Черная Метка... Малфой сказал, что переступил через труп...

— Он переступил через Билла, но с ним все хорошо, Билл жив.

Однако что-то в ее голосе заставило Гарри понять — случилась беда.

— Ты уверена?

— Конечно, уверена... Он... немного изуродован, вот и все. На него напал Сивый. Мадам Помфри говорит, что он... он уже не будет выглядеть, как прежде... — Голос Джинни чуть дрогнул. — Мы просто не знаем, какими могут быть последствия, все-таки Сивый — оборотень, хоть он в эту ночь и не преображался.

— А другие... там были еще тела...

— Невилл лежит в палате, мадам Помфри считает, что он поправится полностью, ну еще профессору Флитвику досталось, но он тоже чувствует себя неплохо, слабость в ногах, вот и все. Он все требует, чтобы его отпустили посмотреть, как там его когтевранцы. А вот один из Пожирателей смерти убит, попал под смертоносное заклятие, которые расшвыривал повсюду тот огромный блондин. Гарри, если бы не твой «Феликс», думаю, нас всех перебили бы, а так все, похоже, летело мимо...

Они уже добрались до больничного крыла, Гарри, пинком распахнув дверь, увидел на койке у входа спящего Невилла. Рон, Гермиона, Полумна, Тонкс и Люпин стояли у другой койки, в дальнем конце палаты. Услышав скрип двери, все они обернулись. Гермиона подлетела к Гарри, обняла его, Люпин с встревоженным видом шагнул ему навстречу.

— С тобой все в порядке, Гарри?

— Да, все... Как Билл?

Никто ему не ответил. Гарри глянул поверх плеча Гермионы и увидел на подушке Билла неузнаваемое лицо, рассеченное и разодранное так страшно, что оно казалось гротескной маской. Мадам Помфри наносила на раны какую-то остро пахнущую зеленую мазь. Гарри вспомнил, с какой легкостью Снегг залечивал раны, причиненные Малфою заклинанием *Сектумсемпра*.

— Разве нельзя исцелить Билла какими-нибудь чарами? — спросил он у волшебницы.

— Чары тут не помогут, — ответила мадам Помфри. — Я перепробовала все, что знаю, но от укусов оборотня лекарства не существует.

— Но его же искусали не при полной луне, — сказал Рон, смотревший в лицо брата с таким выражением, как будто надеялся, что раны затянутся от одного его взгляда. — Сивый не преобразился, так что Билл не станет... настоящим...

И он неуверенно взглянул на Люпина.

— Нет, думаю, настоящим оборотнем Билл не станет, — сказал Люпин, — но отсюда не следует, что в кровь его не попала никакая зараза. Это зачарованные раны. Они вряд ли исцелятся полностью, и... и в Билле будет, возможно, проступать временами нечто волчье.

— Дамблдору наверняка известно, как можно помочь, — сказал Рон. — Где он? Билл сражался с этим маньяком по его приказу, Дамблдор в долгу перед ним, не может же он оставить его в таком состоянии...

— Рон... Дамблдор мертв, — произнесла Джинни.

— Нет! — взгляд Люпина переметнулся с Джинни на Гарри, словно в надежде, что Гарри опровергнет ее слова, однако тот промолчал, и Люпин рухнул на стоящий у койки Билла стул и спрятал лицо в ладонях. Никогда еще Гарри не видел, чтобы Люпин терял власть над собой, ему казалось, что он нечаянно вторгся во что-то очень личное, почти непристойное, и Гарри отвернулся и встретился глазами с Роном, подтвердив взглядом, что Джинни сказала правду.

— Как он умер? — прошептала Тонкс. — Что случилось?

— Его убил Снегг, — ответил Гарри. — Я был там и все видел. Мы прилетели на Астрономическую башню, потому что Метка висела именно над ней... Дамблдору было плохо, он очень ослаб, но, думаю, понял, что это ловушка, едва услышав, как кто-то бежит к нам по лестнице. Он обездвижил меня, я ничего не мог сделать, на мне была мантия-невидимка... и тут из двери выскочил Малфой и обезоружил его...

Гермиона закрыла ладонями рот, Рон застонал, у Полумны задрожали губы.

— Потом появились Пожиратели смерти... а за ними Снегг... и Снегг убил его. Авада Кедавра... — Говорить дальше Гарри не смог.

Мадам Помфри залилась слезами. Никто не обратил на нее никакого внимания, только Джинни вдруг прошептала:

— Чш-ш! Слушайте!

Мадам Помфри, глотая слезы, прижала пальцы к губам, глаза ее расширились. Где-то в темноте запел феникс — такого пения Гарри не слышал ни разу: потрясающей красоты горестный плач. И Гарри почувствовал, как чувствовал, слушая феникса прежде, что музыка эта звучит у него внутри, не снаружи, то было его собственное горе, волшебным образом превратившееся в песню, которая отдавалась эхом, разносилась над просторами замка, лилась в его окна.

Как долго они молчали, вслушиваясь, сказать ни один из них не смог бы, как не смог бы и объяснить, почему, пока они слушали звучание собственной скорби, боль как будто стихала; однако всем показалось, что прошло немало времени, прежде чем больничная дверь снова отворилась и в палату вошла профессор Макгонагалл. Как и на всех остальных, на ней были видны следы недавней битвы — ссадины на лице, разодранная одежда.

— Молли с Артуром уже летят сюда, — сказала она, разрушив чары музыки; все встряхнулись, словно выходя из оцепенения, одни вновь обратили взгляды на Билла, другие вытирали глаза, третьи покачивали головами. — Что произошло, Гарри? По словам Хагрида, ты был с профессором Дамблдором, когда... когда это случилось. И он говорит, что профессор Снегг как-то причастен...

— Снегг убил Дамблдора, — ответил Гарри.

Мгновение она молча смотрела на него, потом, ко всеобщему испугу, покачнулась; мадам Помфри, по-видимому уже совладавшая с собой, бросилась к ней, выхватила из воздуха кресло и подтолкнула его под Макгонагалл.

— Снегг, — опадая в кресло, слабо повторила Макгонагалл. — Мы все удивлялись... но он так доверял... всегда... *Снегг*... не могу поверить...

— Снегг как никто владел окклюменцией, — с непривычной хрипотцой в голосе произнес Люпин. — Мы все это знали.

— Но Дамблдор клялся, что он на нашей стороне! — прошептала Тонкс. — Я всегда думала, что Дамблдору известно о Снегге такое, чего не знаем мы...

— Он намекал, что у него есть веские причины доверять Снеггу, — пробормотала профессор Макгонагалл, вытирая уголки глаз клетчатым носовым платком. — Я хочу сказать... при таком прошлом Снегга... конечно, многих поражало... но Дамблдор недвусмысленно заявил мне, что раскаяние Снегга абсолютно искренне... и даже слова против него слышать не желал!

— Хотела бы я знать, что наговорил ему Снегг, чтобы убедить его в этом, — сказала Тонкс.

— Могу вам сказать, — произнес Гарри, и все повернулись к нему. — Снегг снабдил Волан-де-Морта сведениями, которые заставили его начать охоту на моих маму и папу. А потом Снегг уверил Дамблдора, будто не понимал, что делает, сказал, что сожалеет об этом, сожалеет об их смерти.

— И Дамблдор поверил ему? — ошеломленно спросил Люпин. — Поверил, что Снегг сожалеет о смерти Джеймса? Да Снегг *ненавидел* Джеймса...

— Он и маму мою ни в грош не ставил, — сказал Гарри, — она же была из маглов... «грязнокровка», так он ее называл...

Никто не спросил, как Гарри узнал об этом. Все выглядели придавленными страшным потрясением, все пытались переварить чудовищную правду.

— Это моя вина! — вдруг сказала профессор Макгонагалл, скручивая пальцами носовой платок. Казалось, она никак не может собраться с мыслями. — Моя! Я послала нынче ночью Филиуса за Снеггом, послала, чтобы он пришел к нам на помощь! Если бы я не известила Снегга о том, что происходит, он мог и не присоединиться к Пожирателям смерти. Пока Филиус не сказал ему, что они здесь, Снегг вряд ли знал об этом.

— Ты ни в чем не виновата, Минерва, — твердо сказал Люпин. — Мы все нуждались в помощи и приходу Снегга только обрадовались...

— Значит, появившись на поле боя, он присоединился к Пожирателям смерти? — спросил Гарри, желавший узнать о двуличии и низости Снегга все, что можно. Ему совершенно необходимо было найти побольше причин для ненависти к Снеггу, для того, чтобы принести обет мщения.

— Что именно произошло, я точно не знаю, — взволнованно ответила профессор Макгонагалл. — Все так смешалось... Дамблдор сказал, что на несколько часов оставит школу и что нам нужно будет, просто на всякий случай, патрулировать коридоры... К нам должны были присоединиться Римус, Билл и Нимфадора... ну, мы и патрулировали. Казалось, все тихо. Каждый потайной ход, идущий из школы, был перекрыт. На все входы в замок наложены мощные заклинания. Я и сейчас не знаю, как сумели Пожиратели смерти проникнуть...

— Я знаю, — снова вмешался Гарри и коротко рассказал о двух Исчезательных шкафах, о создаваемом ими волшебном коридоре. — Вот так они и прошли, через Выручай-комнату.

Почти невольно он взглянул на Рона, потом на Гермиону — оба выглядели совершенно пришибленными.

— Это я напортачил, Гарри, — уныло признал Рон. — Мы сделали, как ты велел: проверили Карту Мародеров, Малфоя на ней не увидели и решили, что он в Выручай-комнате. Я, Джинни и Невилл отправились следить за ней... но Малфой проскочил мимо нас...

— Он вышел из комнаты примерно через час после того, как мы начали наблюдение, — сказала Джинни. — Один, с этой кошмарной высушенной рукой...

— С Рукой Славы, — пояснил Рон. — Помнишь, той, что дает свет только тому, кто ее держит?

— В общем, — продолжила Джинни, — он, скорее всего, проверял, свободен ли путь, можно ли выпустить Пожирателей смерти, потому что, едва увидев нас, бросил что-то в воздух, и все тут же погрузилось в непроглядную тьму...

— Перуанский Порошок мгновенной тьмы, — горько промолвил Рон. — Фред с Джорджем... Я еще поговорю с ними о том, кому они продают свои товары.

— Чего мы только не перепробовали — *Люмос, Инсендио*, — сказала Джинни, — ничто эту тьму не брало. Нам осталось одно — на ощупь выбраться из коридора, при этом мы слышали, как кто-то пробежал мимо. Видимо, Малфой освещал себе дорогу Рукой и провел остальных. Заклинаниями мы пользоваться не решались, боялись попасть друг в друга, а когда добрались до освещенного коридора, их уже не было.

— К счастью, — хрипло сказал Люпин, — Рон, Джинни и Невилл почти сразу наткнулись на нас и рассказали о случившемся. Через несколько минут мы отыскали Пожирателей смерти, они направлялись к Астрономической башне. Малфой, скорее всего, не ожидал усиления стражи, да и порошок у него весь уже вышел. Началась драка, они бросились врассыпную, мы погнались за ними. Один из них, Гиббон, прорвался к лестнице на башню...

— Чтобы поставить Метку? — спросил Гарри.

— Наверное. Должно быть, они договорились обо всем еще в Выручай-комнате, — сказал Люпин. — Правда, не думаю, что Гиббону так уж хотелось в одиночку дожидаться там Дамблдора, потому что он скоро спустился вниз, присоединился к сражению и попал под смертоносное заклятие, на волосок пролетевшее мимо меня.

— Значит, если Рон наблюдал за Выручай-комнатой вместе с Джинной и Невиллом, — обращаясь к Гермионе, сказал Гарри, — то вы...

— Да, дежурили у кабинета Снегга, — прошептала Гермиона, в глазах которой поблескивали слезы. —

С Полумной. Проторчали там целую вечность, ничего не происходило, что творится наверху, мы не знали... Рон же взял Карту Мародеров с собой... а около полуночи в подземелье примчался профессор Флитвик. Он что-то кричал о Пожирателях смерти в замке, по-моему, нас с Полумной он даже не заметил, просто ворвался в кабинет Снегга, и мы услышали, как он говорит, что Снегг должен пойти с ним и помочь, потом какой-то громкий удар, а после Снегг выскочил из кабинета и увидел нас и... и...

— Что? — спросил Гарри.

— Я оказалась такой дурой, Гарри! — тоненько и тихо произнесла Гермиона. — Он сказал, что у профессора Флитвика обморок, велел нам зайти в кабинет, позаботиться о нем, пока... пока сам он будет сражаться с Пожирателями смерти...

От стыда Гермиона закрыла лицо ладонями и рассказ свой продолжила сквозь пальцы, приглушенным голосом:

— Мы вбежали в кабинет — посмотреть, чем можно помочь профессору Флитвику, он без сознания лежал на полу и... ох, теперь-то все так очевидно. Снегг, скорее всего, оглушил его, а мы этого не поняли, Гарри, не поняли и дали Снеггу уйти!

— Тут нет вашей вины, — решительно произнес Люпин. — Если бы вы, Гермиона, не подчинились Снеггу и преградили ему дорогу, он наверняка убил бы и тебя, и Полумну.

— То есть когда он поднялся наверх, — сказал Гарри, мысленно следя за тем, как Снегг, вытаскивая на ходу волшебную палочку, взбегает в развевающейся черной мантии по мраморной лестнице, — и добрался до места, где вы сражались...

— Нам приходилось туго, мы проигрывали, — негромко сказала Тонкс. — Гиббон был убит, но остальные Пожиратели смерти готовы были драться на смерть. Невилла ранили, Билла погрыз Сивый... было темно... повсюду летали заклятия... Малфой куда-то исчез, должно быть, проскользнул мимо нас наверх, в башню... потом и другие Пожиратели смерти устремились за ним, и один из них перекрыл каким-то заклинанием лестницу за собой... Невилл бросился к ней, но его отбросило в воздух...

— Никому из нас прорваться не удалось, — сказал Рон, — а этот бугай, Пожиратель смерти, расшвыривал повсюду заклятия, они отскакивали от стен, чуть не ударяя в нас...

— И тогда появился Снегг, — перебила его Тонкс, — и он не...

— Я краем глаза заметила, как он бежит к нам, но тут огромный Пожиратель смерти снова метнул в меня заклятие, я пригнулась и потеряла Снегга из виду, — сказала Джинни.

— Я видел, как он проскочил через проклятый барьер, словно того и не было, — сказал Люпин. — Я попытался последовать за ним, но меня отбросило точно так же, как Невилла...

— Очевидно, он знал заклинание, которое нам не известно, — прошептала Макгонагалл. — В конце концов, он же преподавал защиту от Темных искусств... Я-то решила, будто он спешит нагнать ускользнувших в башню Пожирателей смерти...

— Он и спешил! — гневно сказал Гарри. — Но не ради того, чтобы их остановить, а чтобы помочь им... и, готов поспорить, этот барьер пропускал только тех, у кого есть Черная Метка... Так что же произошло, когда он вернулся?

— Ну, как раз перед этим здоровенный Пожиратель смерти выпалил заклинанием, которое обрушило половину потолка, заодно развалив и барьер на лестнице, — сказал Люпин. — Мы все бросились к ней, во всяком случае, те, кто еще стоял на ногах, и, когда из облака пыли появились Снегг с мальчиком, никто из нас, естественно, не стал на них нападать...

— Мы просто пропустили их, — глухо произнесла Тонкс, — вот и все. Решили, что за ними гонятся Пожиратели смерти, а в следующий миг Пожиратели вернулись вместе с Сивым, и снова началась драка. По-моему, я слышала, как Снегг крикнул что-то, но что — не разобрала...

— Он крикнул: «Все кончено», — сказал Гарри. — Он сделал то, что хотел сделать.

Все замолчали. Плач Фоукса еще разносился над землями замка. И пока музыка продолжала наполнять воздух, непрошеные, нежданные мысли прокрадывались в голову Гарри... Унесли ли уже тело Дамблдора от подножия башни? И как с ним поступят потом? Где найдет оно упокоенис? Гарри стиснул засунутые в карманы кулаки. И ощутил под костяшками правого холодный кусочек металла — лже-крестраж.

Двери больничного крыла резко распахнулись, заставив всех испуганно вздрогнуть: в палату торопливо вступили мистер и миссис Уизли, а следом за ними Флер с искаженным ужасом прекрасном лицом.

— Молли, Артур, — воскликнула профессор Макгонагалл, вскакивая и бросаясь им навстречу, — мне так жаль...

— Билл, — прошептала миссис Уизли, увидев изуродованное лицо сына, и метнулась мимо Макгонагалл к его кровати. — О, Билл!

Люпин и Тонкс торопливо встали и отступили в сторону, чтобы позволить мистеру и миссис Уизли приблизиться к Биллу. Миссис Уизли склонилась над сыном, коснулась губами его окровавленного лба.

— Вы сказали, что на него напал Сивый? — встревоженно спросил профессора Макгонагалл мистер Уизли. — Но ведь он не преобразился? Так что же это значит? Что будет с Биллом?

— Пока мы этого не знаем, — ответила профессор Макгонагалл, бросая беспомощный взгляд на Люпина.

— Какое-то заражение, вероятно, произойдет, Артур, — сказал Люпин. — Случай редкий, быть может, уникальный... Не ясно, как поведет себя Билл, когда очнется...

Миссис Уизли отобрала у мадам Помфри остро пахнущую мазь и начала сама покрывать ею раны Билла.

— А Дамблдор... — продолжал мистер Уизли. — Это правда, Минерва?.. Он действительно...

Профессор Макгонагалл кивнула, и в этот же миг Гарри, почувствовав какое-то движение стоявшей рядом с ним Джинни, взглянул на нее. Чуть сузившиеся глаза Джинни не отрывались от Флер, которая, замерев, вглядывалась в Билла.

— Дамблдор погиб, — прошептал мистер Уизли, но миссис Уизли могла сейчас думать только о сыне. Она заплакала, слезы ее падали на изуродованное лицо Билла.

— Конечно, какая разница, как он выглядит... это н-не так уж и важно... но он был таким красивым м-мальчиком... всегда таким красивым... и с-собирался жениться!

— А это еще что такое? — внезапно и громогласно осведомилась Флер. — Что значит — соби'гался?

Миссис Уизли повернула к ней залитое слезами, испуганное лицо.

— Ну... только то...

— Думаете, Билл не захочет тепе'гь взять меня в жены? — гневно спросила Флер. — Думаете, 'газ его покусали, так он меня и 'газлюбит?

— Нет, я совсем не об этом...

— И п'гавильно, потому что он захочет и еще как! — заявила Флер, распрямляясь во весь рост и отбрасывая за спину длинную гриву белокурых волос. —

Чтобы помешать Биллу любить меня, т'гебуется кое-что пок'гуче какого-то обо'готня!

— Да, да, конечно, — торопливо подтвердила миссис Уизли, — просто я думала, может быть... раз он теперь... то как же...

— Вы думали, что я не захочу за него выйти? — гневно раздувая ноздри, спросила Флер. — Что меня инте'гесует одна его внешность? По-моему, моей к'гасоты вполне хватит на нас обоих! А все эти ш'гамы показывают только, как отважен мой муж! Пустите, я сама! — яростно воскликнула она, отталкивая миссис Уизли и вырывая из ее рук мазь.

Миссис Уизли отпрянула назад, к мужу, и с растерянным видом наблюдала, как Флер обрабатывает раны Билла. Все молчали; Гарри не решался даже пошевелиться. Подобно всем остальным, он ожидал какого-то взрыва.

— У нашей тетушки Мюриэль, — произнесла после долгой паузы миссис Уизли, — есть редкой красоты диадема... гоблинской работы... Я не сомневаюсь, что уговорю ее одолжить эту диадему вам на венчание. Знаете, она так любит Билла, а диадема очень пойдет вашим волосам.

— Спасибо, — чопорно ответила Флер. — Уве'гена, это будет к'гасиво.

А через миг — Гарри не успел даже заметить, как это произошло, — две женщины уже плакали, обнимая друг дружку. Гарри был совершенно сбит с толку и, гадая, не сошел ли весь мир с ума, огляделся по сторонам: Рон выглядел таким же ошеломленным, как он, Джинни и Гермиона обменивались изумленными взглядами.

— Видишь! — произнес сдавленный голос. Тонкс гневно взирала на Люпина. — Она все равно хочет выйти за него, пусть даже он и искусан! Ей наплевать на это!

— Тут другое, — едва шевеля губами, ответил напрягшийся вдруг Люпин. — Билл полным оборотнем не станет. Это два совершенно разных...

— Да мне-то что, какое мне дело? — воскликнула Тонкс, хватая Люпина за отвороты мантии и встряхивая его. — Я миллион раз говорила тебе...

Вот тут-то значение нового Патронуса Тонкс, ее получивших мышиный окрас волос, причина, по которой она бросилась искать Дамблдора, едва услышав, что Сивый снова на кого-то напал, — все это стало вдруг для Гарри совершенно ясным: выходит, Тонкс была влюблена вовсе не в Сириуса...

— А я миллион раз говорил *тебе*, — произнес Люпин, стараясь не встречаться с Тонкс взглядом, — что я слишком стар для тебя, слишком беден... слишком опасен...

— Сколько раз я тебе повторяла, Римус, ты ведешь себя просто смешно, — объявила миссис Уизли через плечо Флер, которую она продолжала гладить по спине.

— Ничего не смешно, — не сдавался Люпин. — Тонкс заслуживает кого-то помоложе и поздоровее.

— Да ведь нужен-то ей ты, — сказала, слабо улыбнувшись, миссис Уизли. — И в конце концов, Римус, человек молодой и здоровый вовсе не обязательно навсегда таким и останется.

И она печально повела рукой в сторону лежавшего между ними Билла.

— Сейчас... сейчас не время говорить об этом, — сказал Люпин, горестно обводя взглядом палату, но избегая при этом чьих бы то ни было глаз. — Дамблдор мертв...

— Дамблдор был бы счастливее всех, зная, что в мире прибавилось хоть немного любви, — резко сказала профессор Макгонагалл, и при этих словах больничная дверь распахнулась снова — вошел Хагрид.

Та малая часть его лица, которую не закрывали борода и волосы, была мокрой, припухшей; Хагрида сотрясали рыдания, в руке он сжимал огромный грязный носовой платок.

— Я... я все сделал, профессор, — прерывающимся голосом сообщил он. — П-перенес его. Профессор Стебль отправила детишек назад, по постелям. Профессор Флитвик еще лежит, но, говорит, что враз поправится. А профессор Слизнорт сказал, что сообщил в Министерство.

— Спасибо, Хагрид, — ответила профессор Макгонагалл, сразу же встав и обернувшись, чтобы окинуть взглядом тех, кто теснился у койки Билла. — Когда министерские появятся здесь, мне придется объясняться с министром. Хагрид, будь добр, скажи деканам — Слизерин может пока представлять Слизнорт, — что мне необходимо немедленно увидеться с ними в моем кабинете. Буду рада, если к ним присоединишься и ты.

Хагрид кивнул, повернулся и, шаркая, покинул палату. Профессор Макгонагалл взглянула на Гарри:

— Перед тем как встретиться с деканами, я хотела бы коротко переговорить с вами, Гарри. Если вы согласитесь пройти со мной...

Гарри встал, пробормотал, обращаясь к Рону, Гермионе и Джинни: «Я быстро» — и вслед за профессором Макгонагалл вышел из палаты. Коридоры были пусты, только один звук долетал сюда — плач феникса. Прошло несколько минут, прежде чем Гарри понял, что направляются они в кабинет не Макгонагалл, а Дамблдора, и еще несколько секунд потребовалось ему, чтобы сообразить: ну конечно, она же заместитель директора школы... а теперь, по-видимому, и директор... так что комната, охраняемая горгульей, принадлежит ей...

Они молча поднялись по винтовой лестнице и вошли в круглый кабинет. Гарри не знал, чего ему ожидать: может, того, что кабинет будет задрапирован черной тканью или что он увидит лежащее в нем тело Дамблдора. На деле же все выглядело почти таким, как несколько часов назад, когда они с Дамблдором уходили отсюда: на тонконогих столиках жужжали и попыхивали серебряные приборы, в стеклянном ящике поблескивал под светом луны меч Гриффиндора, и Распределяющая шляпа лежала на полке за письменным столом. Вот разве насест Фоукса опустел, феникс продолжал выпевать свой плач над просторами замка. Да в череде портретов прежних директоров и директрис Хогвартса появился новый: в золоченой раме над столом неподвижно застыл Дамблдор — полукружия очков на крючковатом носу, спокойный, ничем не встревоженный взгляд.

Коротко глянув на него, профессор Макгонагалл сделала странное движение, словно собирая в кулак всю свою волю, затем обогнула стол и обратила к Гарри напряженное, нахмуренное лицо.

— Гарри, — сказала она, — мне нужно знать, чем вы и профессор Дамблдор занимались сегодня вечером, когда покинули школу.

— Этого я вам сказать не могу, профессор, — ответил Гарри. Он ждал ее вопроса, и ответ у него был готов. Вот здесь, в этой самой комнате, Дамблдор сказал ему, что он не должен рассказывать об их уроках никому, кроме Рона и Гермионы.

— Гарри, это может быть очень важным, — сказала профессор Макгонагалл.

— Так оно и есть, — отозвался Гарри, — это очень важно, но он не хотел, чтобы я кому-то об этом рассказывал.

Профессор Макгонагалл пристально вглядывалась в него.

— Поттер (Гарри отметил это новое обращение), профессор Дамблдор умер, и вы должны понимать, что ситуация несколько изменилась...

— Я так не думаю, — сказал, пожимая плечами, Гарри. — Профессор Дамблдор никогда не говорил мне, что в случае его смерти я вправе не выполнять больше его приказаний.

— Но...

— Впрочем, существует кое-что, о чем вам лучше узнать до того, как здесь появятся люди из Министерства. Мадам Розмерта находится под заклятием Империус, это она помогала Малфою и Пожирателям смерти, это с ее помощью ожерелье и отравленная медовуха...

— Розмерта? — с недоверием переспросила профессор Макгонагалл. Но прежде чем она успела сказать еще хоть слово, в дверь постучали и в кабинет робко вошли профессора Стебль, Флитвик и Слизнорт, за которыми следовал Хагрид. Лесничий попрежнему горько плакал, содрогаясь всем своим огромным телом.

— Снегг! — воскликнул Слизнорт, выглядевший совершенно разбитым — он был бледен и обильно потел. — Снегг! Я же учил его! Думал, что хорошо его знаю!

Однако ответить ему никто не успел — волшебник с землистым лицом и короткой черной челкой, только что вернувшийся в пустую раму под потолком, резким голосом сообщил:

— Минерва, министр будет здесь с минуты на минуту, он только что трансгрессировал из Министерства.

— Спасибо, Эдвард, — сказала профессор Макгонагалл и торопливо повернулась к преподавателям. — Прежде чем он сюда доберется, я хочу поговорить с вами о случившемся в Хогвартсе, — быстро сказала она. — Лично я не убеждена, что в следующем году школа откроется снова. Смерть директора от руки одного из наших коллег — это ужасное пятно на истории Хогвартса. Ужасное.

— Я уверен, Дамблдор желал бы, чтобы школа продолжала работать, — сказала профессор Стебль. — По моему убеждению, если хотя бы один ученик захочет приехать сюда, школа должна остаться открытой для него.

— Да, но сохранится ли у нас после случившегося хотя бы один ученик? — произнес Слизнорт, промокая шелковым носовым платком потеющий лоб. — Родители захотят держать детей дома, и я не стану винить их в этом. Сам я не думаю, что в Хогвартсе нам угрожает большая опасность, чем где-то еще, но от матерей подобных мыслей ожидать не приходится. Они пожелают иметь своих детей под боком, это так естественно.

— Согласна, — сказала профессор Макгонагалл. — В любом случае нельзя утверждать, что Дамблдор никогда и в мыслях не имел ситуации, в которой Хогвартс может закрыться. Когда распечатали Тайную комнату, он подумывал о закрытии школы, — а должна сказать, убийство профессора Дамблдора представляется мне куда более пугающим, чем мысль о чудовище Слизерина, которое продолжает обитать где-то в недрах замка...

— Нам следует проконсультироваться с попечителями, — пропищал профессор Флитвик; на его лбу красовалась большая ссадина, но в остальном обморок в кабинете Снегга, похоже, никакого ущерба ему не нанес. — Необходимо придерживаться установленных процедур. Нельзя принимать решение впопыхах.

— А ты, Хагрид, так ничего и не сказал, — обратилась профессор Макгонагалл к лесничему. — Как ты считаешь, должен ли Хогвартс работать по-прежнему?

Хагрид, все это время молча проплакавший в свой гигантский платок, поднял на нее покрасневшие, опухшие глаза и прохрипел:

— Я не знаю, профессор... это пускай деканы решают, ну и директор...

— Профессор Дамблдор всегда ценил твое мнение, — ласково произнесла профессор Макгонагалл, — как ценю его и я.

— Ну, я-то останусь, — ответил Хагрид. В уголках его глаз продолжали собираться крупные слезы, стекавшие в косматую бороду. — Тут мой дом, был дом, с тринадцати лет... А если кто из детишек захочет, чтоб я их учил, так я и буду. Вот только... не знаю... Хогвартс без Дамблдора...

Он гулко сглотнул и снова спрятал лицо за носовым платком. Наступило молчание.

— Ну хорошо, — сказала профессор Макгонагалл, поглядывая в окно, чтобы не пропустить появления министра, — в таком случае я должна согласиться с Филиусом — нам следует проконсультироваться с попечителями, они и примут окончательное решение... Теперь о доставке учеников домой... По-видимому, с этим лучше поторопиться. Мы могли бы, если понадобится, подготовить «Хогвартс-экспресс» уже к завтрашнему дню...

— А как же похороны Дамблдора? — спросил Гарри, впервые за время совещания открыв рот.

— Ну... — ответила профессор Макгонагалл отчасти утратившим прежнюю деловитость тоном. — Я... я знаю, Дамблдор хотел покоиться здесь, в Хогвартсе...

— Значит, так и должно быть, верно? — горячо воскликнул Гарри.

— Если Министерство сочтет это уместным, — сказала профессор Макгонагалл. — Никто из директоров и директрис Хогвартса не был еще...

— Да никто из них и не сделал столько для школы, — проворчал Хагрид.

— Хогвартс *должен* стать местом последнего упокоения Дамблдора, — заявил профессор Флитвик.

— Полностью согласна, — подхватила профессор Стебль.

— А в таком случае, — сказал Гарри, — нельзя отправлять учеников по домам, пока не закончатся похороны. Они захотят...

Последнее слово застряло у Гарри в горле, но профессор Стебль закончила за него:

— Попрощаться.

— Верно, — пропищал профессор Флитвик. — Очень верно! Наши ученики должны принести ему дань уважения, это будет очень уместно. А потом мы организуем их отправку по домам.

— Поддерживаю, — отрывисто заявила профессор Стебль.

— Я полагаю... да... — взволнованно произнес Слизнорт, и Хагрид тоже придушенно всхлипнул в знак согласия.

— Он уже здесь, — внезапно сказала профессор Макгонагалл, выглянув в окно. — Министр... и, по-моему, с целой делегацией...

— Могу я уйти, профессор? — тут же спросил Гарри.

Он не имел никакого желания ни видеться сегодня с Руфусом Скримджером, ни отвечать на его расспросы.

— Можете, — ответила профессор Макгонагалл, — только быстро.

Она подошла к двери, придержала ее, выпуская Гарри. Он торопливо спустился по винтовой лестнице и побежал пустыми коридорами; мантия-невидимка осталась на Астрономической башне, но это значения не имело: в коридорах не было никого, кто мог бы его увидеть, — даже Филча, Миссис

Норрис или Пивза. Он так и не встретил ни единой души, пока не свернул в проход, ведущий к гостиной Гриффиндора.

— Это правда? — прошептала Полная Дама, когда он приблизился к ней. — Неужели правда? Дамблдор — мертв?

— Да, — ответил Гарри.

Она застонала и, не дожидаясь пароля, отступила в сторону, пропуская Гарри.

Как он и думал, гостиная была набита битком. Когда он выбрался из портретного проема, все замолчали. Гарри увидел Дина и Симуса, сидевших прямо у входа в окружении других учеников: значит, спальня должна быть пустой или почти пустой. Не говоря ни слова, не встречаясь ни с кем взглядом, Гарри пересек гостиную и скрылся за ведущей к спальням мальчиков дверью.

Рон сидел на своей кровати, не раздевшись и поджидая его. Гарри опустился на свою, какое-то время оба просто смотрели друг на друга.

— Они там обсуждают закрытие школы, — сказал Гарри.

— Люпин говорил, что так и будет, — отозвался Рон.

Они еще помолчали.

— Так что? — очень тихо, словно боясь, что их может подслушать мебель спальни, спросил Рон. — Нашел ты его? Раздобыл? Этот... крестраж?

Гарри покачал головой. Происшедшее на черном озере казалось ему теперь давним ночным кошмаром — неужели все так и было, лишь несколько часов назад?

— Не добыл? — спросил сразу приунывший Рон. — Его там не было?

— Нет, — сказал Гарри. — Кто-то уже забрал крестраж, оставив взамен подделку.

— Уже *забрал?*..

Гарри молча вытащил из кармана медальон, открыл его, протянул Рону. Подробный рассказ может подождать... сегодня это значения не имеет... ничто не имеет значения, кроме конца — конца их бессмысленного приключения, конца жизни Дамблдора...

— Р. А. Б. — прошептал Рон, — а кто это?

— Не знаю, — ответил Гарри, откинувшись прямо в одежде на постель и безучастно уставившись в потолок. Никакого любопытства по поводу этого Р. А. Б. он не испытывал, он вообще сомневался, что сможет еще когда-нибудь ощутить любопытство. Так, лежа на постели, он вдруг осознал, что над замком стоит тишина. Пение Фоукса прервалось.

И Гарри понял, не зная, как и почему, что феникса больше не будет, что он навсегда покинул Хогвартс, точно так же, как покинул школу и Дамблдор, как покинул он этот мир... как покинул Гарри.

Глава 30

БЕЛАЯ ГРОБНИЦА

Все уроки были отменены, экзамены отложены. В следующие два дня родители кое-кого из учеников поспешили забрать их из Хогвартса: близнецы Патил покинули школу на следующий после смерти Дамблдора день, еще до завтрака; Захарию Смита увез из замка его надменный отец. С другой стороны, Симус Финниган напрочь отказался уехать с матерью домой, они долго и громко переругивались в вестибюле и в конце концов решили, что она останется в школе до похорон. Найти в Хогсмиде свободную постель ей оказалось трудновато — Симус сказал Гарри и Рону, что в деревню съезжаются волшебники и волшебницы, пожелавшие проститься с Дамблдором.

Среди учеников помладше, еще не видевших этого дива, немалое волнение вызвала белая с синим карета величиною с дом, запряженная дюжиной огромных крылатых коней с белыми гривами; она прилетела вечером накануне похорон и опустилась с небес на опушку Леса. Гарри видел в окно, как по ее ступеням сошла огромная, красивая женщина с черными волосами и оливковой кожей — сошла и бросилась в ожидавшие ее объятия Хагрида. Тем временем в замке разместилась делегация чиновников Министерства во главе с самим министром магии. Гарри старательно уклонялся от встречи с любым из них, он не сомневался, что рано или поздно с него снова потребуют отчета о последней отлучке Дамблдора из Хогвартса.

Гарри, Рон, Гермиона и Джинни в эти дни почти не разлучались. Чудесная погода словно смеялась над ними. Гарри представлял себе, как все было бы, если бы Дамблдор не погиб и они проводили конец учебного года вместе — Джинни уже сдала бы экзамены, с домашними заданиями было бы покончено... Теперь же Гарри час за часом откладывал то, что обязан был сказать и сделать, — слишком трудно было отказаться от того, что стало для него главным источником утешения.

Дважды в день они навещали больницу: Невилла выписали, однако Билл так и оставался на попечении мадам Помфри. Шрамы его лучше не стали — Билл приобрел явственное сходство с Грозным Глазом Грюмом, хоть и сохранил, к счастью, обе ноги и оба глаза; впрочем, внутренне он остался, судя по всему, прежним. Только одно в нем изменилось — Билл проникся любовью к непрожаренным бифштексам.

— Значит, и хо’гошо, что он на мне женится, — радостно щебетала Флер, взбивая подушки Билла, — я всегда гово’гила, б’гитанцы пе’геде’гживают мясо на плите.

— Похоже, мне придется просто смириться с тем, что он и вправду на ней женится, — вздохнула под вечер этого дня Джинни, сидя с Гарри, Роном и Гермионой у открытого окна гостиной Гриффиндора, глядя в окутывавшие замок сумерки.

— Не так уж она и плоха, — заметил Гарри. — Некрасивая, правда, — торопливо прибавил он, увидев, как поползли вверх брови Джинни; она неохотно улыбнулась в ответ.

— Ладно, если маме удастся это пережить, переживу и я.

— Что, еще кто-нибудь из знакомых помер? — спросил Рон у Гермионы, просматривавшей «Вечернего пророка».

Натужная грубость его тона заставила Гермиону поморщиться.

— Нет, — сердито ответила она и сложила газету. — Снегга ищут, но никаких результатов...

— Ну еще бы, — сказал Гарри, выходивший из себя всякий раз, как всплывала эта тема. — Чтобы найти Снегга, нужно сначала найти Волан-де-Морта, а поскольку они за все это время так и не смогли...

— Пойду-ка я спать, — зевнула Джинни. — Никак не высплюсь с тех пор, как... ладно... в общем, поспать не помешает.

Она поцеловала Гарри (Рон демонстративно отвернулся), помахала рукой брату и Гермионе и удалилась в сторону девичьих спален. Как только за ней закрылась дверь, Гермиона с самым что ни на есть гермионистым выражением лица склонилась к Гарри.

— Гарри, я этим утром кое-что откопала в библиотеке...

— Р. А. Б.? — вытягиваясь в струнку, спросил Гарри.

Он не испытывал больше чувств, так часто обуревавших его в прошлом — волнения, любопытства, жгучей жажды до конца разобраться в тайне; он просто понимал, что, прежде чем ему удастся хоть немного продвинуться вперед по темному, извилистому пути, на который они с Дамблдором вступили и который теперь он должен будет пройти один, необходимо узнать всю правду о замененном подделкой крестраже. Крестражи еще таились где-то, их вполне могло быть четыре, и каждый требовалось найти и уничтожить, прежде чем появится хотя бы малая возможность покончить с Волан-де-Мортом. Гарри мысленно повторял их названия — так, словно само перечисление крестражей делало их достижимыми: «Медальон... чаша... змея... что-то принадлежавшее Гриффиндору или Когтеврану... Медальон... чаша... змея... что-то принадлежавшее Гриффиндору или Когтеврану...»

Эта мантра день и ночь пульсировала в сознании Гарри; его сны были наполнены чашами, медальонами и таинственными предметами, до которых он никак не мог дотянуться, хоть Дамблдор, стараясь помочь, и протягивал Гарри веревочную лестницу, — едва Гарри начинал взбираться по ней, лестница превращалась в змей...

Записку, лежавшую в медальоне, он показал Гермионе на следующее утро после гибели Дамблдора, и хоть ей не удалось сразу определить по инициалам малоизвестного волшебника из тех, о ком она когда-то читала, с той поры Гермиона бегала в библиотеку гораздо чаще любого ученика, которому нужно было написать домашнюю работу.

— Нет, — удрученно ответила она. — Я старалась, Гарри, но так ничего и не нашла... Есть парочка довольно известных волшебников с подходящими инициалами — Розалинда Антигона Бочкис и Руперт «Ампутатор» Брукстэнтон, но они нам не подходят. Судя по записке, похититель крестража знал Волан-де-Морта, а ни малейших доказательств того, что Бочкис или Ампутатор когда-либо имели с ним дело, я не нашла... Нет, если честно, я говорю... ну, в общем, о Снегге.

Даже упоминание этого имени явно заставляло ее нервничать.

— И что? — горько осведомился Гарри, снова оседая в кресло.

— Ну, я вроде как была права в той истории с Принцем-полукровкой, — осторожно произнесла Гермиона.

— Тебе обязательно тыкать меня в это носом? Ты что, не понимаешь, какие чувства она у меня теперь вызывает?

— Нет, Гарри, я о другом! — торопливо воскликнула Гермиона и поозиралась вокруг, проверяя, не слышит ли их кто. — Права я была в том, что книга когда-то принадлежала Эйлин Принц. Понимаешь... она была матерью Снегга!

— А мне казалось, на нее и смотреть-то было противно, — сказал Рон. Гермиона оставила его без внимания.

— Я перерыла все остальные старые номера «Пророка» и наткнулась на крошечное объявление о том, что Эйлин Принц выходит замуж за человека по имени Тобиас Снегг, а несколько позже сообщалось, что она произвела на свет...

— ...убийцу! — выпалил Гарри.

— Ну... да, — подтвердила Гермиона. — Так что отчасти я была права. Снегг мог гордиться тем, что он «наполовину Принц», понимаешь? Судя по напечатанному в «Пророке», Тобиас Снегг был маглом.

— Да, все сходится, — сказал Гарри. — Он разыгрывал чистокровного волшебника, чтобы втереться в компанию Люциуса Малфоя и прочих... совсем как Волан-де-Морт. У матери кровь чистая, отец — магл... оба стыдились родителей, старались внушить людям страх, пользуясь Темными искусствами, выдумали для себя звучные имена — *лорд* Волан-де-Морт, *Принц*-полукровка... Как же Дамблдор не догадался?..

Гарри замолчал, глядя в окно. Никак ему не удавалось отогнать от себя мысли о непростительном доверии, которое Дамблдор питал к Снеггу... хотя, как нечаянно напомнила ему Гермиона, и он, Гарри, ничуть не меньше доверял... Несмотря на то что нацарапанные на полях заклинания становились все страшнее, он отказывался плохо думать о мальчике, который был так умен, так сильно ему помогал...

Помогал... Сейчас мысль об этом была почти непереносимой...

— Я все-таки не понимаю, почему он не выдал тебя, никому не сказал, что ты используешь эту книгу? — произнес Рон. — Он должен был знать, откуда ты все берешь.

— А он и знал, — с горечью сказал Гарри. — Понял, когда я ударил Малфоя *Сектумсемпрой*. Никакая легилименция не потребовалась... А мог понять и раньше — по рассказам Слизнорта о моих блестящих успехах в зельеварении. Не стоило ему оставлять свой старый учебник в том шкафу, верно?

— Да, но почему он тебя не выдал?

— Думаю, не хотел, чтобы его как-то связали с этой книгой, — сказала Гермиона. — Услышь о ней Дамблдор, ему бы это очень не понравилось. И даже если бы Снегг сделал вид, что не имеет к ней отношения, Слизнорт мигом узнал бы его почерк. Да и в любом случае — книга лежала в шкафу прежнего класса Снегга, а Дамблдор, готова поспорить, знал, что фамилия его матери Принц.

— Я должен был отдать книгу Дамблдору, — сказал Гарри. — Сколько раз он показывал мне, что Волан-де-Морт уже в школе был олицетворением зла, а я держал в руках доказательство, что и Снегг таков же...

— «Зло» слишком сильное слово, — негромко произнесла Гермиона.

— Ты же и твердила мне, что эта книга опасна!

— Я о другом, Гарри, ты чрезмерно винишь себя. Я считала, что у Принца отвратительное чувство юмора, но мне и в голову не приходило, что он — потенциальный убийца...

— Да и никто из нас не догадывался, что Снегг... ну, сам знаешь, — прибавил Рон.

Они замолчали, каждый ушел в свои мысли, но Гарри не сомневался, что друзья его, как и он, думают о завтрашнем утре, когда тело Дамблдора обретет последний покой. На погребении Гарри никогда еще не бывал — после гибели Сириуса не осталось тела, которое можно было похоронить. Он не знал, чего ему ожидать, и немного тревожился из-за того, что может увидеть и какие им овладеют чувства. И гадал, сделают ли похороны смерть Дамблдора более реальной для него. Были минуты, когда ужас этой смерти грозил раздавить его, но их сменяли часы пустого оцепенения, в которые (даже несмотря на то, что никто в замке ни о чем другом не говорил) ему было трудно поверить, что Дамблдора действительно больше нет. Впрочем, Гарри не пытался, как это было после гибели Сириуса, найти какую-то мысленную лазейку, какой-то способ уверить себя, что Дамблдор может вернуться. Он лишь нащупывал в кармане цепочку поддельного крестража, который носил теперь с собой повсюду, — не в виде талисмана, а как напоминание о том, что ему еще осталось сделать.

Утром следующего дня Гарри встал пораньше, чтобы уложить вещи, — «Хогвартс-экспресс» уходил через час после похорон. Сойдя вниз, он нашел Большой зал притихшим. Все надели парадные мантии, голода никто не испытывал. Похожее на трон кресло, что стояло в середине преподавательского стола, профессор Макгонагалл оставила незанятым. Пустовало и кресло Хагрида: скорее всего, подумал Гарри, он не смог заставить себя явиться на завтрак. Зато в кресле Снегга бесцеремонно восседал Руфус Скримджер. Гарри старался не встречаться с обшаривавшими зал желтыми глазами министра — он испытывал неприятное чувство, что Скримджер высматривает именно его. В свите министра Гарри заметил рыжие волосы и роговую оправу очков Перси Уизли. Рон ничем не показывал, что знает о присутствии брата, только вилкой в селедку тыкал с редкостным озлоблением.

За столом Слизерина негромко переговаривались Крэбб с Гойлом. При всей их массивности, в отсутствие сидящего между ними заводилы — высокого, бледного Малфоя — оба выглядели странно одинокими. О Малфое Гарри в эти дни почти не вспоминал. Но хоть все помыслы его и занимал Снегг, Гарри не забыл о страхе, прозвучавшем тогда, на башне, в голосе Малфоя, как не забыл и того, что перед самым появлением Пожирателей смерти Драко свою палочку опустил. Гарри не верил, что Малфой мог убить Дамблдора. Он, как и прежде, питал к Малфою неприязнь за его приверженность Темным искусствам, но к неприязни теперь примешивалась толика жалости. Гарри думал, где сейчас Малфой и что заставляет его делать Волан-де-Морт, угрожая убить и Драко, и его родителей?

Джинни прервала размышления Гарри, толкнув его локтем в бок. Профессор Макгонагалл встала из-за стола, и нестройное, скорбное перешептывание, наполнявшее зал, мгновенно стихло.

— Пора, — сказала профессор Макгонагалл. — Пожалуйста, выходите из замка следом за своими деканами. Гриффиндорцы, за мной.

Все покинули свои скамьи почти в полном молчании. Во главе колонны слизеринцев Гарри заметил Слизнорта, одетого в величественную изумрудно-зеленую мантию с серебряным шитьем. Да и профессора Стебль, декана Пуффендуя, он никогда еще не видел так чисто одетой: ни единого пятнышка не сидело на ее шляпе. В вестибюле они обнаружили мадам Пинс, стоявшую рядом с Филчем, — она в густой черной вуали до колен, он в стареньком черном костюме и галстуке, от которого веяло нафталином.

Выйдя из парадных дверей на каменное крыльцо, Гарри понял, что направляются они к озеру. Теплый свет солнца ласкал его лицо, пока все безмолвно следовали за профессором Макгонагалл туда, где были рядами расставлены сотни стульев. Посередине ряды разделял проход, а перед самым первым возвышался мраморный стол. День выдался самый что ни на есть прекрасный, летний.

Половину стульев уже заняли люди самые необычайные — старые и молодые, кто в сильно поношенном, кто в щегольском платье. Большинства их Гарри не знал, но были среди них и знакомые, в том числе члены Ордена Феникса: Кингсли Бруствер, Грозный Глаз Грюм, Тонкс, чьи волосы чудесным образом превратились в ярко-розовые, Римус Люпин (он и она держались, кажется, за руки), мистер и миссис Уизли, Билл, которого осторожно поддерживала Флер, а сразу за ними Фред и Джордж в куртках из черной драконовой кожи. Здесь были и мадам Максим, занявшая сразу два с половиной стула, и Том, владелец «Дырявого котла», и соседка Гарри, сквиб Арабелла Фигг, и волосатый басист из волшебной группы «Ведуньи», и водитель автобуса «Ночной рыцарь» Эрни Прэнг, и мадам Малкин, торгующая в Косом переулке мантиями, и еще какие-то люди, которых Гарри знал только в лицо — бармен из «Кабаньей головы» или волшебница, возившая по «Хогвартс-экспрессу» тележку с закусками. Присутствовали и замковые привидения, едва различимые в ярком солнечном свете, увидеть их можно было, лишь когда они шевелились, нереально мерцая в сверкающем воздухе.

Гарри, Рон, Гермиона и Джинни уселись в конце одного из рядов, ближе к озеру. Люди перешептывались, отчего казалось, будто легкий ветерок ворошит траву, однако громче всего звучало пение птиц. Толпа продолжала разрастаться; Гарри заметил Невилла, помогавшего усесться Полумне, и почувствовал прилив нежности. Из всего ОД только эти двое и откликнулись в ночь смерти Дамблдора на призыв Гермионы, и Гарри знал почему: именно им ОД не хватало больше всего, только они, быть может, раз за разом проверяли свои монеты, надеясь, что отряд соберется снова...

Направляясь к передним рядам, мимо прошел Корнелиус Фадж — лицо жалкое, в руках его обычный зеленый котелок; следом Гарри увидел Риту Скитер и с отвращением отметил, что ее пальцы с красными ногтями привычно сжимают блокнот; а затем — Гарри даже вздрогнул от гнева — на глаза ему попалась Долорес Амбридж с притворно горестным выражением на жабьей физиономии, с черным бархатным бантиком на отливающих сталью кудряшках. Заметив кентавра Флоренца, застывшего, точно часовой, у кромки воды, она дернулась и поспешила занять место подальше от него.

Наконец расселись и преподаватели. Гарри увидел Скримджера, который с мрачным и достойным видом сидел в первом ряду рядом с профессором Макгонагалл, и подумал: так ли уж сожалеет министр да и все эти важные шишки о смерти Дамблдора? Но тут заиграла музыка, странная, неземная, и Гарри, забыв о неприязни к Скримджеру, огляделся по сторонам, пытаясь понять, откуда она доносится. Не только он — многие беспокойно вертели головами, отыскивая источник музыки.

— Вон там, — шепнула ему на ухо Джинни.

И тогда он увидел их: в нескольких дюймах под поверхностью чистой, зеленоватой, просвеченной солнцем воды хор водяного народа, жутко похожего на инферналов, пел на странном, неведомом ему языке. Мертвенно-бледные лица певцов были подернуты рябью, вокруг плавали лиловые волосы. От музыки у Гарри волосы встали дыбом, однако неприятной она не была. Музыка ясно говорила об утрате и горе. И, глядя в нездешние лица певцов, Гарри понимал, что уж они-то, по крайней мере, о гибели Дамблдора горюют. Тут Джинни снова толкнула его локтем, и он оторвал от них взгляд.

По проходу между стульями медленно шествовал Хагрид. Лицо его блестело от слез, он безмолвно плакал, неся в руках, как сразу понял Гарри, тело Дамблдора, завернутое в темно-фиолетовый с золотыми звездами бархат. От этого зрелища горло Гарри сдавила острая боль; странная музыка и сознание того, что тело Дамблдора находится от него так близко, казалось, на миг лишили летний день всякого тепла. Рон побелел, выглядел потрясенным. На колени Джинни и Гермионы падали слезы.

Что происходит впереди, Гарри ясно не видел. Вроде бы Хагрид осторожно опустил тело на стол. Потом отступил в проход и трубно высморкался, заслужив несколько возмущенных взглядов, одним из которых, заметил Гарри, наградила Хагрида Долорес Амбридж. Гарри знал, что Дамблдор на него не обиделся бы. Гарри ласково кивнул Хагриду, когда тот проходил мимо, возвращаясь назад, но глаза лесничего опухли настолько, что оставалось лишь удивляться, как он вообще что-нибудь видит перед собой. Гарри обернулся — взглянуть на задний ряд стульев, к которому направлялся Хагрид, — и понял, кто служит ему путеводным маяком: там сидел великан Грохх, облаченный в пиджак и брюки размером с большой шатер; он смиренно, почти по-человечески склонил огромную, уродливую, похожую на валун голову. Когда Хагрид примостился рядом со сводным братом и Грохх похлопал его по голове, ножки стула под Хагридом провалились в землю. Гарри подавил на миг охватившее его желание рассмеяться. Тем временем музыка смолкла, и он обратил взгляд к мраморному столу.

Маленький человечек с клочковатыми волосами и в простой черной мантии поднялся на ноги и встал перед телом Дамблдора. Что он говорит, Гарри расслышать не мог. Лишь отдельные слова долетали к нему поверх сотен голов. «Благородство духа»... «интеллектуальный вклад»... «величие души»... — все это мало что значило для Гарри. К Дамблдору, которого знал он, слова эти почти никакого отношения не имели. Гарри вспомнил вдруг, как волшебник попросил однажды разрешения произнести несколько слов: «олух», «пузырь», «остаток», «уловка» — и снова с трудом подавил улыбку... Да что это с ним сегодня?

Слева донесся тихий плеск, и Гарри увидел, что водяной народ повысовывался из озера, чтобы тоже послушать прощальное слово. Он вспомнил, как Дамблдор два года назад присел у кромки воды, совсем рядом с местом, где сидел сейчас Гарри, и по-русалочьи беседовал с предводительницей водяных. Интересно, где Дамблдор выучил их язык? Как много осталось такого, о чем он ни разу не спросил старого волшебника, как много не сказали они друг другу...

И тогда, без предупреждения, на него навалилась страшная правда, полная и неоспоримая: Дамблдор мертв, его больше нет... Гарри с такой силой стиснул холодный медальон, что поранил ладонь, но и это не остановило горячих слез, которые брызнули из его глаз. Он отвернулся от Джинни, от всех, и смотрел поверх озера на Лес; человечек у стола все еще лопотал, а Гарри заметил вдруг какое-то движение среди деревьев. Кентавры... Они тоже пришли проститься с Дамблдором. Из-под деревьев кентавры не вышли, но Гарри видел, как они тихо стоят, опустив луки и глядя на волшебников. И ему вспомнился его первый, похожий на ночной кошмар поход в Лес, первая встреча с существом, которым был тогда Волан-де-Морт, лицо этого существа и происшедший вскоре затем разговор с Дамблдором о том, что сражаться необходимо, даже потерпев поражение в борьбе. «Главное — сражаться, — сказал тогда Дамблдор, — снова и снова, только так можно остановить зло, пусть даже истребить его до конца никогда не удастся...»

И, сидя здесь, под жарким солнцем, Гарри вдруг совершенно отчетливо увидел, что рядом с ним стоят люди, которым он был необходим: мать, отец, крестный и Дамблдор; каждый был полон решимости защитить его, однако теперь с этим покончено. Теперь он никому не позволит встать между ним и Волан-де-Мортом, пора проститься с иллюзией, от которой ему следовало отказаться еще годовалым, отбросить веру в то, что руки родителей способны оградить его от любой беды. От этого ночного кошмара пробуждения не будет, не будет утешительного шепота, уверяющего, что он в безопасности, что все это лишь плод его воображения. Последний и величайший из его защитников мертв, и теперь он одинок, как никогда прежде.

Человечек в черном наконец-то умолк и вернулся на свой стул. Гарри ожидал, что кто-то еще встанет у тела, кто-то еще, быть может, министр произнесет речь, но нет, никто не двинулся с места.

Потом вскрикнуло сразу несколько голосов. Яркое белое пламя полыхнуло, охватив тело Дамблдора и стол, на котором оно лежало. Языки пламени вздымались все выше и выше, заслоняя собой тело. Белый дым винтом поднялся в небо, создавая очертания странных фигур. Сердце Гарри словно остановилось на миг: ему показалось, что он увидел радостно уносящегося в синеву феникса, но в следующую секунду огонь погас. Там, где он только что бился, стояла белая мраморная гробница, укрывшая в себе и тело Дамблдора, и стол, на котором оно покоилось.

Снова испуганные крики — целая туча стрел взвилась в воздух, но все они упали на землю, не долетев до толпы. То было, понял Гарри, последнее прощание кентавров: повернувшись к волшебникам спинами, они уже уходили в древесную прохладу. И подобно им, водяной народ тоже медленно опустился в зеленоватую воду и скрылся из глаз.

Гарри взглянул на Джинни, Рона и Гермиону: Рон морщился, словно ослепленный солнечным светом, лицо Гермионы блестело от слез, но Джинни больше не плакала. Она смотрела на Гарри таким же пронзительным, горящим взглядом, какой он увидел, когда Джинни обняла его после того, как гриффиндорцы выиграли в его отсутствие Кубок по квиддичу, и Гарри осознал: в это мгновение они понимают друг друга до конца, и когда он скажет Джинни, что собирается сделать, она не ответит: «Будь осторожен» или «Не делай этого», но примет его решение, потому что ничего другого от него и не ждет. И он наконец собрался с духом, чтобы сказать ей то, что был обязан сказать с той самой минуты, когда погиб Дамблдор.

— Джинни, послушай, — негромко произнес он под все нараставший шумок разговоров, которые уже заводили поднимавшиеся со стульев люди. — Я не могу быть рядом с тобой. Нам нельзя больше встречаться. Мы не можем быть вместе.

Она ответила со странной, кривой улыбкой:

— И все это по какой-то дурацкой, возвышенной причине, так?

— Последние несколько недель, проведенных с тобой, были... они словно принадлежали другой жизни, — сказал Гарри. — Но я не могу... мы не можем... есть вещи, которые я должен сделать один.

Она не заплакала, просто смотрела на него.

— Волан-де-Морт использует людей, которые дороги его врагам. Один раз он уже сделал из тебя приманку, и только потому, что ты сестра моего лучшего друга. Подумай, какая опасность будет грозить тебе, если все между нами останется по-прежнему. Он ведь узнает, он выяснит это. И попытается добраться до меня, воспользовавшись тобой.

— А если мне все равно? — с силой спросила Джинни.

— *Мне* не все равно, — ответил Гарри. — Что, потвоему, я чувствовал бы, если бы это были твои похороны... и по моей вине...

Джинни отвернулась, взглянула на озеро.

— Я никогда не переставала думать о тебе, — сказала она. — Просто не могла. Всегда надеялась... Гермиона твердила мне, что я должна жить собственной жизнью, может быть, встречаться с другими, что так я смогу почувствовать себя рядом с тобой более свободной, я ведь и рта в твоем присутствии открыть не могла, помнишь? Она считала, что, если я стану, ну хотя бы немножко, собой, то и ты будешь обращать на меня чуть больше внимания.

— Гермиона у нас умница, — попытавшись выдавить улыбку, сказал Гарри. — Как жаль, что я не подошел к тебе гораздо раньше. У нас было бы столько времени... месяцы... может быть, годы...

— Так ты же был занят, ты все спасал и спасал волшебный мир, — чуть усмехнувшись, отозвалась Джинни. — Ладно, не могу сказать, что ты меня удивил. Я знала, рано или поздно это произойдет. Знала, что ты не будешь счастлив, пока не настигнешь Волан-де-Морта. Может быть, поэтому ты так мне и нравишься.

Слышать эти слова и думать о том, что, если он и дальше будет сидеть рядом с Джинни, от решимости его мало что останется, Гарри было не по силам. Он оглянулся — Рон уже обнимал Гермиону, плакавшую на его плече, — слезы капали с конца ее длинного носа. Махнув Джинни на прощание, Гарри встал, повернулся спиной и к ней, и к гробнице Дамблдора и пошел вокруг озера. Двигаться все-таки легче, чем сидеть на месте, — точно так же, как лучше поскорее вступить на путь, ведущий к крестражам и смерти Волан-де-Морта, чем ждать, когда тебе представится такая возможность...

— Гарри!

Он обернулся. По берегу к нему торопливо приближался, припадая на трость и прихрамывая, Руфус Скримджер.

— Я надеялся, что смогу переговорить с вами... Вы не против, если мы немного пройдемся вместе?

— Нет, — безразлично ответил Гарри и двинулся дальше.

— Ужасная трагедия, Гарри, — негромко произнес Скримджер. — Даже сказать вам не могу, как напугало меня известие о ней. Дамблдор был великим волшебником. Мы не во всем с ним сходились, вы это знаете, однако никто лучше меня не понимал...

— Чего вы хотите? — уныло спросил Гарри.

Скримджера этот вопрос немного раздосадовал, но он быстро вернул своему лицу выражение скорбного понимания.

— Разумеется, вы подавлены, — сказал он. — Я же знаю, вас связывали с Дамблдором очень близкие отношения. Думаю, вы были самым любимым его учеником. Узы, которые соединяли вас...

— Чего вы хотите? — повторил Гарри и остановился.

Скримджер тоже остановился, оперся на трость и уставился на Гарри, теперь лицо его выражало лишь трезвую расчетливость.

— Говорят, когда он в ночь своей смерти покидал школу, вы были с ним?

— Кто говорит? — спросил Гарри.

— После гибели Дамблдора кто-то поразил на башне заклятием одного из Пожирателей смерти.

А кроме того, метел там было две. В Министерстве умеют считать, Гарри.

— Рад слышать об этом, — сказал Гарри. — Ну так вот, где я был с Дамблдором и чем мы там занимались, это мое дело. Он не хотел, чтобы об этом кто-либо знал.

— Подобную преданность можно только приветствовать, — сказал Скримджер, который, похоже, с трудом сдерживал раздражение, — но Дамблдор мертв, Гарри. Он нас покинул.

— Дамблдор покинет школу, только когда в ней не останется никого, кто ему предан, — невольно улыбнувшись, ответил Гарри.

— Дорогой мой, даже Дамблдору не по силам возвратиться из...

— Я и не говорю, что ему это по силам. А, ладно, вы все равно не поймете. Ну так вот, сказать вам мне нечего.

Скримджер поколебался, потом произнес тоном, который ему, надо полагать, представлялся деликатным:

— Министерство готово предложить вам любую защиту, Гарри. Я с удовольствием отдал бы в ваше распоряжение пару моих мракоборцев...

Гарри рассмеялся:

— Волан-де-Морт хочет убить меня, и никакие мракоборцы его не остановят. Поэтому благодарю за предложение, но — спасибо, не надо.

— Стало быть, — теперь уже холодно осведомился Скримджер, — просьба, с которой я обратился к вам на Рождество...

— Какая просьба? А, да... чтобы я рассказывал всем, как замечательно вы работаете, в обмен на...

— Это позволило бы укрепить моральный дух сообщества! — резко оборвал его Скримджер.

Гарри с секунду вглядывался в него.

— Стэна Шанпайка вы так и не выпустили?

Скримджер густо побагровел, обретя вдруг разительное сходство с дядей Верноном.

— Я вижу, вы...

— Целиком и полностью человек Дамблдора, — подсказал Гарри. — Совершенно верно.

Несколько мгновений Скримджер гневно взирал на него, затем развернулся и молча захромал обратно. Гарри увидел, что Перси и прочие чиновники из министерской делегации поджидают его, бросая нервные взгляды на рыдающих Хагрида и Грохха, которые так и остались сидеть на своих стульях. А к Гарри спешили Рон с Гермионой, уже разминувшиеся с топавшим в противоположном направлении Скримджером. Гарри повернулся и медленно пошел дальше, ожидая, когда друзья нагонят его, что они наконец и сделали — в тени бука, под которым все трое нередко сиживали в более счастливые времена.

— Чего хотел Скримджер? — шепотом спросила Гермиона.

— Того же, что и на Рождество, — пожал плечами Гарри. — Получить от меня секретные сведения о Дамблдоре и обзавестись для Министерства новым рекламным мальчиком.

С секунду Рон, казалось, пытался справиться с обуревавшими его чувствами, а затем громко сказал Гермионе:

— Слушай, я сбегаю, дам Перси по морде!

— Нет, — твердо ответила она и ухватила его за руку.

— А мне бы так полегчало!

Гарри рассмеялся. Даже Гермиона слабо улыбнулась, но стоило ей взглянуть на замок, и лицо ее вновь потемнело.

— Как подумаешь, что мы сюда можем и не вернуться... — тихо сказала она. — Ну как можно закрыть Хогвартс?

— Глядишь, еще и не закроют, — отозвался Рон. — Дома не безопаснее, чем здесь, верно? Сейчас повсюду одно и то же. Я бы даже сказал, что в Хогвартсе лучше, в нем столько волшебников, способных его защитить. Ты как считаешь, Гарри?

— Я не вернусь в школу, даже если она откроется снова, — ответил Гарри.

Рон вытаращил глаза, а Гермиона лишь печально сказала:

— Я ждала от тебя этих слов. Но что ты собираешься делать?

— Загляну еще разок к Дурслям, так хотел Дамблдор, — ответил Гарри. — Но не надолго, после этого я покину их навсегда.

— И куда ты отправишься, если не в школу?

— Думаю вернуться в Годрикову Впадину, — негромко сказал Гарри. Мысль эта сидела у него в голове еще с той ночи, когда погиб Дамблдор. — Для меня все началось именно там. И мне все время кажется, что я должен в ней побывать. Да и могилы родителей навестить хочется.

— А потом? — спросил Рон.

— Потом займусь поисками оставшихся крестражей, — ответил Гарри, глядя на белую гробницу Дамблдора, отражавшуюся в воде по другую сторону озера. — Он хотел этого от меня, потому и рассказал мне о них все. Если Дамблдор был прав — а я в этом не сомневаюсь, — где-то еще спрятаны четыре крестража. Мне нужно найти их и уничтожить, а после взяться за седьмой обломок души Волан-де-Морта, за тот, что сидит в его теле, потому что именно я должен его убить. И если по пути мне подвернется Северус Снегг, — прибавил он, — тем лучше для меня и хуже для него.

Наступило долгое молчание. Толпа уже почти рассеялась, последние из скорбящих, уходя, по широкой дуге огибали монументального Грохха, по-прежнему обнимавшего Хагрида, горестные стенания которого разносились эхом над озерной водой.

— Мы будем с тобой, Гарри, — сказал Рон.

— Что?

— В доме твоих дяди с тетей, — сказал Рон. — И потом, куда бы ты ни отправился.

— Нет... — быстро возразил Гарри. На это он никак не рассчитывал, он хотел внушить друзьям, что собирается идти своим опаснейшим путем в одиночку.

— Ты говорил нам когда-то, — тихо промолвила Гермиона, — что у нас есть время отступиться, если мы того захотим. Мы этим временем не воспользовались, верно?

— Мы с тобой, что бы ни случилось, — сказал Рон. — Но только, дружок, прежде чем отправляться куда-то еще, даже в Годрикову Впадину, тебе придется заглянуть к маме с папой.

— Зачем?

— Ты про свадьбу Билла и Флер, случаем, не забыл?

Гарри ошеломленно уставился на него — то, что на свете еще существуют такие нормальные вещи, как свадьба, казалось ему и невероятным, и чудесным.

— Да, уж ее-то мы пропустить не вправе, — сказал он.

Его ладонь машинально сомкнулась на ложном крестраже, но несмотря на все, несмотря на темный, извилистый путь, ожидавший его впереди, несмотря на последнюю встречу с Волан-де-Мортом, которая, знал Гарри, состоится наверняка — через месяц, год или десять лет, — при мысли о том, что ему еще предстоит провести с Роном и Гермионой последний счастливый и мирный день, на сердце у него полегчало.

Оглавление

Литературно-художественное издание

Ролинг Дж. К.

ГАРРИ ПОТТЕР И ПРИНЦ-ПОЛУКРОВКА

Роман

Ответственный редактор Т. Н. КУСТОВА
Корректор Л. А. ЛАЗАРЕВА

Подписано к печати с готовых диапозитивов 03.10.05.
Формат 84x108$^{1}/_{32}$. Бумага газетная. Печать офс.
Усл. печ. л. 35,28. Тираж 800 000 экз. (1 з-д 500 000 экз.)
Заказ № 0515150.

ЗАО «РОСМЭН-ПРЕСС».
Почтовый адрес: 125124, Москва, а/я 62. Тел.: (095) 933-71-30.
Юридический адрес: 129301, Москва, ул. Бориса Галушкина, д. 23, стр. 1.

Наши клиенты и оптовые покупатели могут оформить заказ, получить опережающую информацию о планах выхода изданий и перспективных проектах в Интернете по адресу: **www.rosman.ru**

ОТДЕЛ ОПТОВЫХ ПРОДАЖ:
все города России, СНГ: (095) 933-70-73;
Москва и Московская область: (095) 933-70-75.

Отпечатано на ОАО «Ярославский полиграфкомбинат»
150049, г. Ярославль, ул. Свободы, д. 97.

Ролинг Дж. К.

Р67 Гарри Поттер и Принц-полукровка: Роман/Пер. с англ. М. Лахути, С. Ильина. — М.: ЗАО «РОСМЭН-ПРЕСС», 2005. — 685 с.

Министерство магии терпит поражение за поражением в битвах с Волан-де-Мортом. Даже маглы страдают от второй войны — каждый день происходят катастрофы, причины которых никому не ведомы.

Но и на войне жизнь продолжается. Гарри, Рон и Гермиона, как и все шестнадцатилетние, учатся, ходят на вечеринки и влюбляются. Однако опасность все ближе. Несмотря на все усилия Дамблдора по защите школы, в Хогвартсе происходят очень странные события.

Омут памяти на этот раз откроет Гарри самую большую тайну Темного Лорда, и ради того, чтобы победить, Гарри вынужден пожертвовать самым дорогим... Какую сторону в этой войне примет загадочный Принц-полукровка?

ISBN 5-353-02187-8

УДК 821.111-93
ББК 84 (4Вел)

Гарри Поттер™

и его волшебный мир